KNAUR

*Im Knaur Taschenbuch Verlag sind bereits
folgende Bücher der Autorin erschienen:*
Hoffnungslos romantisch
Die große Liebe ihres Lebens
Das Glück in deinen Augen
Das Buch der verborgenen Wünsche
Der Garten der verbotenen Träume

Über die Autorin:
Harriet Evans lebt in London und war Lektorin, bis sie selbst anfing, Romane zu schreiben. Inzwischen zählt sie in England zu den ganz Großen der Frauenunterhaltung und landet mit ihren Romanen regelmäßig ganz oben in den Bestsellerlisten.

HARRIET EVANS

Das Jahr der Schmetterlinge

ROMAN

Aus dem Englischen
übersetzt von Tina Thesenvitz

Die englische Originalausgabe erschien 2016
unter dem Titel »The Butterfly Summer« bei Headline, London.

Besuchen Sie uns im Internet:
www.knaur.de

Deutsche Erstausgabe September 2017
Knaur Taschenbuch
Copyright © 2016 by Harriet Evans
Copyright © 2017 für die deutschsprachige Ausgabe
bei Knaur Taschenbuch.
Ein Unternehmen der Verlagsgruppe
Droemer Knaur GmbH & Co. KG, München.
Alle Rechte vorbehalten. Das Werk darf – auch teilweise –
nur mit Genehmigung des Verlags wiedergegeben werden.
Redaktion: Dr. Gisela Menza
Covergestaltung: ZERO Werbeagentur, München
Coverabbildung: plainpicture/Mira/Anna G. Tufvesson;
FinePic®, München/shutterstock
Illustrationen im Innenteil:
Schmetterling Sketch: Gluiki/Shutterstock.com
Schmetterling naturalistisch: suns07butterfly/Shutterstock.com
Aquarell Haus: Helen Hotson/Shutterstock.com
Zettel: My Life Graphic/Shutterstock.com
Satz: Adobe InDesign im Verlag
Druck und Bindung: CPI books GmbH, Leck
ISBN 978-3-426-52046-8

2 4 5 3

*Man darf nicht annehmen, dass jede Raupe,
die schlüpft, auch Vollkommenheit erreicht.
Vom Stadium des Eis an halten gnadenlose und
wachsame Feinde Ausschau nach ihrer Zerstörung.*

        H. Eltringham, *Butterfly Lore*

*Mary Poppins blickte schweigend von ihm zu Jane.
»Ich bleibe, bis sich der Wind dreht«, sagte sie kurz,
blies ihre Kerze aus und ging zu Bett.*

        P. L. Travers, *Mary Poppins*

Nina Parr schloss sich ein, Charlotte der Bastard, Tochter eines Königs.
Nina zwei, Mutter von Rupert dem Vandalen, Nina, die Malerin, Mutter des Skandals.
Die Verrückte Nina war sie, dann Frederick, der Pfarrer, dann die einsame Anne, dann Alexandra, die Fliegenfängerin,
dann Charlotte, die Traurige, und dann komme ich,
die kleine alte Teddy, das Mädchen, das ihr seht.
Alle sind sie Schmetterlinge, und dann nur ich.
Alle sind sie Schmetterlinge, und dann nur ich.

TEIL EINS

1

London, 2011

Die Bücher, die ich mag, beginnen meistens damit, dass man etwas über die Familie erfährt, der man begegnen wird. »Die Fossil-Schwestern wohnten in der Cromwell Road. Sie waren eigentlich keine Eisenbahnkinder.« Sie haben einander, das will der Autor uns mitteilen.

Ich mag Geschichten über Familien. Für mich sind sie wie Märchen. Ich habe meinen Vater nie kennengelernt, und Mum ist nicht wirklich wie die Mütter in Büchern. Die Menschen, die sich wirklich um mich gekümmert haben, die die langweiligen Dinge getan haben, die nötig sind, um ein Kind zu unterstützen (Zähne, Zebrastreifen, passende Schuhe), sind Malc, mein Stiefvater, und Mrs. Poll, die alte Dame von oben – und ich täuschte mich in ihnen. Oh, ich täuschte mich in allem! Und es ist immer noch so ein Durcheinander, die Geschichte, jener Sommer, der alles veränderte. Es springt aus Jahren und Monaten heraus wie Max in *Wo die wilden Kerle wohnen*. Wir entfliehen unserer Kindheit nie, nicht wahr?

Aber wenn Sie einen Anfang wollen, nehme ich an, dass es sich an jenem Apriltag auflöste, und es war eine Winzigkeit, die alles in Gang setzte – der Reißverschluss an einem neuen Paar Stiefel.

Malc, mein Stiefvater, sagt, es gibt keine Zufälle, alles passiere aus einem Grund. Ich hätte sie immer getroffen, meint er; ich ging meistens zur Mittagszeit in die Bibliothek. Doch ich glaube immer noch, dass an jenem Tag etwas anderes am Werke war, eine Art alte Magie, die immer noch am Werke ist, wenn man sie braucht, die außer Sichtweite lauert, verborgen in dunklen Fluren, oben in hohen Türmen und in lang vergessenen Ecken staubiger alter Häuser.

Der Grund, weshalb ich das genaue Datum kenne, ist, dass der 15. April für mich ein gefürchteter Tag war, der zwei Jahre anzeigte, seit ich bei Gorings angefangen hatte, und zwei Jahre, seit meine Scheidung durch war. Es ist seltsam, fünfundzwanzig zu sein und sagen zu können: »Meine Scheidung.« (»Oh, das ist aber mal eine Erfahrung«, sagte einer meiner neuen Kollegen, als ob ich es getan hätte, um damit anzugeben, dass ich eine katastrophale Teenagerehe hinter mir hatte.)

Der 15. April 2011 war einer jener Frühlingstage, an denen sogar die Osterglocken tapfer die Köpfe bewegen, auch wenn es noch Winter sein mag, weil es so klirrend kalt ist. Mein mittäglicher Gang vom Büro in der Hanover Street zur London Library dauerte elf Minuten, lang genug, um mir zu überlegen, ob ein Paar neue Stiefel bequem sind oder nicht. Ich hatte sie am Tag zuvor in der Mittagspause gekauft, um mich aufzuheitern. Ich zog sie an, als es ein Uhr war, eine Art Trotz gegenüber dem Datum. Hey! Ich habe die neuen Stiefel an! Du kannst nicht sagen, dass mein Leben Mist ist!

Und doch wurde mir weniger als eine Minute, nachdem ich bei Gorings raus war und Richtung Piccadilly lief, klar, dass diese Stiefel hinten einen Reißverschluss hatten, der von unten an der Ferse hoch bis zum Unterschenkel verlief und rieb wie kleine Zähne, die an der zarten Haut über der Hacke kniffen. Als ich die Bibliothek erreichte, waren meine Socken durchgelaufen und blutgetränkt. Die London Library ist eindeutig nicht der Ort, an dem man in der Lobby blutgetränkte Socken auszieht, und so lief ich so schnell ich konnte nach oben und versteckte mich, damit ich meine blutigen Füße in relativer Abgeschiedenheit untersuchen konnte.

Es stehen über eine Million Bücher auf dunklen Metallregalen, die sich über vier Stockwerke in dieser unauffälligen Ecke von St. James erheben. Die Bibliothek riecht nach Dingen, die ich liebe: modriger Staub, altes Leder und Politur. Ich komme hierher, um allein zu sein, weg von klingelnden Telefonen und Tippen und Leuten, die nach einer Tasse Kaffee rufen, weg vom Geplapper über Ehemänner oder die Vorzüge verschiedener IKEA-Kücheneinheiten. Ich verstecke mich zwischen Büchern, die alle darauf warten, ausgewählt zu werden, und von denen manche seit vierzig, fünfzig Jahren nicht mehr aufgeschlagen wurden. An den Regalen hängen Schilder wie:

Menschenopfer
Nubische Philologie
Papiermaschee
Tabaksdosen

Mein Vater kaufte mir meine lebenslange Mitgliedschaft in der London Library, bevor er fortging. Mum mag es nicht, dass ich jeden Tag hierherkomme. Ich glaube, sie meint, dass ich mir dann Fragen über ihn stelle.

Als ich klein war, spielten Mrs. Poll und ich ein Spiel, bei dem wir immer so taten, als ob mein Vater zurückgekommen wäre. Sie schob ihren Küchentisch an die Wand, stellte die beiden orange bezogenen Esstühle verkehrt herum darauf und holte das Tischtuch, unter das ich dann kroch und mich durch das feuchte, verfilzte Gestrüpp des Amazonas tastete, wo er zuletzt gesehen worden war. Ich gab vor, vor einem Tiger zu fliehen, der mich fressen wollte, und schrie:

»Nein! Ich werde dir von nun an zehn Jahre als Sklave dienen, wenn du mich nicht frisst, denn ich muss zu meiner Frau und meinem Kind in London zurück, einer großen Stadt, weit jenseits des Ozeans!« Dabei strich ich mir Blätter und anderen Dschungelunrat von den Schultern und wich zurück, während Mrs. Poll überzeugend brüllte, die Augen riesig, die Zähne zu einem schrecklichen Grinsen gebleckt, und dann hörte sie auf und streckte mir eine Pfote hin.

Anschließend taten wir so, als wäre er wieder zu Hause. »Delilah, mein Liebling«, sagte ich schnell – denn Mrs. Poll raste immer durch diesen Teil –, »ich bin wieder da. Wo ist mein liebes Kind Nina? Hier sind ein paar Smaragde, passend zu deinen schönen Augen. Nun bring mir ein Ei-und-Schinken-Sandwich, denn ich habe in den letzten zehn Jahren nichts anderes als Blätter und Marmelade gegessen.«

»Das reicht jetzt, Nina«, sagte Mrs. Poll sanft, und die Welt, die ich heraufbeschworen hatte, wich zurück wie Figuren aus Pappe, die auf einer Spielzeugbühne davonglitten, und da waren wieder nur sie und ich in der warmen kleinen Küche. »Zeit, wieder nach unten zu gehen. Deine Mum wird schon auf dich warten.«

Das war eine noch größere Lüge als alles andere: Mum wartete nie, das wussten wir beide. Mum war oft nicht da, oder sie lag weinend unter einer Decke und schrie jemanden am Telefon an – meistens jemanden vom Rat. Aber ich blieb nicht die ganze Zeit bei Mrs. Poll, so gerne ich es auch getan hätte, und so trottete ich die Stufen hinunter zurück in unsere Wohnung. Meine Füße schabten auf dem von Splittern übersäten Holz, das aus dem abgestoßenen Teppich ragte.

Später wurde mir klar, dass Mrs. Poll versuchte, mir begreiflich zu machen, dass man sich nicht immer mit demselben Phantasiespiel beschäftigen und erwarten konnte, dass sich die Dinge veränderten. Als ich ungefähr zwölf und ein kleiner Schlaumeier war, schämte ich mich dafür, dieses Spiel mit ihr gespielt zu haben, vor allem, weil es in Regenwäldern keine Tiger gab. Doch ein kleiner Teil von mir stellte sich immer noch Fragen seinetwegen.

Jetzt bin ich fünfundzwanzig. Keine Sorge, ich bin nicht blöd – ich weiß, dass er nicht wiederkommt.

Nachdem ich so viel Toilettenpapier wie möglich in meine Stiefel gestopft hatte, nahm ich das Buch, das ich auf das Regal für die geretteten Bücher gelegt hatte, und humpelte zu einem Schreibtisch. Ich fing an zu lesen, doch die Wörter bedeuteten nichts, und ich blickte zum Fenster hinaus, versuchte mich ein bisschen zu sammeln und die ansteigende Flut von Gedanken einzudämmen, die damals aus dem Nichts über mich hereinzubrechen schienen, so dass ich schwach wurde und darum kämpfen musste, irgendetwas klar zu sehen.

In genau diesem Augenblick tippte mir jemand auf die Schulter. Ich schrie auf und zuckte auf meinem Platz zurück.

»Mittagspause ist vorbei. Wieder an die Arbeit«, flüsterte die Stimme hinter mir.

Ich drehte mich langsam um.

»Sebastian? O mein Gott, hast du mich erschreckt.«

Sebastian kauerte sich neben mich und küsste mich auf die Wange.

»Tut mir leid. In der British Library gab es nicht das, was ich wollte. Ich hätte dir eine SMS schicken sollen, damit du weißt, dass ich komme. Wir hätten ein Sandwich essen können.«

Sebastian ist Dozent für englische Literatur an der UCL. Dort haben wir uns vor sieben Jahren kennengelernt. Er sah auf das Buch, das ich las.

»*Kinderliteratur und britische Identität* – wow, Nina, willst du nicht manchmal einfach nur ein Sandwich essen und dir den Blödsinn auf deinem Handy anschauen wie normale Menschen?«

»Ich bin nicht wie normale Menschen, das weißt du doch.« Es gab eine kurze spannungsgeladene Pause. Dann sagte ich bemüht scherzhaft: »Außerdem, mein Handy ...«

Traurig sah er auf mein zerkratztes altes Nicht-Smartphone. »Sie ist wie ein Museumsstück, meine Damen und Herren ...«

Er hob die Stimme, und die alte Dame am Tisch neben mir sah uns sauer an und blickte dann mit offenem Mund, als ob sie entsetzt darüber wäre, was sie da sah.

»... Ja, Nina Parr. Erst nachdem wir verheiratet waren, entdeckte ich, dass sie zwölf Exemplare von *Der geheime Garten* in ihrem Kinderzimmer hatte. Ja, zwölf Exemplare, meine Herren.«

Sebastians Stimme trug, und ich errötete. »Pscht«, sagte ich. »Mach keine Witze darüber, vor allem heute nicht.«

»Heute?«

»Unsere Scheidung.«

»Was ist damit?«

Ich sah in sein lächelndes Gesicht. Er erinnerte sich nicht. Ich fragte mich, warum ich es tat, warum ich mir nicht einfach gestattet hatte, es auch zu vergessen. »Heute genau vor zwei Jahren. Das endgültige Scheidungsurteil, meine ich.«

»Oh.« Er sah zerknirscht auf mich herab, und die Atmosphäre verschlechterte sich noch mehr. »Ich habe nicht daran gedacht. Tut mir leid.«

Das Dumme daran ist, wenn man mit seinem Ex-Mann befreundet ist – den man zum Entsetzen eurer beiden Familien mit neunzehn »kurzerhand« geheiratet hat, wie man in Georgette-Heyer-Romanen sagt –, dass man oft vergessen kann, dass man jemals verheiratet war, und das ist ein fataler Irrtum. Man kann noch so gute Freunde sein wie wir; wir mochten uns schließlich genug, um zu heiraten. Und es ist alles schön, bis sich einer daran erinnert, wie furchtbar es wurde. Die Kräche, der Kummer, der endgültige Showdown, die Aufteilung des Chaos ...

Wir hätten gar nicht erst heiraten sollen, darum geht es. Wir hatten eine langjährige Unibeziehung, eine Art erster Liebe, und hätten es am Ende ausflackern lassen sollen, anstatt dieses stürmische Drama zu schaffen. Ich glaube, andere Leute verbissen sich mehr darin als wir, vor allem seine Eltern. Es war hässlich, und vielleicht war es ein schrecklicher Fehler, aber das Seltsame für uns beide ist, dass wir es überstanden haben. Wir sind Freunde, enge Freunde. Seinen Eltern gefällt auch das nicht sehr.

Ich versuchte jovialer zu klingen und sagte: »Alles ist vergeben. Und hör zu, wegen *Der geheime Garten* kann ich zum x-ten Mal sagen, dass es mein Lieblingsbuch ist. Und es ist nicht komisch, ein paar Exemplare seines Lieblingsbuchs zu besitzen.«

»Nicht komisch!« Er lachte fröhlich auf und fuhr sich mit den Händen durch sein ungepflegtes Haar. »Nichts, was du machst, ist komisch, Nina. Die psychische Intensität des einen ist die bezaubernde Überempfindlichkeit des anderen.«

»Ach, du herablassender Kerl«, sagte ich und schubste ihn leicht, doch wir lächelten.

»Einverstanden. Lass uns weitergehen. Schlag ein ...«

Und dann vom Tisch neben uns ein lautes Flüstern: »Können Sie beide bitte leise sein?«

Die alte Frau funkelte uns immer noch an, und ihre großen Augen waren dunkel vor Wut. Ich löste meine Hand aus Sebastians und sagte eilig: »Es tut mir leid.«

Sie starrte mich an. »Sie …!«, zischte sie.

»Ja«, gab ich zu, schubste Sebastians kompakten Körper an und hoffte, er würde sich verziehen. Er ist für die Stimmungen anderer Menschen völlig blind. Ich, ein Einzelkind, habe die größte Zeit meines Lebens damit verbracht, Menschen zu studieren, genau den Einfluss dessen, was sie sagen, zu beobachten. »Ich ruf dich später an«, zischte jetzt ich ihm fast verzweifelt zu, da er durch kein Anzeichen zu erkennen gab, dass er sah, dass die alte Dame kurz vor dem Explodieren war.

»Wann, Nins?«

Mehr um ihn loszuwerden als sonst was sagte ich: »Weiß ich nicht. Lass uns mal was trinken gehen, ja?«

»Trinken?«, meinte Sebastian halb ernst. »Nur du und ich?«

»Warum nicht?«

Sobald die Worte aus meinem Mund waren, sahen wir uns nervös an, lächelten über das, von dem wir wussten, dass es stimmte: Wir gingen keinen trinken. Wir telefonierten, wir aßen ab und an zu Mittag, er kam ständig bei uns vorbei – Mum und Malc beteten ihn immer noch an –, wir schickten uns SMS über blöde Dinge, aber wir planten nichts oder hielten Zeit frei, um uns am Abend zu treffen. Nein, wir gingen nicht nur zu zweit etwas trinken.

»Nun, das wäre schön, Nins.«

»Würden Sie bitte leise sein!« Die Frau neben uns fuchtelte tatsächlich mit dem Finger vor Sebastian herum.

Hastig sagte ich: »Nun ja, oder mit ein paar von den anderen … Elizabeth … oder wenn Leah aus Mexiko zurück ist. Geh nur, ich ruf dich später an.«

»Okay. Oder nur du und ich. Wär nett. In Ordnung, ich gehe, Madam«, sagte er zu der alten Frau. »Sie stirbt, wissen Sie«, fügte er hinzu und zeigte auf ihr Exemplar von *Sturm-*

höhe. »Beide sterben. Blödes Buch, wenn Sie meine Meinung wissen wollen.«

Die alte Frau bebte vor verblüffter Wut, so dass ihr kurz geschnittenes Haar um ihren Kopf tanzte.

»Kenne ich Sie auch?«, fragte sie und funkelte ihn an. »Ich glaube, ich kenne Sie.«

»Hm ...« Sebastian blickte plötzlich etwas besorgt drein, weil seine Familie absolut jeden kennt. »Nein, ich glaube nicht. Tut mir leid.«

»Hm.« Sie sah ihn wieder wachsam an. »Na ja, aber wer immer Sie sind, ich will Ihre Meinung nicht hören. Wenn Sie nicht sofort gehen ...«

»Okay, okay.« Sebastian gab sich geschlagen. »Auf Wiedersehen, Nina.« Er winkte mir zu. »Ich bin ... Es war ... es war nett, dich zu sehen. Wirklich nett.« Und fort war er.

»Noch mal Entschuldigung«, sagte ich leise. Ich nickte halb und verzog das Gesicht zu einer lächelnden Grimasse, die meiner wütenden Nachbarin hoffentlich Zerknirschung signalisierte und mich von Sebastian distanzierte. Ich wusste, dass ich in Kürze auch wieder ins Büro musste. Als Büroleiterin sollte ich die Telefonleitungen um Punkt zwei Uhr wieder frei machen. Doch eine Art Stolz ließ mich dort sitzen und meinen Platz behaupten. Ich begann in mein Notizbuch zu kritzeln und tat so, als ob ich froh wäre, mich endlich wieder meiner bedeutenden Arbeit widmen zu können. Ich schrieb:

- Ich will nach dem Mittagessen nicht wieder zurück.
- Mir sind Beckys Küchenanbauten und Sues Ostereiersuchen egal.
- Ich hasse es, zehnmal am Tag Tee zu kochen. Ich hasse es, »Hey, Sie!« gerufen zu werden.

~ Ich sollte nicht mit Sebastian etwas trinken gehen. Ich sollte zu aufregenden Dates mit Leuten gehen, mit denen man mich verkuppelt hat oder die ich im Internet kennengelernt habe oder so.
~ Ich will das hier nicht mehr machen. Ich will mich nicht mehr so fühlen.

Ich schrieb so wild drauflos, dass ich nicht hörte, wie die alte Frau hinter mich trat, und als sie mit ihrem Stift in meinen Arm stieß, schrak ich regelrecht hoch.

»Ich glaube, Sie schulden mir ein bisschen mehr als das, meine Liebe«, sagte sie.

Da spürte ich, wie sich die Atmosphäre veränderte. Sie starrte mich mit fasziniertem Entsetzen, fast Panik an. Ich hatte noch niemals so einen Gesichtsausdruck gesehen.

»Ich habe gesagt, es tut mir leid, wirklich, wenn wir Sie gestört haben.«

»Wirklich? Wirklich?« Sie schüttelte den Kopf. »Ja. Schauen Sie sich nur an.«

Sie war fast ganz in Schwarz gekleidet. Die einzige Farbnuance waren ihre tomatenroten Strümpfe. Aus der Nähe sah ich, dass ihr Gesicht faltig war, durchzogen von Linien des Alters, ihr kurzes Haar weiß. Ihre Augen waren ganz schwarz, und an ihrem sackartigen Kleid trug sie eine große Gagatbrosche. Die Steine blinkten in der dämmerigen Atmosphäre der Bibliothek.

»Ich kann nichts anderes tun, als mich noch mal zu entschuldigen«, sagte ich und betrachtete sie neugierig. »Er ist sehr laut …«

»Sie könnten aufhören zu lügen und mir die Wahrheit sagen.«

Ich hielt sie für ein bisschen verrückt. Etwas kalt sagte ich: »Wissen Sie, der Lesesaal unten ist vielleicht in Zukunft besser für Sie geeignet, wenn Sie Ruhe und Frieden wollen.«

Sie blickte mich ganz still an und betrachtete mein Gesicht. Dann lachte sie kehlig und auf eine wilde Art.

»Oh, das ist gut. Das ist sehr gut, meine liebe Miss Parr.«

Ich erstarrte, senkte dann den Blick, entdeckte *Nina Parr* auf meinem Notizblock und entspannte mich, aber nur für kurze Zeit.

Sie folgte meinem Blick. »Also habe ich recht«, stellte sie leise fest. »Ich habe recht.« Sie rieb sich die Augen. »O du meine Güte.«

Ich wusste nicht, was ich sonst tun sollte, und so setzte ich mich wieder. Ich hörte es rascheln, als sie meine Tasche mit dem Fuß zur Seite schob und stöhnte. Ich starrte erneut auf meinen Notizblock und tat so, als wäre sie nicht da. Auch hörte ich ihren Atem scharf und flach, und dann sagte sie nach fast einer Minute der Stille: »Sie sind wirklich genau wie Ihr Vater, Nina.«

Ich spürte, wie sich meine Kopfhaut zusammenzog und meine Haut brannte, halb vor Wut, halb vor Angst. Ich wusste nicht, wie ich reagieren sollte.

»Haben Sie mich gehört? Sie sind ihm sehr ähnlich.«

Als ein verirrter Sonnenstrahl sie traf, sah ich auf ihre glitzernde Brosche und erkannte, dass sie die Form eines Schmetterlings hatte. Und ich bekam noch mehr Angst, denn Schmetterlinge hatten ihn getötet, und ich hasse sie irgendwie.

»Hören Sie, Miss, ich kenne Ihren Namen nicht. Es tut mir leid, aber mein Vater ist tot.« Da sie nichts erwiderte, fügte ich hinzu: »Ich kann mich an nichts erinnern, was ihn angeht. Er starb, als ich sechs Monate alt war. Klar?«

Ihre Antwort war nicht mehr als ein Flüstern. »Das haben sie Ihnen also erzählt? Natürlich war es so.«

Ich hatte mich umgedreht, um sie anzuschauen, und da

sah ich, dass sie erregt war. Ihr Gesicht fiel in sich zusammen, ihre wachen Augen glänzten von Tränen. Sie schob ihre Hand weg.

»Sie haben mir nichts erzählt«, sagte ich, sicher, dass sie meinen hämmernden Herzschlag in meiner Brust hören konnte. »Ich weiß nicht, was Sie meinen. Mein Vater ist tot.«

»Was ist mit Keepsake? Ist sie noch da?«

Ich schüttelte den Kopf. Keepsake? Eine Sekunde lang dachte ich, ich würde den Namen kennen. »Was ist Keepsake? Wer ist noch da?«, fragte ich wütend.

»Vielleicht sind Sie es ja nicht.« Sie blinzelte, als ob sie plötzlich verwirrt wäre. »Ich war mir so sicher. Sie ähneln auch ihr so. Sie ähneln ihr sehr.«

»Ich verstehe nicht, was Sie meinen«, sagte ich, aber sie wich zurück. »Mein Vater ist tot«, wiederholte ich für den Fall, dass sie eine Bestätigung brauchte. »Miss …?«

»Travers«, antwortete sie und starrte zu Boden. »Ich heiße Travers. Ich muss jetzt gehen. Sie kommt. Ich muss gehen.« Und damit drehte sie sich um und verschwand.

»Miss Travers!«, rief ich ihr nach, lauter als vorher, und meine Stimme hallte wider, prallte ab von den Metallregalen und verschwand in der Düsternis. »Was meinen Sie? Woher kennen Sie meinen Vater?«

Doch sie war fort. Und obwohl ich nach ein paar Sekunden aufstand und ihr in das dunkle Labyrinth der Bibliothek folgte, konnte ich keine Spur von ihr mehr entdecken. Sie war verschwunden.

2

»Hast du heute Abend was vor, Sue?«
»Ich werde versuchen, meinen Schal zu Ende zu bringen. Dann fange ich mit ein paar schönen Socken an.«

»Mensch, Sue. Wer rastet, der rostet!«

»Das kannst du laut sagen! Und was ist mit dir, Becky?«

»Ich hatte vor, in Westfield nach einem Geschenk für Sean zu suchen, er hat nächste Woche Geburtstag. Er mag Rasierwasser. Ich will ihm das neue von Gucci kaufen.«

»Oh, sehr schön, Becky. Ich fahre gerne nach Westfield. Der Waitrose dort ist toll. Er ist riesig.«

»Nicht wahr?« Es entstand eine kleine Pause. Dann sagte Becky: »Und wie ist es mit dir, Nina? Irgendwelche Pläne?«

Ich schob den Stapel Rechnungen beiseite, an denen ich saß, und richtete mich auf. »Ach, eigentlich nicht. Das Übliche.«

»Gut.« Becky lächelte mich freundlich an. »Ich fange an *Downton Abbey* zu vermissen, ihr nicht? Ich kann die zweite Staffel kaum erwarten.«

»Das war gut, nicht wahr?« Sue wirbelte auf ihrem Stuhl herum, und ihre Augen leuchteten, als ob sie bis zu diesem Moment noch nie über *Downton Abbey* gesprochen hätten. »Ich habe es geliebt. Lady Mary! Und dieser türkische Gentleman!« Sie kicherte.

»Und was ist mit dir, Nina?«, fragte Becky.

»Ich habe nicht viel gesehen«, gestand ich und unterdrückte mein inneres Bedürfnis zu schreien: Wenn ihr wieder anfangt, mir von *Downton Abbey* zu erzählen, verurteile ich mich selbst zum Tod durch tausend Papierschnitzel allein aus diesen Rechnungen!

»Wirklich nicht?«, fragte Sue. »Oh. Es ist wahnsinnig gut. Was ich daran mag, ist die Welt der Bediensteten, nicht nur die Lords und Ladys oben. Carson ist meine Lieblingsfigur. Ich hoffe, er und Mrs. Hughes ...«

Nein!, wollte ich schreien. Hör auf. Hör auf mit dem verdammten *Downton Abbey*. Jeden Tag seit Oktober. Aber sie waren schon mittendrin. Ich kritzelte *Schickt Hilfe* auf ein Post-it und überlegte mir kurz, ihn ans Fenster zu halten, wodurch ich mich immerhin schon ein wenig besser fühlte.

»Es hätte dir wirklich gefallen, Nina«, sagte Becky, während sie ihre Bürste nahm und sich kräftig durch ihr langes, dünnes Haar fuhr. Ich sah auf die Uhr an der Wand – sechzehn Uhr achtundvierzig. »Es ist ganz nach deinem Geschmack, wo du doch Geschichte und alte Geschichten und so magst. Glaub mir.«

»Ich habe mir einen Teil angesehen«, erwiderte ich, »aber diese ganzen reichen Leute und ihre blöden nicht existenten Probleme waren dumm. Ich habe es einfach nicht geglaubt. Und die Bediensteten waren wie Pappfiguren. So etwas wie *The Shooting Party* oder zumindest *Gosford Park* mag ich viel mehr.«

Ich bin allmählich besser, wenn ich dabei bin, etwas »Nina-mäßiges« von mir zu geben. Sebastian schlug sich immer die Hände vors Gesicht und stöhnte, wenn ich das tat. Zu meinen Gunsten muss ich sagen, dass ich sofort erkannte, dass das hier ziemlich Nina-mäßig war. Becky sank auf ihrem Stuhl zusammen, und ich verfluchte mich für meine scharfe Zunge. Normalerweise habe ich nichts gegen Becky und Sue, sie sind nett. Sue war nett zu mir, als ich zu Gorings kam und sie mich weinend auf dem Klo vorfand. Sie kochte mir einen Tee und gab mir ein Ingwerplätzchen. Nein, es ist meine Schuld, nicht ihre. Sie wollen nur quatschen und nett sein, und es geht immer um etwas, was nicht wichtig ist, blöder, Zeit verschwendender Tratsch, und darin bin ich nicht gut, war es noch nie.

Becky versuchte einen anderen Weg.

»Hast du diese Woche *Hello!* gelesen? Die Geheimnisse von Kates Kleid? Offenbar wird es nun endgültig von Armani entworfen.«

»Sie werden niemals Armani nehmen. Es muss ein britischer Designer sein, Becky«, behauptete Sue. »Das erinnert mich an was«, fügte sie hinzu. »Ich muss heute Abend die Rippchen bestellen.«

»Steaks?«

»Für das Straßenfest. Ich mach hundert süßsaure Rippchen. Was machst du?«

»Wimpel«, antwortete Becky knapp. »Fünfzig Meter, unglaublich, oder? Und das mir! Was ist mit dir, Nina?«

Ich atmete tief durch. Komm schon, Nina. »Wir haben kein Straßenfest. Mein Stiefvater macht Hühnchen und nennt es Königliches Hochzeitshühnchen.«

Sue und Becky lächelten glücklich, und wir plauderten eine Weile. Oder vielmehr plauderten sie, und ich nickte und tat so, als würde ich zuhören, während mein Blick hin und wieder zur Uhr an der Wand wanderte – sechzehn Uhr dreiundfünfzig, sechzehn Uhr fünfundfünfzig.

Zum hundertsten Mal seit dem Mittag fragte ich mich mit einem Schauder der Angst und der Panik nach der Frau in den roten Strümpfen. War sie noch in der Bibliothek? Würde sie auch morgen da sein, wenn ich wieder dort wäre, am selben Platz? Und ich?

Sie musste verrückt sein. Ich habe die Zeitungsberichte über seinen Tod gesehen. Ich wünschte, das hätte ich gesagt. Fragen Sie meine Mutter, die ohne Geld und mit einem sechs Monate alten Baby zurückblieb. Er ist tot, glauben Sie mir.

Sue war von der Rippchenlage zu den neuesten Gerüchten in der *Daily Mail* von heute übergegangen, als Bryan Robson (mein Boss und einer der Partner – »nicht der Fußballer!«, wie er sich jedem vorstellte) mit einem Diktiergerät erschien.

»Hey, Nina, können Sie die hier abtippen, bevor Sie heimgehen?«

»Klar. Wie viele?«

»Fünf, aber eins ist etwas kompliziert. Ist das okay, meine Liebe?«

»Natürlich«, sagte ich dankbar, schnappte mir das Band, steckte es in das Diktaphon, setzte mir die Kopfhörer auf und machte entschuldigende Mundbewegungen in Richtung Sue.

Ich mochte Bryan, weil er so gerne über Bücher redete – er war ein großer Dickens-Fan –, vor allem aber, weil er ein netter Mann war. Er hatte meine Scheidung bearbeitet, und ich hatte mich um den Job beworben, nachdem er ihn bei unserem ersten Treffen erwähnt hatte. Sechs Monate nachdem ich bei Gorings angefangen und erkannt hatte, dass das ein schrecklicher Fehler war, ich aber nicht gehen konnte, ohne dass ich etwas anderes hatte (und ich hatte nichts anderes, keine Stelle in Aussicht, nichts außer einer abgebrochenen Promotion), hatte Bryan mich weinend an meiner Empfangstheke gefunden, die am Eingang der Büros im zweiten Stock stand. Ich glaube, das war ungefähr da, als Sue mich weinend im Klo entdeckte. Ich nehme an, ich weinte viel nach der Scheidung.

Bryan hatte nichts gesagt – er musste nicht andauernd reden wie andere Leute. Er hatte mir auf die Schulter geklopft und mir ein großes Baumwolltaschentuch gereicht.

»Was ist los?«, hatte er beiläufig gefragt.

»Alles«, hatte ich melodramatisch geantwortet. Und dann hatte ich, nachdem ich mir die Tränen abgewischt und mir die Nase herzhaft mit seinem Taschentuch geputzt hatte, es ihm fast zurückgegeben, und wir hatten beide gelacht. »Ich wasche das und bringe es morgen zurück.«

»Keine Sorge. Aber wissen Sie was, ich habe keine Ahnung, warum ein Mädchen wie Sie hier arbeitet«, hatte er rätselhaft gesagt und mir wieder auf die Schulter geklopft. »Doch ich bin auf jeden Fall sehr froh darüber.«

Ein Mädchen wie Sie – das klang nicht wie ein Kompliment. Bryan hatte drei Kinder, lebte in Alperton und war am Wochenende Kricket-Schiedsrichter im Ealing Kricket Club. Sue lebte in Ealing neben der chinesischen Schule, half abends im Restaurant ihrer Familie aus, das sich auf Hunan-Küche spezialisiert hatte, und hatte fünf Enkel, die alle in der Nähe wohnten. Selbst Becky, die nur ein Jahr älter war als ich, war verheiratet und schwanger und war von Hanwell, wo sie aufgewachsen war, nach Acton gezogen. Sie lebten alle ihr Leben in West London und beeilten sich, aus der Stadt hinaus zurück in ihre ruhigen, geraden, belaubten Straßen zu kommen. Becky hatte mir erzählt, dass sie es nicht abwarten könne, noch weiter hinaus zu ziehen und einen richtigen Garten zu haben.

»Wer will schon in London leben?«, hatte sie gesagt. »Der ganze Lärm, die ganzen Leute. Wäre es nicht schön, sich wie auf dem englischen Land zu fühlen?«

Doch ich wusste nichts über das englische Land außer dem, was ich mir aus Büchern zusammengesammelt hatte. Ich war eigentlich noch nie außerhalb Londons gewesen, abgesehen von Urlauben an verschiedenen Stränden, als ich klein war. Und die waren immer eine Katastrophe, da meine amerikanische Ostküstenmutter britische Ferien ebenso nicht wirklich begriff wie viele andere Dinge über das Leben in diesem Land. Da saßen wir dann in bitterer Kälte auf einem winzigen Handtuch, das wir aus unserem B & B geschmuggelt hatten, auf einem schmalen Streifen aus feuchtem Land, sahen zu, wie Familien Ball spielten, Windfänge aufstellten, ausgetüftelte Picknicks verspeisten, und lauschten der *Radio 1 Roadshow*, um uns ein Kuddelmuddel aus Lärm und Spaß, während wir uns wie Überlebende eines Schiffbruchs aneinanderkuschelten. Ich konnte es nie erwarten, wieder nach London zu kommen.

Ich hatte die Stadt immer geliebt, geliebt, wie sie ihre beste Seite geheim hielt, dass sie einen, je mehr man sie erforschte, umso mehr belohnte. Ich liebte die kleinen Gassen durch Soho, die alten Emailleschilder vor ehrwürdigen Haushaltswarengeschäften, die Anzeigen für die Hilfe bei Pocken an den Seiten der Häuser in Bloomsbury. Die großen, schönen Karyatiden, die die Apsis der St. Pancras New Church in der Euston Road stützten, die hölzerne Schildkröte und den Frosch auf den Treppen in Liberty, den alten Westbourne, der in einen engen, von Menschen geschaffenen Tunnel über dem Bahnsteig der U-Bahn Sloane Square floss. Die geheimen Gassen und Stadthäuser, die sich vom Clerkenwell Green wie Bänder von einem Maibaum ergossen, die Teile, die am Victoria and Albert Museum fehlten, das während des Krieges bombardiert worden war ... In einer so großen Stadt ist man nicht so wichtig. Die eigenen Probleme sind winzig. Daran erinnert einen London jeden Tag.

Um halb sechs schalteten Sue, Becky und ich unsere Computer aus und zogen die Mäntel an. Der Arbeitstag bei Gorings endete pünktlich für uns, während die anderen, die richtigen Anwälte, länger blieben. Ich verabschiedete mich von Becky und Sue, so munter ich konnte. Sie stapften glücklich zusammen davon. Allein im warmen, engen Empfangsbereich, ging ich langsam umher, überprüfte die Schalter, während mein Kopf vor Müdigkeit brummte. Auf dem Weg nach draußen gab ich die Briefe, die ich getippt hatte, in Bryans Büro zur Unterschrift ab.

»Danke«, sagte er und überflog sie. »Hm ... gut. Ja. Ja ... O Gott. O nein. Nein, nein.« Er reichte mir die Briefe zurück.

»Nina, Sie haben statt ›Klient‹ ›Klinet‹ geschrieben. Dreimal. Und hier sind noch drei Fehler. Und auf den hier haben Sie keine Adresse geschrieben.«

Ich versuchte mich zu entschuldigen, doch meine Kehle war wie zugeschnürt. Ich nahm die Briefe wortlos wieder an mich und ließ den Kopf hängen.

»Schreiben Sie sie morgen, sie sind nicht dringend. Hm … alles in Ordnung heute, Nina?«, fragte Bryan, der mich beobachtete. Seine Hände lagen locker auf dem Schreibtisch, so dass sich die Fingerspitzen berührten.

»Sicher.«

»Gut. Nur noch eins. Sie haben ›Liebe Miss Bags‹ geschrieben, aber sie heißt Bahr. Miss Bahr, Nina.«

»Mr. Robson«, sagte ich plötzlich und schluckte schwer. »Kann ich Sie was fragen?«

Er nickte. »Natürlich, meine Liebe.«

Ich war mir nicht sicher, wie ich die Frage formulieren sollte. »Wenn jemand, von dem Sie dachten, er sei tot, es gar nicht ist, könnten Sie dann herausfinden, ob er es wirklich nicht ist?«

Bryan Robson zuckte nicht mit der Wimper, wie man zu seinen Gunsten feststellen musste. »Wenn man Ihnen zuvor erzählt hat, er sei tot?«

»Ja.«

Er legte die Finger weiter aneinander. »Den Tod selbst betreffend. Von welchem Zeitpunkt und Ort reden wir?«

»Oh. Hm … vom Amazonas«, antwortete ich. Ich wusste, dass ich vollkommen verrückt klingen musste. »März 1986.«

»Ich verstehe. Nun, das macht es ein bisschen schwerer, aber ich bin sicher, man könnte …« Er sah mich vorsichtig an. »Hören Sie, Nina …«

Ich unterbrach ihn. »Ich meine, vielleicht gibt es ja ein Register, das Sie einsehen können, wenn jemand von hier stammt und dort starb?«

»Eigentlich nicht. Der Todesschein, wenn einer ausgestellt wurde ... Wissen Sie das?«

Ich schüttelte den Kopf.

»Gab es eine Todesanzeige?«

»Gewissermaßen. In der *Times*.«

»Nun, die *Times* irrt sich meistens nicht, Nina.« Er lachte leise.

»Tja.« Ich trat von einem Fuß auf den anderen und erkannte, dass er darauf wartete, nach Hause gehen zu können. »Nun ja, egal. Es ist wahrscheinlich nicht wichtig.«

»Kann ich Ihnen bei etwas helfen?«

Guter, freundlicher Mr. Robson. Er hatte sich zu seinem achtzehnten Geburtstag einen Putter gekauft, und als er von Jamaica nach Bristol zog, hatte der örtliche Golfclub ihn wegen seiner Hautfarbe nicht aufgenommen. Also hatte er den Putter zurückgebracht und sich stattdessen Bücher gekauft. Damals kannte er niemanden, und so blieb er meistens abends zu Hause und las. Schließlich kam er zu dem Schluss, dass er, wenn er bleiben wollte, genauso gut etwas lernen könnte. Also machte er einen Juraabschluss an der Fernuniversität. Da war er zweiundzwanzig.

Ich dachte an die blitzenden dunklen Augen der alten Frau und wie gebannt sie mich angestarrt hatte.

»Ich glaube, ich werde verrückt«, sagte ich. »Vergessen Sie es. Es ist nichts.«

»Klingt mir nicht wie nichts«, erwiderte er leise. Seine Stimme war so freundlich.

»Danke.« Ich murmelte etwas von wegen, dass ich zu spät zu meiner Mum käme – das ist eine Phrase, die einen als angepassten Erwachsenen ausweist –, und floh mit Tränen in den Augen die abgetretenen Linoleumstufen hinunter.

Es hätte nicht so sein sollen. Deshalb war Bryan Robson meinetwegen so traurig. Er hatte meinen Lebenslauf gesehen und meinte, ich sollte inzwischen Professorin sein oder ein Stipendium bekommen und in Yale studieren. Ich habe den Fluch der schlauen Leute.

Man bot mir eine Stelle als Englischdozentin in Brasenose an, wo mein Vater gewesen war. Doch ich entschied mich stattdessen für das University College London, weil ich da zu Hause wohnen konnte. Ist das nicht jämmerlich? Ich würde Lehrerin werden. Zumindest wollte ich das. Englischlehrerin. Aber alle um mich herum hatten andere Vorstellungen. »Ja, natürlich«, hatte meine Grundschullehrerin gesagt. »Man sollte einen Plan haben. Aber in deinem Fall, meine Liebe, sollte man sich nach Kräften so hohe Ziele wie möglich setzen.«

Oh, wie enttäuscht sie über mich sein muss. Ich wurde Erste in englischer Literatur. Ich machte einen Magister in Kinderliteratur. Ich war dabei zu promovieren. Ich bekam ein Stipendium von einer Stiftung, und alles war geregelt. Immer noch darauf aus, dass ich mein großes Hirn nicht nach Oxbridge oder schlimmer noch nach Amerika entführte, hatte mir die UCL versichert, dass ich das Zeug zum Doktor habe. Mich nahm sogar mein Mentor, Professor Angell, beiseite und sagte mir, dass ich mich, wenn ich wollte, um ein D'Souza-Stipendium bewerben könnte. Das wurde nur alle fünf Jahre außergewöhnlichen Studenten gewährt, aber in diesem Fall etc. Doch meine Ehe zerbrach gerade, und das ganze Chaos bedeutete ... Nun ja, egal, ich promovierte nicht.

Obwohl ich ihn verlassen hatte, schien Sebastian aus dem Zusammenbruch unserer Ehe energiegeladener denn je hervorzugehen. Er schüttelte sie einfach ab und ging weiter zu großen Dingen – seine eigene Promotion am Conrad, Koautor bei einem Buch, Vorlesungen auf der ganzen Welt. Und ich habe eigentlich nichts anderes geschafft als diesen Job. Ich verpasste zwei Jahre hintereinander die Chance, mich für die PH zu bewerben, und dann bewarb ich mich und kam nicht rein. Ich habe also echt Glück, dass Gorings mich nahm. Aber mein Job konnte (besser) von fast jedem erledigt werden: jemand, der daran dachte, neue Stifte zu bestellen, und den Drucker reparierte, wenn die Etiketten klemmten. Becky will Anwältin werden, obwohl sie ihr ganzes Leben damit verbringt, sich in Nagelstudios anzumelden und Babykataloge durchzublättern. Sue ist ausgebildete Buchhalterin – sie macht abends die Buchhaltung für ihr Restaurant. Diese Menschen haben Qualifikationen, sogar eine Berufung, und dann gehen sie heim und haben auch noch ein anderes Leben.

Ich bin jedoch froh über diesen Job. Und ich sollte dankbar sein für dieses ruhige, kleine Leben. Aber das bin ich nicht. Ich hasse es. Ich lerne gerne. Ich lese gerne. Ich bin am glücklichsten, wenn ich mir eine andere Welt ausmale als die wirkliche, und deshalb ist es so schwer, Leuten wie Bryan Robson oder meinen Lehrern in der Schule oder dem Berater, den ich mit fünfzehn hatte – einer von denen, die »begabten Kindern« helfen, nicht zu verrückten Psychopathen zu werden –, vorzumachen, dass ich nicht so schlau bin. Denn ich weiß, das bin ich nicht. Ich bin nur ungewöhnlich intensiv. Wenn ich mich für etwas interessiere – Grabmalarchitektur oder Tutenchamun oder Kinderliteratur –, dann bin ich wirklich interessiert. Ich sauge das Lebensblut daraus wie ein Moskito, das alle Fakten und jedes Interesse aufsaugt, und dann gehe ich weiter.

Mum hat mal gesagt, dass ich das von meinem Vater habe. Sie redet nie über ihn, weshalb ich mich daran erinnere wie an jeden Brocken Information über ihn, als würde ich nach Gold schürfen. Man hatte mich in der Schule getadelt, weil ich eine Lehrerin verbessert hatte, und sie war einbestellt worden. Ich hatte mitgehört, wie sie Mrs. Poll am Abend erzählt hatte, was sie über mich gesagt hatten.

»Sie hat Mrs. Cousins einfach gesagt, dass sie sich irre, dass es Austen sei und nicht Brontë. Und sie hatte natürlich recht, aber ... O Gott, wie sie sich aufgeführt hat. Ich fürchte, sie ist noch intensiver als ihr Vater.«

Ich war die Treppe heruntergekommen. Die beiden führten das Gespräch bei einem Glas Sherry. Ich hatte hinter der Tür gestanden und durch die Lücke geschaut. Mrs. Poll saß an unserem Küchentisch, und ich sah, wie sie herüberschaute, um sicherzugehen, dass ich nicht da war. »Was meinst du mit intensiv, meine Liebe?«, fragte sie.

»Ich schaue mal, wie ich ihn am besten beschreiben kann«, sagte Mum. »Ihr Vater war ein bisschen ein Sonderling. Oh, unglaublich charmant und wahnsinnig klug, aber absolut verrückt im Umgang. Ja, ein Sonderling.«

»Ein Sonderling?« Mrs. Poll schien die Information aufzunehmen und zu verarbeiten. »Ich verstehe. So ein befriedigendes Wort, nicht wahr?«

Was hieß, wie ich wusste: Das erklärt einiges.

Ich humpelte in meinen Stiefeln zur U-Bahn und sah hinauf in den hellblauen Himmel, der von kleinen weißen Wolken verhangen war. Mir wurde kälter, und ich schauderte: zwei Jahre seit der Scheidung, sechs Monate, seit ich wieder zu Hause eingezogen war. In diesen letzten Monaten hatte ich meistens um diese Nachmittagszeit eine Art Erfüllung verspürt. Noch ein Tag fast vorbei, den man auf dem Kalender abstreichen konnte. Dabei hatte ich keine Ahnung, warum ich die Tage abstrich oder wohin der Countdown mich führte.

3

»*Abend, Mum! Diese Frau, die ich getroffen habe, sagt, mein Vater ist nicht tot.*«
»*Komische Geschichte. Bist du bereit? Dad lebt.*«

Unser Haus ist schmal und hoch mit einem schwarzen Geländer vorne und breiten, zugigen Fenstern. Meine Eltern zogen vor meiner Geburt in die Kellerwohnung, und nun, nach drei Jahrzehnten, zwei Todesfällen und einem Glücksfall, gehört uns das ganze Haus, obwohl es ein langer Weg war bis zum obersten Stockwerk. Wir sind hinaufgekrochen wie Efeu.

Das Ironische daran ist, dass wir immer noch die meiste Zeit unten verbringen. Dort ist die Küche, und dort versammeln wir uns meistens, wer immer da ist. Früher war es das Frauenkollektiv von Islington, das Mum Suppe und »Maggie raus!«-Poster brachte und an unserem winzigen klapprigen Küchentisch Tiraden über das böse Patriarchat vom Stapel ließ. Später waren es ich, Mum, mein Stiefvater Malc und unsere liberalen Kaftan tragenden Nachbarn, die in Islington wohnten, bevor die Banker einzogen. Dann waren es wir und Sebastian, mein unverhoffter Ehemann, denn wir beide waren glücklicher hier inmitten des sanften Chaos als in seinem Elternhaus, einer großen Kunstgewerbevilla am Rande von Hampstead Heath, wo ständig ein nie ablassender Strom aus wichtigen Leuten auf einen Drink oder zum Mittagessen am Sonntag vorbeizukommen schien. Mum mag unvorhersehbar sein, aber zumindest weiß man, dass sie nicht für zwanzig gedeckt haben wird – darunter der Generaldirektor der BBC –, wenn man sich aufs Sofa knallen und fernsehen will.

Unsere Küche ist warm. Sie ist dunkel und mit Korkplatten bedeckt, die auf dem Boden sind und an den Wänden der Geräte. Es gibt eine Terrassentür, die in den winzigen Garten führt, der an den Kanal grenzt. Das Bücherregal neben dem Fenster ist gefüllt mit zerlesenen und bekleckerten Taschenbüchern – Elizabeth David, Claudia Roden. Die Plakate sind ein absolutes Muss – Drucke von Elizabeth Blackadder, Babe Rainbow, sogar jenes *New-Yorker*-Cover von Steinberg, gekauft von meinem Vater für meine Mutter, damit sie ihr Zuhause nicht vermisse.

Es gibt immer *Sachen* in der Noel Road – Zeitschriften und Bücher auf der Treppe, lose Kabel oder Schlüssel in Gläsern, Postkarten aus Kreta, Sizilien und Granada von Freunden im Urlaub, die gefährlich auf Heizungen lehnen, einzelne saubere Socken in kleinen einsamen Bällen, die nach ihren Partnern suchen. Wir sind alle ziemlich unorganisiert. Na ja, Mum ist es. Ich bin es jetzt, war es aber früher nicht. Der arme Malc ist es gar nicht. Mums Chaos beherrscht uns. Doch meine Studienfreunde kamen, wenn sie nach London gezogen waren, her und schwärmten von dem Boheme-Chaos. »Nina, deine Mutter ist ja so cool. Ich will auch mal so eine Küche haben.«

Komischerweise war ich nie gerne unten in der Küche. Ich versuchte immer aus dem Keller und wieder rauf zu Mrs. Poll zu kommen.

An diesem Abend schleuderte ich meine heimtückischen Stiefel fort und stampfte die Treppen hinunter. Man muss Lärm machen, sonst hört Mum einen nicht und schreckt zusammen und schreit.

»Au«, sagte ich laut, als ich die unterste Stufe erreichte und mir den Zeh an etwas stieß. »Wer hat denn einen Becher hier stehen lassen?«

Mum tippte an ihrem Laptop in der Küche, sah aber auf, als ich eintrat.

»Hi, Süße! Wie geht es dir?«

»Hi, Mum. Gut, gut.« Ich zögerte, ich bin eine schreckliche Schauspielerin. »Wie lief es heute?«

»Nicht schlecht.« Mum zog an ihrem weichen honigfarbenen Haar, so dass es hinten abstand wie bei einem Entenküken, und spähte über ihre riesige Schildpattbrille, die sie zum Schreiben trug, auf den Schirm. »Lass mir noch ein paar Minuten, ja? Setz doch schon mal den Kessel auf.«

»Klar.« Ich betrachtete sie einen Moment und fragte mich, wie ich die richtigen Worte finden sollte, um zu sagen, was ich zu sagen hatte. Mum arbeitet am besten von vier Uhr nachmittags bis acht, was nicht viel ist, wenn man ein kleines Kind hat, wie ich mich sehr wohl aus den Jahren erinnere, in denen ich versuchte, ihr Interesse an meinen Bestnoten in Englisch, meine Fehde mit Katie Ellis oder einen abgerissenen Knopf am Schulhemd zu wecken. Ich brauchte Hilfe, um ihn anzunähen.

Sie lebt von den Tantiemen ihres berühmtesten Buchs, *The Birds are Mooing*. Sie hat noch zwei weitere Bücher geschrieben, aber seit dem letzten vor ungefähr zehn Jahren hat sie nichts mehr veröffentlicht. Sie geht die ganze Zeit zu Festivals und besucht Schulen und Bibliotheken, aber sonst ist sie hier, sitzt den ganzen Nachmittag an diesem Fleck und schreibt angeblich. Sie sagt, sie sei fast fertig mit einem neuen Buch, doch das sagt sie schon seit Jahren, seit vor meiner Heirat mit Sebastian.

Ich machte so langsam wie möglich Tee. Trotzdem schrieb sie weiter. Ich sah auf mein Handy, doch ich habe nichts Interessantes drauf, nur SMS. Ich bin ein Dinosaurier.

Was sagte der achtzigjährige Pirat an seinem Geburtstag? – »Aye, Kumpel.«

Das kam letzte Woche von Sebastian.

Also blickte ich zum Fenster hinaus und stellte schließlich eine Tasse Tee neben sie. Wie immer zu diesem Zeitpunkt hämmerte derselbe Gedanke in meinem Kopf: Du musst nicht in der Küche schreiben. Es gibt ein Arbeitszimmer im oberen Stockwerk, das du nie benutzt. Da würde ich dich nicht stören.

»Mum? Der Tee ist fertig.«

»Nur noch eine Sekunde, Liebes.«

Wir hätten Mattys Zimmer oben lassen können, wie es war. Warum haben wir Mrs. Polls Schränke mit dem goldenen Blumenrand herausgerissen, auf die sie so stolz war, und die Teppiche hochgerollt und diesen Schreibtisch und die Regale reingestellt, wenn du niemals reingehst?

Normalerweise würde ich es einfach dabei belassen. Das muss man bei Mum. Aber heute konnte ich nicht, weshalb ich nach einer weiteren Minute Luft holte.

»Ich hatte heute einen seltsamen Tag«, sagte ich laut.

»Ja, Liebes?« Die Tastatur bebte unter der Heftigkeit ihres Tippens. »Hm. Gib nur noch einen Moment.«

»Ich habe Sebastian gesehen. Er lässt grüßen.«

Sie sah auf und lächelte. »Ah, grüß ihn zurück. Wie geht es ihm?«

»Gut. Ihm geht es immer gut. Hör zu, Mum …« Ihr Blick war zurück zum Bildschirm gewandert. Deshalb legte ich die Hand auf den Schreibtisch und brüllte: »Mum!« Sie blickte schockiert auf und hatte diesen altbekannten, gefährlichen Ausdruck im Gesicht, doch ich beachtete ihn nicht.

»Du hast mich aber erschreckt! Was ist los?«

»Während ich mit Sebastian sprach … hm, da sah uns diese Frau. Sie sagte, sie kenne meinen Vater. Sie sagte, er sei nicht tot.«

Es gibt ein paar Dinge, über die Mum und ich nicht sprechen – ihren Zusammenbruch, meine Kindheit, die frühen Jahre hier, oh, viele Dinge. Doch zurzeit sprechen wie nie, niemals über meinen Vater.

Langsam klappte Mum den Laptop zu. »Das ist tatsächlich ein seltsamer Tag«, sagte sie nach einer Pause. »Ach, Liebes. Wer um alles in der Welt war das?«

»Ich weiß es nicht. Ihr Familienname war Travers, glaube ich.« Ich sah ihr ins Gesicht und suchte nach einer Reaktion. »Sie wusste, wer ich war. Zumindest ...« Ich erinnerte mich an das Notebook, daran, wie ihr Blick über mich glitt. »Ich glaube es jedenfalls. Ich bin mir nicht ganz sicher.«

»Was hat sie denn zu dir gesagt?«

Ich berichtete ihr alles über diese Begegnung.

»Es ist das ›Das haben sie Ihnen also erzählt?‹«, endete ich schließlich. »Das ist es, was mich wahnsinnig gemacht hat. Als ob es ... hm ... etwas gäbe, was ich nicht weiß.«

Mum stand auf und ging zum Kühlschrank. Sie schaute so lange hinein, dass ich mich fragte, ob sie vergessen hatte, wo sie war. Dann nahm sie Tomaten und Zwiebeln heraus, ging zum Hackbrett und begann mit dem Schneiden.

Ich wartete.

Nach einer Weile erklärte sie: »Das ist ziemlich verrückt, Liebes. Es tut mir leid, dass diese Dame dir den Tag verdorben hat, aber ich weiß nicht, was ich dir sagen soll, außer dass dein Vater nicht organisiert genug war, um sich an meinen Geburtstag zu erinnern. Ich bezweifle sehr, dass er fähig gewesen wäre, eine internationale Verschwörung über seinen eigenen Tod aufzuziehen.«

»Wirklich?«

»O ja. Er war hoffnungslos vage bei allem.« Sie legte das Messer hin und lächelte, während sie kurz die Augen schloss.

»Und, oh, er konnte mit seinem Charme die Vögel von den Bäumen locken. Schmetterlinge auch. Ich wünschte ...« Sie brach ab, schüttelte den Kopf und befingerte die dicken Glasperlen an ihrer Kette. »Egal.«

»Was?«

»Ach, ich wollte sagen, ich wünschte manchmal, dass alles anders wäre. Aber dann – so ist es nun mal. So war es.« Sie zupfte am Thymian in einem Topf. »O Liebes, es tut mir so leid, dass dich das so aufregt, vor allem heute.«

»Wie meinst du das?«

»Na ja, zwei Jahre seit deiner Scheidung und seit du den Job angefangen hast, oder?« Sie sah überrascht aus. »Erinnerst du dich nicht?«

»Natürlich. Ich habe nur nicht gedacht, dass du das tust.«

»Ich versuche den Überblick zu behalten, Nina.« Sie klang verletzt. »Ich bin deine Mum. Ich weiß, ich bin eine furchtbare Mum, aber ich versuche es.«

Sie sagt »Mum«, aber es vermischt sich immer mit »Mom«, was sie eigentlich sagen will.

»Ich denke, die alte Dame war etwas aus dem Ruder«, sagte ich und versuchte zum Thema zurückzukehren. »Aber ich habe ihr geglaubt. Weiß nicht, warum.«

»Nina.« Mum funkelte mich fast an, und ich sah den Tränenfilm in ihren Augen. »Ich wünschte, ich wüsste, wie ich es dir sagen soll, Liebes.« Sie schüttelte den Kopf. »Ich wünschte, du könntest dich an ihn erinnern, das ist alles. Denn wie es passiert ist ...«

Es gab kein Begräbnis wegen der Umstände. Er hatte keine Familie, und sie war allein in England. Abgesehen von einem Zeitungsausschnitt hätte das Ganze ein Traum sein können. Ich hätte ohne Vater geboren sein können, hatte kein Gefühl dafür, wo ich herkam oder wer er war.

Ich kannte Einzelheiten über ihn, zum Beispiel seine großen Füße und seine Leidenschaft für Rote Bete, seine Liebe für die englische Landschaft neben meiner Mutters völliger Gleichgültigkeit, seine romantischen Gesten – wie das Geschenk des *New-Yorker*-Covers von Steinberg – und das Foto von ihnen vor der Bodleian in dem Sommer, als sie sich kennengelernt hatten. Doch das waren so winzige Informationshäppchen wie die abgestoßenen Glas- und Steinstücke, die ich in jenen jämmerlichen Ferien am Strand sammelte und in einem Beutel aufbewahrte, als ob es Schmuckstücke wären. Und allmählich waren die wenigen Spuren, die es von der Existenz meines Vaters gab, verschwunden. Ich hatte die Steine noch, doch die Tatsachen über sein Leben waren alle ausgelöscht, als ob er niemals hier gewesen wäre.

Mum und ich starrten einander an, und ich weiß nicht, wohin das Gespräch als Nächstes hingeführt hätte, doch da knallte die Haustür zu, und die schweren Schritte meines Stiefvaters Graham Malcolm, bekannt als Malc, donnerten die Stufen herunter.

»Abend«, sagte er und ließ einen Stapel Post auf die Theke fallen. »Hier ist eure Post, wunderbare Frauen des Hauses. Von eurem freundlichen Butler gebracht. Lag den ganzen Tag auf dem Boden und hat darauf gewartet, dass euer freundlicher Butler sie aufhebt und euch bringt. Manche mögen meinen, ihr könntet sie aufheben und sie nicht jeden Tag mir überlassen. Manche mögen das meinen.« Er warf meiner Mutter einen Kuss zu. »Hallo, Liebste. Hallo, Nins.«

»Abend, Malc«, sagte ich, küsste ihn und sah über meine Schulter auf meine Mutter, die nun ganz vertieft darin war, etwas anderes zu hacken. »Wie war dein Tag?«

»Ausgezeichnet. Ich habe etwas mit Brian Condomine getrunken. Er beendet gerade ein Buch über beliebte Mordmethoden im viktorianischen London. Es ist wundervoll! Wirklich faszinierend.«

»Oh, das klingt hinreißend«, gab ich sarkastisch zurück.

»Tja«, erwiderte Malc verträumt. »Das war es. Wir waren im Pride of Spitalfields. Sehr interessanter alter Laden in der Heneage Street. Man sagt, dass James Hardiman dort trank, bevor er Annie Chapman ermordete. Nun, ich habe viele Recherchen betrieben, und es könnte stimmen, aber tatsächlich …«

Ich holte noch einen Becher und versuchte aufmerksam zuzuhören. Wenn Malc sich über Jack the Ripper ergeht, ist er nur schwer zu stoppen. Ich reichte ihm einen Tee, und damit er sich hinsetzen konnte, nahm ich meine Tasche von dem Stuhl neben mir. Sie lag mit offenem Reißverschluss auf der Seite, und als ich sie auf den Boden stellte, fiel alles raus.

»Chaos, Chaos«, sagte Malc, der sofort mit der Beschreibung der Hauptarterien in der Kehle aufhörte. »Manchmal glaube ich, ihr beide kommt nur deshalb vor mir nach Hause, damit ihr rumrennen und alles umwerfen könnt, so dass ich es wieder aufräume.«

Ich kroch auf dem Boden herum und hob mein Buch, meine Kopfhörer und meine Geldbörse auf. Malc kauerte sich hin und nahm einen kleinen cremefarbenen Umschlag aus dem Stapel. Mein Name stand in schwacher, zittriger Handschrift vorne drauf.

»Noch mehr Post«, meinte Malc und reichte ihn mir. »Habe ich den hier nicht gesehen?«

»Da steht keine Adresse«, antwortete ich neugierig. »Er muss in meiner Tasche gewesen sein.«

»Was ist das?«, fragte Mum.

Es ist wirklich dumm, aber meine Hände bebten, als ich den Umschlag öffnete. Darin war ein Foto. Eine kleine Gestalt in mittlerer Entfernung, ein schlankes Mädchen mit einem schwarzen Bobhaarschnitt und einem seltsamen, finsteren Gesichtsausdruck. Sie hielt ein langes Ruder in der Hand und stand in herausfordernder Haltung in einem kleinen Holzboot inmitten eines Flusses, an dessen beiden Ufern Bäume standen. Es hätte gestern aufgenommen worden sein können. Obwohl es schwarzweiß war, konnte man die Bewegung des Wassers sehen, das Blitzen, die Brise in den dicken Ästen der Bäume am Ufer.

Ich spürte wieder diesen seltsamen schmerzhaften Stich in meinem Schädel, als ich auf die Szene starrte, den Himmel und das Wasser. Ich drehte das Foto um. In verblasster schwarzer Tinte stand gekritzelt:

Teddy in Keepsake, 1936
Sie sehen aus wie sie.
Sie sollten inzwischen über KEEPSAKE Bescheid wissen.

An jenem Mittag hatte ich nach ihrem Verschwinden erfolglos nach ihr gesucht und war dann auf die Toilette gegangen, bevor ich meine Sachen gepackt hatte und wieder zur Arbeit geeilt war. Nun sah ich auf meine Tasche. Die Tasche vorne war offen. Sie musste mich beobachtet und auf den richtigen Moment gewartet haben.

»Ich verstehe nicht«, sagte ich, während ich die Worte anstarrte. Ich sah Mum an. »Deine Mutter heißt doch nicht Teddy, oder?«

Ich kannte Mums Eltern nur flüchtig, aber ich wusste zumindest, wer sie waren: Jack und Betty, Upper-Westside-Literaturprofessoren. Betty war tot, und Jack wurde in einem Heim bei New York alt und immer seniler.

Mum schüttelte ausdruckslos den Kopf. Langsam sagte sie: »Das ist nicht meine Mum. Ich weiß nicht, wie die Mutter deines Vaters hieß. Ich wusste nicht ...« Sie legte das Messer wieder ab. »Ist ... ist Teddy nicht ein Jungenname?«

»Auch ein Mädchenname – Theodora, Thea.« Malc nahm das Foto. »Aber was ist Keepsake? Und warum solltest du das Foto haben?« Er rieb sich unbewusst die Hände, einen neuen Fall witternd. »Wie seltsam.«

Mum wandte sich Malc zu. »Diese Frau kam heute in der Bibliothek auf Nina zu und sagte, sie kenne sie und dass ihre Familie sie anlüge, wenn sie sage, dass ihr Vater tot sei. Und dass es da eine Verschwörung gebe. Und Nina hat sie noch nie gesehen.«

»Ah«, machte Malc. Ich sah sie einander anschauen. »Noch was?«, fragte er mich.

Ich schüttelte mich. Es schien etwas Dunkles, Kaltes, Wirbelndes in der Küche zu sein, das die Frühlingssonne aussperrte. Ich schob das Foto beiseite und wünschte, es wäre nicht hier. »Oh, ja, ich gehe mit Sebastian was trinken«, sagte ich, weil ich nicht wusste, was ich sonst sagen sollte.

»Du siehst ihn jetzt, da ihr geschieden seid, öfter als während eurer Ehe«, stellte Malc fest, wühlte in seinen Taschen und legte sorgfältig nacheinander das ganze Kleingeld, Rezepte und Bonbonpapier auf die Küchentheke. Das machte er jeden Abend, eine Art Ritual zum Runterkommen. »Wie ihr beide jemanden kennenlernen wollt, will ich mal wissen ...« Er verstummte, sah dann auf und lachte nervös. Die Atmosphäre war gespannt, als ob wir uns alle der Rollen bewusst wären, die wir spielten. Natürlich spielten wir sie seit Jahren.

Doch das hier war anders. Mein Kinn sank mir auf die Hand, und ich starrte vor mich hin und runzelte die Stirn. Im Hintergrund rührte Mum methodisch in einer Pfanne.

Nach einer Pause sagte Malc: »Hört zu, denkt nicht weiter drüber nach, ihr beide. Ich hatte in meiner WG in Archway eine Nachbarin, die überzeugt war, dass ich dieser schottische Fußballer sei, den man wegen Steuerbetrugs suchte, und dass es ihre Pflicht sei, mich anzuzeigen. Sie schrieb an die Polizei. Man konnte sie nicht davon abbringen, egal, was man tat. Doch wenn man sie auf der Straße traf, hätte man sie für völlig normal gehalten. Es gibt da draußen mehr solcher Menschen, als man glauben sollte.«

»Sie war ziemlich genauso.« Ich dachte an ihren wilden, verrückten Blick, an die Art, wie sie mit mir geredet hatte. *Sie sind wirklich genau wie Ihr Vater.* Und doch – und doch hatte ich ihr geglaubt.

Malc ging zu Mum und legte schützend den Arm um sie. »Rätsel gelöst, meint ihr nicht? Wir haben das kindliche Bedürfnis, an den schwarzen Mann zu glauben, während es in der Realität doch oft so ist, dass Leute Adressen falsch verstehen oder vergesslich sind oder wütend auf etwas, von dem man keine Ahnung hat.« Mum begann mit erneuter Energie zu rühren, und Malc streckte die Arme aus und atmete tief ein. »Das wahre Rätsel ist nun, was wir an meinem Geburtstag machen.«

»Im Juni, schon in sieben Wochen?«, fragte ich ihn neckend. »Der Geburtstag?«

»Ich habe mir für den Tag freigenommen. Brian will, dass ich seinen pensionierten Polizisten treffe, der weiß, wo die Krays zwei Leichen versteckt haben, es aber aus Angst vor Repressalien nicht sagen kann. Würde das Plänen, die ihr in der Richtung habt, zuwiderlaufen, wenn ich fragen darf?« Eine kleine Pause. »Dill?«

Meine Mutter, für die Weihnachten jedes Jahr als völlige Überraschung kommt, sah etwas erstaunt aus. »Du hast schon wieder Geburtstag?«

Ich sah auf das Foto, schob es in meinen Hercule-Poirot-Roman und lehnte mich an die Küchentheke, während ich mich der schönen Kunst zuwandte, Malc aufzuziehen. Süßer, stickiger Dampf stieg von der Tomaten-Zwiebel-Sauce im Topf auf. Ich beachtete die Stimmen in meinem Kopf nicht. Das ist das Problem mit einer überbordenden Phantasie, sie bringt einen in alle möglichen Schwierigkeiten.

4

Das zweite Foto kam dreizehn Tage später. Ich war im Bürobedarfsschrank und machte angeblich eine Bestandsaufnahme, was aber tatsächlich nur teilweise stimmte, weil ich manchmal Pause machte und Bonbons aß und *16.50 ab Paddington* las, das ich an jenem Mittag in der Bibliothek gefunden hatte. An der Uni und bei Sebastian war ich sehr organisiert gewesen. Selbst als ich nach der Scheidung mit Leah und Elizabeth in unserer Frauen-WG gelebt hatte, war ich diejenige gewesen, die die Flächen wischte und meistens Wäsche wusch. Nun befand ich mich sowohl in der Arbeit und auch wieder bei Mum in einem ständigen Zustand des Chaos, ich konnte keine passenden Socken finden und verlor immer wieder meine Monatskarte, ganz zu schweigen von Knöpfen, Schuhen und Haarbändern. Auch Bücher. Ich stieg aus der U-Bahn und ließ sie einfach liegen. Ich vergaß dauernd Sachen in der Arbeit, bestellte Dinge aus dem Bürobedarfskatalog, die wir nicht brauchten. Die meiste Zeit im Büro verbrachte ich am Telefon mit dem Bürobedarfsgeschäft und arrangierte Rücksendungen. Während ich am Boden kniete und mit einer Hand den Agatha-Christie-Roman hielt und mit der anderen Büroklammern ordnete, öffnete Sue die Tür, und ich fuhr hoch.

»Ein Anruf für dich, Nina.«

Ich rutschte auf den Knien herum und ließ das Buch leise fallen.

»O danke, Sue. Kannst du sagen, dass ich zurückrufe? Ich bin etwas beschäftigt.« Ich sah ihr ins Gesicht. »Wer ist es?«

»Es ist Sebastian. Er meint, es sei wichtig. Er klang sehr nett, Nina, sehr gesprächig.« Sue fand immer eine Möglichkeit, mich über mein Liebesleben auszufragen.

»Er ist …« Ich versuchte, nicht zu seufzen. »Ja, kannst du ihm sagen, ich rufe zurück?«

»Er hat sich sehr klar ausgedrückt, dass es wichtig ist.« Sue hielt den Blick entschlossen auf mich gerichtet und nicht auf das Chaos im Schrank. »Wirklich dringend.«

»Gut.« Ich setzte mich auf und verstreute Klammern auf dem Boden. »O verdammt.«

»Ich mache das. Geh du und rede mit ihm.«

»Danke, Sue.« Ich stand auf. »Ein Bonbon?«

»Oh, nett. Ja, bitte. Jetzt beeil dich!« Sie strahlte wie eine Kuppelmutter. »Er wartet auf dich!«

Ich besaß nicht das Herz zu sagen: Hey, er ist mein Ex-Mann, Sue, und er hat zwei Wochen nach unserer Trennung mit meiner neuen Wohnungsgenossin geschlafen. Also hob ich mein Buch auf, beiläufig, als ob es in Ordnung wäre, um drei Uhr nachmittags Krimis zu lesen und Bonbons zu essen.

»Hi«, grüßte ich eine Minute später. »Geht es dir gut?«

»Ja. Nina, kannst du reden?«

»Klar. Alles in Ordnung?«

»Ich wollte mit dir über etwas …« Er verstummte

Auf meinen Schenkeln war noch eine Büroklammer. Ich pflückte sie zu schnell ab, so dass eine Laufmasche in der Wolle entstand. »Ich bin in der Arbeit, Sebastian, was ist los?«

»Leg nicht auf. Meine Mutter will dich sehen.«

»Zinnia … will mich sehen?«

»Unbedingt.«

»Ich will nicht unhöflich klingen, Sebastian, aber … ähm … warum?«

»Nun, wir sind noch Freunde, oder, Sally?« Wir hatten uns eine Zeitlang Harry und Sally genannt, eine der vielen Phasen, in denen wir uns kleine Etiketten verliehen, um unsere seltsame Situation zu erklären.

»Ja, natürlich. Aber deine Mutter sieht es nicht so, oder?«

»Ich behaupte immer noch, dass du nicht die Vase nach ihr hättest werfen sollen.«

»Ich habe die verdammte Vase nicht kaputt gemacht …« Ich hielt inne. »Hör zu, ich bin in der Arbeit. Reg mich nicht auf.«

»Aber das ist so leicht bei dir, Nins.« Er lachte. Ich sagte nichts. »Nein, ehrlich. Ich weiß nicht, worum es geht, sie hat nur gesagt, dass sie dich sehen will. Sie sagt, dass sie dir was erzählen muss.«

Zinnia lud mich tatsächlich sechs Monate vor dem Ende unserer Ehe zum Tee nach High Mead Gardens ein. Wir saßen in dem großen Wohnzimmer mit dem abgetretenen Parkett und den mit Fotos bedeckten Wänden, die die glückliche Familie Fairley bei Arbeit und Spiel im Lauf der Jahre zeigten. Zinnia hatte ein Foto von mir und Sebastian an unserem Hochzeitstag rahmen lassen, doch sie hängte es nie auf, stellte es nur auf einer Kommode auf. Nicht der Mühe wert, den Putz mit einem Nagel dafür zu beschädigen. Natürlich hatte sie recht.

Sie bot Gurkensandwiches und diese Kekse mit hartem rosa Guss und Schokoladenguss an, solche, die so viel versprechen und so wenig halten. Sie sagte mir, sie »kämpfe damit, mit allem fertig zu werden«. Dass ich »sein Leben zerstört« habe. Dass ich, wenn ich ihn lieben würde, gehen und nie wieder mit ihm in Kontakt treten solle.

Das Ironische daran ist, dass ich schließlich tatsächlich ihren Rat befolgte, und nicht, weil ich ihr zustimmte, sondern weil wir beide inzwischen zu demselben Schluss gekommen waren. Es ist komisch, sich daran zu erinnern, wie sehr es damals weh tat. Diese Nina scheint ganz anders zu sein als die, die ich heute bin. Sie ging Risiken ein, war ungestüm und leichtsinnig. Zinnia war auch Teil dieses Lebens, meines alten, dramatischen Lebens, in dem es zur Routine gehörte, in aller Öffentlichkeit zu schreien und zu schluchzen und die ganze Nacht Sex zu haben, als London voller Möglichkeiten war, die Tage endlos waren und ich eine kurze Zeitlang glaubte, dass ich diese Person sei, dieses Mädchen, das lebte, nicht die nichtssagende, immer nur zuschauende und nie etwas machende Nina am Rande, die ich gewesen war, bevor ich ihn kennengelernt hatte, und die ich nun wieder war.

Ich würde nicht mal wissen, was ich zu Zinnia sagen sollte, wenn ich sie nun träfe. Ich schluckte und nahm das Telefon in die andere Hand.

»Bist du noch da?«, fragte Sebastian leise.

»Ja. Entschuldige, Sebastian. Sag einfach, du hättest mich nicht erreicht. Ich bin im Moment ziemlich beschäftigt, und …« Ich verstummte. »Ist das okay?«

»Natürlich.« Ich wünschte, er würde mich nur einmal herausfordern. »Aber du solltest trotzdem irgendwann mal zum Mittagessen zu meinen Eltern kommen. Sie würden dich gerne wiedersehen, das weiß ich. Ich meine, ganz allgemein. Es ist eine Ewigkeit her.«

»Klar.«

»Und wir haben noch keinen Termin für unsere Verabredung ausgemacht.«

»Stimmt«, erwiderte ich und wollte schon sagen, dass ich das für keine gute Idee hielte, als plötzlich Becky erschien und mir eine Auswahl an Keksen unter die Nase hielt. Wir wollten an dem Nachmittag die königliche Hochzeit am nächsten Tag feiern.

Wir legten auf, nachdem wir uns vage zugesagt hatten, uns in der nächsten Woche zu treffen. Normalerweise simste einer von uns, wenn wir zufällig nichts mit uns anzufangen wussten und Lust auf Kaffee oder ein Mittagessen hatten und jemanden brauchten, mit dem wir die Zeit totschlagen konnten. Ich kaute nachdenklich an meinem Finger und starrte auf die Laufmasche. Abgesehen von Zinnia mochte ich Sebastians Familie. Ich liebte seinen Bruder und seine Schwester, die ich selten sah, und seine furchterregende Tante Judy, die bei ihnen wohnte. Aber wir waren geschieden, und das nun seit mehr als zwei Jahren.

»Wie ihr beide jemanden kennenlernen wollt, will ich mal wissen …« Ohne es zu wollen, kam mir Malcs Bemerkung von vor ein paar Wochen in den Sinn. Ich zuckte verärgert mit den Schultern. Zinnia brachte das Schlimmste in mir zum Vorschein: Ich hatte immer das Gefühl, dass sie mich und meine schlechtesten Angewohnheiten so gut kannte wie niemand sonst. Dass sie die Person durchschaute, die ich vorgab zu sein. Was hatte sie vor?

Ich stand auf, wollte schnell vor unserer Feier den Bürobedarf beenden, eine gute Mitarbeiterin und Kollegin sein und mich voll in die Diskussion über Onkel Gary, Kates Friseur und darüber, wer die Brautjungfern waren, stürzen. Ich nahm mein Buch, um es wieder in meine Tasche zu stecken. Etwas fiel zwischen den vergilbten Seiten heraus. Ich fuhr zusammen, sah nach unten und sog dann scharf die Luft ein.

»Meine Güte!«, sagte Becky und ließ ihren Stapel britischer Flaggen fallen. »Was um alles in der Welt ist los?«

Ich hob die Karte auf, die auf dem Stuhl lag, und drückte sie an mein pochendes Herz. »Nichts. Dachte, ich hätte eine Spinne gesehen, aber es ist nur ein Schatten. Tut mir leid, Becks.«

»Iss was vom Kuchen«, meinte sie lächelnd. »Wir sind alle ganz aufgeregt!«

Ich wollte nicht hinschauen. Ich fragte mich, ob ich sie vielleicht einfach ungelesen wegwerfen sollte, so tun, als ob ich sie nie bekommen hätte?

Es war wieder ein Schwarzweißfoto. Es liegt neben mir, während ich das hier drei Jahre später schreibe, und ich kann mich noch an den ersten Blick darauf erinnern. Eine graue Ecke eines stattlich wirkenden Hauses. Unten ein großes Fenster und eine Reihe Stabwerksfenster darüber. Die Einzelheiten an dem Gebäude sind alt, bedeckt von Efeu und Kletterrosen. Blumen an allen Ecken. Ein vertrautes kleines, ungefähr zehnjähriges Mädchen mit ernstem Gesicht und Locken, gekleidet in ein Samtkleid über einem cremefarbenen schürzenähnlichen Seidenhemd. Sie blickt ein wenig die Stirn runzelnd zur Kamera auf. Neben ihr steht eine schlanke und elegante Frau in einem langen Rock und einer dunklen Bluse. Ein Spitzenschirm liegt schief und etwas verschwommen neben der Frau am Boden.

Das kleine Mädchen hält eine kleine Holzkiste in den Armen, die Frau einen langen, herabhängenden weißgrauen Gegenstand – erst dachte ich, es sei ein blödes Kostüm, ein Geist, und dann wurde mir klar, dass es ein großes Netz ist. Über ihnen ein Tupfer am wolkenlosen Himmel. Ich sah genauer hin, mein Herz hämmerte. Es war ein Schmetterling.

Ich drehte das Foto um.

Schmetterlingsjagd
Mutter und ich in Keepsake, 1926
(aufgenommen von Großmutter, bevor sie verschwand).
Das ist Ihre Familie, Nina Parr.
Sie kennen sie nicht/wissen nicht, was sie getan haben.
Schreiben Sie mir an die angegebene Adresse. L.

Aber da war keine Adresse, nichts, kein Umschlag, nur dieses Foto. Ich versuchte mich zu erinnern, wo ich an diesem Mittag in der Bibliothek gewesen war, wie ich sie wieder hatte verpassen können. Sie suchte nach mir, hielt Ausschau nach mir, eine Spinne in der Ecke. Ich schauderte.

Ganz still saß ich und starrte das Mädchen auf dem Foto an, bis mir die Augen weh taten. Sah ich aus wie sie? Dachte sie deshalb, sie habe mich schon mal gesehen?

»Nina?« Bryan Robson stand neben mir, und ich blickte auf zu ihm und blinzelte schnell. »Kommen Sie nicht zum Tee? Wir eröffnen jetzt das Gewinnspiel über die Farbe des Kleids der Queen.«

Ich steckte Foto und Buch wieder in meine Tasche und stand auf. »Natürlich. Komme schon!« Ich legte die Tasche unter den Schreibtisch. Ich kümmere mich zu Hause darum, sagte ich mir – alles ist gut. Ich komme damit zurecht. Es ist gut.

Doch für den Rest des Nachmittags konnte ich mich nicht konzentrieren. Ein heftiger Kopfschmerz legte sich um meinen Schädel, und ich machte laufend Fehler, noch mehr als sonst.

Ich verließ das Büro, sobald ich konnte, und traf auf dem Weg nach draußen auf Bryan Robson.

»Alles in Ordnung mit Ihnen, Nina?«, fragte er.

Ich blickte nach vorne auf die Metallwand des Lifts. »Ja, Bryan. Warum?«

»Ich mache mir Sorgen um Sie. Sie sind in letzter Zeit sehr blass.«

»Aber nein!«, sagte ich, obwohl ich das Buch mit dem Foto in meiner Tasche pochen fühlen konnte.

Das ist Ihre Familie, Nina Parr.

Sie kennen sie nicht ...

Ich taumelte aus dem Lift, lächelte, winkte zum Abschied und tat so, als müsste ich den Bus erwischen, doch ich ging zu Fuß durch Fitzrovia, durch die dichtgedrängten, fröhlichen Straßen eines Frühlingsabends mitten in London. Es war frisch, doch es lag wegen der königlichen Hochzeit ein Hauch von Erregung in der Luft. An den traditionelleren Londoner Pubs hingen Flaggen und Geschirrtücher, Blumenkörbe und Plastikschilder: *Glückwunsch an das glückliche Paar.*

Es fühlte sich an, als ob alle draußen wären, aufgeregt wegen des nächsten Tages. Ich sah auf Mädchen wie mich, die in geblümten Kleidern und flachen Schuhen bei Drinks saßen und lachten, die Haare zu unordentlichen Knoten hochgesteckt, mit hellem Lippenstift und billigen hellen Sonnenbrillen. Ich kam mir selbst wie eine Fremde vor.

Vielleicht war es, weil ich so lange nicht an Matty gedacht hatte, vielleicht war es der Anruf von Sebastian oder die königliche Hochzeit – wie erregt alle waren und wie wenig ich mich darum scherte.

Wahrscheinlich war es das zweite Foto und dass die vielen Fragen, die ich hatte, unbeantwortet blieben und immer lauter schrien, seit ich Miss Travers getroffen hatte. Wahrscheinlich war es, weil ich das kleine Mädchen auf den Fotos kannte, dass ich immer gewusst hatte, dass etwas fehlte – nicht nur mein Vater, sondern noch etwas, ein wichtiges Glied, das mich ganz machte, das mich mich und meine Mutter verstehen ließ und warum wir so waren, wie wir waren.

Denn als ich wieder zu Hause war, begann es. Ich schloss die Haustür und rief »Hallo!«, doch es kam kein Laut aus meinem Mund. Dann war da ein dröhnender Lärm in meinem Kopf, und plötzlich stand ich gegen die Wand gedrückt, als ob etwas Riesiges in meine Brust stoßen und mich davon abhalten würde, mich zu rühren. Ich konnte nichts sehen. Da waren Wellen aus verschwommenen Farben, die vor meinen Augen zischten. Meine Kehle verschloss sich, und ich konnte nicht atmen.

Da ist etwas, das rauswill. Das sagte Mrs. Poll immer, wenn ich einen wirklich bösen Traum hatte. Wenn wir Matty erfanden. *Nichts Gutes kommt davon, wenn man es in sich verschließt, Liebes, glaub mir.* Aber in all den Jahren hatte ich nicht auf sie gehört.

Ich hatte bereits am ersten Tag in der Bibliothek gewusst, dass ich den Namen schon kannte, dass ich das Gesicht des Mädchens kannte, über die Schmetterlinge Bescheid wusste, etwas an allem erkannte. Ich musste nur an die Erinnerung gelangen, sie zulassen. Es war draußen, tanzte und schrie danach, eingelassen zu werden, und ich konnte es nicht sehen, konnte die Tür nicht finden.

»Liebes? Bist du das?«, rief Mum aus der Küche, und ich zuckte schuldbewusst zusammen.

»Ja, Mum!«, krächzte ich, versuchte, munter zu klingen, und war dankbar, dass meine Stimme funktionierte. »Hi, wie geht es dir?«

»Gut. Ich mache nur fertig.«

»Lass dir Zeit.« Ich lehnte mich an die Wand. »Ich ... ich ziehe mich um.«

»Okay«, antwortete sie, und dann war Stille.

Und da war mir klar, dass ich nicht einfach hinuntergehen und meiner Mutter erzählen konnte, dass ich noch ein Foto gefunden hatte, dass diese Frau wirklich war, dass sie mich kannte. Und dass ich irgendwie wusste, dass es ein Geheimnis sein musste, erschreckte mich mehr, als ich sagen kann. Wir hatten einen unausgesprochenen Pakt, so zu tun, als ob wir es unverwundet überlebt hätten, sie und ich, und wir wussten beide, dass es nicht so gewesen war.

Ich schloss die Augen, und da sah ich es, das Bild, nach dem ich suchte, eine Zeichnung. Ich lief darauf zu, aber es war immer, *immer* gerade außer Reichweite. *Du suchst am falschen Ort* – das sagte Mrs. Poll stets, wenn ich mich darüber ärgerte, dass mir eine Sache oder ein Name nicht einfiel. *Such nicht da.*

In die Glastafel über der Haustür hatte Mrs. Poll mir geholfen Bilder zu hängen, die ich für meinen Dad gemalt hatte, Bilder von ihm, Mum und mir. Sie sahen nach draußen, zum Himmel, damit er sie dort oben sehen konnte. Ich wollte, dass er sehen konnte, welches Haus unseres war, falls er uns besuchen wollte. Mum hatte sie runtergenommen. Die jammernden Lawsons hätten sich beschwert, behauptete sie.

Und plötzlich war ich wieder acht, und ich wusste, Mrs. Poll war da, nur ein paar Meter weit weg, und ich sah es. Ich sah das Bild, es war in ihrer Wohnung, es war ein Buch, das wir immer zusammen lasen, sie und ich, als ich wusste, ich konnte nach oben gehen und würde sie dort finden und alles wäre in Ordnung.

Also stieg ich die Treppe hoch und flüsterte den alten, oft gesprochenen Satz, den ich jeden Nachmittag gerufen hatte.

»Mrs. Poll? Sind Sie da? Kann ich raufkommen?«

Diese Stimme, warm, nur ein wenig vom Alter brüchig. »Na, wer macht denn da so einen Lärm? Ist es eine Herde Elefanten, die die Stufen hochklettert?«

Nur noch eine letzte Treppe hoch bis zu ihrer Wohnung, und ich wäre zu Hause.

»Es sind keine Elefanten, Mrs. Poll. Ich bin's, Nina.«

Und wieder Mrs. Polls Stimme. »Nun, natürlich bist es du. Wie schön. Ich habe schon den ganzen Tag darauf gewartet, dass du mir Gesellschaft leistest. Mach die Tür zu, Püppchen.«

Nina und die Schmetterlinge. Ich zuckte zusammen, als ich den Treppenabsatz im ersten Stock erreichte. Eine komische Geschichte. Eine Liste mit Schmetterlingen. Ein Mädchen namens Teddy.

Ich erreichte den zweiten Stock, wo Angst und Chaos nachließen und Wärme herrschte. Und ich konnte das Buch jetzt sehen. Jemand rief Matty. *Matty.* Zwei Gestalten, die über ein Feld jagten und hinter Schmetterlingen herliefen. Ich hatte es unzählige Male als Kind gelesen. Sie war fort, ihre helle Küche war fort, aber das Buch war hier, ich wusste es, und es musste mit alldem zu tun haben – meine Mutter, ich, mein Vater und was geschehen war.

5

Ich nehme an, dies ist wahrscheinlich der beste Zeitpunkt für ein kleines biographisches Intermezzo. Im Februar 1986, als ich fast sechs Monate alt war, ging mein Vater auf eine Expedition in den venezolanischen Regenwald, um nach dem Glasswing-Schmetterling zu suchen, und kehrte niemals zurück. Mit ungefähr zwölf – kurz nach Mrs. Polls Tod – machte ich es zu meiner Mission, alles über diese Schmetterlinge zu erfahren. Der lokalen Bücherei gingen bald die Bücher aus, um mir zu helfen, und ich glaube, meine arme Mutter muss sich da an die Mitgliedschaft in der London Library erinnert haben. Ich lieh mir jedes Buch über das Thema aus und las sie alle, verstand aber nur wenig. Ich hasste Schmetterlinge eigentlich. Wie jedes Londoner Kind mit Selbstachtung fürchtete ich mich vor hellen, flatternden Insekten, die mir ins Gesicht flogen. Ich wusste, sie hatten meinen Vater weggelockt, doch irgendwie war es beruhigend, über sie zu lernen. Dann fühlte ich mich, als hätte ich die Kontrolle.

Er hatte auch die Batessche Mimikry studiert – das wusste ich aus dem Zeitungsartikel. Für den abwegigen Fall, dass Sie nicht völlig vertraut sind mit Batesscher Mimikry, es handelt sich hier um das Syndrom, wenn Schmetterlinge, die im Dschungel besonders leicht anzugreifen sind, lernen, sich so zu entwickeln, dass sie einer völlig anderen Schmetterlingsart ähneln, die für ihre Feinde nicht attraktiv ist. Mein Vater leistete offenbar auf diesem Feld eine wichtige Arbeit. Er wurde zum Vorreiter in der Evolutionstheorie von Schmetterlingen – er und Nabokov, sagenhaft, oder?

Ich glaube nicht, dass er auf diese Reise gehen wollte. Meine Mutter erzählte mir einmal, dass es schrecklich schwer für ihn war, seine Frau und seine kleine Tochter zurückzulassen. Mum kannte so gut wie niemanden in London. Viele Jahre zuvor war sie wie eine jener Romanheldinnen gewesen, die alles für die Liebe aufgeben.

1979, mit neunzehn, war Mum mit einem Fulbright-Stipendium nach Oxford gekommen. Sie lernte meinen Vater in der Bodleian Library kennen, als ihr ein Buch auf den Boden fiel. George Parr ging gerade vorbei und hob es auf. (Ich hatte mir immer vorgestellt, dass es *Anna Karenina* oder *Der letzte Mohikaner* gewesen war, etwas Dramatisches, was ihrer Liebe würdig war, und war enttäuscht, als Mum bei einem der letzten Male, da wir über meinen Vater sprachen, enthüllte, dass das fragliche Buch eine Studie über den Exodus der cornischen Zinnminenarbeiter nach Kalifornien während des Goldrausches gewesen war.)

Die Finger meiner Mutter schlossen sich um die meines Vaters, als er ihr das Buch zurückgab, und bei dieser Berührung trafen sich ihre Blicke. Es war für beide gleich – sie wussten es sofort.

Es existiert ein Foto von ihnen aus ihrem ersten gemeinsamen Sommer. Sie stehen vor der Bodleian. Mein Vater ist blond und hat ein kantiges Kinn. Er hat die Arme um meine Mutter gelegt, als ob er mit ihr vor der Kamera angeben wollte, ihr Arm dagegen ist um seine Taille. Ihr Haar liegt wie ein Heiligenschein aus krausen Locken um ihr sommersprossiges Apfelwangengesicht, ihre Nippel sehen aus wie harte kleine Perlen unter ihrer dünnen Weste mit den Spaghettiträgern, und den Arm, der frei ist, hat sie weit ausgebreitet, und sie lächelt. Mein Vater lacht sie an, als ob er nicht glauben könnte, dass er mit dieser exotischen, sinnlichen Göttin zusammen ist, denn genau das ist sie.

Nach ihrem perfekten Jahr in Oxford hatte Mum sich von meinem Vater losgerissen, und beide schluchzten so unbeherrscht bei ihrer Trennung am Flughafen-Gate, dass die TWA-Stewardess sie hatte bitten müssen, sich zu entfernen, da sie die anderen Passagiere störten. Sie hatten ihr Lieblingsalbum von Vashti Bunyan zerbrochen und jeder eine Hälfte genommen – ach, junge Liebe! Als ich ein Kind war, ließ mich dieser Teil immer die Augen vor Bewunderung über so eine Zerstörungswut weit aufreißen, als Teenager wurde ich ganz schwärmerisch von all der Romantik. Nun verdrehe ich die Augen, wenn ich daran denke. Was für eine Verschwendung einer vollkommen intakten LP?

Mum flog nach New York zurück, um das College zu beenden, machte dann aber zur ewigen Missbilligung ihrer Eltern ihren Abschluss nicht, verkaufte ihre Halskette, die sie zum sechzehnten Geburtstag bekommen hatte, und tauchte dramatisch vor der Tür meines Vaters in Oxford auf. Sie bewahrten die leere Kettenschachtel über der Haustür auf, als Symbol ihrer Liebe.

Etwa ein Jahr später beschlossen sie zu heiraten. So wie sie es immer erzählte, war es eher ein Jux. Sie waren mit einem Nachbarn und ein paar alten Freunden als Zeugen zum Standesamt gegangen und hatten danach zu Mittag in einem Pub bei Headington gegessen. Keine Familie. Die Erziehung meines Vaters war auf unheimliche Weise der meiner Mutter ähnlich – einziges Kind älterer Eltern, die in seinem Fall starben, als er noch ein Teenager war. Er war in den letzten Jahren in den Ferien vom Internat zu Freunden gefahren, bevor er nach Oxford ging. Er hatte einen Cousin zweiten Grades namens Albert in Birmingham, den er nur ein-, zweimal im Leben gesehen hatte und dem Mum nie begegnet war. Also waren es nur sie sechs an diesem kalten Novembertag. Meine Mutter trug ein weißes Spitzenkleid, das sie in einem Antiquitätenladen gekauft hatte. Auf dem Hochzeitsfoto sieht man, dass es etwas zu klein war.

Sie war zweiundzwanzig, als sie heiratete, er dreiundzwanzig. Wer machte jenes Foto? Wer machte das Foto von ihnen vor der Bodleian, das immer noch auf ihrem Kaminsims stand? Ich erinnere mich daran, dass sie davon sprach, dass sie die Kellerwohnung in der Noel Road kauften und wie beglückt sie darüber waren, wie billig sie war. An ihrem Einzugstag trug mein Vater sie über die Schwelle, und sie fielen die rutschigen Stufen hinunter. Er verletzte sich am Rücken und musste eine Woche lang liegen.

Wenn Mum von ihm sprach, erzählte sie diese Geschichten stets mit einem Lächeln. Ich verstaute sie alle fein säuberlich in meinem kleinen Hirn. Ich konnte mich perfekt an alles erinnern, was sie mir über meinen Dad erzählte.

»Wir glaubten, wir hätten die Liebe erfunden«, sagte sie einmal zu mir.

Sie erzählte mir von den glücklichen Zeiten, die sie in Islington erlebten, wie ich geboren wurde, von dem Gang durch Bloomsbury zum Krankenhaus mitten in der Nacht, doch sie wurde vage bei Details nach meiner Geburt. Sie erinnert sich nicht gerne an diese Zeit, denn da ging mein Vater weg und kam nicht zurück.

Oben in Mattys Zimmer bewahrte ich meine wichtigen Sachen auf: meine Lieblingsbücher, meine besten Kleider für Matty, um sie zu beruhigen, und meinen Vater-Ordner. Das war ein Ordner, den Mrs. Poll mir gegeben hatte und der sorgfältig geschriebene Listen der bekannten Fakten über meinen Vater enthielt – ein paar hatte ich meiner Mutter entlockt, den Rest mir irgendwie erworben.

MEIN VATER GEORGE PARR

1. George William Parr war sein voller Name.
2. Wuchs auf in einem Haus mit vielen Schmetterlingen.
3. Wusste eine Menge über Schmetterlinge, war sehr nett zu ihnen und ihr Freund.
4. Hatte blondes Haar. Auf dem Foto ist er groß und gut aussehend. Wie Doktor Kill Dare (sagt Mum).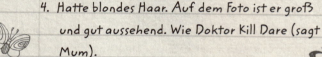
5. Ist im Dschungel gestorben. Sie begruben ihn dort wegen Krankheiten und der Hitze. Deshalb haben wir keinen Ort, an den wir Blumen für ihn legen können wie auf Friedhöfen wie bei Jonas' Oma Violet.

Jeden Punkt hatte ich mit einem andersfarbigen Stift geschrieben und den Rand mit Schmetterlingen geschmückt. Die Liste klebte jahrelang an Mrs. Polls Kühlschrank, bis der Tesafilm sich abnutzte und in der Sonne vertrocknete. Außerdem kamen mir dann dieses und andere Dinge, die ich von ihm aufbewahrte, kindisch vor. Irgendwann – ich weiß nicht, wann – muss ich sie in den Ordner gelegt haben, zusammen mit verschiedenen anderen dummen kleinen Dingen wie sein altes kaputtes Uhrarmband, sein Lieblingsbuch *Nina and the Butterflies* und dieser Ausschnitt, den ich schon seit langem auswendig konnte.

Renommierter junger Schmetterlingsforscher George Parr in Venezuela gestorben
REUTERS. Caracas, März 1986: Das Oxford Museum für Naturgeschichte hat gestern Abend bestätigt, dass das jüngste Mitglied der Expedition in die tropischen Anden an einem Herzinfarkt starb. George Parr, 27, war ein renommierter junger Insektenforscher, der als einer der brillantesten seiner Generation angesehen wurde und dessen Arbeit auf dem Feld der Batesschen und Müllerschen Mimikry und der verschiedenen Mutationen der Schmetterlinge rasch Aufmerksamkeit in der größeren wissenschaftliche Gemeinde errang. Er hinterlässt eine Frau und eine sechs Monate alte Tochter. Das Museum muss noch auf Fragen zu den Umständen seines Todes antworten.

In meiner mehr nach Aufmerksamkeit suchenden Phase und vor allem nach Mrs. Polls Tod war ich sehr stolz auf diesen Ausschnitt. Die Leute in der Schule hatten keine Väter, deren Ableben in der Zeitung gestanden hatte.

Ich weiß nicht, wann, aber allmählich redeten wir nicht mehr über ihn. Das Haus veränderte sich erneut, Dinge wurden umgestellt, und der Ordner kam auf ein Regal im Arbeitszimmer meiner Mutter. Die Liste, die Fotos und das Buch wurden alle langsam vergessen.

Jahrelang befand sich das Foto meiner Eltern vor der Bodleian Library in Mums Schlafzimmer: Ich sah es jeden Tag, weil sie und ich den Raum des dunklen, feuchten, mit Ratten verseuchten Kellers teilten. Mrs. Poll war im zweiten Stock, die Lawsons wohnten unter ihr und Captain Wellum darunter und über uns:

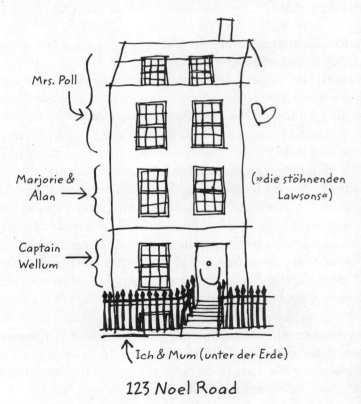

Die meisten meiner frühesten Erinnerungen gelten der Küche unserer Wohnung und dem Frauenkollektiv von Islington. Ich habe zwei sehr klare Schnappschüsse von ihnen aus dieser Zeit. Der erste von dem Abend, an dem Tanya, das eigentliche Oberhaupt des Kollektivs, Mum einen Mantel schenkte, den eines der Mitglieder, Elsa, getragen hatte, als sie in der Vorwoche vom Bus Nummer 19 überfahren wurde. Mum nahm ihn tatsächlich an und weinte, und immer mehr tauchten auf und setzten sich um den Küchentisch und umarmten sich. Sie trug diesen Mantel – ein dunkelrosafarbenes flauschiges Teil, das allmählich durch die Londoner Luftverschmutzung gelbgrau wurde – bis letztes Jahr, als die Motten schließlich die letzten Stellen hinmachten, die sie noch nicht aufgefressen hatten. Sie meinten es gut (das Kollektiv, nicht die Motten, die jahrelang nervten, bis Malc sie vertrieb), doch sie nahmen viel Zeit und Raum in Anspruch, Zeit, die ich für mich allein mit meiner Mum wollte. Ich wollte ihr zeigen, dass sie keinen anderen brauchte. Sie musste nicht traurig sein, denn ich konnte mich um sie kümmern.

Das Kollektiv weinte viel. Wenn Tanya an der Haustür erschien, wusste ich, dass ich nach oben verduften musste, vorbei an der Wäschekammer, hindurch unter den Laken, die Mrs. Lawson immer über das Geländer zum Trocknen hängte, bis ganz oben zu Mrs. Poll. Ich mochte keine von ihnen, wohl deshalb, weil sie sich für mich außer als Mitglied einer zukünftigen unterdrückten Minderheit nicht interessierten. »Kann dein Kind nicht selbst kochen?«, fragte Allison Mum einmal müde, als Mum eine Kollektivversammlung abbrach, um mir einen Thunfischtoast zu machen – unser Lieblingsessen. Ich war fünf.

Ich hatte nie Angst, dass Mum mir weh tun könnte. Doch ich hatte oft Angst vor ihr. Wenn das Gas abgestellt oder wenn die Feuchtigkeit wirklich schlimm war oder wenn die Lawsons sie wegen irgendwas angingen – und wenn, wie ich annehme, die Härte ihrer Lage ihr mehr als gewöhnlich das Gefühl gab, gefangen zu sein –, wurde sie wütend und begann die Küchentüren zu knallen. In solchen Fällen ging etwas wirklich schief – eine kaputte Tasse, ein leckender Wasserhahn, oder ich ließ etwas zu essen fallen –, und dann brach die Hölle los. Ich verstand das damals schon, aber ich hatte immer noch Angst vor ihrer Launenhaftigkeit.

Als Zweites erinnere ich mich daran, wie ich fünf war und Tanya das Manuskript von Mums Buch *The Birds are Mooing* an eine Lektorin schickte, die sie kannte. Mum hatte insgeheim jahrelang daran gearbeitet, immer wieder. Ich merkte oft, wie sie, wenn sie im Bett neben mir aß, wie wild in ihre alte erbsenbreigrüne Schreibmaschine tippte. Sie hatte zugestimmt, es Tanya lesen zu lassen, weil diese sie wochenlang genervt und gelockt hatte. Dann eines Abends, aus heiterem Himmel, stand Tanya auf der Schwelle und verkündete, dass sie das Manuskript am Morgen an ihre Freundin geschickt habe. Sie erwartete, dass Mum sich freute.

Der Wutanfall meiner Mutter ähnelte nichts, was ich jemals gesehen hatte. Sie sah es als Vertrauensbruch an, als Verrat an allem, wofür das Kollektiv stand. Sie war so sauer, schrie und schmiss mit Dingen, so dass ich mich unter dem Tisch versteckte. Ich wollte mich nicht rühren, weil ich mich fürchtete, und so nässte ich mich ein. Schließlich kam Mr. Lawson von oben, hämmerte an unsere Tür und sagte, sie solle den Mund halten, doch Mum beachtete ihn nicht. Endlich, nachdem Mum und Tanya sich ungefähr zwanzig Minuten lang angeschrien hatten –

Delilah, ich finde es echt traurig, dass du dir nicht helfen lassen willst. Wir möchten dir doch dabei helfen, dich wertzuschätzen.

Verdammt noch mal, du hattest nicht das Recht dazu, Tanya! Wie kannst du es wagen, dich in mein Leben einzumischen. Ich brauche keine Hilfe, und ich kann es nicht ausstehen, wenn Leute ihre Nase reinstecken! Uns geht es gut! Wir brauchen niemanden!
–, erschien sogar Mrs. Poll in der Tür mit dem Vorschlag, etwas leiser zu sein, und nahm mich mit nach oben. Ich erinnere mich, dass ich gegen die Tür trat, weil ich ausnahmsweise unten bleiben und Mum nicht alleinlassen wollte. Doch Mrs. Poll war erstaunlich fest und schleppte mich nach oben für ein Bad und einen Pyjama und anschließend Käse auf Toast mit Fritten.

Danach behauptete Mum ein paar Tage lang ständig, Tanya habe ihr einen Dolchstoß in den Rücken verpasst. Ich glaube, sie hatte einfach Angst. Und Tanya hatte recht, denn die Lektorin liebte das Manuskript und machte Mum ein Angebot, es zu veröffentlichen. Obwohl Mum zunächst gegen die Idee war, entschied sie sich um, auch wenn ich nicht glaube, dass ihre Freundschaft mit Tanya jemals wieder dieselbe war.

Das Buch ist mir gewidmet. »Für die kleine Nina: Ich hoffe, das macht alles besser.« Ich finde, das ist eine traurige Widmung.

In *The Birds are Mooing* geht es um ein junges Mädchen namens Cora, das eines Morgens aufwacht und entdeckt, dass alles anders ist. Der Himmel ist aus Kuchenbiskuit, die Blumen riechen nach Soße, die Vögel muhen, und ihre Mum und ihr Dad sind winzige Wesen, die sie auf den Kaminsims stellt und deren Stimmen so leise sind, dass sie nicht hören kann, was sie sagen. Das kleine Mädchen muss herausfinden, warum das passiert ist und ob sie alles wieder rückgängig machen kann.

Sie hat es mir nie vorgelesen, das ist das Komische. Ich las es – ich las natürlich alle ihre Bücher. Die Lehrer in der Schule sagten immer, ich sei das glücklichste Mädchen auf der Welt, weil ich eine Mum hätte, die Bücher extra für mich schreibt. »Gehen sie um dich? Ich wette, dass!«

Ich konnte nie sagen, was ich mit sieben oder acht herausgefunden hatte. »Nein, sie gehen um Mum!«

Sie schreibt Bücher über das kleine verlorene Mädchen, das sie war und immer noch ist, aber ich glaube nicht, dass ihr das bewusst ist. Ich sage das hier nur einmal und dann nie wieder: Ich bin mit Mums Büchern nie warmgeworden, ich weiß nicht, warum, ich glaube nur einfach nicht an sie. Und das macht mich auf meine Art zu der schlimmsten und undankbarsten Tochter, die man sich vorstellen kann. *The Birds are Mooing* verkauften sich wie geschnittenes Brot, das Buch steht in jeder Bibliothek des Landes. Ich sollte es lieben, weil es uns die Butter aufs Brot einbringt. Kurz bevor es herauskam, hatte die Direktorin meiner Schule wieder mal beim Sozialamt angerufen, weil meine Schuhe und Kleider zu klein waren, aber diesmal umkreiste uns eine Sozialarbeiterin. Mrs. Poll musste Mum Geld leihen, um mir richtige warme Schuhe (nicht die aus Leinen mit Gummisohlen, die sich schon lange aufgelöst hatten und zu klein waren) und einen Mantel (nicht den vom letzten Jahr, den die Motten den ganzen Sommer genossen hatten und dessen Arme nur bis zu meinen Ellbogen gingen) zu kaufen.

Sobald das Buch zum Erfolg wurde und wir Geld hatten, kauften wir nach seinem Tod Captain Wellums Erdgeschosswohnung, und ich behielt das Zimmer im Keller. Das war inzwischen feuchtigkeitsbeständig und mit Tapeten von Laura Ashley bedeckt. Dazu gab es eine passende Rosendecke und Kissen. Ich dachte, ich sei gestorben und im Himmel gelandet.

Das Foto meiner Eltern vor der Bodleian kam in Mums neues Schlafzimmer im Erdgeschoss. Es war immer noch da und stand seit Jahren auf dem Kaminsims neben dem Messingbaum, den sie an einem Antiquitätenstand in der Camden Passage gekauft hatte. Nach dem Buchvertrag begann sie Halsketten zu kaufen, nur Modeschmuck aus buntem Plastik oder Glas oder Muscheln. Sie hängte sie überall auf; manchmal stießen sie aneinander wie Windspiele, wenn die Fenster im Sturm klirrten oder jemand die Haustür zuknallte. Mum kaufte also Ketten, und wir machten nun Urlaub – nicht sehr erfolgreich, aber immerhin –, und als ich sieben war, gab sie das Kellnern beim Italiener auf. Ich glaubte, sie hatte Angst, wieder kein Geld zu haben, also klammerte sie sich länger als nötig daran. An diesen Abenden ging ich zu Mrs. Poll – was mir sowieso lieber war. Arme Mum.

Dann zogen die Lawsons in ein Heim, und wir kauften ihre Wohnung im ersten Stock. Mrs. Poll schaute uns von ihrem Treppenabsatz aus zu. »Ihr kriecht hoch wie Efeu«, sagte sie. »Ich wette, ihr werdet euch mal das ganze Haus nehmen, während ich schlafe.«

Nachdem sie gestorben war, kontaktierten uns ihre Anwälte. Mrs. Poll hatte uns neben einer beträchtlichen Summe Geldes auch noch ihre Wohnung überlassen. »So haben Delilah und Nina nun ein eigenes Haus und können eine Familie sein.«

Bis dahin hatten wir uns nicht als Familie gefühlt, da hatte sie völlig recht. So kamen wir in den Besitz dieses hohen Hauses am Kanal. Pech, dann Stehvermögen und harte Arbeit, dann Glück, wie ich immer sage, es war eine ganz schöne Reise bis in dieses oberste Stockwerk. Und irgendwann muss Mum das Foto von ihr und meinem Vater weggelegt haben, denn obwohl sich das Bild, ihr Lächeln und ihre Haltung in mein Hirn eingebrannt hatten, tauchte es nie wieder auf.

Heutzutage hört man es immer wieder: »Ich bin eine schlechte Mutter.« – »Sie ist keine sehr gute Mutter.« – »Oh, ich bin eine schreckliche Mutter.« Als ob es etwas wäre, das man beurteilen kann. Diese Person dort: schlechte Mutter. Dritte von rechts: gute Mutter. Ich habe an Mum nie in solchen Begriffen gedacht. Sie ist die einzige Mum, die ich hatte, wie sollte ich da den Unterschied erkennen? Ich wusste immer, dass sie mich liebte, selbst wenn ich manchmal eine Woche lang kein Bad bekam oder nie auf Geburtstagspartys ging, weil wir keine Geschenke kaufen konnten. Sie versuchte stets alles besser zu machen.

Außerdem hatte ich Glück. Ich hatte jemanden, der auf mich aufpasste.

6

Mrs. Poll kam wie Mary Poppins aus heiterem Himmel, als ich ungefähr sechs Monate alt war. Ich war fast elf, als sie plötzlich zu Beginn ihres Urlaubs in Lyme Regis starb, also hatten wir sie knapp über zehn Jahre. Damals sah ich es als besonders unfair an, dass sie dort starb, da sie immer nach Lyme fahren wollte. Sie fuhr nie in den Urlaub, zog stattdessen Tagesausflüge vor: Sie hatte eine Freundin in Bath und eine entfernte Verwandte in Cambridge, und ab und zu war sie einen Tag und eine Nacht fort, das aber selten. Ich schaue aus Gewohnheit immer noch nach oben, wenn ich die Noel Road entlanggehe, und hoffe, die Lichter in ihrer Wohnung zu sehen. Sie war immer da. Ebenso wünsche ich, ich könnte sie mir deutlicher vorstellen, doch meine Erinnerung an ihr Gesicht ist verschwommen. Ich habe keine Fotos von ihr.

Jahrelang kellnerte Mum in einem altmodischen italienischen Restaurant in der Upper Street. Drei Tage in der Woche holte mich Mrs. Poll von der Schule ab und machte mir Tee, während Mum arbeitete. Aber meistens ging ich hoch zu ihr. Ich fürchtete allmählich die Wochenenden – keine Ausrede, um sie zu besuchen. Manchmal erfand ich Gründe: *Ich glaube, ich rieche Rauch, Mrs. Poll. Schauen Sie doch mal diesen Marienkäfer im Garten, Mrs. Poll. Mum ist seit Stunden weg, und ich bin einsam, Mrs. Poll.* Sie ließ ihre Tür angelehnt, aber ich klopfte immer an. Mum hatte mir eingebleut, dass ich nicht annehmen dürfe, es sei mein Zuhause, dass ich ihr ihren Raum lassen müsse. Aber ich glaubte ihr nicht. Ich war mit der Arroganz der Jugend überzeugt, dass sie mich gerne bei sich hatte.

Die Küche war für die Zeit stylish. Sie war ausgestattet mit grell orangefarbenen Kücheneinheiten und einem braunen freistehenden Herd. Es gab eine Bank auf einer Seite des gelben Kieferntisches, auf der ich kniete und hinaus auf den Kanal schaute, an den unser Haus angrenzte. Nun haben monolithische Büros und leere Millionärswohnungen diese Aussicht ausgelöscht. Aber damals konnte man bis zum Rand des großen Fleischmarkts von Smithfield schauen, zum offenen Feld der alten Kartause, der Spitze von St. Paul, dem Flickwerk aus Straßen, die durch neue Grundstücke und Büros zusammengehalten wurden, welche man in die Lücken gebaut hatte, die die Bomben hinterlassen hatten.

»Wie war die Schule heute, meine kleine Nina?«

»Gut, danke. Mrs. Poll, wir haben Freitag.«

»Ja, so ist es. Möchtest du vielleicht einen Zimttoast?«

»Ja, bitte.«

Die beringte Hand, die mich lockte, sie zu küssen, und dann mein Haar glättete, wie sie dann den Herd und den Grill einschaltete, das Butterbrot mit Zucker und Zimt bestreute, die sie mich hatte mischen lassen, der Geruch nach karamellisiertem, nussigem, würzigem Toast – haben Sie auch diesen einen Geruch, der Sie in die Vergangenheit führt? Das ist meiner. Und es ist so wunderbar, sich zu erinnern, sie wieder zu spüren, dass ich es oft mache, wenn ich allein bin, nur um ihren Kern wieder einzufangen.

Ich kannte sie besser als sonst jemanden, aber ich wünschte, ich hätte sie mehr nach ihrem Leben vor mir gefragt. Ich habe sie als Kind kennengelernt, und Kinder sind egoistisch, und obwohl meine Mutter sie nach mehr Einzelheiten ausfragte, war sie danach immer vage, was Mrs. Polls Hintergrund anging. Dass sie Amerikanerin war, bedeutete manchmal sowieso, dass ihr sprachliche Nuancen entgingen und dass sie manches nicht begriff, zum Beispiel, dass Kent eine Grafschaft war. Doch ich wusste, dass Mrs. Poll Witwe war, die ihr ganzes Leben in Bromley und Umgebung verbracht und beschlossen hatte, nach dem Tod ihres Mannes zurück nach London zu ziehen. Sie wollte wieder in der Stadt leben, bevor sie zu alt wurde, um es zu genießen: »Bevor mein Geist geht oder mein Körper – wer auch immer zuerst dran ist.« Und ich erinnere mich, dass mich das erschreckte – der Gedanke, dass Mrs. Poll, das Zentrum unserer Welt, eine Tages nicht mehr hier sein könnte.

Ich glaube, sie war Jüdin, ich weiß nicht, warum. Sie war im East End aufgewachsen, und sie sprach von koscheren Schlachtern und den alten Weberhäusern und davon, dass der Boys' Club in Bethnal Green Bälle organisierte, die die Mädchen besuchten. Sie fuhren jeden Sommer tagsüber nach Kent, um Erdbeeren zu pflücken, und wenn ich recht habe, waren alle in ihrer Familie seit Generationen Hafenarbeiter gewesen. Sie hatte einen jüngeren Bruder, der an Masern starb, als er zwei war. Die kleine April hielt ihn, als er starb, und wickelte seinen Körper dann ein, damit ihre Mutter ihn nicht sah. Sie war eine stolze Frau, stolz darauf, dass sie dort aufgewachsen und herausgekommen war, und stolz auf ihr neues Leben.

Sie war jeden Tag genau gleich – und ich, die ich aus der Kellerwohnung kam, wo Papiere und Kleider verstreut auf dem Boden lagen und offene Bohnendosen auf der Küchentheke verrosteten, wo ich mich geliebt wusste, aber oft nicht sicher war, wo meine Unterhosen, meine Jacke und meine Socken sein mochten oder wo ich schlafen sollte, kann nicht sagen, wie tröstlich dies war. Sie roch wunderbar, war immer makellos hergerichtet, trug stets adrett gebügelte Tweedröcke und Seidenblusen sowie flache braune und schwarze Schuhe, manche mit winzigen flotten Schmuckschnallen. Sie hatte eine Uhr an einer Kette um den Hals, goldene Ohrringe und ein passendes Armband dazu. Und sie hatte einen dicken schwarzen Wollmantel mit einem breiten Samtkragen und Manschetten, die mit himmelblauer Seide besetzt waren. Sie trug ihn in jedem Winter, den ich sie kannte. Mrs. Poll hatte nicht viel Geld. Ich wusste das, weil sie mir ständig sagte, wie arm sie sei. Sie sparte gewissenhaft – auch das wusste ich, weil sie mir die Kosten von allem in ihrem Schrank einhämmerte, mich mit zum Einkaufen nahm und sicherstellte, dass ich wusste, was im Korb lag und wie teuer es war. Bis heute kann ich genau die Einkäufe in meinem Korb berechnen, und ich bin sicher, einer der Gründe, warum Sebastian und ich nicht zusammenbleiben konnten, war seine völlige Missachtung der Haushaltsplanung. Mrs. Poll wäre schier in Ohnmacht gefallen, wenn sie gesehen hätte, wie er einen Ibérico-Schinken für fast sechzehn Pfund in unseren dürftigen Einkaufskorb legte. Ich fragte mich oft, was sie wohl von meinem Mann halten würde, was sie sagen würde, wenn sie heute so vieles sehen könnte. Ich vermisse sie.

Sie mochte Musik. Sie kaufte Karten für Ballett und Oper in Covent Garden, auch wenn sie Ersteres vorzog. Sie meinte, Opern machten sie traurig und sie könnte *Tosca* nicht noch mal anschauen. Sie liebte Ausstellungen und war oft im Café der Royal Academy oder der Tate – wenn man sich fragt, wer diese schick angezogenen älteren Damen sind, die dort alleine Tee trinken und Kuchen essen, sie sind eine Version von Mrs. Poll. Sie organisierte Ramschverkäufe für das Gemeindehaus, sortierte Kleider aus und behielt einige für mich und Mum zurück, für die sie einen guten Preis zahlte. Sie fuhr gerne Bus und kannte London wie ihre Westentasche, wenn auch eine Version Londons von vor einigen Jahrzehnten. Sie liebte wie ich die Stadt, ihre Nischen und Geheimnisse, ihre Gassen und Abenteuer. Aber am meisten mochte sie ihre gemütliche Wohnung mit ihren Büchern und ihrem Radio und ihrem kleinen Fernseher, den sie aus der Küche in ihr Schlafzimmer trug, wenn wir zusammen einen Film anschauten. Sie sei ein Stubenhocker, sagte sie immer, wenn wir uns auf dem Bett zusammenkuschelten. »Ich gehe nicht gerne weit weg von London. Ich habe alles, was ich brauche, hier, oder?«

Ihr Mann, den sie während des Krieges kennengelernt hatte, war ein russischer Flüchtling namens Mikhail Polianskaya, und ich glaube, ihr gefiel ihr exotischer Ehename. Ich wünschte auch, ich hätte sie gebeten, mir mehr über ihn und ihr gemeinsames Leben zu erzählen, bevor sie in die Noel Road zog. Ich lief einmal an einem sonnigen Tag nach oben, um sie zu fragen, ob sie mit mir am Kanal entlanggehen wolle, und als sie nicht antwortete, schlich ich in die Küche und entdeckte sie, wie sie das Foto eines kleinen dunkelhaarigen Jungen mit einem breiten Lächeln in der Hand hielt.

Sie schniefte in ein Taschentuch, und als sie mich sah, wischte sie sich die Augen. »Ach du. Hallo, Liebes. Mach dir nichts draus, ich weine nur ein bisschen.«

»Ist das Ihr Mann?«, fragte ich neugierig.

»Ja, Liebes. Kurz bevor … kurz vor unserer Hochzeit.« Sie stand auf und legte das Foto vorsichtig in ihre Schreibtischschublade im Flur.

Ich folgte ihr. »Sind Sie traurig?«

»Wenn ich an ihn denke, ja. Er war ein guter Mann.«

Ich erfuhr nie ihren Mädchennamen. Mum hatte sie vor Jahren Mrs. Poll getauft. Mum erzählte mir immer wieder von diesem Augenblick; es war in meiner Kindheit meine Lieblingsgeschichte. Mein Vater war ein paar Wochen zuvor für tot erklärt worden. Mum wartete noch darauf, dass das Oxford Museum of Natural History ihr mehr Informationen lieferte – was war passiert, würden sie seine Leiche heimbringen? Vor allem auch, damit sie wusste, was sie als Nächstes tun sollte. Sie hatte kein Geld und hatte an dem Tag nichts gegessen. Ihre Eltern schickten ihr fast widerwillig einen Scheck; sie musste dafür ein R-Gespräch führen. Jack und Betty Griffiths hatten die Nachricht von ihrem Unglück fast willkommen geheißen, denn so behielten sie recht mit ihren düsteren Verwünschungen, sie solle doch ihre vielversprechende Zukunft nicht für diesen »Schmetterlingsjäger« über den Haufen werfen, wie ihr Vater ihn bezeichnete. Ihr Kindergeld war wegen eines Problems noch nicht bewilligt worden. Sie musste beweisen, dass sie, eine Amerikanerin, mit einem Briten verheiratet war. Es war wieder ein bitterkalter Apriltag – der Frühling wollte einfach nicht kommen, jeden Morgen gab es Frost –, und in der Wohnung blühte die Feuchtigkeit. Die paar Freunde, die sie hatte, waren schon lange weggeblieben, und sie war völlig allein. An diesem Tiefpunkt erzählte sie mir auf meine Frage hin von Mrs. Poll.

Mum und ich waren im Flur und auf dem Weg zu einem Spaziergang. Ich weinte in der selbstgemachten Schlinge, die meine erfinderische Mutter aus einem zerrissenen Laken gezaubert hatte – vor allem, um darin zu schlafen, weil es warm war und wir immer froren. Mum sah vor Schlafmangel und Trauer ganz entsetzlich aus. Während sie versuchte mich zu beruhigen, sah sie eine Frau die Treppe herunterkommen und wusste, dass das die neue Nachbarin von oben war, die am Tag zuvor eingezogen war. »Eine sehr stilvolle Dame«, hatte Mr. Lawson Mum gegenüber an jenem Morgen betont. »Wir mögen solche wie sie.«

Also hatte sich Mum an die Flurwand gedrückt und gehofft, sie könnte eine Begegnung vermeiden. Sie sagte, sie konnte damals Menschen eigentlich nicht ertragen, und oft beschwerte sich Mr. Lawson oder Captain Wellum, bevor er taub wurde, über mein Schreien. Ich ließ mich aber nicht beruhigen, sondern schrie weiter.

»Hallo«, ertönte eine Stimme, und Mrs. Poll erreichte die letzte Stufe und lächelte Mum an. »Was für ein schönes Baby!«

Es war die erste freundliche Stimme, die Mum seit Tagen gehört hatte, und sie sah Mrs. Poll an wie eine Ertrinkende, die gerade ein Rettungsfloß entdeckt. Mrs. Poll trug den weichen Woll-Samt-Mantel, ihr glänzendes schwarzes Haar war mit Grau durchsetzt und ordentlich aufgesteckt, und ihre blitzenden Augen lächelten. Sie trug einen Korb über dem Arm und hielt eine säuberlich geschriebene Liste zwischen den behandschuhten Fingern.

»April Polilan... Poli... Oh!«, sagte sie und streckte Mum die Hand hin. »Polianskaya. Tut mir leid, aber ich bin ein bisschen müde, und mein Name ist ziemlich kompliziert. Mein Mann war Russe.«

Mum hielt sie für ein bisschen nervös. »Lassen Sie uns doch einfach Mrs. Poll sagen«, schlug sie vor.

»O ja, genau«, stimmte diese seltsame, freundliche Frau zu und lächelte mich an. »Wir sind also Nachbarn. Und wer ist das?«

»Das ist Nina. Sie bekommt gerade einen Zahn und ist sehr grantig, und ihre Mum ist auch sehr müde.«

Mrs. Poll nahm mich offenbar so in die Arme, dass sie mir ins Gesicht blicken konnte, und ich starrte sie, rot vor Wut, mit laufender Nase und vor Zorn hervorstehenden Augen an. Sie blies mir sacht ins Gesicht und gab mir dann einen zarten Kuss. »Ach, du bist wunderbar«, sagte sie. »Aber was für ein saurer kleiner Mensch!« Sie sah Mum an, und Mum meinte, in dem Moment habe sie eines gewusst, nämlich dass das eine gute Frau war. »Warum nehme ich dich nicht mit auf einen kurzen Spaziergang, so dass deine Mummy eine Tasse Tee trinken und für fünf Minuten die Augen zumachen kann? Wie klingt das?«

»Oh, danke, aber ...« Meine Mutter zählte Gründe auf, warum das nicht ginge. »... keine Sorge. Das wollen Sie nicht wirklich.«

»Ich war Krankenschwester. Ich bin an Babys gewöhnt. Tatsächlich fehlen sie mir schrecklich. Bitte, meine Liebe, gehen Sie wieder zurück und ruhen Sie sich aus. Es wird ihr gut bei mir gehen.«

Sie mögen denken, dass es verrückt von meiner Mutter war, zuzustimmen, aber wenn Sie Mrs. Poll begegnet wären, fänden Sie das nicht seltsam.

Sie war auf ihre Art ziemlich eindrucksvoll, was mir erst jetzt auffällt: Sie wollte Dinge auf eine bestimmte Weise haben, war strikt, was Manieren und Pünktlichkeit anging, und stellte sich doch nie in den Vordergrund. Sie behauptete immer, das sei ihrer East-London-Erziehung zu verdanken. Man hatte ihr beigebracht, andere zu respektieren und Gutes zu tun. Natürlich stammte sie aus einer anderen Generation, und manchmal gerieten sie und Mum aneinander, wenn sie versuchte, wie ich glaube, meine Mutter aufzumuntern. Doch die beiden liebten einander. Mum nannte sie ihre »Schützengrabenfreundin« – jemanden, den man neben sich im Schützengraben brauchte, wenn die Zeiten hart waren. Und wie sie sie brauchte.

Eines Nachmittags beim Tee fragte Mum sie, warum sie uns helfe und uns zu ihrem Projekt mache. Mrs. Poll glättete ihren Rock und schwieg länger, als Mum das je erlebt hatte.

»Ich saß jeden Tag da und wartete an der Bushaltestelle, dass der kleine Bus mich nach Bromley brachte«, sagte sie schließlich. »Ich ging in den Läden umher und in die Bibliothek. Manchmal landete ich mit einem Sandwich im Park, setzte mich auf eine Bank und sah allen beim Leben zu, und innerlich schrie ich, wollte einem kleinen Mädchen übers Haar streichen oder mit einem Vater plaudern oder einer Mutter mit dem Kinderwagen helfen, und ich konnte es nicht. Der Mann drei Türen weiter starb, und keiner wusste drei Monate lang davon. Da erkannte ich, dass ich völlig allein war an einem Ort, an dem ich dreißig Jahre gelebt hatte. Sie wissen nicht, wie das ist.«

»Ich kann es mir vorstellen«, erwiderte meine Mutter.

»Natürlich. Nun, ich wusste, ich würde verrückt werden, wenn ich nichts daran änderte. Mein Mann ist tot, meine Schwester ist tot, meine Nichten sind in Kanada. Ich brauchte etwas Neues, neue Orte, musste helfen. Also danken Sie mir nie. Ich sollte Ihnen danken. Ich bin sehr glücklich, dass … ich Sie gefunden habe.«

An meinem neunten Geburtstag gab mir meine Mum eine Karte und ein Geschenk und machte mit mir einen Ausflug zu McDonald's mit vier uninteressierten Freundinnen. Als sie und ich nach Hause gingen, stöhnte sie: »Nun, das wäre vorbei. Was für eine Erleichterung!«, und wir gingen nach oben, da Mrs. Poll gesagt hatte, wir sollten zum Tee kommen.

Mrs. Poll schnitt stets Rezeptideen aus Frauenzeitschriften aus. Sie wartete auf uns, und als wir in den zweiten Stock kamen, rief sie: »Herzlichen Glückwunsch!« Sie hatte mir einen Kuchen gebacken, und auf dem Chapel Market hatte sie eine riesige Kerze gefunden, die wie ein Kazoo-Spieler »Happy Birthday« spielte. Und sie hatte mir einen CD-Discman gekauft, den ich mir seit Jahren wünschte, auf den ich jedoch nicht zu hoffen wagte. Und eine CD von Take That. Ich spielte diese CD jahrelang, bis die Außenhülle der CD zerbrach.

Aber es war nicht der CD-Player, es waren der Zimttoast, die Ausflüge in die Bücherei, die drei kleinen Porzellanhunde auf dem Kaminsims, die ich taufen durfte, der Schneebesen zur Badezeit und das Schaumbad, das sie bereitete, genauso wie die Kuchen, denn alles gab mir zu verstehen, dass ich jemandem wichtig war, dass sich jemand um mich sorgte, dass mich jemand liebte. Mehr brauchen Kinder nicht. Es ist ganz einfach.

In jenem Jahr wurde Mums drittes Buch veröffentlicht, und sie war oft weg, besuchte Bibliotheken und las Kindern in Schulen vor, und eine herrliche Woche lang wohnte ich bei Mrs. Poll. Als ich die dritte Nacht hintereinander schreiend aus einem Alptraum aufschrak und wieder ins Bett gemacht hatte, ließ mir Mrs. Poll ein Bad ein und kochte mir Kakao, und dann kletterten wir zusammen in ihr Bett. Die Uhr in der Küche zeigte zwei Uhr dreizehn an. Ich war noch nie so spät auf gewesen. In den vorigen zwei Nächten hatte sie mich gleich wieder ins Bett gesteckt.

»Magst du mir erzählen, was so schrecklich ist, dass es dich im Schlaf schreien lässt, als ob du von einem Rudel hungriger Wölfe zerrissen würdest?«, fragte sie mich schließlich.

Ich kicherte nervös, weil ich nicht darüber reden wollte. »Nur so Kram.«

»Nur Kram. Hm.« Sie trank noch etwas Kakao, und ich schmiegte mich an sie. Ich war gar nicht müde. »Nina, wenn dich etwas beunruhigt, kannst du es nicht einfach wegsperren, sonst bleibt es stecken.« Sie klopfte sich an den Kopf. »Hier oben. Worum geht der Traum?«

»Nichts.«

»Kram und nichts. Weißt du, was ich gemacht habe, als du mich geweckt hast? Ich habe in mein Tagebuch geschrieben.«

»Sie führen ein Tagebuch?« Es sah Mrs. Poll so wenig ähnlich.

»Ja, junge Dame. Nur für meine Augen, also komm auf keine Ideen.«

»Keine Sorge, ich sehe keinen Sinn in Tagebüchern.«

»Ich früher auch nicht. Aber es gefällt mir. Es ist nur für mich. Ich schreibe alles da rein, das mir am Tag Sorgen gemacht oder mich aufgeregt hat. Ich schreibe all die kleinen Fehler auf, die ich gemacht habe, und wie ich alles hätte besser machen können. Und dann mache ich eine Liste, was mich zum Lächeln gebracht hat, wofür ich an diesem Tag dankbar bin, und dann lese ich alles durch und denke daran, was ich für ein Glück habe, und dann blättere ich um und schaue es mir nicht mehr an.«

»Wofür waren Sie heute dankbar?«, fragte ich neugierig, denn sie redete nie von sich selber.

Einen Moment schwieg sie. »Nun, Nina, ich bin dankbar, dass der Bus kam, als es zu regnen anfing. Und ich bin dankbar, dass meine Freundin Ann und ich uns heute getroffen und einen Happen im British Museum gegessen haben.«

»Oh, was habt ihr gesehen? Haben Sie die Ägypter gesehen …«

Sie beachtete das nicht, denn sie war schon lange meiner Ägyptologie-Besessenheit überdrüssig geworden, und fuhr fort. »Und ich bin dankbar, dass du zur Schule gegangen bist, und selbst wenn du nur vier von zehn Punkten im Mathetest bekommen hast, bin ich dankbar, dass du es versucht hast. Und ich kann deiner Mum sagen, wenn sie mich fragt, dass die Lehrer meinen, du konzentrierst dich nicht genug, aber ich weiß, das stimmt nicht.«

Ich sagte nichts, rieb nur die Zehen an ihren weichen Füßen und trank noch etwas.

»O ja ... ich bin dankbar für dich und deine Mum. Das ist alles.«

»Für mich?«

»Ja.«

Ich kuschelte mich näher an sie.

»Ich habe dir gesagt, wofür ich dankbar bin. Willst du mir nun von dem Traum erzählen?«

Ich biss mir auf die Lippe. »Da ist dieses Mädchen. Sie ist gemein. Sie kommt zu mir und redet mit mir, wenn ich schlafe. Sie sieht aus wie ich, hat aber gelbblondes Haar. Und sie trägt ein Partykleid aus Spitze wie aus alter Zeit. Sie sagt mir all die schlimmen Dinge, die ich getan habe. Sie legt die Hände auf meinen Kopf, so dass ich nicht sehen kann, und bewegt meinen Kopf so schnell herum, und dann ... die ganze Zeit lacht sie und sagt, ich sei komisch.« Meine Stimme brach. »Und ich habe Angst, dass sie mich da hält und ich nie aus dem Traum rauskomme.« Ich hatte das noch niemandem erzählt, obwohl es schon seit Monaten ging, denn ich hatte Angst, dass man mich in ein Irrenhaus bringen würde wie ein viktorianisches Kind. Doch nun, da ich angefangen hatte, konnte ich nicht mehr aufhören. »Sie kommt zu mir im Schlaf und setzt sich auf meinen Kopf ... Ich kann mich in letzter Zeit in der Schule nicht konzentrieren, weil sie mich anschreit, und wenn ich jetzt lese, ist sie immer da und flüstert mir ins Ohr. Ich hasse sie.«

Mrs. Polls kühle Hand strich mir übers Haar, doch sie antwortete nicht gleich. »Sie klingt nicht sehr nett«, meinte sie endlich.

»Natürlich nicht.« Ich ärgerte mich, dass sie es nicht ganz kapiert hatte. »Sie ist schrecklich, Mrs. Poll.«

»Ich finde, sie klingt einsam.« Mrs. Poll stieg aus dem Bett und band ihren Morgenmantel fest. »Ich sag dir was, lass uns ihr einen Namen geben.«

»Einen Namen?«

»Ja, und sie kann das Zimmer nebenan haben. Und ein paar Kleider reinhängen.«

Ich kniete mich hin, meine Beine knackten in Mrs. Polls Nylonnachthemd, und ich starrte sie verblüfft an. »Ich will sie nicht im Nebenzimmer«, erklärte ich. »Verstehen Sie nicht? Sie ist unheimlich. Ich hasse sie!«

Mrs. Poll nahm meine Hände in ihre, die groß und stark waren. Sie kam mir ganz nahe. Ich konnte die Falten um ihre Augen sehen, die grauen Flecken in ihren Brauen, konnte das Rosenwasser riechen, das sie umgab. Sie sagte fast wütend: »Hör mir zu, Nina Parr. Du musst dich deinen Ängsten stellen. Du kannst dich nicht von ihnen beherrschen lassen. Ich blättere jeden Tag die Seite um. Jeden Tag. Verstehst du mich? Du musst dasselbe tun, Liebling. Komm mit mir.«

Ich hatte sie noch nie so gesehen. Sie zog mich aus dem Bett, und wir gingen ins Nebenzimmer, in dem ich normalerweise schlief. Sie öffnete die Türen des Einbauschranks, zog die kleinen Schubladen der Teakkommode auf und die Vorhänge zurück.

»Hier!«, sagte sie laut. »Hier, junge Dame. Das ist dein Zimmer.« Sie sah sich um. »Kannst du mich hören?«

»Geht es Ihnen gut, Mrs. Poll?«, fragte ich. Ich glaubte, sie hätte den Verstand verloren wie Jonas' Oma, als sie anfing, ihre Sachen an die Nachbarn auf dem Grundstück zu verschenken.

»Pscht. Das Mädchen, das dir all die Sorgen bereitet, wie wollen wir es nennen? Lass uns ihr einen Namen geben.«

»Einen Namen?« Ich war entsetzt. »Ich will ihr keinen Namen geben! Mrs. Poll, hören Sie auf.«

»Wie wäre es mit Matty?«

»Nein! Ich ...«

Sie kauerte sich vor mich und strich mir das Haar aus den Augen. Sie war schön in der Dunkelheit. Ihr selbst fiel das Haar vors Gesicht. »Für mich, Liebes. Versuch es. Gib dir eine Woche. In Ordnung?«

Zusammen mit *Stell dich deinen Ängsten* war die Aufforderung, *mir eine Woche zu geben*, ein großes Merkmal von Mrs. Polls Verhandlungstaktiken. So schaffte sie es, dass ich meine Meinung über die Schule änderte, meinen Plan, wegzulaufen, als ich sechs war, aufgab – und jedes Jahr darüber, mit Mum in Urlaub zu fahren.

Ich stand in der Tür und schlang die Arme um mich. Mein Kinn fiel mir auf die Brust, und plötzlich war ich müde. »Okay, dann. Matty ist ein guter Name.«

»Gut.« Sie griff nach *Nina and the Butterflies*, das unser Lieblingsbuch war, denn darin kam ein Mädchen namens Nina vor – und weil mein Vater es als Kind geliebt hatte, wie ich wusste, und weil es immer in der Noel Road gewesen war. Es war eines der wenigen Dinge, die er zurückgelassen hatte. Irgendwann muss es wohl hinauf in Mrs. Polls Wohnung gewandert sein. »Matty, das ist dein Zimmer, ebenso wie Ninas«, sagte Mrs. Poll. »Komm rein, fühl dich wie zu Hause.«

»Mit wem reden Sie?«

Sie beachtete mich nicht, sondern breitete lächelnd die Arme aus. In ihrem blauen Samtmorgenmantel und mit dem

Haar, das ihr locker auf die Schultern fiel, sah sie aus wie eine Hexe – eine gute natürlich. »Hör mir zu, Matty. Wir legen ein paar Kleider für dich in den Schrank. Du kannst mit Ninas Spielsachen spielen, wenn sie in der Schule ist. Du kannst dieses Buch lesen, darin kommt auch ein kleines Mädchen namens Matty vor. Nerv uns nur nicht, wenn wir schlafen. Sonst machen wir das Fenster auf und werfen dich in den Kanal.« Sie sah zu mir. »Nina? Willst du noch was hinzufügen?«

Ich stand in der Mitte des Zimmers und blickte auf mein kleines Einzelbett, das orange lackierte Bücherregal, die Lampe, die leicht an der Decke schwang. Dann schaute ich hinüber zu Mrs. Poll, die in Königsblau majestätisch aussah, und sie lächelte mich an.

Ich breitete die Arme weit aus. »Ja, Matty, hör mir jetzt zu. Wir können zusammen spielen, wenn ich hier oben bin, wenn ich es sage. Und ich bringe dir wunderbare Seide und Umhänge aus alten Ländern, Öle und Juwelen von fernen Königen. Ansonsten nerv mich nicht. Oder Mrs. Poll.«

»Das ist es.« Mrs. Poll verschränkte die Hände und senkte den Kopf, blickte dann auf und sah sich in dem leeren Raum um. »Komm wieder in mein Zimmer. Ich habe *Coronation Street* auf Video aufgenommen und will es gerade anschauen, und als ganz besonderes Vergnügen darfst du es auch.« Ich folgte ihr hinaus aus dem Zimmer, doch in der Tür drehte sie sich um und blickte zu der schwingenden Lampe auf. »Gut. Ich glaube nicht, dass wir noch mehr Ärger mit *ihr* haben werden.«

Sie hatte natürlich recht. Allmählich wurde das Zimmer zu Mattys Raum. Ich bewahrte meine besten Kleider und Spielsachen und Bücher dort auf. Matty verwandelte sich von einem Quälgeist in eine Phantasiefreundin – eine Art anderes Ich, die bessere Version von mir. Wir spielten zusammen. Sie war natürlich die ideale Gefährtin. Sie kam auf die phantastischsten Ideen, wusste, was ich zu Erwachsenen sagen musste. Machte *ihre* Mutter niemals sauer. Wenn ich oben bei Mrs. Poll schlief, tat ich das in Mattys Zimmer, und ich hatte keine Alpträume mehr, weil ich Matty dort spürte, die jetzt eine liebevolle Präsenz war.

Jahre nach Mrs. Polls Tod und bevor es Mums Arbeitszimmer wurde, wurde Mattys Raum nicht genutzt, doch die Vorstellung von ihr blieb mir. Ich redete manchmal mit ihr, ging Ideen mit ihr durch, ließ Bücher in ihrem Zimmer, die sie vielleicht lesen wollte. Als wir die leere Wohnung übernahmen, wählte ich Mrs. Polls Zimmer als mein neues Schlafzimmer. Mattys Zimmer bekam einen neuen Teppich und wurde neu gestrichen, ein Ort für unsere Papiere und Kisten.

Und dort landete auch der Ordner über meinen Vater. In Mattys Zimmer. Ich hatte ihn weggelegt, als ich Sebastian heiratete, hatte ihn seit Jahren nicht mehr angeschaut. Bis zu dem Tag, als das zweite Foto kam und ich nach oben stieg und Mrs. Polls Gegenwart wieder spürte, Mattys Zimmer betrat und das alte, seltsame Buch aus seinem Winterschlaf holte.

Es wieder in den Händen zu halten war so stark und mächtig wie der Duft von Zimttoast. Ich setzte mich an jenem Abend im Schneidersitz auf den Boden des kahlen Büros, und als ich die erste Seite aufschlug, erstarrte ich. Die Bilder unverändert, die Worte, die ich so gut kannte, und da – ja, da war es. Wieder dieser Ort. *Keepsake.*

Das ist Ihre Familie, hatte die alte Frau auf das Foto geschrieben. *Sie kennen sie nicht/wissen nicht, was sie getan haben.*

Als ich begann es wieder zu lesen, wurde mir etwas klar. Ich hätte die Geschichte wahrscheinlich auswendig hersagen können. Ich hatte sie in meinem Gedächtnis verschlossen, sie vergessen, dabei war sie die ganze Zeit in diesem Haus gewesen und hatte darauf gewartet, gefunden zu werden.

NINA
UND DIE SCHMETTERLINGE
Alexandra Parr

Für Theodora, die ich Thea nenne

Lady Nina war das einzige Kind eines bedeutenden Lords. Sein Kummer war groß, denn er hatte keine Söhne. Als er starb, hinterließ er ihr Keepsake, das Haus, das von den größten Handwerkern seiner Zeit erbaut worden war und nun versteckt an einem grünen Bach liegt, unsichtbar vom Wasser aus und für den zufällig vorbeikommenden Reisenden.

»Sei bescheiden, gut und freundlich«, hatte ihr Vater ihr gesagt, als er im Sterben lag. »Du bringst mir große Traurigkeit, denn du bist kein Sohn. Sei bestrebt, einem großen Mann Söhne zu schenken, damit unser Name zum Ruhme Gottes bestehen bleibt. Dieses Haus ist das größte, das von Menschenhand erbaut wurde. Es wird ihm ein Versteck bieten und ihn retten.«

Doch während des großen Bürgerkriegs rissen wir unser schönes Land entzwei, Nina verlor auch ihre Mutter und ihren Verlobten Francis aus einer großen Familie am anderen Ufer des Flusses. Und so blieb sie ganz allein auf Keepsake.

Doch Nina war nicht einsam, denn sie hatte Schmetterlinge in ihrem Garten, ganze Wolken stiegen im Sommer in die duftende Luft auf. Nun, liebe Kinder, zu jener Zeit erfüllten mehr Schmetterlinge als Fliegen die Luft. Sie waren nicht in großer Zahl gefangen und getötet worden oder der menschlichen Zerstörung der grünen Erde ausgesetzt.

Jeden Winter beobachtete Nina die Eier, die sie gelegt hatten, und kümmerte sich um jene, die in der Kapelle überwinterten und darauf warteten, dass die Sonne schien und die grausamen Winde, die über der Mündung getobt hatten, sich legten. Im Frühling sah sie die Raupen, die sich ihren Weg durch den Garten fraßen und ihre kurvigen Spitzenmuster in das Laub schnitten. Und im Sommer sah sie zu, wie sie aus ihren Puppen schlüpften, wie sie langsam und bebend ihre Flügel entfalteten, damit sie in der Brise trockneten, sich mit Blut füllten und für die erste Reise stärkten.

Sie kannte sie alle, vom kleinsten und bescheidensten Wiesenschmetterling bis zum Großen Schillerfalter, dessen Schönheit und Größe Menschen in den Wahnsinn getrieben haben. Sie kannten sie ebenfalls, denn Schmetterlinge sind unsere Freunde. Sie zeigen dem Menschen die Erde in ihrer schönsten Form. Wenn wir die Erde verletzen, verletzen wir auch sie. Wo es keine Schmetterlinge gibt, kann nichts Gutes in Erdennähe wachsen.

Das Haus mochte weiter geschlummert, in der Sonne gedöst und Gastgeber für seine geflügelten Gäste gespielt haben, doch das war nicht seine Bestimmung, wie Ninas Vater vorhergesagt hatte, denn eines Nachts kam im Schutz der Dunkelheit Seine Majestät Charles II. mit dem Boot, begleitet nur von seinem vertrautesten Gefährten, Colonel Wilmot.

Der König suchte Zuflucht vor den bösen Rundköpfen, die unserem friedlichen Land so viel Schaden zufügten. Er war von Worcester aus gereist und hatte sich in Eichen versteckt, sich als Stallbursche verkleidet und zu kleine Schuhe getragen, die in seine wunden Füße schnitten. Dieser freundliche König hatte die Art des Stallburschen, des Landarbeiters und des einfachen Landedelmannes nachgeahmt, um Entdeckung zu vermeiden. Er war übers Land gejagt auf der Suche nach einem Versteck, und so kam er schließlich nach Keepsake.

Er blieb dort zwei lange Wochen. Zuerst war er ruhig und verbarg sich in der winzigen Kapelle hinter dem Haus, wo Nina und ihre Mutter lange um Frieden gebetet hatten, wo die Schmetterlinge Schutz innerhalb der kühlen Wände suchten. Dann wurde er selbstbewusster und ging mit Nina im Schatten der Dämmerung in den Garten, wo sie ihm Zuckerwerk und Ananasscheiben anbot. Seite an Seite beobachteten sie die Schmetterlinge, ein Nebel aus Farbe und Bewegung über ihnen.

»Du hast dir hier eine schöne Welt erbaut«, sagte der König zu Nina.

Die Diener konnten sie miteinander lachen hören. Eines Nachmittags, als sie beisammensaßen und Nina dem König vorsang, hörte man in der Ferne Hufe und ein schreckliches Geräusch – das Geräusch des Horns, das die Ankunft der Rundköpfe ankündigte.

Charles versteckte sich in der Kammer, und obwohl Cromwells Männer das Haus durchsuchten, fanden sie die Kapelle nicht, so versteckt, wie sie hinter dem Treppenhaus lag, mit Fenstern, die so dünn wie Schlitze waren. Und Nina stand unter dem Torbogen ihres Hauses und bat sie zu gehen.

»Dies ist mein Haus«, sagte sie zu ihnen. »Ich werde hier sterben, bevor ich es jemand anderem gebe.«

Damals begriff sie endlich, dass Keepsake ihr gehörte.

Als der König sie verließ, war Nina bekümmert. Sie sprach nur von ihm. Und auch er hatte geweint. Monate vergingen, und sie hörte kein Wort von ihm. Nina gebar ein Kind, das sie nach seinem Vater Charlotte nannte.

Sie schickte die Diener in den Urlaub und ließ das Kind in der Obhut eines Kindermädchens, ihrer treuesten Dienerin und Freundin namens Matty. Und dann ging sie in die kleine

Kapelle, wo der König sich versteckt hatte, und nahm sich das Leben auf eine Weise, die nicht für Kinderohren bestimmt ist.

Nach ihrem Tod kehrten die Diener mit dem Kind ins Haus zurück und fanden eine Nachricht, die in ihrer Abwesenheit vom König gekommen war und nach der Keepsake seinem Kind und jeder Tochter, die dort geboren wurde, vermacht wurde. Und er schickte eine Diamantbrosche in Form eines Schmetterlings, die Charlotte, seine Tochter, trug, als sie älter war, und die sie ihrer eigenen Tochter schenkte, bevor sie starb. Auf die Brust des Schmetterlings waren diese Worte eingraviert:

WAS GELIEBT WIRD, IST NIEMALS VERLOREN.

Ich glaube, dass Nina sehr tapfer war. Sie starb, weil sie nicht mehr ohne ihn leben wollte. Sie wusste, was der König sagte, stimmte. Was geliebt wird, ist niemals verloren. Sie wusste, dass, obwohl er weit weg war und versuchte seine Krone unter Todesgefahr wiederzugewinnen und obwohl er später auf dem Thron sitzen und über uns alle herrschen würde und sein Leben öffentlich wäre und sein Körper und seine Persönlichkeit uns allen gehören würden, es diese zwei Septemberwochen vor langer Zeit gab, die ihm und ihr und ihnen beiden alleine gehörten.

Was geliebt wird, ist niemals verloren.

Das Haus schlummert weiter, bewacht von Ninas Nachfahren, die ihre Geheimnisse bewahren. Vielleicht, Kinder, werdet ihr es eines Tages finden. Den Fluss entlang, den Bach hinunter – ihr könnt es nicht auf der Straße erreichen oder eine Karte benutzen. Ihr werdet es wissen, wenn ihr dort seid. Nur ein klares, reines Herz kann seinen Weg dorthin finden.

ENDE

7

Als ich fast zehn war, begann Mum sich mit Malc zu treffen. Er kam in das italienische Restaurant, in dem sie arbeitete, um eine große Schüssel Pasta zu essen, bevor er sich auf die Suche nach einer Geschichte machte, und sie redeten miteinander. Sie sprach über ihn – wie witzig er war, dass er ihr diese schrecklichen Geschichten über die Fälle erzählte, über die er berichtete, normalerweise Messerstechereien in Pubs oder kopflose Leichen im Kanal. Ich erinnerte mich daran, dass sie Mitleid mit seiner Freundin oder Frau hatte, da sie diesen Scheußlichkeiten jeden Abend lauschen musste. Doch tatsächlich hatte er beides nicht und versuchte den Mut aufzubringen, Mum zu fragen, ob sie mit ihm ausgehen wolle. Als sie das Kellnern aufgab, verloren sie den Kontakt.

Ungefähr ein Jahr darauf, bald nachdem Mum anfing die Wohnung der Lawsons zu renovieren, die wir im Jahr zuvor gekauft hatten, sah sie sich zufällig Bastmatten vor einem Teppichladen an, als Malc vorbeikam. Zehn Minuten lang tat er so, als wäre er an Teppichen für sein Treppenhaus interessiert, und bestellte beinahe welche, so nervös war er, weil er sie wiedersah. Er lebte auch in einer Erdgeschosswohnung; danach neckten wir ihn deswegen. »Konntest du nicht einfach so tun, als ob du einen neuen Teppich für dein Wohnzimmer suchen würdest?«

»Ich habe nicht mehr klar gedacht. Es hat mich völlig umgehauen«, erklärte er, während Mum und ich die Augen verdrehten.

Nachdem Mum endlich ihre Bastmatten bezahlt hatte, drehte sie sich zu Malc um und sagte: »Ich trinke was da drüben.« Sie zeigte auf den New Rose Pub gegenüber. »Himmel noch mal, willst du mitkommen oder nicht?«

»Ja«, antwortete Malc. »Lass mich nur ...« Und er sah hinunter auf die Teppichmuster.

»Willst du welche kaufen?«, fragte sie ihn.

Und Malc schüttelte lächelnd den Kopf. »Ich brauche keine Teppiche. Ich brauche gar keine. Ich komme mit dir!«

Er zog ein Jahr später ein, und an diesem Tag feierten wir eine Party im Garten für ihn, uns drei und Mrs. Poll. Ich durfte sogar ein winziges Glas Champagner trinken. Mum kaufte Quiches bei Marks & Spencer. Sie kaufte auch eine neue Kette und lächelte den ganzen Abend, ein Lächeln, das ihre Zähne entblößte. Sie berührte ihn kein einziges Mal – sie ist nicht so. Doch sie konnte kaum aufhören, ihn anzulächeln.

Und dann, ein paar Monate nach Malcs Einzug, fuhr Mrs. Poll nach Lyme in ihren lange erwarteten Urlaub. Sie und ich waren einkaufen gewesen. Sie hatte sich sogar ein neues Kleid gekauft und Schuhe mit Korksohlen. Sie hatte eine alte Schulfreundin in der Gegend, bei der sie wohnen würde. Ich musste hinausgezerrt werden, um mich von ihr zu verabschieden. Mum, Malc und ich winkten ihrem Taxi hinterher, und wir fragten uns, wie es wäre, nur mit uns dreien alleine in dem Haus. Um ehrlich zu sein und obwohl ich versuchte so zu tun, als ob ich erwachsen wäre und Mrs. Poll nicht mehr so sehr bräuchte, freute ich mich bereits auf ihre Rückkehr.

Doch sie kam nicht zurück.

Wir brauchten lange, um über Mrs. Polls Tod hinwegzukommen. Doch sie hatte uns in ihrem Testament gewissermaßen gesagt, wir sollten so weitermachen wie bisher. »Seid eine Familie.« Das hatte sie gesagt. Und es war leichter, als ich geglaubt hatte, uns daran zu gewöhnen – ich, Mum und mein Stiefvater, denn keine Freude ist so groß wie die, wenn zwei Menschen einander finden und sich glücklich machen. Sie lernte für ihn zu kochen. Wer hätte gedacht, dass sie sich nach all den Jahren mit Fritten und Fischstäbchen als gute Köchin herausstellen würde? Sie fuhr sogar zum Angeln mit ihm nach Schottland. Und er betet den Boden unter ihren Füßen an – der Blick in seinen Augen, wenn sie auf ihrem goldblonden Kopf ruhen, wenn sie ihn veräppelt, wie er summt und fröhliche Selbstgespräche führt, wenn er die Wäsche faltet, die Geschirrspülmaschine einräumt, all die banalen Haushaltsdinge macht, damit sie es nicht tun muss, sondern schreiben und kochen kann. Sie verursacht Chaos, er räumt es auf.

Ich vermasselte unsere Ehe, weil ich glaubte, dass eine Leidenschaft wie die meiner Eltern das Wichtigste sei. Ich irrte mich. Das Wichtigste ist grenzenlose Liebe, und die befand sich in den letzten Jahren genau unter meiner Nase. Sie beten einander an. Sie können nicht glauben, dass sie sich gefunden haben. Er machte sie glücklich – endlich.

Nur einmal dachten wir, dass alles vorbei sein könnte. An meinem vierzehnten Geburtstag, als die jüngere Geschichte allmählich in die Vergangenheit rückte – Mrs. Polls Tod, dass wir in einem großen Haus wohnten, dass Malc neu war –, hatte meine Mutter noch einen Rückfall. Wir bezeichnen ihn, wenn wir ihn überhaupt erwähnen, was selten vorkommt, als ihren Nervenzusammenbruch. Aber ich bin mir nicht sicher, dass es einer war. Ich weiß nicht, was es war, aber etwas änderte sich an jenem Tag.

Wir waren auf unserem Weg zum Pizza Express in der Nähe des British Museum. Wir wollten uns zuerst die ägyptischen Nekropolenartefakte anschauen und dann Pizza essen. Das war meine Vorstellung von einem perfekten Geburtstag – keine zickigen Mädchen, keine nervigen Jungs, keine dummen Fragen, nur ich, Mum und Malc und ein paar Ptolemäer. Sie hatten mir eine Handtasche geschenkt, Malc hatte Pfannkuchen gebacken, und Mum hatte mir ein Gedicht über ein Mädchen namens Nina geschrieben.

Ich hatte meine neue Handtasche vergessen – ein schönes violettes Teil von Accessorize mit einem dünnen, abnehmbaren Riemen –, und ich musste noch mal zurück, um sie zu holen. Malc neckte mich, als wir das Haus verließen, während Mum ungeduldig auf dem Bürgersteig auf uns wartete. »Als ich vierzehn war, Missy, weißt du, was ich da an meinem Geburtstag gemacht habe? Ich bin mit meinem besten Kumpel ausgegangen, und wir haben eine Flasche vom Sherry meiner Mutter getrunken und in den Vorgarten unserer Nachbarin gekotzt, und sie hat mir den *Daily Record* um die Ohren gehauen. *Das* ist ein Geburtstag, Dill, oder? Dill, Liebes?« Dann mit scharfer Stimme: »Delilah!«

Ich drehte mich bei seinem Ton um. Mum sah mit grauweißem Gesicht völlig reglos über die Straße.

»Nein«, sagte sie, den Blick in die Ferne gerichtet. »Nicht schon wieder.«

Wir folgten ihrem Blick, doch da war nichts. Ein Mann, der sein Fahrrad von einem Laternenpfahl losband. Ein paar Takeaway-Einwickelpapiere, die auf der regennassen Straße flatterten. Die Katze von gegenüber, die die Straße entlanglief.

»Dill, Liebes?«, fragte Malc und schob sich an mir vorbei. »Was ist los?«

Es war still auf der Straße, und der Mann von gegenüber blickte neugierig zu Mum auf, die noch immer regungslos dastand und ins Leere starrte. Ein Laster ratterte vorbei, erinnere ich mich, weil es wie der Trick eines Zauberers war: Als er fort war, war Balthazar, die Katze, verschwunden und der Mann auch. Ein Stück weißes Einwickelpapier flatterte vom Wind getrieben hinter ihnen her Richtung Kanal.

»Mum?«, sagte ich. »Mum, alles in Ordnung mit dir?«

»Ich wusste es«, meinte sie. »Ich wusste, ich hatte recht.«

Ich stand neben ihr und versuchte zu begreifen, was sie wohl da sah. Doch sie drehte sich um, stieß mich fast beiseite und ging hinein. »Geht ohne mich«, sagte sie nur, und während wir dort standen, wurde uns die Haustür vor der Nase zugeknallt.

Zwei Wochen lang stand sie nicht mehr auf. Malc rief mehrmals den Arzt an, der einen Hausbesuch verweigerte. Wenn sie nicht körperlich krank sei, könne sie in die Praxis kommen und sich untersuchen lassen.

Nachts war ich sicher, sie weinen zu hören, doch tagsüber lag sie nur bei zugezogenen Vorhängen da und stand bloß auf, um aufs Klo zu gehen. Ich hatte solche Angst. Sie strich mir übers Haar, wenn ich sie besuchte, ihr erzählte, wie mein Tag gewesen war, doch sie hörte nicht zu, und manchmal wandte sie den Kopf ab und fing an zu weinen. Es war, als wäre ich wieder ganz klein, nur dass ich diesmal keine Mrs. Poll hatte, zu der ich laufen konnte.

Wir wussten nicht, was wir tun sollten. Wir fühlten uns völlig allein. Ich glaube, es war das erste Mal, dass mir klarwurde, dass Malc wirklich mein Vater war. Es ist einer der vielen Gründe, warum ich, wenn ich von »meinen Eltern« rede, Mum und Malc meine. Er wusch die Wäsche, er und ich kochten zusammen, er saß an meinem Bett und plauderte mit mir, bevor ich einschlief. Er begann nachmittags zu Hause zu arbeiten, damit er da war, wenn ich aus der Schule kam.

Eines Sonntags, zwei Wochen und ein Tag später, kamen er und ich von einem unserer Spaziergänge in Hampstead Heath zurück, ein goldener, aber höllischer Nachmittag, an dem wir so getan hatten, als ob wir uns amüsieren würden, und Mum stand in der Küche, angezogen und mit frisch gewaschenen Haaren, während sie geschickt Teig in die Pastamaschine schaufelte, als ob nichts geschehen wäre.

»Es tut mir leid«, sagte sie, während wir sie wachsam beobachteten. »Es tut mir so leid.« Sie kam auf mich zu, umarmte mich fest, drückte mich an sich, und ich bemerkte, dass ich fast so groß war wie sie. »Es wird nicht wieder vorkommen.«

»Was war das, Mum?«, fragte ich und versuchte die schwindelerregende Erleichterung zu verbergen, die ich empfand.

Sie sah zu Malc, der sie mit verschränkten Armen anschaute, die Augen voller Tränen. »Oh, etwas war nicht in Ordnung, aber es ist jetzt okay«, antwortete sie. Ich sah die Falten um ihre Augen, den angespannten Gesichtsausdruck.

Ich wusste es damals nicht, aber lange danach wurde mir klar, dass, was immer mit ihr passiert war, dieser Tag sie veränderte. Etwas hing nun über ihr. Es ist schwer zu beschreiben, aber es war eine Art dumpfe wache Vorsicht. Als ob sie wüsste, dass etwas darauf wartete, sie zu fangen, und sie keine andere Chance hätte, als darauf zuzugehen. Ich dachte darüber nach, was wir gesehen hatten. Der Mann mit dem Rad? Aber er hatte nichts gemacht, und dann war er weggefahren und hatte nicht mal in unsere Richtung geschaut. Die Katze? Wie konnte Balthazar etwas bedeuten? Der herumflatternde Müll? Der graue Tag? Ich kam schließlich zu dem Schluss, dass es nichts davon war, nur etwas, was ihr eingefallen war, ein Gedanke in ihrem wirren, wilden Hirn.

Es ist jetzt okay. Und so schien es auch lange, obwohl ich nicht glaube, dass es wirklich so war. Aber wir mussten es natürlich glauben, und das Leben verlief irgendwie unspektakulär – was wohl heißt, zufrieden. Ich lernte und lernte, und nun wurde Mum nicht mehr in die Schule gebeten, um Ratschläge entgegenzunehmen, wo sie Secondhand-Kleidung kaufen könne, sondern wie man sich um mich während der Prüfungen kümmern könne, da ich »überempfindlich« und »außergewöhnlich intelligent« sei. Das war ich nicht, ich lernte nur gerne, knabberte gerne an einem Problem herum und fand eine Lösung. Kontrolle, Kontrolle, wo so vieles auf der Welt stumpfsinnig war und keinen Sinn ergab.

Ironischerweise machte ich ihnen, glaube ich, mehr Sorgen, als wenn ich abends spät in Camden oder Soho oder sonst wo weggeblieben wäre. Sie hätten mich bestrafen können, wenn ich geraucht, getrunken, gestohlen oder unpassende Jungs mit nach Hause gebracht hätte. Stattdessen blieb ich in meinem Zimmer, schrieb, las und dachte nach. Dachte zu viel.

So wurde ich im letzten Teil dieser kleinen biographischen Hintergrundgeschichte mit achtzehn auf die UCL zugelassen. Ich erinnere mich daran, dass, als ich mein Einser-Zeugnis aufschlug, meine alte Direktorin zu mir sagte: »Dein Leben liegt vor dir, Nina. Ich kann es nicht erwarten, zu sehen, was du damit anfängst.«

Vielleicht ähnle ich meiner Mutter mehr, als mir klar ist, vielleicht nicht. In jedem Fall ist es eine Schande, dass mein rebellischer Charakterzug nicht früher zutage trat. Ich war nach außen hin immer ein völlig braves Mädchen gewesen. Kein Ärger. Und dann verliebte ich mich.

8

»Aber es ist ein schöner Tag! Komm schon, Nina. Ist sie nicht blass?«, flehte Malc meine Mutter an, die in der Zeitung las. »Meinst du nicht, sie sollte rausgehen?«

»Sie ist fünfundzwanzig, Malc.« Mum sah nach draußen und dann zu mir. »Es ist ein schöner Tag, Liebes. Vielleicht magst du spazieren gehen oder Freunde treffen.«

»Sie sind alle weg.«

»Alle?«

»Die, die ich sehen will. Mir macht es nichts aus, drinnen zu sein.«

»Klar, ich weiß. Es ist nur … Du hast das ganze Wochenende kaum dein Zimmer verlassen.«

»Hab gelesen. Ich wollte nur lesen. Und schlafen.«

Es war eine Lüge. In letzter Zeit konnte ich nicht schlafen. Ich dachte über alles nach: Wo ist Keepsake? Wo ist Miss Travers? Was meint sie, dass mit meinem Dad passiert ist? Was weiß Mum? Und die Stille überwältigte mich, und mein Herz schlug immer schneller, während ich versuchte, alles zusammenzusetzen wie ein Hund, der seinem Schwanz nachjagt.

Etwas rutschte draußen in dem hellen Fleck in dem kleinen Garten vorbei, und ich blickte zum Fenster hinaus. Plötzlich und unerwartet war der Gedanke, den ganzen Tag drinnen zu bleiben, unerträglich. Ich stand auf.

»Okay, ich komme«, sagte ich. »Aber du weißt genau, warum ich Heath sonntags nicht mag. Wenn wir auf sie stoßen, werde ich …«

»Das werden wir nicht«, sagte Malc und rieb sich die Hände. »Es ist ein schöner Tag für einen Spaziergang.«

Ich sah zu Mum. »Ist es okay für dich, allein zu sein?«

»Ich? Natürlich! Ich arbeite etwas. Wunderbar!«

»Wunderbar«, echote ich und trank meinen Tee aus. »Komm, Malc.« Ich sah auf die Uhr. »Wenn wir jetzt gehen, sind die Massen weg.«

»Was soll ich an meinem Geburtstag machen?«, fragte Malc. Wir gingen an viktorianischen Wohnungen mit Türmchen vorbei, die ich mir als Kind immer als Märchenschlösser vorgestellt hatte. Die Sonne schien warm auf unsere nackten Arme, an den Bäumen brach das frische Grün hervor, und ich war fast trunken von allem, beschwingt vom Frühling.

»Lass mich nachdenken. Du hast dir für den Tag freigenommen, oder?«

»O ja. Banner? Ballons, soll ich Luftballons kaufen?«

»Nein. Du weißt doch, dass Mum allergisch darauf reagiert.« Das war eine glatte Lüge, auf die Malc jedes Jahr lieber nicht einging.

»In Ordnung.« Er lächelte breit. »Hey, wir könnten Pizza bestellen. Und verschiedene Ales ausprobieren?«

»Hm … klar. Wenn du willst.«

»Ja.« Er rieb sich die Hände. »Das wird ein Spaß, wart's nur ab. Wie wäre es, wenn wir Sebastian fragen?«

»Na ja, noch mal: Wenn du willst, Malc.«

Doch Malc wedelte mit der Hand. »Nein, es ist dumm von mir, das vorzuschlagen. Dir gegenüber nicht fair. Ich erwarte nur dauernd, dass wir auf ihn treffen, weil wir in Heath sind. Ihn und Lady Muck.« Seine Augen blitzten, während er ein Gesicht zog. »Vergiss es.«

»Ist schon gut, Malc. Er war ein guter Mann. Ist es noch.«

»Ach, Mädchen. Das ist er.« Er klopfte mir auf die Schulter

und seufzte auf. Ich hatte das Gefühl, dass er etwas sagen wollte, und wechselte deshalb das Thema.

»Malc, darf ich dich was fragen?«

»Klar.«

»Dieses Foto ...«

Er blickte verständnislos drein.

»... das von dem Mädchen am Bach.«

»Ich habe mich auch danach gefragt.« Malc legte die Hände auf den Rücken. »Hast du noch mehr von dieser Frau gehört?«

Ich wich aus. »Ich muss immer daran denken. Ich weiß nicht, was ich als Nächstes tun soll.«

»Es ist ziemlich seltsam, oder?«

Wir schwiegen, denn wir wussten beide, dass wir, wenn wir jetzt alleine darüber redeten, Mum hintergehen würden, obwohl ich nicht hätte sagen können, warum.

»Malc, glaubst du, dass Mum etwas weiß?«

Er schüttelte den Kopf. »Deine Mutter hat noch nie von ihr gehört, so viel weiß ich.« Wir gingen nun bergauf, Richtung Kenwood, und er klang außer Atem. »Was, glaubst du, will sie dir erzählen?«

»Keine Ahnung!« Ich warf die Hände in die Luft. »Keepsake? Was ist das?«

»Google es.«

»Das habe ich. Ich habe danach gesucht. Keepsake und Keepsake plus Haus oder Ort. Oh, und hundert andere Kombinationen der beiden. Teddy, Boot, Fluss, Schmetterlinge, Familien, toter Vater, und nichts kommt raus. Gar nichts.«

»Google ist nicht die Antwort auf alles, das weiß ich aus bitterer Erfahrung.«

»Doch dieses Buch, das Mrs. Poll und ich immer gelesen haben, das mein Dad mir hinterlassen hat ... sie heißt Nina. Und das Haus heißt Keepsake.« Malc nickte, als ob ich ihm das nicht schon gesagt hätte. »Erst die Fotos, dann, dass ich das Buch wiedergefunden habe ... Diese ganzen Botschaften«, sagte ich hastig. »Irgendwie glaube ich, dass alles, was ich weiß, eine Lüge ist, oder dass es vieles gibt, was ich nicht weiß.«

»Botschaften? Das glaubst du wirklich?« Malc klang ungläubig. Ich blieb stehen, sah ihn an und blinzelte. Glaubte ich wirklich, dass ausgerechnet Malc mich anlog? Was dachte ich denn, das man vor mir verbarg? Und doch schlichen sich wieder zweifelnde Stimmen in mein Bewusstsein. Mach dich nicht lächerlich, Nina.

»Ich bilde mir gar nichts ein«, sagte ich fest. »Es kann nicht sein. Und man sollte denken ...« Ich zuckte mit den Schultern. »Etwas sollte im Internet zu finden sein, aber da ist nichts. Ich weiß nicht, was ich tun soll.«

Ich nehme an, ich hoffte, dass er es mir sagen würde. Doch Malc meinte nur nach einer Pause: »Du musst warten, bis sie wieder mit dir in Kontakt tritt. Versuch an dieselbe Stelle in der Bibliothek zu gehen.«

»Das habe ich. Ich gehe seitdem jeden Tag hin. Und nach der Arbeit. Ich bin die ganze verdammte Zeit dort.«

»Und?«

»Sie hat mir vor zehn Tagen noch ein Foto gegeben. Ich habe es Mum nicht erzählt, Malc.«

»Oho.« Malc zog die Augenbrauen hoch. »Wen zeigt das Foto?«

Ich beschrieb ihm das Foto, das junge Mädchen und ihre Großmutter, den Rand des Hauses, Miss Travers' Nachricht. *Das ist Ihre Familie, Nina Parr.* Eine Ader pochte in Malcs Wange, während er zuhörte. »Die Sache ist die«, schloss ich. »Wie um alles in der Welt kann ich dieses verdammte Rätsel lösen, wenn ich nicht mal sicher bin, worum es geht?«

»Nun, offenbar weiß diese Frau etwas über die Familie deines Vaters.«

»Aber ist es nicht ein Zufall, dass sie einfach so in der Bibliothek auf mich trifft?«

Er schüttelte den Kopf und legte mir die Hand auf den Arm. »Nina, was sage ich dir andauernd? Es gibt keine Zufälle. Glaub mir, alles, was passiert, hat einen Grund.«

Ich entwand mich ihm. Das sagt er immer, und ich mag das nicht, als ob wir keine Wahl im Leben hätten. »Nun, was immer es ist, ich kann Mum nicht fragen. Sie verschließt sich davor.«

Dann sah ich ihn direkt und herausfordernd an.

»Ich glaube nicht, dass das stimmt.«

»Je älter ich werde, desto mehr will ich über meinen Dad herausfinden. Diese Frau weiß etwas, und Mum scheint nicht interessiert zu sein. Sie hat mich nicht mehr danach gefragt. Er war mein Dad, Malc. Ich weiß nichts über ihn.«

Wir gingen unter einem Baldachin aus Buchen hindurch. »Hör mir zu, Nina«, fuhr Malc nach einer Weile fort. »Ich sage dir eines, und dann reden wir nicht mehr darüber. Dein Vater war keineswegs so, wie ihn deine Mutter erscheinen lässt.«

»Wie meinst du das?« Ich blieb stehen, und meine Füße knirschten auf dem trockenen Laub, das den Waldboden bedeckte.

Malcs Augenbraue pochte. »Dinge, die ich mir zusammengereimt habe. Dinge, die sie mir erzählt hat. Du weißt, ich rede nicht gerne über sie hinter ihrem Rücken.«

»Das tue ich auch nicht, ich frage nur …«

»Ich will nicht unhöflich wegen deines Vaters sein oder ihn herabsetzen. Ich habe ihn nicht gekannt, ja? Ich sage nur, dass ich nicht glaube, dass alles perfekt war, als er ging. Etwas, was sie mir erzählt hat, als wir uns gerade kennengelernt haben.«

»Was war das?«

Ich musste ihn anstoßen, bevor er antwortete. »Okay, okay. Als ich sie in diesem italienischen Restaurant traf – ich erinnere mich, dass ich sie einmal nach ihrem verstorbenen Mann fragte, und sie sagte, sie hätte sich scheiden lassen, wenn er nicht gestorben wäre.«

»Was?«

»Ich habe bis heute keine Ahnung, ob sie es so meinte. Und als ich sie wieder danach fragte, nachdem wir zusammengezogen waren, leugnete sie es. Sagte, dass es schwierig gewesen sei, mehr aber nicht. Sie war tatsächlich ziemlich sauer auf mich.« Er sah erregt aus. »Ich meine damit nur, dass Beziehungen nicht nur schwarz und weiß sind. Du solltest das besser als die meisten anderen wissen.«

Ich ließ das Kinn fast auf die Brust fallen, als wir weitergingen. In meinem Kopf rasten die Gedanken. Als wir auf der anderen Seite des Waldes herauskamen, erkannte ich, dass wir kurz unter Kenwood House waren, das weiß in der Frühlingssonne leuchtete. Auf dem Weg auf der anderen Hausseite sah man die Umrisse von Gestalten, die Kinderwagen schoben, und von Kindern auf Rollern. Ein kleines Mädchen in rotem Mantel kämpfte mit einem Drachen, und ihr Bruder und ihre Mutter rannten zu ihr, um ihr zu helfen. Ich konnte sie lachen hören, Worte wurden vom Wind hergetragen.

Ich bin befangen im Umgang mit Familien, vor allem mit großen, wohl weil ich sie immer noch nicht wirklich verstehe. Sie wirken immer so überselbstbewusst, viel zu laut, entschlossen, einem so schnell wie möglich zu sagen, wie groß ihr Clan ist, als ob allein auf der Welt und von der Sippe getrennt zu sein sie kleiner machen würde. Mum und ich waren nicht sosehr Mutter und Tochter als vielmehr eine einzige Einheit. Wir wussten nicht, wie wir uns erklären sollten. Ausflüge mit Mrs. Poll waren noch komplizierter. »Nein, sie ist nicht meine Großmutter. Sie lebt über uns. Nein, ich habe keine Geschwister. Wer? Mein Dad ist tot.«

»Lass uns einen Tee trinken«, schlug Malc vor und zeigte nach Kenwood. »Ich bin ganz außer Puste.«

»Okay.« Ich legte ihm beschützend die Hand auf den Arm. »Und ... hey, danke, dass du mit mir darüber geredet hast. Ich weiß, sie ist komisch, was meinen Dad angeht.« Ich schluckte, wusste nicht, wo ich anfangen sollte. »Mum hat großes Glück.« Ich lächelte ihn an, und plötzlich trat er vor und umarmte mich, drückte mich an seine Allzweckjacke mit Reißverschluss und den vielen Taschen. Ich erwiderte seine Umarmung, und dann traten wir beide verlegen zurück.

»Weißt du, all dieser Kram, ich glaube, das geht vorbei. Sicher gibt es keine Zufälle, aber alles wird sich erklären, wenn du glaubst, dass diese alte Frau die Falsche erwischt hat oder einfach nur verrückt ist. Das glaube ich ehrlich.« Ich betrachtete ihn und wusste, dass er die Wahrheit sagte. Er drehte sich um, schaute zum Haus und sagte dann leise: »Ich weiß, ich werde nie er sein.«

»Wer?«

»Der gutaussehende Forscher mit der geheimnisvollen Vergangenheit, der nicht zurückkehrte. Es ist gut. Dein Vater ist dieser Mensch. Der, an den sie sich stets erinnert.«

»O Malc, glaubst du das wirklich?«

»Ja. Aber ich meine nur, dass es manchmal besser ist, wenn wir die Dinge so lassen, wie sie sind.«

»Sie ist immer noch in ihn, die Vorstellung von ihm verliebt? Das meinst du? Malc, du bist verrückt ...«

Dann plötzlich sagte eine Stimme hinter uns: »Nina? Malc? Hallo! Ihr macht also wieder eure Sonntagsspaziergänge?«

Jemand berührte mich leicht an der Schulter, und als ich mich umdrehte, erblickte ich Sebastian.

Die Fairleys machen diesen Spaziergang jeden Sonntag und enden immer in Kenwood, und Sebastians Tante Judy hält stets an, um sich die Pflanzen anzuschauen.

Ich hatte gehofft, wir hätten sie verpasst.

Ich wusste nicht, warum ich glaubte, sie könnten ihre Gewohnheiten verändert haben. Die Fairleys waren und sind in Stein gemeißelt.

»Ist das Nina?«, fragte jetzt eine andere Stimme.

»Mama!«, rief Sebastian. »Nina ist hier! Mit Malc!« Ich sah ihn hilflos an, während er Malc umarmte und sich dann an mich wandte. »Hallo, Sally«, sagte er leise, »Tut mir leid.«

»Mist«, flüsterte Malc, als er erlöst wurde.

»Mist, und das ist deine Schuld«, zischte ich ihm zu. Wir standen reglos da und sahen zu, wie der Rest des Clans auf uns zusteuerte wie die Besetzung in einem Kostümfilm.

Ich hatte jedenfalls recht. Und das war der Grund, warum ich Heath mied.

9

Nina!«, rief Charlotte, Sebastians süße Schwester, aus, lief vor und umarmte mich. »Hallo! Es ist so lange her.« Sie strich sich das lange Haar aus dem Gesicht und trat verlegen zurück, während ihr kleiner Bruder Mark mich aufs Ohr küsste und murmelte: »'lo Nina.«

»Hallo, ihr zwei«, antwortete ich. »Hi, Judy.« Judy war die Schwester des Vaters der beiden, die bei ihnen wohnte und jeden Tag in den Hampstead Ponds schwamm.

Judy packte mich fest am Arm. »Verdammt gut, dich zu sehen, Nina. Und dich, Malc.«

»Dich auch, Judy.« Malc küsste sie und wandte sich dann zu Sebastians Mutter, die hinter der Gruppe schwebte. »Zinnia, was für eine Überraschung!«

»Ja«, stimmte ich munter ein, »was für eine Überraschung!«

»Nina, Liebes, was für eine Freude, dich zu sehen.« Zinnia zog mich in eine Umarmung, die wie immer einen weichen bestickten Schal, glatte, gepuderte Wangenknochen und Amarige von Givenchy umfasste. »Wie unglaublich«, sagte sie mit ihrer trillernden, tiefen Stimme, »wo ich doch in letzter Zeit so oft an dich gedacht habe. Sebastian hat mir erzählt, dass deine Wohnungsgenossinnen dich dir selbst überlassen haben, so dass du wieder zu Delilah und Graham gezogen bist.«

»Nun, das ist nur vorübergehend«, sagte ich, kindlich bemüht, mich zu erklären. »Wir waren alle so traurig, dass wir die Wohnung aufgeben mussten.«

Zinnia hörte offenbar nicht zu. Sie legte den Kopf zur Seite, während ihre lavendelblauen Augen meine festhielten. »Wundervoll.«

»Auf jeden Fall geht es bis jetzt sehr gut, oder, Malc? Wir haben uns nicht gegenseitig umgebracht ... noch nicht«, fügte ich hinzu und kicherte vor Nervosität, während Malc erstickte Geräusche von sich gab und in übertriebener Zustimmung die Augen verdrehte.

Zinnia sah verblüfft drein. »Ihr müsst alle mal kommen, Nina. Warum sehen wir dich nie?«

»Erinnerst du dich, Mama? Die Ehe? Die Scheidung? Die ganze Sache mit der Ex-Frau? Wie du sie aus dem Haus befohlen und sie eine Zicke genannt hast?« Sebastian stieß mich an, scherzhaft, aber zu fest, und ich taumelte seitlich an Malcs Brust.

»Sebastian!«, hauchte Charlotte bewundernd, die Augen wie Untertassen, und sah von ihrer Mutter zu mir.

Kurz herrschte angespanntes Schweigen. Zinnia wischte dies mit einer herrischen Geste ihrer weißen Hand beiseite und umklammerte meinen Arm.

»Das ist Schnee von gestern, Liebling. Nina weiß das. Ich habe letzte Woche einen wunderbaren Kinderbuchautor kennengelernt, den du sicher lieben würdest ...«

Ich wartete auf die Einladung zum Mittagessen und fragte mich, wie ich mich rauswinden sollte. Manche Leute sammeln Stücke von Lalique, manche *Star-Trek*-Figuren, Zinnia sammelte Menschen. Ihre Wochenendessen im Haus der Fairleys waren legendär. In meinem ersten Jahr an der UCL, als ich schon fest mit Sebastian befreundet war, war ich an einem Sonntag dort eingeladen worden. Alle hatten meinen Namen gekannt.

»Nina! Wundervoll, dass du hier bist!«, hatte David, Sebastians weißhaariger, vornübergebeugter Vater geschrien und mich fest umarmt. »Komm doch! Wir freuen uns so, dass du kommen konntest. Sebastian redet dauernd über dich. Möchtest du einen Gin Tonic? Kümmre dich nicht um den Lärm, wir haben gerade das Klavier stimmen lassen, und Claudio probiert es aus.«

Bei diesem ersten Mittagessen waren ein Parlamentsmitglied, ein klassischer Pianist, drei andere Leute, die sich dadurch auszeichneten, dass sie ziemlich schick klangen, und zwei Schriftsteller anwesend gewesen. Ich war nicht so beeindruckt von den Schriftstellern, schließlich war Mum auch eine. Doch bald wurde mir klar, dass sie nicht Schriftsteller wie sie waren. Sie waren »richtige« Schriftsteller. Einer war ein Romanautor, der auf der Shortlist für den Orange Prize gestanden und eine Tochter namens Goneril hatte, der andere schrieb über Militärgeschichte und verfiel ständig ins Italienische. Mum bezeichnete trotz all ihrer Fehler nie jemanden als »simpatico«, und außerdem einte uns beide die Überzeugung, dass König Lear ein schrecklicher alter Mann war, der nur bekommen hatte, was er verdiente.

Was den Rest anging – die in Rotwein gedünstete Wachtel, der Tennisplatz, die alten Mahagonimöbel und die Gespräche beim Essen, zu denen beizutragen von jedem erwartet wurde, sogar vom zehnjährigen Mark –, die pure Exotik des Ganzen war für mich eine Offenbarung. Ich hatte ehrlich nie geglaubt, dass Menschen außerhalb von Romanen so lebten. Eine Offenbarung war auch die Vorstellung, dass sie froh waren, dass ich da war. Dass Sebastian von mir gesprochen hatte. Ich konnte wirklich nicht verstehen (und verstehe es auch nach sieben Jahren nicht), warum er mich erwählt hatte, warum wir uns schon so nahe waren. Ich wusste nur, dass ich mich das erste Mal wie mich selber fühlte und nicht wie jemand, der sich in Mums oder Mrs. Polls Schatten versteckt, die graue Motte in einer Klasse voller Schmetterlinge.

An diesem Tag hatte ich das allererste Mal Sex mit Sebastian – mein erstes Mal überhaupt. In seinem Zimmer, an dessen Wänden Poster mit Büchern und schwarzweißen düsteren Helden hingen: Brando, Hemingway, ein Poster aus *Die Reifeprüfung*. Zur Teestunde, als es draußen dämmerte und die ganze Familie unten war und die Kinder laut Beatles-Lieder auf dem Klavier hämmerten. Er machte einen Kokon aus seinem Plumeau, und bei diesem ersten Mal kam er sofort und viel zu schnell, und irgendwie war das alles richtig, das süße Erröten seiner Wangenknochen, seine Verletzlichkeit, als wir beide unter den Laken lagen, nervös, nackt, voll von Erwachsenenwein und jugendlicher Anziehung. Es machte ihn menschlich und mich zu derjenigen, die ihm helfen konnte. Wir blieben bis elf oben, lachten, machten es wieder und wieder, bis er wie ein schlafender Löwe eindöste und seine behaarte Brust sich hob und senkte, während ich ihn verzaubert anstarrte. Ich fühlte mich, als ob ich schlafgewandelt hätte, und nun, da ich wieder wach war, machte alles einen Sinn.

Am nächsten Morgen schlichen wir zusammen aus dem Haus, und ich betete still, dass Zinnia und David mich nicht sähen. Ich dachte, es würde ihnen nichts ausmachen, aber ich wollte keine Fragen beantworten, wollte nicht, dass der Zauber der vorigen Nacht gebrochen wurde.

Wir heirateten fünf Monate später am Ende unseres ersten Jahres an der UCL. Ich war neunzehn, er zwanzig; wir gingen ins Rathaus von Islington. Ich trug ein weißes Baumwollkleid mit Lochstickerei, das ich am Vortag bei H&M für dreizehn Pfund neunundneunzig gekauft hatte. Ich habe es immer noch, doch es hängt in Mattys Zimmer schlaff auf einem Drahtbügel hinten im Schrank.

Es waren nur wir zwei und zwei Zeugen dabei. Sebastian lockte zwei Typen aus dem Red Lion. Obwohl wir nur zu zweit waren, nahmen wir es sehr ernst. Es war keine ironische Vegas-Hochzeit. Wir waren uns ganz sicher. Ich dachte an meine Eltern, die auch jung gewesen waren; auch sie waren sich sicher gewesen. Während ich dies zehn Jahre später schreibe, kann ich sie noch spüren, unsere Überzeugung, dass es das Richtige war. Ich war nie wieder so verliebt und glaube, ich werde es nie wieder sein.

Danach gaben wir beide den Zeugen förmlich die Hand und stiegen in ein Taxi. Wir fuhren in ein winziges französisches Restaurant am Shepherd Market zum Essen und tranken Champagner und aßen blutiges Steak mit Sauce béarnaise, Salat und Pommes frites, und dann eröffnete Sebastian mir, rot vom Champagner und vor ehelichem Stolz, dass er uns für eine Nacht im Claridge eingebucht hatte. Es war so eine Überraschung, so etwas Schönes, doch als wir dort ankamen, wusste ich sofort, dass mich Schuldgefühle überkommen würden, wenn wir es nicht unseren Eltern erzählten. In der Lobby dieses schönen Hotels war mir klar: Wir hatten es falsch angefangen. Er war ein wenig eingeschnappt, weil ich mich nicht mehr freute; ich war mit den Nerven am Ende, müde und besorgt.

Vielleicht tauchte da die erste Wegkreuzung in unserer Ehe auf, und wir nahmen den falschen Weg. Wir riefen meine Eltern an und sagten ihnen kichernd, was wir getan hatten. Wir taten ein wenig dümmlich, ich glaube, mit Absicht, um zu verbergen, was wir beide wussten, was in dem Moment vor drei Stunden offensichtlich geworden war, als der Standesbeamte unsere Hände losgelassen hatte und wir uns in die Augen gesehen und unsere Zukunft erkannt hatten.

Es ist nun zehn Jahre her, seit ich Sebastian kennengelernt habe, und es kommt mir wie eine wichtige Phase meines jungen Lebens vor. Lange war das nicht so, und ich glaube, man sehnt sich nach diesen großen Zeitabschnitten als Beweis für Stabilität und Erfolg zurück. »Wir waren drei Jahre verheiratet, aber wir waren vorher schon fünf Jahre zusammen«, sagten Freundinnen von mir, wenn man sie fragte, als ob sie allein durch die Zeitangabe den Zuhörenden von der Gültigkeit ihrer Beziehung überzeugen wollten.

Als Sebastian und ich uns ein Jahr kannten, waren wir schon seit drei Monaten verheiratet. Es entlockt mir ein Lächeln, wenn ich daran denke, wie falsch wir es angepackt hatten, nachdem ich nun weiß, was mit uns später in jenem Sommer geschah.

Während Zinnia sich nun an Malc heftete, um ihm eine Frage zu einem Journalisten zu stellen, den sie kannte, zog Charlotte an Sebastians Arm. »Lass uns Tee trinken. Mark und ich werden einen Tisch ergattern.«

Sebastian sah mich an. »Kommt ihr beide mit?«

»Besser nicht.« Ich sah auf die Uhr. »Wir haben Mum gesagt, dass wir ...«

»Gut.« Sebastian verstummte. »Charlotte, warum läufst du nicht vor und sicherst den Tisch?«

»Klar. Tschüs, Nina.«

Ich warf ihr einen Kuss zu, und sie stürmte davon.

Sebastian drehte sich zu mir um und sagte beiläufig: »Hey, ich muss vorbeikommen, um mir ein Buch von Malc zu leihen. Wie wäre es mit einem Drink nächste Woche? Donnerstag?«

»Oh.« Ich war mir bewusst, dass Zinnias Augen regelmäßig weg von Malc und zu uns wanderten. »Nun ja ...«

Ausnahmsweise erlaubte ich mir, ihn anzuschauen, sein goldenes Haar, die hohen Wangenknochen, rot von der Sonne, diese freundlichen sahnebonbonfarbenen Augen und die etwas zu große Nase, die ihn menschlich machte und die Vollkommenheit der Knochenstruktur ein wenig minderte.

Ich erinnerte mich an das erste Mal, als ich ihn an meinem zweiten Tag an der UCL gesehen hatte. Ich kam schon zu spät zu meinem ersten Seminar. Ich hatte in ohnmächtiger Panik auf eine Karte auf einer Pinnwand gestarrt und versucht herauszufinden, wo mein Seminar über viktorianische Literatur stattfand.

Er war einfach neben mir aufgetaucht und hatte gesagt: »Hallo! Du bist in meinem Seminar über Literatur des indischen Subkontinents, oder? Bist du Nina? Alles okay?«

Ich hatte mich umgedreht und nur gestarrt, denn er war ... ach, er war so schön. Und so nett. Ich weiß nicht, warum Sebastian gerade mich liebte. Ich wusste nur, dass ich Glück hatte.

Als wir uns nun ansahen, schien es nicht seltsam, bei ihm zu sein, oder gefährlich oder exotisch oder etwas, was in die Vergangenheit gehörte, sondern völlig natürlich. In diesem Moment musste ich erkennen, dass ich ihn vermisste. Ich vermisste alles an ihm.

»Ständig wechselst du das Thema, wenn ich es anspreche. So langsam glaube ich, dass du lieber noch einen Abend bei deiner Mum und Malc bleiben willst«, sagte er halb freundlich, halb ernst. »Hör zu, ich wollte nur sagen, es ist in Ordnung, wenn du nicht scharf drauf bist. Ich vermisse dich nur, Nins.«

Leise antwortete ich: »Nicht, Sebastian.«

»Aber so ist es.« Er sagte es locker und lächelte dabei, doch seine Augen waren voller Angst wie die eines kleinen Jungen. »Ich ... ich weiß, du hast mir mal gesagt, du hättest lieber einen Bandwurm, als mit mir einen trinken zu gehen.«

»Das habe ich nie gesagt.«

»Doch, und dann hast du den Fernseher zertrümmert.«

»Nein. Du hast zehn Leute zum Abendessen eingeladen, als ich am nächsten Tag eine Prüfung hatte. Ich habe den Stuhl in den Fernseher geschmettert, weil du ausgewichen bist. Das ist etwas anderes.«

Es war okay, wenn ich die Regeln kannte. Dass wir das hier als Geplänkel machten, lachten, haha, wir waren ja so reif. Ich konnte das. Aber wenn er mich manchmal ansah und unsere Blicke sich begegneten, war es beängstigend – wie in den Spiegel seiner eigenen tiefsten Ängste zu schauen –, und ich konnte es immer noch nicht ertragen, daran zu denken, wie gut er mich kannte und wie wir uns immer noch verstanden, weil das Ende so furchtbar, so voller Bosheit und Schwärze und Hass gewesen war.

Es war meine Schuld. Ich hatte stets etwas gebraucht, über das ich grübeln konnte, und eine zerbröckelnde Ehe, ein

Mann, der immer weg ist, der flirtet und mit allen trinkt, der mich nicht so retten konnte, wie ich es gewollt hätte, war vielleicht mein größtes Thema. Ich hätte eine Eins bekommen, wenn es eine Prüfung geworden wäre.

»Du willst, dass ich dich hasse!«, hatte er mich einmal angeschrien, als er meinen Geburtstag vergaß und ich den ganzen Tag im Bett blieb. »Du versuchst mich dazu zu bringen, dich zu hassen, und das werde ich nicht.«

Hatte ich ihn geliebt? Ja, sehr. Voller Schmerzen. Hatte er mich geliebt? Ja, das weiß ich. Was ist also schiefgegangen? Ich glaube nicht, dass Liebe ausreicht. Ich glaube nicht, dass wir bereit waren. Wir hielten es für unser Schicksal, uns so jung zu verlieben und zu heiraten. Ich dachte, dafür sei ich geboren, das lesewütige, ruhige Mädchen, das nicht wirklich gelebt hatte – ich glaubte, das sei mein Moment zu fliegen. Ich irrte mich. Ich dachte, er könne mich retten, die Lücken von allem anderen füllen, das fehlte. Man kann niemanden bitten, einen so zu retten. Man muss es zusammen tun. Ich war es, die ging, ich war es, die mit einem anderen schlief – ich habe es absichtlich getan. Ich dachte ehrlich, es sei das Beste, ein Präventivschlag, um mich davor zu retten, mir das Herz brechen zu lassen, bevor er erkannte, dass er es so viel besser treffen könnte und jemanden anderen fand. Oh, es ist so dumm, wenn man es niederschreibt, aber so fühlte ich.

Es war eine schmerzhafte Erinnerung, und doch, wenn ich ihn ansah, konnte ich mich noch an das Gefühl seiner Haut an meiner erinnern ... an seine Hände. Sein Lächeln. Wie glücklich wir waren. Wie sehr er mich zum Lachen brachte; das hat vorher und nachher keiner geschafft.

»Hör zu«, sagte ich endlich, »wir können an dem Freitag von Malcs Geburtstag einen trinken. Aber nur, wenn du danach zur Party kommst. Das ist der Deal. Dann wird zumindest jemand da sein, von dem ich weiß, dass er die Ale trinkenden Polizeireporter davon abhält, mich Puppengesicht zu nennen.«

»Klar.« Wir lächelten uns an und nickten.

Zinnia störte uns. »Graham sagte gerade, dass Delilah nächsten Monat mehrere Lesungen in Oxford hat. Wir müssen ihn zum Essen einladen. Wir können dich doch nicht allein verhungern lassen, lieber Graham.«

»O nein!«, rief Malc verlegen.

»Das wäre toll, Malc.« Sebastian knuffte ihn leicht in den Arm. »Hey, mir hat der Artikel von dir in der *Times* letzte Woche gefallen.«

»Das Haus der Schrecken in unserer Straße? O ja!« Malc nickte vergnügt, und als sie anfingen zu reden, zuckte ich mit den Schultern und sagte mir: Alles gut! Was für ein schöner Tag für einen Spaziergang. Wie schön, Sebastian zu sehen und mich so gut mit ihm zu verstehen. Und Judy und Charlotte und Mark – sogar Zinnia; sie ist nicht so schlimm …

Und dann wandte sich Zinnia mir zu.

»Sebastian und ich hatten neulich so eine seltsame Begegnung. Hat er dir nicht davon erzählt?«

»Nein.« Ich lächelte höflich.

»Oh, wie komisch! Ich wollte mit dir darüber reden.« Ihre Augen fixierten mich.

»Aha.« Ich konnte ihr nicht in die Augen sehen. »Was wolltest du?«

»Nun, es geht mehr darum, was du willst, Nina, oder? Wir … ja, wir haben einen alten Freund von mir getroffen. Wir gingen den Flash Walk entlang, weil mein wunderbarer Junge mich zum Geburtstag zum Essen ausgeführt hat und wir nach einer Brosche suchten, die ich unbedingt kaufen wollte, und plötzlich sagte Sebastian …«

Ich hörte fast nicht mehr zu. Zinnia kennt jeden, war überall, und es kann ziemlich schwer sein, Interesse vorzutäuschen. Doch dann räusperte sie sich und machte Sebastians entspanntes Grummeln nach.

»… ›Mama, da ist die seltsame Frau aus der Bibliothek. Ich sah sie vor ein paar Wochen, und es beunruhigt mich seitdem. Ich bin sicher, wir kennen sie.‹«

Sie beobachtete meine Reaktion. Ich drehte mich zu Sebastian. Er sah mitten im Gespräch auf, als ob er meinen Blick gespürt hätte.

»Du hast gesagt, du kennst die Frau nicht«, sagte ich.

»Welche Frau?«

»Die Frau mit den roten Strümpfen in der Bibliothek.«

»Du meinst Lise«, ergänzte Zinnia locker. »Lise Travers.«

Lise Travers. Ihr Name ist Lise. Nicht Teddy.

»Ja«, antwortete Sebastian. »Ich habe sie nicht erkannt. Sie sah völlig anders aus.«

»Nun, Liebling, du hattest sie seit zehn Jahren nicht gesehen.«

»Wer ist das?«, fragte Malc.

»Lise Travers«, sagte Zinnia wieder. »Sie ist eine alte Freundin von uns. Wie lustig, dass sie euch auch kennt!«

Malc sah verständnislos drein.

»Sie kennt uns nicht«, widersprach ich. »Ich weiß nicht, was sie von … von mir will.« Ich schluckte. »Hast du mit ihr gesprochen?«

»Mit ihr reden! Sie rannte zu Sebastian und hat ihn angeschrien, sie habe an jenem Tag genau gewusst, wer er sei, und wie unhöflich er gewesen wäre«, erklärte Zinnia. »Sie war schon immer ein bisschen exzentrisch, aber ich habe sie noch nie so gesehen. Ich weiß nicht, was ihr beide zu ihr gesagt habt, Nina. Sie war schrecklich beleidigt.«

»Wir waren nicht unhöflich«, gab ich zurück. »Wir haben nicht ... Sie sagte ...« Ich schluckte erneut und sammelte mich. »Entschuldigung, woher kennst du sie?«

»Wir kennen Lise seit Jahren«, erzählte Zinnia. »Sie hat mit David an *Winds of the Raj* gearbeitet. Sie hat den BAFTA gewonnen ...« Sie verstummte. *Winds of the Raj* war Davids größter Film, ein Meilenstein seiner Karriere. Die weibliche Hauptrolle hatte einen Oscar gewonnen. »Es ist schrecklich, dass David nichts bekommen hat. Er *war* dieser Film. Dass sie gewonnen hat und er nicht ...«

Ich unterbrach. »Sie ist Schauspielerin?«

»O nein.« Zinnia sah mich neugierig an. »Du weißt echt nicht, wer sie ist?«

»Nein. Wie ich schon sagte, habe ich sie noch nie gesehen. Aber sie scheint mich zu kennen.«

»Lise ist Drehbuchautorin. Es ist wirklich eine Schande. Ein ziemlich trauriges Leben. Sie hat nie ganz ihr Potenzial ausgeschöpft.«

Unter anderen Umständen hätte ich gelächelt bei dem Gedanken, dass eine Drehbuchautorin, die den BAFTA gewonnen hat, nicht ihr Potenzial ausgeschöpft hat.

Zinnia sah zu Malc und lächelte. »Tut mir leid, Malc. Leider war mein Sohn sehr unhöflich zu einer alten Freundin von uns, und sie hat es übel genommen.«

»Nein«, sagte Malc, »du musst dich nicht entschuldigen.«

Ich fragte Sebastian: »Warum hast du mir nichts davon erzählt?«

Er sah verwirrt aus. »Das wollte ich, wenn wir uns auf einen Drink treffen. Tut mir leid, ich habe es verschwitzt.«

Und ich erinnerte mich, dass ich ihm nicht den Rest erzählt hatte – die Fotos, das Buch. »Natürlich. Kein Problem. Sicher ist es nichts.«

Doch Zinnia sah mich immer noch an. Es gab eine kleine Pause. Sebastian wandte sich wieder Malc zu, um ihr Gespräch zu beenden, und sie sagte: »Ich frage mich, warum sie glaubt, dich zu kennen.«

»Ich bin mir nicht sicher. Sie weiß etwas über meinen Vater. Und meine Familie. Sie hat versucht, mich zu kontaktieren.« Ich schlug alle Vorsicht in den Wind. »Sie behauptet, mein Vater sei nicht tot. Ich weiß nicht genau, ob sie verrückt ist oder nicht. Hast du zufällig ... eine Adresse von ihr?«

»Oh, tut mir leid, nein.«

»Gar nichts? Weißt du, wo sie wohnt?«

»In den Wohnungen auf der anderen Seite von Heath. The Pryors.«

Die so wie Schlösser aussehen, an denen wir vorhin vorbeigekommen waren. Ich wischte mir die Augen.

»Zinnia, glaubst du, du könntest sie für mich kontaktieren? Herausfinden, warum sie mich wieder treffen will? Ich verzweifle allmählich. Es kommt mir alles so seltsam vor und ...«

»Noch einmal, nein.«

»Entschuldigung?« Ich war mir nicht sicher, ob ich sie richtig verstanden hatte.

Zinnia beugte sich nach vorn. Vorsichtig zog sie sich den bestickten Schal über die Schultern. »Liebe Nina, nimm mir das nicht übel, aber ich will dich einfach nicht mehr in unserem Leben.«

»Was?«

»Bitte begreife. Ich glaube, es ist am besten, wenn wir in verschiedene Richtungen segeln. Diese Sache, dass ihr beide euch auf einen Drink trefft, und so weiter. Diese kleinen zusätzlichen Verbindungen sind verwirrend und ärgerlich. Du darfst seine Zeit nicht vergeuden. Er war ... Es hat ihn fast zerbrochen, das habe ich dir damals gesagt. Du und er brauchen klares blaues Wasser, um die Metapher weiter zu bemühen. Viel klares blaues Wasser.«

Ich trat ein paar Schritte zurück, als ob sie mich getreten hätte. »Aber ... du warst es doch, die mich sehen wollte«, sagte ich und versuchte, nicht zu zeigen, wie mich das verunsicherte. »Ich verstehe nicht ...«

»Nun«, meinte sie gleichmütig, »ich wollte dir alles darlegen, erklären, warum es das Beste ist, wenn du ... wenn du ihn in Ruhe lässt, Liebes. Das ist schwer, ich weiß. Ich will wirklich nicht unangenehm sein.«

Ich lachte kurz auf.

»Da, siehst du.« Auf ihrer Oberlippe war ein winziger glitzernder Spuckefleck zu sehen. Nach einer Weile sagte sie leise. »Nina, wenn du meine Schwiegertochter wärst, würde ich alles, was in meiner Macht steht, tun, um dich zu unterstützen. Wenn du die Mutter seiner Kinder wärst, würde ich für dich töten. Aber du bist seine Ex-Frau, es ist zwei Jahre her, und ich glaube, es ist Zeit, dass du ... na ja, das Boot anschubst und wegsegelst. Deshalb will ich dir nicht helfen. Verstehst du, Liebes?«

Im Lauf der Jahre habe ich gelernt, Zinnia zu bewundern, und ich bewundere sie auch hierfür. Man braucht Mumm, um so unverschämt zu sein.

»Ich verstehe«, sagte ich. »Wenn du entschlossen bist, mir nicht zu helfen ... gut. Danke, dass du so ehrlich bist.«

»Oh, keine Ursache.« Sie tat, als würden wir auf einer Cocktailparty plaudern, und ihr Gesicht entspannte sich. »Und wenn wir schon beim Thema sind, ich glaube, du vergisst auch Lise. Es ist nicht fair ihr gegenüber. Sie ist sehr verwirrt deinetwegen, Liebes.«

»Ja, ich verstehe. Was hat sie zu dir gesagt?«

»Oh«, Zinnia lachte leise, »vor allem hat sie dich dauernd als Teddy bezeichnet.«

»Teddy? Wirklich?« Die anderen näherten sich uns. »Wie komisch.« Dann hob ich die Schultern und versuchte, meinen plötzlich aufsteigenden Ärger zu unterdrücken. »Noch mal, tut mir leid, dass wir dich in Verlegenheit gebracht haben. Oh, Sebastian.« Ich stieß ihn sanft in die Seite.

»Oh, Nina.«

»Ich melde mich nächste Woche. Ich würde gern einen trinken gehen.« Ich sah Zinnia nicht an. Ich wusste, ich war kindisch – und war sie das nicht auch? Wenn ich ihn sehen wollte, was schadete das schon? War ich die zerstörerische Naturkraft, wie sie zu behaupten schien?

Doch sie schwieg, als Sebastian nickte. »Super«, sagte er.

Und dann fügte Zinnia plötzlich hinzu: »Ja, arme Lise. Oh, was hat sie noch mal zu dir gesagt, Liebling?« Sie wandte sich an Sebastian.

Er zuckte mit den Schultern und sah mich neugierig an. »Weiß ich nicht.«

»Ich erinnere mich. ›Teddy hat etwas Böses gemacht.‹ Das hat sie ständig wiederholt. ›Ich habe darüber gelesen. Sie hat etwas wirklich Böses getan.‹« Sie war eine gute Nachahmerin, und mir standen die Härchen in meinem Nacken zu Berge. Ich zitterte in der Sonne.

»Sie klingt verrückt«, meinte ich. »Nun, ich bin nicht Teddy, also ist alles schnell erklärt, oder? Grüße Judy von mir, es war nett, sie wiederzusehen. Und Mark und Charlotte.«

Ich hatte Charlotte mit ihren scheuen Augen und dem dicken schokoladenfarbenen Haar geliebt, und einen Moment lang überfiel mich die Erkenntnis, dass ich sie wahrscheinlich nicht wiedersehen würde. Ich küsste Zinnia auf die kalte, parfümierte Wange.

Sie drehte sich um und verschränkte den Arm mit dem ihres Sohnes.

Im Weggehen fragte Malc: »Was wollte sie? Hast du ihr eines deiner Organe verkauft? Reproduziert sie sich selbst, indem sie Affen verwendet, die du für sie züchtest?«

»Haben die Vergangenheit wiedergekäut«, sagte ich und ging weiter, damit er mein rotes Gesicht nicht sah. »Nur einen typischen Zinnia-Blödsinn. Aber sie hat recht und du auch. Diese arme alte Dame, ich werde sie nicht behelligen, wenn ich sie wiedersehe.«

Malc schloss zu mir auf und legte mir den Arm um die Schultern. »Nun, vielleicht hat sie recht. Tut mir leid, das zu sagen. Du weißt, ich liebe Sebastian, aber ich werde nie verstehen, wie du in die Familie einheiraten konntest.«

10

Sie kam Montag nicht in die Bibliothek und auch nicht in der Woche nach unserer Begegnung mit den Fairleys, obwohl ich jeden Mittag und jeden Abend nach der Arbeit dort war. Ich stellte mich in den ersten und zweiten Stock und suchte nach ihr, wartete für den Fall, dass sie mich suchte. Doch es war nichts von ihr zu sehen. Keine Spur von ihr im Telefonbuch, obwohl ich alles über ihre glitzernde Drehbuchkarriere gelesen hatte. Ich lieh mir ihre drei bekanntesten Filme aus und schaute sie mir in meinem Zimmer auf dem Laptop an, suchte nach Botschaften, Hinweisen, die es nicht gab.

Während der Juni den Mai ablöste und Malcs Geburtstag herannahte, fragte ich mich, ob sie alle nicht vielleicht recht hatten. Doch aufgeben, sie zu finden, war, als ob ich den

Traum von einem anderen Leben aufgäbe, eine neue Version meiner selbst, jemand, der mehr hatte als zwölf Ausgaben desselben Buchs, verstreute Freunde, die ich nie sah, einen Ex-Mann und eine abgewürgte Karriere. Deshalb hörte ich nicht auf die Stimmen, die mir sagten, dass ich mich irrte, die mich im Schlaf auslachten, in dunklen Ecken darauf warteten, dass andere sich auflösten, und sich dann auf mich stürzten und meine Kinderbuchphantasie verspotteten. Ich wartete weiter in der Bibliothek auf sie.

Mehrmals ging ich zurück nach Hampstead und spazierte an den schlossähnlichen Wohnungen vorbei, fragte mich, welches Haus ihres sei, betete darum, dass sie auftauchen möge wie Dornröschen. Ich stand am frühen Abend dort am Rande des großen Rasens, der wehte und mich am Schienbein kitzelte, und sah zu, wie die Londoner zielbewusst von der Arbeit heimkamen. Und ich wartete, bis es dunkel wurde, lehnte an einem Baum und las Agatha Christie und blickte alle dreißig Sekunden auf, nur um sicherzugehen, dass sie nicht vorbeigegangen war. Nichts.

Ich wusste, es war seltsam, aber keiner fragte mich, wo ich gewesen war. So kam allmählich der Moment, in dem alles ziemlich sinnlos wurde und ich nicht mehr in die Bibliothek und nach Hampstead Heath ging. Ein, zwei, drei Tage vergingen, und jeden Tag war ich überrascht von mir selbst, aber ich ging nicht hin. Jeden Abend, wenn ich nach Hause kam, tat ich so, als ob es gut wäre, dass ich nicht mehr von ihr besessen war. Ich steckte die Fotos in einem Umschlag in *Nina und die Schmetterlinge* und schob sie weiter unters Bett. Ich sagte mir, dass dieses Verhalten vernünftig sei, dass ich mich so besser fühlte.

Der erste Freitag im Juni war Malcs Geburtstag und zufällig auch der von Bryan Robson. Dass zwei so nette Männer am selben Tag Geburtstag hatten, gefiel mir; es schien Malcs eigene Theorie zu widerlegen und mich wieder mal daran zu erinnern, dass es überall große und kleine Zufälle gab. Mittags ging ich zu Tesco, um Cupcakes für Bryan auszusuchen, dessen Geburtstag wir mit einer kleinen Teeparty am Nachmittag feiern wollten, und etwas für Malc, um zu verbergen, dass ich es noch nicht geschafft hatte, ihm ein Geschenk zu besorgen.

Gegen zehn vor zwei überquerte ich fast herausfordernd den St. James's Square mit meinen Kuchen. Ich sah hinauf zu den Fenstern der Bibliothek, blieb aber nicht stehen.

Der Lärm einer Hupe an jener Ecke brachte mich dazu, mich wieder umzublicken. Ein schwarzes Taxi war vor der Bibliothek vorgefahren, und eine junge Frau stieg aus. Sie hatte einen dicken honigblonden Pferdeschwanz und trug Sportkleidung – Turnschuhe, ein blendend weißes Top, Leggings. Ihre Art, als sie die Taxitür aufmachte, zeugte von munterer Tüchtigkeit. Ich beobachtete sie müßig – das Kindermädchen oder die Sekretärin eines Milliardärs, die von einer Einkaufstour in der New Bond Street zurückkam –, als sie mit einer abweisenden Geste den unhöflichen Fahrer eines weißen Lieferwagens fortschnipste, der gehupt hatte, weil sie ihn aufhielt. Bewundernd sah ich zu, wie sie jemandem aus dem Taxi half und dabei immer noch cool blieb.

Als das Taxi wegfuhr, blieben sie und Lise Travers zusammen auf dem Bürgersteig stehen, und die jüngere Frau sagte etwas zu der älteren, die zu nicken schien, sich dann umdrehte und die Stufen hinaufging. Die junge Frau sah ihr kurz nach und wandte sich dann ab.

Ich stand wie angewurzelt da und überlegte, mich ihr zu nähern, doch nachdem sie an mir vorbeigegangen war, lief ich so schnell ich konnte zur Bibliothek.

Später am Nachmittag, als ich zurück ins Büro kam, fragte Sue mich: »Wo sind denn Bryans Cupcakes, Nina?« Ich schüttelte entsetzt den Kopf. Bis heute frage ich mich, was ich mit ihnen und Malcs Kuchen angestellt habe. Vielleicht habe ich sie im Park fallen lassen, wo sie von hungrigen Büroangestellten oder Tauben verzehrt wurden. Ich weiß es nicht, habe keine Erinnerung daran.

Ich weiß, dass ich die Treppe hinaufrannte und dass ich in den zweiten Stock zwei Stufen auf einmal nahm, dass ich einen alten Herrn praktisch gegen die Wand quetschte, bis ich sie entdeckte oder vielmehr etwas rot Aufblitzendes, was wieder im Saal verschwand, während die Tür dahinter zuschlug.

Vorsichtig und leise öffnete ich die Tür. Ich wollte sichergehen, dass sie es war, und wusste nicht, ob sie mich sehen wollte.

Und dann ertönte ein leises, singendes Flüstern: »Teddy? Teddy? Bist du da?«

Führte sie Selbstgespräche?

Ich räusperte mich, um sie wissen zu lassen, dass jemand da war, und die schlurfenden Schritte von vorher hörten auf. Ich ging an der ersten Regalreihe vorbei – nichts. Ich konnte sie spüren. Die nächste – nichts.

Wieder räusperte ich mich und sagte leise: »Miss Travers? Ich bin's, Nina.«

Und dann hörte ich sie in der nächsten Reihe. Sie sang halb, halb flüsterte sie.

»... *Little old Teddy, the last girl you see.*
All of them butterflies, and then only me.
All of them butterflies, and then only me.«

»Miss … Miss Travers?« Ich machte einen Schritt auf sie zu, und sie wirbelte herum wie ein in die Enge getriebenes Tier. Sie war winzig und viel älter, als ich gedacht hatte. Ihre Augen wirkten größer denn je.

»Du!« Sie zeigte auf mich. »Du bist wieder da. Ich habe nach dir gesucht …« Sie hielt inne und blickte sich um. »Diese schreckliche Frau ist nicht bei dir, oder?«

»Nein.« Ich versuchte, nicht zu lächeln. Ich wusste genau, wen sie meinte.

»Ach, ich hasse sie. Kennst du sie?« Sie sah mich an.

»Ich war mit ihrem Sohn verheiratet. Tut mir leid, dass wir so grob zu Ihnen waren, Miss Travers.«

Sie streckte die Hände abwehrend aus und lehnte immer noch an den Regalen. »Macht nichts. Er hat angegeben. Er ist ein netter Junge. Ich erinnere mich an ihn. Sieht gut aus. Er hat große Ohren.« Sie kicherte.

»Darf ich Sie was fragen?«

Sie nickte. »Natürlich.«

»Ich habe Ihre Fotos. Warum haben Sie sie mir gegeben? Wollen Sie mir etwas sagen?«

»Welche Fotos?«

Ich verfluchte mich, weil ich sie nicht die ganze Zeit bei mir trug. »Das junge Mädchen auf dem Boot. Und das Mädchen und seine Mutter auf Schmetterlingsjagd.«

Sie lächelte höflich. »Es tut mir so leid, ich weiß von keinen Fotos.« Sie sah sich um. »Diese Frau ist bei dir, oder? Schreckliche Frau.«

Es war wie in einer Achterbahn. Mein Kopf drehte sich. »Nein, Miss Travers. Das Mädchen auf den Fotos – Sie sagten, sie hieß Teddy.«

Lise Travers hielt inne. »Teddy.« Sie schlurfte auf mich zu, so dass wir nur Zentimeter voneinander entfernt waren und ich den Hals verdrehte und auf sie hinabsah. »Ja, ich kenne dich. Arme Teddy. Magst du ihr sagen, magst du ihr sagen, dass es okay ist?«

»Ich … ich kenne Teddy nicht.«

»Doch, ich habe dich mit ihr gesehen.«

»Nein«, erwiderte ich unglücklich. »Nein, das haben Sie nicht.«

»Ich habe dich mit ihr im Park gesehen.«

Langsam sagte ich: »Miss Travers, ich weiß nicht, wer Teddy ist. Ich versuche herauszufinden, wer sie ist. Ob sie etwas mit meiner Familie, meinem Vater zu tun hat. Sie sagten, Sie kennen meinen Vater. Sie sagten, er sei nicht tot, und dann haben Sie auf die Rückseite des Fotos geschrieben: ›Das ist deine Familie. Du kennst sie nicht und weißt nicht, was sie getan haben.‹« Ich versuchte, nicht ungeduldig zu klingen. »Sie haben das doch geschrieben, oder? Ich bin sicher, das waren Sie. Was wollen Sie mir erzählen?«

Ihre Augen waren wie geschmolzenes Metall, grau, stählern, und sie schüttelte den Kopf, mich weiter beobachtend. Ich hörte Schritte über uns.

»Ich habe dich im Park mit Teddy gesehen. Ihr habt Verstecken gespielt.«

»Ich kenne Teddy nicht«, zischte ich und dachte, ich müsste brüllen. »Wer ist sie?«

Sie blinzelte, und etwas schien sich an ihrem Gesichtsausdruck zu ändern. »Oh … ich weiß nicht. Kennst du Al? Erinnerst du dich an Al? Teddy kannte Al …« Dann schüttelte sie den Kopf und zuckte mit einem herzzerreißenden Lächeln die Schultern. »Es tut mir leid, wenn es nicht du warst. Im Park. Ich vergesse Sachen. Schau.«

Sie wühlte in der Tasche ihres schwarzen Rocks und reichte mir eine laminierte Karte.

> Sie sind Alice Mary Travers.
> Wenn die Uhr piept, schalten Sie sie aus.
> Packen Sie alles ein.
> Warten Sie in der Lobby auf Abby.
> GEHEN SIE MIT NIEMANDEM MIT.
> GEBEN SIE KEINEM ETWAS.

Ich nahm ihre Hand und streichelte sie. »Keine Sorge. Es ist egal.«

»Nein, nein«, sagte sie, »ist es nicht. Wenn ich klar bin, bin ich wütend deshalb.« Sie schenkte mir ein vages Lächeln. »Was wolltest du mir sagen?« Und ich bemerkte, dass sie leise mit dem Fuß auf den Metallboden klopfte.

»Bitte, bitte, machen Sie sich keine Sorgen«, sagte ich wieder. »Ist schon gut. Es ist egal. Ich warte mit Ihnen, bis Ihre Uhr piept. Ich warte auf Abby.«

»Nein.« Plötzlich war sie erregt. »Sie holt mich ab. Ich schaue die Bücher an und gehe in den Stacks umher und zähle bis dreißig. Ich habe meine Wege. Du darfst meine Wege nicht unterbrechen. Du musst mich alleine lassen. Abby holt mich ab.«

»Natürlich, es tut mir leid …«

»Du kennst Teddy also nicht? Du weißt nicht, was sie getan hat? Ich wünschte, du tätest es. Sie hat etwas Schreckliches getan. Schrecklich …« Sie sah auf ihre Hände und kaute dann fast grimmig wie ein kleines Nagetier an einem alten Nagel. »Auf Wiedersehen. Auf Wiedersehen. Bitte geh. O bitte, geh.«

»Nina«, sagte ich. »Ich heiße Nina.«

Leise sang sie: »*Nina Parr schloss sich ein.*«

Ich erstarrte. »Was ist das für ein Lied?«

»Was?«

»Das Lied, das Sie gesungen haben?«

Es war, als wollte ich einen Schatten fangen. Sie lächelte mich nur wieder an.

Ich kritzelte schnell eine Nachricht auf ein Post-it: »Liebe Abby, wenn Sie Zeit haben, bitte rufen Sie mich unter dieser Nummer an. Ich kenne Miss Travers aus der Bibliothek und möchte sehr gerne etwas mit Ihnen besprechen. Danke.« Ich unterschrieb nicht. Ich weiß nicht, warum. Ich klebte die Nachricht hinten auf die laminierte Karte und steckte sie dann in ihre Tasche. Sie war vollkommen ruhig, als ob sie daran gewöhnt wäre, dass Leute so mit ihr umgingen.

»Danke, Miss Travers.«

»Klar, ganz klar. Danke für den Tee. Das hat Mark gesagt, nachdem wir geheiratet haben. Danke für den Tee. Zu der Kellnerin. Danke für den Tee.« Sie lachte. »Danke auch, ich muss nach Indien. Diese schreckliche Frau wird dort sein.«

Ich gab ihr die Hand und ging tränenblind weg. Heftig blinzelnd stellte ich mich in den Schatten in der Tür und beobachtete sie eine Weile und fragte mich, ob sie vertraut wirkte, ob sie mit mir verwandt sein könnte. Ich beobachtete sie, um sicherzugehen, dass es ihr gutging. Und ich fragte mich, wie oft sie so alleine blieb, ob dies ein guter oder schlechter Tag für sie war.

Nach einer Weile merkte ich, dass ich vor dem Eingang zum Büro stand und keine Erinnerung daran hatte, wie ich dort hingekommen war, und auch keine Kuchen. Es war halb drei. Ich ging hinauf in den ersten Stock.

»Wo sind denn Bryans Cupcakes?«, fragte Sue.

Ich ließ mich auf meinen Stuhl fallen. »Es tut mir leid, Sue. Ich habe sie gekauft, sie aber dann ... Ich weiß nicht, es tut mir leid. Etwas ist heute Mittag passiert.« Ich lächelte. Ich konnte es nicht erklären, ohne verrückt zu klingen, und fragte mich allmählich, ob ich tatsächlich verrückt war.

Sue legte mir den Arm um die Schultern. »Was ist denn in letzter Zeit los mit dir, meine Liebe?« Sie strich mir übers Haar. »Was ist es? Mach dir keine Sorgen. Ach, jetzt wein doch nicht. Ich hole neue. Sei nicht dumm, Süße! Es ist doch nur Kuchen«, sagte sie freundlich, drückte mich tröstend, und ich erwiderte ihre Umarmung. »Ach, Liebes, du darfst dich nicht immer so aufregen. Becky, setz dich doch mal kurz zu Nina, ja?«

Becky stand mit verblüfftem Gesicht in der Tür. Sie kam zu mir, ihr Riesenbauch direkt vor meinem Gesicht, und tätschelte mich beruhigend, während ich mir die Augen wischte. »Hör auf Sue, Nina. Es ist nur Kuchen.«

»Danke«, sagte ich und setzte mich auf. »Es tut mir leid. Etwas wirklich Seltsames ist passiert. Ich checke nur schnell die Nachrichten. Mir geht es gut, ehrlich.«

Ich spürte, ohne sie zu sehen, die Blicke, die Becky und Sue tauschten.

11

Du bist immer noch dafür, heute Abend zu Mum zu kommen?«, fragte ich Sebastian an diesem Abend, als wir im Charles Lamb bei unserem zweiten Glas saßen. »Ich muss gegen acht dort sein.«

Er sagte nichts.

»Malcs Geburtstag«, erinnerte ich ihn.

»Oh. Ja, das ist in Ordnung.«

Ich starrte in sein fast komisch düsteres Gesicht, das schwer auf seiner Hand ruhte. »Hey, du hast den ganzen Abend kaum ein Wort gesagt. Was ist los?«

»Nicht viel.« Er setzte sich auf und schüttelte den Kopf. »Hab nur nachgedacht.«

Ich wusste, es war eigentlich meine Schuld. Ich war zu manisch, redete unaufhörlich, wollte austrinken und dann zu Malc und dann ins Bett, damit dieser Tag vorbei wäre. »Es wird lustig werden«, sagte ich. »Du liebst Partys doch. Ich liebe Partys.«

»Du gehst auf keine Partys mehr«, betonte er. »Du bist Nina 2.0. Die upgedatete Version.«

»Wie meinst du das?«

Er lächelte mich an, plötzlich wacher. »Du erinnerst dich nicht an das alte Du. Die grauen Doc Martens und der Poncho, deine Beine in den abgeschnittenen Jeans und das lange, strähnige Haar und der Pony. Du warst wütend auf alles und so sicher, dass du recht hattest, und deine Pupillen weiteten sich, wenn du dich aufregtest. Es war unglaublich sexy.«

»Ach, sei ruhig.« Ich wusste, er machte Witze, doch ich wünschte, er würde das nicht tun.

»Das stimmt!«

»Ja, ich muss unerträglich gewesen sein. Und jetzt?«

Sebastian antwortete vage: »Na ja, du weißt schon. Du lebst das Leben eines Eremiten. Du bist wieder wie der Teenager, bevor du mich kanntest.«

»Wie arrogant! Als ich nach dir mit Elizabeth und Leah zusammengezogen bin, war ich kein Eremit. Ich war ziemlich verrückt, das kann ich dir sagen.«

»Du bist zweimal die Woche im Pub gewesen und hast dich mit einem Mann getroffen, der einen Hasen hatte, den er mit in die Uni nahm. Sicher. Verrrrückt«, meinte Sebastian sarkastisch.

In seiner Stimme lag eine Schärfe wie immer, wenn Tim, mit dem ich schlief, als wir noch verheiratet waren, und mit dem ich dann ein paar Monate ging, zur Sprache kam. »Ach, fang nicht mit Tim an. Wo ist Tim jetzt?«

Er nickte fröhlicher. Tim hatte man seinen Doktortitel aberkannt, nachdem die Plagiatsbehauptungen bewiesen wurden, und er arbeitete jetzt bei Nando in Camden, wohin Sebastian ab und zu ging, um bei ihm ein Wing Roulette zu bestellen, wenn er Aufmunterung brauchte. »Du hast recht. Lass mich dir noch einen Drink bestellen.«

»Ja, einen doppelten Wodka.«

»Sie ist wieder da!«, schrie er. »Aufgepasst! Schließt eure Söhne ein! Nina Parr ist auf der Pirsch!«

»Ach, halt den Mund«, sagte ich und schob ihn zur Bar.

Wir tranken noch ein Glas und dann noch eins, und inzwischen war es halb neun, und ich meinte, wir sollten gehen, doch der warme, gedämpft beleuchtete Pub war so gemütlich und der Rhythmus des Abends genau richtig: Sebastians Körper zu mir vorgebeugt, seine langen Glieder um den winzigen runden Tisch gespreizt, während ich mich auf der Holzbank zurücklehnte und mir mit ihm einen Ast lachte.

Das Dumme daran, nach einem langen, seltsamen Tag Wodka, Limone und Soda auf leeren Magen zu trinken, ist, dass man sich nie betrunken fühlt, man wird nur immer entspannter, und es dämmerte, war fast dunkel, als ich zum Fenster hinausschaute und entsetzt erkannte, dass wir zu spät dran waren.

Also taumelten wir hinaus auf den Bürgersteig. Es war ein warmer Sommerabend, und auf der Straße spielte jemand *Moondance* von Van Morrison – das erste Mal in diesem Jahr, dass ich Musik aus einem offenen Fenster hörte. Ich fühlte mich warm, frei, und das Seltsame der letzten Wochen trat in den Hintergrund. Jeder muss ab und zu raus und sich ein wenig betrinken und mit einem alten Freund plaudern. Ich breitete die Arme aus.

»Du hast einen Chip auf deiner Schulter«, sagte Sebastian und streifte ihn ab.

Ich fing seine Hand auf. »Danke.« Unbekümmert drückte ich sie. »O Sebastian, danke.«

Wir blieben stehen. »Wofür?«, fragte er.

»Für ... alles. Ich weiß nicht, was ich wegen dir tun soll.«

»Wegen mir?« Er lachte und kam näher. »Ich dachte, du würdest ausnahmsweise mal was Nettes über mich sagen.«

»Du weißt, das kann ich nicht.« Ich schlug einen flapsigen Ton an.

Wir standen nun mitten auf der ruhigen Straße. »Du kannst nichts Nettes über mich sagen? Gar nichts?«

Ich ging los. »Du weißt genau, dass ich das nicht meinte.«

»Was dann?«

»Ich meinte, wir sind alte Freunde und was ich ohne dich tun würde, weil du mich verstehst und ich dich verstehe.«

Wir kamen zum Ende der Straße, wo der Kanal vor uns lag. Ein Kahn glitt durchs Wasser, schlank und still in der Dunkelheit. Eine Fledermaus, davon aufgestört, flatterte unter der Brücke auf und zwischen uns, und Sebastian schrie unerwartet auf.

»... ich weiß zum Beispiel, dass du Fledermäuse hasst«, sagte ich, und er kam zu mir, und wir standen ganz still neben dem Geländer.

Er legte mir die Hand auf die Schulter und streifte sanft mit dem Daumen mein Schlüsselbein. Wir sahen uns an.

»Nina, darf ich dich etwas fragen? Glaubst du immer noch, dass wir ehrlich miteinander sein sollen?«

Ich blinzelte benommen. »Was?«

»Du und ich, wir haben uns doch versprochen, dass wir uns immer die Wahrheit sagen würden. Und ich glaube, manchmal tun wir das nicht. Stimmst du mir zu?«

»Na ja, ich … ich weiß nicht.« Ich sah seinen Gesichtsausdruck, und ich war wieder neunzehn, hielt fest seine Finger und kniete oben bei Mum in meinem Bett, nachdem er um meine Hand angehalten hatte. »Ja, du hast recht, wir sollten ehrlich sein.«

»Gut, also dann.«

»Also dann was?«

Sebastians Gesicht lag halb im Schatten. »Ich bin immer noch in dich verliebt.«

Mein Herz begann in meiner engen Brust zu hämmern. »Sebastian, nicht.«

Er nahm meine Hände. »Ich wollte sichergehen, dass es nicht nur Reue war. Aber ich bin noch verliebt, ich kann nicht anders. Wir … wir passen einfach zusammen.«

»Sebastian, nein, wir …«

Sei immer ehrlich zu mir, hatte er gesagt, als er mir den Antrag machte. *Lüge niemals.*

»Lass mich zu Ende reden, ja?«, bat er. »Dann sage ich es nie wieder. Ich weiß, wir sind verschieden. Ich weiß, ich bin vornehm und blond und laut, so dass du vor Verlegenheit in ein Loch kriechen möchtest. Aber so jemanden brauchst du, Nina. Du brauchst jemanden, der die Sonne ist, der dich draußen hält, weil du der Mond bist. Oh, ich bin nicht betrunken. Ich weiß, das klingt kitschig, aber so sehe ich es ehrlich. Deshalb haben wir uns überhaupt erst gemocht, oder? Hat es zunächst nicht funktioniert, dass wir so verschieden sind? Du hast immer so unbehaglich ausgesehen, als ob du glauben würdest, du gehörtest nicht dazu, und ich wusste, ich war derjenige, der dir das Gefühl geben konnte, entspannt und zu

Hause zu sein.« Seine Augen glänzten. »Ich wusste es von Anfang an.«

Hier war die Antwort, nach der ich fast sechs Jahre lang gesucht hatte.

»Und ich will keine andere. Ich will dich. Ich und du, wieder zusammen. Denkst du nicht auch manchmal daran?«

Wie kann ich es erklären, dass es sich erschreckender anfühlte als beim ersten Mal? Es war nie zuvor erschreckend gewesen. Es war dramatisch, witzig, trunken, wagemutig. Dies hier bedeutete etwas anderes. Unser Leben, das sich vor uns erstreckte. Er und ich, die auf den Horizont zugingen, die große Lebensfrage endlich beantwortet.

Mein Mund war trocken. »Ich weiß nicht. Vielleicht. Wenn ja, ist es nicht bewusst. Ich … ich denke immer, du wirst da sein, dass wir Freunde sein werden … nicht verheiratet, weil es nicht … weil es nicht zu uns passte …« Meine Stimme verebbte.

»Denk nicht an das, was nicht geklappt hat. Wir waren wirklich jung und wirklich dumm. Du weißt, dass wir zusammen sein sollten. Du weißt es. Wir … wir passen.«

Ich wollte es so sehr glauben. Ich glaubte es. Ich beugte mich vor und berührte seine Lippen mit meinen dort unter der Straßenlaterne. Ich konnte mein Herz, das irgendwo in meinem Magen zu hämmern schien, hören. Meine Arme hingen schlaff herunter. Er schob mich gegen das Geländer, und ich nickte. In meiner Kehle steckte ein Schrei. Ein paar Augenblicke merkte ich nichts anderes, spürte nur ihn an mir, schmeckte ihn in meinem Mund, fühlte ihn wieder überall, als fiele ich, fiele in ein bodenloses Loch, wo weiche, dicke Daunenkissen warteten.

»Komm«, sagte Sebastian schließlich in mein Ohr und legte die Hand um meine Taille, »lass uns gehen.«

»Okay.« Ich umklammerte ebenfalls mit der Hand seine Taille, und wir überquerten die Brücke in der plötzlichen Kühle des frühen Sommers. An der Ecke nahmen wir uns bei den Händen und gingen langsam die Straße entlang. Gestalten bewegten sich in ihren Souterrainküchen, Licht und Wärme strömten zu uns auf die Straße herauf. Jemand radelte von hinten an uns vorbei. Ich erinnere mich tatsächlich genau an alles.

»Soll ich reinkommen?«, fragte Sebastian, als wir vor der Haustür ankamen.

»Natürlich. Mum wird dich überfallen wie den heimgekehrten Sohn. Brian Condomine und Barty, wie heißt er noch mal, werden da sein, die Websters von unten in der Straße. Du magst Lorelei doch, hast immer mit ihr geflirtet ...«

»Weich dem Thema nicht aus.« Er griff nach meinen Händen. Ich liebte ihn und seine Ernsthaftigkeit und Güte in diesem Augenblick. »Wenn ich mit reinkomme, dann sind es deine Familie und wir. Und wir könnten wieder in etwas hineingleiten, und wenn es schiefginge, dann wäre es einfach nur Scheiße.« Er beugte sich vor und flüsterte mir ins Ohr. »Hör mir zu, hör auf, mich zu verarschen. Ich bin immer noch in dich verliebt.«

»Ich weiß, Sebastian, aber ...«

»Aber du nicht in mich.«

»Ich weiß es nicht. Ich wünschte, ich wäre es. Reicht das?«

»Du wünschtest, du wärst es?«

»Ja. Und dann wieder habe ich Angst, weil wir schrecklich zueinander waren. Und das Ende ...« Ich schloss die Augen. »Ich habe dich so geliebt, Sebastian. Ich weiß nicht, ob ich es wieder kann.«

»Oh.« Es entstand ein peinliches Schweigen, und er lachte leise auf. »Da ist ein Mann in eurem Keller mit einem Piratenhut.«

Ich sah hinunter. Drei Leute, vielleicht mehr, mit Weingläsern plauderten miteinander.

»Malc liebt ...«

»Er liebt Piraten, ich weiß. Ich habe ihm ein Buch über Sir Francis Drake gekauft.« Er zog es aus seinem Rucksack.

Ich starrte das Buch an. »Du bist irre. Du ...« Ich küsste ihn wieder.

»Jetzt magst du mich also, weil du kein Geschenk für ihn hast und ihm meins als deins andrehen willst.«

»Nein!« Ich lächelte ihn an, während sich wieder Schritte näherten. »Oh, es ist mehr, es ist ...« Ich nahm seine Hände. »Hör zu, ich brauche Zeit. Lass mich ...«

Die Schritte blieben stehen, und wir drehten uns beide ärgerlich um. Eine hohe Gestalt ragte in der Dunkelheit auf und blickte zur Haustür. »Es tut mir so leid«, sagte der Mann leise. »Das ist doch Delilah Parrs Haus, oder?«

»Ja?«, antwortete Sebastian halb fragend und blickte mich immer noch an.

»Nun, ich bin ein Freund von ... von ihnen«, sagte der Fremde etwas verblüfft. »Ich wollte ...«

»Oh, sind Sie Barty? Tut mir leid. Wir wollten gerade rein«, erklärte ich und schloss die Tür auf. Sebastian drückte meine Hand. »Kommst du auch?«, fragte ich ihn leise.

»Ich bin nicht Barty«, sagte der Fremde. »Bist du Nina?«

Schritte ertönten im Flur. Mum riss die Tür auf. »Liebling, du bist da! Und ist das Sebastian ...« Dann verstummte sie. »Nein«, sagte sie. »Nein.«

Hinter mir ertönte Sebastian: »Hallo, Dill. Tut mir leid ...«

Doch Mum starrte den Fremden an. Alles Blut war aus ihrem Gesicht gewichen. Ich habe niemals vorher und seitdem so etwas gesehen, und da wusste ich es.

Der Mann sagte: »Du hast dich nicht verändert, Delilah.«

»Mum, wer ist das?«, fragte ich.

Mum beugte sich vor. »Warum bist du zurückgekommen?«, flüsterte sie. »Warum jetzt?«

»Ich weiß, das ist ein Schock.« Der Mann lächelte nervös. »Aber ich war mir wirklich nicht sicher, wie ich dich sonst zu fassen kriegen sollte. Du hast meine Briefe nicht beantwortet ...«

Schwere Schritte donnerten die Treppe herunter, und Malc tauchte hinter Mum auf. »Hallo?«, meinte er freundlich. Er sah erst zu Mum, dann zu mir.

Der Fremde verstand das als Aufforderung, sich der Schwelle zu nähern. Ich ging ins Haus und konnte ihn nun deutlicher im Licht aus dem Flur sehen. Er war gebräunt und rotgesichtig, das Haar blond gebleicht, die Augen seltsam unpassend dunkelbraun.

»Ich bin George Parr«, sagte er. »Ich bin ... nun, tatsächlich bin ich ihr Mann. Wer sind Sie?«

Ich konnte den Blick nicht von meinem Vater losreißen. Ich konnte nur denken: Sie hat mich nicht angelogen. Sie hat die Wahrheit gesagt.

Mum starrte ihn immer noch an. »Warum ... warum?«, fragte sie leise. »George, warum?«

Sein Lächeln verblasste, und er sah sich um. »Können wir nicht reingehen?«

Mum verschränkte die Arme; sie bebte. Ganz leise sagte sie: »Nein, George, du kannst nicht reinkommen. Was willst du?«

»Ich ...« Er lachte leise auf. »Das zu sagen scheint ziemlich komisch zu sein. Ich will ... ich will die Scheidung.«

»Die kannst du haben. Hau nur ab.« Mums Stimme war nun lauter.

Er sah mich an. »Ich bin auch wegen Nina zurückgekommen. Ich muss ihr etwas erzählen.« Er lächelte mich an. »Nina, hallo.« Er nickte Sebastian zu, der die Arme verschränkte. »Das alles tut mir leid. Muss unglaublich seltsam sein, dass ich plötzlich vor deiner Tür auftauche. Glaub mir, ich hatte es nicht so geplant. Mein Flugzeug hatte Verspätung, und ich hatte Probleme mit … Ich sehe ein, dass es schrecklich spät ist.« Er räusperte sich, zum Schweigen gebracht durch das Funkeln meiner Mutter. »Das alte Haus sieht noch genauso aus.« Ich folgte seinem Blick.

Das Vorderfenster hatte einen kleinen Sprung im Rahmen, wo Mrs. Poll und ich immer Bilder über meinen Schultag hinklebten, damit mein Dad sie sähe – mit der Vorderseite nach oben, damit er sie vom Himmel aus erkannte. Ich hatte den Rahmen einmal zerbrochen, weil ich zu fest mit Sellotape hingedrückt hatte. Das Glas war noch das Original, und deshalb hatten wir es nicht ersetzt.

Ich schüttelte den Kopf. »Du hast gewusst, dass er nicht tot ist, Mum?«, fragte ich ganz leise.

»Delilah, du hast ihr gesagt, ich sei tot?« Mein Vater wirbelte zu ihr herum.

»Natürlich! Was sonst sollte ich tun?«

»Ihr die Wahrheit sagen?« Seine Augen blitzten, als er sich wieder mir zuwandte. »Du siehst aus wie sie«, sagte mein Vater plötzlich. »Nicht gleich, aber ja, ich sehe es.«

»Wie wer?«

»Natürlich, ich sollte es erklären. Meiner Mutter. Teddy.«

Mum knetete ihre Finger. Sie atmete tief ein und atmete mit einem Schluchzer aus, als ob sie den Atem jahrelang angehalten hätte. »Hör zu, Goerge, ich sage es noch mal. Heute ist Malcs Geburtstag. Wir haben Gäste unten. Du kannst nicht reinkommen.«

Wir haben Gäste unten – inmitten all dem Schrecklichen musste ich lächeln. Meine Hand suchte nach ihrer, und ich legte die Finger in ihre offene Handfläche. Sie packte mich so fest, dass ich meine Knochen knacken hörte.

Doch George Paar beachtete sie nicht. Er lächelte mich an, und ich erwiderte unwillkürlich sein Lächeln, hypnotisiert von ihm. »Du weißt also wirklich nichts davon? Von mir und Keepsake? Und woher du kommst?«

»Nein.«

»Du weißt nicht, was in diesem Sommer mit dir geschieht?«

»George.« Mum richtete sich gerade auf. »Zum letzten Mal ...«

»Mum«, ich löste mich aus ihrem Griff, »lass ihn ausreden. Es ist okay, wenn du ihn wirklich morgen wiederkommen lässt. Aber bitte lass ihn sagen, was er sagen will, und dann kann er gehen.« Ich nickte und sah ihn wieder an. »Rede weiter ...« Ich verstummte. George? Dad?

»Am Ende dieses Sommers wirst du sechsundzwanzig. Das stimmt doch?«

Ich nickte seltsam erfreut, dass er sich daran erinnerte.

»Sie hat es bekommen, als sie sechsundzwanzig wurde. Alle bekamen es dann. Die Mädchen jedenfalls. Nur die Mädchen. Das Ganze gehört dann dir.«

»Was denn?«

»Keepsake, alles. Es gehört dir. Und es ist Zeit, dass du davon erfährst.« Er blickte durch die Tür zu mir. »Mein liebes Mädchen, du bist eine Parr. Das bedeutet etwas.«

DER SCHMETTERLINGSSOMMER
Von Theodora Parr

Für Al und meinen Sohn George,
in der Hoffnung, dass sie danach
alles ein bisschen besser verstehen

In der Galerie von Keepsake, zum Meer hin gewandt, hängt ein Porträt meiner Ahnin Nina Parr. Es gibt so viele Legenden um Keepsake, dass es schwer sein mag, Dichtung und Wahrheit zu unterscheiden, doch dies – das grausamste von allem – ist zufällig wahr: 1651, nachdem der Bürgerkrieg endlich mit der katastrophalen Niederlage bei Worcester endete, suchte Charles II. hier Zuflucht. Er kam mitten in der Nacht zu Pferd und dann mit dem Boot, schlich sich leise den Helford-Fluss entlang und dann den Bach hoch zu unserem Haus. In Cornwall wäre er sicher. Er wusste, dass wir Kornischen unseren König liebten. Hatten wir nicht mit ihm bei Lostwithiel gekämpft? Hatten wir uns nicht drei Jahre zuvor für ihn erhoben, keine zwei Meilen von diesem Haus entfernt?

Nina hieß ihn willkommen, obwohl sie, abgesehen von den Bediensteten, allein im Haus war. Ihre Eltern waren gestorben, ihre Mutter an Wassersucht, ihr Vater getötet in den Kriegen, die England zerrissen. Ihr Verlobter, ein Grenville, wurde in Plymouth gehängt. Sie hatte niemanden, bevor der König herkam.

Er blieb drei Wochen. Wir wissen nicht viel über diese Wochen, obwohl ich mir sie und ihn oft vorgestellt habe; manchmal glaube ich, ich höre sie in den vergessenen, staubigen

Ecken dieses geheimnisvollen Hauses lachen. Manchmal höre ich sie im Garten. Ich fragte mich immer, wo er sie das erste Mal nahm. Sie verliebten sich ineinander, das wissen wir.

Nachdem der König ging, war Nina niedergeschlagen. Ihre Dienerin erzählte danach, dass sie nichts essen wollte, dass er mit ihrem Kuss auf den Lippen und einer Locke von ihrem Haar davonritt sowie dem Versprechen, dass ihr Keepsake auf immer gehören sollte.

In der Geschichte jenes schrecklichen Krieges wurde unsere Rolle darin, so klein sie auch war, übersehen, und was als Nächstes passierte, wissen auch nur wir: Nina sagte viele Monate nichts und schenkte dann dem Kind des Königs das Leben, eine Schwangerschaft, die sie dem Haushalt verschwieg, bis ihre Zeit kam. Ein paar Monate nach der Geburt ihrer Tochter entließ Nina alle Bediensteten außer ihrer Dienerin und ging in die winzige Kapelle der Familie, dem Ort, wo der König selbst sich versteckt hatte, als die Rundköpfe nach ihm suchten. Sie hat sich dort einmauern lassen, und die Männer weinten, während sie ihr gehorchten. Dann hungerte sie sich langsam zu Tode.

Sie gab der Amme ihrer kleinen Tochter Ohrstöpsel, damit die arme Frau nicht hören konnte, wie Nina sie um Befreiung anflehte. Doch die Amme bekam die Laute trotzdem manchmal mit und berichtete, dass sie lange zum Sterben brauchte. Sie habe deliriert und geglaubt, sie sehe den König wieder und auch andere Dinge, Seeschlangen und helle Lichter.

Matty war Ninas Kindheitsfreundin und Gefährtin, und sie liebten einander; sie hatte ein Kind verloren und war froh, das Baby ihrer Herrin zu stillen. Doch jedes Mal, wenn sie zu ihr ging, rief Nina: »Lass mich sterben.«

Mit gebrochenem Herzen ging Matty schließlich mit dem Baby fort und zog in das alte Eishaus, das nun unser Schmetterlingshaus ist. Als sie nach einer Woche zurückkehrte, war alles still.

Nina hatte dem König geschrieben und ihn angefleht, zurückzukommen. Sie sollte niemals seinen Antwortbrief zu Gesicht bekommen, den wir am geheimsten Ort des Hauses aufbewahren. Ich habe seine Unterschrift neben mir, während ich dies hier schreibe, seine Liebeserklärungen und die Erklärung der schönen Schmetterlingsbrosche aus Diamanten und Gold, die er ihr sandte. »*Lest die Inschrift gut, my Lady.*« Daher wissen wir, dass der König sie liebte. »*Was geliebt wird, ist niemals verloren*«, steht dort.

Aber es ist eine Lüge. Ich habe die Brosche nicht mehr. Sie ging verloren. Ich habe sie verloren, als ich alles verlor.

Dies ist das Haus, in dem ich aufwuchs. Als ich ein Kind war, ließ mein Vater ein Treppenhaus am Rande des Hauses entfernen, wo vor langer Zeit ein anderer meiner Vorfahren – Rupert der Vandale, Ninas Ururenkel – einen Flügel aus dem Mittelalter abgerissen hatte, dessen Grundmauern in meiner frühen Kindheit noch standen.

Mein Vater wollte diese letzte Spur des alten Hauses wegräumen. Er hasste Unordnung. Meine Mutter flehte ihn an, es nicht zu tun, doch er bestand darauf. Schon in meiner Kindheit war Keepsake seit Jahren heruntergekommen; Risse waren in den Zinnenmauern aufgetaucht, die oben ums Haus herum liefen. Die Mauer des Nordflügels wies einen fünf Zentimeter großen Spalt auf, durch den der Efeu hereingekrochen war. Das Haus steht an einem Bach und wurde auf Lehm und Sand gebaut – seine Fundamente sind nicht stabil.

Obwohl es das Haus meiner Mutter war, ging wie immer der Wille meines Vaters vor, doch meine Großmutter, die sich gegen ihn behaupten konnte, verlangte hineinzuschauen.

Hinter dem Treppenhaus fanden sie die alte Kapelle, von der man angenommen hatte, sie sei zerstört oder eine Erfindung. Als meine Großmutter die Tür aufzerrte und endlich eintrat, fand sie dort ein weibliches Skelett, das zum Gebet niederkniete, einen Rosenkranz in der Hand, und an der Wand Zeichnungen von Hunderten Schmetterlingen.

Mein Vater verrammelte die Kapelle, und wir sprachen nie wieder davon. Es gibt noch einen Eingang zur Kapelle, eine Holztür unter der großen Treppe des Hauses, doch die wurde zu meinen Lebzeiten nie geöffnet. Nachts, wenn ich dem Wind in den Bäumen lauschte, meinte ich sie schreien zu hören, man solle sie hinauslassen. Selbst jetzt glaube ich manchmal, sie ist dort in den Ziegeln, in der Luft.

Als Mädchen starrte ich das Porträt von Nina Parr an, ihr flaches, herzförmiges Gesicht, ihr graues Kleid, ihre traurigen schwarzen Augen. Das Gemälde ist fast dreihundertfünfzig Jahre alt, doch die Zeit tut seiner Wirkung keinen Abbruch. Sie ist von meinem Blut und ich von ihrem. Und ich weiß, was in den Wochen passierte, als sie aus Liebe starb, in jener schrecklichen Todeszelle. Die Schmetterlinge leisteten ihr Gesellschaft. Das tun sie stets. Ich weiß nicht, wie oft in diesen langen, einsamen Jahren ich an meinem Fenster saß und über die Wiese über dem Haus blickte und ein Pfauenauge oder ein gelber C-Falter nicht überraschend für mich auftauchte. Wenn ich das Gefühl habe, dass dieses Haus nicht mein Geburtsrecht, meine Seele war, sondern ein Gefängnis, in dem ich wie Nina sterben werde, starre ich auf die dicken Bäume und den Fluss, der glitzernd zum Meer fließt, und es wird immer ein Lebenszeichen geben. Es wird bald wie immer ein Schmetterling kommen, der aus den Wäldern Zuflucht auf Keepsake sucht, wo wir einen besonderen Garten für sie angelegt haben. Und so weiß ich, dass, als Nina dort war, die Schmetterlinge hereinflogen, um ihr zu sagen, dass selbst in einer Welt, in der man aus Liebe stirbt, in der Liebe jeden Hauch aus dem Körper saugt, es immer noch Schönheit unter uns gibt, flüchtige, goldene, sommerliche Schönheit. Schmetterlinge sind solch törichte Dinger. Sie existieren nur, um Freude zu schenken. Sie haben nur so eine kurze Zeit auf Erden.

Als ich beschloss, diese Geschichte aufzuschreiben, die Geschichte meines Lebens, und wie ich Al traf, mögen Sie sich gewundert haben, wofür ich das wollte. Ich hatte Geld, Schmuck, Land, einen Mann und einen Sohn, und ich hatte Keepsake, das sich aus mit Flechten bedecktem Stein aus dem Land erhob, das mich geschaffen hat.

Ich schreibe dies für dich, Al, für die Liebe, die wir hatten und verloren, um zu erklären, wer ich bin und warum ich tat, was ich getan habe. Und ich bin entschlossen, dass du, mein lieber Sohn George, ein Exemplar bekommst, wenn ich die Geschichte zu Ende geschrieben habe, damit du begreifst, wie deine Mutter so geworden ist. Nicht als Entschuldigung – man kann mir nicht vergeben –, aber damit du die Schultern heben und mich dann vielleicht vergessen kannst. Ich habe so viel Schlechtes in meinem Leben getan. Ich habe anderen so viel Schmerz und Leid zugefügt. Und du wirst auch entdecken, wie ich bestraft wurde.

Die Parrs waren seit tausend Jahren auf diesem Land. Das gegenwärtige Haus wurde vom Urgroßvater der ersten Nina in der frühen Zeit von Elizabeth I. erbaut – Lionel Parr, der erste Parr, über den man Aufzeichnungen findet. Der Legende nach waren wir Seejungfrauen, die vor Hunderten von Jahren unsere Schwänze an Land brachten und deren Schönheit uns reich machte. Eine andere, prosaischere Version erzählt, dass wir Bootsführer waren, die wohlhabend genug wurden, um Land zu kaufen, und dann Geld für das Privileg einnahmen, den Bach zu überqueren – wenig mehr als Räuber.

Lionel Parr war ein wichtiger Mann an Elizabeth' Hof. Er war so überzeugt von der Gunst, die er bei der Königin genoss, dass er von einem Haus zu träumen begann, das für Ihre Majestät passend wäre, sollte sie sich herablassen, Cornwall zu besuchen. Natürlich tat sie das nie, doch sie schlug ihn zum Ritter und gab ihm Geld, um das Haus erbauen zu helfen. Deshalb wurde der größte Teil des riesigen mittelalterlichen Hauses zerstört, und Keepsake entstand an seiner Stelle. Man sagt, Lionel habe Männer von London mitgebracht und ihnen das Doppelte gezahlt, damit sie so schnell, wie sie konnten, bauten, denn er war sich sicher, dass die Königin nach Cornwall kommen würde. Das Werk war in weniger als zwei Jahren vollendet. Deshalb erfuhr die Bevölkerung nie von dem Ort und weiß auch heute kaum etwas davon. Man besichtigt Keepsake nicht auf einem Tagesausflug. Es gibt kein Schild auf der Straße, keinen Parkplatz, keine umgebauten Ställe, in denen Tee serviert wird. Man wird niemals, weder 1580 noch 1991, wenn ich so lange lebe, auf einen Weg treffen, der von einer Straße abbiegt und nach Keepsake führt. Man muss sich sagen lassen, wie man hinkommt. Selbst dann war meine Familie nicht gerade sehr gastfreundlich.

Lionel hatte jedoch mit einer Komplikation nicht gerechnet, und das waren wir – Töchter. Er heiratete eine italienische Adlige mit Haar wie schwarzer Samt, die er auf einer seiner Reisen durch Europa kennengelernt und die er mitgebracht hatte. Ihr Name war Nina. Man sagt, er sei ganz verrückt nach ihr gewesen, dass er nur von ihr geträumt habe und sie nur habe besitzen wollen, Tag und Nacht. Wir wissen natürlich nicht, was sie wollte.

Doch Nina schenkte ihm Töchter, und seine Töchter hatten wieder Töchter, und obwohl sie alle ihren Namen – Parr – behielten, starb Lionel als enttäuschter Mann. Seine Urenkelin war Nina Parr, die Charles II. beherbergte und ihm ein Kind gebar und sich aus Liebe tötete. Lionel hat sich kaum vorstellen können, wie sie dazu kam, seinen Namen am Leben zu halten, denn so war es immer: Frauen durchkreuzen die Pläne der Männer allein dadurch, dass sie geboren werden, und werden den Rest ihres Lebens dafür bestraft.

Zwei Dinge geschehen, wenn man eine Parr ist, die anderen Mädchen nicht passieren: Wenn man zehn ist, wird einem von seiner zukünftigen Rolle erzählt.

Das zweite ist, das eine Parr irgendwann lernen muss, aber das ist schwerer zu erzählen, und ich kann die Worte dafür nicht finden – noch nicht.

Vielleicht fahren Sie mit dem Auto oder reiten und sehen nichts als schmale Wege, hohes Dickicht, Gestrüpp mit wildem Geißblatt, rote Feuernelken, bis das Land vor Ihnen abfällt und die Aussicht blau blitzt, verführerisch in der Mittagssonne glitzert, mit winzigen Booten wie schwebende Drachen, die auf dem friedlichen Fluss dahintreiben. Dann die goldenen Felder und die grünen schattigen Täler und die mulchige süße Erde – ich wähnte mich manchmal trunken von all dem Geruch und dem Anblick. Weiter im Land, den Fluss hinauf weg vom Meer, an Helford vorbei, bis die Bäume dichter und größer werden, und noch ein wenig den Manaccan Creek entlang, und Sie sind da.

Es gibt einen geheimen Pfad, der kaum breit genug für Pferd und Kutsche ist, durch den wir zu den Feldern ritten, sonst aber nichts. Man kann nur vom Meer her und dann den Fluss entlang kommen, wie es der König vor dreihundertfünfzig Jahren tat. Sie steigen aus und gehen die Treppe hinauf, die in den Felsen gehauen ist, wie er es tat, und klettern den kurzen sich windenden Weg durch die dichten Bäume hoch, bis die Biegungen rund werden und Sie ein mit Flechten bewachsenes Tor entdecken – zwei Wesen, die mit den Köpfen aneinanderstoßen, aber Sie können sie nicht erkennen. Dort, verborgen hinter Bäumen, unsichtbar von der Straße aus und Zentrum seiner eigenen Welt, liegt:

KEEPSAKE

Sie treten durch die Bogen mit dem Fuchs und dem Einhorn, dem Wappen von Lionel und der Königin. Das Haus ist rechteckig und niedrig. Sie treten unter die lange, imponierende Loggia aus Bogen und gehen zu der riesigen Holztür – Eiche, vor langem weißgrau gebleicht. Man sagt, ein kleiner Elefant passe durch diese Türen – zumindest erzählte mir meine Großmutter das –, doch wie all ihre Geschichten wusste man nie, ob sie stimmte. An der Außenmauer des Ostflügels steht eine Statue von Lionel in einem Alkoven, die Hände in den Hüften, der Bart spitz und borstig, als wollte er seine Gäste von seiner Wichtigkeit überzeugen. Sein Kopf fehlt. Er trägt ausgestellte Hosen, große Steinringe an jedem Finger, ein raffiniert geschnitztes Schwert, aber er hat keinen Kopf.

Unser größter Schatz liegt jedoch nicht im Haus, sondern daneben – der Garten, ein verborgenes Paradies, angelegt von meinen Ahnen, gepflegt und entwickelt, bis er einzigartig wurde. Ananasgruben, seltene Blüten, seltsamste Bäume wie fremdartige Wesen, ein Duft wie Parfüm liegt betörend in der Luft. Er ist erfüllt mit unseren Geheimnissen, Wundern, die zu seltsam sind, um von ihnen zu berichten. Der Garten steigt hinter dem Haus zu einer Wiese an, und vor dem Haus führt er hinunter zum Bach. Hinter dem Flussende und hoch zur raueren Nordküste des Landes, in den Mooren, sind die Zinn- und Kupferminen, so viele Jahre die Quelle unseres Reichtums und nun schon lange verlassen, verkauft oder geschlossen.

Im Sommer sind Fluss und Meer manchmal träge. Das Haus ist warm und trocken, beschattet von den Bäumen in der Nähe, dem Efeu und den Kletterpflanzen, die versuchen, das Haus zu Boden zu zerren. Im Herbst wirbeln die Nebel um das Haus, und Winde fliegen durch die Fenster, und wir schließen uns ein, nageln alles für den Winter zu. Wir sind geschützt gegen die schlimmsten Stürme und die Kälte.

Deshalb kamen die Schmetterlinge.

Zehn Jahre lang begann und endete meine Welt in Keepsake. Ich war dort keine Gefangene, ich verließ das Festland, das uns gehörte, oft. Als ich acht war, konnte ich die Helford-Mündung entlangrudern, dorthin, wo der Fluss aufs weite Meer trifft. Ich kannte die Gezeiten besser als meine Stundenpläne, und ich kannte das Lied der Vögel in den Wäldern, die Eulen und die Amseln, bevor ich das Geräusch der meisten menschlichen Stimmen erkannte.

Mein Vater verbrachte den Winter in der Stadt, döste im Club, erledigte alle mögliche Arbeit, die er brauchte, um seine Existenz zu rechtfertigen und das Vermögen meiner Familie zu genießen. So wurde ich von zwei Frauen großgezogen, meiner Mutter und meiner Großmutter. Mutter lehrte mich Segeln, Lesen und dem Lied der Vögel zu lauschen. Sie lehrte mich, wie ich mein Haar zu Zöpfen band, und sie saß abends an meinem Bett, wenn ich Fieber hatte und aufschrie, weil ich Alpträume hatte. Großmutter brachte mir alles über Schmetterlinge bei.

Meine Großmutter Alexandra Parr war eine gefeierte Schmetterlingsforscherin, eine der großen spätviktorianischen Blaustrümpfe. Sie war vielleicht der wichtigste Mensch meiner frühen Jahre. Ich vergötterte sie. Mein Vater hasste sie, doch natürlich gehörte das Geld ihr, und ich vermute, dass er deshalb so oft weg war – bis sie starb und seine Herrschaft beginnen konnte.

Großmutter war großartig. Ihre Mutter, Lonely Anne, war früh verstorben, und sie war von ihrem Großvater Frederick, dem Pfarrer, großgezogen worden, einer der wenigen männlichen Parrs, die erbten. Er war Witwer und verstand nichts von Kindern, zog sie einfach als Jungen auf. Sie hatte keine Angst. Es tut mir weh, dass ihre Kinder und Enkel diese Eigenschaft nicht geerbt haben. Sie glaubte, sie könne tun, was Jungen taten, und sie wollte Schmetterlinge studieren. Keiner zuvor (mit Ausnahme der Verrückten Nina, meiner berüchtigtsten Ahnin) oder danach (mit Ausnahme meines armen Sohnes George) in unserer Familie verstand oder untersuchte sie so genau.

Der Wunsch, Wissen zu erwerben, war eine Art Wahnsinn bei ihr. Sie war die einzige Frau, die Zugang zu der berühmten Darwin-Sammlung im Natural History Museum bekam. Sie war eine Aurelianerin, eine von einer winzigen Handvoll von Frauen, die so in der illustren Geschichte der Entomologischen Gesellschaft geehrt wurde. Ihre Spezialität waren die Perlmutterfalter, die flimmernden orange-schwarzen Schmetterlinge, die einst weitverbreitet in England waren und nun alle bedroht sind. Es war meine Großmutter, die mir den Unterschied zwischen den verschiedenen Arten der Perlmutterfalter beibrachte, wie man sie entdeckte, was sie fraßen und wo sie sich ausruhten.

Mein Sohn hat Karriere gemacht mit seinem Studium der glanzvollen Schmetterlinge der Regenwälder: dem Glasflügelschmetterling, der so durchscheinend ist wie der Tag, dem großen schillernden Morphofalter oder dem orangefarbenen Oakleaf, der mit geschlossenen braunen Flügeln dasitzt und so sehr wie ein Blatt aussieht, dass man ihn oft unmöglich erspähen kann, bevor er sich dann öffnet und die glänzenden grell orangefarbenen und pfauenblauen Kennzeichnungen enthüllt.

Großmutter hätte wohl darüber gelächelt. Ich glaube, sie machte in ihrer Jugend eine Auslandsreise nach Portugal, zog jedoch die englischen Schmetterlinge vor. Sie sind weniger glamourös, doch interessanter. »Man könnte solche Perlmutterfalter jahrelang studieren, ihre Gewohnheiten, ihre Flugmuster, ihre Biologie«, sagte sie. »Sie sind bemerkenswerte kleine Dinger. Und wozu müssen wir reisen? Wir haben sie alle bei uns.«

Tatsächlich war es meine Großmutter, die bemerkenswert war. Ich vermisse sie sehr und wünschte, sie hätte nicht den Weg gewählt, den sie wählte. Jahrelang hielt ich mich für verantwortlich für ihr Ende, dachte, dass ich es hätte abwenden können, wenn ich von ihren Absichten gewusst hätte.

Wenn man aus so einer Familie stammt, kennt man jedes Mitglied, seine Schwächen und Spleens. Sie leben hier, in diesen Wänden, in der Luft – sie sind in dem Haus genauso wie der Efeu. Man könnte sagen, man versteht sie besser als viele Lebende. Ich verstand sicher die Parrs besser als die wenigen Außenseiter, die ich kannte. Nehmen Sie zum Beispiel die Geschichte meiner außergewöhnlichsten Verwandten, meiner Urururgroßmutter, der Verrückten Nina.

Die Verrückte Nina, die fünfte in der Linie, die Keepsake erbte, wurde 1790 geboren. Sie war die Mutter des vorher erwähnten Pfarrers Frederick. Sie lief eines Nachts davon und ließ ihren Sohn zurück, als er noch ein kleines Kind war, und erst als er ein älterer Teenager war und erwartete, Keepsake zu erben, kehrte sie aus dem Orient zurück, nachdem sie den Verstand verloren hatte. Wo war sie in den mehr als fünfzehn Jahren gewesen? Grandmama erzählte mir, dass Frederick sie nicht erkannte, dass Trauer sie so verändert hatte, dass sie ganz anders aussah.

Sie war immer ruhelos gewesen, der Wahnsinn, der uns alle verfolgt, war stark in ihr und passte nicht zu einem Leben im Verborgenen. Arme, verwirrte Verrückte Nina. Von Kindheit an rieb sich der Wahnsinn an ihr, an ihrer Vernunft. Sie träumte, Schmetterlinge seien in ihr gefangen, dass sie nachts in ihren Mund und andere Körperteile flogen, dass sie eines Tages Tausende von ihnen zur Welt bringen würde. Als sie heiratete und ein Kind bekam, wurde es schlimmer. Später war ich selbst ähnlich; tatsächlich könnte man sagen, dass ihr Geist mir manchmal Gesellschaft leistete.

Eines Nachts, als Vollmond war und die Landschaft hellsilbern in der Dunkelheit leuchtete, hatte die Verrückte Nina ihr Pferd gesattelt und wollte nach Persien – ja, nach Persien. Wer weiß, warum? Sie hatte Scheherazade und Geschichten von fernen Ländern immer geliebt, und seit sie ein Kind war, hatte sie sich danach gesehnt, Cornwall zu verlassen. Doch sie kam nur bis in die Türkei, buchte eine Passage auf einem Schiff nach Konstantinopel und verkleidete sich als Knabe. Sie wurde bald vom Kapitän entdeckt, musste daraufhin schwere Demütigungen erleiden, die darin gipfelten, dass sie sich wieder als Frau kleidete und zu einem Sklavenhändler gebracht wurde; er wusste, dass diese exotische englische Dame mit einer Haut blasser als Milch, blauen Adern, die sichtbar auf ihrer Stirn und an ihrem Hals pochten, ein seltener Fang war.

So wurde meine Ahnin in den Harem des Sultans in den Topkapi-Palast verkauft, wo gefangene ausländische Frauen die Mehrheit der Konkubinen in diesem prächtigen Gefängnis darstellten. Nina, die von Mahmud II. wegen ihrer Vornehmheit und Rasse sehr geschätzt wurde, wurde von den anderen Konkubinen gehätschelt. Wir wissen nicht, ob sie ihm Kinder schenkte – wissen tatsächlich überhaupt sehr wenig über ihr Leben dort –, doch wir wissen, dass die Konkubinen den Palast nicht verlassen und keine anderen Menschen als ihre Rivalinnen sehen durften. Sie konnten jeden Moment getötet oder aus einer Laune heraus auf die Straße geworfen werden. Doch nach fünfzehn Jahren und durch das vorsichtige Eingreifen des englischen Botschafters in Konstantinopel durfte Nina schließlich gehen. Ich denke, dass sie vielleicht inzwischen angefangen hatte, den Verstand zu verlieren.

Sie kam nach Keepsake zurück, als der junge Frederick sie nicht erwartete. Sie hatte auf der Heimreise viel gelitten. Sie wurde nicht begleitet, sondern reiste allein quer durch Europa so schnell sie konnte. Wie Sie sehen werden, musste sie das. Als sie zurückkam, betrat sie nicht ihr Heim, sondern ging direkt zum Schmetterlingshaus, wo sie schlief und nur aufwachte, um den Schmetterlingsgarten zu versorgen. Sie starb ungefähr ein Jahr später, nachdem sie bloß mit ihrem Sohn gesprochen hatte, und das auch nur, um zu sagen: »*Kümmere dich um sie. Kümmere dich für mich um sie.*« Und das tat er denn auch jahrelang, bis auch er starb. Meine Großmutter sagte oft über ihn: »Er verdiente etwas Besseres als sie als Mutter, der arme Mann.« Mir aber tat immer die Verrückte Nina leid.

Inzwischen hatten die Gerüchte darüber begonnen, was Nina bei ihrer Heimkehr verschwiegen hatte, und sie verstummten jahrzehntelang nicht und erreichten ihren Höhepunkt, als meine eigene Großmutter als junge Frau ihr Debüt in London hatte und die Geschichten weder bestätigen noch verneinen wollte, die man ihr über außergewöhnliche natürliche

Schätze erzählte, die angeblich in ihrem Familienheim zu finden seien. Da gab es nämlich Gerüchte über den allerseltensten Schmetterling, den sie aus Anatolien eingeschmuggelt haben sollte und der nur im Gewächshaus von Keepsake überleben könne. Dies war zu einer Zeit, da Schmetterlinge und die Jagd darauf unter gewissen Sammlern einer Besessenheit ähnelten.

In der Jugend meiner Großmutter schlichen sich Aurelianer und viel weniger ehrbare Sammler herum und suchten nach Exemplaren – natürlich konnten sie ihren Weg zum Haus nicht finden und noch weniger in den Garten selbst. Boote wurden gechartert, um den Helford hinaufzusegeln, Männer schlichen zu Fuß über das Land von Gweek oder Helston her. Manche kamen uns nahe, aber keiner hatte Erfolg. Alexandra war ziemlich beeindruckt von einem und heiratete ihn schließlich; es war derjenige, der es bis zur Schmetterlingswiese über Keepsake schaffte. Er erfuhr die Geheimnisse des Hauses, als er sie heiratete, doch als er starb – auf einer Expedition nach Indien, für die er meine Großmutter und meine Mutter sowie meine Tante Gwen verließ, die damals noch ein Baby war –, wurde er von ihr nicht sehr betrauert. Grandmama hatte ihre Schmetterlinge und ihre Töchter – sie war zufrieden.

Meine Großmutter sagte oft, dass die Verrückte Nina ein besseres Erbe verdient habe. Ich denke oft an die arme, skelettartige Frau, die dankbar auf dem Boden des Schmetterlingshauses zusammensank, nicht weggehen, nur bei ihnen bleiben wollte, wieder zu Hause, nachdem sie fliegen und frei sein wollte und nachdem sie entdeckt hatte, wie die Welt da draußen wirklich war.

Noch als ich ganz klein war, verbrachten wir drei Tage auf der Wiese über dem Haus auf der Suche nach Schmetterlingen – meine Mutter, meine Großmutter und ich. Ich krabbelte ihnen hinterher, die kurzen Beine verknäult in Unterhosen und Röcken, und schrie, sie sollten auf mich warten.

Es war selbstverständlich, dass jegliches ernsthafte Studium tagesaktiver Schmetterlinge hieß, dass man den Gegenstand seines Interesses töten musste, doch meine Großmutter gehörte zu den Seltenen ihrer Zeit, die sich weigerte, jeden Schmetterling, den sie fing, aufzuspießen. Sie sagte immer wieder, dass sie Teil der Luft waren genau wie wir und dass es ein schwerer Fehler sei, jeden zu töten.

Für mich schrieb sie *Nina und die Schmetterlinge*, damit ich meine Geschichte verstand, woher ich kam, warum wir so waren. Und damit ich diese Insekten liebte, wie sie es tat, hängte sie am Ende eine Liste mit Schmetterlingen an mit Beschreibungen, die für ein Kind interessant waren. Es wurde von einem Verleger angenommen, den sie in London kannte, und es war wirklich ein stolzer Tag, als wir ein Exemplar in Empfang nahmen.

Mutter las mir den schmalen, bescheidenen Band wieder und wieder auf meine Bitte hin vor. Es ist ein seltsames Buch, das kann man nicht leugnen, aber schließlich ist unsere Familiengeschichte auch seltsam. Sie las mir jeden Abend stundenlang vor, Märchen und Geistergeschichten, Erzählungen von Piraten und Riesen aus Cornwall. Es ist mehr als sechzig Jahre her, dass sie mich auf ihr Knie setzte, mir das Haar hinter die Schulter steckte und liebe Worte ins Ohr flüsterte, mich mit ihrer sanften, süßen Stimme in eine Welt der Phantasie trug, mir die Geschichte unseres Hauses erzählte, wie sie von ihrer Mutter, meiner Großmutter Alexandra überliefert worden war. Doch ich erinnere mich noch daran, an ihren Geruch, das Gefühl von Wärme an meinem Rücken, während ich mich an sie kuschelte. Diese beiden Frauen, Alexandra und Charlotte, die in der Geschichte unseres Hauses aufgezogen wurden, stolz und groß und schlau und schön, wie Frauen nur sein sollten, waren die beiden Pfeiler meiner frühen Jahre.

Doch im Sommer 1926 änderte sich alles für immer. Mutter und ich zogen zu meiner Tante Gwen nach London. Ich hielt dies für ein großes Geschenk. Ich war sieben und alt genug, um mich für eine junge Dame zu halten. Wir waren eine Zeitlang fort, mindestens sechs Wochen, möglicherweise zwei Monate.

Bei unserer Rückkehr holte uns Turl an der Helford Passage mit dem Boot meiner Mutter, ihrer geliebten Red Admiral, ab. Er bewunderte meinen neuen bestickten Mantel mit seinen schmalen Epauletten und meinen dazupassenden Hut. »Sie sind ja ganz erwachsen geworden, Miss Parr«, sagte er. »Die Wochen in London, ich erkenne Sie ja kaum.«

Ich freute mich schrecklich darüber. Er half uns hinein und nahm das andere Boot alleine zurück. Ich war wie immer erster Maat und half dabei, uns vom Ufer abzustoßen, bevor ich in letzter Minute ins Boot sprang.

Als wir weg waren, sagte Mutter: »Ich muss dir etwas sagen, Thea, meine Liebe.«

Ich erinnere mich so deutlich daran: Es ist der Moment, in dem mein glückliches Leben sich änderte. Ich hockte im Bug und sah über den Fluss, beobachtete das glitzernde Sonnenlicht auf dem klaren Wasser.

»Grandmama ist tot. Sie ist vor ein paar Wochen gestorben. Sie war krank und wollte nicht, dass wir das wissen. Sie ist beerdigt worden.«

Ich verstand sie nicht wirklich. Ich erinnere mich an das Salz in der Luft, die sanfte Brise wie süßer Balsam auf meiner Haut nach den Wochen im rußigen London. Ich erinnere mich an die anmutigen, fließenden Bewegungen meiner Mutter, die die Hand am Ruder hatte und den Fluss hinauf in die untergehende Sonne blickte; ihr Gesicht hatte sie von mir weggedreht, so dass ich nur ihr weiches Haar sah, das am Kopf nach oben gedreht war.

Weil ich glaubte, sie nicht richtig gehört zu haben, sagte ich: »Entschuldige, Mama, ich verstehe nicht. Wer ist gestorben?«

»Grandmama, mein Liebling.«

Ich erinnere mich, dass ich mich in den Bug kuschelte, als ob sie mich geschlagen, mich von sich gestoßen hätte. Ich verstand nicht, warum sie mich nicht anschauen wollte, warum ihr Gesichtsausdruck so kalt war.

»Warum?«

»Warum? Weil sie gestorben ist. Weil wir alle einmal sterben müssen.«

»Aber konnten wir uns denn nicht von ihr verabschieden, Mama?«

»Es war nicht möglich. So musste es sein.«

»Aber ich hätte sie umarmt, wenn ich es gewusst hätte«, sagte ich. »Ich hätte sie ganz besonders fest umarmt.«

Ich konnte mir kaum vorstellen, dass sie nicht mehr im Haus wäre. Nie mehr ihre tönende, muntere Stimme, ihren festen Schritt zu hören, die Art, wie sie jeden Raum in Besitz nahm. Nie mehr ihr strahlendes cremerosafarbenes Gesicht und die schokoladenbraunen Augen zu sehen, die Wellen ihres cremegrauen Haares, den abgenutzten Strohhut, die roten, abgearbeiteten Hände, die so anders waren als alles andere an ihr, schön und dynamisch. Jeder Zoll an ihr war lebendig. Wie hatte sie so krank sein können, dass sie starb und wir es nicht wussten?

»Ich verstehe nicht ...«, setzte ich an.

Meine Mutter unterbrach mich scharf. »Du wirst es eines Tages verstehen, Thea, Liebling.«

Sie nannte mich nie Thea. Das war der Name meiner Großmutter für mich. Ich versuchte mir eine Frage auszudenken, die die vielen, die ich hatte, zusammenfasste. »Bist du traurig?«

»Ja, ich bin sehr traurig«, antwortete meine Mutter. Sie nahm ein Ruder in beide Hände und lenkte uns weg vom Weg eines Fischerboots, das zum Meer fuhr. »Ich bin sehr, sehr traurig.«

»Warum siehst du dann nicht traurig aus?«

»Weil man das nicht tut. Man muss ein tapferes Gesicht aufsetzen. Sie ist jetzt tot und fort. Wir müssen uns daran gewöhnen.« Damit lenkte sie scharf links, als wir den oberen Teil des Bachs umrundeten und langsam durch die ruhigen Abendwasser glitten, bis wir Jessie sahen, das Hausmädchen, das mit dem Seil auf uns wartete. »Da, wir sind fast zu Hause. Noch etwas, wir dürfen darüber nicht mit deinem Vater reden. Wir können über sie sprechen, aber nur, wenn wir allein sind. Verstehst du?«

Ich nickte, wollte weinen, wusste aber, dass sie das nicht wünschte. Ich kannte meinen oft abwesenden Vater kaum, kannte ihn nur als brüsken, aufbrausenden Mann, der Befehle bellte und sein Essen ausspuckte, wenn es ihm nicht schmeckte. Ich sollte ihn nun kennenlernen.

So begann der Verfall meiner Mutter und indirekt auch meiner.

Ich erkenne heute, dass sie damit begann, mich von sich zu stoßen, dass ich nicht mehr ihr schwarzes Haar kämmen oder Klavier mit ihr spielen oder ihr an den endlosen Winterabenden zuhören durfte, wenn ich in ihrem kleinen Salon saß und mein Kopf auf ihrem weichen, mit Baumwolle bedeckten Knie ruhte. Sie war oft weg oder blieb auf ihrem Zimmer. Jessie zog mich an und las mir vor. Turl nahm mich in seinem Boot mit, schenkte mir Lakritze und sagte, ich sei nun sein erster Maat. Kinder lernen sich anzupassen. Ich verstand zuerst nicht, doch allmählich erkannte ich, dass meine Mutter mich nicht mehr liebte. Im Lauf der Zeit glaubte ich, dass jene glücklichen Tage meiner frühen Kindheit, vor dem Tod meiner Großmutter, nur eine Szene aus einem Gemälde und nicht aus meinem eigenen Leben waren.

Inzwischen gab es andere Zerstreuungen: Turl und die Red Admiral und Jessie und Pen und Digby, mein kleiner Hund, der mir überallhin folgte. Und es gab Keepsake zu erforschen, ein Ort, von dem man wusste, dass man, wenn man ein Zimmer betrat, eine Szene aus einer anderen Zeit vor sich hatte, in der Geister um die Ecke zu lauern schienen und flüsterten, während ich schlief, aß oder las. Ich wurde dessen niemals müde – die geheimen Plattformen, die zum Meer hinausschauten, die winzigen Kammern, die mit schweren Seidentapeten behangen waren, das viktorianische Kinderzimmer, das wir niemals nutzten – mit Babybett, einer abgenutzten Eisenbahn, Holzbalken, die der Holzwurm leicht und filigran gemacht hatte. Es gab Porträts meiner Vorfahren, lang vergessen in staubigen Treppenhäusern, Türen, die nie geöffnet wurden, geschnitzte Holztruhen, gefüllt mit alten Kleidern, die seit Jahrhunderten nicht getragen worden waren.

Ich hatte ein Puppenhaus, das immer noch geduldig in einem der Zimmer im oberen Stockwerk wartet, meinen Blicken entrückt, weil es mich an diese schmerzliche Zeit erinnert, denn ich spielte stundenlang damit, mit den winzigen Puppen und ihren Kleidern und den schweren Metallmöbeln. Es hatte elektrisches Licht und eine Garage für ein Auto. Unser Puppenhaus war moderner als wir. Ich stellte mir die Familie vor, die hier lebte, verteilte Rollen an sie – die liebende, intelligente Ehefrau, die Schmetterlinge studierte, der schwer arbeitende Ehemann, der im Ersten Weltkrieg verwundet wurde, der süße kleine Junge, der ihrer beider Augapfel war, und ihre ältere Tochter, ein jüngeres Ich, die weiches kastanienfarbenes

Haar hatte, von dem ich sicher war, dass es echt war, sowie ein gemaltes Porzellangesicht, das immer nur ausdruckslose Hinnahme zeigte.

Ich war nicht einsam. Ich war nicht sehr glücklich, aber ich lernte, pragmatisch zu sein. Dann, als ich fast neun war, traf ich Matty.

Unten am Bach stocherte ich eines Tages gelangweilt mit einem Stock im Sand herum, die Röcke in meine Unterhosen gesteckt, die Stiefel dreckverschmiert. Ich versuchte lebendige Wellhornschnecken für Digby zu fangen und überlegte, ob ich ein wenig hinaussegeln oder über die Wiese laufen sollte. Doch wenn die Gezeiten günstig waren und Wind und Sonne zusammenspielten, war es schwer, weg vom Wasser zu bleiben. Digby neben mir schnüffelte an einer Schnecke, als ich einen Schrei hörte.

»Hey, weg da! Betreten verboten!«

Ich sah auf und erblickte ein gebräuntes, schmuddeliges Wesen, das die rutschigen Stufen hinunter zum Ufer rannte. »Entschuldige, das ist mein Land.« Ich versuchte herablassend zu klingen. »Du befindest dich auf verbotenem Boden.«

Die Gestalt fuhr mit der Hand über die Stirn, wischte sich Dreck von der Nase und starrte mich aus hellgrünen Augen an, die sich weiteten. Sie begann zu lachen. »Das ist gut! Du bist ein Mädchen, oder? Ich habe das völlig falsch verstanden.«

Ich klopfte auf meinen alten Strohhut, sah auf meine marineblauen Unterhosen und dicken Stiefel und blickte verärgert auf. »Ja, natürlich. Wie unhöflich.« Und dann lachte ich. »Oh, bist du auch ein Mädchen?«

»Und ob ich ein Mädchen bin«, erwiderte sie und streckte die Hand aus, während sie mich offen ansah. »Ich bin Matty. Ich wohne im Torhaus.« Ich kannte das Torhaus natürlich, auch wenn ich noch nie drinnen gewesen war. Zitronengelbe Rosen umgaben jedes Jahr seine Haustür. Es war die Art Haus, von dem ich träumte, darin zu leben, gepflegt, hübsch, kompakt. Ich nickte. »Bist du die kleine Lady, von der alle reden, die das ganze große Haus eines Tages für sich haben wird?«

Ihr Ton klang spöttisch. Ich nahm ihre Hand. »Matty ist der Name von jemandem in einem Buch. Meine … Sie war vor langer Zeit Dienerin hier. Hast du das gewusst?«

Sie zuckte mit den Schultern. »Ich heiße Mathilda. Wir sind seit Jahrhunderten hier, genau wie du. Da gibt's viele Mattys in meiner Familie. Meine Ma sagt, wir haben euch gedient, lange bevor deine Großmutter geboren wurde. Meine Gran war die Amme deiner Gran.«

»Oh!« Ich wusste, es musste ein Körnchen Wahrheit in dem stecken, was sie sagte, und mir gefiel die Vorstellung, dass die Matty, die Nina vor fast dreihundert Jahren geholfen hatte, eine Nachfahrin namens Matty hatte, die nun hier am Strand neben mir stand. »Eher meine Urururur – was weiß ich Großmutter.«

Sie zuckte wieder mit den Schultern, offenbar gelangweilt von dem Thema. »So ähnlich. Was machst du da?«

»Suche nach Wellhornschnecken. Das ist Digby.«

»Hallo.« Sie nickte dem Hund zu. Digby legte den Kopf schief. »Da sind noch viel mehr drüben am alten Wyckham-Strand, wenn du dort hinfahren willst. Ich war gestern dort.«

»Gut«, sagte ich, und mit der Direktheit der Jugend stellten wir keine Fragen mehr. Ich drehte die Red Admiral um, half dem fremden Mädchen hinein, und wir legten ab.

Ich erinnere mich noch an den Tag, an den Geruch von Salzwasser, der auf der Haut brannte, an die Makrele, die wir fingen und brieten, an den Geruch von Holzrauch. Wir lagen auf dem winzigen geheimen Strand, nasser Sand und Kies waren kalt zwischen unseren Zehen. Ich erinnere mich an das Gespräch, als ob es gestern gewesen wäre.

»Was machst du denn so den ganzen Tag?«, fragte sie.

»Ich? Ich fange Schmetterlinge und spiele allein und lerne mit meiner Gouvernante. Und du?«

»Ich mache, was ich will.« Ich sah sie bewundernd an. Sie stützte sich auf den Ellbogen auf und sah in die Sonne.

»Nun, das kann ich nicht. Jemand würde mich davon abhalten.«

»Doch, das kannst du.« Sie drehte sich zu mir um. Ihre grünen Augen glänzten, als ob sich Sonnenstrahlen darin verfangen hätten. Ihre Haut war wie Karamell – damals sah man selten jemanden, der freiwillig braun war. Meistens verbrachten wir unsere Tage geschützt vor Sonnenstrahlen, damit wir nicht wie Landarbeiter aussahen. »Du kannst alles tun, was du willst, Teddy. Denk bloß nicht, dass du es nicht kannst.«

»Ich nicht.« Ich lachte. »Es ist Keepsake. Ich muss es weiterführen.«

»Warum? Weil es diesen ganzen Blödsinn über deine Großmutter gibt, die hier starb, und dass die drüben in der Kirche sich geweigert haben, sie zu begraben, und all das?«

Ich legte die Makrele hin, die ich gerade grillte. »Ich ... das habe ich noch nie gehört.«

»Oh.« Matty stellte sich vor mich hin und versperrte die Sonne. »Oh, okay. Nun, ich bin sicher, das weißt du besser als ich.«

»Aber was meinst du? Sie war krank und ist gestorben ...«

Matty hob die Hand. »Geht mich nichts an. Vergiss es, ja? Mit einem habe ich aber recht. Keiner wird mich davon abhalten, zu tun, was ich will, wenn ich erwachsen bin. Eines Tages werde ich einfach ... Ich werde wegfliegen und nicht wiederkommen, wenn mir danach ist.«

An diesem Morgen hatte Jessie mir mein Kleid mit der Rüschenschürze darüber, meine schwarzen Schnürstiefel, die so geputzt waren, dass sie glänzten, und ein neues rotes Band für mein Haar hingelegt. Der Gedanke, dass ich einfach machte, was ich wollte, war lachhaft. Er war undenkbar.

Ich lächelte sie an. »Du wirst es mir zeigen müssen.«

»Darauf kannst du wetten.«

Von dem Tag an waren wir Freundinnen. Wahrscheinlich hatte ich nie eine bessere Freundin. Matty war zwei Jahre älter als ich und konnte den ganzen Tag frei herumstreunen. Sie wusste, wie man einen Pfeil abschoss, ein Pferd beschlug, ein Feuer anmachte, einen Fisch fing, ausnahm und kochte, und nachdem meine Großmutter gestorben war und meine Mutter sich von mir abwandte, wurde sie zum Zentrum meines Lebens. Ich hatte noch nie eine Freundin meines Alters gehabt, jemanden, mit dem ich auf Entdeckungsreise gehen, mit dem ich reden, einen Apfel teilen konnte. Matty machte alles besser. Ich ließ sie mit mir zum Jagen kommen, und zusammen fingen wir alle möglichen Schmetterlinge in den Netzen und Kisten meiner Großmutter. Ich erzählte ihr Geschichten über das Haus, über die Geräusche nachts, die mir Angst machten. Sie erfand lächerliche Geschichten von Kobolden und Zirkussen, erfand wilde Scherze über Jessie und Turl und Reverend Challis drüben in der Kirche, die mich hysterisch lachen ließen. Sie war unartig, nehme ich an. Ich war nie so gewesen, und ich liebte es. Wir forderten einander zu immer größeren Gefahren heraus, balancierten am Klippenrand. Wir blieben den ganzen Tag draußen und kamen erst nach der Dämmerung zurück.

Und dann kam mein zehnter Geburtstag.

Als ich am Morgen meines zehnten Geburtstags erwachte, fand ich mein schickstes cremefarbenes Organdykleid zurechtgelegt vor. Jessie scheuchte mich aus dem Bett, damit sie mein zerzaustes Haar in Löckchen legen konnte. Ich unterwarf mich widerwillig dieser Prozedur und fragte mich, warum man um alles in der Welt so ein Aufhebens machte. Als ich zum Frühstück hinunter in den großen Speisesaal kam, saßen meine Eltern auf ihren üblichen Plätzen weit voneinander entfernt an gegenüberliegenden Seiten des Tisches, Mutter vertieft in *The Times*, während sie geistesabwesend in einem gekochten Ei herumstocherte, Vater, Grimassen schneidend, abrupt die Gräten aus einem Hering entfernend.

Mein Vater war im letzten Monat in Südfrankreich gewesen – zur Erholung, wie man sagte, doch natürlich ging es nicht darum. Er war damals schon ein Spieler und verließ sich auf das Geld meiner Mutter, um diese Sucht zu finanzieren, da er kein eigenes hatte. Er kam meistens nach Hause, wenn er mehr Geld brauchte oder wenn er der Ansicht war, es sei Zeit, sie wieder zu schwängern. Dreimal war sie seit meiner Geburt schwanger gewesen, doch die Kinder waren entweder Tot- oder Fehlgeburten. Ich, die noch zu jung war, um etwas über die Leiden der Frauen zu wissen, interessierte mich nur beiläufig dafür, wie es für ein Kind typisch war. Nach einem solchen Verlust fragte ich Jessie, die in ihre Schürze schniefte, ob ich das tote Baby sehen könne, und war verblüfft von ihrer Reaktion. Sie gab mir eine Ohrfeige und sperrte mich bis zum Morgen in mein Zimmer ein, weil ich so ein böses, herzloses Kind sei.

Als ich nun in der Tür des großen, mit Eichenpaneelen geschmückten Saals stand, grüßte ich schüchtern.

Beide sahen herüber, und mein Vater stand auf. Ich denke, in dem Moment wurde mir klar, dass etwas anders war.

»Herzlichen Glückwunsch, meine liebe Teddy«, sagte meine Mutter und winkte mich zu sich. Ich stellte mich neben ihren Stuhl, und sie nahm meine Hand und drückte sie fest. Dann hob sie mein Kinn an, so dass ich ihr in die dunklen Augen sehen konnte. »Küss mich, Kleine«, sagte sie mit seltsamer Stimme.

Ich küsste sie gehorsam auf die Wange, und sie blickte zu meinem Vater. Dann lehnte sie sich zurück, ließ meine Hand los und beachtete mich nicht mehr, als wäre ich verschwunden.

»Theodora, jetzt hör mir zu«, sagte mein Vater, und ich schrak zusammen und drehte mich zu ihm um. »Wir müssen dir gewisse Fakten über deine Zukunft erläutern. Heute ist dein zehnter Geburtstag, und ...«

»Arthur, bitte«, unterbrach ihn meine Mutter leise. »Lass sie sich doch erst setzen, etwas essen und ...« Ich sah ihre flatternden Hände und verstand nicht, warum sie so nervös war. »... lass sie erst ihr Geschenk aufmachen.«

Mein Geburtstagsgeschenk war ein Buch: *Als wir sehr jung waren*. Ich starrte auf den vertrauten Papierumschlag und versuchte meine Enttäuschung nicht zu zeigen. Ich hatte dieses Buch mit meiner Mutter und in letzter Zeit mit Jessie seit meinem vierten Lebensjahr gelesen. Es war ein Buch für Babys, nicht für Menschen, die zweistellige Geburtstage hatten. Ich hatte Matty am Vortag erzählt, dass ich ein neues Boot wolle oder eine Schärpe für mein blaues Kleid aus gerippter Seide oder *Jane Eyre*, da meine Mutter angefangen hatte, es mir vorzulesen, es aber nie beendet hatte.

Ich sagte nur: »Danke, Mutter, danke, Vater.« Dann küsste ich meine Mutter wieder und ging um den Tisch herum, um ihn auch zu küssen. Er blieb reglos, als ob ich ihn nicht berührt hätte.

»Setz dich, Theodora«, befahl mein Vater, und ich huschte zurück zu meinem Stuhl neben meiner Mutter. Er zog ein Paket mit Papieren hervor. »Ich werde dir ein Dokument vorlesen, das deiner Mutter an ihrem zehnten Geburtstag vorgelesen wurde und ihrer Mutter davor.«

»Großmutter Alexandra?«, fragte ich sofort. »Ist es von ihr?«

Er schrak zusammen und starrte mich an. »Ich wäre dir sehr verbunden, wenn du mir bis zum Ende in Ruhe zuhören würdest. Verstanden?«

Ich nickte, saß wie angewurzelt da, meine Schenkel klebten aneinander, und mein Vater sah zu meiner Mutter. Jetzt nickte sie, und dann begann er zu lesen. Zuerst ergab das, was er las, gar keinen Sinn für mich. Ich habe den Brief hier, ich gebe ihn vollständig wieder:

Grüße an Euch Allertreueste und Wahrste,
wir sind uns deutlich der Verdienste und des Dienstes
bewusst, die uns von Lady Nina Parr und ihren Brüdern und
jenen in Keepsake in der tapferen Grafschaft Cornwall im
Jahre 1661 geleistet wurden, in einer Zeit, da wir so wenig
zu unserer Verteidigung beitragen konnten, in einer Zeit, da
große und mögliche Gefahren unsere Freiheit und unsere
Person bedrohten. Es hat uns in hohem Maße erfreut, Deine
Treue und Geduld zu belohnen und Deinen Wohlstand und
den Deiner Nachkommen zu befördern. Hiermit gewähre ich
Lady Nina Parr und ihren Nachkommen von diesem Tag an
meinen Schutz und meine Unterstützung und sende mit
diesem treuen Boten eine Brosche, die meine Zeit mit ihr
anerkennen soll. Lest die Inschrift gut, my Lady.
Und ich schwöre, dass an ihrem zehnten Geburtstag jeder
weibliche Nachkomme der besagten Lady Nina Parr von
Folgendem in Kenntnis gesetzt werden soll: dass sie Keepsake

und alles dazugehörende Land von da an erben soll. Hiermit gewähre ich Lady Nina Parr und ihren Nachkommen von diesem Tag an meinen Schutz und meine Unterstützung, und jeder Mann, der sie zur Frau nimmt, soll dem Namen nach ein Parr von jenem Tag an sein und ihre Kinder Parrs. Und sie, die mich so sehr mit ihrer sanften Güte, ihrer Weisheit und Kraft erfreute, soll eine Linie begründen, die Generationen andauern wird. Diese Pension, die ihnen gebührt, soll, wenn ich den rechtmäßigen Thron wieder bestiegen habe, ihnen als Zeugnis ihrer Freundlichkeit mir gegenüber gewährt werden. Eine Pension von 1000 Pfund im Jahr soll ihr zustehen. Und wenn sie ihren sechsundzwanzigsten Geburtstag erreicht hat, erkläre ich hiermit, dass Keepsake der alleinige Besitz von Lady Nina Parr wird, der an ihre weiblichen Erben übergehen wird, wenn sie ebenfalls ihren sechsundzwanzigsten Geburtstag erreicht haben, solange sie einmal oder mehrmals vor diesem Tag innerhalb der Grenzen von Keepsake weilte.
Gott mit Euch, meiner innig Geliebten, Charles II. Rex

Mein Vater legte das Dokument schweigend hin. Beide betrachteten mich.

Nach einer langen Weile, in der ich versuchte, keine Angst zu haben, zupfte ich meine Mutter am Rock. »Es tut mir leid«, flüsterte ich, »ich weiß nicht … was das heißt.«

»Es gehört dir«, sagte sie mit einem, wie ich heute weiß, Hauch von Freude, doch ich hatte vergessen, wie diese auf ihren Lippen klang, so sehr war ich inzwischen an ihre Schärfe, ihren Mangel an Interesse gewöhnt. »Wenn du sechsundzwanzig bist, werden dieser Ort und das ganze Geld dir gehören, mein Liebling, und wir werden deine Mieter, die von dir eine Pension nach deinem Ermessen erhalten.«

»Danke, aber ich bin nicht sicher, ob ich das will«, antwortete ich höflich. Ich war zehn, es schien mir damals und heute vollkommen Sinn zu machen. »Entschuldige, Mutter, aber was geschieht, wenn ich nein sage?«

Mein Vater stand auf, kam herüber an meinen Platz und schlug mit dem Handrücken zu. Mein Kopf flog zurück, mir fielen die Augen fast raus, und ich erinnere mich daran, dass ich sah, wie seine Hände sich zu Fäusten ballten, als er wieder an seinen Platz ging. Meine Mutter sagte nichts. Ich glaube, dass das der Moment war, in dem ich sie völlig verlor.

»Du kleine Närrin«, sagte mein Vater. »Du wirst tun, was von dir erwartet wird, wie alle anderen vor dir, und ich werde dir sagen, was du behalten und was du weggeben sollst. Halt von nun an deinen verdammten Mund. Begreifst du das?«

Ohne eine Reaktion von mir abzuwarten, schob er seinen halb gegessenen Hering weg, dann läutete er und zündete sich eine Pfeife an. Meine Mutter aß weiter, den Kopf über die Zeitung gebeugt. Stille, die nur vom Geräusch laufenden Wassers und dem Wind in den Bäumen unterbrochen wurde, legte sich über uns.

1929

Ich sollte nun lernen, eine junge Dame zu werden, nicht den ganzen Tag auf den Feldern zu spielen. Jeden Morgen bürstete mir Jessie das Haar, bis es in ihrer Hand knisterte und anschwoll. Meine abgetragenen Kattunkleider und Overalls wurden in die großen Holzschränke vor meinem Schlafzimmer geräumt. Ich gewöhnte mir an, mich dort zu verstecken, wenn ich meine Mutter den Flur entlangkommen hörte, denn ich konnte es nicht ertragen, wenn sie mich sah und mir ihre Gleichgültigkeit offenbarte. Ich erinnere mich noch an das Gefühl des kalten Holzes an meinem Rücken, an das Geräusch, das ihre Röcke machten, an die verträumte Art, mit der sie beim Gehen summte, und jedes Mal sehnte ich mich danach, die Hand auszustrecken, die Tür zu öffnen und sie zu berühren, sie zu rufen, doch ich traute mich nicht.

Im letzten Jahr hatte ich außerdem Unterricht bei einer Gouvernante, und dafür muss ich meinem Vater danken, denn es war das einzig Gute, was er je für mich tat. Mein Vater war ein Unmensch, doch er war ein schlauer Unmensch. Es sollte keine Idiotin die Ländereien führen, wenn er weiter Geld aus ihnen ziehen wollte. Ich musste gebildet sein, damit ich verstand, wie ich ihm Geld verschaffen konnte.

Also wurde eine blasse, ernste Dame namens Miss Browning aus Derby eingestellt, um mich zu unterrichten, die in einem kleinen Haus in Mawnan auf der anderen Seite des Flusses lebte. Sie kam jeden Morgen mit dem Boot, umklammerte ihren zusammengerollten Schirm und war eindeutig voller Angst vor ihrer Umgebung und vor diesem Haus. Unsere Stunden begannen Punkt zehn, und ich genoss sie und liebte Miss Browning bald. Ich war ein lesewütiges Mädchen trotz meines Herumstreunens draußen und Mattys Spott auf jene, die lernen wollten. Ich lernte gerne, alles vom Lauf der Sterne bis zur Herrschaft des Akbar, und die ruhige, gelehrte Miss Browning war eine wunderbare Lehrerin. Sie war vor allem fasziniert von Russland und vor allem von Tolstoi. Sie war entsetzt von der Revolution und dem Vormarsch des Kommunismus. Später lasen wir *Krieg und Frieden* und *Anna Karenina*. Ich glaube nicht, dass jemand mit mir über die Weltpolitik diskutiert hat. Meine Eltern lasen *The Times* beim Frühstück, aber wir hörten selten Radio, und ich sah nie jemand anderen. Dem Himmel sei Dank für Miss Browning. Ich hatte Glück, sie für kurze Zeit gehabt zu haben; ich mag gar nicht daran denken, wie dumm ich ohne sie wäre.

So hatten Matty und ich nur noch die Wochenenden. Sie wartete auf mich früh vor meinem Fenster und warf Samen und kleine Steine, falls ich noch nicht wach war. Ich schlich mich aus dem Haus und dem von Mauern umgebenen Garten, wo freundliche Rotkehlchen uns neugierig beobachteten und Reihen aus sich sanft wiegendem, intensiv duftendem lilafarbenem Lavendel von alten, mit Flechten bewachsenen Ziegeln umrahmt wurden. Hinaus ging es durch den zerfallenden Bogen, und fort waren wir, entweder den winzigen Pfad entlang, der hoch zur Wiese führte, oder den Weg hinunter, über den sich die Bäume immer dichter wölbten, hinab zu den Steinstufen und dem kleinen alten Steg, an dem wir jahrhundertelang an Land oder an Bord gegangen waren.

Sie mussten gewusst haben, dass wir so entkamen, aber keiner hielt uns davon ab. Den ganzen Tag verbrachten wir draußen, rannten und wirbelten umher wie die Schwalben über uns. Manchmal gingen wir zu Mattys winzigem Haus am Rande unseres Anwesens, wo wir von ihrer Mutter bittersüße Cox-Orange-Äpfel und krümeligen Käse bekamen, manchmal segelten wir über den Helford auf Erkundungsfahrt. Wir wurden übermütig, erkannten nicht, dass sie uns die Flügel beschneiden konnten, wann immer sie wollten.

Als ich elf war, schlug das Schicksal zu. Ich wurde von meinem Feind Talbot an einem feuchten Märzabend ins Haus zurückgebracht, am Ende eines langen, unvergleichlich aufregenden Tages, an dem Matty und ich nach Falmouth gesegelt und von der starken Strömung, einem plötzlichen Sturm und einem umgekippten Boot zurückgetrieben worden waren.

Wir waren früh losgefahren, hatten aber größere Pläne als sonst, Pläne, bei denen ich mich immer noch frage, ob wir sie ausgeführt hätten, wenn wir gekonnt hätten. Wir hatten beschlossen, dass dies der Tag unserer Flucht werden sollte. Doch obwohl wir die Gezeiten und den Fluss kannten, hatten wir nicht die Tagundnachtgleiche, die Frühlingstiden und den Vollmond in unsere Erwägungen einbezogen. Nach einem hektischen Tag der Suche wurde Turl aus dem Pub gerufen. Der Cousin seiner Schwester hatte gesehen, wie wir uns an die Küste kämpften. Matty hatte versprochen, dass wir an diesem Tag weit genug kämen, dass wir in der Dämmerung in Falmouth wären. Ich hatte zehn Shilling, reich genug für Monate, wenn nicht Jahre, wie wir glaubten. Doch es stellte sich heraus, dass es unser Verderben, das Ende von allem und nicht der Anfang sein sollte.

»Du musst versprechen, dass du diese Zigeunerin nicht wiedersiehst und dass sie nie mehr herkommt. Es ist Zeit, dass du dir unserer Erwartungen bewusst wirst«, sagte mein Vater, als ich zitternd in meinem Zimmer saß. Jessie hatte mich in den Morgenmantel meiner Mutter gewickelt.

»Ich war es, die …«

»Nein, keine Unterbrechungen mehr.« Hinter ihm stand meine Mutter, die Hände tief in die Taschen ihrer türkisblauen Nachtjacke gesteckt, wie immer schweigend. »Gib mir jetzt dein Wort.«

»Vater …« Ich biss mir auf die Zungenspitze und schmeckte Blut.

»Ich sagte, dein Wort.«

Ich blickte ihm voll ins Gesicht. Ich war nicht daran gewöhnt, ihn anzusehen, zog es vor, seine Aufmerksamkeit zu meiden. Seine Augen waren flammend weiß und in ihrer Mitte weiße Nadelspitzen. Winzige rote Kreise brannten auf seinen schon roten Wangen. Sein kurzgestutzter ingwerfarbener Bart bebte.

»Nein«, sagte ich und versuchte keine Angst zu zeigen. »Sie ist meine beste Freundin, meine einzige Freundin.«

»Sag es.«

»Sie sagt, ihr haltet mich wie eine Gefangene.« Ich starrte ihn kühn an.

Er schlug mich wieder. Seine offene Handfläche traf meinen Wangenknochen mit solcher Wucht, dass mein Kopf nach links flog und mein Schädel an die offene Tür knallte. Ich sah meine Mutter zusammenzucken, doch sie blieb still. Sie kam nicht auf mich zu oder tröstete mich. Während mir Tränen in die Augen traten und ich mir den Schädel rieb, starrte ich meinen Vater an und blinzelte, um ihn zu erkennen. In meinem Kopf drehte sich alles. Da wurde mir klar, dass er mich hasste.

Sie gingen – mein Vater zuerst, meine Mutter folgte ihm mit gesenktem Kopf –, und ich war allein mit Jessie. Ich sah zu ihr auf und rieb mir die schmerzende Wange.

Ihre Augen schimmerten von Tränen, und sie schüttelte den Kopf. »Oh, du hast uns so erschreckt«, sagte sie, und ihr Atem ging stoßweise vor unterdrücktem Gefühl. »Komm her, du böses Kind.« Sie öffnete die Arme weit. »Komm her, ich habe mir solche Sorgen gemacht.«

Obwohl ich nur zu ihr laufen und spüren wollte, wie sie die dicken Arme um mich legte und mich an sich zog, damit ich an ihrer Brust schluchzen konnte, obwohl ich erfahren wollte, dass jemand sich um mich sorgte, stand ich still. Ich biss die Zähne zusammen und wandte mich von ihr ab.

»Gute Nacht«, sagte ich. »Lass mich jetzt bitte allein.«

Ich wusste, dass ich mich in Stein verwandelte, doch ich wusste nicht, was ich sonst tun, wie ich sonst überleben sollte.

Von dem Tag an wurde Matty ins Dorf verbannt.

Ich ging mit Talbot über die Ländereien, die uns gehörten. Er verkürzte niemals seinen Schritt, und so taumelte ich neben ihm her, streckte die Beine, um mit ihm mitzuhalten – ich war groß für mein Alter, aber immer noch erst elf –, während er murmelte: »Das Land liegt brach hier, die Humusschicht ist schlecht. Wir werden in ein paar Jahren neu säen.« Oder zu den Minen nördlich des Flusses, im Norden der Halbinsel: »Ein Typ ist letztes Jahr bei einem Brand umgekommen. Wir müssen dafür sorgen, dass der Wagen nach draußen jede Woche geölt wird. Du tust gut daran, daran zu denken, wenn wir dorthin gehen.«

Als ich zwölf war, nahm mich meine Mutter wieder nach London mit. Wir wohnten wie immer bei Tante Gwen. Man brachte mich zu Harrods, um mir Kleider anzumessen, und in den Londoner Zoo, um die Elefanten zu sehen, und zu Piccadilly Circus wegen der Lichter. Doch ich sollte mit Talbot auch die Besitztümer besuchen, die wir in London, in Bloomsbury und Kensington hatten. Und außerdem saß ich mehrere Stunden gelangweilt im Wartezimmer in der Harley Street, während meine Mutter bei ihrem Arzt war. Meine Mutter war nicht kräftig. Sie hatte im vorigen Sommer noch ein Kind verloren, und Jessie hatte mir gesagt, ich müsse lieb zu ihr sein. »Fass sie nicht an oder umarme sie nicht. Sie ist kein Spielzeug.«

Ich wollte lachen. Ich hatte meine Mutter abgesehen von einem Kuss auf die Wange seit Jahren nicht mehr berührt.

Im Zug nach Hause lasen Mutter und ich schweigend.

Nachdem wir die Tamar Bridge überquert hatten, sagte Talbot: »Der Boom ist vorbei. Wir werden bald den Londoner Besitz verkaufen, nehme ich an. Das Land verkommt. Ich will mich nicht mit einem Haufen weißer Elefanten belasten. Wir fahren dort nicht mehr hin.«

Er hätte genauso gut Russisch sprechen können, ich hörte ihn nicht, denn ich wusste nun, dass ich auf die eine oder andere Weise wieder nach London fahren würde. Ich war mehrmals dort gewesen, doch ich war auf dieser Reise kein Kind mehr, und London war für mich – und ist es immer noch – das Leben.

Ich hatte London immer geliebt, doch diesmal schien es ein neuer Himmel gewesen zu sein, Welten entfernt von der Stadt, die ich kannte. Der Lärm von Verkehr, Pferden, schreienden Menschen, wenn man vorbeiging! Die Kleider und Hüte der Damen, die Schönheit und der Glanz von allem! Die Männer vor den Hotels in Zylinder und mit Litzen an ihren Schultern, die sich an den Hut tippten und einem die Türen öffneten, als ob man eine Prinzessin wäre! Das Gold an allen Gebäuden, die Reklame, die an Wände gemalt war und Produkte für Pocken, Leber und Gicht empfahl, die Busse mit harten Ledersitzen, auf denen man heftig über unebene Straßen hopste und den Atem anhielt, und vor allem die Erregung und die Energie in der Luft, wo immer wir auch hinkamen. Eines Nachmittags, als wir von Mayfair zurück zu Tante Gwen in Green Park gingen, bogen Mutter und ich falsch ab und endeten in Shepherd Market, wo eine Frau in einem Seidennegligé auf einem Balkon über einem öffentlichen Haus stand, rauchte und sich vorbeugte und uns beobachtete. Sie hatte eine kirschfarbene Jacke um sich geworfen mit tiefen Taschen und einer Schnur. Ihre Lippen und Wangen waren rot, und ihr Körper sah aus, als ob ein Teil davon irgendwann aus den Kleidern platzen würde, die sie anhatte. Ich lächelte sie schüchtern an. Mein Herz klopfte, und ich fragte mich, warum sie da war, während meine Mutter mich am Ellbogen nahm und mich eine Gasse entlangzog.

»Starr da nicht hin, Teddy. Es ist ekelhaft«, sagte sie und starrte selbst wütend zu der rotwangigen, vollbusigen Göttin hoch, die ruhig zu uns herabblickte.

»Wer war die Frau?«, hatte ich meine Mutter später gefragt.

»Eine, die sich für Sex an Männer verkauft«, hatte sie geantwortet. Meine Mutter betrat inzwischen keinen Teil meines Lebens begeistert, doch sie log nie. Mit zwölf hatte ich das erste Mal das Wort Sex gehört.

Als ich fünfzehn war, verließ uns meine Gouvernante, die mir inzwischen sehr lieb geworden war. Sie wurde heim nach Derbyshire gerufen, weil ein Elternteil krank war, und wurde nie ersetzt. Von den vielen Stunden, die wir in der Bibliothek meines Vaters verbrachten, erinnere ich mich noch an so vieles, was sie mich lehrte, doch ich kann mich kaum an ihr Gesicht entsinnen. Ich glaube, sie hatte helles, ingwerfarbenes Haar. Ich frage mich, was aus ihr geworden ist. Sie war nett zu mir und hatte ein schniefendes, leises Lachen, das mich an eine Haselmaus erinnerte.

Mein Unterricht hörte also auf, und ich wurde tatsächlich mir selbst überlassen. Was tat ich, wie füllte ich die langen Stunden zwischen dem Aufwachen und dem Schlaf? Ich las Bücher. Ich ging spazieren – beaufsichtigt von Pen oder Jessie, die in ihren flachen, abgetragenen Schuhen entsetzlich langsam durch die Gassen über Keepsake liefen und belanglos über ihre Liebsten in Helford oder den Ärger ihrer Schwestern mit dem Ehemann plapperten. Ich drängte sie, feste Stiefel zu finden, damit wir über die Felder gehen könnten, aber nein. Sie hatten, wie alle, Angst vor meinem Vater.

Ich brauchte etwas, um meine ruhelose Energie zu beschäftigen, und begann allmählich die Schmetterlinge zu studieren, und da es nichts gab, was mich sonst ablenkte, beschlich mich langsam Besessenheit wie bei meiner Mutter und ihrer

Mutter und all den anderen vor mir. Vor meiner Tür fand ich alles, was ich mir wünschte, um diese Besessenheit zu nähren. Ich beobachtete sie. Ich bemerkte ihre unterschiedlichen Flugmuster, ihr Verhalten, ihr Paarungsverhalten. Meine Mutter hatte mir die alte Ausrüstung meiner Großmutter geschenkt – Netz, Watte und Nadel, um das Netz zu flicken, eine Streichholzschachtel mit Stecknadeln, eine alte Sammelkiste aus Holz und die Ausrüstung, um sie zu töten (Glas, Gift, Korkstöpsel). Alles in ihrer alten Tasche. Es erregte mich, mit diesen Dingen umzugehen und wieder an sie erinnert zu werden.

Ich stromerte weniger als vorher in den Wiesen und Gassen umher. Ich wusste, Talbot würde mich bei meinem Vater verpetzen, sollte er mich außerhalb des Anwesens erblicken. Ein- oder zweimal nach dem Ende unserer Freundschaft sah ich Matty, und wir redeten, doch wir waren nun andere geworden – sie gehörte zur größeren Welt, ich zu diesem Haus und nur zu diesem.

»Halt dein Kinn hoch«, sagte sie das letzte Mal, da ich sie sah. »Es kann nicht ewig dauern, oder? Ich halte nach dir Ausschau, ja?«

»Du?«, fragte ich, und es klang arroganter, als es gemeint war. »Was kannst du schon machen?«

»Ja, ich, du undankbares kleines Ding.« Sie hatte auf dem Absatz kehrtgemacht und mich alleine und rot vor Bedauern über meine lockere Zunge stehenlassen.

Ich fürchte, ich war immer weniger das Kind meiner Großmutter. Ich verbrachte Stunden mit dem Tötungsglas und dem Netz im Garten, um Schmetterlinge zu jagen, und meine Freude darüber, ein paar Sekunden lang ihre hellen, zerbrechlichen Flügel sinnlos an das harte Glas flattern zu sehen, bevor das Zyanid sie überwältigte, wurde mit jedem neuen Fang größer.

Eines Tages war ich früh im Garten und beobachtete wachsam zwei Faulbaum-Bläulinge bei der Paarung. Sie ließen sich zusammen auf einem Zweig nieder, sahen sich nicht an und hoben dann langsam ihren Unterleib, so dass sie sich berührten und Sperma vom blauen Männchen auf das braunere Weibchen überging. Sie blieben völlig regungslos. Ich fing sie im Glas und trug sie nach innen, wo ich die Schublade aufzog, unsicher, wo ich sie hinlegen sollte, wenn sie tot waren. Sie war fast schon voll mit Schmetterlingen aller Arten, die ich im Jahr nach Miss Brownings Fortgang gesammelt hatte. Das Männchen flatterte nun, nachdem die Starre nach dem Geschlechtsverkehr verschwunden war, wieder gegen das Glas. Vielleicht hätte ich es freilassen sollen, und vielleicht hätte ich das auch getan. Ich starrte beide an, das Weibchen, das sich sanft wieder niederließ, so dass es auf einem Blatt hockte, das ich unten ins Glas gelegt hatte. Wie viele Eier würde sie legen, wenn sie leben würde? Ich fragte mich, ob ich die beiden töten sollte.

Doch dann sprang die Tür auf und knallte laut gegen die Holzvertäfelung. Ich zuckte zusammen und wandte mich um. Da stand Pen und umklammerte ihr Kleid, ihre rot geränderten Augen riesig in ihrem blassen Gesicht.

»Sie stirbt. Kommen Sie schnell, Miss«, sagte sie, und das war alles.

Mutter lag oben im Königszimmer in ihrem großen Holzbett, auf das das Licht von den langen Stabwerksfenstern in Tupfen fiel. Als ich eintrat, blieb ich stehen und versuchte bei ihrem Anblick und dem Geruch nach Krankheit nicht zurückzuweichen – gestärkte Laken und Antiseptikum und der hartnäckige Geruch nach Chloroform. Sie war fahl, ihr schlaffes Haar hing in einem Zopf über der Schulter. Und sie war so dünn.

Ich erfuhr später, dass sie im Vormonat wieder ein Kind verloren hatte. Sie wollte keines mehr. Sie hatte ein Mädchen, das das Haus erben würde. Mein Vater jedoch wollte Jungen. Obwohl sie ihn anflehte, in Ruhe gelassen zu werden, bestand er darauf, weitere Kinder von ihr zu bekommen, und jedes Mal verlor sie sie. Blut und noch mehr Blut, manchmal früher, manchmal später. Als ich älter war, erzählte mir Jessie, was sie gehört, was ihr Mutter erzählt hatte. Wie er sie niederdrückte, wenn sie sich von ihm abwandte, und sie nahm, während sie ihn anflehte, aufzuhören.

Nun verlor sie so viel Blut, dass ihr von siebzehn Jahren Schwangerschaften und nur einem lebenden Kind geschwächter Körper dieses Mal nicht kräftig genug war. Sie verblutete vor meinen Augen.

Ich hielt ihre Hand und setzte mich aufs Bett, doch sie zuckte zurück, und die gute Jessie zog einen Stuhl für mich heran und ging dann taktvoll hinaus.

Ich wusste nicht, was ich tun sollte. Ich hatte vergessen, wie ich mit meiner Mutter umgehen sollte.

»Mama, darf ich dir etwas holen?«

Sie schüttelte entschlossen den Kopf. »Bitte, Thea, versprichst du mir etwas?«

»Alles.«

»Geh hier weg, weit weg, bis er tot ist.«

Panik und Adrenalin durchströmten mich angesichts der Wut in ihrem Gesicht. Ich drückte ihre Hand noch fester. »Ja, ja, das werde ich. Oh, Mama ...« Meine Lippen spitzten sich in dem Bemühen, nicht zu weinen.

»Nein«, sagte sie leise. »Du ... sei nicht traurig. Ich habe versucht es dir leichtzumachen, damit es dir nicht weh tut, wenn ich gehe.«

»Ich ... ich verstehe nicht.«

Sie lächelte bitter und verzerrt. »Mein liebes Mädchen, ich war dir in all den Jahren aus einem bestimmten Grund nur eine halbe Mutter. Damit du am Ende keinen Schmerz empfindest.« Sie schien die letzte Energie in ihrem Körper heraufzubeschwören. »Und der letzte Segen ist, dass ich gehe, bevor du dazu aufgerufen wirst, es zu tun. Du wirst nicht tun müssen, was ich tat.«

»Liebste Mama.« Nun fielen meine heißen Kindertränen auf ihre wächserne Haut. »Was meinst du?« Ich hielt ihre Finger so fest, dass sie aufschrie, und ließ sie los. »Es tut mir so leid.« Ich küsste ihre Finger. »Es tut mir leid.«

Sie winkte mich näher heran und flüsterte: »Ich habe sie eingesperrt. Dann sind wir gegangen und haben sie verlassen. Wir haben sie verlassen.«

Ich rückte ein Stück von ihr ab. »Großmutter?« Mein Kopf drehte sich. Ich wusste es sofort. »Du ... du hast sie eingesperrt? Wo?«

Ihr Rücken wölbte sich, plötzlich war sie starr, ihre Zähne entblößt. Mehrere fehlten; ich fragte mich, wie viele sie verloren hatte. Und ich fragte mich, wie viel ich nicht von ihr wusste, wie viel Zeit wir vergeudet hatten.

Ich wandte mich zur Tür, doch sie sagte: »Nein, hol ... niemanden.« Ihre Stimme war nur mehr ein leiser Luftzug. »Nur du und ich, Liebling. Du musst mir zuhören. Weißt du, als du klein warst ...« Sie schloss einen Moment die Augen. Ich wartete. »Du hast zwei Marienkäfer in einer Schachtel gehalten, zwei Wochen lang. Du warst erst vier und liebtest sie. Du wirst dich nicht mehr daran erinnern. Und nun, da sie fort ist und ich ... ich fort bin ... Ich wünschte, ich hätte dir erzählt ...« Langsam leckte sie sich die aufgesprungenen Lippen. »Als du geboren wurdest, hattest du eine winzige perfekte schwarze Locke auf deinem Kopf. Wie ein Kind auf einem Gemälde.

Und du hattest ein winziges rotes Mal auf deiner Stirn, das mit der Zeit verblasste, und du hattest so blaue Augen wie das Meer, bevor sie braun wurden ...« Ihre Stimme verebbte, und sie schwieg ein paar Sekunden mit geschlossenen Augen. Ihr Puls war so schwach, dass ich schließlich wieder aufstand, um Jessie zu rufen, doch sie kratzte mich, da sie zu schwach war, um die Hand auszustrecken. Schließlich zeigte sie auf mich. »Oh, ich wünschte, ich ... ich müsste nicht gehen.«

Ich weinte immer noch, mein Mund verzerrt. Meine Schultern bebten vor in zehn Jahren angestauter Liebe, die ich unterdrückt hatte. »Nicht, Mama, geh nicht.«

»Ich dachte, ich hätte recht, dass ich dich rettete. Und ich habe diese Jahre vergeudet, indem ich dich von mir stieß.«

Ich küsste ihre Hände und versuchte, nicht zu schluchzen.

»Du warst so wertvoll für mich. Mein einziges Kind, das einzige, das überlebt hat. Ich kannte dich in dem Moment, als sie dich mir reichten, ich verstand, wer du bist.«

»Mama ...« Ich legte den Kopf neben sie, unfähig, sie anzusehen. Ich sagte mir, ich müsste aufhören zu schluchzen, ihr helfen.

»Ja, ich wusste, du warst anders. Stark, ein zähes kleines Ding. Und vor allem ... wusste ich, dass du mir gehörst und nicht ihm. Ganz mir. Ich habe es getan, um dich zu retten, dich davon abzuhalten, mich zu lieben, damit es, wenn du es tun müsstest, mich verlassen müsstest, dir nicht so weh täte wie mir ...«

Wir schwiegen beide, meine Finger streichelten ihre zu warme Hand.

»Aber ich kann nicht traurig sein, nun, da ich weiß, dass du verschont bist. Also werde ich es dir erzählen.« Sie starrte zur Decke. »Wir alle, die es geerbt haben. Jede Frau seit Nina bis zu mir. Und eines Tages du. Das letzte Geheimnis unseres Hauses.«

Ich hob den Kopf und atmete, als wäre ich gelaufen. »Ja, Mama.«

Ihre Hände kratzten über meine nassen Wangen. Ihre Nägel waren lang und schmutzig. Sie sprach mit ein wenig neuer Energie, ihren letzten Kraftreserven. »Ich hätte es dir erzählt, wenn du älter geworden wärst. Bevor du sechsundzwanzig bist, wie Nina. Wir sind alle hier, Liebling. Wir sind alle hier gestorben. Wir sind alle hier begraben. Hier zwischen den Schmetterlingen. Ich habe dagegen gekämpft und dann aufgegeben. Sie war so stark, deine Großmutter. Sie wollte es. Nicht wie ich. Sie ... sie liebte diesen Ort. Das Haus wird dich am Ende kriegen.«

Ich nickte und versuchte zu verstehen. »Das ... das Skelett, das sie fanden, als ich klein war? Meinst du Nina, Mama, als sie sie in der Kapelle fanden? Grandmama sah sie ...«

Sie lächelte, und ihre eingesunkenen Augen starrten mich an. »Deine Großmutter sagte den Männern, es sei nur sie, nur Nina da unten. Sie glaubten ihr.«

»Aber sie alle sahen sie. Als sie die Kapelle betraten, war sie dort ... ihr Skelett und die Schmetterlinge im Kalk ...«

»Ja, aber sie haben nicht daruntergeschaut. Die anderen ...«

»Die anderen?«

»Die anderen sind in der winzigen Kammer unter ...« Sie schluckte und sammelte neue Kraft. »Unter der Treppe. Im Keller. Sie wusste es natürlich. Sie hat es mir erzählt.«

»Du meinst ...«

Sie summte leise. »*Nina Parr sperrte sich selbst ein, Charlotte, der Bastard, Tochter eines Königs. / Nina zwei, Mutter von Rupert dem Vandalen, Nina, die Malerin, Mutter eines Skandals. / Verrückte Nina kam dann, dann Frederick, der Pfarrer, dann die einsame Anne, dann Alexandra, die Fliegenfängerin.*« Ihre leise, stetige, rauhe Stimme war wie ein Wiegenlied. Sie hielt inne. »Ich gab ihr das Zyanid, bevor ich sie einsperrte. Es ist ein schneller Tod, verglichen mit der Alternative. Wenn deine Zeit kommt, mein Liebling ... nimm etwas aus dem Schmetterlingshaus. Ich werde die Einzige sein, die sie auf einem Friedhof begraben. Oh, lieber Gott, warum ...«

Sie hob sich von dem Bett, dass ich dachte, etwas habe Besitz von ihr ergriffen, und ihre Hand hinterließ Flecken auf meiner Haut. Als sie sich erholt hatte, war ihre Kraft dahin, und ich wusste, es wäre bald so weit.

»Weißt du, wie es endet? Ich weiß, wie es endet. Ich habe es jetzt.« Ganz leise summte sie. »*Dann Charlotte, die Traurige, und dann komme ich, / meine schöne Teddy, das beste Mädchen, das du siehst. / All die Schmetterlinge und dann nur ich / ... nur ... ich.*«

»Mama, bitte, bitte geh nicht. Bitte versuch es«, sagte ich, während meine Hand ihre drückte. Ich glaubte, wenn ich es versuchte, nur einmal, sie zurück ins Leben zu zerren, würde es gelingen. »Nicht so. Lass uns über etwas anderes reden.«

Doch sie lächelte und schüttelte den Kopf. »Die ganze Zeit habe ich dich angeschaut und mir Fragen gestellt, ob du mir beim Sterben würdest helfen müssen.« Sie schüttelte erneut ganz langsam den Kopf. »Ich bin so froh, dass du es nicht musst. Du bist so schlau, so schön. Du bist so gut, Teddy. Mein schönes Mädchen, voller Geist und Intelligenz und ...« Noch ein Krampf, und dann war sie still. Plötzlich schlug sie die Augen auf und sah zur Decke. »Du musst fort. Das Haus stirbt. Oh, mein liebes Kind. Ich kann nicht traurig sein. Ich kann nicht ... traurig ... sein, nicht jetzt. Du bist hier. Du bist hier.«

Sie küsste meine Finger. Ich spürte, wie eine Spannung zwischen uns beiden entstand, und ihr Griff wurde lockerer. Ich blickte ihr in ihre hellbraunen Augen. Ich spürte die Kraft ihrer Liebe zu mir, mächtiger als alle Liebe, die ich vorher oder seitdem jemals empfunden habe, und ich habe große Liebe gekannt. Dann war es, als ob etwas über mich gleiten würde, ein Umhang, der mich bedeckte, und als ich wieder hinsah, war sie gegangen. In der Ferne ein Seufzen, ein Schluchzer – all die Frauen, die sie beobachteten, waren bei ihr, das glaube ich jetzt.

Unter dem Haus, natürlich. Ich erinnerte mich daran, wie ich Matty das erste Mal traf und sie sagte, sie hätten sich geweigert, Großmutter drüben bei der Manaccan-Kirche zu begraben. Sie hatte sich geirrt. Sie hatten sie dort nicht begraben, weil sie schon tot war, in Keepsake. Es gab keine Gräber für meine Ahnen – außer den Männern, die im Familiengewölbe unter der Kirche ruhten. Die anderen, die Frauen, waren alle hier.

Ich erhole mich nie ganz vom Tod meiner Mutter oder unserem letzten Gespräch. Sie tat, was sie für das Richtige hielt, doch das Tragische ist, dass sie sich irrte. Ihre angebliche Gleichgültigkeit hatte mich verändert. Ich war für immer verwandelt, nicht mehr das glückliche, erregbare Kind, das ich einst gewesen war, das sorglos mit meiner Mutter und Großmutter durch unsere ganz eigene Welt wanderte.

Ihre Haut war noch warm. Ich senkte den Kopf und sah dann auf, während der Raum sich in das normale graue Licht des Tages verwandelte. Ein Vogel rief draußen, und ich wusste, ich war nun allein.

Neun Monate nach dem Tod meiner Mutter stellte Vater mich meinem Ehemann vor. William Klausner kam mit seinem Vater zu uns, und wir tranken Tee auf der Terrasse. Es war Herbst, fast zu kalt, um draußen zu sitzen. Als ich in der großen Tür zögerte, kniff mich Vater in den Arm.

»Er ist nicht hier, um mit dir zu reden. Er und sein Vater sind hier, um dich abzuschätzen, um zu sehen, ob du eine passende Partie bist. Sie wollen ein gutes, vernünftiges, gesundes Mädchen, keine verträumte Schlampe, die Blödsinn darüber verbreitet, was in diesem Haus vor sich geht. Hörst du mich?« Seine Finger gruben sich in meine Handgelenke, und mein weißes Fleisch wurde rosa unter seinem Griff. »Nimm diese blöde Schürze ab und zieh dir was Anständiges an.«

Geh weg hier, hatte meine Mutter gesagt. *Das Haus liegt im Sterben. Du musst gehen.*

»Ja«, sagte ich schmollend und ging nach oben, um mich umzuziehen. Was konnte ich auch sonst tun? Seit dem Tod meiner Mutter war mir klar, wie sehr mich ihre Gegenwart beschützt hatte. Sie hatte absichtlich ein vages, gebieterisches, kühles Auftreten an den Tag gelegt und unter diesem Deckmantel viele Exzesse meines Vaters abgewehrt. Nun, da sie nicht mehr da war, fiel seine vornehme Maske. Er war unhöflich und grob, grausam und vulgär, trank mit Talbot bis tief in die Nacht und schlich bei Tage durch die Gänge und suchte nach Fehlern. Pen, das süße Küchenmädchen, entließ er aus einer Laune heraus, weil seine gestärkten Kragen an einem heißen Tag erschlafften.

Mein Haar war zu lang und zu wild, und ich war aus meinen Kleidern herausgewachsen. Ich war jetzt achtzehn und ziemlich groß, doch ich trug Kleider, die ich in den letzten Jahren bekommen hatte, weil ich mich schlichtweg nicht mehr darum kümmerte. Ich hatte keine Mutter, die mich still überwachte, und erst als sie fort war, sah ich, wie viel sie weiter für mich getan hatte, sogar als sie sich distanzierte. Dinge, die ich nicht gewusst hatte – die Wildblumensträuße in meinem Zimmer, die neuen Kleider, die irgendwie auftauchten, die Bücher, die ich vielleicht lesen wollte und die immer in Reichweite lagen, wenn ich lernte. Sie hatte mich von ferne geliebt, und nun war sie begraben in der Kirche, anders als ihre Vorfahrinnen. Ich konnte nicht an der Kapelle hinten am Haus vorbeigehen. Ich hatte Träume, die mich weckten, weil ich voller Schrecken schrie. Ich begriff nun, warum Menschen meinen Blick mieden, wenn ich nach Helford segelte oder ausritt. Ich war ungeliebt und ungekämmt und tat mit Freuden so, als ob mir dies gefiele.

Also feierten wir eine peinliche Party in der kühlen Brise des späten Septembers. Jessie eilte durch die Terrassentüren mit winzigen Sandwiches, Gebäck und Tee. Wir waren noch elegant wie immer, selbst wenn ich es nicht war, wie ich da in meinem Baumwollteekleid saß, das unter den Achseln schmerzhaft eng und mit Brombeersaft befleckt war. Mein Vater und Aubrey Klausner machten steif Konversation über das Wetter, den Parlamentsvertreter von Cornwall und die neuesten Nachrichten über das Treffen von Hitler mit Mussolini in Venedig. William Klausner und ich saßen schweigend da. Er blickte zu Boden, ich sah über den Garten, in der Hoffnung, Schmetterlinge zu entdecken. Er schluckte viel und verdrehte jedes Mal die Augen von links nach rechts, spitzte dann die feuchten Lippen, eine unbewusste Bewegung, die mich hypnotisierte. Ich fragte mich, wie es wäre, ihn zu küssen oder zu tun, was Matty mir einst erzählt hatte, das ich mit einem Mann tun müsste, wenn ich ihn heiratete.

    Diese Gedanken beschäftigten mich, und ich war eine armselige Gastgeberin. Ich konnte den wütenden Blick meines Vaters auf mir spüren, mich jedoch irgendwie nicht zu größeren Anstrengungen aufraffen.

    Schließlich sagte William: »Das ist aber eine interessante Flechte. Ist es *Caloplaca thallincola?*«

Ich folgte seinem Blick zu dem orangefarbenen Muster auf unserer Terrasse. »Das weiß ich leider nicht.«

Matty hätte es gewusst; sie kannte alles, das hier wuchs, allerdings die vulgären Namen, nicht die lateinischen.

»Ich bin mir sicher.« Seine Augen traten hervor. »Waren Sie schon in London?«

»Ja.« Mein Herz tat einen Sprung. »Und Sie? Ich liebe es, und Sie?«

Er leckte sich die Lippen. »Weiß nicht, war noch nie da. Ich meinte, dass es in London keine Flechten gibt. Die Luftqualität ist so schlecht, dass sie dort nicht gedeihen können. Sie sind ein interessanter Indikator für den Grad der Verschmutzung. Schreckliche Stadt, stelle ich mir vor. Und die Flechte würde zustimmen.« Er sah wieder auf die Bodenplatten. »Das ist wirklich eine bemerkenswerte Art.«

Plötzlich war mir nach Lachen zumute. Ich biss mir auf die Zunge und blickte auf den engen Knopf an meinem Kleid. Schließlich sagte ich: »Möchten Sie, dass ich ein Buch hole? Ich glaube, wir haben ein Fachbuch über Flechten in meines Vaters ... in meinem Arbeitszimmer.«

»Nein.« Er beugte sich vor. »Nein, das ist nicht nötig. Ich glaube, ich habe sie richtig identifiziert, aber es ist ungewöhnlich, sie in einem heimischen Umfeld zu sehen. Ich nehme an, Sie haben hier ein Mikroklima, da der Garten und die Mauern so alt sind.« Ich starrte ihn an, und er muss mich für dämlich gehalten haben. »Oh, es tut mir leid. Das können Sie ja nicht wissen, oder? Ich sollte erklären, dass ein Mikroklima eine besondere Umgebung ist, wo Flora und Fauna gedeihen, die nicht zu ihrer unmittelbaren Umgebung passen. Keepsake hat ein spezielles Mikroklima. Ich habe gehört ...« Er verstummte und errötete. »Nun, man findet alle möglichen interessanten Spezies, die seit Jahren hier gedeihen und nirgendwo anders auftauchen, wenn man nur hinschaut.«

Ich versuchte, nicht zu lächeln. Er hatte keine Ahnung, was seit Jahrhunderten hier war, und plötzlich war ich ruhiger. Dies war *mein* Heim, nicht das meines Vaters, und keiner konnte es mir wegnehmen, welch anderen Demütigungen sie mich auch sonst aussetzen mochten. »Meine Familie ist seit fast tausend Jahren auf diesem Stück Land«, sagte ich. »Wir sind uns wohl bewusst, was es hier gibt, aber danke.«

Er erstarrte, die hervorquellenden Augen gesenkt, während tiefe Röte seinen Nacken heraufkroch. Ich denke, er sah nett aus, bis man ihn außer Fassung brachte, und dann nahm er das Aussehen eines ziemlich verschreckten Fisches an.

Mein Vater drehte sich zu mir um und brach das Gespräch mit Mr. Klausner ab. »Geh rein und bitte Jessie nach heißem Wasser für den Tee. Jetzt.«

Ich stand auf, stolperte über eine der Bodenfliesen, denn ich wusste, er hatte meine Unhöflichkeit gehört und dass ich später dafür büßen müsste – eine Ohrfeige, eine verpasste Mahlzeit, eine grausame Lektion. Mein Vater schlug mich zurzeit ziemlich oft, normalerweise mit der offenen Handfläche auf die Wange, manchmal aber verdrehte er mir auch den Arm hinter dem Rücken, bis ich schrie. Danach weinte ich, doch ich war hoffnungslos daran gewöhnt.

Geh hier weg, hatte sie gesagt.

Jessie würde oben sein und die Zimmer für die Nacht vorbereiten, und es ginge schneller, wenn ich das Wasser brächte, als sie zu stören. Also machte ich mich selber in die Küche auf – und da stand Matty.

Sie war so wie immer, schlank, gebräunt, mit dem seltsam jungenhaften Gang, die glänzenden Augen mit erregender Intensität auf mich gerichtet. Es war Monate her, seit ich sie gesehen hatte, doch es schien, als wären wir uns erst heute Morgen begegnet.

Sie lehnte an der Tür und öffnete sie mir, dann sagte sie: »Komm schon. Willst du nicht rein?«

»Du solltest nicht hier sein.« Ich schubste sie und schloss die Tür. »Wenn mein Vater dich erwischt, wird er …«

»Gut«, sagte sie, und wir gingen rasch durch das leere Haus in die Küche, und als wir dort waren, griff ich nach dem Topf Wasser, doch sie schob meine Hand weg. »Nein, lass das. Ich musste dich sehen. Ich will wissen, wie es dir geht. Und du bist ganz erwachsen, was?« Sie sprach wie eine Dame, nicht wie ein Mädchen vom Land.

»Sie wollen, dass ich ihn heirate. Matty, das kann ich nicht. Er ist schrecklich. Er ist wie ein Fisch. Seine Hände sind feucht, und seine Augen tränen.«

Sie warf den Kopf zurück und lachte.

»Bitte, sei ruhig«, zischte ich. »Ehrlich, Matty, Vater ist gefährlich.«

Ihre hellen Augen wurden schmal. »Hast du Angst vor ihm?«

»Ja.« Dann sagte ich, wovor ich Angst hatte, es laut auszusprechen: »Ich weiß nicht, wie ich entkommen soll. Ich weiß nicht, was ich tun soll. Ich muss hier weg. Es gibt Dinge hier, Matty …«

»Was für Dinge?«

»Ich … ich kann es nicht sagen. Seit Mutter tot ist …« Ich zuckte mit den Schultern. »Ich habe niemanden.«

Schritte hallten durchs Haus den Gang entlang, der zur Küche führte.

»Du hast mich«, erwiderte sie. Sie beugte sich vor, ihre Lippen streiften meine Wange, und sie legte die Arme um mich. Sie roch nach Honig, nach etwas Süßem. »Ich helfe dir abzuhauen.«

»Das kann ich nicht von dir verlangen.«

»Ich täte es mit Freuden, Teddy, wenn du gehen willst. Willst du?«

Ich zögerte nicht und nickte. »Sehr.«

»Gut. Hast du Geld? Ich brauche Geld.«

»Ja, natürlich. Nur ...« Mein Gesicht fiel in sich zusammen. »Es ist kaum was. Zwei Guineen. Warte da.«

Sie drückte sich an die Wand, und ich verließ sie und rannte hinauf in mein Zimmer, wo ich in meiner Börse nach den Münzen suchte, die ich besaß. Ich hatte nie viel Geld zur Hand; es war, wie man mir zu verstehen gab, »alles gebunden«.

Ich kehrte so vorsichtig wie möglich zurück und gab ihr die Guineen und ein paar Zweishillingstücke in die Hand. »Hier. Das ist leider alles, was ich habe.«

Matty grinste. »Es ist riesig. Ich muss los. Warte, bis du von mir hörst.«

Sie drückte meine Hand und verschwand dann so schnell, wie sie gekommen war, durch die Hintertür, und als ich meine Hand auf das Brustbein legte, erschien Jessie, stöhnend unter der Last einer Kohlenschütte.

»Da bist du ja«, sagte sie. »Was ist das für ein Lärm?« Sie sah sich misstrauisch um. »War jemand da?«

»Nein«, log ich.

Als ich später in meinem Zimmer war, die Füße unters Kinn gezogen, während ich hinaus über die Felder blickte und dem Klang des Herbstwindes lauschte, der in den Bäumen und dem Bach sang, erkannte ich, dass Matty der erste Mensch war, der mich seit dem Tod meiner Mutter berührt hatte – mit Zuneigung und nicht mit einem Schlag oder einem Tritt.

Doch die Tage wurden zu Wochen und Monaten, und der Herbst ging in den Winter über, und Matty kam nicht zurück.

Obwohl es seltsam klingt, begann es mir nun, da ich wusste, dass meine Großmutter in der Nähe war, zu gefallen. Ich hatte keine Alpträume mehr davon, was unter dem Haus lauern mochte. Es war meine Familie, meine Geschichte, die Last, die ich tragen musste, und es war etwas, was mir mein Vater nicht nehmen konnte. Er konnte mir die Würde nehmen, wenn er mir beim Frühstück ein Band aus dem Haar riss und mich eine Frau und kein dummes Mädchen nannte. Er konnte die letzte Zinnmine in Penwith weit unter dem Marktwert verkaufen, damit er seine Schulden bezahlen konnte. Doch er konnte nichts daran ändern, dass Keepsake mir gehörte. Die Frauen waren hier. Das Haus würde mir gehören, egal, was er tat.

Für Weihnachten 1937 schmückte ich die Haustür allein mit Stechpalme und Lorbeer, die ich um einen Holzkreis wand, der zu diesem Zweck in den Ställen aufbewahrt und seit Jahrzehnten verwendet wurde. Während ich das glänzende grünrote Blattwerk über die Tür hängte, dachte ich an vergangene Weihnachtsfeste, an Kutschen, die die schmale Gasse entlanggekommen waren und Gäste brachten, die im großen holzgetäfelten Saal zu Abend essen sollten. Die Jahre waren vorbei, in denen unsere Gäste uns Geschenke und gute Wünsche dargeboten hatten. Ich fragte mich, wer wohl dieses Jahr die schmollende Stille des Hauses stören würde, indem er Weihnachten anklopfte? Die Antwort erhielt ich, als ich den Kranz zwölf Tage später wieder abnahm – keiner.

Mein neunzehnter Geburtstag im Januar 1938 kam und ging, und ich erhielt ein Goldmedaillon von meinem Vater und einen Strauß aus Lenzrosen von Jessie, gebunden mit dem schwarzen Ripsband von ihrem alten Hut, was mir mehr als alles andere bedeutete, denn ich wusste, dass sie kein Geld für schöne Dinge hatte und stolz auf ihren Hut gewesen war. Mein Anwalt, Mr. Murbles, führte mich zum Mittagessen mit Vater in ein Hotel in Truro aus, das Falstaff. Mr. Murbles trank etwas zu viel Wein und war indiskret über andere Mandanten, Familien, die wir unser ganzes Leben lang kannten. Mein Vater genoss dies sehr, während ich nur halb zuhörte. Ich zog es vor, den anderen Gruppen beim Essen zuzusehen. Die alte Witwe, das junge Ehepaar, die ärmliche, schäbig gekleidete Frau – ich betrachtete sie alle, als ob sie Exemplare in meinem Tötungsglas wären. Ich sah so selten andere Menschen und wusste nicht, wann ich wieder nach Truro käme, mindestens für die nächsten sechs Monate nicht. Der Gedanke an diese seltsame Einkerkerung, an die sich vor mir erstreckende Zeit bescherte mir allmählich eine Depression.

Dann passierte es.

An einem feuchten, düsteren Morgen Ende April war das Tosen des angeschwollenen Bachs unter uns lauter denn je, so dass man leicht verrückt davon wurde. Ich war im Speisesaal, aß langsam meinen Porridge und blätterte die Post durch. Ein Brief von meiner Tante Letty, der mittellosen Schwester meines Vaters in Plymouth, die oft finanzielle und andere Hilfe anforderte. Eine Bitte um Hilfe von den Rettungsleuten. Eine Frau, die behauptete, Hellseherin zu sein, und eine dringende Nachricht von den Toten für mich hatte …

Eine Nachricht, unter den Rest geschoben. Sie musste hier hinterlassen worden sein. Sie war hier gewesen und dann gegangen.

Triff mich heute Abend bei Sonnenuntergang im Schmetterlingshaus. Sei bereit. Bring alles Geld, das Du hast, mit, und sonst nur, was Du brauchst. – M.

Sie mögen fragen, wie sie sich so sicher sein konnte, dass ich mein altes Leben hinter mir lassen und fliehen würde, ohne zu wissen, was vor mir lag? Aber wenn Sie das fragen, dann verstehen Sie nicht, wie sehr ich mich in Kälte geübt hatte, wie das kleine Mädchen, das über einen jungen Vogel oben am Klippenpfad weinte, eine junge Frau geworden war, die aus Vergnügen Schmetterlinge tötete und keinen lebenden Menschen hatte, den sie liebte und der sie liebte.

Ich zögerte, aber nur eine Sekunde lang.

Am anderen Ende des langen Tisches, ein paar Meter entfernt, blickte mein Vater auf. »Ja?«

Ich dachte schnell nach. »Nichts, Vater. Eine Einladung von den Vyvyans.«

»Ich mache mir Sorgen wegen deines mangelnden Gedächtnisses, Theodora. Ich habe dir doch schon gesagt, dass ich diese Leute nicht mag. Sag ab.«

Lächelnd neigte ich den Kopf, weil er mir jeden Zweifel genommen hatte. »Ja. Natürlich, Vater.«

Die Nächte waren wärmer als vorher, doch es lag an diesem Abend noch ein eisiger Hauch in der Luft, als ich durch die Geheimtür hinter der Küche hinausschlich und mir dabei die weichen, moosigen Stellen auf der Terrasse aussuchte. Ich kannte sie gut, ich brauchte kein Licht, das mich zum Schmetterlingshaus geleitete.

Im letzten Jahr hatte ich mit Vaters Erlaubnis meine Sammelei an diesen Ort verlegt. Es war ein altes Eishaus, das zusammen mit dem Saal erbaut worden war, um die kältesten Dinge aus der Küche aufzubewahren. Es hatte ein gewölbtes Dach und dicke Steinplatten als Regale, und ich fand es unschätzbar, um dort meine Exemplare zu verstauen, Kästen mit toten Schmetterlingen, die mit Nadeln befestigt und etikettiert worden waren – von mir, meiner Mutter und meiner Großmutter. Manche der auffälligsten Schmetterlinge gehörten ihr. Keine Menschenseele außer mir und ab und zu Jessie hatte die Sammlung je gesehen.

Das Schmetterlingshaus war mein einziger privater Ort, zu kalt, um darin zu schlafen, zu klein, als dass es für Vater von Interesse gewesen wäre. Er tolerierte mein Interesse an der Schmetterlingskunde; ich glaube, weil sie mich zu Hause hielt und ich so kaum jemanden kennenlernte. William Klausner war noch einmal da gewesen, bevor er nach Oxford ging. Er hatte mir auch geschrieben, ein Brief, der ganz eindeutig von seinem Vater diktiert worden war, der genauso darauf aus war, einen Anteil am Namen Parr und unserem Ansehen zu bekommen, wie ich auf ihr Geld. Es ist schon lustig, wenn man bedenkt, dass an jenem Abend, als ich ging, mein Vater geglaubt haben musste, dass seine Pläne alle aufgingen.

Die Tür zum Schmetterlingshaus öffnete sich leicht, sie war frisch geölt, was das erste Seltsame war. Sie hatte vorher geknarzt.

Sie wartete drinnen, und bei ihrem Anblick ballten sich meine kalten Finger zu Fäusten. Ich trat vor, um sie zu begrüßen, doch sie wich zurück und sagte: »Auf ein Wort. Was um alles in der Welt ist das für eine Tasche?«

Ich sah hinab auf die feste, gewölbte viktorianische Tasche, in die ich alles geworfen hatte, das ich für mein neues Leben in London für passend hielt – ich würde mehr erwerben können, wenn ich dort wäre –, und obendrauf lag in dem Kästchen, das meine Mutter dafür angefertigt hatte, als sie vor einigen Jahren gereinigt worden war, die diamantene Schmetterlingsbrosche von Charles II., die mir Mr. Murbles am Morgen der Beerdigung meiner Mutter feierlich im Salon präsentiert hatte, während der Sarg im Hof stand und darauf wartete, in die Kirche gebracht zu werden. »Es ist ein schönes Stück«, hatte er gesagt und sie ehrfürchtig in Händen gehalten. Und tatsächlich war ihr Anblick in seinen Fingern und nicht auf der Bluse, der Jacke oder dem Twinset meiner Mutter herzzerreißend und seltsam. »Da ist eine Inschrift auf der Brust. Schau, ob du das lesen kannst, meine Liebe.«

Die Vorderflügel waren aus Diamanten, die hinteren blasse Saphire. Der Körper war aus prächtigem rosigem Gold mit winzigen blinkenden Diamanten an der Spitze jedes Fühlers. Ich drehte das glänzende zarte Wesen um. »*Was geliebt wird, ist niemals verloren*«, hatte ich laut vorgelesen.

Er hatte genickt. »Das ist vielleicht eines der außergewöhnlichsten Schmuckstücke in einer privaten Sammlung. Siehst du das Wappen des Königs unten?«

Er klopfte auf einen kurzen gezahnten Nagel unten an der schlanken goldenen Brust. Ich schielte und erkannte das königliche Wappen, nicht größer als ein Floh, unter der Inschrift.

»Es ist sehr romantisch«, hatte Mr. Murbles geseufzt. »Was immer man von der ganzen Sache hält, er muss sie geliebt haben.«

Ich hatte die Brosche an mein schwarzes Kleid geheftet, wo sie selbst an dem düsteren Tag glitzerte. Das Romantische an der Geschichte war mir nie zuvor aufgefallen. Ich nehme an, ich hatte es für selbstverständlich gehalten, und doch – so tief zu lieben, dass man dafür sterben will. So tief zu lieben und ihn doch um das Wohl des Landes verlassen zu müssen – die Frau zu verlassen, die man liebt, die die Tochter unter ihrem Herzen trägt, die man nie kennenlernen wird. Er musste es geglaubt haben, wenn er es so geschrieben hatte.

Nun hatte Matty die Tasche geöffnet und wühlte meine Sachen durch. Ich entriss ihr das Kästchen mit der Brosche.

»Es ist eine alte Hutschachtel. Meine Mutter hat sich darin einst einen Hut liefern lassen, und wir haben sie aufbewahrt.

Ich finde sie genau richtig. Es ist die einzige passende Tasche, die ich finden konnte.«

»Mehr nimmst du nicht mit?«

Ich war ein wenig verärgert. »Natürlich nicht. Alles andere wäre doch bemerkt worden!« Ich streckte ihr die Hand hin. »Es ist gut, dich zu sehen, Matty. Ich habe dich vermisst.«

Doch sie zuckte mit den Schultern. »Du bist komisch, Teddy. Eine seltsam geformte Tasche mit ein bisschen Krimskrams drin, und du glaubst, mehr wirst du nicht brauchen?«

»Ich werde mehr kaufen. Ich suche mir einen Job.« Ich stampfte mit den Füßen auf, um die Kälte abzuwehren.

»Bist du sicher, dass du nach London willst?« Matty sah zu Boden, und ich bemerkte, wie sich ihre Brust mit jedem Atemzug hob und senkte.

»Ja.« Ich beobachtete sie genau.

»Ich glaube, du solltest nicht so weit gehen, Teddy.« Sie schluckte. »Das ist alles. Ich bin mir nicht sicher, ob ich dir helfen soll.«

»Du schreibst mir Nachrichten und rufst mich her.« Meine Nase war rot vor Kälte, und ich spürte, wie sie anfing zu laufen – höchst unglamourös für eine Heldin, die wegläuft, um ein neues Leben als junge Bohemienne in London anzufangen. Ich starrte sie an. »Du lässt mich alles riskieren, und dann sagst du, du hältst es für eine schlechte Idee. Du hast gesagt, ich solle gehen. Ich kann doch nicht nach Falmouth oder Exeter abhauen. Ich dachte, du verstehst das.«

»Natürlich. Wie kannst du es wagen, das zu sagen?«, zischte sie, und ihr roter Mund spitzte sich vor Wut. Ich sah auf ihr Hemd, an dem drei Knöpfe offen standen, auf die kleine rosafarbene Stelle an ihrem Brustbein, die sich bis zu ihrer Kehle ausbreiten würde, wie immer, wenn sie sauer war. »Wie kannst du es wagen zu sagen, dass ich nicht verstehe, wo wir uns einander doch besser verstehen, als es jemals jemand tat? Ich musste Ma heute Abend anlügen und ihr sagen, ich träfe einen Jungen. Ich habe monatelang mein ganzes Geld und das Geld, das du mir gegeben hast, gespart, um dir das hier zu kaufen.«

Sie warf etwas zu Boden, und ich hob es auf.

»Ein Schal – er ist schön.« Ich befingerte die blaugrüne Seide. »Matty, ich … du hättest nicht dein ganzes Geld dafür ausgeben sollen. Ich kann ihn nicht annehmen.«

»Und ob du das kannst«, erwiderte sie mit blitzenden Augen und wich vor mir zurück, und ich sah, dass sie alles missverstanden hatte. »Wag bloß nicht, mir zu sagen, du seist zu gut für mein Geld. Weißt du nicht, wie sehr ich dich vermisst habe? Wie sehr ich wünschte, ich könnte deinen Dad eines Tages umbringen, damit wir wieder zusammen sein können?«

»Ich auch.« Ich starrte sie an. »Es tut mir leid. Ich hätte nicht so gesprochen, nur …«

»Ich werde dich nie wiedersehen, Teddy, das weißt du, oder?«

Ich verstand es wirklich nicht.

»Du wirst nicht wiederkommen, du bist nicht wie ich. David Challis will mich heiraten, und ich habe nichts anderes, und Dad wird mich hier nicht haben wollen, wenn ich es nicht tue. Ich werde Weihnachten Ehefrau sein und seine Kinder bekommen und ein elendes Restleben führen.« Sie packte meine Handgelenke. »Sei etwas. Sei etwas anderes.«

Sie legte mir den Schal um, und wir umarmten uns, wie wir es an jenem Tag im Haus getan hatten. Ich roch ihren süßen, wilden Duft.

»Matty …«, setzte ich an und trat zurück, und wir blickten uns an. Dann packte Matty meinen Nacken mit der Hand, zog mich zu sich und küsste mich.

Sie schmeckte nach Fisch und Honig – und nach noch etwas anderem, durchdringend wie Trüffel. Sie biss mir in die Lippe und schob ihren festen Körper an meinen. Ich hatte keine Zeit, nachzudenken, mich zu fragen. Ich presse mich an sie, spürte ihre Hüften und ihren Bauch an meinem, ihre kleinen Mädchenbrüste hart an meinen volleren, ihre Lippen feucht, ihre Zunge heiß in meinem Mund.

Ich war verrückt nach ihr – ziemlich verrückt. Ich wollte sie ganz, obwohl ich wusste, dass es falsch war. Ich wusste, so an sie zu denken, wie ich es manchmal tat, war auch falsch. Mein Vater war einmal in die Bibliothek gekommen und hatte mich dabei erwischt, wie ich in der Zeitung ein Bild von Margaret Lockwood anschaute und mit den Fingern ihre Lippen nachzeichnete. Er hatte hinter mir gewartet und mir dann mit einem Schuhlöffel auf die Finger gehauen, so dass mein Fingernagel in der Mitte brach.

Was ich damals tat, war nicht falsch. Ich schaute nur hin. Aber durch ihn bekam ich das Gefühl, ekelhaft zu sein. Ich werde nicht mehr weiterschreiben, wie es mich fühlen ließ, wie es war. Ich stecke schon tief genug in Lügen und werde noch viele mehr erzählen, bevor diese Geschichte beendet ist. Vergebt mir.

Das war mein erster Kuss. Matty ist lange verschwunden, nur noch ein Erzeugnis meiner Phantasie. Ich habe sie nie wiedergesehen, denn als ich zurückkam, hatte sich alles verändert. Manchmal frage ich mich, ob ich mir sie nur eingebildet habe. Ich denke an sie heute wie an einen magischen Geist, der heraufbeschworen wurde, um mir zu helfen. Ich wusste, ich durfte nicht anders an sie denken. Nicht, was ich mit ihr tun wollte, wie sehr ich mir wünschte, sie zu berühren, als wir uns aneinanderklammerten, keuchend in dem kalten, vom Mond beschienenen Raum.

Sie löste sich schließlich von mir, hielt meinen Kopf in den Händen, die Nasenlöcher geweitet, die Augen dunkel.

»Ich wusste es«, sagte sie und lächelte ihr geheimnisvolles Zahnlückenlächeln.

»Wusstest was?«

»Dass du bereit bist.«

»Bereit?«

»Dafür. Ich wollte es schon seit Jahren. Ich habe von dir geträumt, als ich meine ersten schmutzigen Träume hatte.«

Ich drückte die Hände an meine brennenden Wangen. »Nein, Matty«, sagte ich. »Es ist falsch.«

»Es ist nicht falsch, Teddy.« Sie lachte. »Ich habe es mit Patience Abney von der Abney-Farm getan, bevor sie geheiratet hat und nach Newquay ging. Sie war wie eine Muschel, feucht und fest, sie hat Spaß gemacht, das Mädchen. Es ist gut, Teddy.« Sie hob die Schultern, als ich entsetzt den Kopf schüttelte und meine Abscheu zeigen wollte. »Wir müssen Männer heiraten und es mit ihnen, ihrem scheußlichen Stöhnen und Schnaufen und Trinken und Schlägen aushalten, warum sollen wir nicht auch ein bisschen Spaß haben?«

»Nein.« Ich schüttelte heftig den Kopf. »Bitte, nein. Wir hätten es nicht tun sollen. Bitte, rede nicht mehr davon.«

Sie kniff mich ins Kinn. »Du bist eine Närrin«, sagte sie grob. »Aber ich helfe dir trotzdem. Der Nachtzug fährt in ungefähr einer Stunde. Die Reservierung läuft auf deinen Namen.«

»Aber du hast gesagt ...«

»Das war nur Spaß. Du hast immer gesagt, du wolltest nach London. Dafür habe ich gespart«, sagte sie lächelnd. »David Challis hat mir den Schal geschenkt, ich habe nichts dafür gezahlt. Habe ich nicht erzählt, dass er in mich verknallt ist?« David Challis war der Sohn des Pfarrers. »Er hat mir sein Auto geliehen. Ich kann dich nach Truro fahren.«

Ich zog sie an mich, so dass sich unsere Stirn berührte. »Danke«, flüsterte ich und gestattete mir noch einen Kuss von ihr – nur noch einen, um den göttlichen Geschmack ihrer Lippen zu spüren. »Danke für alles.«

»Was meinst du damit?«

Meine Kehle schnürte sich zu. »Danke, dass du mich liebst.«

»Das habe ich getan.« Ihre Stimme brach. »Und du mich.«

Wir fuhren fast schweigend nach Truro. Ich konnte es nicht ertragen, mich von ihr zu verabschieden, und wusste doch, dass ich es musste, nicht nur, um mit diesem Leben zu brechen, sondern auch, weil wir nicht wiederholen konnten, was zwischen uns geschehen war. Ich reichte ihr den Brief, den meinem Vater zu übergeben sie zugestimmt hatte und von dem ich hoffte, dass er ihn beruhigen würde – dass ich nicht tot oder durchgebrannt, sondern in London war, was mein Recht war, und dass ich mich melden würde.

Selbst zu dieser späten Stunde wimmelte es am Zug vor Aktivität; Träger luden Waren und Passagiere ein. Matty hatte mir leichtsinnigerweise ein Ticket erster Klasse besorgt; wenn ich gewusst hätte, dass ich in ein paar Wochen schwach vor Hunger und fast mittellos sein würde, hätte ich das schnell bereut. Doch so war das der Beginn meines Abenteuers. Ich glaubte London zu kennen und dass es nur eine Sache von Tagen wäre, bis ich mich eingelebt hätte.

Wir gingen Arm in Arm den Bahnsteig entlang zu meiner Kabine. Matty war fröhlich, als ob wir uns nur für einen Tag verabschiedeten. »Möchten Sie in den Speisewagen gehen, Madam? Oder in Ihre Kabine?«

»Zuerst in die Kabine, denke ich.« Ich sah auf das abgewetzte Namensschild aus Metall am Zug: *The Cornishman*. Ich empfand plötzlich den Wunsch, umzukehren und wieder in

David Challis' Auto zu steigen und nach Hause zu fahren. Ich war eine kornische Frau durch und durch. Ich wollte morgen aufwachen und die Knospen an den Bäumen und die ersten Zeichen von Blauglöckchen sehen und die Spechte hören und wissen, dass ich zu Hause war. »Matty ...«

Doch Matty schob mich entschlossen zum Zug. »Auf Wiedersehen, Liebste«, sagte sie und kletterte mit mir hoch. »Ich helfe dieser jungen Dame, meiner Cousine«, sagte sie zu dem misstrauisch wirkenden Träger. »Sie ist eine sehr nervöse Reisende, leidet schrecklich unter Wassersucht.« Sie bahnte sich den Weg durch die anderen Passagiere, die sie anfunkelten, bis wir meine Kabine fanden.

»Oh, ist die zauberhaft«, rief ich aus. »Schau nur, den kleinen Schrank und die Schubladen. Und das winzige Becken!«

»Wie ein Puppenhaus«, stimmte sie zu, warf meine Tasche auf die weiche graue Decke, strich darüber und blickte dann auf die gedruckte Karte. »Hier steht, dass man dir um sechs Uhr Frühstück bringt, Kaffee, Toast und Marmelade.«

»Wirklich?«

»O ja. Es wird dir gutgehen.« Irgendwie steckte ihre kindliche Begeisterung mich wieder an. Sie klopfte an die Holztür. »Schön und solide«, stellte sie fest. »Du wirst es gemütlich hier haben, Teddy.«

»Das glaube ich auch.« Ich nahm meine gefalteten Geldscheine heraus, die mir Mr. Murbles vor einigen Wochen gegeben hatte, und reichte ihr ein paar. »Hör zu, tausend Dank. Ich weiß nicht, wie ich dir jemals ... wie ich ...« Ich stockte, weil einfache erwachsene Dankesworte in meinem Mund fad klangen, verglichen mit dem, was sie mir bedeutet hatte und was wir einander gewesen waren.

Sie nickte abrupt. »Ich weiß.«

»Ich werde dir schreiben«, sagte ich, doch sie schüttelte den Kopf.

»Nein. Es ist am besten, du tust es nicht. Sie könnten dich finden.«

»Wenn du Probleme hast oder mich brauchst, setze eine Anzeige in *The Times*, Rubrik Persönliches«, erklärte ich, weil ich mich plötzlich erinnerte, dass meine Großmutter mal gesagt hatte, ich solle es so machen.

»Und du auch, Teddy. Du lässt mich wissen, wenn du Probleme hast, ja?« Ich nickte. »Ich werde David nach mir suchen lassen. Ihm wird das gefallen.« Ihr Lächeln war müde.

»O Matty.«

Fast wütend sagte sie: »Ich gehe jetzt. Auf Wiedersehen, Teddy. Ich hoffe, du findest, was immer es ist.« Und dann war sie fort, schloss mit einem scharfen Knall die Tür hinter sich.

Einen Moment blieb ich reglos stehen. Ich widerstand dem Bedürfnis, die Abteiltür zu öffnen und ihr hinterherzurufen. Dann überkam mich Erregung. Ich war hier. Es geschah wirklich. Als ich meinen Hut abnahm, erblickte ich mich im Spiegel. Mein Gesicht war gerötet, meine Lippen verletzt, meine Pupillen geweitet. Ich sah anders aus. Das Gefühl von Matty, der Duft des Gartens bei Nacht, als ich ging, die Zuggeräusche – alles schien sich in mein Gedächtnis und meine Erfahrung zu brennen. Ich kletterte auf das oberste Bett, legte mich auf die Decke, über die Matty gestrichen hatte, und starrte auf die gegenüberliegende Wand. Und dann schloss ich, obwohl ich es nicht wollte, die Augen und schlief die ganze Fahrt über, voll angezogen, bis ich am nächsten Morgen ganz verwirrt von dem Klopfen an meiner Tür erwachte, als eine höfliche Stimme sagte: »Miss, möchten Sie jetzt Frühstück? Wir sind am Bahnhof, werden Sie aber noch einige Zeit nicht bitten, auszusteigen.«

»Ja, bitte«, antwortete ich und glitt schnell unter die Decken, um meine Kleider vom Vorabend zu verbergen, während ich versuchte, so auszusehen, als ob ich eine erfahrene Reisende wäre.

Ein Mann erschien mit einem Silbertablett, auf dem perfekte Dreiecke aus Buttertoast sowie Marmeladenkleckse lagen, außerdem eine Kanne Tee und – o wunderbar! – mein eigenes Exemplar der *Times*. Ich starrte es an.

Freitag, 15. April 1938

Ich blickte zu dem verschmierten Fenster hinaus. Durch das Gittermuster konnte ich eine große gewölbte Decke, Säulen, Rauch und Dreck wahrnehmen. Ein einzelner Träger ging pfeifend vorbei, und nach und nach wurde das Schild lesbar:

L-O-N-D-O-N

Ich war hier, ich war hier.

Erst da fragte ich mich, was ich getan hatte. Ich dachte an meinen letzten Blick auf Keepsake am Vorabend in der Frühlingsdämmerung, an die alten silbergrauen Mauern, das Licht vom Feuer, das in der großen Halle brannte und flackernde Schatten in den Hof warf. Doch dann schob ich diese Gedanken beiseite, bebte vor Erregung und trank meinen schwachen Kaffee.

Später legte ich mein kostbares, immer noch makelloses Exemplar der *Times* in die Tasche und stieg mit erhobenem Kopf aus dem Zug, sicher, dass ich die richtige Entscheidung getroffen hatte. Auf Keepsake würde Jessie jetzt pfeifend in der Küche den Porridge zubereiten. Die langen Schatten, die das Haus morgens bedeckten, würden über die Dächer kriechen.

Du warst in der Stadt an dem Tag, als ich ankam, mein Liebling. Du musst aufgewacht sein, dir das Haar gekämmt, deine Hosen angezogen, deine Eier gegessen haben. Wir wussten beide nicht, dass uns nur Tage von einem Treffen trennten, das unser Leben für immer verändern würde. Und ich, befreit von meinem Vater, von Keepsake, schlenderte den Bahnsteig entlang, schwang meine Tasche wie eine Filmheldin und war völlig sorglos.

So begann mein Schmetterlingssommer.

TEIL ZWEI

12

Es war Malc, der meinen Vater hereinbat. Wenn er es nicht getan hätte, weiß der Himmel, wie lange wir alle noch auf der Schwelle stehen geblieben wären.

Er sagte plötzlich: »Ihr könnt doch nicht weiter hier auf der Straße streiten. Lasst uns reingehen. Ich nehme an, wir könnten alle was zu trinken vertragen.« Und er schloss mit einer Geste George Parr einfach in die Einladung ein.

Wie immer, wenn Malc übernahm, gab meine Mutter nach, wenn auch mit einem lauten Einatmen. Während wir im Gänsemarsch den Flur entlanggingen, gab Mum meinem Vater die Richtung Wohnzimmer an.

»Kommst du auch?«, fragte Mum Malc.

»Natürlich, Baby.« Und er folgte George Parr.

Sebastian sah zu den Küchenstufen, wo der Rest der Gäste der verlassenen Party wahrscheinlich verlegenen Small Talk trieb. »Ich gehe runter und erkläre die Situation«, sagte er. »Vielleicht schlage ich vor, dass sie sich verziehen.«

»Oh, das ist eine gute Idee. Bist du sicher, dass du okay bist? Du kannst gehen, wenn …«, setzte ich an.

»Mir geht es gut.« Er lächelte beruhigend.

Ich sah ihm zu, wie er die Treppe zur Küche hinunterging, und wünschte, er würde hier bei mir bleiben – ein sicherer Verbündeter. Dann drehte ich mich um und schloss die Tür hinter mir.

Wir benutzten das Wohnzimmer nie. Es ist ein langer, schmaler Raum, der aus zwei miteinander verbundenen Salons besteht, gesäumt von unseren Hardcovern und schönen alten gebrauchten Büchern und dem CD-Spieler. Und es gibt einen Schrank mit schönen Kristallgläsern und ein paar Gemälde an der Wand. Es ist das Vorzeigezimmer. Perfekt für eine gedämpfte Beerdigungsfeier oder einen kleinen Sherry-Empfang. Oder eben für die erste Familienzusammenkunft nach der Rückkehr deines Vaters von den Toten.

Der besagte Vater sah sich um, als ob er unsicher wäre, in welchen Kaninchenbau er da gefallen war. Er nahm eine Porzellanschale, die Malc Mum in dem polnischen Töpferladen an der Essex Road gekauft hatte, weil sie die Sachen dort liebt, betrachtete sie und stellte sie dann achtlos wieder hin. »Also ihr habt auch das Erdgeschoss übernommen?«, fragte er meine Mutter. »Die Wohnung vom alten Wellum, oder? War bei der Luftwaffe oder der Marine?«

Sie beobachtete ihn mit verschränkten Armen, lehnte an den Regalen, und ich fand, sie sah viel jünger in dem gedämpften Licht aus. »Wir haben das ganze Haus.«

»Das ganze Haus? Herrlich.« Sein Blick wanderte über sie und dann zu Malc. »Das ist eine tolle Leistung. Ich nehme an ... Mensch ... das wird einen guten Ertrag deiner Investition geben.«

Seltsam, so was zu sagen, und ich spürte, wie wir drei etwas näher zusammenrückten angesichts des mangelnden Wissens dieses Fremden. Er *ist* ein Fremder, dachte ich. Das ist der Mensch, von dem ich seit meiner Kindheit geträumt habe, und ich erkenne nichts an ihm. Meine Mutter hat mich angelogen. Mein ganzes Leben hat sie gelogen, und es war keine kleine Lüge.

»Du kannst deinen Anteil für die Wohnung haben, George. Bist du deshalb wieder da? Was willst du?« Mum verlor die

Geduld. »Du hättest mir schreiben können, und ich hätte dir die Scheidung gewährt. Du hast in deinen Briefen nie gesagt, was du willst. Warum bist du hier?«

Die Läden waren nicht geschlossen, und die Dunkelheit draußen schien die Energie aus dem schwach erleuchteten Zimmer zu ziehen.

»Ich hatte anderes zu tun.« Mein Vater steckte die Hände in die Taschen und lächelte locker. »Hat mit Keepsake zu tun, und ich … ich musste zurückkommen. Wenn ich ehrlich bin, wollte ich auch euch beide aufsuchen, sehen, wie es euch geht, meine Tochter sehen …« Seine Stimme verebbte, und er starrte mich an. »Ich muss sagen, du siehst aus wie sie. Es ist unheimlich. Ziemlich verstörend.«

Ich bewegte mich nervös unter seinem Blick. Und ich sah, wie Malc die Augenbrauen hob: Es ist verstörend, dass Nina wie ihre Großmutter aussieht? Wirklich?

»Ich nehme an, man sieht, was man sehen will, oder?«, fragte Mum. Sie räusperte sich. »Für mich sieht sie aus wie meine Mutter.«

»Natürlich. Aber eigentlich ähnelt sie Teddy sehr. Auf Keepsake gibt es ein Porträt …« Er verstummte. »Tut mir leid. Ist egal.«

Die Stille hing schwer über dem Raum.

»Also hast du dir gedacht, wenn du sowieso zurückkommen musst, wäre jetzt ein guter Zeitpunkt, dich zu melden?«, fragte Mum, als ob sie echt neugierig wäre.

Ich erkannte, dass er ihren Ton nicht begriff. Er wippte leicht auf den Fußballen. »Ja. Dachte, es wäre allmählich Zeit.«

»Aha«, meinte sie. »Ich verstehe.«

Dann ging Mum zu meinem Vater, der am Kamin stand, und schlug ihn. Kein Klaps, sondern ein fester, kräftiger Schlag in die Rippen. Er krümmte sich mit einem Schrei, und sie stellte sich neben ihn, beugte sich zu ihm und atmete schwer. »Du Scheißkerl«, flüsterte sie. »Du verdammter Mistkerl. Du hast mich verlassen, du hast alles in deiner Macht Stehende getan, um mein Leben und das deiner Tochter zu ruinieren – aus welchem Grund, verstehe ich immer noch nicht –, du hast mir das Herz gebrochen, hast gelogen und gelogen, und dann kommst du hier rein, als ob wir Freunde aus dem Urlaub wären, bei denen du mal vorbeischaust, weil du gerade in der Stadt bist!« Wieder schlug sie ihn. Ihr Mund war verzerrt und wirkte wie eine kindliche Version von Aggression, was komisch und gleichzeitig herzzerreißend war.

Er jaulte auf, halb aus Wut, halb aus Schmerz.

»Das ist für Nina«, sagte Mum, und ich sah sie an, ihre bebenden Nasenflügel, die roten Wangen, die blitzenden Augen. »Der Erste war für mich.«

Mein Vater stöhnte und ließ sich am Kamin hinabsinken, während Malc vortrat, Mum am Arm packte und etwas murmelte.

»Ist schon gut«, sagte sie zu ihm. »Ich tu das nicht wieder.«

»Mach das noch mal, und ich lass dich verhaften, Delilah. Ich zeige dich an«, drohte George Parr leise und lächelte sie ohne jegliche Wärme an. »Du hast dich nicht verändert. Gut zu wissen, dass ich die richtige Entscheidung getroffen habe. Du … Gott«, er stand auf und schüttelte sich. »wie armselig das alles ist, alles noch mal durchzukauen.«

»Armselig?« Sie lachte erstickt. »Das ist mein Leben, George. Das hast du uns gelassen, als du beschlossen hast, dich tot zu stellen. Ja, es war armselig, lass dir das gesagt sein, Freundchen.«

Ich gab unwillkürlich einen Laut von mir, eine Art Schluchzen, und presste die Hand auf den Mund. Ich wollte, dass sie vergaßen, dass ich da war.

Er sah mich nur kurz an, dann starrten sie einander weiter an. Und da merkte ich, dass sie meine und Malcs Anwesenheit gar nicht zur Kenntnis nahmen.

George richtete sich auf und sagte mit normalerer Stimme: »Es tut mir leid. Lass uns das nicht machen, ja?«

»Was machen?«

»Streiten. Ich bin gerade ...«

»Streiten?« Mum fuhr sich verzweifelt lachend mit den Händen durchs Haar. »Was hast du denn erwartet? Dass ich sagen würde: ›Hey, es ist George! Komm rein, Junge, zieh dir einen Stuhl ran! Wir freuen uns so, dass du es nach fünfundzwanzig Jahren geschafft hast! Schau nur, was ich mit dem Haus gemacht habe!‹« Sie lachte wieder, und ihr Akzent war amerikanischer denn je. »Du hast mir nie gesagt, wo du warst. Du hast mich ... du hast mich sie wie ein Hund anbetteln lassen. Die Leute von der Royal Geographical, diese spöttischen Männer im Museum haben mir nichts gegeben, gar nichts, nur diese Anzeige in der Zeitung! Das ist es!« Sie streckte die Hände aus. »Das ist alles! Ich verstehe nicht, wie du uns so hast behandeln können ...«

Malc sagte sanft: »Wann hast du herausgefunden, dass er nicht tot ist, Liebste?«

Sie schluckte. »Sie haben in der *Times* falsch berichtet. Sie haben George' Namen statt den eines anderen George gedruckt – ein anderer George, der auf derselben Reise war, ein alter Kerl mit ...« Sie ließ den Kopf in die Hände sinken.

»Das ist ... Verstehst du, so kam das Missverständnis auf«, entgegnete mein Vater glatt. »Wir waren tausend Meilen von der Zivilisation entfernt. Ich ... George Wilson hieß er«, sagte er plötzlich. »Hatte einen Herzinfarkt. Netter Kerl. Eine Tragödie.«

»Ja«, murmelte Malc, dessen Augen Mums Gesicht nicht losließen. »Ich verstehe.«

»Du Schlange«, sagte Mum leise. »Du schleimige, lügnerische, rattengesichtige Schlange.«

Mein Vater lachte. »Du wolltest, dass ich gehe. Mach dich nicht lächerlich, Delilah. Du hast mir gesagt, ich solle niemals wiederkommen.«

»Deine Tochter?«, schrie sie. »Du hattest eine Tochter! Du hast ihnen gesagt, sie sei nicht von dir!«

»Nun ...« Er rieb sich den Nacken. »Vielleicht war das ... Ja ... das habe ich schlecht gehandhabt.«

Mum starrte ihn verzweifelt an.

»Dill«, ertönte Malcs Stimme leise hinter ihnen, »du musst dich jetzt nicht mit alldem befassen. Das können wir morgen. Oder ein anderes Mal.«

»O doch, Liebling.« Sie drehte sich zu ihm um. »Ich will, dass er so schnell wie möglich verschwindet. Ich habe dir nie was davon erzählt, oder? Mrs. Poll war die Einzige, die es wusste. Habe ich dir erzählt, dass er uns vorher schon mal verlassen hat, als Nina drei Monate alt war? Ist nach Oxford gegangen. Wir hatten einen schrecklichen Streit. Er kam nicht damit zurecht, Vater zu sein, nicht mit einem Baby, das die ganze Zeit schrie. Er war selbst ein Kind; ich glaube, es setzte etwas in Gang, ein eigenes Kind zu haben. Er gab ständig seiner Mutter die Schuld, hatte Wutanfälle, dann Launen, und manchmal war er ganz still, den ganzen Tag.« Sie sah George Parr nicht an, während sie all das sagte. Er stand hinter ihr, zwei Finger an die Lippen gepresst. »Eines Abends hob er Nina hoch und schüttelte sie, weil sie nicht aufhören wollte zu weinen. Ich sagte ihm, er solle gehen. Er ging am nächsten Tag, während wir beide noch schliefen. Ist einfach abgehauen. Ich ließ ihn von der Polizei suchen, dachte, er ... er hätte etwas Dummes getan ...«

»Du hast mir gedroht«, erwiderte George Parr. »Ich hatte Angst, du würdest mich umbringen.«

»Ich hatte auch Angst. Ich hatte Angst, du könntest sie verletzen.« Und wieder zu Malc gewandt: »Sie haben ihn in seiner alten Wohnung in Oxford aufgetrieben. Und weißt du, was er ihnen sagte? Er sagte, ich sei verrückt. Dass ich wahnsinnig geworden sei. Dass er ziemlich sicher sei, dass Nina nicht von ihm sei, dass ich eine Affäre mit einem alten Kollegen aus den Staaten gehabt habe. Sie haben ihn nie nach einem Namen gefragt! Es reichte, mich anzuklagen. Und sie ließen ihn gehen. Diese guten alten Jungs von der Polizei haben es einfach so hingenommen. Oh, sie ist eine verrückte Kuh, die rumschläft, beachten Sie sie nicht. Gott, ich vermisse die Achtziger. Was das für eine wunderbare Zeit der Unterdrückung war.«

»Stimmt das?«, hörte ich mich fragen, und meine Stimme, so unerwartet in dem Trio, ließ das Gespräch abrupt zum Erliegen kommen, und es herrschte tödliche Stille, als ob mein Vater und meine Mutter meine Existenz vergessen hätten. »Bist du … Ist er nicht mein Vater?«

»Es stimmt nicht.« George kam auf mich zu. »Ich bin natürlich dein Vater. Sieh mal, du musst verstehen, ich stand unter großem Druck. Babys sind harte Arbeit. Du schliefst nicht, nie. Wir waren beide … Die Wohnung war die Hölle, ständig undicht, feucht, wir waren so müde, und wir hatten kein Geld und keine Familie in der Nähe. Ich … und ich … und ich …« Er stotterte und verstummte. »Delilah, ich sage nicht, dass ich im Recht bin. Manches, was ich getan habe, war ziemlich schäbig. Aber am Ende war mir klar, dass es am besten wäre zu gehen.« Er fuhr sich über die Stirn. »Ich musste gehen. Nicht nur du, alles, weg, um neu anzufangen. Alles hinter mir lassen. Und es … Nun, es hat doch funktioniert, meinst du nicht?«

Sie starrte ihn mit offenem Mund an und warf dann den Kopf zurück und lachte zu lange.

»Es hat wunderbar funktioniert«, sagte sie schließlich. »Du hast recht, George. Jetzt raus, und komm nie mehr wieder.«

Doch mein Vater beachtete sie nicht und legte mir die Hand auf die Schulter. »Nina, ich weiß, das muss ein schrecklicher Schock sein. Aber ich wollte dich sehen. Und ich musste zurückkommen. Ich bin jetzt mit einer anderen zusammen. Ihr ging es nicht gut, und sie will heiraten. Und dann ist da Keepsake. Ich hatte gehofft, dich nicht da reinzuziehen. Das wollte deine Mutter jedenfalls. Aber ich sehe, dass es nicht möglich ist. Du musst es wissen.«

Ich betrachtete ihn, dann flatterte mein Blick zwischen ihm und meiner Mutter hin und her, und ich konnte nicht verstehen, dass sie die goldenen jungen Leute auf dem Foto vor der Bodleian waren, dass sie mich in Liebe gezeugt hatten. Es schien lachhaft. Ich wich vor ihrem Blick zurück und sah Malc flehend an. »Ich weiß nicht …«, setzte ich an.

»Es gibt einen Grund, warum er dich jetzt in alles einbeziehen will, Liebes«, sagte Mum langsam. »Es ist schrecklich zu sagen, aber es stimmt – Geld oder so. Er hat mir nie etwas über Keepsake erzählt. Er hat mir nie etwas über seine Familie erzählt. Warum jetzt auf einmal?«

»Du verstehst es nicht«, sagte er ungeduldig.

»Natürlich nicht! Du hast mir erzählt, deine Eltern seien tot und du seist in einem Cottage im Westen aufgewachsen. Das stimmt also nicht, oder?«

»Es … stimmt, sie sind beide tot, aber es ist kein Cottage. Und ich habe es dir nicht erzählt, Delilah, weil – du wirst mir nicht glauben – ich dich nicht da reinziehen wollte.«

»Noch mehr Lügen.«

Ich zog mich zurück, froh, dass mein Moment im Rampenlicht vorbei war.

»Nein. Weil ich von vorne anfangen wollte«, sagte George. »Ich hatte schreckliche Angst, du würdest mich sitzenlassen, wenn du wüsstest, wie kaputt meine Familie ist. Wie kaputt ich war. Ich war verrückt nach dir, Delilah …«

Sie drehte sich zu ihm um, ihre Augen glühten. Bitte sei nicht noch immer in ihn verliebt. Mir war schlecht.

»… völlig verrückt nach dir. Ich dachte, du seist gesandt, um mich zu retten, dass es uns gutginge, wenn wir zusammen wären, und ich wusste, ich musste dich rein, unbeschmutzt von allem halten. Es klingt so seltsam, aber du weißt nicht, wie es in diesem Haus ist. Wie es war, dort aufzuwachsen …« Seine Stimme stockte, und er brach ab, schluckte und sagte dann: »Es war richtig so. Vielleicht kannst du es eines Tages verstehen. Ich erwarte nicht, dass du mir verzeihst, sondern … es verstehst.« Er kam ihr etwas näher, und ich konnte ihr Bild in dem großen Spiegel über dem Kamin sehen. »Ich brauche die Scheidung. Ich bin sicher, du willst sie auch. Aber wir … wir hatten doch mal eine gute Zeit, oder, Dill?«

Er berührte ihre verschränkten Arme sanft, und ihre Blicke begegneten sich. Ich musste mich zwingen, zu Malc zu schauen, und fragte mich, ob er sah, was ich sah, doch sein Gesicht zeigte keine Regung.

Plötzlich hörte ich Mum sagen: »Ich glaube, du machst dir was vor, George. Es war nie gut. Es war eine Sommerromanze, die zu lange ging, und der einzige Grund, weshalb ich es nicht bereue, ist meine Tochter. Alles andere war ein Fehler. Ich könnte mich totlachen bei dem Gedanken, dass du glaubst, eine rührselige Geschichte über deine Kindheit könnte den Schaden wiedergutmachen, den du angerichtet hast, als du gegangen bist, wenn es nicht zu schwer wäre, darüber zu scherzen. Ist dir klar, was für eine Kindheit Nina deinetwegen hatte? Ist dir klar, was, wenn wir Mrs. Poll nicht gehabt hätten …«

Ihre Stimme brach, und sie flüsterte: »Wenn wir Malc nicht gehabt hätten, wie es gewesen wäre?« Sie wandte sich mir zu. »Liebes, ich erwarte nicht, dass du mir jemals vergibst. Ich hätte es dir sagen sollen. Ich kann es nicht erklären.« Sie legte die Arme um mich, aber ich konnte ihre Umarmung nicht erwidern. »Es tut mir leid. Hoffentlich wirst du mich eines Tages verstehen.« Sie ließ mich los und warf einen letzten Blick auf George Parr, der allein inmitten des Zimmers stand. »Schick die Papiere, George. Ansonsten melde dich nicht wieder bei mir. Ich hoffe für uns alle, dass dies das letzte Mal ist, dass ich dich sehe.«

»Delilah ...«

»Jetzt glaube ich, ist es wirklich besser, du gehst«, sagte sie.

Ich erkannte, dass er betroffen war, und fragte mich, wie dumm er war. »Aber ich will ...«

»Du hast keine Wahl, okay? Geh einfach.«

»Dill.« Malc hielt sie auf, als sie zur Tür raste. »Lass ihn mit seiner Tochter reden.«

»Wenn sie will.« Mum zuckte mit den Schultern, ging hinaus und schlug die Tür hinter sich zu. Ich hörte ihren schweren, langsamen Schritt auf der Treppe, als ob sie sich zu ihrem Zimmer schleppen würde.

»Ich nehme an, man hat dir eine Menge über mich erzählt, was nicht unbedingt stimmt«, sagte mein Vater. »Ich möchte gerne eine Chance haben ... dir alles zu erklären. Nachzuholen.«

»Nicht heute Abend«, entgegnete ich. »Es ist spät. Ich habe zu viel getrunken. Und außerdem ...«

»Ja?«

»Ich möchte ein wenig darüber nachdenken.«

Er sah mich nachdenklich an. »Natürlich. Hier ist meine Adresse.« Er kritzelte seine E-Mail-Adresse auf das Blatt eines kleinen Notizblocks, riss es raus und gab es mir. »Ich wohne in einem Hotel in Bloomsbury. Ich bin bis Mittwoch hier. Dann muss ich nach Keepsake.«

»Was hast du dort zu tun?«

»Die Asche deiner Großmutter war fünfzehn Jahre lang bei einem Anwalt. Als sie starb, hat sie mir ein Päckchen hinterlassen ... O ja, und was für ein Päckchen.« Er blinzelte. »Und sie verlangte, dass ich die Asche zurück nach Keepsake bringe. Nur ich, kein anderer. Ihr letztes kleines Zerren an der Kette – sogar im Tod. Sie war schon etwas, meine Mutter.«

»Sie ist also nicht dort gestorben?«

Er sah ausdruckslos drein. »Keine Ahnung. Wahrscheinlich nicht. Wir hatten keinen Kontakt.«

»Dieses Haus«, sagte ich, »wer lebt dort jetzt?«

Er zögerte. »Ich ... ich weiß nicht. Das ist es ja. Du bekommst es, oder? Es gehört dir. Es hätte zu dir kommen sollen.«

Ich verstand nicht, was er meinte. »Zu mir kommen? Wie kommt es, dass ich ...? Es gehört also mir?«

»Es ist kompliziert. Besuch mich, dann erkläre ich es dir.« Er schlug Malc auf die Schulter. »Danke, Alter, dass du all das auf dich genommen hast.«

»Was alles?«, fragte Malc höflich.

George Parr wedelte mit der Hand. »Oh, dies ... dieses Chaos. Ich hoffe, es hat dich nicht in eine schwierige Lage gebracht.«

»Nicht im Geringsten. Es ist meine übliche Lage.«

George drückte ihm die Hand. »Nina«, sagte er zu mir und sah mich wieder seltsam an, als ob er etwas abwäge. »Komm ins Hotel. Lass uns über alles reden.« Er beugte sich vor, um mich auf die Wange zu küssen.

Ich trat zurück. »Ich melde mich. Tschüs.«

»Dann gute Nacht«, sagte Malc und trat hinter ihn, so dass er in den Flur und zur Haustür gedrängt wurde wie ein Blatt in einem Sog.

Ich öffnete die Tür. Dies war mein Vater, der in die Nacht hinausging. »Tschüs«, sagte ich und winkte. Ich sah ihn selbstbewusst zurückwinken und beobachtete dann, wie er die Straße überquerte und sich umdrehte, um noch einmal am Haus hinaufzuschauen. Ich glaube, da begriff ich, was Mum am Tag meines vierzehnten Geburtstags gesehen hatte.

Er war da gewesen. Der Mann, der das Fahrrad aufschloss. Natürlich.

»Malc«, fing ich an, als ich mich wieder dem Haus zuwandte, »weißt du, ich glaube, mir ist gerade etwas klargeworden.«

Malc nickte nur, und ich sah, er hatte es in dem Moment kapiert, in dem George Parr aufgetaucht war, und ich fragte mich, ob er es schon eine Weile gewusst hatte. »Ich glaube, wir sollten ins Bett gehen«, sagte er. Er rieb sich müde die Augen.

Ich sah auf mein Handy.

Gäste alle weg. Haben alle Kanapees gegessen und allen Schnaps getrunken. Haben auch alles gestohlen, was wertvoll aussah. Bin alleine raus. Ruf mich an, wenn Du reden willst. Hoffe, Du bist okay. S.

Bin nicht sicher, wollte ich antworten. Ich küsste Malc und ging mit schwerem Schritt nach oben. In meiner Tasche war die E-Mail-Adresse meines Vaters. Ich konnte den Schaden spüren, die sie verursachen konnte. Und ich begriff nur eines: Nichts konnte mehr sein wie früher.

13

Ich sah Mum am nächsten Morgen nicht, und sie verließ ihr Zimmer auch das ganze Wochenende nicht. Ich machte mit Malc in Heath einen Spaziergang, und am Abend ging ich mit Jonas aus, der für ein paar Tage wieder in der Stadt war. Es war seltsam, mit meinem ältesten Freund zusammen zu sein und mit ihm nicht über alles reden zu können. Ich konnte mich einfach noch nicht dazu überwinden. Wenn er doch nur zwei, drei Wochen später zurückgekommen wäre, wenn alles nicht mehr so frisch und so eigenartig wäre.

»Was gibt es denn Neues bei dir?«, hatte Jonas irgendwann gefragt und mit einem dünnen Strohhalm in dem zerschlagenen Eis in seinem Drink herumgestochert. »Wirklich nichts, was du mir erzählen willst?«

Ich hatte ihn angestarrt. Jonas und ich waren seit der Grundschule Freunde. Ich kannte ihn seit meinem vierten Lebensjahr; ich wusste, dass er schwul ist, bevor er es wusste. Wir verbrachten Stunden damit, uns nackt zu betrachten (als Kleinkinder wohlgemerkt). Ich hatte ihm alles erzählen können.

Doch Distanz ist mörderisch. »Wirklich, nichts«, hatte ich mit einem dünnen Lächeln gesagt, und obwohl er auch lächelte und mir aus Mitgefühl für das Leben, das ich seiner Meinung nach führte, den Arm tätschelte, konnte ich Jonas' Enttäuschung spüren, sein aufgesetztes Lächeln, den Abgrund, der zwischen uns größer wurde.

Später am Samstagabend mailte ich meinem Vater:

»Könnte ich Dich morgen früh besuchen kommen?«

Fast sofort antwortete er:

Liebe Nina,
ich würde Dich so gerne sehen. Bitte komm in mein Hotel, wenn es passt. Das Warrington Hotel in Bloomsbury.
Ist 10 Uhr okay? Ich bin ab 11 Uhr für den Rest des Tages weg.
George

Mum war nicht aufgetaucht, als ich am Sonntagmorgen loszog. Obwohl es noch nicht zehn war, hatten sich die Hitze des Tages und der Verkehr um King's Cross schon zu einem versmogten Dunst vermischt, als ich an den Spitzen von St. Pancras vorbeiging. Ich liebte St. Pancras. Ich war so enttäuscht gewesen, als mir Mrs. Poll erzählt hatte, dass es ein Bahnhof war und ein ausrangiertes Hotel, hatte ich doch – bis zu meinem achten Lebensjahr – angenommen, es sei eigentlich ein Märchenschloss. Die Türme und Türmchen, die sich erhebende gezackte Silhouette – Dornröschens Palast, verlassen von der modernen Welt.

Das Warrington Hotel war das vorletzte und am wenigsten geliebte von verschiedenen Absteigen in einem schäbigen Halbkreis großer weißer Stuckhäuser hinter der Euston Road. Ein Eimer mit schmutzigem Wasser und ein alter Mopp standen oben auf der Treppe. Das »a« fehlte, so dass das Hausschild seltsam ausdruckslos wirkte. Während ich neben dem Eimer stand und hochschaute, empfand ich den Drang, mich in letzter Minute umzudrehen und wieder heimzufahren, mich auf Mums Bett zu werfen, sie fest zu umarmen und ihr zu sagen, ich wolle nichts mit dieser neuen Vergangenheit zu tun haben, so dass sie sich aufsetzte und lächelte. Doch ich wusste, das konnte ich nicht. Der Geist war jetzt aus der Flasche und konnte nicht mehr hineingestopft werden.

Ich stieg die Stufen hoch und zog die schwere Tür mit einiger Mühe auf, bevor ich mich an der Rezeption vorstellte. Eine blonde flotte Dame, nicht viel älter als ich, tippte wütend in einen Computer, sah aber dann auf.

»Guten Morgen!«, grüßte sie mit einem osteuropäischen Akzent.

»Hi. Ich bin hier, um meinen …« Ich hielt inne. »Ich bin hier, um George Parr zu sehen.«

Sie sah verständnislos drein. »Lassen Sie mich nachsehen. Ich bin nicht sicher, dass wir jemanden mit diesem …« Noch mehr wildes Tippen. »Nein! Leider gibt es hier niemanden mit diesem Namen.«

Ich starrte sie an. »Muss es aber.«

Doch sie hob wieder die Schultern. »Nein! Nur vier Zimmer sind belegt, und keines von einem George Parr.« Und mit einem fröhlichen Lächeln fragte sie: »Wie kann ich Ihnen sonst helfen?«

Mir war fast schwindlig vor Enttäuschung. Was war das denn für ein Blödsinn?

»Ich verstehe nicht. Er hat gesagt …« Ich nahm mein Handy heraus und sah nach der Adresse. Dann erblickte ich es – das PS am Ende der Mail.

PS: Frag im Hotel nach Adonis Blue.

»Oh«, sagte ich unsicher. »Ich soll offenbar nach Adonis Blue fragen. Ist das …?« Ich verstummte. Es klang lächerlich.

Die Worte hatten eine magische Wirkung. Die Dame sprang auf und lächelte erneut. »Ach so, Mr. Blue wollen Sie besuchen. Er ist ein sehr witziger Mann. Bringt mich zum Lachen. Ich sagte zu ihm, Sie heißen nicht Adonis, aber er hat mir versichert, dass doch. Stimmt es?«

»Nein.« Ich versuchte meinen Ärger nicht zu zeigen. »Er heißt George.«

»Okay«, antwortete sie und sah mich neugierig an. »Nun, er ist in Zimmer vier. Erster Stock den Gang entlang. Soll ich ihm melden, dass Sie auf dem Weg sind?«

»Keine Mühe. Ich werde ihn überraschen.«

»Nina?«, sagte mein Vater, als er eine Minute später die Tür aufriss. »Ja, du bist es! Wundervoll! Komm rein. Ein bisschen seltsam, dich hier zu empfangen.«

Ich starrte ihn nur an, nahm seinen Anblick in mir auf. Die dunkelbraunen ruhelosen Augen, die nicht ganz zu dem gebräunten Gesicht passten, das blaue Polohemd, die Chinohosen.

Er machte keine Anstalten mehr, mich zu küssen, sondern tätschelte mir die Schulter. »Danke, dass du gekommen bist.«

Ich ging, die Hände in den Taschen, hinein und versuchte lässig zu wirken. Das Zimmer war winzig, voll mit zu großen Möbeln – ein schweres lackiertes Himmelbett, ein Schreibtisch, übersät mit in Folie gewickelten Keksen, Teebeuteln und einem Kessel, zwei große Armsessel und ein Glastisch.

George Parr zeigte auf Sessel und Tisch. »Sie haben immer diese Anordnung von Tisch und Sesseln in Hotelzimmern.« Er lächelte mich freundlich an. »Und das ist seltsam. Wer benutzt denn je ein Hotelzimmer als Wohnzimmer?«

»Ich wohne eigentlich nicht oft in Hotels«, erwiderte ich.

Pause. »Aha.« Er zeigte auf einen Sessel. »Lass uns hinsetzen und ihren Nutzen testen. Magst du einen Kaffee?«

Ich schüttelte den Kopf.

»Oder Tee oder sonst etwas?« Er sah auf seine Uhr. »Ein bisschen früh für etwas Stärkeres, aber das hier ist ja ziemlich bedeutsam, oder? Würde dir keinen Vorwurf machen, wenn du einen Whisky wolltest.«

»Nein, danke.«

Er zupfte an seinen Hosen kurz über dem Knie. Männer taten immer dasselbe, und ich empfand den ersten Stich der Treulosigkeit, den ich dann abschüttelte. Er setzte sich mir gegenüber, und wieder versuchte ich ihn nicht zu sehr anzustarren. Mein Vater. Das ist mein Vater.

Ich leckte mir über die trockenen Lippen. »Warum wolltest du mich nun sehen?«

Das lockere Lächeln blieb, wo es war. »Ich dachte, es wäre gut, Zeit miteinander zu verbringen. Nur du und ich.«

»Aber du bist nicht deshalb zurückgekommen, oder?«, fragte ich, die Hände immer noch in den Taschen. »Neulich Abend hast du gesagt, dass du die Scheidung willst. Deshalb bist du hier, oder?«

»Teilweise. Ein bisschen dies, ein bisschen das. Ich wollte die Chance, dir alles richtig zu erklären. Nur wir beide.« Wenn er lächelte, verschluckten die Falten um seine Augen diese fast vollständig. »Bezüglich der Scheidung, die ich am Freitag erwähnte: Ich habe vor nun mehreren Jahren jemanden kennengelernt, eine wundervolle Frau namens Merilyn. Sie will – wie auch ihre Familie, der ich sehr verbunden bin –, dass wir heiraten. Sie sind in Ohio eine prominente Familie. Ich lebe in Ohio, wusstest du ...«

Ich schüttelte den Kopf.

»Nein, natürlich nicht. Egal. Siehst du ... Merilyn ... Sie ist ...«

»Es geht ihr nicht gut, hast du gesagt.«

»Ja, sie hat Schilddrüsenkrebs. Oh, es ist behandelbar. Ihr geht es richtig gut. Aber das arme Mädchen hat eine harte Zeit hinter sich, und nach allem, was sie für mich getan hat, ist das

das Mindeste, was ich tun kann, findest du nicht?« Er strahlte mich an.

»Ja. Das ist ... das ist ...« Ich wusste nicht, wie ich reagieren sollte. »Ich hoffe, sie ist bald ganz wiederhergestellt.«

»Danke, Nina. Danke.«

»Also ...« Ich versuchte seine Motive zu kapieren, herauszubekommen, warum genau er hier war. »Nur, neulich hast du gesagt, du seist auch zurück wegen etwas, was mit der Asche deiner Mutter zu tun hat. Das stimmt doch?«

»Ich schlage zwei Fliegen mit einer Klappe, ja. Aber Nina, hör zu, ich ... ich wollte dich auch sehen! Du musst das verstehen!«, rief er aus. »Ehrlich, meine Liebe, zu gehen ist mir sehr schwergefallen.«

»Da bin ich sicher«, gab ich trocken zurück.

»Ja. Nun, ich nehme an, deine Mutter hat in den ganzen Jahren kein besonders schmeichelhaftes Bild von mir entworfen.«

Bei den Worten brauste ich auf. »Das ist nicht fair. Mum hat dich als Helden dargestellt. Sie hat die ganze Zeit von dir geredet, hat mir Geschichten erzählt, Fotos gezeigt. Ich war als junges Mädchen so stolz auf dich. Sie hat alles getan, um sicherzustellen, dass ich dich kannte, dass ich wusste, wie glücklich wir alle waren ... ihr beide wart ... bevor du starbst. Starbst ...« Ich schüttelte den Kopf. »Ha.«

Er tippte sich ans Auge, als ob er versuchen würde, sich gegen das Licht vom Fenster abzuschirmen. »Ich entschuldige mich. Ich habe es anders angenommen. Treff nie Annahmen ohne Beweise. Es war nicht ganz so – so wie ich mich erinnere –, aber ich nehme an, meine Meinung ist nicht viel wert, oder? Ich bin es, der abgehauen ist.« Er lächelte. »Weißt du, wie schön es ist, diesen Satz zu sagen? In den Staaten glauben sie, du wolltest sie sexuell bedrohen.«

»Tatsächlich?«

»Hör zu, Nina. Du hast keinen Grund, mir zu glauben oder mir auch nur zuzuhören. Es ist verdammt anständig von dir, dass du gekommen bist. Ich weiß, deine Mutter will dich nicht hierhaben. Ich wollte dich nur richtig kennenlernen, mich erklären, ein bisschen mehr über meine Seite der Familie erzählen. Ich habe keine Ahnung, was du darüber weißt. Über meine Mutter, über Keepsake.« Er räusperte sich. »Lass es mich klarstellen. Du bist nicht dort gewesen, oder? In Keepsake, meine ich.«

»Natürlich nicht. Ich wusste nichts darüber, bevor du aufgetaucht bist.« Aber ich konnte der Frage nicht widerstehen. »Es ist ... es ist also schön?«

»Ah ...« Er schloss die Augen, und ein seltsames Lächeln breitete sich auf seinem Gesicht aus. »Es ist außerordentlich, Nina. Magisch. Wie in einer Zeitschleife. Wenn man dort ist, kann man kaum glauben, dass es Städte gibt oder ... oder Flugzeuge oder der Rest der modernen Welt ...« Seine Stimme verebbte. »Nun ja, es ist ein seltsamer Ort zum Leben. Mein Haus in Columbus wurde 2008 erbaut – keine Geister, keine Gemälde, die dich anstarren, und mir persönlich ist es lieber so.« Er sah auf die Wanduhr. »Egal, das Geschäft. Zuerst – würdest du diese Papiere wohl deiner Mutter geben?« Er reichte mir ein Bündel Papiere vom Schreibtisch.

»Oh ...« Ich nahm sie entgegen und wog sie. »Ja, natürlich.«

»Erklär ihr, dass sie Charles Lambert bei Murbles und Routledge anrufen soll, um einen Termin zu machen. Sie kann die Scheidung beantragen, wenn sie will. Wir leben seit über fünf Jahren getrennt, und sie meinen, es sollte ganz einfach sein, wenn keiner von uns beiden es anficht. Ich denke mir, sie will genau wie ich, dass das Ganze so schnell wie möglich geklärt ist. Dieser Typ«, fügte er fast beiläufig hinzu, »Malcolm, er ist ihr Neuer?«

»Nein, sie sind seit Jahren zusammen.« Ich wollte ihm nicht mehr von Malc erzählen, auch wenn ich nicht wusste, warum.

Sein Gesicht heiterte sich auf. »Wunderbar. Dann will sie das Ganze also auch schnell hinter sich haben. Sag ihr, sie soll bei Murbles und Routledge anrufen.

»Murbles und Routledge«, wiederholte ich. »Ich glaube, ich habe von ihnen gehört.«

»Sie sind eine ziemlich große Kanzlei. Waren früher in Truro und haben sich dann in London niedergelassen. Sind seit Jahrzehnten die Familienanwälte.«

»Okay.« Ich nahm den dicken Umschlag, den er mir gegeben hatte, und steckte ihn vorsichtig in meine Tasche. »Ich gebe es ihr.«

»Sag ihr, es wäre gut, wenn …«, setzte er an und verstummte dann. »Super.«

»Keine Sorge«, sagte ich hart, »ich bin mir ziemlich sicher, dass sie nicht mehr mit dir verheiratet sein will.«

Er zuckte zusammen. »In Ordnung.« Das Wasser im Kessel, den er aufgestellt hatte, kochte, und er stand auf.

In der Stille zwischen uns spürte ich das Gewicht all dessen auf meiner Brust lasten, spürte, wie sich meine Kehle zuschnürte. Mein Vater spielte mit den Teebeuteln herum und versuchte dann einen in eine Tasse zu bekommen. Der Anblick dieser normalen Dinge ließ mich über das Ungeheuerliche innehalten. Trank er Tee oder lieber Kaffee? Liebte er Thriller oder Sachbücher? Hatte er *The Wire* angeschaut, oder stand er mehr auf *Mad Men*? Er war so vornehm. Seine Stimme klang richtig nach Oberschicht. Hatte er immer so gesprochen? Und hatte er meine Zehen? Mum hatte lange, schmale Füße und sagte stets, dass meine gekrümmten, hässlichen Zehen schön seien. Dass sie nicht einfach das Ergebnis von schlecht passenden Schuhen in meiner Kindheit seien, sondern weil »du die Füße deines Vaters hast«. Als ich ungefähr vier war, hatte mich das furchtbar verwirrt. Ich wollte nicht die Zehen eines Toten haben.

»Kann ich dich was fragen?«

»Natürlich«, sagte er sofort. »Alles.«

»Was hast du die ganze Zeit gemacht? Fünfundzwanzig Jahre. Wo warst du?«

»Oh …« Er reichte mir eine Tasse Tee, doch ich schob sie weg, weil ich meiner Stimme nicht traute. »Ich schaffe nicht mal im Ansatz eine Entschuldigung. Schau, ich … ich musste gehen. Ich werde jetzt ehrlich sein und sagen, dass ich sicher ein schrecklicher Vater war.« Er richtete den Blick zu Boden. »Ich nehme an, du weißt nicht mal, was ich jetzt mache.«

Ich schüttelte den Kopf.

»Ich bin Professor für Entomologie an der Ohio State. Und ich habe eine Gastprofessur an der Iowa State. Ich veröffentliche unter dem Namen George Klausner. Du hast mich vielleicht nicht gefunden, als du mich gegoogelt hast.«

»Ich habe dich nicht mal gegoogelt«, flüsterte ich. »Ich … ich habe dich für tot gehalten.«

»Natürlich.« Er sah auf und rieb sich fast wütend die Stirn. »O Gott. Lass mich versuchen zu erklären, was auf der Expedition passiert ist. Es war wirklich verdammt schrecklich. George Wilson hatte einen Herzinfarkt in dem winzigen Flugzeug, mit dem wir in den Dschungel flogen. Da war ein Gewitter – du weißt, wie diese kleinen Flugzeuge sind, aus Plastik zusammengeklebt. Das Museum hat es falsch verstanden, als wir endlich eine telefonische Verbindung nach England hatten. Sie dachten, Peter – das war der Leiter der Expedition – sagte George Parr. Vielleicht hat er das ja auch in dem Durcheinander des Moments …« Er raufte sich die Haare. Ich bemerkte, dass er die ganze Zeit herumspielte. Die langen, eleganten

Finger zupften ständig an etwas herum oder ordneten etwas neu. »Ein Typ namens Simon flog mit der Leiche zurück, und wir anderen reisten weiter, tiefer in den Dschungel, leisteten wunderbare Arbeit über den Glasflügelschmetterling. Es ist ziemlich kompliziert, ihn zu finden, schwierig zu entdecken. Das ist ja der Sinn, um Räubern auszuweichen, oder? Egal, wir waren ein paar Wochen dort und nicht zu erreichen, und dann kehrten wir ins Lager zurück, und der Typ dort sagte uns, dass es diese Verwechslung gegeben habe, dass man es falsch berichtet habe. Ach, was für ein Chaos! Ich hatte diesen Moment in der Hütte. Ich legte mein Netz an und erkannte, es war, als ob ich unsichtbar wäre, zum ersten Mal in meinem Leben.

Reuters würde es korrigieren, aber es würde Tage dauern, bis es in den Zeitungen erschiene. Und in der Zwischenzeit war ich für den Rest der Welt tot. Wenn die Leute mich in den Mikrofiches einer Bibliothek suchten, würden sie sehen, dass ich tot war. Verstehst du?« Seine Stimme war heiser. »Ich war frei, zum ersten Mal. Ich konnte überall hingehen, alles sein, nicht mehr George Parr sein. Der Name meines Vaters war Klausner. Ich war als Klausner auf meiner Geburtsurkunde wegen irgendeines Schlamassels in Truro bei meiner Geburt registriert. Meine Mutter war deshalb wütend, hat es aber nie ändern lassen, vielleicht, weil sie nicht wollte, dass ich ein Parr war. Ich habe das immer geglaubt. Ich wollte also nicht wegen dir weg, Nina. So war es nicht ...«

Er war weit weg, als er mir das erzählte, nicht hier in diesem engen Raum.

»Zu Hause lief alles falsch. Ich hatte so viele Fehler gemacht. Und ich wusste, so wie die Dinge mit deiner Mutter standen, war es am besten, nicht zurückzugehen. Ich beschloss, an diesem Tag das Lager zu verlassen. Ich nahm einen Bus nach Caracas und blieb bei einem Typen, den ich aus alten Expeditionszeiten kannte.«

Ich rieb mir die Kehle. »Aber ich verstehe nicht. Was haben die anderen gedacht, als du nicht mehr aufgetaucht bist?«

Er sah mich aus undurchdringlichen schwarzen Augen an. »Oh, ich weiß nicht. Ich sagte Peter, es sei Zeit, von Bord zu gehen. Ich glaube, ich sagte ihnen, ich müsse früher weg.«

»Aber hat Mum nicht …? Hat es ihr keiner erzählt?«

»Ich glaube, sie hat nicht sosehr nach mir gesucht.«

»Nun, *du* bist abgehauen.« Ich räusperte mich und schluckte schwer.

»Ja. Ich habe keine Entschuldigung dafür. Das habe ich dir gesagt, oder? Ich bin ein verdammt schlechter Mensch, Nina, und ich mache es deiner Mutter nicht zum Vorwurf, dass sie meinen Anblick nicht ertragen kann.«

Ich wollte ihn nicht verstehen, keine Sympathie für ihn empfinden. Es war viel leichter, wenn er durch und durch ein Schurke war. Mit Mühe fragte ich: »Was hast du dann gemacht?«

»Oh, ich blieb ein paar Wochen bei Alphonse in Caracas und arbeitete freiberuflich für die Ciencias Naturales, dann flog ich in die Staaten. Ich wusste, wenn ich das schaffte, wäre es okay. Neustart. Man hatte mir ein Stipendium an der Ohio State versprochen, wenn ich interessiert wäre. Ich arbeitete an einer revolutionären Theorie über die Batessche Mimikry. Lass es mich erklären …«

»Ich weiß, was das ist«, sagte ich leise.

Er sah verwirrt aus. »Du weißt, was die Batessche Mimikry ist? Das ist außergewöhnlich.«

»Ich habe als Teenager darüber gelesen.«

»Warum um alles in der Welt hast du das getan?«

»Ich wollte mehr über dich erfahren.« Ich hasste es, wie traurig mich das klingen ließ. Ich wollte, dass er mich für einen unabhängigen, erfolgreichen Menschen hielt, den seine Anwesenheit kein bisschen tangierte.

»Oh.« Er war bestürzt.

»Ich wusste eigentlich nichts über dich. Ich meine, Mum hat mir was erzählt, aber dann verlief es irgendwie im Sande. Also dachte ich, wenn ich das herausfände, würde ich ein bisschen wissen, wie du bist.« Ich schluckte und verstummte. Ich konnte es nicht ertragen zu weinen. Er würde meinen, es sei um ihn, und das war es nicht. Es war um die Sechs-, Acht-, Dreizehnjährige, die gewünscht hatte, dass ihr Dad lebte. »Ich weiß auch von den Glasflügelschmetterlingen. Ihre Flügel haben eine nanoskalige Struktur, und deshalb reflektieren sie nicht.«

Mein Vater stellte den Tee ab. »Das ist wundervoll!« Er nahm meine Hand und sah dann zu Boden, als wäre er überrascht. »Nina, wirklich? Interessierst du dich für sie? Das macht mich sehr glücklich.«

»Als ich jünger war«, antwortete ich und entzog ihm meine Hand. »Ich kann mich nicht daran erinnern. Leider mag ich sie heute nicht mehr sehr.«

»Du magst keine Schmetterlinge? Warum denn das nicht?« Er wirkte verblüfft.

»Sie erinnern mich an dich und haben Mum echt traurig gemacht.«

Er atmete pfeifend ein. »Ah. Ich möchte, dass du verstehst, wie schön sie sind, wie wichtig. Sie sind ein Indikator für alles auf dem Planeten. Wenn sie gedeihen, gedeihen wir auch. Ich wünschte, die Menschen würden das sehen. Sie sind nicht nur dekorativ. Wenn du sie in Keepsake sähst, sähst, was wir getan haben, damit der Ort sie willkommen hieß …« Er verstummte, hatte die Augen leicht geschlossen und wiegte den Kopf ein wenig, als ob er in Trance wäre. Dann riss er eine Sekunde lang die Augen weit auf. »Ja. Ja, du solltest. Verdammt, natürlich solltest du. Warum nicht?«

»Sollte was?«

Er knirschte mit den Zähnen. »Ich wünschte, du kämst mit mir nach Keepsake. Nur einmal. Nur, um sie zu sehen. Was wir dort haben.«

»Gibt es dort also viele Schmetterlinge?«

Er lachte. »Das kann man wohl sagen. Ernsthaft, magst du mitkommen? Es gehört schließlich dir.«

»Aber ich weiß doch gar nichts darüber. Du sagst, es gehört mir, aber keiner hat sich je bei mir gemeldet, mich informiert, dass ich ein zerfallendes Haus an einem Bach in ... Wo liegt es genau? Ich habe nur dein Wort.«

Einen Augenblick schwieg er. »Ich weiß. Ich weiß nicht, warum Murbles und Routledge nie nach dir gesucht haben. Ich meine, sie waren die Familienanwälte, seit der alte Murbles vor einer Ewigkeit eine Ein-Mann-Band in Truro war. Sie wissen mehr als ich. Ich weiß nur, dass dir das Haus gehört.« Er schlug sich auf die Knie. »Es wäre typisch für sie, dich aus einem bestimmten Grund von deinem Erbe auszuschließen. Vielleicht, weil du meine Tochter bist. Ein letzter boshafter Akt.« Er hob schnell die Schultern, dann rieb er sich mit dem Finger über den Nasenrücken. »Verzeih mir, alte Geister. Ich nehme an, es beschäftigt mich. Hat wohl damit zu tun, dass ich wieder hier bin. Ich denke zurzeit nicht oft über das Leben dort nach, versuche, es nicht zu tun.«

Das schien nicht so zu der schwärmerischen Art zu passen, mit der er es vorher beschrieben hatte. »Warum?«, fragte ich.

Er atmete aus. »Lass mich dir Keepsake erklären.« Wieder kniff er die Augen zusammen, als ob er mich abschätzen würde. »Männer können nicht erben, nur wenn keine Erbin in Sicht ist. Charles II., der alte Charles, sitzt in der

Klemme. Er versteckt sich in Keepsake, und da ist unsere Vorfahrin, die erste Nina und zu allem Überfluss eine Schönheit, und er ist mit ihr zusammen und bringt sie in Schwierigkeiten. Sie hängt dort in der Halle. Sieht wie du aus, das schwöre ich.«

Ich errötete vor Unbehagen über sein Kompliment.

»Nina schreibt Charles und beklagt sich, dass er sie mit dem Unterhalt dieses großen Hauses, keinen Eltern und keinem großen Erbe und noch dazu einem Baby verlassen hat. Wir haben die Briefe, du wirst sie sehen. Ich kann …« Doch er hielt inne. »Egal, Charles antwortet ihr, gibt diese Anordnung. Eine Art Pension jedes Jahr, weil sie ihm geholfen hat, und ein Versprechen, dass Keepsake ihr und ihren Töchtern gehört. Schickt ihr auch eine riesige Diamantbrosche, nur hat sie die verkauft …«

»Wer? Teddy?«

»Ja. Lange Geschichte. Kurz vor dem Krieg.« Er kratzte sich die Nase. »Als ich den Teil gelesen habe, muss ich gestehen, habe ich ein bisschen um dich geweint.«

»Welchen Teil? Wo?«

Wieder sah er mich ausdruckslos an. »Oh, sie schrieb … äh, nun ja, schrieb mir und erklärte alles, bevor sie starb. Hör zu, das weiß ich über die Situation. Wahrscheinlich ziemlich eingerostet. Kein großer Bedarf an Erbrecht in Ohio, verstehst du.«

Er klang so leutselig. Ich dachte an Sue und Becky und ihre Besessenheit von *Downton*. Sie würden meinen Vater lieben, seinen geschliffenen Akzent, sein schwer zu bändigendes blondes Haar – die Fernsehdramaversion eines Engländers.

»Meine Mutter Theodora Parr war die neunte Frau in der Erbfolge. Es gab vorher ein paar Männer, wenn keine Frauen da waren. Frederick war ein großer Sammler von Erstausgaben, Puppenhäusern, ach, allem Möglichen. Er war mein Urururgroßvater. Und natürlich Rupert der Vandale. Hat die Rückseite des Hauses abgerissen. Man sagt, er habe ein Dienstmädchen erwürgt, als sie nicht ... Nun ja, Geschichten. Er war wahnsinnig. Ekliger Typ. Man lernt sie alle kennen, wenn man da aufwächst, sind eher so was wie Hausgenossen ... Es ist seltsam. Ja, Rupert war ein schlimmer Kerl.

Für mich und die meisten von uns war die Interessanteste immer seine Enkelin, die Verrückte Nina. Sie war es, die die Schmetterlinge aus der Türkei einschmuggelte. Sie ist auch dort, natürlich ...« Seine Stimme verebbte, und er schüttelte den Kopf. »Sie hat einen Maulbeerbaum gepflanzt, den sie aus der Türkei mitbrachte. Er ist immer noch da, zweihundert Jahre später. Zumindest nehme ich an, dass er noch da ist. Ach, egal. Alte Geschichten, wie ich schon sagte. Ich bin mit ihnen groß geworden.«

»Ich weiß schon ein bisschen darüber«, erzählte ich ihm. »Auf jeden Fall über die erste Nina Parr. Dein Buch, das du mir hinterlassen hast.« Ich sah, wie er aufschreckte. »*Nina und die Schmetterlinge.*«

»Mann, ich habe seit einem halben Jahrhundert nicht mehr an das Buch gedacht. Hab es seit meiner Jungenzeit nicht mehr gesehen.«

»Aber ich habe dein Exemplar.« Ich lächelte ihn an.

»Glaub ich nicht. Ich hatte kein eigenes Exemplar, es gehörte meiner Mutter. Ist es nicht komisch, wie alles irgendwo im Unterbewusstsein weggeschlossen ist? *Nina und die Schmetterlinge.* Verdammt gutes kleines Buch, komische Geschichte und so.« Er blinzelte. »Gab es hinten nicht eine Liste mit ihren Lieblingsschmetterlingen?«

»Ja.« Ich freute mich, dass er sich erinnerte. »Acht oder so. Der Kleine Feuerfalter und ...« Ich verstummte. »Aber es ist zu

Hause, ich hatte es immer. Du musst es mit in die Noel Road genommen haben.«

»Vielleicht. Kann mir nicht vorstellen, warum. Ich hasste es, an den Ort zu denken, nachdem ich weg war. Könntest du es mitbringen, wenn … wenn wir hinfahren?«

»Oh«, sagte ich, »natürlich.« Ich zögerte.

»Deine Mutter bekam es. Sie stand ihren Eltern auch nicht nahe. Ich habe ihr nie die ganze Geschichte erzählt, aber ich sprach mit ihr immer ein bisschen über meine Familie. Sie war fast der erste Mensch, der es verstand.«

»Was verstand?«

Mit einer Fröhlichkeit, die mich ärgerte, sagte er: »Oh, dass sie wahrscheinlich einen Fehler beging, als sie mich nahm. Meine ganzen Probleme.«

»Was für Probleme?«

»An so einem Ort aufzuwachsen … mit so einer Mutter.«

»Ich …« Ich brach ab und setzte wieder an. »Ich verstehe immer noch nicht, was du wegen ihr meinst.«

»Ich meine, dass ich kein gutes Wörtchen über meine Mutter zu sagen habe. Ist das nicht schrecklich?« Rosa Flecken erschienen auf seinen Wangen. »Ich kann es nicht erklären. Ich habe jahrelang darüber nachgedacht, aber kann es offenbar immer noch nicht begreifen. Mein neues Leben ist so weit weg von allem, und ab und zu packt es einen wieder. Ich bin an meinem Schreibtisch auf dem Campus, schreibe an einem Aufsatz oder rede mit einem Studenten, und alles ist so sauber und glänzend und neu, und mir wird klar, dass das Gebäude, in dem wir sitzen, jünger ist als der Student vor mir, und dann denke ich an Keepsake. Es wurde gebaut, als Shakespeare seine Stücke schrieb. Mein Zimmer hatte Frösche am Fensterflügel und Moos auf dem Boden. Ich sah immer meinen eigenen Atem, und nachts hörte ich Dinge.« Er lächelte müde, und er sah verängstigt aus. Warum hatte er Angst? »Mir war achtzehn Jahre lang kalt – dort und dann im Internat –, bis ich nach Oxford ging. Es gab keinen, der mich liebte, nicht einen Menschen, bis ich Delilah traf. Sie war ...« Er brach ab. »Es ist ein magischer Ort, aber mir ging es erbärmlich dort. Ich fürchte mich vor der Vorstellung, wieder hinzukommen. Ich kann es mir so gut vorstellen, den Fluss, die Stufen, der Weg hinauf zum Haus, und alles ist so real. Mensch, das Einhorn.« Er blinzelte wieder. »Merilyn war sehr hilfreich. Sie glaubt an völlige Transparenz. Verstehst du, ich glaube, meine Mutter hat mich nie geliebt.«

»Ich bin sicher, das stimmt nicht.«

»Sie sagte immer, dass sich mit dem Krieg alles veränderte. Er sog das Leben aus den Lebenden, und sie gehörte dazu. Wenn du mich fragst, war das nur eine Ausstiegsklausel.« Er trank einen Schluck Tee. »Manche Leute sind dafür bestimmt, Kinder zu haben, manche nicht.«

Ich dachte wieder an Mrs. Poll. Dass manche Menschen, die nicht die eigenen Eltern sind, besser sind als diese. An Malc, an seine Hand auf meiner am Freitag, wie er meinen Vater gleich durchschaut hatte. »Ich weiß nicht, ob das stimmt.«

»Nun, in meinem Fall war es so.« Er stellte die leere Tasse aufs Bett und sagte plötzlich: »Ich male ein viel zu düsteres Bild. Nina, was meinst du, wirst du mit mir kommen, Keepsake sehen?«

»Ich glaube nicht, dass ich das kann«, hörte ich mich jetzt sagen.

Mein Vater schluckte. »Darf ich fragen, warum?«

Ich zupfte an der Haut meines Fingernagels. »Ich kenne dich nicht. Und wie ich schon erwähnte, mir hat nie jemand gesagt, dass das Haus mir gehört, oder sonst etwas darüber, nur in dem Buch, und weil ich dich nicht kenne und ... Nun ja, ich will meiner Mutter nicht weh tun.« Ich nahm meine Tasche. »Und …« Ich wusste nicht, wie ich es sagen sollte. »Ich bin mir einfach nicht sicher, ob ich dir glaube. Entschuldigung.«

»Du … du glaubst mir nicht? Welchen Teil davon glaubst du nicht?«

»Weiß ich nicht. Es tut mir leid.« Ich war ziemlich verzweifelt, denn so hatte ich mir das Ende dieses Treffens nicht vorgestellt.

»Nina, komm mit mir nach Keepsake, nur einmal. Ich werde nichts weiter von dir verlangen.« Ich betrachtete ihn. Seine Augen waren dumpf und flehend. »Willst du nicht sehen, ob ich lüge? Mich auf die Probe stellen? Willst du das Haus nicht wenigstens sehen, damit du später, wenn du älter bist und dich fragst, woher du kamst, sagen kannst, dass du es wusstest, dass du an dem Ort standst, wo deine Großmutter stand?«

Ich rutschte unter seinem Blick unbehaglich hin und her. »Aber ich habe sie nie gekannt. Ich habe keine …«

Er sprach eilig weiter, bevor ich fortfahren konnte. »Ich weiß, dass wir einander nicht kennen, ich weiß sicher, dass du mir verdammt nichts schuldig bist. Aber schließlich bin ich dein Vater. Würdest du bitte …?« Er senkte den Kopf, und zu meinem Erstaunen entrang sich ein halbes Schluchzen seiner Kehle. »Bitte, tu es, zumindest für den Rest von uns. Um mehr bitte ich dich nicht.«

Ich starrte ihn an, seine gestikulierenden Hände, die geputzten Schuhe.

»Okay«, sagte ich schließlich, »ich komme mit dir.«

Er nickte. Sein Kopf bewegte sich etwas zu lang auf und ab. »Phantastisch, phantastisch.«

»Wann?«

»Ich habe gedacht, Mittwoch. Passt das? Ich habe ein Auto gemietet. Wir fahren dorthin.«

»Gut.« Ich fragte mich, wie ich das erklären sollte – Bryan und in der Arbeit und Mum. »Was machst du bis dahin?«

»Ach, du weißt schon. Mich mit einem Mann wegen eines Hundes treffen und all das. Ich bin so verdammt froh, dass du mitkommst, Nina. Ich kann es nicht erwarten, es Merilyn zu erzählen.«

»Kommen wir in einem Tag dorthin?«

Er stand auf. »Sag besser, dass du über Nacht weg sein wirst. Es ist eine lange Fahrt.«

Ich nickte. »Ich werde mir eine Entschuldigung ausdenken müssen. Und wenn es vorbei ist …«

»Das ist es. Ich verstehe vollkommen«, sagte er, und seine gerunzelte Stirn wurde sofort wieder glatt.

Ich stand auf, wollte jetzt hier raus.

Mein Vater beugte sich vor und drückte mir verlegen die Schulter. »Ich glaube, du wirst froh sein, hinzufahren.«

Wir sahen uns unsicher an, und ich wünschte mir heimlich, ich hätte nein gesagt. Und doch, endlich dort zu sein … Um die Theorie dieser Phantasiewelt zu testen, die ständig in mein graues, trostloses Leben eindrang. Ich hatte zugestimmt und musste es durchstehen. Im Nebenzimmer knallte eine Tür, und schwere Schritte trotteten an unserem stillen Raum vorbei. Mein Vater fuhr zusammen.

»Ich gehe besser«, sagte ich und warf mir die Tasche über die Schulter. »Dann auf Wiedersehen.«

Er reichte mir die Papiere. »Vergiss die nicht. Tschüs, Nina.« Er küsste mich verlegen auf die Wange. »Ich bin schrecklich froh, dass du gekommen bist.«

Ich wusste nicht, was ich darauf antworten sollte, nickte nur und zuckte hilflos mit den Schultern, dann schloss ich leise die Tür hinter mir.

14

Ich lief in einem kurzen, aber beißend kalten Junischauer die Pentonville Road zurück. Verwelkte braune Blütenblätter vermischten sich mit dem Müll entlang der Straßen, und als ich durch die schmalen Gärten in der Colebrooke Road ging und die Kleinkinder mit ihren Eltern betrachtete, die Hundebesitzer, die in dieser einzigen grünen Oase inmitten der städtischen Häuserreihen miteinander plauderten, dachte ich unaufhörlich über meinen Vater nach. Mir wurde nun klar, wie viel ich ihn zu fragen vergessen hatte. Wie war Merilyn, wo hatte er sie kennengelernt? Was machte er den ganzen Tag? Warum war er an meinem vierzehnten Geburtstag zurückgekommen? Warum – so viele Warums.

Aber ich würde ihn wiedersehen. Wir könnten stundenlang nichts anderes tun, als zu fragen und zu antworten auf dem Weg nach Keepsake, wo immer es lag. Und wieder überlegte ich, wie ich diese Fahrt Mum erklären sollte.

Zu Hause angekommen und in meiner dünnen Jacke zitternd, fand ich Mum noch im Bett vor. Als ich an diesem Abend zum Essen bei meiner alten Wohnungsgenossin Elizabeth ging, schnarchte sie. Ich konnte sie hören, als ich herunterkam. Sie war auch am nächsten Morgen noch im Bett, als Malc und ich verlegen schweigend zusammen frühstückten.

Am Montagnachmittag schickte ich meinem Vater eine Mail, da ich nicht wieder von ihm gehört hatte. Er antwortete sofort.

> Komm zu mir ins Warrington gleich Mittwochmorgen. Je früher wir losfahren, desto besser. Ist 6 Uhr okay?

Hoffe, Du hast nichts dagegen, wenn ich sage, dass ich schrecklich stolz bin, Dich getroffen und gesehen zu haben, was Du für eine bemerkenswerte junge Frau bist.
Genug davon! Bis Mittwoch.
Dein Vater,
George

In dieser Nacht hatte ich seltsame Träume, in denen ich endlose Straßen entlangfuhr, während Riesen in winzigen Zweisitzern auf uns zurumpelten. Ich hörte immer wieder diese Worte; ich wusste nicht, dass ich mich daran erinnert hatte.

Nina Parr sperrte sich selber ein, Charlotte, der Bastard, Tochter eines Königs ...
Und dann komme ich, die kleine alte Teddy, das letzte Mädchen, das du siehst.

Doch ich fühlte mich, als ob ich nun ein Ziel hätte. Ich kann es nicht anders erklären als, dass ich erwachte, dass etwas in meinem Leben passierte und ich Teil davon war, weil mein Vater zurückgekommen war – alles war möglich.
Sebastian schickte mir weiter SMS.

Wann hast Du deinen Vater zuletzt gesehen? (Zu bald?) Ruf mich an. X

Ist Deine Mutter raus aus dem Bett? Meine Mutter glaubt, er ist hinter Deinem Geld her. Egal, so ist sie, nun, da sie Dich für eine Landbesitzerin hält. Sie ist gerade sehr nett, was Dich betrifft, muss ich sagen. X

Willst Du heute Abend was trinken gehen? X

Obwohl der Anblick seines Namens, der auf meinem Display aufblitzte, bewirkte, dass mein Herz einen erschreckenden Satz machte, obwohl es mich erröten ließ und ich über die Schulter blickte, um zu sehen, ob jemand meine Reaktion beobachtet hatte, obwohl ich nicht an ihn denken konnte, ohne die Augen zu schließen und zu lächeln, gelang es mir, diese Nachrichten zu ignorieren wie kleine Fahnen, die mir fröhlich zuwinkten. Ich wusste, ich musste ihn irgendwann sehen. Aber noch nicht. Ich musste es erst klären.

Am Dienstagmorgen kam ich zum Frühstück herunter. Malc war laufen gegangen. Ich leerte die Spülmaschine, machte Kaffee, packte meine Arbeitstasche und aß eine Banane und eine Scheibe Toast. Dann stellte ich den Müll raus, fütterte den Goldfisch (den Mum gekauft hatte, als ich heiratete, und der nun ungeliebt in einer Ecke der Küche lauerte), machte die Waschmaschine an, holte mir anschließend ein Tablett, stieg die Treppe hoch und schob die Stapel alter Zeitschriften und Taschenbücher aus dem Weg. Ich klopfte an Mums Tür und ging hinein, ohne eine Antwort abzuwarten.

Sie saß mit einer Tasse Tee im Bett und las.

»Hi«, grüßte ich und stellte das Tablett ab. »Ich habe dir Frühstück gebracht.«

Mum erwiderte nichts, doch ihre Augen hörten auf, über die Seiten ihres Buchs zu wandern.

»Außerdem wollte ich dir etwas geben, da ich dich seit zwei Tagen nicht gesehen habe. Ich habe mich am Samstag mit Dad getroffen, und er bat mich, dir diese Scheidungspapiere zu geben.« Ich ließ den dicken Umschlag aufs Bett fallen. »Es scheint ganz eindeutig zu sein. Es gibt keine finanzielle Regelung. Er verzichtet auf jeglichen Anspruch auf die Honorare aus deinen Büchern, und die Anwälte warten darauf, von dir zu hören, um ein Treffen zu vereinbaren. Ich habe Bryan gemailt. Er sagt, er kann dich vertreten, wenn du es willst, denn du solltest unbedingt einen eigenen Anwalt haben, auch wenn alles ziemlich einfach sein sollte. Bryan Robson«, ergänzte ich, da sie immer noch schwieg, »mein Chef bei Gorings.«

Ich sah hinab auf die zerknüllte alte Bettdecke. Mum sagte nichts.

»Mum?« Ich versuchte, nicht verzweifelt zu klingen.

Sie zuckte halb mit den Schultern, als ob sie mich nicht ganz ignorieren wollte, und stellte den Tee neben das Bett. Doch sie las weiter in ihrem Buch.

Ich stemmte die Hände in die Hüften und biss mir auf die Lippe. »Mum? Hörst du mir zu? Mum?«

Sie reagierte immer noch nicht, und plötzlich rastete etwas in mir aus. Ich entriss ihr das Buch und warf es zu Boden. »Schau mich an!« Ich nahm ihr Gesicht in meine Hände, kniff ihre weiche Haut und starrte sie an, die Zähne gebleckt, während ich mit geblähten Nasenflügeln schwer atmete. Sie begegnete meinem Blick, ihre grünen Augen waren leer – es lag kein Ausdruck darin. Ich hockte über ihr und packte sie fester.

Ich war entsetzt über mein Tun. Ein Teil von mir stand an der Wand und beobachtete aus der Ferne die Szene. Doch ich konnte nicht aufhören, der andere Teil von mir, der jahrelang nichts gesagt, keine Fragen gestellt, versucht hatte, brav zu sein, immer so getan hatte, als ob alles in Ordnung wäre, gelächelt hatte, wenn ich traurig war.

»Ich habe dich was gefragt, Mum.« Mein Atem war heiß und lag schwer auf ihrem Gesicht. »Ich habe dir eine verdammte Frage gestellt.«

Wir waren beide wie erstarrt, ich über ihr wie ein wildes Tier, sie in ihrem Pyjama, den Kopf zu mir gedreht. Sie schien nicht mal zu reagieren.

Ich dachte, ich könnte sie schlagen. Oder würgen. Ich habe noch nie so eine Wut empfunden, und ich hoffe, ich werde es nie wieder tun. Dann streckte sie die Hand nach oben aus, legte sie auf meine, die ihren Hals umklammerte, und sofort löste sich mein Griff.

Ganz leise sagte sie: »Ich habe dich gehört. Könntest du mich jetzt bitte allein lassen?« Sie nahm ihre Tasse Tee, trank einen Schluck und starrte ins Leere.

Bebend kletterte ich vom Bett herunter, hob ihr Buch auf und reichte es ihr.

»Mum ...« Ich blinzelte und fuhr mir dann übers Gesicht. Man kann einfach nicht wissen, wie man reagieren soll, wenn jemand einen einfach ständig aussperrt. Also sagte ich: »Ich ... ich weiß nicht, was ich dir sagen soll. Ich will dich so viel fragen.«

Doch sie schlug nur *Der talentierte Mr. Ripley* auf, als ob ich nicht da wäre.

»Ich fahre morgen mit Dad weg. Ich bin vielleicht eine Nacht nicht da, vielleicht auch zwei. Ich sage es dir, damit du weißt, wo ich bin. Wenn ich zurück bin, ziehe ich hier aus. Elizabeth' Schwester ist für zwei Monate weg, und ich kann dort wohnen, bis ich was anderes finde.« Ich wandte mich zur Tür, Tränen liefen mir die Wangen hinab. »Gut also. Tschüs.«

Ich hörte die Laken rascheln, etwas sich bewegen, als ich die Tür schloss, ein leises dumpfes Geräusch, doch wahrscheinlich bildete ich es mir nur ein. Auf dem Weg nach unten schob ich wütend die restlichen Zeitschriften aus dem Weg, rutschte auf einer aus und landete schmerzhaft auf dem Boden. Mums Unordentlichkeit trieb sogar die sonst ruhige Mrs. Poll manchmal in den Wahnsinn. »Delilah, meine Liebe, jemand wird sich noch den Hals brechen«, hatte sie einmal ausgerufen, nachdem sie die letzten drei Stufen auf einem Stapel Zeitungen ausgerutscht war.

Ich sah mich im Flurspiegel an. Meine nassen Wimpern hatten Mascara auf die Augenbraue verteilt, und mein Gesicht war glühend rot. Ich legte die Hände an meine heißen Wangen. Ich wünschte, ich wäre schon fort hier und auf dem Weg nach Keepsake mit meinem Vater.

15

Ich ging zur Arbeit und versuchte mich auf Bryans letzten Fall zu konzentrieren – ein Rechtsstreit mit einem alten einsamen Mann, der alles seiner häuslichen Pflegerin hinterlassen hatte und dessen Familie nun das Testament anfocht –, der abwechselnd banal und schrecklich erschütternd war. Ich ging mit Sue in die Büroküche für einen »privaten Tratsch« und versprach ihr dabei, Beckys anstehende Babyparty zu planen. Ich lauschte Sues Sorgen über die das Licht nicht aussperrenden Rollläden, die ihre Tochter Li für ihr neues Gewächshaus ausgesucht hatte. Ich erinnerte mich sogar an Bryans Termin um halb eins und holte ihn aus einem schwierigen Telefongespräch heraus. Das brauchte ich, die volle Konzentration auf etwas anderes – das Gesicht meiner Mum, meine Hände, die sie packten, meine Riesenwut auf sie, weil sie mich angelogen und sich damals und heute distanziert hatte, und die Tatsache, dass … nun, dass es ihr eigentlich egal zu sein schien.

Mittags ging ich zur London Library. Ich stieg die Stufen zur Schmetterlingsabteilung hoch, als ich eine Stimme hörte.

»Nina?«, zischte jemand aus den Schatten in der Nähe.

Ich drehte mich um, und da stand mein Vater.

Das Seltsame war, dass ich ihn fast erwartet hatte. Trotzdem sagte ich: »Ach du meine Güte!«

Er küsste mich mit einem breiten Grinsen im Gesicht. »Was für eine schöne Überraschung. Obwohl, warum sollte es eigentlich nicht sein! Du kommst also oft her?«

»Meistens mittags.« Ich runzelte mit verschränkten Armen die Stirn, mein Herz klopfte bei seinem Anblick, und plötzlich wollte ich in Tränen ausbrechen und merkte, dass ich mir wünschte, ich könnte mich in seine Arme werfen, an seiner Brust schluchzen und ihm alles erzählen. Ich schluckte und unterdrückte das Prickeln in der Nase. »Mir gefällt es hier.«

»Das ist wirklich wundervoll.« Er schien so erfreut, es war fast rührend.

»Nun, du hast sie mir geschenkt«, sagte ich.

»Ja, ja …« Er verstummte. »Was?«

»Die Mitgliedschaft. Lebenslange Mitgliedschaft in der Library.«

»Oh.« Er wirkte ziemlich vage. »Tatsächlich?«

»Ja, du hast sie mir gekauft, bevor du gingst. An meinem sechzehnten Geburtstag schrieben sie mir, ich könnte sie nun benutzen, und das war dank dir.« Ich lächelte. »Erinnerst du dich?«

»Oh.« Es lag ein seltsamer Ausdruck auf seinem Gesicht. »Ich erinnere mich an vieles nicht. Natürlich, natürlich. Es ist ein wundervoller Ort. Und hier.« Er hob den Stapel Bücher hoch, den er eingesammelt hatte, und klemmte ihn sich unter den Arm. »So ein schöner Tag. Willst du dich mit mir auf den Platz setzen? Ich habe ein paar Sandwiches. Wir könnten ein Picknick machen.«

»Ja«, antwortete ich und lächelte ihn glücklich an.

Draußen auf dem St. James's Square breitete er seine Zeitung und dann seine Jacke aus und ließ mich daraufsetzen.

Ich protestierte. »Schon gut. Du setzt dich dahin. Ich will deine Jacke nicht ruinieren.«

»Unsinn! Ich bin daran gewöhnt, auf dem Rasen zu sitzen. Die meisten meiner Studienjahre habe ich in feuchtem Gras verbracht und dort über etwas diskutiert oder etwas geraucht.«

Diesmal gab ich nach. »Danke.«

»Bitte. Es war wirklich schön, dich am Sonntag zu sehen.«

Ich war seltsam schüchtern. »Also, ich bin bereit für morgen.«

»Großartig, wunderbar. Ja, ich habe mich drauf vorbereitet. Hab ein paar Bücher dabei für den Fall, dass wir was Ungewöhnliches sehen.« Er klopfte auf den Stapel Bücher neben sich, und ich blickte neugierig auf die Buchrücken – alles Bücher über Schmetterlinge.

»Also etwas leichte Lektüre«, spöttelte ich, und er lächelte unsicher. Ich zog die Schuhe aus und drückte die Zehen ins weiche Gras. »Ich habe Mum erzählt, es könnten zwei Nächte werden.«

»Gut. Nun, ich glaube nicht, dass wir so lange brauchen, aber ja, das könnte klug gewesen sein …«

»Okay, aber sollten wir länger dort sein, als uns jetzt klar ist …« Ich klang übereifrig.

»Sicher.« Er zog die Knie hoch und umschlang sich jungenhaft mit den Armen. »Nina, ich kann es nicht erwarten, bis du Keepsake siehst. Ich frage mich, ob wir dort übernachten können. Wenn nicht, gibt es einen schönen alten Pub am Fluss. Na ja, gab es jedenfalls.« Zum ersten Mal sah er unsicher drein. »Wird interessant, zu sehen, in welchem Zustand das Haus ist. Die Typen bei Murbles und Co. waren sich nicht sicher. Mutter war am Ende ziemlich exzentrisch, jedoch absolut begeistert, was das Haus angeht. Es war das Einzige, was sie wirklich mochte, nachdem Vater und Tugie starben.«

»Tugie?«

»Unser Hund. Dummer Köter. Manche hielten ihn für intelligent. Ich habe das selbst nie so gesehen. Er hat mich einmal gebissen.« Ein Schatten fiel über sein Gesicht; er sah fast bockig aus.

»Es wird ziemlich komisch für dich sein, nach all der Zeit dorthin zurückzukehren.«

Er nickte. »Ja. Und noch mal, ich glaube nicht, dass ich mich genug dafür entschuldigt habe, mich nicht gerührt zu haben. Ich bin so froh, dass du dich so anständig bei all dem verhältst. Ich hätte ziemliche Angst davor, allein dorthin zu fahren.« Er muss gesehen haben, wie sich mein Gesichtsausdruck veränderte. »Oh, nicht wegen irgendwas Düsterem. Es gibt keine Geister …«

»Du hörst dich nicht gerade überzeugt an.« Ich versuchte scherzend zu klingen und wackelte mit den Zehen.

»Ha! Natürlich gibt's keine. Mach dir deshalb keine Sorgen.« Er beugte sich über mich und nahm ein Sandwich aus seiner Jackentasche. »Rind und Wasserkresse, ich hoffe, das ist okay. Wollen wir es uns teilen? Merilyn isst kein Fleisch, und da sie meistens kocht, ist es für mich ein echtes Vergnügen, das hier zu essen.«

»Wie hast du sie denn kennengelernt?«, fragte ich, während ich eine Hälfte des Sandwiches annahm. Ich war wie ausgehungert.

»Merilyn kommt aus einer ziemlich prominenten Familie aus Ohio. Sie sind große Förderer der Universität, waren es schon immer. Ihr Vater hat uns vor drei Jahren das neue Entomologie-Gebäude gespendet. Tragischerweise ist der alte Herr letzten Sommer an einem Schlaganfall gestorben. Merilyn

und ich haben uns bei der Eröffnung kennengelernt. Sie hat im Ausland studiert, weshalb wir uns nicht schon früher getroffen hatten. Wir haben beide Reden gehalten.«
»Wie alt ist sie?«
Er hob die Augenbrauen.
»Wenn du nichts gegen meine Frage hast.«
»Warum sollte ich das!«, rief er aus. »Dreißig, nächstes Jahr.«
Ich biss noch mal vom Sandwich ab. »Toll.«
»Ja. Sie ist wundervoll. Ich kann es nicht erwarten, dass du sie kennenlernst, Nina. Sie ist sehr gut für mich, treibt mich an, damit ich besser werde. Ihr Vater hat Melkmaschinen verkauft. Die Milchwirtschaft ist dort die größte Industrie. Der Mann ist Multimillionär. Er ist in einer Hütte mit einem Zimmer in der Nähe von Toledo aufgewachsen, hat alles durch den reinen Glauben an sich selbst geschafft, und Merilyn hat das geerbt.«
»Was macht sie?«
»Merilyn?«
»Hm ... ja.«
»Ach, dies und das. Sie ist immer beschäftigt. Sie ist Spendenbeschafferin. Ihren Vater versuchte sie davon zu überzeugen, Geld auf uns zu setzen.« Er lächelte. »Auf die Universität, meine ich. Die Entomologie-Abteilung und den Campus. Wir müssen expandieren, um konkurrenzfähig zu bleiben. Im Moment läuft alles darauf hinaus, die Zulassungen zu erweitern – wir sind ein bisschen runter – und auch den Standard der Zulassungen zu verbessern. Wir wollen auf dem Feld der Forschungstheorie führend sein, was das Verständnis von tagaktiven Schmetterlingen angeht. Wir wollen, dass die Universität die beste auf dem Gebiet ist.« Er schluckte.
»Was musst du tun, um zu diesem Standard zu gelangen? Einen neuen Schmetterling finden?«

Er lachte und würgte ein bisschen, so dass ich ihm Wasser geben musste.

»So ähnlich«, antwortete er.

Wir saßen in einträchtigem Schweigen da, während die Bäume über uns sich im leichten Wind bewegten, die Büroangestellten bei ihrem Mittagessen plauderten, Zeitungen lasen und dösten. Ich warf ihm einen verstohlenen Blick zu und hoffte, dass er es nicht bemerkte, aber es war so schön. Mein Vater. Mein richtiger Vater. Das Hotelzimmer schien ein schlechter Traum zu sein. Wenn ich mir jemals ausgemalt hatte, wie ich wollte, dass mein Vater wäre, war es so gewesen: vor der London Library sitzen, Sandwiches essen und reden.

»Holst du Merilyn her?«, fragte ich ihn.

»Ja ...« Zum ersten Mal schien er sich unbehaglich zu fühlen. Er sah mich an, als ob er etwas abwägen würde, und sagte dann: »Leider will sie nicht ... nun ja, herkommen, bis wir verheiratet sind. Es war ziemlich schwer, sie zu überreden, mich überhaupt herkommen zu lassen, um alles zu klären.«

»Aber warum?«

»Ich glaube, sie hat das Gefühl ... Ich weiß nicht. Irgendein Quatsch wegen deiner Mutter. Dill ist in ihren Augen der Buhmann. Sie ist überzeugt, dass wir uns nach fünfundzwanzig Jahren wieder treffen und einander in die Arme fallen.«

Trotz meiner Wut auf Mum musste ich ungläubig lachen. »Meint sie das ernst?«

»O ja.«

»Nun, du solltest ihr sagen, dass sie sich keine Sorgen machen muss. Ich kann mir nicht vorstellen, wen Mum mehr hassen könnte als dich.« Es gab eine Verlegenheitspause. Abrupt sagte ich: »Wann ist übrigens meine Großmutter gestorben?«

Er verzog das Gesicht. »Weiß ich nicht genau. Vor vierzehn, fünfzehn Jahren?«

»War es, als ...? Haben wir dich da gesehen?«

»Mich gesehen?«

»Es war mein Geburtstag. Vor dem Haus?«

»Ah, das war ein paar Jahre davor. Ich war zurückgekommen, um zu sehen ... Nun ja, ich wollte eigentlich dich sehen. Ziemlich blöd. Feige.«

»Musstest du zu ihrer Beerdigung zurückkommen?«

»Oh, so war es nicht. Tatsächlich hätte ich damals die Asche mitnehmen sollen, ich konnte es nur nicht ertragen. Sie ...« Er drückte die Hände ans Gesicht. »Ich erzähle dir all meine Geheimnisse. Nein, ich nehme an, ich musste deshalb an dich denken – ihr Tod und all das. Ich war zu einer Konferenz eingeladen worden, und normalerweise hätte ich nein gesagt. Ich war nicht daran interessiert, wieder nach England zu kommen. Doch diesmal sagte ich mir, dass ich den Mut aufbringen und versuchen musste, dich zu sehen.«

Ich zupfte wütend an dem kurzen Gras, mochte seinem Blick nicht begegnen. »Ich wünschte, das hätte ich gewusst.«

»Ich wünschte, ich wäre tapfer genug gewesen, etwas daran zu ändern. Leider bin ich nur mehrmals an eurem Haus vorbeigegangen. Ich hoffte dich zu sehen, und deine Mutter ...« Er legte die Hand über die Augen. »Oh, es ist erbärmlich.«

Ganz leise sagte ich: »Warum bist du nicht einfach über die Straße gegangen und hast uns begrüßt?«

»Es war, wie sie mich ansah. Totaler Hass ... und Angst. Ich wusste es. Ich sah den Typen bei ihr. Ich stellte Vermutungen an – zu Recht. Ich wollte es, Nina.« Er nahm plötzlich meine Hand und schüttelte den Kopf. »Wenn du dir vorstellst, dass ich nicht jeden Tag an dich gedacht habe, dann irrst du dich verdammt noch mal. Ich hab es getan. Also ...« Er ließ meine

Hand los, und ich fuhr zusammen. »Es ist keine Entschuldigung. Ich bin ein Feigling. Das ist die einzige Entschuldigung, die ich habe.«

»Mrs. Poll hat immer gesagt, dass schwache Menschen vielfache Entschuldigungen haben. Dass du, wenn du aus etwas raus- oder etwas erklären willst, nur einen Grund angeben sollst.«

Das erste Mal, als ich nicht zu ihr hatte hochgehen wollen – als Malc mich *Vier Hochzeiten und ein Todesfall* auf Video nach der Schule hatte sehen lassen, weil ich eine A in Mathe bekommen hatte, obwohl ich sonst so schlecht in Mathe war –, hatte ich stattdessen die Treppe nach oben gerufen: »Ich kann heute nicht zum Tee kommen, Mrs. Poll. Ich habe einen rauhen Hals. Und Jonas kommt vielleicht vorbei. Und ich muss auf Mum warten, sie hat ihren Schlüssel vergessen.«

Sie hatte ihre Wohnungstür geöffnet und auf mich hinabgestarrt, während das Licht der Nachmittagssonne sie in der Tür einrahmte. Ich konnte ihr Gesicht nicht erkennen.

»Wenn du nicht raufkommen willst, sag es nur, Nina. Ich brauche nicht drei verschiedene Entschuldigungen. Bis morgen.«

Das war das einzige Mal, dass ich mich durch sie klein oder unbehaglich gefühlt habe. Drei Monate später war sie tot. Ich schüttelte den Kopf und verdrängte die Erinnerungen.

»Hm«, sagte mein Vater, der mich beobachtet hatte. »Ja, ganz richtig. Wer ist diese Mrs. Paul, die du ständig erwähnst?«

»Unsere Nachbarin von oben. Sie hat sich um mich gekümmert, als ich klein war. Mrs. *Poll*. Sie war wundervoll. Du hättest sie gemocht.«

»Großartig.« Er hörte nicht wirklich zu. »Ach, solltest du nicht gehen, Nina?«

Ich sah auf meine Uhr. »Du hast recht.« Ich krabbelte hoch. Bryan hatte um halb drei eine Verabredung wegen des

Rechtsstreits. Man erwartete, dass ich die Klienten nach oben brachte und ihnen Kaffee holte. »Ich laufe besser. Bleibst du hier?«

»Für den Augenblick. Ich muss mich später mit jemandem treffen.«

»Oh.« Wieder die gähnende Kluft des Nichtwissens zwischen uns. Ich lächelte höflich. »Alter Freund?«

Auch er stand auf. »So ähnlich. Familiensache. Das Letzte, was ich noch klären muss. Ich bin nicht sicher, ob es der richtige …« Er verstummte und räusperte sich. »Ich … Nun, ich werde es dir hoffentlich morgen erklären können.«

Ich wollte ihn nicht in Verlegenheit bringen. »Natürlich. Bis dann also. In aller Frühe, ja?«

»Ja, ganz in der Frühe.« Er beugte sich vor und nahm mein Gesicht in seine Hände, wie ich es am Morgen bei meiner Mutter getan hatte. »Auf Wiedersehen, Nina.« Er küsste mich auf die Stirn. »Lass es mich einmal sagen, ich bin sehr stolz auf dich.«

Aber du weißt nichts von mir, dachte ich, als ich ihn umarmte. Du weißt nicht, dass ich verheiratet war oder dass ich zwölf Exemplare vom *Geheimen Garten* habe oder dass ich einen Phantasiefreund hatte oder dass ich eigentlich Lehrerin werden möchte, aber in fünfzehn Minuten Kaffee für einen Mann holen muss, der seine eigene Mutter ein Jahr lang nicht besucht hat, aber ihr ganzes Geld will.

Ich verabschiedete mich, und er sagte: »Das war wundervoll. Es hat mich wirklich … froh gemacht.«

»Froh?«

»Egal«, meinte er und klopfte mir auf die Schulter, mein Vater/George/Dad. Wie sollte ich ihn nennen? Wir würden morgen auf dem Weg wohin auch immer darüber reden, sagte ich mir, als ich über den Platz ging. Devon? Gloucestershire?

Die Isle of Wight? Es konnte überall sein. So viel, das wir beide nicht wussten. Aber irgendwo mussten wir anfangen.

Als ich in die Straße einbog, warf ich einen letzten Blick auf ihn. Er sah mir nach, winkte und lächelte.

16

Wie das Kind, das die Ferien nicht erwarten kann, packte ich an jenem Abend, als ich von der Arbeit heimkam, und summte vor mich hin, während die Frühlingssonne mein Zimmer mit honigfarbenem Licht überflutete. Sebastian schickte mir wieder eine SMS.

> Lebst Du noch? Habe ich was falsch gemacht? Schicke ich die bedürftigsten Nachrichten der Welt? Was ist los mit Dir? Schließ mich nicht aus, Nina. Egal, wie traurig ich klinge. RUF MICH AN. S.

Ich legte T-Shirts, Pullover, Turnschuhe und Röcke in meine Übernachtungstasche und fragte mich, wo meine Gummistiefel waren und ob ich sie brauchen würde. Da gab es doch einen Fluss, oder? Etwas mit einem Boot? Es könnte also matschig sein. Ich wünschte, mir fiele eine Ausrede ein, in Mums Zimmer zu gehen, mich zu entschuldigen oder zumindest anfangen zu reden. Doch die Tür war zu, und ich war nicht mutig genug, es dorthin zu wagen.

Und ich wünschte auch, dass ich die Art Mensch wäre, der wusste, wie man einfach reinging und zu reden anfing – tatsächlich ein Mensch wie sie. Wieder stellte ich mir Fragen nach den Genen. Ich kam wirklich nicht nach ihr, oder? Ich war zur Hälfte George Parr, zur Hälfte meine Mutter. Nicht das Kind von Dill und Malc, das ich seit meinem elften Lebensjahr gewesen war. »Malc ist jetzt dein Vater«, hatte Mrs. Poll mir gesagt, als sie in den Urlaub fuhr, aus dem sie nicht mehr zurückkam. Sie hatte mich fest auf die Wange geküsst und war in das schwarze Taxi gestiegen, während sie ihre edlen Lederhandschuhe anzog und ihre Tasche schwang.

Jonas war zum Tee und zum Fernsehen gekommen, und ich war sauer auf Mum, weil sie mich von ihm wegzog, um mich von Mrs. Poll zu verabschieden. Ich erinnerte mich an meine Ungeduld, weil sie das zu mir sagte, und an mein leichtes Gefühl des Ekels, als ich den nassen Kuss wegwischte, den sie auf meiner Haut hinterlassen hatte. Ihr Gesicht im Rückfenster war blass wie der Mond. Mum packte mich am Arm und zwang mich, dem wegfahrenden Taxi nachzuwinken.

»Sei nicht so unhöflich, Liebes. Ihr ging es nicht gut. Sie fährt für einen Monat fort. Du wirst sie vermissen.«

»Ich weiß. Kann ich jetzt wieder rein?«

»Warte, bis sie um die Ecke ist.«

Dann war sie fort, und ich erkannte es nicht. Bis es zu spät war, natürlich.

Ich packte zu Ende, während ich an all das dachte, und ging dann hinunter. Ich hatte meinem Vater gemailt – *»Soll ich Gummistiefel mitnehmen?«* – und wollte mir etwas zu essen machen und dann früh zu Bett gehen.

Ich hatte es vorher nicht bemerkt, aber nun sah ich, dass die Küche makellos war. Mum musste unten gewesen sein, während ich weg war. Ich fragte mich, ob ich ihr noch einfach eine Tasse Tee bringen sollte. Ich rief zu ihrem Zimmer hinauf. »Mum? Mum, willst du einen Tee?«

Keine Antwort.

Ich schlich mich wieder zu ihrem Zimmer und klopfte ganz leise. »Mum? Es tut mir leid wegen vorhin. Willst du was essen?«

Ich hörte die Decke rascheln und wie der Fernseher lauter wurde.

»Mum?«, sagte ich und schrie diesmal fast über den unerträglichen Lärm. »Mum, bist du da drin?«

Dann hörte ich sie. Ihre Stimme war heiser, während sie die widerhallenden Stimmen übertönte. »Wenn du wirklich mit ihm gehst, komm danach nicht wieder zurück. Du packst besser jetzt deine Sachen und wohnst bei Elizabeth! Verstehst du?«

»Okay«, schrie ich zurück. »Gut.« Ich tat so, als ob es normal wäre, dass ich beschäftigt wäre, ging wieder nach unten, machte mir eine Suppe warm und schaltete ebenfalls den Fernseher an, bevor ich mich auf das alte Sofa in der Ecke der Küche fallen ließ.

Ich saß dort, bis es fast dunkel war, ohne mich richtig auf irgendwas konzentrieren zu können – nur Reality-Shows und schwache Komödien. Ich fand nichts anderes und brachte es nicht fertig, etwas zu suchen, das mich von dem Lärm oben ablenkte. Ich würde morgen fahren. Ich war raus hier, buchstäblich. Ich ging nach Westen – es musste im Westen sein, oder? – mit meinem Dad. Als ich aufstand, um mir ein heißes Getränk zu machen, das ich mit ins Bett nehmen wollte, kam Malc herein und ließ mich heftig zusammenfahren.

»Tut mir leid, dass ich so spät komme«, sagte er. »Sie haben die Leiche gefunden. In einem Koffer.« Er rieb sich die Augen. »Es war ... Tatsächlich war es entsetzlich.«

»Du magst entsetzliche Leichen, Malc.«

»Vielleicht werde ich ja zum Weichei.«

»O Malc«, sagte ich und sah ihn genau an. »Hast du gegessen?«

Er beachtete die Frage nicht. »Was ist los?« Er zeigte nach oben, wo der Fernsehlärm das Haus immer noch beherrschte.

»Ähm ... Mum. Sie hat es schon seit Stunden so laut.«

»Warum?«

»Ich ... ich habe sie aufgeregt.« Ich wusste nicht, wie ich es erklären sollte. »Tut mir leid, Malc.«

Malc sah auf. »Entschuldige dich nicht, Liebes. Nichts davon ist deine Schuld. Ich glaube, ich trinke einen Tee. Vielleicht mit was Stärkerem darin.« Er zog zwei Becher vom Regal. »Setz dich.« Ich setzte mich auf einen der Küchenhocker.

»Ich weiß nicht, warum sie so ist«, sagte ich nach einer Weile. »Ich ... Wie kann sie einfach im Bett liegen und dir nichts erklären wollen? Und mir? Wie kann sie das tun?«

Er antwortete nicht sofort. »Nina, Liebes«, sagte er schließlich, »ich glaube nicht, dass man gleich mit so etwas Großem fertig wird, oder? Du hast deinen Vater für tot gehalten. Du weißt jetzt, dass sie wusste, dass er es nicht ist. Ich nehme an, jetzt geht es darum, ob du die Erklärung deiner Mutter akzeptierst, warum sie dich belogen hat.« Er reichte mir einen Becher Tee. »Ich tue es.«

»Und es ist okay für dich?«

»Weißt du ... ja. Es war hart für sie.«

»Ich weiß, dass es hart war. Das weiß ich verdammt gut.«

»Auf eine Art, an die du dich nicht erinnerst, Nins«, meinte er sanft. »Sie hatte eine Menge auszuhalten.«

»Ja, aber ...«

»Nicht nur damit fertig werden, ich meine, damit fertig werden, dass sie die Lüge verlängert hat.«

»Du hast es also auch nicht gewusst?«

»Oh, mir wurde es vor einer Weile klar. Vielleicht als du vierzehn oder fünfzehn warst. Nach dem Mal an deinem Geburtstag, als sie sich ins Bett zurückzog. Da wurde mir klar, dass er nicht tot sein konnte.« Der Tee war heiß, und ich zuckte zusammen. »Nimm Milch.«

»Wie hast du es dir da zusammengereimt?«

»Sie war immer komisch, was ihn anging. Wütend, könnte man sagen. Da war eine Energie, und man spricht nicht so über Tote. Also habe ich mir allmählich Fragen gestellt. Und ich beschloss, dass es einen guten Grund für sie gegeben haben muss, zu glauben, dass er für immer gegangen war.«

»Warum zum Teufel hast du sie nicht einfach gefragt?«

»Ich habe es versucht, glaube mir, aber sie hat zugemacht. Sie hat so viel in sich verschlossen, Nina. Es ist erstaunlich, dass sie all die Jahre funktionieren konnte. Ich glaubte, er war am Leben, und ich wusste, dass es, wenn er am Leben war und sie es vor dir und mir verheimlichte, dafür einen Grund geben musste. Und dass es sie eine Menge kostete. Ich wollte nicht, dass sie noch etwas tragen musste. Sie hat nämlich im Lauf der Jahre zu viel tragen müssen.«

»Oh.« Ich starrte ihn an. »Du bist ein guter Mann, Malc.«

Malc kicherte und griff nach der Keksdose. »Och nein. Nimm einen Jaffa-Keks.«

»Vielleicht sollte ich es auch erraten haben.«

»Nein, Nins, nein. Sie hätte nicht gewollt, dass du es weißt, da bin ich mir sicher. Ich glaube, sie wollte dich schützen.«

Ich spürte, wie sich mein Magen umdrehte, und ich sagte: »Kannst du den Rest? Über das Haus oder meine Großmutter? Oder warum er zurückgekommen ist?«

»Natürlich nicht. Ich glaube, sie auch nicht. Aber sie hat ihm nie getraut, also muss man sich fragen, warum er wieder da ist.« Er hob die Schultern. »Ich weiß, das sind große Neuigkeiten, aber sie ändern an einigem nichts. Sie ist immer noch deine Mum und eine wundervolle Mum, und ich bin noch ... ich bin noch dein einziger Stiefvater. Und ich will keine große Rede dazu halten, sondern nur sagen, du bist für mich wie eine Tochter und warst es von dem Augenblick an, als ich dich das erste Mal mit deinem zerzausten Haar und deinem kleinen Gesicht vertieft in ein Ballettbuch sah. Und das wirst du immer für mich sein, und es war mir ein großes Privileg, dabei geholfen zu haben, dich aufzuziehen. Okay?« Er sah für den Bruchteil einer Sekunde zu mir auf und starrte dann wieder in seinen Tee.

»Okay.« Tränen brannten in meinen Augen. »O Malc.« Ich stand auf und umarmte ihn von hinten, legte den Kopf auf seinen Rücken, und er rührte weiter in seinem Tee, doch ich erkannte, dass er lächelte. Ich wusste, dass ich es ihm sagen musste. »Ich habe ihn am Sonntag getroffen. In einem Hotel. Meinen Vater. Und heute habe ich ihn mittags gesehen.«

»Ich verstehe.« Malc schob die Keksdose zu mir hin.

Ich war verblüfft über seinen vollkommenen Mangel an Interesse. »Er ist mein Dad, Malc.«

»Natürlich. Was wollte er denn?«

»Er ... er will, dass ich mit ihm nach Keepsake fahre.«

Malc blickte mich an. »Warum will er das, Nins?«

»Um es zu sehen. Und, nun ja, es gehört mir. Also muss ich dorthin.«

»Du weißt, dass es dir gehört?«

Die Frage brachte mich ein wenig aus dem Tritt. »Natürlich gehört es mir.«

»Woher weißt du das?«

»Weil er ... weil er es sagt.« Ich starrte ihn an. »Ich habe gesagt, ich fahre hin. Morgen. Nur dieses eine Mal. Er ist nicht lange aus den Staaten zurück, und er will mich mitnehmen.«

Mir wurde klar, dass ich klang, als brauchte ich Malcs Zustimmung, obwohl ich doch wusste, was ich tat und warum ich zugestimmt hatte. »Ich fahre, ich muss fahren. Sag mir nicht, dass ich einen großen Fehler mache.«

Malc stellte den Becher geräuschlos auf die Marmortheke.

»Malc?«

Als er wieder aufblickte, war sein Mund eine schmale Linie. »Fahr nicht, Nins.«

»Ich weiß, er ist schwach und dumm und hat etwas wirklich Schlimmes getan, und dass er wahrscheinlich alles erfindet. Aber er ist mein Vater.«

»Ja.« Malc senkte den Blick und sagte leise: »Natürlich ist er das. Aber das heißt nichts.«

»Keiner hätte ein besserer Dad sein können als du, Malc.« Meine Kehle war von ungesagten Dingen wie zugeschnürt. »Das weißt du doch. Es geht eher darum, dass Mum verstehen muss, dass er …«

»Nins, weißt du, was deine Mutter mir Freitagabend gesagt hat, nachdem er weg war?« Er hielt inne, und der Lärm von Personen, die sich im Fernseher oben anschrien, wurde noch lauter. »Sie hat sieben Monate, nachdem er ging, versucht sich umzubringen. Wusstest du das? In so einem schlechten Zustand hat er sie verlassen.«

Ich trat ein wenig zurück, so dass ich mich an die Küchentheke lehnte. »Was?«

»Sie hat dich bei Mrs. Poll gelassen und nahm eine Überdosis. Sie musste sich den Magen auspumpen lassen, wusstest du das?« Malc rieb sich wieder den Kopf.

Leise erwiderte ich: »Nein, natürlich nicht.« Ich spitzte die Lippen und versuchte, nicht zu weinen, denn wenn ich ganz ehrlich war, war es keine große Überraschung. »Du hast es nicht gewusst?«, fragte ich.

»Nachdem wir zusammenkamen, erzählte sie mir, dass sie es einmal vor langer Zeit versucht habe, aber nicht, warum. Der Strom war gerade abgestellt worden, und sie konnte deine Windeln nicht waschen, Nina. Und sie schämte sich so, sich auf Mrs. Poll verlassen zu müssen, um Geld bitten zu müssen, als ihr Girokonto leer war. Sie war ganz unten angelangt. Weißt du, was sie sagte? Sie sagte, sie glaubte ehrlich, dass du mit jemand anderem besser dran wärst. Und sie war inzwischen überzeugt, dass er nicht tot war, hatte aber die Hoffnung aufgegeben, von ihm zu hören. Sie wusste, er hatte Geld, und dachte, dass dies vielleicht die einzige Möglichkeit wäre, ihn zurückzubekommen, damit er dir ein besseres Leben bot.«

Der Gedanke, dass sie glaubte, irgendjemand wäre besser als sie. Der Gedanke, dass Mum jemals ersetzt werden könnte.

»O Mum«, sagte ich erstickt. »Arme Mum.«

»Ich weiß, es ist nicht leicht mit ihr. Ich weiß, sie ist hysterisch und unzuverlässig und egoistisch – oh, sie ist so egoistisch –, aber …« Er rieb sich die Nase. »Was er ihr aufgebürdet hat, hat sie verändert. Ich weiß, es war nicht nur seine Schuld, aber er war der Grund …«

»Du hältst sie echt für egoistisch?« Unter anderen Umständen wäre es außergewöhnlich gewesen, dass wir unsere uns selbst auferlegten Regeln brachen, so über sie zu reden.

»Nins, ich weiß, sie ist nicht allergisch gegen Ballons. Ich weiß, sie liegt im Bett, um meine Freunde nicht sehen zu müssen, wenn sie vorbeikommen. Ich weiß, es gibt kein neues Buch und dass sie sich gerne mit Samthandschuhen anfassen lässt, weil sie eins schreiben könnte und zu viel Angst hat, es zu beenden, falls es nicht gut ist. Ich bin sicher, sie hat deinen Vater auf die Palme getrieben, aber …« Er verstummte. »Tatsächlich glaube ich nicht, dass es so war. Er wirkt nicht so. Ich glaube, sie hat sich die Schuld gegeben, selbst wenn er es ist, der gegangen wäre, egal, mit wem er verheiratet gewesen wäre.«

»Er ist wirklich sehr nett, wenn du ihm ...«

»Als sie ihm sagte, dass sie schwanger sei, meinte er: ›Oh, um Gottes willen, warum um Gottes willen musstest du das tun?‹ Ich glaube, das ist ziemlich seltsam für einen Wissenschaftler. Als ob er die grundlegenden Regeln der Empfängnis nicht kennen würde.«

»Das stimmt nicht«, entgegnete ich. »Ehrlich, ich glaube, manchmal ...«

»Hörst du nicht zu? Ich weiß, sie übertreibt, ich weiß, sie ist kompliziert, aber sie ist so geworden im Lauf der Jahre, um zu verbergen, wie sehr sie sich hasst, weil sie dich anlog, weil sie versucht hat, sich umzubringen, weil sie nicht damit fertiggeworden ist, als er ging, und so weiter. Weil sie nicht mehr Bücher geschrieben hat, weil sie manchmal so handelt, wie sie handelt.« Seine Augen blitzten. »Sie glaubt, wenn sie sich schlecht benimmt oder uns wegstößt, werden wir einen Grund haben, sie nicht zu lieben, sie zu verlassen. Siehst du das nicht? Ausgerechnet du?«

Der Klang der Themamusik einer Sendung aus Mums Zimmer war so laut, dass die Lautsprecher statisch knisterten. Ich fragte mich, wie sie das ertrug.

»Aber Malc, als ich klein war, war mir das egal. Ich wollte jemanden, der meine Schuhgröße kannte oder mir einen richtigen Tee kochte. Nicht Mrs. Poll die ganze Zeit.«

»Aber findest du es denn nicht bemerkenswert, dass sie Mrs. Poll hereingelassen hat? Dass sie es zugelassen hat, dass sie dich praktisch aufzog? Wie schädlich war das wohl für die Selbstachtung deiner Mutter? Du hast Mrs. Poll eine Weile Mummy-Poll genannt, als du klein warst, und das hat sie so aufgeregt, aber was sollte sie machen?« Malc breitete die Arme aus. »Ganz klein. Ich glaube, sie hat sich irgendwie selbst in dieses Leben manövriert und saß dann in der Falle und fand es immer schwerer, mit den guten Dingen – dir, den Büchern, Mrs. Poll – umzugehen.«

»Aber ...«

»Ehrlich, Liebes, deshalb glaube ich, wenn du gehst, wirst du ... wirst du ihr eine Botschaft senden.«

»Das Haus gehört mir«, sagte ich. »Komm schon, Malc.«

»Lass uns erst mehr herausfinden. Tu es mit ihr, nicht mit ihm. Geh stattdessen zu den Anwälten. Frage sie. Frag Lise Travers. Wir können nachschauen. Geh nur nicht mit ihm.«

Es war ganz still in dem dunklen Raum. Bittere Tränen brannten in meinen Augen, taten meiner Kehle, meiner Nase weh.

Ich holte tief Luft. »Hör zu«, sagte ich, »ich werde Donnerstag zurück sein. Ich muss das Haus sehen, verstehen, was ihn so hat werden lassen. Warum er ... Worum es geht.«

Ich griff nach seiner Hand, doch er wich ein wenig aus.

»Es wird nichts sein. Ich sage dir, es ist ein Haufen Müll und Herzschmerz wegen nichts, Nina, und es sind du und deine Mutter, nicht er. Ach ...« Er schüttelte den Kopf.

»Nein.«

»Aber warum?«

»Warum? Ich habe in meinem Leben nie etwas Mutiges getan. Ich bin nicht wie sie, auch wenn du das Gegenteil behauptest.« Ich versuchte aufrecht zu stehen und ihn anzusehen. »Sebastian zu heiraten war das einzige Ungewöhnliche, was ich getan habe, und es war nicht mutig, es war dumm. Ich muss es sehen, es verstehen. Es tut mir leid, Malc.«

Er wandte sich von mir ab. Ich hängte mir die Tasche über die Schulter und ging ohne ein weiteres Wort nach oben. Was sollte ich sagen? Ich hielt mir die Ohren zu, als ich an Mums Zimmer vorbeiging.

Vom Treppenhaus aus hörte ich Malc seine Laufsachen aufheben, und wenig später schloss sich die Haustür. Ich ging wieder nach unten in die Küche und machte ihm ein Sandwich, genau wie er es mochte – Brathühnchen mit Hühnersoße, Stilton und Salat, Dijon-Senf. Ich legte es unter einen Teller und eine Nachricht obendrauf:

> Ich habe nie einen anderen Dad außer Dir gebraucht.
> (Sandwich hier / drunter)
> xxx

Zurück in meinem Zimmer schloss ich die Tür und setzte mich auf das Bett, auf dem der alte Quilt meiner Mutter lag, den sie aus New York mitgebracht hatte. Sie sprach immer über ihr Kinderzimmer. Es war riesig und zugig. Ihre Eltern lebten in einem alten, großen Wohnhaus, in dem die Heizung oft ausfiel. Es gab Eisblumen an den Fenstern und jedes Jahr Schneepflüge und einen Mann in der Nachbarwohnung, der in einer Band spielte und oft mit seiner Frau stritt. Eines Tages, als Mum noch klein war, sah sie durch das Fenster, wie der Mann seine Frau schlug und diese nicht mehr aufstand. Mum sagte es keinem. Sie hatte Angst vor dem Mann aus der Band; er hatte sie einmal angebrüllt. Sie sah die Frau nie wieder.

Der Quilt war weich, das Rosenmuster verblasst, und er schien immer nach etwas Exotischem, Altem zu riechen. Nicht muffig, nur … anders. Er war schon immer auf meinem Bett gewesen. Als ich ein Baby war und sie in mein Bettchen sah und daran dachte, sich umzubringen, als ich vierzehn war und darauf blutete, weil ich das erste Mal meine Periode bekam und mich vor Scham verstecken wollte, und nun, mit fünfundzwanzig, immer noch ein Kind in diesem Haus, das Kind meiner tapferen, verängstigten Mutter. Mum, die, nachdem ein Mädchen mich vier Tage hintereinander umschubste und mein Lunchpaket in den Kanal warf, an einem Freitag mittags auf den Spielplatz im Kindergarten stürmte, das Ohr von Amy, die wie ein Junge aussah, packte, sie zu dem Baum am Kanal zerrte und ihr ins Ohr zischte, dass sie, wenn sie jemals wieder Hand an mich legte, im Kanal landen würde.

Ich streckte mich auf dem Bett aus und starrte hoch zur Decke. Ich habe noch nie etwas Mutiges in meinem Leben getan. Ich habe mich immer vor allem versteckt.

Ich war wohl eingeschlafen, denn ich wachte mitten in der Nacht auf, voll angezogen, das Haar um mein Gesicht gewickelt, der Mund pelzig und schal, die Vorhänge offen und das Zimmer voller blauer Schatten.

17

Am nächsten Morgen ging ich schon in der Dämmerung aus dem Haus. Malc war Frühaufsteher, und ich wollte ihm nicht begegnen. Morgentau glitzerte auf einem Spinnennetz auf unserem Geländer, als ich die Haustür ganz leise hinter mir zuzog und die Straße entlanglief. Ich zitterte in der frühsommerlichen Morgenkälte. George hatte mir gesagt, ich solle ihn um sechs Uhr treffen. Ich würde mich in der Arbeit krankmelden. Ich hatte mich am Tag zuvor vorbereitet, gehustet, ab und zu geseufzt und Mitgefühl bei Becky und Sue geweckt.

Als ich zum Warrington Hotel kam, war alles dunkel. Ich stieg die Stufen hoch und läutete die Klingel für den Nachtportier. Nichts geschah.

Ich klingelte wieder und knirschte mit den Zähnen bei dem Gerassel in der morgendlichen Stille. Und endlich konnte ich irgendwo im Inneren hören, wie sich etwas regte. Ich wartete zitternd. Ich hatte bis zu diesem Moment den Ausdruck »Ich bekam Gänsehaut« nicht verstanden. Zweifel überfielen mich. Was, wenn ich ihn verpasst hatte? Was, wenn …?

»Was wollen Sie?«, ertönte eine grollende osteuropäische Stimme, und ein bulliger Mann erschien in der Tür in einem übergroßen blauen Hemd, auf das »The Warrington« gestickt war.

Ich spähte über seine Schulter. »Ich warte auf jemanden«, sagte ich. »Ich soll ihn hier treffen.«

Er funkelte mich an.

»Kann ich mal schauen? Ist er in der Lobby?« Ich versuchte, nicht zu verzweifelt zu klingen.

»Nein.« Der Portier zuckte mit den Schultern und wandte sich völlig uninteressiert ab. »Ich muss die Tür geschlossen halten.«

Ich folgte ihm hinein und stieß die Tür auf. »Entschuldigung, aber kann ich was fragen? Hat er ausgecheckt?«

Verärgert drehte er sich um. »Woher soll ich das wissen?«

Ich sah ihn gleichmütig an. »Könnte ich nachschauen? Danke. Adonis Blue. Er ist fünf Tage hier gewesen.«

»Ad-Done?«

»Adonis Blue. Das war der Name, unter dem er eingecheckt hat.«

Es klang so weit hergeholt, der Name, die ganze Geschichte, wenn ich es nun recht bedachte.

Niemand hob ab, als wir in seinem Zimmer anriefen.

»Könnten Sie noch mal anrufen? Nur für den Fall, dass er in der Dusche war oder ... oder geschlafen hat?«

Der Portier sah mich mit einem kalten Blick an, der hieß: blöde Kuh. Mir war es egal.

Ich verschränkte die Arme. »Kann ich in sein Zimmer?«

»Nein. Hören Sie, ich weiß nicht, was Sie wollen, aber ...«

»Ich bin seine Tochter.« Ich kam mir vor, als würde ich lügen, um zu bekommen, was ich wollte. »Er muss da drin sein.«

»Was, wenn er ohne Sie weg ist?«

»Vielleicht, aber ich bin fast zu hundert Prozent sicher, dass er das nicht getan hätte. Entweder ist er also da und ein bisschen taub, in dem Fall tut es mir leid, wenn ich Sie gestört habe, oder nicht, und dann werde ich die Polizei anrufen und ihn als vermisst melden müssen. Er ist mein Vater. Ich glaube, ich kenne meinen Vater, oder meinen Sie nicht?« Ich lächelte höflich und hoffte, dass er das Zittern in meiner Stimme nicht hören konnte.

Als wir über den mit Teppich ausgelegten Flur gingen, begann ich das Schlimmste zu fürchten. Bilder von Selbstmord oder Mord oder nächtlichen Überfällen erfüllten meinen Kopf, und ich musste mich schütteln. Das ist das wahre Leben. Er ist nicht ermordet worden. Beruhige dich. Aber das konnte ich nicht, konnte nicht aufhören zu zittern. Mein Herz raste, meine Kehle war trocken.

Als der Portier das Zimmer aufschloss, war niemand darin. Erst mal war ich erleichtert.

»Sehen Sie?« Er klopfte leise an die Wand. »Nichts ist hier.«

Es gab so gut wie kein Anzeichen dafür, dass mein Vater hier gewohnt hatte. Das Bett war auf einer Seite nur leicht zerknüllt. Die Handtücher lagen säuberlich gefaltet auf dem Stuhl. Ein Scheck auf dem Schreibtisch mit seiner Handschrift.

Er war fort.

Als ich ein paar Minuten später auf den Stufen vor dem Hotel saß und in den heller werdenden Morgenhimmel starrte, meine Tasche zwischen den Beinen, fragte ich mich, ob er jemals vorgehabt hatte, mit mir hinzugehen. Ob irgendetwas von dem, was er gesagt hatte, stimmte. Malc hatte recht gehabt. Mum hatte recht gehabt – meine verletzte, zarte Mum hatte mich gewarnt. Sie hatte versucht, es mir zu sagen, oder? Sie hatte sich in ihr Bett zurückgezogen, und ich hatte ihr trotzdem nicht zugehört. O Nina.

Ein Paar hohe Hacken klapperten auf den Stufen, und ich sah auf und entdeckte die Rezeptionistin von meinem früheren Besuch vor mir, die makelloser und munterer aussah, als man so früh am Tag eigentlich sein durfte.

»Guten Morgen. Kann ich Ihnen helfen?«, fragte sie höflich.

»Ich wollte gerade gehen.« Ich versuchte, nicht unhöflich zu klingen, und griff nach meiner Tasche.

»Danke!«, sagte sie, stieg über mich hinweg und öffnete die Tür. »Einen schönen Tag!«

»Entschuldigen Sie«, rief ich ihr nach. Sie drehte sich auf der Schwelle um. »Hat mein Vater, Adonis Blue, hat er erwähnt, warum er abgereist ist? Haben Sie mit ihm gesprochen?«

Sie leckte sich die feuchten, frisch rosa gefärbten Lippen. »Oh, Sie sind seine Besucherin von neulich, ja?«, fragte sie und nickte mir zu. »Ich weiß nicht. Ist er fort?«

»Ja. Er hat Ihnen einen Scheck hinterlassen. Er muss mitten in der Nacht abgereist sein.«

»Ich habe mich gefragt, was los ist.« Sie nickte ruhig. Man hatte das Gefühl, das sie das alles schon erlebt hatte. »Er war gestern Nachmittag sehr wütend. Kam zurück und sagte, sein Geschäft sei nicht gutgelaufen. Er hat viele Fragen zur Sicherheit und was Anrufe betrifft gestellt. Er wollte wissen, was für Einzelheiten wir preisgeben, was wir sagen, wenn Leute unsere Gäste erreichen wollen.«

»Warum war er wütend, wissen Sie das?«

Sie zuckte mit den Schultern. »Ich hatte mit einem anderen Gast zu tun, hab nur Bruchstücke des Gesprächs mitgehört. Es tut mir leid«, fügte sie hinzu und lächelte engelhaft, ungerührt, fast königlich auf mich herab.

»Hat er irgendwas zu Ihnen gesagt? Wohin er wollte? Was er machte? Bitte, wenn Sie mir etwas sagen könnten …«

»Er war geschäftlich hier, das ist alles, was ich weiß. Entschuldigen Sie, ich muss jetzt an die Arbeit, muss den Nachtportier ablösen.«

»Ja … danke.«

Sie blieb stehen und sah, wie meine Hände meine Tasche umklammerten. »Er ist Ihr Dad, oder?«

»Ja.«

»Hm.« Sie stieß die Tür auf und winkte zum Abschied sorglos, halb höflich.

Ich sank wieder auf die Stufen, während sich die Tür hinter mir schloss. Zum ersten Mal seit Jahren wünschte ich, ich könnte mit Matty sprechen. Ich erkannte, wie nützlich sie gewesen war, jemand, mit dem ich reden konnte, jemand, der organisieren, sich verantwortlich fühlen konnte, jemand, der zuhörte, selbst wenn es ihn gar nicht gab.

Und als ob sie hinter mir stünde und mir ins Ohr flüstern würde, hörte ich Mrs. Polls Stimme: »*Steh auf, Liebling. Komm schon, du kannst nicht den ganzen Tag dasitzen.*«

Ich schüttelte den Kopf.

An meiner Schulter spürte ich eine winzige Brise: Verkehr rauschte in der Nähe vorbei; Wind raschelte in den Bäumen über mir. Ich stand auf.

»*Du musst frühstücken. Alles sieht besser aus nach einem Toast. Los jetzt, Nina, geh nach Hause.*«

»Es ist nicht mein Zuhause«, sagte ich laut. »Ich ziehe bei Elizabeth ein. Morgen.«

»*Es ist dein Zuhause. Es war es immer.*«

Ich sah zu der breiten Laube aus cremefarbener und grüner Rosskastanie auf, und einen Augenblick fragte ich mich, ob sie vielleicht dort oben war, ruhig auf einem Ast hockte, so wirklich kam es mir vor.

»*Keepsake zählt nicht. Der Vater zählt nicht. Was du schon hast, zählt.*«

Der Wind nahm zu, und der Junihimmel verdunkelte sich auf jene plötzliche Frühlingsart. Die Hoteltür schlug wieder, und diesmal fuhr ich auf. Ich tat, was Mrs. Poll sagte, und stand auf. Ich würde Zeit für ein Frühstück vor der Arbeit haben.

Doch während ich schnell in die Stadt ging, fragte ich mich, wo mein Vater war. Auf dem Weg nach Keepsake? Oder gleich um die Ecke auf der Lauer, weil alles eine Lüge war? Doch ich wusste, das konnte nicht sein. Ich kannte jenes Haus. Ich musste jetzt selber einen Weg dorthin finden.

DER SCHMETTERLINGSSOMMER
(Fortsetzung)

Ich habe nur einmal Flöhe gehabt, und genauso wie eine Entbindung ist es eine Erfahrung, die ich ungerne wiederhole.

Zwei Wochen nach meiner Ankunft in London – ungewaschen, fast verrückt vor Hunger und in denselben Kleidern, in denen ich Cornwall verlassen hatte – stand ich am Fuße der Stufen eines schmuddeligen Häuserblocks in Bloomsbury und bemühte mich, nicht zu kratzen. Meine Haut war teilweise rot und schälte sich, ölige Schuppen, die von meinem Körper zu fallen schienen, wann immer ich hinsah; also sah ich nicht mehr hin. Ich zog mich selten aus, denn ich hatte zu viel Angst, dass man mir Teile meiner armseligen Garderobe stehlen könnte.

Meine Dummheit, nach London zu kommen, wurde mit jedem Tag offensichtlicher. Aus vielen Gründen konnte ich bei diesem Vorstellungsgespräch nicht versagen, sonst wäre ich wirklich verloren. Der verbleibende Schein und ein paar Münzen, die ich noch hatte, umklammerte ich mit der Hand, die in meinem Rock steckte.

Es ist seltsam, nicht wahr? Die winzigen, zufälligen Entscheidungen, die man trifft, die sich auf eine Weise auswirken, von der man keine Ahnung hat. Ich dachte jetzt oft an meinen letzten Morgen in Keepsake, wie ich mich vor vierzehn Tagen angezogen und keine Ahnung gehabt hatte, dass ich am Abend für immer weg wäre. Ich hatte lächerlich gepackt – Seidenhemden und sogar ein Kleid aus Crêpe de Chine, alle hastig in die viel belächelte Tasche geworfen. Doch das war alles vorbei. Sie war mir in einem Lyons-Corner-Haus am Tag meiner Ankunft gestohlen worden.

Nur durch eine letzte Glückssträhne hatte ich mein Notizheft und meine lederne Brieftasche mit meinem Geld und der Schmetterlingsbrosche meiner Mutter darin vorübergehend auf den Tisch gelegt. Meine einzigen Kleider waren ein Tweedrock, der nur bis zu einem gewissen Punkt wärmte, ein Hemd und eine Kaschmirjacke, Gott sei Dank, meine vernünftigen festen Schuhe und mein neuer Mantel, ein Geschenk zu meinem achtzehnten Geburtstag. Dies alles hatte ich in den letzten zwei Wochen getragen.

Ich hatte es auch versäumt, den Preisunterschied in London einzuberechnen, und da ich mich sträflich unterversorgt hatte, waren meine zwölf Pfund auf zehn Shilling zusammengeschmolzen. Ich hatte keine Rückfahrkarte. Die Diamantbrosche konnte ich nicht verkaufen. Jeder Juwelier, zu dem ich sie brachte, weigerte sich, etwas damit zu tun zu haben. »Das Wappen ist alt. Was steht denn da auf dem Rückgrat?«

»*Was geliebt wird, ist niemals verloren.*« Die Worte klangen lächerlich, wenn ich sie laut sagte.

»Hm, es ist ein schönes Stück«, sagte einer von ihnen, ein alter Mann in einem alten Schuppen an der Gray's Inn Road, aus dessen Ohren lange weiße Büschel lugten. »Woher sollte jemand wie du so was haben?«, hatte er wissen wollen.

»Sie gehört meiner Familie«, hatte ich gesagt und mich zu voller Größe aufgerichtet, »aber ich brauche sie gerade nicht. Ich will sie verkaufen.«

»Ich glaub kein verdammtes Wort, meine Liebe«, hatte er mit Genuss gesagt und sie mir über die Holztheke wieder zugeschoben. Dabei senkte er die Stimme, während er mein schmutziges Haar, meine sackartigen Strümpfe und mein schmuddeliges Hemd in Augenschein nahm. »Du hast es gestohlen. Ich handle nicht mit gestohlener Ware, kapiert? Jetzt hau ab. Das hier ist ein anständiges Geschäft.«

Es war dasselbe, wo immer ich hinkam, und im Lauf der Zeit wurde mein Äußeres, das für so ein Vorgehen so wichtig war, immer schlimmer. Dank einer Anzeige am Brett der Marylebone Public Library war es mir gelungen, eine Frauenunterkunft in Bloomsbury voller Schauspielerinnen, Kellnerinnen und so weiter aufzutreiben. Bald wurde klar, dass manche der Damen nicht ganz ehrbar waren, doch das Haus war sauber und ruhig. Der einzige Nachteil war, dass ich mich nirgends waschen konnte und kein Geld für neue Kleider hatte. Ich versuchte den Tweedrock in dem zersprungenen alten Becken im gemeinsamen Badezimmer auszuwaschen, machte es aber eigentlich nur noch schlimmer. Ich schlief in meiner Wolljacke.

Wenn ich nur eine Mahlzeit am Tag einnahm, hatte ich noch genug Geld für eine weitere Woche hier. Ich hatte die Lage tatsächlich völlig falsch eingeschätzt. Ich weiß nicht, ob Sie sich an eine frühere Erwähnung meiner Tante Gwen erinnern, aber es veranschaulicht deutlich die flüchtige Rolle, die sie bisher in meinem Leben gespielt hatte, dass zwei, drei Tage vergingen, bis ich mich daran erinnerte, dass ich mich immer noch an sie wenden konnte, wenn die Situation brenzlig wurde. Sie war so etwas wie eine Ewiggestrige. Meine Großmutter hatte sie nie geliebt, wahrscheinlich, weil sie Angst vor allem hatte, was außerhalb dessen lag, was sie als die normale Welt ansah, und meine Großmutter scherte sich herzlich wenig um die Meinung der anderen. Hosen bei Frauen waren Tante Gwens größte Angst, und nach meiner zweiten Londonreise mit zwölf erinnerten meine Mutter und ich uns oft mit gleichem Vergnügen daran, wie uns eine Verkäuferin bei Harrods anbot, uns ein paar der neuesten Hosen zu zeigen.

»Lass uns *sofort* gehen, Charlotte!«, hatte sie ausgerufen, meine Mutter an ihrem Samtärmel gezerrt und war von der ausgestellten Ware weggeeilt.

Gwen hatte einen schottischen Landbesitzer geheiratet, den sie kennengelernt hatte, als sie und meine Mutter ihre einzige Saison in London hatten, ein Sommer, von dem meine Mutter hasserfüllt sprach – sie hasste es, weg von Keepsake zu sein. Doch Gwen war in London aufgeblüht, hatte ihren Prinzen getroffen, der ihr zu Gefallen war, indem er nach zwei Jahren Ehe an Diphterie starb und sie bequem eingerichtet in einem winzigen Haus hinter der Brook Street hinterließ. Sie kam nie wieder zurück nach Cornwall. Ich hatte vorher nicht verstanden, warum, doch wie so vieles um Keepsake verstand ich es jetzt ein bisschen besser, da ich außerhalb der alten Mauern war.

Ich wusste, ich würde mich an Gwens Haus erinnern, wenn ich nach Mayfair ginge, doch ich war mir völlig unsicher, welchen Empfang sie mir bereiten würde. Inzwischen begann es mich überall zu jucken, und sie wäre entsetzt. Anfänglich war es auch noch herrlich, ausnahmsweise unabhängig zu sein, denn obwohl ich meine Tage damit verbrachte, Tee in Cafés zu trinken, endlose Ideen für Stellen oder Plots für Romane niederzuschreiben, an denen ich mich versuchen sollte, oder nur Summen addierte und probierte, nicht auf den nagenden Hunger zu hören, der mich peinigte, war ich frei in dieser magischen Stadt. Frei, um in die National Portrait Gallery zu wandern und den ganzen Tag Charles II. anzustarren. Frei, den ganzen Tag im Park zu liegen oder die Charing Cross Road entlangzugehen, in die riesige kitschige Amusement Arcade zu blicken, auf die scherzenden jungen Männer in schicken Anzügen und mit Filzhüten, die in der Tür leichtes Ale tranken. Frei, stehen zu bleiben und so lange ich wollte zu den goldenen Lichtern der Theater zu schauen oder auf die Menschenmenge, die hineindrängte.

Ich war unten, aber ich war nicht out. Ich konnte es nicht riskieren, das alles aufzugeben und wieder nach Keepsake geschickt oder von meiner Tante aufgenommen zu werden, gezwungen, das Leben zu leben, das sie für ihre Nichte wollte, das einer jungen adligen Debütantin. Ein Mädchen aus Cornwall, das ich kannte, heiratete im St. George's am Hanover Square, als ich eines Nachmittags dort vorbeikam – orangefarbene Blüten, eine Phalanx aus Brautjungfern in Chiffon und Seide, Blütenkronen aus Draht und Seide auf ihren Köpfen, und die Männer hielten ihre Zylinder in dem scharfen Wind fest. Der Bräutigam, mit schmalem Gesicht und herabfallenden Schultern, nervös, die Braut, die im Wind erfolglos mit ihrem Spitzenschleier kämpfte – beide sahen sich überrascht an. Das hätte ich sein können, und ich wusste es, und mir war klar, wie viel Glück ich hatte, diesem Schicksal entronnen zu sein, wenn auch nur für den Moment.

Mein Alltag drehte sich um meine Besuche im Lesesaal der British Library, wo ich auf meine Chance wartete, die *Times* nach Nachrichten zu durchforsten, vor allem aber um zu sehen, ob Matty mir eine Nachricht in den Kleinanzeigen geschickt hatte.

Ich hatte keine Ahnung, welche Rolle diese verdammten Anzeigen in meiner Zeit in London spielen würden. Zu Hause hatte ich natürlich das Radio und das Exemplar meines Vaters von der *Times* gehabt, die ich lesen konnte, während er döste. Hier konnte eine Katastrophe passieren, und ich würde nichts davon erfahren. Es gab kein Radio im Ladies' Hostel, keine

Zeitungen. Hitler war im März in Österreich einmarschiert, angeblich friedlich, und hatte gesagt, er »rette« die Sudentendeutschen in der Tschechoslowakei. Die Lage war seltsam, alles nach außen so ruhig, und doch bemerkte man jeden Tag kleine Veränderungen. Die Schilder, die auf den Straßen auftauchten, »Luftschutz-Station«. Die Gräben, die im Hyde Park ausgehoben wurden. Aus der Ferne sahen sie nur aus wie riesige Maulwurfshügel. Wenn ich darüber nachdenke, war das meine erste Wahrnehmung, dass etwas nicht stimmte.

Am Vortag war ich im Lesesaal der British Library gewesen, hatte die *Times* überflogen und versucht, so zu tun, als ob ich nicht hungrig oder verzweifelt wäre und als ob ich nicht die neugierigen Blicke der Fremden auf mir sähe, als ich glücklicherweise eine der Nachrichten unter Persönliches entdeckte:

»DIE ATHENA PRESS, 5 CARLYLE MANSIONS, HANDEL STREET, WC1, SUCHT DRINGEND einen jungen Menschen mit minimalen Schreibmaschinenkenntnissen, ausgezeichnetem Organisationstalent; geistreich und gebildet; mit gutem Hintergrund; fähig, mit aufmüpfigen Katzen und Hunden umzugehen; fähig, schnell zu lesen und ein Büro mit zwei Personen zu organisieren, auch ein paar leichte Aufgaben im Haushalt. Wohnung inbegriffen. Zuschriften postlagernd T345, *The Times*, 72 Regent Street, W1.«

Ich schrieb sofort und wurde gebeten, am nächsten Tag zu einem Gespräch in die Carlyle Mansions zu kommen. Wagemutig hatte ich zwei Pennys für die Reinigung gegenüber genommen, um meinen Rock zu waschen und zu bügeln und den Pferdegeruch wegzukriegen. Glücklicherweise konnte ich mir auch eine Seidenbluse von Marie leihen, einer netten Verkäuferin, die das Zimmer neben mir bewohnte, auch wenn sie dicker war als ich, so dass die Bluse immer aufging und ich sie bis zum Hals zuknöpfen musste. Dann fragte ich bei Debenhams, ob ich Hautmilch und Puder ausprobieren dürfe. Die gelangweilte Verkäuferin überfiel mich voller Begeisterung, und als ich zwanzig Minuten später hinausging, roch ich wie ein Bordell und ähnelte im Spiegel einem sehr, sehr stark geschminkten Revuegirl aus dem Palladium – blasses, zugeklebtes Gesicht, Ohren, Hände und Hals rot von dem Ausschlag an meinem Körper. Mich verlangte, in eine Telefonzelle zu gehen und mich am ganzen Körper zu kratzen. Nur die größte Selbstbeherrschung, die mir im Lauf der Jahre eingebleut worden war, hielt mich davon ab.

Als ich bei den Carlyle Mansions ankam, klingelte ich und trat zurück, als mich das Jucken wieder übermannte.

»Sind Sie das?«, rief eine hohe Stimme irgendwo über mir mit starkem Akzent.

Ich sah auf. »Theodora Parr. Ich bin wegen der Anzeige in der *Times* gekommen, Athena Publishers.«

»Nein, Athena Press«, erwiderte die Stimme plötzlich über die Gegensprechanlage. »Das ist falsch.«

»Es tut mir leid«, sagte ich. »Sollte ich ... Ist heute der richtige Tag?«

»Ja, ich nehme an. Kommen Sie rein.«

Der Türöffner summte. Der Gang war kühl und dunkel, mit schwarz-weißen Marmorkacheln auf dem Boden, von denen mehrere zerbrochen waren oder fehlten. Es war ruhig, abgesehen davon, dass jemand sang, ein volltönender Bass. Mir wurde klar, dass ich keine Ahnung hatte, woher in diesem großen, kalten Gebäude die Stimme gekommen war. Also stieg ich weiter die Treppe hoch und hoffte, jemand würde erneut rufen.

Als ich im obersten Stockwerk war, sah ich mich um und wusste nicht, was ich als Nächstes tun sollte. Mein Kopf war leicht vor Hunger. Ich war am Vortag in der Tram in Ohnmacht gefallen – höchst peinlich. Ich stand da, umklammerte das Geländer, sah auf die kaputten und fehlenden Stäbe und hoffte, ich würde nicht hindurchfallen, als die Tür aufging und ein Schatten, die Umrisse eines jungen Menschen, über mich fiel.

Ich werde Ihnen Al nicht richtig beschreiben können, ohne Sie aus dem Fenster blicken zu lassen, wenn es ein sonniger Tag ist. Schauen Sie in den blauen Himmel. Schauen Sie auf die Helligkeit, die Klarheit dieses Blaus. Die Augen werden Ihnen danach weh tun, weil es anderswo so dunkel ist. So war es, Al das erste Mal zu sehen.

»Nach wem suchen Sie?« Der Schatten war echt – jungenhaft, schlank, hohe Wangenknochen, leicht schräge dunkle Augen. Die junge Person trat vor und berührte mich mit einer vogelähnlichen Bewegung, die ich bald gut kennen würde, rasch und sicher und doch gleichzeitig vorsichtig mit einem Finger an der Stirn. Die Augen, so offen, so voller Lachen, das etwas schräge Lächeln, das leichte Erröten der Wangen, die schlanken, langen Hände, der schwankende Akzent, der das einzig Wandelbare an Al war. Ich habe mich im Lauf meines langen Lebens komplett verändert, ich war so viele verschiedene Versionen meiner selbst. Al konnte nichts anderes sein als dieses schöne, gottähnliche Wesen, voller Freude und Humor und impulsiver Bewegungen, wie eine Katze, die sich nach zu viel Sonne streckte.

»Sind Sie in Ordnung? Sie sind bleich wie ein Laken.«

»Ziemlich schwach. Ist lange her seit dem Frühstück.« Ich blinzelte, war mir meines seltsamen Äußeren bewusst, des durchdringenden Geruchs nach Hautmilch und Lavendelwasser, meiner schuppigen roten Hände. »Mir geht es gut, vielen Dank.«

»Ah.« Verlegenes Schweigen. »Nun, ich glaube nicht, dass Sie zu mir wollen, oder? Außer es ist mein Glückstag.«

Ich sagte steif: »Sicher nicht. Ich suche nach Mr. ... nach Athena, der Athena Press. Ich komme wegen eines Vorstellungsgesprächs.«

»Der alte Gauner? Na, ich bin überrascht.« Al hatte ein breites Lächeln, das mich einen angeschlagenen Zahn sehen ließ, was ausschaute wie bei einem Piraten, obwohl sonst – von dem glatten schwarzen Haar bis zu den schmalen Füßen – alles perfekt war. Das wusste ich da schon. Es war so einfach. Ich wollte die Hand ausstrecken, um diese glatte cremefarbene Haut unter meinen Fingern zu spüren. Den winzigen rosafarbenen Fleck auf den Wangen, wie klebrige Marmelade in dicker Sahne. Die leicht geöffneten Lippen. Die Augen, die mich neugierig betrachteten, versuchten mich abzuschätzen, herauszufinden, ob ich diejenige war, die sie sich wünschten.

»Ich sehe nicht, warum Sie überrascht sein sollten, da wir uns ja nicht kennen.«

»Ich wundere mich über jeden, der auf seine Gaunereien reinfällt. Er ist ein alter Ganove.«

»Wie das?«

»Oh, es ist ein Zuschussverlag«, sagte Al. »Bringt einen dazu, ihn zu bezahlen, um sein Werk veröffentlichen zu lassen. Sie glauben alle, sie unterschreiben bei Michael Joseph oder Gollancz, und stattdessen bezahlen sie jemanden dafür, um *Die großen Abenteuer der kleinsten Kätzchen* oder *Mein Leben in Knöpfen* zu veröffentlichen oder was für ein Unsinn dem Herrn oder der Dame sonst eingefallen ist. Dann sind sie verdammt wütend, weil sie keine Exemplare verkauft haben, und tauchen hier auf und drohen mit dem Gesetz, und manchmal gibt er ihnen etwas Geld zurück, manchmal nicht.«

»Woher wissen Sie das?«

»Ich habe ihm meine Memoiren über meine Zeit als Medium in Torquay geschickt.«

»Seien Sie nicht so unverschämt«, sagte ich, und wir lächelten beide wieder, nun weniger schüchtern als vorher.

»Tut mir leid. Sie kommen aus Versehen her, immer. Ich mag den ollen Michael. Er ist plemplem, verstehen Sie, aber er ist sehr unterhaltsam. Ich habe ihm immer wieder empfohlen, ein Schild neben die Tür zu hängen, damit die Leute wissen, dass es die Wohnung im Erdgeschoss ist, aber er tut es nicht.« Al hob die Schultern. »Hat Angst, entdeckt zu werden. Also habe ich es übernommen, ihnen die Wahrheit zu sagen. Worum geht es in Ihrem Roman, wenn ich fragen darf?«

»Ich habe keinen Roman geschrieben. Ich bewerbe mich für einen Job.«

Als Augenbrauen hoben sich hoch über die Tolle aus schwarzem Haar. In dem Moment sagte eine Stimme unter mir: »Aha! Wir sind hier. Sind Sie da oben?«

Ich sah die Treppe hinunter in den schwarz-weißen Gang, und da stand eine Gestalt mit den Händen in den Hüften und blickte zu mir hoch.

»Ich wusste nicht, wo ich hinmusste, tut mir leid. Das … Ich wurde nur umgeleitet.«

»Sie kommt runter, Michael.«

Michael winkte hoch. »Al, Liebling, guten Morgen.«

»Morgen.« Al wandte sich mir zu. »Verdammt nett, Sie kennenzulernen. Ich bin Al, wie er sagt, Al Grayling.«

Ich sah überrascht aus.

»Es war der Name meines Vaters. Fragen Sie mich nicht, warum ich ihn habe, er war eine ziemliche Last.«

»Ich … Ihr Familienname. So heißt auf Englisch ein Schmetterling.«

»Ein was? Ein Schmetterling? Oh, das wusste ich nicht.«

Ich fand diesen Zufall offenbar viel interessanter als die Familie Grayling. »Ja. Es ist ein schöner Schmetterling, zumindest das Weibchen. Das Männchen ist ziemlich schäbig.« Ich errötete. Noch immer versuchte ich herauszufinden, wie man mit Leuten sprach. »Sie lieben die Klippen, Kalk …« Meine Stimme verebbte, und ich sah hinunter zu Michael, der auf mich wartete. »Komme gleich. Es tut mir leid …«

»Das ist sehr interessant«, erwiderte Al höflich. »Ich bin leider ziemlich blöd, wenn es um die Natur geht. Wie heißen Sie?«

»Theodora – oh, ich heiße Teddy. Teddy Parr.«

»Hallo, Teddy Parr.« Wir reichten uns die Hände und sahen uns immer noch an. »Viel Glück dann. Ist nett, jemanden Jungen hierzuhaben. Kommen Sie doch mal hoch, wenn Sie den Job haben, und ich mache Ihnen was zu essen. Klopfen Sie an die Tür, ich bin immer da.«

»Oh.« Ich ging zur Treppe und hob die Hand in Richtung der ungeduldigen Gestalt unten. »Was arbeiten Sie?«

»Ich schreibe.« Al stand in der Tür, grinste und hob dann den Daumen. Ich wünschte, ich könnte oben bleiben, doch ich wandte mich um und ging hinunter.

In dem Sommer, den ich bei Athena mit Michael Ashkenazy verbrachte, sah ich ihn nur Schwarz tragen. Einmal wählte er einen dunkelgrünen Pullover aus und spielte damit, strich zärtlich darüber und zog ihn sich über den Kopf, doch genauso schnell zog er ihn wieder aus, murmelte etwas, und Misha erschien, um ihn aufzuheben, als er runterfiel.

»Schrecklich«, sagte er schaudernd.

»Ich weiß«, stimmte ich zu, als ob er in eine Jacke aus Schlangen hätte schlüpfen wollen.

Er war von Kopf bis Fuß in Schwarz gekleidet, ein dünner, weibischer Mann mit einem quadratischen Kopf, dunklen, tiefliegenden Augen, ständig gespitzten Lippen und dem Ausdruck einer leicht verärgerten Ziege.

»Ich entschuldige mich für die Verwirrung«, sagte ich und schüttelte ihm die Hand, als ich unten bei der Treppe ankam. »Ich war mir nicht ganz sicher, wo Sie sind.«

»Machen Sie sich keine Sorgen deshalb.« Er sah mich neugierig an. Plötzlich fragte er: »Sind Sie reich? Ist es ein Scherz, dass Sie heute hergekommen sind, ein Streich, von dem Sie Ihren Freunden erzählen können?«

Ich starrte ihn so schockiert an, als ob er mich geschlagen hätte. Der Wunsch, mich am Bein zu kratzen, war plötzlich übermächtig, aber ich wusste, ich konnte nicht nach unten schauen oder mich rühren. Ich hatte nur diese winzige Chance, hierzubleiben. Ich musste ihn weiter anblicken, ihn glauben machen, dass ich ein überzeugender und gesunder junger Mensch war. »Ich habe das Haus meiner Familie verlassen.«

»Wo ist das?«

»Weit weg von hier.«

»Warum sind Sie gegangen?«

Keepsake, golden in der Morgensonne. Der Helford, der im Frühlingswind glitzerte und mit neuem frischem Grün gesäumt war. Der dürre, gekrümmte Körper meiner Mutter. Die Tür unter der Treppe, die Frauen, die nachts mit mir sprachen ...

»Ich musste es tun«, sagte ich leise.

»Das ist keine Antwort.«

»Ich ... ich ...« Ich holte tief Luft. »Ich will Schriftstellerin werden und in London leben.«

»Schriftstellerin?« Seine Augen blitzten. »Ein sanftes kleines Ding wie Sie?«

Ich sah auf die verschlossene Tür, hinter der wohl seine Wohnung lag. »Ich kann Ihre Briefe schreiben und freundlich Telefonanrufe beantworten, hoffe ich. Ich bin eifrig und organisiert ...« Ich zermarterte mir das Hirn auf der Suche nach dem, was ich ihm noch sagen könnte, und erkannte, wie elend wenig Ahnung ich hatte. Da zeigte Michael Ashkenazy auf meinen Arm.

»Sie haben einen Begleiter.«

Der Floh war groß, fast so groß wie eine Linse. Michael drückte mit dem Daumennagel darauf. Blut, mein Blut spritzte aus dem schwarz-roten Panzer auf meine Bluse. »Entschuldigung«, murmelte Michael. »Ich weiß nicht ...« Er sah sich um. »Es muss unser Hund sein.«

Ich schüttelte den Kopf. »Sir, bitte machen Sie sich keine Sorgen. Ich ... es ist ...« Ich habe Flöhe. Ich schluckte. »Flöhe machen mir nichts aus!«

»Was für ein interessantes Mädchen Sie sind.«

Ich streckte die Handflächen aus und sagte frei heraus: »Ich werde eine ausgezeichnete Angestellte sein. Ich bin gebildet. Ich habe eine schnelle Auffassungsgabe. Ich suche verzweifelt Arbeit. Ich bin auch sehr hungrig. Ich habe kein Geld mehr. Wenn Sie mich nehmen, verspreche ich Ihnen, dass ich mein Bestes geben werde.«

»Ihr Bestes, so, so«, sagte er, nickte und sah mich immer noch an. »Meine Frau hat Crumpets gekauft. Wir lieben Crumpets. So witzig. Nun, junge Dame, möchten Sie sich setzen und welche essen?«

»Ja, gerne.« Ich klang begeisterter, als ich gewollt hatte.

»Wie heißen Sie? Ich habe es vergessen. Verzeihen Sie mir.«

Ich zögerte. »Teddy. Parr. Teddy Parr.«

Er sah mich aus diesen klugen, dunklen Augen an, den Kopf zur Seite gelegt. »Ja? Nun, noch mal, ich heiße Michael Ashkenazy, und Sie sind willkommen, sich zu uns zu gesellen, Teddy Parr. Kommen Sie herein. Kommen Sie und lernen Sie Misha kennen.«

Er öffnete die Tür, und da ich keine andere Wahl hatte, folgte ich ihm.

Viele Jahre später, als ich an einem Regentag am Fenster einer winzigen exklusiven Galerie in Kensington vorbeikam, entdeckte ich ein Gemälde, das in Ashkenazys Esszimmer gehangen hatte. Eine Dame im schwarzen Kleid mit einem Kind, deren Augen neckisch blickten. Das Kind griff nach einer Brosche an ihrem Kleid. Es stammte von Berthe Morisot und kostete sogar damals fünfzigtausend Pfund. Ich blieb abrupt stehen, als ob eine Faust direkt in meinen Eingeweiden gelandet wäre. Ich hatte das Bild jeden Tag angeschaut. Warum war es hier, wo hatten sie es gefunden? Ich ging hinein und fragte den Galeristen, ob er wisse, wer es verkauft habe und woher es komme. Eine Haushaltsauflösung, mehr konnte man mir nicht sagen, und es war offensichtlich, dass ich meine Nase in etwas steckte, was mich nichts anging.

Die Wohnung der Ashkenazys war vom Boden bis zur Decke vollgestopft mit Kunst und Möbeln. Ich war noch nie an so einem Ort gewesen und werde es auch nie mehr sein. Durchhängende Sessel aus einst herrlichem blau-goldenem Seidenbrokat, viel zu groß für ihr bescheidenes Heim, standen eng an großen, kunstvoll geschnitzten Bücherregalen, die dafür gebaut waren, große, dicke goldverzierte Atlanten und seltene Teller mit Vögeln zu beherbergen. Die Wände waren vom Boden bis zur Decke voll mit Gemälden, Landschaften, Gruppenszenen in Bars, tanzenden Männern und Frauen, ein Wirbel aus Pinselstrichen, und Porträts. Die, die das Pech hatten, unten zu hängen, wurden oft von den Hunden angeleckt. Etwas musste danach mit dieser ganzen Opulenz passiert sein. Bis heute frage ich mich, wer die Mutter mit dem süßen Gesicht und dem lachenden Kind gekauft hat. In welchem Raum es nun hängt.

Ich blickte mich um, während Michael mit einer Lampe herumspielte. »Sie haben so viele schöne Dinge.«

»Wir haben hier die Reste unseres alten Lebens«, sagte er und wedelte mit der Hand. Eine Katze, die auf einem Stuhl schlief, erwachte, entdeckte mich, streckte wütend den Rücken und schoss hinter eine Kommode. »Alle Schätze unserer Familien, die wir mitgenommen haben. Misha! Misha!«, schrie er. »Das Mädchen ist da. Bring Crumpets und Tee.«

Misha tauchte aus der Küche auf, ein Buch in der Hand, und sah mich verärgert an. »Das ist sie?«

»Ja«, antwortete Michael.

Misha hob das Buch zum Kinn und sah mich an. Dunkle Augen schätzten mich von oben bis unten ab. Ihre Fingernägel waren in einem grellen Lila angemalt.

»Sie wird genügen.«

Dann drehte sie sich abrupt um und verschwand wieder in der Küche.

So begannen meine Zeit bei den Ashkenazys und mein Sommer. Das volle Esszimmer war das Hauptquartier der Athena Press, und irgendwo in dem Chaos standen zwei Schreibtische und ein kleiner Sessel für zukünftige Kunden. Es gab zwei Schlafzimmer. Ihres war ein großer Raum an der anderen Seite des Ganges, der hinaus zur ruhigen Straße ging und mit ebenso vielen Möbeln wie das Esszimmer gefüllt war. Mein Zimmer lag im hinteren Teil des Gebäudes und ging zum Garten hinaus. Es war lang, aber sehr schmal, und bot Platz nur für ein Bett. Hinter mir führten Glastüren in den Garten, und manchmal hörte ich Mäuse, die von dort und unter mein Bett huschten. Ich war ein Mädchen vom Land, und so störte mich das nicht, ebenso wenig wie die vielen Spinnen an den Fenstern. Und mich störten auch nicht die anderen Beschränkungen des Zimmers wie der Lärm, der ständige Geruch nach Bratenöl und den Zigaretten, die Michael und Misha andauernd rauchten. Sie dachten sich nichts dabei, auf ihrem Weg in den Garten durch mein Zimmer zu gehen, was sie tatsächlich jederzeit taten.

Misha und Michael waren Russen, jedoch während der Revolution nach Wien geflohen. Sie waren keine Bolschewiken oder Kommunisten. Ich habe sie nie über Politik reden hören, abgesehen von den üblichen Sorgen, die uns in jenen Tagen beherrschten. Sie hatten Wien verlassen und waren nach London gekommen, das damals die Hauptstadt des künstlerischen Ausdrucks war, da Berlin und Wien unter der Herrschaft der Nazis standen und Paris nur besorgt über die Schulter sah. Ich erfuhr bald alles über ihre frühen Jahre, über Misha, die die verwöhnte Tochter eines weißrussischen Oberst war – sie war im Winterpalast in Sankt Petersburg gewesen –, und den ungepflegten Jungen, den sie mit vierzehn beim Eislaufen kennengelernt und in den sie sich sofort verliebt hatte. Michael war der Sohn von bohemehaften frühen Bolschewiken. Ich erfuhr, dass sie heimlich geheiratet hatten, und über ihr Leben in Sankt Petersburg vor der Revolution. Sie sprachen nur über Russland, nie über Wien. Seit vier Jahren waren sie in London.

Für mich, die an Ordnung und gähnende Stille gewöhnt war, war ihr Leben außergewöhnlich. Jeden Morgen, wenn ich kam, fand ich Michael schlafend an dem großen Tisch vor, den Kopf in einem Haufen Zigarettenstummeln, während das Grammophon sich lautlos drehte und sich um ihn herum mehrere Gäste im Tiefschlaf ausbreiteten. Ich wusste nie wirklich, woher sie kamen, doch sie waren offenbar unbelastet von Jobs, die morgens ihre Anwesenheit erforderten. Die meisten waren unheimlich freundlich, wenn auch unverständlich; oft sprachen sie Russisch oder Griechisch oder Hindi (so teilte man mir mit, da ich keinerlei Kenntnis dieser Sprachen besaß). Ich kochte ihnen Kaffee, und Michael schrie mich an, weil nicht genug Zucker in seinem Kaffee war. Abends versammelten sich Menschen in der Wohnung und tranken Wodka und Sherry, den Misha besonders mochte. Einer ihrer Freunde, ein ziemlich unangenehmer Bildhauer und professioneller Trinker namens Boris, hatte eine Mundharmonika und spielte unerwartet schön.

Nach ein, zwei Wochen war es so, als ob ich schon immer dort gewesen wäre. Da war etwas an der schönen Misha, deren melancholischer Glamour sich mit völligem Pragmatismus mischte, und dem charismatischen Michael mit seinen plötzlichen Wutanfällen und verrückten Plänen, die einen mit hereinzogen und zu ihrem Sklaven machten. An den Abenden, an denen kein Besuch da war, hatte ich angenommen, dass ich alleine in London ausgehen oder ins Bett gehen würde, aber es wurde klar, dass die Ashkenazys Gesellschaft liebten. Sie brauchten tatsächlich jemanden, der für sie kochte. Sie waren wie Kinder in ihrem Bedürfnis nach einem anderen Menschen. Zunächst war ich schüchtern, gewöhnte mich aber bald an die Abende mit ihnen, auch wenn ich es manchmal seltsam fand, dass sie ständig Leute dahaben wollten, jemanden, der ihnen zuhörte, wenn sie gegen Stalin wetterten, während sie alte russische Lieder aus ihrer Kindheit sangen, die sehr deprimierend waren, oder über Bücher sprachen, die sie gelesen hatten, über Dichter, die sie mochten, während sie starke Gin Martinis oder Gin Tonics tranken. Sie waren richtig scharf auf Gin.

Mit dem besser werdenden Wetter saßen wir öfter draußen im Garten – die Ashkenazys und der Aschenbecher und die Kristallgläser bis oben gefüllt mit Gin und ich, die Beine unter mich gezogen, rasch an meinem Drink nippend und über ihre lustigen, leidenschaftlichen Gespräche lachend. Sie fragten mich unablässig nach meiner Meinung – über Dichter, Romane, Musik – und stellten Fragen (die ich nicht beantwortete) über meine Kindheit. Sie waren fasziniert von den wenigen Einzelheiten, die ich ihnen über Keepsake mitteilte. Sie waren fasziniert von so vielem in der englischen Gesellschaft, die höfliche Fassade, die seltsamen Gewohnheiten, die Besessenheit vom Tee.

»Wie wollt ihr je Hitler bekämpfen?«, fragten beide. »Ihr seid alle zu höflich.«

Ich merkte, dass ich die »leichten Haushaltspflichten« genoss, die in der Anzeige so vage erwähnt wurden. Die Ashkenazys befolgten lächerlich dankbar meine Vorschläge. Sie waren erstaunt, dass die Gaslampen nun funktionierten, dass es die ganze Woche Brot gab und dass sie saubere Laken hatten. Tatsächlich arbeitete ich mehr als allgemeine Haushälterin für sie denn als Büroangestellte, aber mir gefiel es. Ich hatte zu Hause nie solche Verantwortung getragen. Ich wusste von Erträgen und Ernten und kannte jeden Zentimeter von Keepsake und seiner Geschichte. Aber ich hatte noch nie selbst Wäsche gewaschen, ich kannte die einfachsten Dinge nicht, wie Rühreier machen oder wie man Crumpets toastete, wie man sie genau im richtigen Moment mit der Gabel umdrehte.

Ich habe nie jemanden beobachtet, so wie ich Misha beobachtete, wenn sie Eintopf mit Klößen zubereitete und dabei leise summte, während sie das Fleisch umrührte und manchmal liebevoll mit einem blutroten Nagel an meine Wange schnipste.

Ich hatte keine Vorstellung von der Möglichkeit, mir ein Heim zu schaffen, und es waren die Ashkenazys, die es mir auf ihre planlose, freundliche Art und vor allem durch Unterlassung beibrachten. Und diese Fähigkeit, mich selbst zu verändern, blieb mir für den Rest meines Lebens erhalten. Bis zum Ende meines Lebens rettete sie mich.

Al hatte nicht ganz recht damit gehabt, Michael einen Gauner zu nennen. Die Athena Press war mit dem Ziel gegründet worden, die Werke von Genossen und Dissidenten zu veröffentlichen, die kein anderes Heim fanden. Kurzgeschichten über Frauen, die auf Feldern erfroren, Gedichte über Pogrome, die der Autor als Kind mit angesehen hatte, wütende Balladen über Trotzkis Ermordung – das war ein paar Jahre lang Athenas Bestand gewesen, bis die Verkäufe so sehr sanken, dass Michael andere Autoren finden musste. Inzwischen waren sie auf Profit aus, und er sah nichts Falsches darin, dass die Autoren ihn bezahlten. Er war völlig pragmatisch dabei. Vielleicht war das, was er tat, ein wenig hinterhältig. Ein alter pensionierter indischer Oberst schrieb und unterbreitete uns seine Memoiren über seine Zeit in Indien. Wir lasen sie, und dann – selbst wenn es die albernste Prosa aller Zeiten war – schrieben wir dem Autor und stellten die Bedingungen auf, unter denen wir zustimmen würden, die Veröffentlichung des Buchs zu finanzieren. Wir deckten Druck und Produktion sowie die Lektoratskosten ab, und der dankbare Autor zahlte uns eine Summe zwischen zehn und zwanzig Guineen.

Doch wir machten unsere Autoren sicher glücklich. Der vorher erwähnte indische Oberst, der pensionierte Eisenbahner mit seiner Geschichte, wie er nach Hampstead Garden umgezogen war, die verblasste Schönheit, die schwere Zeiten erlebt und geheimnisvolle Pseudonyme für die Herren verwendet hatte, deren Gunst sie in ihrer Wohnung in der Drury Lane genossen hatte – alle waren willkommen bei Athena und brachten uns so gut wie alle Geld, entweder, indem sie es an uns zahlten, oder manchmal, weil die Bücher erstaunlicherweise vom Publikum gekauft wurden. Penguin hatte sogar darum gebeten, die Erinnerungen der verblassten Schönheit lesen zu dürfen, worüber wir ein paar Tage lang ganz aufgeregt waren, denn das hieß, dass sie sie vielleicht im Taschenbuch veröffentlichen würden, doch es war wenig überraschend, dass sie sie dann wegen »Unangemessenheit« nicht annahmen. Wir waren ziemlich geschmeichelt.

Der einzige Teil meiner Arbeit, der absolut verpflichtend war, bestand darin, dass ich ihnen jeden Tag die Rubrik Persönliches aus der *Times* ausschnitt und ihnen auf ihren gemeinsamen Schreibtisch legte. Es was dieselbe Rubrik, die ich stundenlang in der British Library durchforstet hatte. Damals war dies oft die einzige Möglichkeit, zu kommunizieren, wenn man es musste, und die Ashkenazys waren streng, was diese Aufgabe anging. Sogar Misha rührte sich, wenn ich rief, dass die Rubrik auf ihrem Schreibtisch liege. Sie beugten sich über Michaels Tisch, lasen das eng Gedruckte, standen dann auf, und er murmelte »Alles gut« und klopfte seiner Frau manchmal auf den Rücken. Dann kehrte Misha wieder in ihr Zimmer zurück und war für den Rest des Tages frei, ihre eigenen Gedichte zu schreiben und im Bett zu liegen und mit den beiden Katzen Harpo und Gummo zu reden.

Sie waren ein merkwürdiges Paar, doch zweifellos einander ergeben. Er nannte sie Mishki und sie ihn Bug. Sie konnte die Arme um seine schmale Taille schlingen, so dass er an ihrem Busen ruhte, und da standen sie dann ein, zwei Minuten und atmeten gemeinsam.

Es macht mich sehr traurig, wenn ich daran zurückdenke. Nach dem Krieg versuchte ich viele Male, mich nach ihrem Schicksal zu erkundigen. Erst an einem grauen Tag 1961 erfuhr ich in einem Buchladen in der Charing Cross Road die Wahrheit. Denn bis dahin wusste ich nur, dass sie nach London gekommen waren, um zu fliehen, und ich respektierte ihr Schweigen. Wir hatten alle unsere Geheimnisse.

In diesen ersten zwei Wochen bei den Ashkenazys sprach ich kaum mit jemand anderem. Wenn ich nicht mit ihrer Gesellschaft beschäftigt war, wanderte ich stundenlang durch London, sah auf die wartenden Daimlers vor den Modehäusern in Mayfair, die barfüßigen Kinder, die in Clerkenwell herumrannten, die spindeldürren Frauen, die aus dem Savoy kamen, das Meer aus Melonenhüten um St. Paul. Und die Stadt bei Nacht, die beunruhigenden Gewalttaten und Akte der Leidenschaft. Eine junge Frau spuckte einem älteren Mann in Soho ins Gesicht, der ihr daraufhin »Nutte« zuzischte – dieses Wort hatte ich vorher noch nie gehört. Das Paar, das sich leidenschaftlich in einem der trüben Hinterhöfe des Theaterdistrikts küsste – ich stand eine Weile da und beobachtete sie, während das Blut in mir rauschte, bevor ich mich zwang, mich abzuwenden.

Doch ich war selten unzufrieden. Ich fühlte mich befreit, sorglos. Seit unserer ersten Begegnung hatte ich Al ein paarmal gesehen, aber nur kurz. Entweder einer von uns beiden kam gerade, während der andere ging, oder wir waren auf der Straße und offenbar nie geneigt, stehen zu bleiben und zu plaudern. Einmal sah ich Al auf den Stufen unseres Gebäudes mit einer Freundin streiten, der anscheinend Unrecht zugefügt worden war, und ich eilte hinein, peinlich berührt. Das Mädchen trug einen wenig schmeichelhaften bläulichen Lippenstift und sagte ständig »Alayne«.

»Alayne«, stöhnte sie irgendwie gebrochen, während ich an meinem Schloss herumfummelte. »O Alayne, bitte sei nicht so.«

»Hör zu, es tut mir leid …«, erwiderte »Alayne« leise, und mein Herz machte beim Klang dieser leisen, freundlichen Stimme einen Satz. »Hallo, Teddy.«

»Hallo, Alayne«, sagte ich und wurde mit einem kleinen kryptischen Lächeln belohnt.

Eines Abends Mitte Mai saß ich im Wohnzimmer der Ashkenazys und wünschte, sie würden ins Bett gehen, damit ich wieder in mein Zimmer schleichen und die Gartentür schließen konnte. Es war eine schöne warme Nacht, und sie und drei Gäste waren schon eine ganze Weile draußen im Garten. Die Kerzen waren heruntergebrannt, der große blaue Aschenbecher aus Glas war fast bis zum Rand mit Kippen gefüllt, und aus meinem Zimmer hörte man das Grammophon Rachmaninows 2. Symphonie spielen. Michael spielte immer Rachmaninow, wenn er wütend war. Es war gerade die Nachricht über das Fußballspiel zwischen England und Deutschland in Berlin am Vorabend gekommen, bei dem die englischen Spieler mit dem deutschen Gruß salutiert hatten. Die Atmosphäre war fiebrig, Gemurmel über Verrat lag in der Luft.

Misha und Michael hatten eine ihrer alten Freundinnen aus Sankt Petersburg eingeladen, eine schrecklich traurige Frau namens Katya. In der vorigen Woche hatte Katya erfahren, dass ihr Mann Stefan, der wie Michael und Misha ursprünglich Russland verlassen hatte und nach Wien gezogen war, von der Polizei abgeholt worden war, die nicht sagen wollte, warum und wo er war. Er war Jude. Unter den anderen Gästen waren eine hagere, freundliche Bildhauerin namens Ginny und ihr Mann Boris (der viel trinkende Russe, der Mundharmonika spielte). Boris war heftig und rüpelhaft, anders als die anderen Freunde der Ashkenazys. Er wurde von den Gremalts vertreten – bekannte Kunsthändler in Paris sowie alte Freunde der Ashkenazys –, und dies gab ihm einen Freibrief, den er sonst nicht gehabt hätte. In meiner ersten Woche hatte er nach meiner Brust gegrapscht, als er auf dem Weg hinaus an meinem Bett vorbeikam, und gezischt: »Diese Kirsche ist fast reif, oder?«

Ich stieß ihn von mir und murmelte, er solle verschwinden. Ich erinnere mich, dass ich damals dachte, dass es manchmal ganz schön anstrengend war, zur Boheme zu gehören.

»Dieter sagt, er ist weg«, erzählte Katya. »Er sagt, die Wohnung sei durchwühlt worden und dass nichts von unseren Sachen mehr da sei. Stefan würde niemals fortgehen, ohne mich zu benachrichtigen. Sie haben ihn mitgenommen.«

Mishas Stimme, angespannt und leise, blieb mir noch Tage danach im Gedächtnis, weil ich sie noch nie ihre Heimat hatte erwähnen hören oder warum sie fort waren, nie gehört hatte, dass sie anders als auf allgemeine Weise über die internationale Lage sprach. »Michael, sie holen sie schon. *Michael.*«

Und Michael antwortete sanft und beruhigend: »Es ist noch Zeit. Sie sind damit beschäftigt, ihr Reich aufzubauen. Es ist Zeit, Liebes.«

Gemurmelte Gesprächsfetzen drangen durch den Garten zu mir, während die anderen Katya trösteten und darüber redeten, was sie tun könnten. Mir gefiel der Gedanke nicht, dass

Boris an mir vorbeitrampeln könnte, während ich so tat, als ob ich schliefe, also blieb ich zusammengerollt im Sessel sitzen und las bis ungefähr ein Uhr einen Thriller, während alle lauter als sonst sprachen und die Gesellschaft scheinbar keine Anstalten machte, aufzubrechen. Meine Augen fielen fast zu. Ich zwickte mich, um wach zu bleiben, aber es nützte nichts. Mein Kopf fiel hinab, und schließlich stand ich auf, gerade als die Tür aufging und Boris mit dem leeren Cocktailmixer auftauchte.

»Ah«, sagte er leise. Seine Augen waren glasig. »Hier versteckst du dich.«

Ich rieb mir die Augen, während er näher kam. »Brauchst du etwas?«

Ich begriff nicht, warum die Ashkenazys mit Boris befreundet waren. Mir gefiel nicht, wie er mich ansah oder wie er die Arme ausstreckte, egal, ob er Ginnys Knöchel traf oder wie er sich den Mund mit dem Ärmel abwischte und den ganzen Gin austrank. Ich setzte mich auf, und er sagte: »Ja, Kleine. Kleine süße Kirsche, bereit, aufzuplatzen.«

Es kam so plötzlich, dass ich keine Zeit hatte zu reagieren. Er schloss die Tür zum Garten, kam herüber zum Sessel, packte meine Schultern und begann mich im Nacken zu küssen. Ich konnte seine Zähne spüren, die meine Haut streiften, und ich kämpfte mich aus dem Sessel, wand mich, um ihn abzuschütteln, doch er drückte mir die Arme an die Seite und stieß mich so heftig gegen die Wand, dass ich aufschrie.

»Sei ruhig. Steh still«, sagte er und schlug meinen Kopf gegen die Wand, so dass ich die Knochen in meinem Nacken knacken hörte. »Es dauert nicht lange.« Seine riesigen behaarten Hände zerrten an meiner Hose, so fest, dass der Knopf absprang und der Reißverschluss aufriss. Das Ungewöhnliche an der ganzen Sache war, dass hier ein Mann war, der meistens still vor sich hin brütete, wenn auch ein wenig lüstern, und nun plötzlich zum wilden Tier wurde. Seine Kraft war bemerkenswert.

»Nein!« Ich versuchte, ihn wegzustoßen. »Lass mich in Ruhe!« Ich hatte keine Angst, war nur wütend. Ich war an so eine Behandlung nicht gewöhnt und bin immer noch froh, dass ich so reagierte.

Doch er schubste mich wieder an die Wand und hielt mich dort fest. Eine Hand drückte so fest auf mein Brustbein, dass ich nicht atmen konnte, und dann schlug er mir ins Gesicht, genau wie mein Vater es getan hatte. »Ich muss es tun.«

Ich muss es tun. Die ganze Zeit drängte er sich an mein Bein, seine Härte stieß gegen mich, und plötzlich wurde er schneller, und etwas ließ den letzten Damm meiner Zurückhaltung brechen. Die Wut verlieh mir Kraft. Ich würde mich hier nicht rumstoßen lassen wie von meinem Vater. Ich würde mich nicht in den Schatten drängen, mich von diesem Mann schwächen lassen – nein, nein, nicht nachdem ich alles riskiert hatte, um das andere Leben hinter mir zu lassen. Doch ich wusste, er war stärker als ich. Ich hasste ihn für seinen Versuch, mich zu zerquetschen, mich kleinzumachen, doch ich sagte mir mit dem letzten Rest an Vernunft, ruhig zu bleiben, mein Hirn zu benutzen. Ich verstand, dass ich mit ihm nicht argumentieren konnte, dass er buchstäblich brünstig war.

Also lächelte ich ihn an. »Bitte, lass mich dir helfen«, sagte ich, griff nach seiner Hose und hielt das harte Ding in der Hand.

Er ließ mich los und nahm die Hand weg. Mit einer Hand berührte ich seine Hose und lächelte ihn weiter an, und in dem Moment, als er losließ, drehte ich an seinem harten Ding und stieß ihn so fest ich konnte von mir. Er fiel mit einem lauten Schmerzensschrei nach hinten.

Ich bleckte die Zähne und atmete scharf ein. »Das nächste Mal bringe ich dich um«, zischte ich. »Das verspreche ich dir.« Spucke flog zwischen meinen zusammengebissenen Zähnen. »Wenn du mich wieder anfasst, bringe ich dich um.«

»Schlampe!« Er taumelte auf mich zu, und ich trat wieder zu. Dann schubste ich ihn so fest ich konnte und mit einem fast urweltlichen Brüllen der Wut weg. Ich hörte einen dumpfen Knall, als er auf den Boden auftraf, doch ich schaute nicht hin. Ich sprang über den Arm des Sessels und aus der Tür in den Flur.

Ich wusste, was ich zu tun hatte. Ich lief die Treppe hinauf bis ganz nach oben und hämmerte wie wild an Als Tür.

»Es tut mir leid«, sagte ich atemlos, als Al mich neugierig ansah. »Ich wusste nicht, wo ich sonst hinsollte.«

Al legte den Arm um mich und zog mich in die Wohnung. »Du armes Ding. Was ist los?«

Ich konnte den Abdruck von Boris' Hand auf meinem Brustbein spüren. Als ich hinabsah, erwartete ich, eine Art Brandzeichen dort zu erblicken, musste aber entsetzt entdecken, dass meine hübsche Bluse zerrissen war, Bänder um die grünen Emailleknöpfe flatterten. Ich war so stolz gewesen auf diese Bluse mit ihrem geblümten Crêpe-de-Chine-Druck und den kleinen Knöpfen. Ich hatte sie bei Jaeger in der Regent Street mit meinem ersten Geld von den Ashkenazys gekauft. Mit Schrecken sah ich, dass Blut auf dem Weiß des Musters war. Meines oder seines?

Ich bedeckte mich mit den Händen. Ich hatte ein Mieder an, doch es war auch zerrissen. Und doch pumpte das Adrenalin durch meinen Körper; mir war fast nach Jubeln.

»Hast du ein Hemd, das du mir leihen könntest?«, fragte ich. »Und was zu trinken?«

»Ich leihe dir das Hemd, und ich gebe dir den Drink«, sagte Al und gluckste mitfühlend. »Meine Güte, jemand hat sich über dich hergemacht. Was ist mit dem anderen passiert?«

Ich lächelte fast hysterisch. »Ich bin nicht sicher.« Dann merkte ich, dass ich bebte. »Ich ... ich habe ihn vielleicht getötet.«

»Um ihn sorgen wir uns später. Du brauchst einen Whisky. Setz dich hin. Ich hole dir erst was zum Anziehen.«

Al wandte sich ab, während ich mir etwas Neues anzog. Al war schlank und leicht, so dass mir alles gut passte. Das weiche Baumwollhemd war kühl und beruhigend auf meiner wunden Haut. Ich setzte mich auf das fadenscheinige Sofa.

»Ich kann nicht aufhören zu zittern«, sagte ich, »tut mir leid.«

»Jetzt lass mich dir erst mal den Drink holen.« Al verschwand in der Küche.

Ich zog die Knie unters Kinn, umschlang mich mit den Armen und sah mich um. Der Raum war blassgrün und hatte große Fenster, die auf einen kleinen Balkon hinausgingen. An den Wänden hingen billige Drucke von Gemälden, Porträts verschiedener Menschen, vor allem von Hogarth. *The Shrimp Girl* hing über dem Sofa. Es ist bis heute mein Lieblingsbild.

Ich war niemals glücklicher als in diesem Raum. Wenn ich morgens erwachte, wie ich es so viele Jahre lang tat, und spürte, wie der kalte, grausame Helm über meinen Kopf glitt, so dass ich nur noch Dunkelheit sah, versuchte ich meinen Geist dazu zu zwingen, in Als Wohnzimmer zu wandern, zu dem keksfarbenen Parkettboden, dem orange-grünen Teppich auf dem Boden, dem abgewetzten schwarzen Sofa, den Drucken, die ich lieben lernte, dem abgenutzten Klavier mit dem Metronom. Im Lauf der Jahre brachte ich es oft nicht über mich, dorthin zu gehen, manchmal konnte ich nicht mal aus der Ferne einen Blick darauf erhaschen. Nun, da ich alt bin, kann ich mich an alles erinnern, an jede Einzelheit, und ich merke, dass mir das ungeheuren Trost bringt.

Al kam aus der Küche zurück mit einem Sandwich auf einem Teller, einem Glas Ale, einem Glas Whisky und Wasser und setzte sich in den Sessel mir gegenüber. »Trink zuerst den Whisky.«

Der rauchige, honigsüße Geschmack der Flüssigkeit brannte und glitt meine Kehle hinunter, und ich schloss die Augen. »Das ist schön.« Ich verschüttete etwas und setzte das Glas ab. »Entschuldigung.«

Al reichte mir das Sandwich, und unsere Finger berührten sich. »Nimm das. Es ist gut, nach einem Schock zu essen. Es ist Käse und Schinken.«

Das Brot war ein bisschen lasch und der Schinken in etwas zähe Scheiben geschnitten, doch es war das Köstlichste, was ich jemals probiert hatte. Ich aß gierig alles auf und sah dann zu Al. »Danke.«

»Es ist mir eine Freude, Teddy. Du armer Kerl.« Ich lachte; später würde ich erfahren, dass Als East-End-Akzent in Zeiten von Stress zu hören war. »Hast du heute was gegessen?«

»Ja«, antwortete ich hastig. Ich wollte nicht, dass man weiter dachte, ich sei irgendwie ganz unten. »Die Ashkenazys geben mir Verpflegung. Es ist nur ...«

»Sie schützen dich nicht vor Belästigung.«

»So ähnlich.«

Al betrachtete die langen blassen Finger. »Magst du sie?«

»O ja. Du irrst dich in Bezug auf sie. Sie haben ihre … Besonderheiten.« Wir lächelten uns an. »Aber sie waren wundervoll zu mir. Ich werde nicht schlecht von ihnen reden.«

»Ich frage mich, wie lange diese ganze Lage dauern wird«, sagte Al. »Trink noch was von dem Whisky.«

Ich fühlte mich viel besser. Der Whisky hatte mir bereits ein wohliges Gefühl des Trostes beschert, und ich trank noch einen großen Schluck. »Sie sind heute Abend alle ziemlich düster. Die englischen Fußballer in Deutschland gestern, hast du gehört, dass sie mit dem Hitlergruß salutiert haben? Sogar Stanley Matthews?«

»Ja. Aber das hat man ihnen gesagt, unsere Regierung. Du kannst ihnen keinen Vorwurf machen.«

»Ich mache ihnen keinen Vorwurf, aber …« Ich hob die Schultern. »Ich nehme an, du hast recht. Ich weiß nicht, warum es mir in der Kehle steckenbleibt. Ich will auch Frieden, und mir ist es egal, wie wir ihn bekommen.«

Als dünnes Gesicht hatte einen neutralen Ausdruck. »Dir ist es egal, was er vorhat?«

»Wer, das alte Ekel? Ich stimme Mr. Chamberlain zu«, sagte ich, denn mein Zeitunglesen in der British Library und das ständige Radiohören machten mich selbstsicher. »Er sagt, dass die Sudetendeutschen ein Teil von Deutschland sein wollen und nicht von der Tschechoslowakei, und ich glaube ihm. Deutschland hat so viel gelitten, und der Anschluss war friedlich, oder? Ich glaube, mehr will Hitler nicht. Ich sage nicht, dass es angenehm ist, ihn als Nachbarn zu haben, aber Stalin auch nicht, und …«

»Hörst du den Ashkenazys nicht zu?«, fragte Al. »Kannst du nicht sehen, warum sie sich solche Sorgen machen? Sie kamen aus Österreich.«

»Das weiß ich«, sagte ich getroffen.

»Nun, weißt du, dass die Juden in Deutschland nicht arbeiten können, nicht auf bestimmten Bänken in bestimmten Parks sitzen dürfen, dass sie nicht Mitglieder in Clubs werden und noch weniger ihre Geschäfte führen und Geld verdienen dürfen?« Al hatte glühend rote Flecken auf beiden Wangen, ein Zeichen leidenschaftlicher Empörung, das ich als eines von Als wichtigen, vielleicht wichtigsten Charakteristika kennenlernen sollte. »Sie wollen die Juden auslöschen. All die Menschen in deiner Wohnung werden getötet werden. Sie schicken schon Juden in Lager in Polen. Familien, kleine Kinder, Teddy. Und wir beschwichtigen Hitler, weil wir Angst vor einem Krieg haben, der so schlimm wird wie der letzte. Aber dies ist ganz anders und schlimmer; ich sage dir, keiner hier sieht etwas. Ich hoffe nur, dass wir endlich einen Schock erleben, der groß genug ist, dass sie aufwachen und erkennen, dass wir uns vorbereiten müssen, sonst wird es zu spät sein. Das ist es wahrscheinlich schon.«

Der Whisky war fort, und in meinem Kopf drehte sich alles ein wenig, während ich versuchte zu verarbeiten, was Al sagte. Das Bild von Boris, der nach hinten fiel, sein Körper jetzt vielleicht blutleer, tot auf dem Boden der Ashkenazys – hatte ich das getan?

»Ich glaube nicht, dass es Krieg geben wird. Keiner will ihn ...«

»Er wird kommen.« Al hielt die Hand hoch. »Ich wette mit dir. Was ist dein wertvollster Besitz?«

»Die Brosche meiner Mutter.«

»Meiner ist der Ehering meiner Mutter. Ich wette um ihren Ring, dass wir Ende September im Krieg sein werden. Wenn ja, bekomme ich deine Brosche.«

Ich lachte. »Die Wette gilt.«

»Und du«, Al hob das Glas, »wirst dich um sehr viel mehr sorgen müssen als um betrunkene Angriffe von verrückten Männern.«

»Ich kann mir fast nichts Schlimmeres vorstellen.« Ich war etwas beleidigt, und mir gefiel die Andeutung gar nicht, dass Boris' Angriff irgendwie nur wenig Bedeutung habe.

Al zuckte mit den Schultern und trank wieder etwas. »Sie werden London bombardieren. Sie können achtzigtausend von uns in den ersten Wochen töten. Teddy, Liebes, sie haben Giftgas. Wusstest du das auch? Wusstest du, dass wir eine kaum funktionierende Luftwaffe und eine dezimierte Marine haben? Dass wir wie Schlafwandler in diese Katastrophe taumeln, weil wir im Zweifelsfall für diesen Mann entscheiden wollen? Ich sage dir, Ende September könnten wir im Krieg sein, und er wird so sein wie keiner zuvor.«

»Ich hoffe, du irrst dich«, sagte ich und versuchte, nicht so verängstigt zu klingen, wie ich mich fühlte. »Ist deine Familie jüdisch?«

Al stand vom Stuhl auf und setzte sich neben mich aufs Sofa. Ich drehte mich ein wenig, so dass wir uns ansahen. »Oh, irgendwann vor einer Ewigkeit mal. Wir kommen aus dem East End. Die meisten Nationalitäten kommen da mal durch. Mein Vater hat in den Docks gearbeitet. Hat rotes Blei entladen wie mein Großvater und Urgroßvater. Er hatte russisches und griechisches Blut, sogar etwas chinesisches, behauptet man.« Al lächelte mit so etwas wie Stolz.

Ich dachte an die Generationen von Parrs, die in Keepsake verschimmelten, und an diesen jungen, vitalen Menschen vor mir, der absolute Gegensatz von Inzucht. »Er arbeitet nicht mehr dort?«

Al zuckte wieder mit den Schultern. »Er ist letztes Jahr gestorben. Ein Unfall.«

»Das tut mir leid.«

»Mir auch. Er war wunderbar.«

»Ist deine Mutter noch dort?«

»O ja, immer noch am alten Ort. Wir haben eine Wohnung am Arnold Circus.« Ich sah verständnislos drein – ich war noch nie östlich vom Lyons Corner House gewesen –, und Al sagte: »Ich nehme dich mal dorthin mit. Es ist schön, da aufzuwachsen, wenn man kein Geld hat.«

»Hast du Geschwister?«

Nach einer Weile antwortete Al: »Ich hatte einen Bruder. Er ist tot.«

»Das tut mir leid. Wie schrecklich. Wann ist er gestorben?«

Ich bemerkte, wie sich Als schönes, herzförmiges Gesicht veränderte und in die dunklen Augen Tränen traten. »Ich kann nicht darüber reden. Ich müsste alles sagen, und das kann ich nicht ertragen. Vielleicht an einem anderen Abend. Tut mir leid, Teddy.«

»Oh …« Ich sah zu, wie Al sich fast ärgerlich an einem Insektenstich kratzte, und mein Herz floss über vor Gefühl. Immer mehr wurde mir klar, wie schlecht ausgerüstet ich für solche Situationen durch meine Erziehung war. »Nein, tut mir selber leid.«

»Es ist gut. Ich habe seinen Platz im Bethnal Green Boys' Club eingenommen. Sie ließen mich mit ihnen rumrennen. Ich musste mich trainieren, ihn nicht zu vermissen.« Und erneut ein Heben der schmalen Schultern; später würde ich erfahren, dass sich Al trotz des coolen Äußeren alles mehr zu Herzen nahm als sonst jemand, den ich kannte. Fremde oder enge Freunde, die Situation zu Hause oder im Ausland – es gab mitfühlende Liebe für alle in Als Herzen. »Und wenn man dort lebt, bewegt man sich den ganzen Tag in den Häusern der anderen. Du weißt schon, wie das ist.«

»Eigentlich nicht, nein.« Ich lachte nervös auf, und Al sah mich neugierig an. »Ich bin ein Einzelkind. Aber meine Familie ist ziemlich … hm … Da lief man nicht oft in den Häusern der Nachbarn rum.«

»Ich verstehe. Kanntest du eure Nachbarn nicht? Oder hast du im Ausland gelebt?«

Ich schüttelte den Kopf und hatte zum ersten Mal an diesem Abend das Bedürfnis, zu lachen, auch wenn wir ein ernstes Gespräch führten. »Nein, auf dem Land. Ich erkläre es dir auch an einem anderen Abend.«

»Eine geheimnisvolle Frau, wie faszinierend.«

»Eigentlich nicht.« Ich wechselte das Thema. »Was schreibst du denn so?«

»Ich bin Jungreporter für den *Daily Sketch*. Tatsächlich habe ich gerade eine neue Stellung bekommen. Ich schreibe über Natur.«

»Natur?«

»Das Land und über Landwirtschaft. Ich bin kein Landmensch. Ich würde einen Vogel nicht erkennen, wenn er auf mich fiele. Was ich ehrlich nicht hoffe.«

»Du hattest noch nie von einem Samtfalter gehört«, erinnerte ich mich.

Al lachte. »Ich entsinne mich immer noch nicht, was das war. Ein Schmetterling, oder?«

Ich nickte lächelnd.

»Nun, ich habe Angst vor Schmetterlingen. Hab mal einen beim Blick aus dem Fenster gesehen, als wir alle für einen Tag nach Whitstable fuhren und der Zug auf einem Nebengleis halten musste. Er flog herüber und leckte am Fenster.« Al schauderte leicht. »Oh, wir haben alle wie wahnsinnig geschrien. Ihre Zungen! Die Größe von deinem Kopf.«

»Du Stadtpflanze.«

»Ja, und stolz darauf. Nun muss ich charmante Kolumnen über Mutter Natur schreiben. Es ist schrecklich.«

Ich dachte an die Schreie der neugeborenen Lämmer, während die Krähen herunterstießen und ihnen die Augen aushackten; die Eulen, die in den ungenutzten Ställen nisteten und eines ihrer Jungen zerrissen, um es an den Rest ihrer Brut zu verfüttern; die Raupen, die das Gift ihrer Nahrung aufnahmen und es irgendwie als Schmetterlinge in schädliche Sekrete verwandelten, um Vögel und andere Rivalen abzuwehren. Es kam mir vor wie eine andere Welt hier in dieser sicheren, warmen Wohnung.

»Mutter Natur ist nicht so gefällig.«

»Wirklich? Ich weiß nicht. Das alte Mädchen, das im Moment die Kolumne schreibt, ergeht sich nur in Lämmchen, die auf grünen Weiden herumtollen, und über das süße Tirilieren des Rotkehlchens.«

»Rotkehlchen sind ziemlich aggressiv«, gab ich zurück. »Ich hatte einmal eines, das ...« Doch ich brach ab. Ich wollte nicht an Keepsake erinnert werden.

Es gab eine Pause, in der Al wieder die Zügel in die Hand nahm. »Egal, es ist eine Verbindung. Ich will in der Nachrichtenredaktion arbeiten, aber leider ist das noch weit weg.«

»Wirklich?«

»Da sind viele Typen, die alle bessere Beziehungen haben als ich.« Als dunkles Gesicht war wütend. »Deshalb bin ich auch noch wach. Ich versuche, diesen verdammten Artikel über wilden Kerbel fertigzuschreiben, ohne überhaupt zu wissen, was das ist. Ich will darüber schreiben, was los ist, was jetzt gerade passiert. Es kommt mir so verdammt lächerlich vor, über Blödsinn wie Narzissen auf den Feldern zu schreiben, wenn die Welt vor dem Ende steht.«

Ich wollte sagen, dass es doch sicher der Sinn des Kämpfens war, eine Welt zu retten, in der man leben wollte, wozu auch Narzissen auf den Feldern gehörten, war aber zu schüchtern

… Stattdessen brachte ich vor: »Ich werde dir helfen, wenn du willst. Ich bin ein Mädchen vom Lande.«

»Natürlich.« Al hatte wieder dieses breite, entwaffnende, offene Lächeln. »Weißt du, welche Vögel welche sind und welche Wildblumen und … oh, das alles?«

»Das möchte ich meinen. Wir können uns gegenseitig helfen.«

»Gute Idee.«

Unsere Blicke trafen sich wieder, und ich empfand erneut diesen seltsamen Schmerz, der sich in mir ausbreitete und den ich schon gespürt hatte, als wir uns kennengelernt hatten.

»Ich bin froh, dass du heute Abend hochgekommen bist, Teddy.«

»Ich bin auch froh.«

Dann beugte sich Al plötzlich langsam vor und strich mir übers Haar, Knöchel pressten sich an meine Wange, Finger fuhren von meinem Kopf zu meinem Hals, und ich schrak zusammen. Man hörte nur noch schweres Atmen, und ich schwankte leicht, während wir uns anstarrten. Ich schloss die Augen, verblüfft von dem Gefühl, das mich überkam, und als ich sie wieder aufmachte, war Als Gesicht vor meinem, und dann küssten wir uns – ach, dieser erste Kuss. Das Gefühl von Händen in meinem Nacken, die verblüffende Erregung, wie ein Stromstoß …

Ich fuhr zurück und legte die Hände auf meine Wangen. »Was machst du da?«

Sofort antwortete Al: »Es tut mir leid, schrecklich leid. Ich war für einen Augenblick verwirrt.«

»Ist schon gut.«

Wir ließen einander nicht aus den Augen, während sich unsere Brustkörbe hoben und senkten. »Wirklich, Teddy, ich hätte nicht … Sei nicht sauer …«

»Ich bin nicht sauer.« Ich erkannte, dass Al tatsächlich erschrocken war. »Wirklich. Es war ... es war schön, aber es ist falsch. Wir sollten das nicht.« Ich schüttelte den Kopf, müde, verwirrt, ich hätte weinen können. »Ich ... ich ...«

»Du hattest einen schlimmen Abend, nicht wahr?«, fragte Al leise und legte mir die Hand auf die Schulter. »Es tut mir echt leid. Und das nach alldem. Willst du runtergehen? Ich komme mit dir.«

»Es ist alles vergessen, ehrlich.« Ich stellte mein Glas auf den Tisch. »Aber hör zu, ich will nicht wieder dahin zurück. Nicht heute Nacht, meine ich. Darf ich hierbleiben?«

»Natürlich.« Al machte eine schnelle Bewegung der Erleichterung und fuhr sich mit der Hand über die bleiche Stirn. »Mensch, ich bin froh, dass du nicht sauer bist. Ich wollte sowieso vorschlagen, dass du bleibst. Ich schlafe auf dem Sofa, du nimmst mein Bett.«

»Das kann ich nicht«, erwiderte ich verlegen, »nein, wirklich.«

»Ich bestehe darauf.«

»Nun dann, danke. Ich nehme es an. Aber wärst du zuerst so nett und ...«

»Mit dir kommen und sichergehen, dass er noch lebt?« Al stand auf und stellte das Glas beiseite. »Ich denke, wir sollten uns vergewissern, dass man dich nicht wegen Mordes sucht. Noch mal, ich bin richtig froh, dass du raufgekommen bist.«

»Ich auch.«

Und wieder blickten wir uns an, beide ein wenig außer Atem, und ich sah, wie sich Als Brustkorb hob, sah die leichte Röte auf den hohen Wangenknochen und fragte mich, ob ich genauso aussah und ob jemand, der uns auf der Treppe sähe, wissen würde, wie falsch das, was ich fast getan hätte, war, die

Scham darüber, dass ich so war, dass ich empfand ... Ich kann aber nicht erklären, wie ich mich fühlte. Ich bin ein Feigling.

Vor dem Pub, in dem Al und ich ab und zu einen Drink nahmen, in einer Seitenstraße gegenüber einer alten Stallung, hatte der Vermieter eine Tafel aufgestellt, auf die er in Kreide gekritzelt hatte:

SCHAU NICHT SO FEIERLICH DREIN, PERCY
NOCH IS NICHTS PASSIERT
WARUM SICH WEGEN MORGEN SORGEN
IS DOCH NOCH NICH DA.

So war jener Sommer. Ich versuchte so zu tun, als ob ich mir keine Sorgen machen würde. Al war immer noch überzeugt, dass der Krieg kommen würde, und erinnerte mich an unsere Wette. »Ich werde im Oktober die Brosche deiner Mutter kriegen. Du zeigst sie mir besser jetzt, damit ich sie schätzen lassen kann.«

Das einzige Ergebnis meines Zusammenstoßes mit Boris war, dass die Ashkenazys sich wegen der ganzen Sache zu meinem Erstaunen über mich ärgerten. Tatsächlich war Misha fast wütend auf mich.

»Du hättest ihn umbringen können. Er ist unser Freund. Wir brauchen ihn«, sagte sie nur und wandte den Kopf auf jene hochnäsige Art ab, die ich vorher immer charmant gefunden hatte. Ich glaubte, dass sie andeuten wollten, dass es wohl meine Schuld war. Viele kleine Aspekte des Londoner Verhaltens verwirrten mich, und nachdem ich es wiedergekäut hatte, lastete ich es meiner Wildheit an. Ich sagte mir, dass man mir nie beigebracht habe, zu knicksen oder mit den Wimpern zu klimpern. Ich war nicht zu einer kriecherischen, rehäugigen Beschwichtigerin geboren. Das war also offenbar ein rotes Tuch für Boris gewesen, und ich hatte Schuld.

Ich gewöhnte mir an, in Als Wohnung zu schlafen, auf dem Sofa oder manchmal im Bett – wir wechselten uns ab. Ich blieb weiter bei den Ashkenazys, wenn ich wusste, dass sie an dem Abend keine Gäste hatten, obwohl ich Angst hatte, Boris könnte auftauchen oder sie könnten mich schimpfen. Denn ich liebte ihre Gesellschaft wirklich. Ich briet ein Huhn, Michael mixte Cocktails und erzählte mir von russischen Wintern oder der Zeit, als er einen Braunbären einen Mann in Sankt Petersburg hatte töten sehen, oder aber von dem Nachmittag, an dem er Misha kennengelernt hatte, als sie auf der gefrorenen Neva Schlittschuh lief. Sie schaltete das Radio an und suchte nach Jazz oder las uns ihr neuestes Gedicht vor, und sie fragten mich, was ich mit Al gemacht habe und was wir gesehen hätten. Sie fragten mich nach zu Hause, nach Keepsake. Sie waren Elstern, die an allem herumpickten, um die hellen Flecken zu finden. Vor allem plauderten wir ohne Ende – es war immer so leicht mit ihnen. Manchmal kam Al herunter und gesellte sich zu uns, doch oft ging ich am Ende des Abends zu Al. Dort fühlte ich mich sicher.

Wir sahen Boris bis Ende des Sommers nicht mehr. Nach mehreren Wochen des Schweigens über dieses Thema erwähnte Misha fast nebenbei, dass der Schnitt an seinem Kopf, wo er nach hinten gefallen war, ihn immer noch schmerze und dass ihn noch dazu seine Frau Ginny verlassen habe. Ich freute mich für Ginny, die sanfte graue Augen und eine süße, leise Stimme hatte und nicht mit so einem Mann hätte verheiratet sein sollen. Ich nahm dies als eine Art von Anerkennung oder sogar Entschuldigung vonseiten Mishas an, obwohl ich tief in mir sicher war, dass es nicht so gemeint war.

Wenn ich nicht bei den Ashkenazys war, ging ich nach oben und wartete auf Al, las oder versuchte den verworrenen Roman über meine Ahnin Nina und Charles II. zu schreiben, den ich in einem Anfall von kreativer Begeisterung begonnen hatte und von dem ich mir immer sicherer wurde, dass er zu nichts führen würde. Ich war damit nicht weitergekommen, seit ich in London war. Das wahre Leben war interessanter.

Dann das Klicken im Schloss, Als leise, glückliche Stimme: »Teddy? Bist du da?«

Ich sprang vom Sofa oder Bett auf und versuchte, nicht zu zeigen, wie aufgeregt ich war. Da war etwas Cooles an Al, trotz des jungenhaften, enthusiastischen Charmes. Ich war immer ich selber, aber ich wollte die beste Version meiner selbst für jene gemeinsamen Abende sein. Ich wusste, Al mochte Sahne-Eclairs und konnte eine ganze Tüte an einem Abend verputzen. Ich mochte Pfefferminzbonbons, und so kauften wir einander Papiertüten mit beiden bei dem alten Konditor um die Ecke. Al mochte Katzen lieber als Hunde – Katzen waren Stadtwesen wie Al. Und Babys und Familien und die Küste – Ferien, Familie, sogar Süßigkeiten –, alles alltägliche Dinge, die faszinierend und wahnsinnig aufregend für mich waren, obwohl ich von Geburt an nichts vermisst hatte, in einem Eichenbett unter seidenen Eiderdaunen geschlafen hatte mit Dienstmädchen um mich und auf einem Besitz lebend, der eines Tages mir gehören würde.

»Ich bin hier«, rief ich.

»Komm mit, Teddy«, sagte Al dann. »Da ist eine Frau drüben am Spitalfields Market, die für einen Shilling Jack-the-Ripper-Artefakte verkauft.« Oder: »Los, Teddy, hol deinen Hut. Wir gehen auf dem Serpentine segeln.«

Und der beste Teil des Tages begann. Wir gingen nach Smithfield oder zum Fluss oder durch Bloomsbury und an Gray's Inn und den Advokatenstiften vorbei, die aussahen wie mittelalterliche Colleges, leuchtender grüner Rasen, Gebäude wie Kaninchengehege, heiter und unberührt vom Lärm der Autobremsen, dem Brüllen des Busschaffners, den Rufen der Straßenverkäufer draußen. Oder wenn wir uns reich und faul fühlten, verließen wir die Wohnung und gingen ins Dominion in der Tottenham Court Road und sahen einen Jessie-Matthew-Film oder noch besser Laurel und Hardy an. Sie brachten uns tatsächlich zu brüllendem Gelächter. Ich liebte es, wie schnell Al lachen konnte, das tiefe Kichern und das Raufen der Haare, die in alle Richtungen abstanden, während Al sich ausschüttete. An manchen Abenden blieben wir in der Wohnung und lasen oder lauschten dem Radio. Ich pochierte Eier, Al mixte Drinks – und die ganze Zeit redeten wir.

Allmählich erzählte ich Al alles – fast. Über Keepsake, über die Geschichte und was mich zu Hause erwartete – aber nicht alles. Ich sprach über meine wundervolle Großmutter, ihre Liebe zum Land und zu den Schmetterlingen, aber nicht von dem ererbten Wahnsinn, der sie am Ende ereilte wie alle anderen. Es schien wie ein böser Traum, unser Haus und seine Geheimnisse, wenn man es inmitten des Betriebs und der Aufregung Londons betrachtete. Ich sprach über die Schmetterlinge selber, über die Jagd nach neuen Arten, über meine schöne, traurige Mutter und meine nörgelnde Tante Gwen, die wir vielleicht mal in London sehen würden, über

Jessie und Pen und über William Klausner, den ich heiraten sollte.

Und langsam erfuhr ich mehr über Al. Über Als Dad und dass er Klavier spielte. Über Onkel Percy, der bei ihnen wohnte und ein schwaches Herz hatte und nicht arbeiten konnte; er saß in ihrer Wohnung am Arnold Circus und rauchte und hörte den ganzen Tag Radio. Über Als Mutter, die als einzige Mutter am Circus immer gearbeitet hatte. Mrs. Grayling war Schneiderin in einem der größten Modehäuser in der Dover Street. Sie war die einzige Ehefrau im Team, und Al war furchtbar stolz auf sie. Sie schneiderte die ganze Kleidung für sie alle. Und Als glücklichste Erinnerungen – jeden Sommer mit dem Zug nach Whitstable zu fahren: Krebse fangen, die Hemden in die Unterhosen gesteckt, Onkel Percy, der Austern aufbrach und in Würfel schnitt, wie es ihn seine Mutter gelehrt hatte, die seit Jahren als Austernverkäuferin dort arbeitete. Alle waren vollgestopft mit Erdbeeren und Austern und schliefen auf dem Heimweg in der Mietkutsche ein. Billy, Als kleiner Bruder, versuchte einmal, eine Muschel zu essen, und war tagelang krank.

Einen Monat nach Boris' Angriff erzählte mir Al von Billy. Wir gingen nach einem Ausflug in den Zoo durch Primrose Hill – ich war das letzte Mal mit Tante Gwen dort gewesen, und es war seltsam, wieder da zu sein, dieselben Tiere immer noch dort zu sehen, wie sie trostlos umhertrotteten, aus tiefen Höhlen und hinter Gittern herausstarrten.

»Alles in Ordnung?«, fragte ich, sobald wir oben waren und über die Turmspitzen von London blickten. Schwarzer Rauch wurde aus den Lagerhäusern im Osten der Stadt ausgestoßen, und der Sonnenuntergang zu unserer Rechten färbte den blauen Himmel über uns rosenrot.

Es kam keine Antwort. Zu meinem Entsetzen sah ich, wie Al die Tränen hinunterliefen.

»Al, meine Güte, was ist los?« Ich legte den Arm um die dünnen Schultern und wischte die Tränen ab. Al verlor niemals die Beherrschung, war immer glücklich, entschlossen, voller Mut und bebte nun, die schmalen Schultern gebeugt, die Hände aufs Gesicht gepresst, während Worte herausgewürgt wurden.

»Billy ... Es ist Billy. Er liebte sie. Die Pinguine. Es war sein Geburtstagsgeschenk. Wir gingen mit ihm her, wenn ...«

Ich brauchte ein paar Sekunden, um zu verstehen, und streichelte sanft über Als Rücken. »Du musst es mir nicht erzählen.« Ich zog den schluchzenden Kopf an meine Schulter und schwieg, über das glatte schwarze Haar streichend, bis Al sich aufsetzte, die restlichen Tränen fortwischte und laut in mein Taschentuch schneuzte.

»Du hast immer ein Taschentuch dabei, Teddy. Das ist eines der Dinge, die ich an dir liebe.«

»Das freut mich. Es tut mir so leid, dass du so aufgelöst bist ...«

Al legte mir eine Hand auf den Arm. »Nein, mir tut es leid. Ich habe vorher nicht nachgedacht. Ich wollte, dass du den Zoo wieder genießt.«

»Ich?« Ich war erschrocken.

»Nun, du hast mir gesagt, du warst hier mit deiner Tante und dass es scheußlich war, weil sie die Gerüche hasste und deine Mutter in Ohnmacht fiel.«

»Ja ...« Ich schüttelte mich.

Erst bei meinem letzten Ausflug nach London mit ihr war mir klargeworden, dass es meiner Mutter nicht gutging. Sie war auf dem matschigen Boden um das Eisbärengelände zusammengebrochen, und ich überlegte, ob ich sie liegen lassen sollte. Schließlich lief ich, um einen Wärter zu holen, und dann hatte sie meine Hand so fest umklammert, dass es schmerzte, und tat danach, als ob nichts wäre, dass sie nur gestolpert sei. Ich hatte ihr geglaubt.

Es war natürlich typisch für Al, sich daran zu erinnern.

»Das ist ja nett von dir, und du hättest nicht … Ich wäre nicht gegangen, wenn ich gewusst hätte, dass es dich traurig macht.«

Al protestierte heftig. »Nein, nein. Ich habe irgendwie so getan, als ob ich nicht daran dächte, und dann war es zu spät. Er hat den Zoo echt geliebt.«

»Er hatte ziemliches Glück, dass er so in der Nähe lebte«, sagte ich, weil ich nicht wusste, was ich sonst sagen sollte.

»O ja. Es war jedes Jahr sein Geburtstagsgeschenk. Er war erst sechs, als es passierte. Bis dahin ging es ihm gut. Er hat immer die Pinguine gefüttert, der Wärter erkannte ihn stets. ›Da ist ja mein Freund!‹, sagte er immer. ›Da ist ja der kleine Mann, der immer an seinem Geburtstag kommt!‹ Und Billy klatschte in die Hände. Er war so ein glücklicher kleiner Kerl.« Als Augen waren wässrig und glänzten bei der Erinnerung. »Der Wärter war ein netter Mann. Ich wollte … Er ließ ihn in den Eimer greifen und sie füttern. Einer hat ihm einmal fast den Finger abgebissen. Mum war wütend, sagte, wir würden nicht wieder hingehen, und Billy weinte und weinte. Er wollte zwei Tage nichts mehr essen. Ich frage mich, ob das der Grund war. Das habe ich mich immer gefragt.«

»Wie meinst du das?«

»Nun, er wurde danach krank, und wenn er richtig gegessen hätte, wäre er vielleicht …« Al schniefte laut. »Es ging so schnell. Morgens ging es ihm noch gut, er war putzmunter, und dann …«

»O Al, was … was ist passiert?«

Als Gesicht fiel in sich zusammen. »Masern. Er … er sagte dauernd, es gehe ihm nicht gut. Dann bekam er Fieber. Wir dachten, er tue nur so, er war so. Mum sagte, er könne in Onkel Percys Bett liegen, nur für den Fall ...«

»Warum nicht sein Bett?«, fragte ich.

Al sah mich an. »Wir hatten keine Betten, Teddy. Er und ich schliefen auf der Matratze auf dem Boden. Er war ein oder zwei Tage so. Ich kaufte ihm ein Spielzeug, das ich mir geliehen hatte, eine Lokomotive. Er hat sich so gefreut. Er wollte eine Kappe, um ein richtiger Lokomotivführer zu sein. An dem Abend konnte er nicht mehr sprechen. Er brachte die Worte nicht mehr raus. Und dann verlor er das Bewusstsein. Seine Locken – er hatte braune Locken – waren nass vom Schweiß und klebten an seiner Stirn. Wir brachten John von nebenan dazu, zum Doktor zu laufen. Doch der wollte nicht kommen. *Er wollte nicht kommen.* Ich hielt ihn, als er starb, in meinen Armen. Ich streichelte sein Haar. Er war triefend nass. Im Boys Club wollten sie den Zug im Jungenclub nicht wieder zurück. Ich sollte ihn für Billy behalten. Wir haben ihn mit ihm beerdigt. Der Sarg, Teddy, war so klein. Das Loch, das sie gruben, ich hätte kaum reingepasst, aber ich wollte es.«

Ich schüttelte den Kopf, Tränen tropften ins Gras.

»Es hat schließlich meinen Dad umgebracht. Mein armer Dad. Am Tag der Beerdigung verbeugte er sich ständig, daran erinnere ich mich, und ich verstand nicht, warum, bis mir klarwurde, dass er sich bemühte, nicht zu weinen. Er trug den Sarg in den Leichenwagen für die Beerdigung. Nur er und der kleine Sarg. Wir konnten uns die Beerdigung nicht leisten. Aber wir mussten es für ihn tun. Jeder Einzelne am Arnold Circus kam, um ihn zu verabschieden. Sie standen am Straßenrand, es war totale Stille. Die Mahlzeiten, die man uns schenkte, die Leute brachten uns noch nach Monaten Sachen. Und keiner sonst von außerhalb kam, um zu fragen, warum ein kleines Kind so sterben musste. Wir kümmerten uns um uns selbst. Das macht man, wenn man nichts hat.« Als Schultern bebten. »Und das macht mich immer noch wütend.«

Wir schwiegen. Ich legte wieder den Arm um Al und küsste das seidige schwarze Haar.

»Es tut mir so leid. Ich wünschte, ich wüsste, was ich sagen soll.« Ich dachte an Mama, an ihren wilden Todesgriff, an ihre Erleichterung, als sie wusste, dass das Ende nahte. »Das war das Letzte, das er erlebt hat, Al. Er ist in dem Wissen gestorben, dass du ihn liebst. Vielleicht hätten sie ihn, wenn der Arzt gekommen wäre, weggebracht. Er wäre auf einer Station ohne dich gewesen ... du warst bei ihm.« Ich zuckte mit den Schultern. »Ich weiß nicht. Ich war froh, dass ich bei meiner Mutter war, als sie starb.«

Al drehte sich um. »Das wusste ich nicht.«

»Ja.«

»War sie bei Bewusstsein? Konntest du mit ihr reden?«

»Ja. Und sie war froh, dass sie gehen konnte. Sie war froh, dass ich nicht ...« Ich hielt inne. »Sie war froh, dass sie nicht mehr leiden musste.«

Wir saßen da, während der Sonnenuntergang mit seinem rosafarbenen Licht den Horizont überflutete. Ich nahm Als Finger.

»Gut, dass du es mir gesagt hast«, sagte Al, blinzelte und starrte hinaus auf die Stadt. »Ich habe gespürt, dass etwas nicht stimmt.«

Die schreckliche Ironie daran war, wie ich später erfuhr, dass diese Tragödie Al auf lange Sicht half. Ein Reporter, der über die Armut im East End schrieb, hatte über diese tragische kleine Beerdigung in der *Picture Post* berichtet, die ein Foto von Al hinter Billys Sarg brachte. Der Reporter, Thomas Fisher, war mit Al in Kontakt geblieben und hatte ab und zu eine

Geschichte über diesen großäugigen, intelligenten Menschen gebracht. Schließlich wurde er eine Art Mentor, als es so weit war, und zahlte für einen Kurs am Printers' College. Als er plötzlich vor zwei Jahren starb, sah sich Al als Erbe seines Vermögens. Es war vergleichsweise bescheiden, übertraf jedoch die Träume der meisten und beinhaltete eine Wohnung, eine Wohnung in Bloomsbury, und eine Geldsumme, die reichte, um einen Arzt für Als Onkel zu bezahlen. Als Mutter sagte jedoch, sie könne mit der Arbeit nicht aufhören. Was sollte sie ohne sie machen? Mit Percy im Haus sitzen und ihre Kinder vermissen?

Ich bin Als Mutter oder Onkel nie begegnet, eines von vielen Dingen, die ich an diesen endlosen Tagen bereue. Sie müssen gute Menschen gewesen sein, denn Al war es. Al allein zeigte mir in jenem Sommer, wie ich ein besserer Mensch werden könnte. Keine Tötungsgläser mehr und keine Jagd und keine Verschlagenheit. Man hatte mir nie Mitgefühl beigebracht. Ich war ein kaltes, neugieriges Kind. Dazu war ich gemacht worden.

Wir standen auf, die Arme kalt von der Abendkühle, und gingen zurück zum Fuße des Hügels. »Sollen wir nach Covent Garden und Fish und Chips holen?«, fragte Al. »Wir können essen wie die Pinguine.«

»Das ist eine gute Idee.« Ich drehte mich um und sah zurück auf den Park. Ich konnte die Tiere im Zoo hören, die ihr Abendlied sangen. Ich glaubte, einen Ziegenmelker zu hören, und mein Herz sang für einen Moment so mächtig, dass ich stehen blieb. Heimweh – nach klarem Himmel und süßer salziger Luft, nach dem Gefühl von Freiheit und nach weicher Erde unter den Füßen – traf mich.

»Teddy«, unterbrach Al meine Gedanken, »darf ich dich was fragen?«

»Ja.« Eilig vertrieb ich die Bilder aus meinem Kopf, das Gefühl von Sehnsucht nach zu Hause. Wir bogen in eine Gasse mit Läden ein.

»An einem Abend wie heute, wenn die Stadt so schön ist und alle … Ach, lass es.«

Das Herz schlug mir in der Brust, als ich fragte: »Was wolltest du sagen?«

»Ich frage mich nur manchmal, wann du fortgehst?« Al hatte die Arme verschränkt und den Blick auf einen Briefkasten ein paar Meter vor uns gerichtet. »Nach Keepsake zurück. Du musst es vermissen.«

Manchmal kam es mir so vor, als ob Al in meinen Gedanken umherspazieren würde wie durch die offene Tür einer Wohnung. »Du meinst, ob ich in London bleibe?«

»Ja, in London. Was hast du denn geglaubt, was ich meine? Ich bin mir nie sicher, da du so zurückhaltend bist, was die Zukunft angeht. Ich weiß nicht, wie du dich selbst in einem Jahr siehst.«

»Ich …« Ich war verschreckt und unbeholfen. »Na ja, der Krieg kommt … Ich will natürlich bleiben. Soll ich mir etwas anderes zum Schlafen suchen?«, fragte ich, und einen Moment herrschte angespanntes Schweigen.

»Nein, nein«, sagte Al schließlich zögernd. »Ich habe mich nur gefragt. Ich denke, du sollst bleiben, das ist alles. Ich meine, richtig bleiben, für immer. Du – wir – könnten zusammen in meiner Wohnung wohnen, wenn du magst. Oder anderswo, wenn dir das lieber ist. Denk doch, wie lustig das wäre.«

In London zu bleiben, mit Al zusammen zu sein, die Ashkenazys jeden Tag zu sehen – Konzerte, Filme, Lachen, Streit, Gespräche –, pulsierendes, aufregendes Leben im Herzen der Stadt, während sich der Knoten der Gefahr um uns zuzog. Ich verdrängte Keepsake.

»Ja«, sagte ich im Weitergehen, damit Al nicht sah, wie sich die Röte mein Brustbein hoch und bis zu meinem Hals zog, die Angst, die im Zaum gehalten werden musste, »vielleicht sollte ich bleiben.«

An einem milden frühen Sommerabend im Juni ungefähr eine Woche später verließen die Ashkenazys und ich gerade Queen's Hall und fragten uns, ob wir den Bus nehmen oder zurück in die Handel Street laufen sollten. Wir hatten das Violinkonzert von Tschaikowski, gespielt von Jelly d'Arányi, gehört, und die beiden waren hingerissen. Michael hatte als Kind Violine gelernt, und Misha »verstand« Musik. Sie meinte, das komme daher, weil »ich Russin bin«.

Wir blieben einen Moment auf der überfüllten Straße stehen, während Michael sich eine Zigarette anzündete. »Aber vielleicht war sie nicht dynamisch genug«, sagte Misha.

»Was?« Michael runzelte die Stirn. »Das stimmt nicht. Misha, du weißt nichts. Ihre Phrasierung war perfekt. Perfekt.«

»Sie hätte im letzten Satz mehr verschleppen müssen – so. Es heißt *allegro energico*. Energisch!« Misha stieß den Ellbogen abrupt nach unten und sang: »Duh, duh-di-dah, dom duh, duh-di-dah, dom duh!« Ihre Augen glänzten. »Das ist doch gute Musik, oder?« Sie verschränkte ihren Arm mit dem ihres Mannes, und er reichte mir seinen anderen. Leute starrten uns an, wie oft mit den Ashkenazys. Sie waren hinreißend exotisch und nicht nur weil sie so offensichtlich Russen waren. Es war etwas an ihnen, das sagte: Mir ist egal, was ihr denkt.

»Oh, ich habe es geliebt«, sagte ich. »Ich bin so froh, sie gesehen zu haben, sie war …«

Und dann erstarrte ich. Auf der anderen Seite der Regent Street, makellos in Spitze und einem langen Rock, zugeknöpften Handschuhen und mit Sonnenschirm und stocksteif wie eine viktorianische Puppe, war meine Tante Gwen.

»Teddy, meine Liebe, was dachtest du?«, fragte Michael neugierig.

Da wusste ich, wie ernst das, was ich getan hatte, war, denn Tante Gwen – die niemals privat die Stimme erhob, ganz zu schweigen auf einer belebten Durchgangsstraße – rief doch tatsächlich zu uns herüber: »Theodora! Komm sofort her! Theodora! Komm her!« Sie sah wie immer aus, nur dass ihr Haar jetzt fast ganz grau war.

Ich stand vollkommen still und blickte in ihr Gesicht.

»Hallo, Teddy, diese Frau will was von dir«, sagte Misha und schaute sie interessiert an.

»Es ist nichts«, meinte ich, sah sie aber weiter an, sah den Ausdruck in ihren großen dunklen Augen. Sie ähnelte so sehr meiner Mutter.

»Theodora! Bitte!« Ich hörte in ihrer Stimme diese Ungeduld, diesen Kommandoton, und ich erstarrte vor Angst. »Du musst zurückgehen, verstehst du das nicht? Du machst alles nur noch schlimmer für dich. Wende dich nicht ab von mir. Komm her! Theodora!«

»Wir sollten uns beeilen, der Bus kommt«, rief ich den anderen zu, während weitere Passanten vorbeizogen.

Misha starrte mich an. »Aber sie ruft dich, Teddy. Sie nennt dich Theodora.«

»Ich will nicht mit ihr reden«, sagte ich hölzern und wandte mich ab.

»Lass uns gehen«, meinte Michael und vergrub sich tiefer in seinem weiten schwarzen Mantel. Er wollte nie in die Angelegenheiten von anderen verwickelt werden.

»Ja, lass uns gehen.« Ich verschränkte meinen Arm mit seinem, und Misha zuckte mit den Schultern. Rasch drehten wir uns Richtung Oxford Circus und verloren uns im heißen, brodelnden Menschenmeer, und ich wagte nicht noch mal zurückzuschauen, weil ich nicht sehen wollte, wie sehr sie meiner Mutter ähnelte.

Wir schwiegen auf der Busfahrt nach Hause. Zurück in der Handel Street, standen wir vor der Wohnungstür.

Misha, mit den Schlüsseln in der Hand, sagte: »Ich sollte dich fragen, Teddy. Du bist nicht … Wirst du von der Polizei gesucht?«

Ich lachte fast vor Erleichterung. »Nein, nein. Ich bin von zu Hause weggelaufen. Ich war dort nicht glücklich. Das war meine … meine Tante.« Wie eine Welle, die mich umwarf, traf mich die Trauer, die Sehnsucht nach meiner Mutter. Plötzlich erschien ihr Gesicht, schmal und schön, vor mir und flehte mich an zu gehen. Ich musste das Bild verdrängen. Ich schluckte, und eine verzweifelte Sehnsucht nach Keepsake überkam mich wie an jenem Abend im Zoo, wie eine Urkraft, etwas, was ich nicht kontrollieren konnte. Und dann bekam ich Angst. Aber, oh, die süße Abendluft im Garten zu riechen, schwer von Geißblatt, die Schwalben zu beobachten, die über uns tanzten. Stattdessen hier allein zu sein, schwitzend, bedrängt von allen Seiten – sich zu verstecken. »Ich nehme an, meine Familie sucht mich.« Ich senkte den Kopf und fühlte mich elend. »Aber ich … ich will nicht zurück.«

Michael legte mir eine Hand auf den Arm. »Ach, wir sind doch alle Fliehende. Wir stellen dir keine Fragen mehr.«

»Nur noch eine«, warf Misha ein. »Wer ist Matty?«

Ich schrak zusammen. »Matty? Warum?«

»Ich habe dich ihren Namen rufen hören.«

»Wann?«

»Im Schlaf, Teddy. Wenn du hier schläfst, höre ich dich. Du redest im Schlaf, hat dir das noch keiner gesagt?«

»Nein ...« Wer hätte mich hören sollen? Ich hatte seit meiner Kindheit allein in meinem kleinen Zimmer mit den dicken Wänden am Ende der Treppe geschlafen. »Matty war eine Freundin von mir zu Hause in Cornwall.«

»Cornwall?«

»Ja.« Ich wollte ihnen nicht mehr darüber erzählen, dass ich in den meisten Nächten von Matty träumte, wie sie zu mir kam, neckend, mir ins Ohr flüsternd, welche Wahrheiten sie von mir kenne, meine tiefsten, beschämendsten Ängste, dass sie wisse, dass ich nicht normal sei. »Wenn das alles ist ...«

»Ja, ja.« Michael winkte ab, doch Misha sah mich weiter an, und mir gefiel der Ausdruck in ihrem weichen weißen Gesicht nicht. »Geh nach oben zu Al und komm morgen früh, die Drucker holen die Seiten mittags ab.«

»Natürlich.«

»Nicht natürlich«, erwiderte er und schob mich hoch. »Du kommst jeden Morgen später an deinen Schreibtisch. Ich hoffe, dass, was immer ihr beide ausheckt, es wert ist.«

»Wer war denn nun Matty?«, fragte Al, nachdem ich von den Ereignissen des Abends berichtet hatte.

Ich holte tief Luft. »Sie war meine beste Freundin. Meine einzige Freundin dort. Sie half mir abzuhauen.«

Schon schien dieser Abend – mit seiner trommelnden, traumähnlichen Musik, dem großen geschnitzten Saal, dem Anblick von Tante Gwen – aus einer anderen Welt zu stammen, verglichen mit dem erneuten Segen der Normalität, in der ich in Als Sessel saß, aus dem Fenster blickte und dem Grammophon lauschte.

»Du und dieses geheimnisvolle Haus. Es ist wie aus einem Märchen.« Al legte sich aufs Sofa und zündete sich noch eine Zigarette an.

»Warte ab, bis du es siehst«, sagte ich, ohne nachzudenken.

»Ich? O nein, Herrin. Ich bin zu bescheiden, um die Mauern eines solchen Hauses zu durchschreiten, Herrin«, sagte Al mit einem schrecklichen Akzent. »Ich nur ein armes Kind aus den Slums, du eine richtige Lady und so.«

»So ist es nicht. Ich fände es toll, wenn du mitkämst. Aber es ist eine lange Fahrt.« Es klang schwach.

Al kniete sich mit blitzenden Augen hin. »Teddy, ich glaube, du bist ein Snob. Ausgerechnet du.«

»Bin ich nicht. Es ist nur ... Nun, wir können nicht hinfahren, ohne dass Vater rausfindet, dass ich hier bin.«

»Ich dachte, es gehört dir?« In Als Stimme lag eine leichte Schärfe.

»Ja, aber ...«

»Aber du willst nicht mit einem Cockney-Menschen dort auftauchen, der nicht weiß, wie man einen Suppenlöffel benutzt. Ich verstehe.« Al nahm die Zeitung und schüttelte sie aus.

»Du benutzt einen Suppenlöffel, um Suppe zu essen. Sei nicht so blöd. Außerdem gehen wir auch nie zum Arnold Circus, und das ist nur eine Busfahrt weit entfernt«, erwiderte ich schnippisch.

»Ich will dort nicht hin, Teddy, nur damit du das begreifst. Ich habe nicht nach einer Einladung auf deinen erfundenen Familiensitz geschielt.«

Ich stand auf und ging zu Al, schob die Zeitung sanft beiseite und setzte mich aufs Sofa. »Sei nicht sauer auf mich. Ich ertrag das nicht. Du bist der letzte Mensch auf der Welt, den ich verletzen wollte.«

»Du bist so ein Kind«, meinte Al. »Teddy, ich glaube nicht, dass du irgendwas weißt.«

»Was meinst du damit?«

Als Stimme war heiser. »Ach, nichts. Du verstehst es nicht.«

Doch ich verstand.

»Ich habe Matty geküsst«, sagte ich leise. »An dem Abend, als ich wegging. Wir haben uns geküsst. Ich hatte noch nie zuvor jemanden geküsst.«

»Oh.« Al sah wachsam auf.

»Ich wollte es dir erzählen, für den Fall, dass du es …« Mein Herz klopfte wie verrückt, während ich versuchte, den Mut aufzubringen, das zu sagen, was ich wollte. Ich sah hinab auf Al, nur Zentimeter entfernt von mir. Ich wünschte die Regeln zu kennen. »Für den Fall, dass du dich davor ekelst. Vor … vor mir. Wenn wir zusammen leben wollen.« Ich sah, dass Al auch Angst hatte, und das machte mich stark.

»Nein, ich ekle mich nicht. Ich bin froh, dass du es mir gesagt hast.«

Wir hatten nie über unsere Beziehung geredet. Ich wusste, warum. Wir wussten beide, wir mussten auf einen Tag warten, an dem sie sich ändern würde, und plötzlich wusste ich, jetzt war der Tag gekommen.

Flüchtig fragte ich mich, ob ich alles zerstören würde, wenn ich den nächsten Schritt tat, aber ich konnte nicht anders. Ich war nicht nervös, nicht bei Al. Jeder Teil von uns gehörte dem anderen. Wir kannten uns schon so gut. Ich legte die Hand in den Abstand zwischen unsere Beine, beugte mich dann vor und küsste Al. Ich musste diejenige sein, die den ersten Schritt machte. Mir schlug das Herz bis zum Hals, und das Blut dröhnte in meinen Ohren.

»Sei nicht böse auf mich. Sei nicht traurig. Ich könnte es nicht ertragen, wenn ich dich traurig gemacht hätte«, sagte ich und küsste Al erneut.

Ich verschob mein Gewicht, so dass wir uns ansahen, und hielt sanft Als Gesicht, dieses liebe vertraute Gesicht. Die cremefarbenen, blassen Wangen waren kalt von der scharfen Abendluft draußen.

Bevor wir uns küssten, hatte ich Angst und war voller Scham. Ich fühlte mich, als ob ich wüsste, dass das, was ich tat, falsch war.

Doch ich wusste, ich musste es tun. Ich wusste, ich musste nachgeben, wie würde ich es sonst wissen? Und außerdem – oh, Al, du weißt, dass ich dich küssen wollte. Ich wollte es so sehr, mein Liebling.

Zuerst waren wir ganz still. Ich schloss die Augen, wollte den Moment genießen, und dann – es war wunderbar – langsam, bedächtig bewegte sich Als Zunge in meinen Mund, und dabei wurde mein Körper von Sehnsucht überflutet. Ich kann es jetzt noch spüren, wenn ich mich an diesen Juniabend erinnere. Als Zunge war hartnäckig und heiß in meinem Mund, die warmen, festen Hände an meiner Taille, und ich kniete mich hin, so dass ich die Beine spreizte und Al wegschob. Die Vorhänge blähten sich im Wind. Schweigend knöpften wir zusammen unsere Hemden auf. Wir küssten und berührten uns scheinbar stundenlang. Vielleicht war es auch so: Mir war schwindlig, unsere Umgebung war mir nicht bewusst, ich scherte mich nicht um die Zeit, wichtig war nur die Gegenwart.

Es sollte geschehen. Wir hatten nie etwas anderes geglaubt.

Meine Brüste, blau geädert und voll, mit ihren winzigen muschelbraunen Nippeln. Unsere Körper, ich erinnere mich, wie verschieden unsere Haut war. Als war weiß mit einem

Hauch Pink, meine gebräunt, helles Karamell. Beide jung und glatt – ach, Jugend. Glattes, kühles, süßes Fleisch. Ich rieb mich an dem harten jungen Körper unter mir, während die geschickten weichen Hände zu meinen Brüsten wanderten, der warme Mund die Nippel küsste, an den Spitzen leckte und stöhnte, als ob sie köstlich schmecken würden, und wir atmeten beide laut und im Takt wie der Wind, der in den Bäumen draußen seufzte.

Ich weine, während ich dies hier schreibe. Ich erinnere mich so gut an Als Berührung. Der rauhe schwarze Wollteppich an meinen Knöcheln, das köstliche Gefühl von Luft auf meinen nackten Brüsten, mein offenes Hemd, das sanft um meine Schenkel flattert.

»Ich meine … es ist … es ist in Ordnung, oder?«, fragte Al, während wir zusammen verschmolzen.

Und ich lächelte. »Ja, Liebling, es ist in Ordnung.«

»Du bist wie ein Schmetterling«, sagte Al. »Mein eigener schöner Schmetterling.«

Wir betrachteten einander. Ich zitterte. Ich schluckte, versuchte, mir zu befehlen, die Stimmen zu vergessen, die in meinem Kopf schrien und mir sagten, dass das, was wir da taten, falsch sei. Al verstand mich falsch.

»Hab keine Angst. Das ist gut. Es ist wundervoll«, sagte Al mit so viel Wärme und Zuneigung, dass ich mich löste. Ich musste es einfach wollen, und so hörte ich für den Augenblick nicht mehr auf die Stimmen.

»Ich weiß nicht, was ich als Nächstes tun soll«, gestand ich und schüttelte hilflos den Kopf. Und wieder küsste mich Al, nahm meinen Kopf in die warmen, schmalen Hände und hielt dann inne.

»Ich muss es jetzt tun«, sagte Al, und ich bebte und spürte, wie sich der Ring aus Muskeln an meinem feuchten, winzigen, glatten Eingang zusammenzog und Al fester um sich spannte, und während wir uns weiter berührten und streichelten und ich die Augen schloss und die Fragen, die den ganzen Tag in mir gesummt hatten, zum Schweigen kamen, während ich einatmete und mich entspannte, fühlte ich es kommen. Ich wusste, dass ich es endlich erlebte. Ich schrie auf, aus Angst vor der Stärke und dann aus Lust.

Ich lag auf Al, wir hatten die Arme umeinandergelegt, und ich strich das Haar aus Als schweißnasser Stirn.

»Hast du … das schon mal gemacht?«, fragte ich neugierig.

»Nicht so. Es war immer grob oder nicht so, wie ich wollte. Ich bin gekommen, und du?«

»Ich weiß nicht, was das …«, setzte ich an und verstummte dann, als Al leise lachte. »O ja, ich bin gekommen.«

Ich trug immer noch mein Hemd – Al auch. Wir zogen uns ganz aus und lagen dann nackt zusammen auf dem Sofa. Unsere Körper berührten sich, feucht und warm und pulsierend, unsere Herzen schlugen, unsere Finger hielten einander umschlungen.

Es war fast Mittsommernacht und noch nicht ganz dunkel über der Stadt. Ich konnte jemanden auf der Straße rufen hören. Hoch oben in dem schönen roten Ziegelgebäude – jetzt nichts weiter als Erinnerungen, Geister, Asche und Geröll – lagen wir zusammen und blieben so bis zum Morgen, taten es wieder und wieder.

In den nächsten Wochen waren wir so glücklich. Wir liebten uns beim Erwachen, wir tranken Kaffee und aßen Toast, wir lasen uns vor – dieselben alten Thriller oder Gedichte oder manchmal sogar ein Buch über Schmetterlinge oder Vögel in meinem andauernden Versuch, Al über das Landleben zu bilden.

Schön waren die Ehrlichkeit und die Offenheit, die wir miteinander teilten. Al war es egal, ob ich andere Liebhaber gehabt hatte, und mir auch. Wir zankten uns nicht über kleine Eifersüchteleien, wie sie andere Paare quälten, die ich in der Stadt gesehen hatte. Ich wusste, Al war erfahrener als ich. Ich war zuerst wohl froh, weil ich so nicht immer die Führung übernehmen musste.

Ich liebte es, Al im Schlaf zu beobachten. Eingerollt wie ein Igel lag Al da, den Rücken von mir abgewandt, schniefend und zuckend, wenn die fröhliche Sicherheit des Tages durch eine süße, jungenhafte Verletzlichkeit ersetzt wurde. Nun, da wir jede Nacht zusammen und nicht durch eine Wand getrennt waren, beklagte sich Al, dass ich, wie Misha gesagt hatte, im Schlaf redete. Doch Gott sei Dank schien ich nie über Matty zu sprechen. Stattdessen wachte ich auf und merkte, dass Al meine Hand hielt.

»Teddy, Teddy, hör auf, über Schmetterlinge zu reden.«

Ich sagte nicht, dass ich jede Nacht von ihnen träumte, dass ich in dem nie ganz dunklen Schlafzimmer aufschreckte und eine winzige Sekunde lang glaubte, ich sei wieder zu Hause. Und dann wurde mir klar, dass ich hier war, und Panik befiel mich. Ich sagte nicht, dass ich, wenn ich allein war, daran dachte, was wir taten und wie falsch es war, dass ich an meinen Vater dachte und dass er mich wahrscheinlich umbringen würde, sollte er es jemals erfahren. Ich vermisste Keepsake und dachte mit jedem Tag mehr daran. Es hatte keinen Sinn, etwas darüber zu sagen, nicht einmal zu Al.

Als erstes Geschenk an mich gab es an dem Tag der Anzeige in der *Times*, von dem Sie wahrscheinlich sagen würden, dass eine Wolke über den Horizont zog, kaum wahrnehmbar, doch es war der Anfang vom Ende.

Wir lagen nackt auf dem Teppich, es war Ende Juni, eine heiße, schwüle Nacht, keine Brise. Ich wollte schon wieder, doch Al war ein wenig abgelenkt, und ich hatte gelernt, meine Begierde manchmal zu dämpfen, auch wenn ich das nie wollte. Sex beherrschte mich. Oft konnte ich an nichts anderes denken, wenn ich in Mishas und Michaels heißem, ungelüftetem Wohnzimmer saß und betete, dass eine Brise sich über meine Haut bewegen möge; dann rutschte ich leicht auf dem harten Ledersofa herum, spürte den Stich der Lust in mir, und ich atmete schwer und hoffte, dass sie nichts bemerkt hatten. Ich dachte, alle müssten es sehen. Ich erblühte, war grob vor Begierde, davon, dass ich jede Nacht kam und den ganzen Tag an Al dachte. Manchmal jedoch sah ich ein Paar auf der Straße, ein Mädchen, das den Arm um einen Jungen gelegt hatte, und ich blieb stehen und fragte mich, warum es so leicht für sie war und nicht für mich. Warum ich so war, mit dieser Qual geschlagen. Wie seltsam es war, dass ich Al lieben konnte und dabei wusste, dass das, was wir taten, böse war.

Zuweilen bemerkte ich, dass Misha mich beobachtete. An jenem Tag war sie wieder ein wenig schwierig. Je weiter der Sommer voranschritt, desto nervöser schien sie zu werden. Heute hatte ich die *Times* nicht früh genug geholt, und sie hatte mir die Seite mit den persönlichen Anzeigen praktisch aus der Hand gerissen.

»Nein, nichts, nichts«, hatte sie gesagt und sie ein paar Sekunden angestarrt, bevor sie die Zeitung zu Boden sinken ließ. »Warum lässt du mich so warten, Teddy? Was ist das nur mit dir?« Dann war sie in ihr Schlafzimmer stolziert und fast den ganzen Tag dortgeblieben. Sie schien zurzeit kaum zu arbeiten, saß nur im Bett, las und aß nichts, umgeben von Aschenbechern und den Katzen.

»Was weißt du über die Ashkenazys?«, fragte ich Al nun und richtete mich auf dem Teppich auf. »Ich meine, woher sie kamen.«

»Ursprünglich aus der Sowjetunion. Sie zogen dann nach Wien.«

»Das weiß ich. Ich meine, warum haben sie Wien verlassen?«

»Weil sie hier zu Geld kommen wollten. Sie sahen, wie es für die Juden werden würde, und sie hatten recht. Ihre Kinder leben in Wien bei Mishas Schwester.«

Ich fuhr hoch. »Sie haben Kinder?«

»Zwei, glaube ich.«

»Michael und Misha? Bist du sicher?«

»Ja. Ich habe mal ihre Post bekommen, kurz nach ihrer Ankunft. Sie war adressiert an ›Mama und Puppa‹, in einer Kinderschrift. Schreckliche Schrift übrigens, aber vielleicht waren sie an kyrillische Schrift gewöhnt. Ich habe es ihnen unter der Tür durchgesteckt und niemals erwähnt.«

»Warum nicht?«

»Du kennst sie doch. Irgendwie kann man nicht fragen.« Ich nickte.

Wenn wir doch nur gefragt hätten.

»Ich habe einmal mit Ginny darüber gesprochen, als ich noch zu ihnen zum Trinken ging und alles etwas lustiger war. Ginny hat was über sie gesagt. Ja, ich bin sicher, obwohl es ziemlich spät und Wodka geflossen war – du kannst es dir ja vorstellen. Mishas Schwester kümmert sich um sie. Sie ist in Wien. Katya?«

»Katya haben wir kennengelernt. Sie war hier – ihr Mann ist von den Nazis abgeholt worden. Ich glaube, du hast da was verwechselt. Sie ist nicht Mishas Schwester.«

»Oh. Wie seltsam. Hör mal, hast du Hunger?«

Ich zog an Als Arm. »Warte eine Minute. Sie haben mir erzählt, dass sie keine Kinder hätten, als ich zu ihnen kam. Dass es nicht möglich gewesen sei. Sie sagten, sie seien gegangen, weil sie wegen der Gründung einer Dissidenten-Zeitschrift verfolgt wurden.«

»Das ist doch dasselbe.«

»Nein.« Ich war überrascht, wie verwirrt ich bei dem Gedanken war, sie hätten mich anlügen können. »Das sind zwei völlig verschiedene Dinge. Ich frage mich bei ihnen manchmal ...«

»Was?« Al berührte mein Kinn mit einem Finger. Ich sah in diese dunklen Augen mit dem Schimmer wilden Humors, auf das geschorene schwarze Haar, das über die glatte Stirn fiel, die breiten Wangenknochen, das herzförmige Gesicht, das kleine Grübchen am Hals kurz über dem Schlüsselbein. Das tut man, wenn man trunken vor Liebe ist. Man versucht sich an jeden Zentimeter des Menschen zu erinnern.

Ich fing Als Finger ein, biss langsam hinein, schmeckte ihn. »Ich kenne sie nicht. Ich mag sie so sehr, aber weißt du, was seltsam ist?«

»Was?« Al hörte jetzt zu.

»Wir reden nie über etwas richtig. Wir plaudern über banale Dinge, über Kleider und Musik und Bücher und – o ja, die Autoren und ihre Bücher. Und Michael rezitiert Gedichte, und wir trinken eine Menge. Aber ich weiß eigentlich nicht, was sie wollen. Es kommt mir vor, als ob ich eines Morgens hinunterkommen könnte, und sie wären vom Winde verweht.«

»Ich glaube, wir können uns darauf einigen, dass sie ein bisschen exzentrisch sind. Aber ich zweifle nicht, dass sie aus Russland um ihr Leben fliehen mussten.«

»Da stimme ich dir zu.« Ich biss mir auf die Lippe. »Aber schau nur«, fuhr ich fort, beugte mich vor und griff nach meinem Buch. Ich nahm ein Stück Papier heraus. »Das war vor ein paar Tagen in der *Times*. Sie und Michael haben es angestarrt und dann einfach zu Boden fallen lassen. Ich habe es aufgehoben und dann …« Ich räusperte mich. Es war seltsam, es laut zu lesen. »M&M: Seid bereit. Der Freund ist bereit, euren Wunsch zu erfüllen. Wartet, bis ihr von uns oder Drubezkoi hört.« Ich war fast erleichtert, als Al nicht reagierte. Vielleicht hatte ich mich nur reingesteigert, und es war gar nichts.

»Wer ist Drubezkoi?«

»Ich glaube, das muss Boris sein«, sagte ich mit einem unbehaglichen Gefühl.

»Der räuberische Boris? Meine Güte.«

»Boris Drubezkoi. Er ist eine Figur aus *Krieg und Frieden*.«

Al starrte mich beeindruckt an.

»Meine Gouvernante und ich haben es zusammen gelesen.« Miss Browning mit ihrem ernsten Gesicht, ihren Konzerten und ihrer tiefen, leidenschaftlichen Liebe zur russischen Literatur. Ich fragte mich, was mit ihr passiert war, ob sie genug zum Leben gehabt hatte, nachdem sie uns verließ, ob sie ihre geliebten Bücher hatte verkaufen müssen, ob ihre Mutter noch lebte. »Sie ergehen sich doch ständig über Tolstoi.« Blicklos starrte ich an die Wand. »Diese Woche waren sie noch seltsamer als sonst.«

»Ich würde mir keine Sorgen machen, Teddy. Sie waren schon immer unvorhersehbar. Genauso wie dieser Boris, obwohl, wenn er zurückkommen und noch mal was versuchen sollte …«

Ich drehte mich um und setzte mich auf. »Würdest du für mich kämpfen, mein tapferer Ritter?«

Al küsste mich. »Ich würde für dich sterben.« Die Stimme war leise und ernst. »Ich würde jeden töten, der dich verletzt. Ich würde ihm das Herz herausreißen und es vor ihm aufessen, sollte er dir noch mal weh tun.«

Wir blickten uns an. Ich kann mich noch genau daran erinnern, Als Augen und die tiefe Liebe darin.

»Ich ... ich weiß«, sagte ich und entzog mich, wich ein wenig zurück, schluckte und blinzelte. Mir war schlecht.

Als ehrliches, offenes Gesicht zeigte Erstaunen und dann Resignation.

»Ich wünschte, du würdest mir glauben«, sagte Al nach einer Weile.

»Das tue ich ...« Ich wollte erklären, wie schwer es für mich war, verliebt zu sein, diese Sünde zu begehen, war ich doch in meinem früheren kleinen, engen Leben eine ganz andere gewesen. Gib mir Zeit, wollte ich sagen. Ich muss mich erst daran gewöhnen. »Al, das tue ich wirklich, Liebling.«

Al drückte meine Finger und küsste sie. »Ach, Liebe. Schau, ich könnte es genauso gut jetzt machen.«

»Was?«

»Ich will nicht, dass du dein Zuhause vermisst.«

Er reichte mir ein Päckchen, das in braunes Papier eingewickelt war. Ich riss es auf, und da waren eine kleine Holzkiste, der man ihr Alter ansah, ein Glasdeckel und ein Fanghebel. Es passte in meine Handfläche. In der Mitte der fleckigen alten Seide war ein perfekter kleiner Schmetterling angebracht.

»Das Blaue Ordensband.« Ich umklammerte die Kiste, meine Hände verschmierten vor Aufregung das Glas. »Ich kann es nicht glauben. Ich habe noch nie einen gesehen. Ich wollte immer ...« Ich sah auf. Al beobachtete mich mit süßer, kindlicher

Freude, und ich brachte die Worte kaum heraus. »Al, das hättest du nicht tun sollen. Ich hoffe, es hat dich nicht ruiniert.«

»Nein, gar nicht. Ich hatte einen Freund, der einen Freund hatte.« Al tippte sich an den Nasenflügel. »Jemand in der Brick Lane kennt einen Typen, der Schmetterlinge verkauft. Der hier ist alt. Vierzig Jahre oder so. Du musst ihn so halten.«

Die Flügel des Blauen Ordensbandes haben eine strahlendere Farbe als alles, was man jemals sehen wird. Ein reines, strahlendes Türkis. Es ist heute bekannt als Adonis-Blau. Ich habe nie genau herausgefunden, warum. Aber für mich wird es immer das Ordensband bleiben.

Im Geiste sah ich das Land über dem Haus, sah die Wiesen, die violette Flockenblume, den Sonnendunst, sah Matty und mich heimlich aus dem Torhaus über die Wiese kriechen, schwarze Silhouetten vor dem blauen Horizont. Ich sah das Feuer am Strand, roch die verkohlte Makrele, hörte das samtweiche Wasser auf seidigen Sand schlagen, das Rauschen des Windes in den dicken, dunklen Bäumen. Ich sah es alles mit einer Sehnsucht, die mich atemlos machte. Ich fragte mich, ob es jemals so schlimm gewesen war. Ich glaubte nicht.

»Ich werde sie alle für dich fangen. Wir können ein ganzes Zimmer mit Schmetterlingen haben, wenn du willst. Wenn du nur hier bei mir bleibst.« Als Kinn war kantig, die dunklen Augen so ernst. »Bitte, Teddy, sag nur, dass du nicht dorthin zurückgehst.«

Ich saß auf meinen Händen. Ich wollte weg, doch ich konnte nicht. Ich wollte, dass die Stimmen verstummten, die mich nach Hause riefen. »Du weißt doch, dass ich ... dass ich nicht dorthin zurückwill.«

»Aber das heißt nicht, dass du es nicht tun wirst.« Al lächelte und strich mir eine Locke aus dem Gesicht, schob sie mir hinters Ohr, die Finger wanderten über meine Haut.

Ich nahm Als Hand und saugte langsam am Daumen, spürte die Wirbel, den Nagel, das Gelenk, nahm ihn so weit in den Mund, wie ich konnte.

»Ich liebe dich, Teddy.« Als Wangen waren hochrot, die Augen glühten schwarz.

Ich zog den Daumen aus meinem Mund und küsste ihn sanft. »Ich ... dich auch.«

»Nicht.« Als Stimme klang barsch. Ich sah auf die feuerroten Flecken auf den Wangen. »Sag es nicht, nur weil du das Gefühl hast, du müsstest es.«

»Das tue ich nicht.«

»Du hältst dich zurück, Teddy. Sei kein Feigling.«

»Nenn mich nicht so.«

»Ich weiß nicht, ob du es absichtlich machst, aber manchmal gibst du mir das Gefühl, als ob ich ein ... ein ...« Al schlug mit der Faust auf den Tisch. »Verdammt, Teddy. Als ob ich ein schmutziges Geheimnis wäre. Als ob wir ... als ob das mit uns schlecht wäre. Nicht normal.«

Es entstand eine schreckliche Stille.

»Schrei mich nicht an«, sagte ich und schüttelte den Kopf. »Lass mir Zeit. Ich liebe dich. Ich will nur dich. Immer. Ich war nur so ... Ich muss mich daran gewöhnen, so zu sein.«

»Du warst immer so, Liebling.« Al packte meine Hände. »Liebling, du bist so, und ich auch. Du gehörst hierher. Willst du bei mir bleiben? Oder gehst du zurück und finanzierst deinen Vater und hältst es mit ihm aus, bis er stirbt oder dich eines Tages zu heftig schlägt, so dass du den fischäugigen Kerl heiratest, der schon vom Hals aufwärts tot ist, willst du daliegen, während er auf dir stöhnt und versucht, dich zu besitzen?«

»Hör auf.«

»Er kann es nicht. Sie können es nicht. Du gehörst mir. Du wirst immer mir gehören. Und ich gehöre dir.« Al zog unsere

Hände an mein Herz. »Ich kann dein Herz schlagen fühlen. Du weißt es, ich weiß es. Ich weiß, es ist schwer, aber du musst dich irgendwann entscheiden, Teddy. Du kannst dich nicht von einem Tag zum anderen treiben lassen.«

»Ich lass mich nicht treiben, es ist …«, setzte ich an. »Du verstehst es nicht.«

»Liebling, ich will, dass wir zusammen sind. Immer. Du nicht? Es ist das Leichteste auf der Welt. Nichts sonst ist wichtig, oder?«

»Aber wir …«

»Nein.« Als Hände schlossen sich über mir. »Nichts sonst ist wichtig. Wer wir sind, was wir sind, woher wir kommen. Ich liebe dich. Ich werde niemals eine andere lieben. Ich liebe es, dass es nichts zwischen uns gibt, nichts außer Wahrheit und Freundlichkeit und alles, was … ach, ich weiß nicht, gut ist. Wie die Sonne aufgeht. Und dass wir beide zusammen sind, die es so machen, nicht du allein, Liebling, weil du ein schrecklich düsterer Mensch bist, wie du als Erste zugeben wirst.«

Ich lachte.

»Aber es stimmt, oder?« Al beugte sich vor, so dass wir nur wenige Zentimeter voneinander entfernt waren. »Ich runde den Teil von dir ab, der es braucht, und du machst dasselbe mit mir.«

Ich antwortete: »Ich will ja bei dir bleiben. Für immer.« Ich sah zu dem Schmetterling, der in seiner Kiste lag, und wieder in Als Gesicht. Mein Herz schwoll an vor Liebe. »Ich werde es tun. Ich werde bleiben. Ich gehe nicht fort.« Ich lächelte bei dem Gedanken, dass das, was ich gesagt hatte, wahr sein könnte. »Ja. O Al, ja.«

Ich blickte auf und sah Als Augen, die von Tränen glitzerten, der Mund starr vor Emotion, das herzförmige Gesicht rosa verfärbt, und ich wusste, es gab keine Worte dafür. Also schwiegen wir beide, blickten einander an, unsere Finger miteinander verschlungen.

Wir legten uns auf die Decke, Al atmete leise und zögernd, den Kopf an meiner Brust. Ich fühlte mich mächtig, seltsam traurig und zum ersten Mal im Leben erwachsen. Da wusste ich ganz sicher, dass ich Al verletzen würde. Dass ich eines Tages, bald, an diesem Ort Schaden anrichten würde.

Oh, mein Liebling. Wir kommen nun zum schwersten Teil meiner Geschichte.

TEIL DREI

18

London, 2011

Jeder hat mal eine Glückssträhne. Manchmal nützt diese nichts, manchmal braucht man sie dringend. Ich habe mich nie für einen besonderen Glückspilz gehalten. Jetzt weiß ich, dass ich einer bin.

Lise' Häuserblock hieß Pryors. Es war Samstagmorgen, vier Tage nach dem Verschwinden meines Vaters, und ich war zurück nach Heath gekommen, weil ich nicht wusste, was ich sonst tun sollte. Ich hatte vor den Pryors gestanden, hinauf zu den Türmchen geblickt und mich gefragt, was um alles in der Welt ich als Nächstes machen sollte, bis Lise auftauchen würde. Doch gerade als ich mir sagte, dass ich wohl gehen sollte, sah ich Abby, und mir war klar, dass dies meine Chance war.

Sie ging mit derselben Zielstrebigkeit auf die Wohnungen zu, trug dieselbe Art von sportlicher Kleidung, und ich wusste, dass sie es war. Ich lief über die Straße und winkte den Autos entschuldigend zu, die mit kreischenden Bremsen anhielten und mich wütend anhupten. Und dann blieb ich am Rand des Gebüsches stehen, ein paar Meter von ihr entfernt, und wurde von Zweifeln überfallen. Doch als sie ein paar Schlüssel hervorholte und gleichzeitig mit einer großen Plastikflasche Milch, ein paar Keksen und ein paar Gerbera in Zellophan kämpfte, überwand ich mich und trat vor.

»Entschuldigen Sie bitte.« Ich räusperte mich und versuchte, nicht zu seltsam zu klingen. »Es tut mir leid, wenn ich Sie belästige. Sind Sie Abby? Kümmern Sie sich um Miss Travers?«

»Ja.« Sie drehte sich kaum um, ihre Stimme klang vorsichtig. »Wie kann ich Ihnen helfen?«

»Oh.« Nun, da ich ihre Aufmerksamkeit hatte, hatte ich keine Ahnung, was ich sagen sollte. »Ich bin ... Ich muss mit ihr reden. Könnte ich eventuell mit nach oben kommen? Sie will mich sehen. Ich kann es hier draußen wirklich nicht erklären.«

Abby war es gelungen, die Milchflasche an die Tür zu quetschen, während sie mit einem Finger die anderen Sachen auf den Boden stellte und sich zu mir umwandte. »Es tut mir leid, Miss Travers kann im Moment niemanden empfangen. Es geht ihr gar nicht ...«, sie zögerte, »... gut.«

»O nein! Liegt sie im Bett?«

»Manchmal. Sie geht aber immer noch gerne raus, wenn es warm ist.« Abby zuckte mit den Schultern. »Es ist keine Krankheit wie die Grippe, nur dass sie immer schwächer wird. Sie ist dreiundneunzig.«

»Ich verstehe ...« Ich hielt inne, hin- und hergerissen zwischen dem Wunsch, meine Sache zu vertreten, und es sein zu lassen, sicher, dass Lise von mir hören wollte, und gleichzeitig davor zurückschreckend, eine kranke alte Frau zu belästigen. »Aber sie kennt mich. Ich bin ... Sie weiß etwas. Sie hat mir was zu sagen.« Mir war klar, wie furchtbar schlecht ich es erklärte. »Wir haben uns in der London Library kennengelernt, und ich habe gesehen, wie Sie sie abgesetzt haben. Ich habe eine Nachricht geschrieben und Sie gebeten, sich bei mir zu melden, Sie erinnern sich wahrscheinlich nicht. Sie hat mir Fotos von meiner Großmutter gegeben. Ich heiße Nina Parr, Abby. Hat sie mich je erwähnt oder meine Großmutter?« War es Einbildung, oder flackerte kurz ein Erkennen über ihr Gesicht?

Abby strich ihren Pferdeschwanz glatt und sagte frei heraus: »Wie Sie vielleicht wissen, hat Lise Demenz. Ihr geht es schon eine Weile nicht gut, doch in den letzten Wochen ist es rapide bergabgegangen. Tatsächlich war der Besuch in der Bibliothek das letzte Mal, dass sie draußen war.« Abby beugte sich vor und nahm die Blumen und die Lebensmittel und legte sie in einen gefalteten Leinenbeutel, den sie aus ihrer Handtasche genommen hatte. »Sie ist vor ein paar Tagen auf jemanden getroffen, und als ich sie abholte, war sie sehr erregt. Seitdem geht es ihr schlecht. Sie kann nicht schlafen und ist sehr unruhig. Sie versucht dauernd wegzugehen. Sie will jemanden finden. Das ist so bei Demenz. Wenn sie sich eine Idee in den Kopf gesetzt haben, ist es sehr schwer zu …« Sie fuhr sich mit der Hand über die Stirn. »Wenn sie sich erinnert, meine ich. Sonst ist sie sehr ruhig. Viel ruhiger als sonst. Vorher, als es ihr gutging, konnte man wirklich noch mit ihr reden. Nun …« Abby hob den Beutel hoch und warf ihn sich über die Schulter. »Es ist, als ob die Lichter ausgegangen wären.«

»Oh, das tut mir leid. Das ist schrecklich.«

»Ja, weil ich sie kannte, als es ihr noch ganz gutging, und bis jetzt ist es sehr langsam verlaufen. Sie war eine bemerkenswerte Frau. Sie kannte jeden, ging überallhin und hatte auch so ein interessantes Leben – so viel Traurigkeit.«

»Wie das?«

»Oh, sie hat ihre große Liebe im Krieg verloren. Sie ist selbst auch fast umgekommen. Ihre ganze Familie wurde getötet, und ihr Mann starb, als sie noch sehr jung war. Ja, so viel Traurigkeit. Ich frage mich, ob sie in einen einsickert. Sie hat schreckliche Dinge gesehen. Ich weiß nicht …« Ich fragte mich, ob Abby immer noch mit mir sprach oder zu sich selber. »Die schnellere Verschlechterung in den letzten Monaten war ziemlich deutlich. Alpträume. Sie schreit Namen heraus. Sie hat sich ganz zurückgezogen.«

Obwohl es ein warmer Tag war, erschauderte ich. »Was für Namen?«

»Es kann alles Mögliche sein. Ich glaube nicht, dass sie es noch weiß.« Abby trat von einem Fuß auf den anderen. »Ich wünschte, Nina, ich könnte Ihnen helfen, aber ich kann es nicht. Sie sollte keinen sehen. Anordnung des Arztes. Meine auch.«

»Aber ich bin ziemlich sicher, dass sie mich sehen will. Ehrlich, es klingt verrückt, aber ich glaube, es stimmt.«

»Sie hat es mir gegenüber nicht erwähnt, und ich habe sie nach Ihrer Nachricht nach Ihnen gefragt. Sie kannte Ihren Namen nicht, hatte keine Ahnung, wer Sie sind.«

»O doch«, erwiderte ich leise. »Es tut mir so leid. Aber wenn ich nur …« Ich nahm einen Umschlag aus meiner Tasche. »Gibt es irgendeine Möglichkeit, ihr das zu geben?« Ich hatte Abzüge von den Fotos gemacht, die sie mir geschickt hatte, und ich fand, sie sollte die Originale zurückbekommen.

Doch Abby schüttelte den Kopf. »Danke, Nina, aber ich kann ihr das nicht geben. Ich gebe ihr nichts, was sie aufregen könnte. Ich muss jetzt wieder nach oben, sie ist seit fast einer Stunde allein. Tut mir leid, ich wünschte, ich könnte helfen.«

Sie klang nicht so, als ob es ihr besonders leidtäte, und mit den Worten drehte sie sich um und schloss leise die Haustür.

Ich konnte die Fotos spüren, die beim Gehen in meiner Rocktasche an meine Beine schlugen. Als ich den Parliament Hill erreichte, blieb ich stehen und setzte mich. Ganz London breitete sich unten aus, ein Meer aus Kränen, Hochhäusern und offensichtlichem Reichtum. Es war eine Stadt, die mir zurzeit zunehmend fremd wurde – so riesig, so besessen von Größe und einförmiger Internationalität, eine Stadt, die ganz anders war als ihre eigene Geschichte.

Ich wusste nicht, wohin ich als Nächstes sollte. Das Gefühl, völlig allein zu sein, traf mich wie in den letzten Wochen auch. Ich musste irgendwo hingehen, jemanden sehen, den ich liebte, der mich kannte, und natürlich wusste ich da, wohin ich gehen musste. Ich konnte nicht verstehen, warum ich es nicht früher getan hatte. Ich sah zu, wie sich der smogähnliche Dunst unter mir hob, sich nach Kent ausbreitete, und dann stand ich auf und ging den Hügel wieder hinunter, doch diesmal mit einem Ziel.

Als Sebastian die Tür aufmachte, lächelte ich nervös.

»Hallo, tut mir leid, dass ich so lange gebraucht habe.«

»Nina.« Sebastian, der ein weißes T-Shirt und Jogginghosen trug, kratzte sich am Kopf.

»Wie geht es dir?«, fragte ich. Ich beugte mich vor, um ihn zu küssen, doch er reagierte nicht.

»Gut.« Er sah nicht so aus. Unter seinen Augen lagen dunkle Schatten, und er war blass.

Ich folgte ihm und schloss die Tür mit einem Knall, der mich zusammenzucken ließ; ich hatte die knallende Tür vergessen.

Die Haustür von dem, was mal unser Heim gewesen war, öffnete sich direkt zum Wohnzimmer, einem schönen Raum mit den Originalbodenbrettern und Holzläden, doch er war – und war es immer – ein Chaos aus alten Sofas, Bücherstapeln und – der ganze Stolz – einem rot-blau-grünen Kelim. Was hatten wir uns über diesen verdammten Teppich gestritten! Er hatte ihn bei einem Türken in der Straße gekauft, als wir kaum genug Geld fürs Essen und die Rechnungen hatten, ganz zu schweigen von unerwünschten Bodenbedeckungen. Er war für mich das Symbol meiner Angst vor Armut gewesen, an die ich mich aus meiner Kindheit so lebhaft erinnerte, im Gegensatz zu Sebastian, der, wenn er etwas knapp war, eine Sicherheit von Zinnias und Davids Bank bekam. So eine Geldverschwendung, aber so fröhlich. Dadurch fühlte sich die Wohnung wie ein Zuhause an. Und ich hatte genau dort gestanden mit meinem Rucksack und ihm gesagt, ich ginge zurück zu Mum, und er hatte zuerst gelacht, bevor wir angefangen hatten, uns anzuschreien. Als ob er es nicht glauben könnte, es für einen Scherz hielte.

Während ich mich nun an all das erinnerte, legte mir Sebastian die Hand auf den Arm. »Möchtest du was zu trinken?«

»Ein Drink? Was, Alkohol?«

»Nein, heiße Malzmilch. Ja, Alkohol.« Er verschwand in die kleine Küchenzeile, und ich folgte ihm. Derselbe alte klapprige Kühlschrank, der winzige ummauerte Garten. Die Geranien, die ich in Töpfen nach draußen gestellt hatte, waren wie durch ein Wunder noch am Leben. Sebastian holte Wein aus dem Kühlschrank und schenkte zwei Gläser ein.

»Halt, nur ein kleines bisschen«, protestierte ich. »Ehrlich, Sebastian. Ich kann nicht, ich habe heute Nachmittag einen Haufen zu tun …« Selbst ich fand, dass es schwach klang.

Sebastian sah auf und betrachtete mich wütend. »Verdammt noch mal, Nina«, sagte er, »nimm den blöden Drink. Einen Drink. Du kannst nicht erwarten, hier reinzuspazieren, als ob nichts passiert wäre.«

Ich nahm das Glas. »Es tut mir leid, dass ich mich nicht gemeldet habe.«

»Ja.«

»Ich weiß nicht, was ich sagen soll.«

Wir sahen uns vorsichtig an, während sich Stille über den winzigen Raum senkte, in dem so viel geschehen war. Die

Spinne, die in den Brotaufstrich krabbelte; das Paar von oben und ihr schrecklicher japsender Hund; die lauten Kinder unten in der Straße; der Drogendealer drei Türen weiter; der Betrunkene, der immer draußen an unser Vorderfenster pinkelte; die Party, bei der das Kochbuch auf ebendiesen Gasring fiel und fast die Bude abbrannte; das eine Mal, als wir uns so heftig zankten, dass ich Sebastians Handy ins Klo warf.

Es war sehr, sehr ... Alles war extrem, dramatisch, herzzerreißend, und es war so dumm, das Ganze, doch als ich nun wieder hierstand, erlebte ich genauso und ganz deutlich die bittersüße Erinnerung an jene Zeit. Denn bei vielem in der Ehe war es, wie wenn Dorothy die Tür nach dem Zyklon öffnet: Farbfilm nach Schwarzweiß, und es war wundervoll.

Wer zum Teufel war das Mädchen, das hier mit ihm lebte? Wo ist sie jetzt? Ich vermisste sie. Ich wollte nur für eine Stunde wieder sie sein, tapfer sein, Liebe empfinden, wissen, ich konnte die Welt erobern.

»Es ist ...« Ich zuckte mit den Schultern. Nicht weinen. Ich fühlte mich leicht im Kopf – Abby, die Hitze, nichts gegessen seit dem Frühstück. »Schau, es tut mir leid. Ich bin gekommen, um mich zu entschuldigen. Und um zu reden.«

Er sah überrascht aus. »Worüber?«

»Ach, über ... na ja, du weißt schon, über uns. Was an dem Abend passiert ist ... als mein Dad zurückgekommen ist. Und ...«

»Ach das!«, rief Sebastian sarkastisch aus. »Genau! Als wir vor ein paar Wochen einen trinken gingen und ich dir sagte, dass ich dich liebe! Und dir jeden Tag eine SMS geschickt habe und dich angerufen habe und dauernd gefragt habe, wie es dir geht und was los ist! Und ich dann absolut nichts gehört habe! Ach ja!« Er klatschte in die Hände. »Ich war mir nicht sicher, dass du davon sprichst. *Das!*«

Er verstummte, rot im Gesicht, mit vor Wut glitzernden Augen, dann nahm er ein Geschirrtuch und begann die Flächen in der Küche damit zu wischen, was verrückt war, da ich 1. ihn noch nie Hausarbeit hatte verrichten sehen und 2. ich das Geschirrtuch von Mrs. Poll geerbt hatte und es tatsächlich eines der wenigen Dinge war, die ich zurückgelassen hatte, nachdem sie starb. Darauf stand ein Zitat von Bette Davis: »Altwerden ist nichts für Feiglinge.«

»Ich liebe dieses Tuch«, sagte ich nach einer Weile. »Es hat Mrs. Poll gehört. Kann ich es zurückhaben?«

»Nina, ist das ein verdammter Scherz?«

»Entschuldigung, nein.« Ich hielt mir den Kopf. »Behalte das Tuch.«

»Das Scheißgeschirrtuch ist mir schnuppe!« Die Adern an Sebastians Nacken standen hervor. »Ich will wissen, wie es dir geht, was zum Teufel los ist. Das ist alles. Und du sagst absolut nichts!«

»Ich weiß, ich weiß. Es ist nur so verrückt gewesen. Mein Vater ... Mum ...« Ich hob die Hände. Wie sollte ich alles erklären – das erneute Verschwinden meines Vaters, der Rückzug meiner Mutter aus dem täglichen Leben, Malcs Wut auf mich. »Es ist eine lange Geschichte.«

»Ich will sie wissen. Hör auf, mich wegzustoßen. Das machst du immer.«

»Es ist nicht mehr dein Problem«, entgegnete ich. »Sebastian, ich war mir nicht sicher, wie die Dinge mit uns stehen, und ich wollte dich nicht reinziehen.«

»Aber würdest du mir nicht helfen wollen, wenn ich eine schwere Zeit hätte?« Er legte den Kopf schief, sah auf mich herab, seine dicken, starken Arme verschränkt, und ich hatte flüchtig den Riesenwunsch, er würde mich einfach umarmen, wir könnten hier zusammen stehen, uns halten und eine Zeitlang alles vergessen.

»Ich denke schon«, erwiderte ich kleinlaut. »So habe ich es noch nicht gesehen.«

»Ich will dir helfen, Nina.«

Ich fuhr mit der Hand über seine Wange. »Du bist wunderbar«, sagte ich. »Ich habe Glück, dass ich dich kenne.« Er zuckte mit den Schultern. »Aber du kannst mir nicht helfen. Du kannst mir nicht sagen, was ich tun soll.«

»Das würde ich niemals tun.«

»Ich meine, ich will, dass jemand das tut. Ich wünschte, es gäbe jemanden, der es weiß, der mir helfen könnte. Und da ist keiner.«

»Ich sage dir, wer wünscht, er könnte es, und das ist meine Mutter.« Sebastian lehnte sich an die Küchentheke.

»Deine Mutter will nichts mit mir zu tun haben, glaube mir.«

»Nun ja, ich weiß, sie mag dich nicht sehr, aber seit sie gehört hat, dass du einen alten Familienbesitz hast und eine Sache mit Titeln im Schwange ist, kann sie sich gar nicht einkriegen.« Sebastian trank von seinem Wein.

»Das stimmt nicht«, sagte ich und fühlte mich schon ein bisschen besser; die Wärme, die Sebastian stets umgab, taute mich wie immer auf.

»Nicht ganz, aber ich habe eine deutliche Milderung dir gegenüber in der letzten Woche bemerkt, seit ich ihr alles erzählt habe. Es ist ein eindeutiger Schritt weg vom Üblichen, was heißt, dass sie mitten in einem Gespräch innehalten muss, wenn ich deinen Namen erwähne, damit sie in ein Taschentuch kotzen kann.«

»Oh, schön. Nun, ich wusste, dass ich sie eines Tages für mich gewinnen würde«, sagte ich. »Angeblich können nur Frauen dieses Haus erben, also …«

»Ist dein Dad aus dem Spiel, meinst du? Ich verstehe. Wenn wir also wieder heiraten, wärst du die Schlossherrin und ich der demütige Handlanger, der dir und deinen Bedürfnissen zu Diensten ist. Wann ziehen wir hin?«

Ich lächelte ihn verlegen an. Ich konnte es jedoch nicht sehen. Nichts davon. Wir alle versuchen uns in der neuen Schule, dem neuen Job, mit dem neuen Freund zu sehen. So wäre es ...

Aber ich konnte mir mich nach diesen Fotos und *Nina und die Schmetterlinge* nicht in Keepsake vorstellen und noch weniger mit Sebastian an meiner Seite. Ich in einem großen Haus, wie ich Bedienstete herumkommandiere und den Lavendel pflege. Würde ich eine Quiltjacke tragen, würde ich Hunde haben und Gartensendungen anhören oder meine eigene Wolle spinnen? Ich wusste, was es bedeutete, in einem alten Schloss zu leben – Burggräben, Kälte, Steinstufen, Zinnen, Spießbraten, Ställe? Doch wenn ich versuchte, mir mich dort vorzustellen, klang das nicht richtig. Und zum ersten Mal fragte ich mich, ob irgendetwas davon stimmte. Es würde doch Sinn ergeben, dass er nur gelogen hatte?

»Dein Dad ist also weg«, brach Sebastian mein Schweigen.

Ich nickte.

»Tut mir leid.«

»Muss es nicht.«

»Was war los mit ihm?«

Ich schüttelte den Kopf. »Ich habe ihm nicht getraut. Ich wollte ihn mögen ... und er war ziemlich lustig. Er ist aber kein besonders netter Mensch. Ich meine, das kann er nicht sein.«

»Wieso?«

»Er hat Mum verlassen, zweimal. Oh, und er hat gelogen. Er lügt auch jetzt, da bin ich mir ziemlich sicher.« Aber ich dachte an sein Gesicht, als er erwog, zurück nach Keepsake zu gehen, als er mich anflehte, mitzukommen, die Asche seiner Mutter dorthin zu bringen. »Ich weiß es immer noch nicht. Irgendwie tut er mir leid.« Ich schüttelte mich. »Sebastian, ich entschuldige mich, dass ich deine Anrufe nicht erwidert habe und alles. Ich wusste einfach nicht, was ich sagen sollte.«

»Nein, Nins.« Seine Augen bohrten sich in meine. »Ehrlich, nein, ich sollte mich entschuldigen, weil ich dich belästigt habe. Aber es hat mich verrückt gemacht, zu wissen, dass du mit dem ganzen Kram mit deinen Eltern fertig werden musst und niemanden hast, mit dem du reden kannst. Das machst du immer.«

»Was?«

»Dich in einen Kokon einspinnen, nicht reagieren. Zumindest hättest du …« Er brach ab. »Vergiss es. Ich klinge verzweifelt und weinerlich, und das will ich nicht sein. Weinerlich, meine ich. Andererseits bin ich gerne verzweifelt. Ich liebe es und …«

Ich legte die Hand auf seine Finger, die auf die Theke trommelten, und er hörte sofort auf, und wir sahen uns an. Ich wusste, ich musste sagen, wozu ich gekommen war, bevor ich ganz ausbüxte. Mir war schlecht.

»Wir können nicht mehr zusammenkommen«, sagte ich leise. »Wir können nicht.« Ich drückte seine Hand. »O Sebastian, es tut mir so leid.«

Das fröhliche, lächelnde Gesicht war vollkommen ruhig. »Okay.«

»Ich wünschte, es wäre nicht so, aber es ist so.«

»Ja?«

»Ja«, antwortete ich langsam.

»Du willst wirklich nicht sehen, was passiert?«, fragte Sebastian. Er wich zurück, so dass er am Kühlschrank lehnte, die Arme immer noch verschränkt, während er mich ansah. »Ich meine, wenn wir es noch mal, aber anders versuchten?«

Da liebte ich ihn für seine Ehrlichkeit. Kein Machogehabe, nur die Wahrheit. Sebastian hatte einen Grund, Vertrauen zu haben. Bei manchen Menschen hätte es wie Arroganz wirken können, doch bei ihm nicht.

»Ich kann nicht, Sebastian«, flüsterte ich. »Bitte nicht.«

»Warum?«

»Wenn es schiefginge …«, setzte ich an. »Es hat mich beim letzten Mal fast fertiggemacht. Und dich, vor allem dich. Und ich liebe dich genug …« Ich brach verwirrt ab. »Deine Mutter hat ausnahmsweise recht.«

»Wie meinst du das?«

Krach – ein lauter, zerberstender Schlag traf das Wohnzimmerfenster. Der Fensterrahmen zersprang in Bruchstücke, in vier gezackte Teile, die zu Boden fielen. Ich zog Sebastian zurück in die Küche. Man hörte ein gedämpftes Hämmern an der Haustür.

»Hau ab!«, schrie Sebastian.

»Fick dich, Mann!« Lachen, Gemurmel, stampfende Füße, die wegrannten.

»Was um alles in der Welt …?« Ich lief zur Tür, doch er packte mich am Arm.

»Nein, lass es.«

»Was zum Teufel ist das?«

»Drei, vier Jungen. Es sind Kinder. Sie machen das dauernd. Die alte Dame weiter unten, sie sind bei ihr eingebrochen und haben sie zweimal bestohlen. Sie musste ins Krankenhaus.« Er zuckte mit den Schultern. »Es ist diese Gasse. Sie ist genau zwischen dem Anwesen und den Eisenbahnschienen. Man hat keinen Durchgangsverkehr.«

»Ruf die Polizei. Um Himmels willen, das können sie nicht tun!«

»Es hat keinen Sinn.« Sebastian kratzte sich am Kopf und sah auf das Glas am Boden. »Jesus. Ich muss Gary wieder rufen.«

»Wie lange geht das schon so? Als ich hier war, hatten wir so was doch nicht.«

Er rief aus der Küche. »Sie hatten Angst vor dir.«

»Ha, ha.«

»Ich weiß nicht, alles ist dieses Jahr angespannter als sonst. Weiß nicht, warum. Vielleicht ist es der Sommer in der Stadt. Die Leute werden kribblig.«

Ich hatte die Tür geöffnet und sah die Gasse entlang. Da war nichts Ungewöhnliches, kein Lärm. Aber sie waren wahrscheinlich in der Nähe. »Kleine Scheißer«, sagte ich, und Angst und Wut vermischten sich mit dem Adrenalin, das mich schon durchströmte. »Ich werde mal nach ihnen Ausschau halten.«

»Nina, ernsthaft, komm zurück!«, schrie Sebastian. »Mach es nicht noch schlimmer.«

»Wird schon gutgehen, keine Sorge.«

»O Gott«, schrie er außer sich, »du klingst wie deine Mutter.«

Ich starrte ihn an. »Nun, und du klingst wie *deine* Mutter.«

»Tja«, sagte er milde, »manchmal hat sie recht. Nicht immer, aber ...«

»Wann bist du so Zen geworden?«, fragte ich und schloss die Tür.

»Nachdem du gegangen bist«, antwortete er und stieß mich an.

Ich öffnete den Küchenschrank und nahm ein paar Plastiktüten und das braune Klebeband heraus, das noch da war. Er fegte den Rest der Scherben auf, und ich überklebte das Fenster, und dabei redeten wir ruhig, und dann ...

Ich glaube, ich wusste, dass es passieren würde, so wie ein Schock einen sich nach etwas sehnen lässt. Ich kochte ihm eine Tasse Tee, und er machte Toast – Erdnussbutter und einen

Haufen geschmolzene Butter, mein Lieblingsessen –, und wir setzten uns aufs Sofa.

Ich berührte den Kelim mit dem großen Zeh. »Sei ehrlich, magst du diesen blöden Teppich?«

Sebastian blickte sich verwirrt um. »Ach, den. Neiiin. Nein, ich wollte dich nur ärgern.«

Ich lachte und merkte plötzlich, dass ich nicht mehr damit aufhören konnte.

Er beobachtete mich. »Erinnerst du dich, du warst ... na ja, du warst nicht sehr gut mit Kompromissen. Das Einzelkindsyndrom, nehme ich an.«

»Das ist schon mal Blödsinn«, widersprach ich und wischte mir die Augen. »Die meisten Einzelkinder, die ich kenne, sind rundherum viel gesünder als Leute aus großen Familien.« Er lachte. »Das stimmt«, beharrte ich und versuchte, nicht abwehrend zu klingen. »Du glaubst, dass von uns beiden ich diejenige bin, die nicht gut im Zusammenleben ist? Du, der die Badezimmertür abschloss und sich weigerte rauszukommen, als wir Leah und Elizabeth zu Besuch hatten, weil ich deinen Wein nicht aufmachen wollte.«

»Ich hatte ihn speziell zum Fisch gekauft ...«

»Sebastian«, sagte ich geduldig, »wir waren zwanzig Jahre alt. Es war uns doch egal, Fisch mit dem passenden Wein bei einem Abendessen zu servieren.«

»Man sollte immer danach streben, sich zu verbessern.«

»Nein, man sollte kein angeberischer Mistkerl sein.«

Wir grinsten uns vorsichtig an, und dann hämmerte jemand an die Tür.

»Jesus, da sind sie wieder!«, sagte ich wütend und sprang auf.

»Nein, das sind andere«, gab Sebastian zurück. »Es ist Samstag. Sie langweilen sich. Zumindest ist kein Schultag, da ist es schlimmer.« Er nahm meine Hand. »Erschreck dich nicht.«

»Das tue ich nicht.« Ich fühlte mich tatsächlich ganz ruhig. Die Kinder, die Wohnung, das Geschirrtuch, die Erinnerungen. »Wir können nicht zurück«, sagte ich plötzlich. »Das verstehst du doch?« Ich suchte in seinem Gesicht.

Er drehte sich zu mir. »Ja, Nins, vielleicht tue ich das.«

Ich holte schnell Luft. »Du brauchst eine, die glamourös ist und auch Geschichtsbücher schreibt und es mit Zinnia aufnehmen kann, die alle kennt und x Doktortitel hat und im Urlaub nach Isfahan oder Mikronesien fahren will.«

»Aber so eine will ich nicht«, sagte er. »Ich will dich.«

»Nein, du willst, dass wir es geschafft hätten, mein Lieber, und das haben wir nicht.« Ich nahm seine langen Finger und hielt sie in meiner Hand. Ich sah sie an, jeden Knöchel, die gezackte Narbe an seinem Daumen von dem Bootsunfall, als er zehn war, das Grübchen in seiner linken Handfläche. Und dieses Mädchen war wieder ich, diejenige, die Sachen machte, die den richtigen Weg kannte. »Ich habe dich geliebt, Sebastian, ehrlich. Es waren keine Spielchen. Es war echt.«

Er starrte mich an. »Das weiß ich, Süße.«

Die Stille dröhnte in meinen Ohren. Wir starrten uns an. Ich konnte mein Herz schnell in meiner Brust schlagen hören.

»Zum Teufel«, sagte er und küsste mich.

Unsere Hände waren noch miteinander verschlungen. Ich schmiegte mich an ihn. Er seufzte, packte meine Schultern, seine Lippen wanderten zu meinem Hals, meiner Wange, und dann lehnten wir uns wieder zurück, atmeten beide schwer, und ich lächelte vorsichtig und sagte: »Es ist nur ...«

»Nur was?«

»Es ist nur deine Mutter ...«, setzte ich an.

Und da lachte er wirklich. »Hör auf, meine Mutter ins Spiel zu bringen. Ihr beide seid gleich schlimm. Ich sage dir, wenn du sie noch mal erwähnst, werfe ich dich auf die Straße.«

Ich lächelte und schüttelte den Kopf. »Versprochen.« Dann: »Dieses Sofa, erinnerst du dich ...«

Er schüttelte den Kopf. »Nein, Nins, keine Erinnerungen mehr. Ja?«

Seine Augen waren riesig, dunkel nun in seinem starken Gesicht, seine Hände hoben mich zu ihm, und ich drückte mich an ihn. Scharfe Tränen kribbelten, ein Schmerz in meinen Muskeln, meiner Kehle, weil ich wusste, es wäre das letzte Mal, und – ja, es war das Richtige.

Er trug mich ins Schlafzimmer, hob mich einfach hoch wie früher, und ich klammerte mich an ihn, an seine harten Schultern. Seine Arme hielten mich fest. Wie wundervoll es wäre, wenn ... wenn ... wenn ...

Aber wir wussten es. Dass wir uns auseinanderentwickelten und es Freundschaft bleiben musste. Doch irgendwie war dies ... wir, wie wir uns verzweifelt aus unseren Klamotten kämpften, mein Rock, die Leggings, der BH auf dem Boden, seine Jeans, sein Gewicht auf mir, das schlingernde, wundervolle Gefühl unserer glatten nackten Haut aneinander, wie sehr ich ihn vermisste ...

Ich kann es nicht erklären, nur dass wir beide wussten, dass es das letzte Mal war.

Er brachte mich zum Höhepunkt, bevor er in mich eindrang, wie immer, und ich spürte, wie eine Träne über meine Schläfe und in mein Haar tropfte, und wir bewegten uns zusammen, während das Geräusch von lachenden, rennenden, lärmenden Kindern draußen auf der Straße über uns in das kleine weiße Zimmer hinten in der Wohnung schwebte. Dann schliefen wir beide eng umschlungen und erschöpft stundenlang, bis ich erwachte und es Nacht war, der Himmel blaugrün mit einem gelben Halbmond, der über das halbe zugeklebte Fenster spähte und durch die offene Tür zu sehen war.

Ich hatte nie tief geschlafen, als ich noch hier wohnte, und so war es auch jetzt. Ich war ruhelos, zapplig. Ich kniete mich hin und betrachtete ihn. Er war im Tiefschlaf, das Gesicht nach unten und leise schniefend, und meine Augen wanderten seinen Körper auf und ab wie eine Landkarte der Erinnerung.

Während ich ihn ansah, erwachte er, als ob ich ihn zum Leben erweckt hätte. Er schlug die Augen aus tiefstem Schlaf auf und nahm meine Hand.

»Hallo, du bist ja noch da.« Er hob den Kopf. »Wie spät ist es?«

»Drei Uhr. Sehr früh. Schlaf wieder.«

»Nein.« Er zog mich sanft zurück auf das Laken. Jetzt war er ganz wach, und wir hatten wieder Sex, diesmal langsam – das Mondlicht fiel schimmernd in das schäbige, chaotische Zimmer – und dann drängend, schnell, intensiver denn je, keine Worte, nur wir, die wir uns anblickten, bis wir nur noch dieses eine Wesen waren. Diesmal brachte er mich zum Schreien, und dann rutschte er aus dem Bett und stieß mit einem Bein eine Kaffeetasse auf dem Nachttisch um, so dass das Getränk über ihn, den Boden, meinen Rock und die Leggings floss.

Wir lachten darüber, wie lächerlich Sex ist, doch wie der Stiefel mit dem kaputten Reißverschluss, der meine Hacke bluten ließ, oder die Hupe des Fahrers des weißen Lieferwagens, als ich Abby das erste Mal sah, veränderte dieses letzte Zusammensein – wie er in mich eindrang, das Chaos, das wir veranstalteten – alles. Eine winzige Tat.

Am nächsten Morgen waren meine Kleider von Kaffee bedeckt, zu fleckig und feucht zum Anziehen. Ich suchte nach etwas anderem und fand das Kleid, das ich am Tag nach unserer Hochzeit getragen hatte. Ich hatte die Kleiderschranktür zufällig aufgemacht und eigentlich nicht erwartet, etwas zu finden. Es hing auf einem Drahtbügel, und als ich danach griff, kamen die Erinnerungen. Ich hatte es an einem Stand in der Camden Passage gekauft, gefunden unter staubigen chinesischen Seidenjacken und Kaftans aus den Sechzigern.

Es stammte aus den dreißiger oder vierziger Jahren, war aus cremegrauer und blauer geblümter Seide, hatte Dreiviertelärmel und ging bis zur Mitte der Waden. Ich hatte es nicht anprobiert, nur an mich gehalten, während Sebastian lachte, mich küsste und mir versicherte, es sei perfekt. Es kostete nur zehn Pfund.

Da ich dachte, es sei nur ein hübsches geblümtes Kleid, hatte ich es mitgenommen und am Morgen nach unserer Hochzeit im Claridge allein in unserem Zimmer angezogen. Sebastian war unten beim Frühstück. Wir hatten uns schon gestritten – über die Hochzeit, über unseren Aufenthalt hier, über unsere Eltern –, und es tat mir plötzlich leid, und ich eilte hinunter, nachdem ich mich nur kurz im Spiegel angeschaut hatte.

Ich hatte mich geirrt, es war kein niedliches kleines Kleid. Die Seide war schwer, sie fiel über meine Hüften, hing über meinen Brüsten. Es war gemacht für einen Vamp, die marineblauen Blumen bannten den Blick vor dem glänzenden hellen Hintergrund. Es sah mir nicht ähnlich. Ich erinnerte mich, wie ausgeliefert ich mich fühlte, als ich es anzog. Es hätte in Mattys Zimmer bleiben sollen.

Ich fühlte mich unbehaglich erwachsen, wieder wie ein kleines Mädchen, das sich als eine Große verkleidet, als Sebastian und ich zitternd in der plötzlichen Julidüsternis im Wohnzimmer der Fairleys saßen, in dem man sich zu einer hastig einberufenen Mittagsfeier zusammengefunden hatte. Dort saßen leicht unpassend in dieser Umgebung Mum und Malc auf einem der Brokatsofas, die Beine gespreizt, vorgebeugt, umklammerten Champagnerflöten und sahen grimmig drein. Da war Zinnia, die den patrizierhaften, gutaussehenden David anwies, unsere Gläser zu füllen, Mark und Charlotte, die in der Ecke kicherten, und Judy in einem Kleid, von dem wir beide vier Jahre später übereinstimmend sagten, dass es die merkwürdigste Zutat an der ganzen Sache war.

Zinnia hatte ihr Glas erhoben und gesagt: »Willkommen in deinem neuen Heim, Nina. Willkommen in unserer Familie.«

Es fühlte sich alles falsch an, und lange glaubte ich, es sei wegen des Kleides. Im Lauf der Zeit nahm es in meinem Kopf eine seltsame Symbolik an. Sogar am Tag nach unserer Hochzeit, dachte ich dann immer bei mir, wenn ich Kleider in den Schrank warf oder Türen knallte, weil ich mal wieder wütend auf Sebastian war, selbst da wusste ich, dass unsere Ehe ein Fehler war. Als ich dann zweieinhalb Jahre später auszog, konnte ich es nicht ertragen, es mit zu Mum zu nehmen. Es blieb hier in der Wohnung, wo ich es an jenem Morgen auf meiner Suche nach etwas zum Anziehen fand.

Sebastian glättete es über meinem Körper. Den Rest des Tages konnte ich die Bewegung seiner Hände auf der Seide spüren. »Du siehst ganz anders aus«, sagte er. »Du bist so schön wie immer, aber du siehst nicht wie du aus«, und seine Hand wanderte zwischen meine Beine.

Ich wünschte, ich hätte mein Gehen aufgeschoben, hätte ihn noch einmal gehabt, noch einmal in diese guten, beständigen Augen geschaut, ihn in mir gespürt.

Er reichte mir einen Apfel, als ich ging. »Du kannst nicht gehen, ohne etwas mitzunehmen«, sagte er zu mir.

»Wann werde ich …«, setzte ich an.

Und er antwortete: »Nur wenn du willst. Ich will dich nicht sehen, außer du willst es. Denk drüber nach, Nina.« Er hob die Hand. »Ich liebe dich, aber so können wir nicht weitermachen. Es wird uns beide verrückt machen. Du sagst mir, was du willst.«

»Wie lange habe ich?« Ich versuchte jovial zu klingen; ich war das erste Mal seit Wochen glücklich, und der Grund war er.

Er lächelte nicht. »Nicht lange. Ich will, dass wir Freunde sind, aber ich werde nicht ewig warten. Hör auf, dein Leben auf Pause zu leben, Nina. Drück auf Play.«

19

Ich ging in einem müden, verträumten Nebel durch die staubigen Straßen. Mir war es egal, wie unpassend ich unter den Hipstern auf dem Weg zum sonntäglichen Brunch und den Eltern mit kleinen Kindern in meinem seltsamen blauen Kleid aussah. Einmal berührte ich meine Unterlippe und schüttelte den Kopf. Es war so heiß, der Himmel voller schmutzig gelber Wolken. Ich lächelte bei mir und überquerte ohne groß nachzudenken die Straße, die hinauf nach Heath führte.

»Da ist aber einer heute fröhlich!«, rief ein schwarzer Taxifahrer.

Ja! wollte ich rufen. Ja, das bin ich! Ich habe mit Sebastian geschlafen! Es war toll!

Heath hatte uns gehört; wir verbrachten den Großteil unserer Zeit sommers wie winters hier. Entweder gingen wir am östlichen Rand der Heide zu seinen Eltern oder zu Geburtstagspicknicks mit Plastikbechern und Wurstbrötchen, oder wir durchstreiften sie im Winter, wenn die Kälte in unserer Kehle steckenblieb und die untergehende Sonne tief und rot hinter den nackten schwarzen Zweigen auflöderte. Ich hatte all dies in den letzten Jahren ausgeblendet, es einfach zensiert.

Heath schimmerte im frühen Morgenlicht, und alles war still. Ich sah auf. Die Wolken über mir waren dunkel, und es war zu heiß, zu ruhig. Zum ersten Mal stellte ich ernsthaft die Frage: Könnten wir es noch mal versuchen? Könnte ich noch mal dieses Mädchen sein? Nein, kein Mädchen, eine Frau, die bei ihm blieb, einen Beruf und einen Platz in der Welt hatte, die lange Jahre vor sich sah, Kinder von ihm hatte und ein Heim mit ihm schuf.

Es war ein erschreckender Gedanke, weil es, wenn es schiefginge, noch schlimmer wäre. Zeitverschwendung. Plötzlich war mir schwindlig; in meinem Kopf drehte sich alles. Ich setzte mich auf eine Bank. Du hast alles schlimmer gemacht, nicht besser, sagte ich mir. Aber es fühlte sich nicht schlimmer an, sondern nur wundervoll.

Ich saß da, trommelte lächelnd mit meinen Sandalen auf das stachlige, trockene Gras und stand dann auf und ging weiter, und während ich ging, brachen die Wolken auf, und es fing an zu regnen, harter, klatschender Regen, der wie ein Vorhang fiel und die Sicht versperrte. Zuerst versuchte ich unter einem Baum Schutz zu finden, doch es gab in unmittelbarer Nähe keinen, der groß genug war, und der, zu dem ich lief, war vom Wasser durchtränkt. Bald war ich durchnässt, das Kleid klebte an mir, all der frühere symbolische Staub und Schweiß vom einzigen Tragen wurden weggespült.

Der Regen hörte immer noch nicht auf, also ging ich schließlich weiter, bis ich den Parliament Hill erreichte. Ich war die Einzige weit und breit. Als ich mich zum Gehen wandte, erblickte ich aus dem Augenwinkel die halb fertige Spitze des Shard, vom Blitz erleuchtet, ein großer goldener Zickzackriss, so laut wie das zerbrechende Fenster von gestern Abend. Ich stand da und rührte mich nicht, den Anblick genießend; ab einem gewissen Punkt kann man nicht mehr nasser werden. Eine große schwarze Krähe flog über mir, getragen vom Wind und vom Regen und von der Macht des Sturms fast zu Boden gedrückt, und erregt sah ich zu, wie sie es wieder versuchte. Es war wie das Ende der Welt.

Meine Füße waren dreckig vom Sand und Matsch, und das Kleid war schwer und steif. Ich ging fünf Minuten summend vor mich hin, genoss das Geräusch des pladdernden Regens auf dem Laubdach über mir, und als ich zum Waldrand kam, blieb ich stehen und überlegte, wie ich am besten noch mehr Regen vermied, nun da ich etwas abgetrocknet war. Ich ging schneller den Hügel hinauf. Der beste Weg ging durch Hampstead zur U-Bahn, vorbei an den Pryors, an Lise' Wohnung.

Wenig später hörte ich Sirenen, und mit Entsetzen erkannte ich, als ich um die Ecke bog, dass sie auf dem Weg zu den Pryors waren, dass Rauch aus einer Seite des Gebäudes kam, die von Bäumen geschützt wurde, Rauch, der sogar bei diesem Regen schwarz und grau in den verhangenen Himmel stieg. Und ich lief auf den roten Ziegelblock zu. Mir war es jetzt egal, ob dies offiziell als Stalking durchging oder nicht. Und dann sah ich einen Feuerwehrmann, jünger als ich, der in der offenen Tür auftauchte.

»Alle raus, Jungs!«, rief er. »Die Wasserwerfer können wieder rein.«

»Oh, es ist unter Kontrolle«, sagte eine junge Frau neben mir. »Gott sei Dank.«

»Was ist passiert?« Ich keuchte und versuchte, sie nicht nass zu spritzen.

Sie sah mich etwas seltsam an – verständlicherweise. »Oh, jemand hat eine brennende Zigarette in einem der Schuppen neben den Wohnungen gelassen.« Sie hielt eine Katze in den Armen, die sich verzweifelt wand. »Der Schuppen fing Feuer, und das Feuer ist auch auf das Gebäude übergegangen. Es hat die Bäume am Rand von Heath getroffen vor dieser Sintflut. Wenn der Regen nicht gewesen wäre, wäre es wie Zunder abgebrannt. Wir hatten Glück.«

Ich nickte. »Das kann man wohl sagen. Puh. Sind denn alle raus?«

»Ja«, erwiderte sie und kämpfte darum, die zappelnde Katze zu halten. »Und jetzt sind wir alle komplett durchtränkt. So lästig.« Sie schien sich mehr darüber zu ärgern, dass die Feuerwehr sie evakuiert hatte, als über den Besitzer der brennenden Zigarette.

Ich dankte ihr und nahm eine Abkürzung durch die Wiese, die zur Hauptstraße führte, damit ich nicht an den Wohnungen vorbeimusste. Ich wollte wirklich nicht, dass Abby glaubte, ich belästigte sie.

Mein Haar baumelte schwer vom Wasser vor meinem Gesicht. Ich drückte es aus, drehte mich um, um noch mal auf das Feuer zu schauen, und dabei blickte ich nach links zu der großen Eiche am Anfang der Allee. Und da sah ich eine einsame Gestalt.

Sie hob die Hand, als ob sie mich die ganze Zeit beobachtet und einfach darauf gewartet hätte, dass ich zu ihr kam.

So erkannte ich, wie viel Glück ich hatte. Ich würde lange nicht verstehen, warum, aber dies war die zweite Glückssträhne, die ich an diesem Tag hatte. Ich weiß, Malc sagt, es gibt keine Zufälle; vielleicht hat er auch recht. Ich weiß erst jetzt, da ich Jahre später dies schreibe, jetzt, da sie tot ist und ich die ganze Geschichte kenne, dass ich sie so kennenlernen sollte. Das heiße Wetter, das das Feuer entzündete, der Regen, der es auslöschte, meine Nacht mit Sebastian, mein Gespräch mit Abby – alles, das wochenlange und vielleicht monatelange Zurückdrehen der Zeit, all das führte zu diesem Punkt, diesem Moment, damit ich sie sehen konnte, wie ich es tat. Es hat immer so sein sollen, wieder war die alte Magie am Werk.

20

»Schau dir die Flammen an«, sagte sie.

»Ja, ich weiß«, gab ich vorsichtig zurück. Ich sah mich nach Abby um.

»Eigentlich ziemlich enttäuschend. Nur Rauch. Ist das alles?« Schweigend schaute sie zu, und ich stellte mich neben sie in den Schutz des Baums.

»Sind Sie allein?«, fragte ich.

Lise sah auf, und ich erblickte ihre Augen. Sie waren schreckliche dunkle Teiche und zeigten keinerlei Ausdruck.

»Ich warte auf jemanden«, sagte sie schließlich.

»Ich warte mit Ihnen«, bot ich an.

»Ich dachte mir, dass du kommen würdest«, sagte sie plötzlich. Sie fummelte in ihrer Tasche. »Möchtest du einen Pfefferminzbonbon?«

»Danke.« Meine Hand zitterte, als ich den Bonbon nahm, und unsere Finger berührten sich.

»Warum bist du jetzt hier, Teddy?«, fragte sie. »Woher wusstest du, dass ich hier wohne?«

»Miss Travers ...«

»Das ist nicht mein richtiger Name«, unterbrach sie mich und schüttelte lächelnd den Kopf. »Mark hat ihn mich annehmen lassen, als wir heirateten. Dieses Kleid steht dir sehr gut. Ich habe es noch nie gesehen. Du hattest mal so ein ähnliches. Du hast es an dem Tag getragen, als du gingst.«

»Miss Travers, wissen Sie, wohin Abby gegangen ist?«

»Ich habe dir doch gesagt, Teddy, dass ich nicht so heiße.« Sie schloss die Augen. »Ich weiß nicht, warum du mich so nennst. Du kennst meinen Namen.«

Sirenen heulten immer noch in den benachbarten Straßen wegen vom Sturm erzeugter Autounfälle, normaler Unfälle und anderer Unglücksfälle, von denen wir nichts wussten. Ich stand da mit ihr im geschützten Frieden des Baums und wünschte, mir fiele etwas ein, was ich sagen könnte.

»Entwarnung, wir können wieder rein!«, ertönte es laut vor den Wohnungen. »Alles klar!«

Lise schrak zusammen.

»Wir können wieder rein.« Ich verschränkte den Arm mit ihrem. »Ich bringe Sie, wenn Sie wollen.«

»Nein.« Sofort irrte ihr Blick umher, hinter mich. Ihre Finger kratzten meinen Arm. »Zwing mich nicht. Ich will nicht dorthin zurück.«

»Warum nicht?«, fragte ich leise.

»Nur ...« Sie blickte hoch, und ich sah etwas in ihren Augen aufflackern. »Teddy, nein. Zwing mich nicht.«

Ich legte den Arm um sie, und sie lehnte sich in meine Armbeuge und weinte herzzerreißend, fast wie ein Kind.

»Aber Sie mögen Abby doch, oder? Sie ist nett zu Ihnen, nicht wahr?«

»Ich will dort nicht ohne dich leben. Ich vermisse dich. Ich hasse es.« Sie sprach in kurzen, abgerissenen Sätzen, die ihr in der Kehle steckenzubleiben schienen. »Und ich hasse es, dich zu vermissen. Ich vergesse alles über dich. Ich vergesse, wer ich bin. In letzter Zeit tue ich das dauernd. Warum bist du nicht zurückgekommen?«

»Es ist gut«, beruhigte ich sie und strich ihr über den Rücken, während der Regen um uns heruntertrommelte und wir im Schutz des Baums trocken blieben. »Ich kann mit Ihnen warten, keine Sorge. Ich weiß, wer Sie sind.«

»Aber ich nicht. Ich bin nicht mehr ich selbst.« Sie klammerte sich an mich. »Du hast es für unnatürlich gehalten, oder, Teddy? Oh, du hast es nie ausgesprochen, aber ich wusste es. Sie dachten, das, was wir tun, ist falsch, und … Oh, ich will nicht dorthin zurück! Sie sagen mir, ich habe es falsch verstanden, und das habe ich nicht, wirklich nicht, ich habe es nicht falsch verstanden.«

»Was haben Sie angeblich falsch verstanden?«

»Du hast mich geliebt, Teddy, und ich habe dich geliebt«, sagte sie.

»Sie haben mich geliebt …« Ich hielt inne und nickte dann. Teddy.

»Ich habe recht, nicht wahr?« Sie wirkte ruhiger. »Ausnahmsweise habe ich es richtig verstanden, oder?«

Ich wusste nicht, was ich machen sollte, also tätschelte ich ihr nur weiter die Schulter und rieb ihr sanft den Rücken. »Ja«, sagte ich.

»Ich hätte meinen Namen nicht ändern sollen«, erklärte sie, beugte sich vor und wischte sich das Gesicht an ihrem Rock ab, hob völlig unbefangen den schwarzen T-Shirt-Stoff an ihr Gesicht. »Ich war gerne Alice Grayling. Ich war gerne eine Grayling. Billy war ein Grayling. Jetzt ist keiner mehr übrig.

Keiner, der sich erinnert. Sie haben mich verlassen. Sie sind alle tot. Als ich sie fand ...« Sie brach ab und rieb sich die Augen. »Ich habe einiges vergessen, aber ich habe nie vergessen, wie sie aussahen, als ich sie fand. Und ich kann es keinem außer dir erzählen.«

»Wer?«, fragte ich sanft, doch sie spitzte die Lippen.

»Mishki und Bug.« Sie schnalzte mit der Zunge. »Sie liebten Gin. Erinnerst du dich nicht? Ich mich schon. Ich erinnere mich an einiges nicht. Das kommt und geht. Als die Bombe kam, wurde das Gebäude plattgemacht. Wusch.« Sie machte es mit der Hand nach. »Ich hätte dort sein sollen, war es aber nicht. Ich war im Kino. *Der Pate? Vom Winde verweht.* Es war *Vom Winde verweht.* Ich habe diesen Film nämlich geschrieben. Und ich kam zurück, und alles war weg. Ich sollte es sein, aber ich bin es nicht. All die Dinge, die uns dort passiert sind ... wusch! Unsere Wohnung, unsere schöne Wohnung, nichts ist jetzt mehr davon übrig. Das Geld, das du mir gegeben hast, alles weg. Ich war wieder arm. Du wusstest das, oder?«

»Ich wusste nichts«, antwortete ich wahrheitsgemäß.

»Weil du weggegangen bist, Teddy. Du hast gelogen, du hast etwas Schlimmes getan. Du hast gesagt, du liebst mich, und bist gegangen. Ich wusste, du fandest es zu schwer, eine Frau, eine Frau. Aber es war nicht falsch, wenn wir alleine waren, oder?« Sie klammerte sich an mich, ihre Augen leuchteten, und sie war jung, ich schwöre es, sie war unglaublich, jung und vital und sportlich, und ich verstand sie, die Halbfrau, die ich vorher getroffen hatte. Als sie lächelte, bemerkte ich zum ersten Mal den winzigen Splitter an ihrem Vorderzahn, und ich dachte, wie attraktiv sie gewesen sein musste, als sie noch jünger war. »Wir haben uns geliebt, da irre ich mich doch nicht, oder?«

»Nein.« Tränen traten mir in die Augen. Ich wusste nicht, was ich sagen sollte. »Es tut mir so leid, Miss Tra… Alice.«

Sie lächelte wieder. »Nenn mich nicht so. Mark hat darauf bestanden.«

»Ihr Mann hieß Mark?«

»Ich habe ihn für ihn geändert. Mark war es egal, dass ich Frauen mochte. Er war sehr schlau. Seine Familie lebte am Regent's Park. Ich wusste, wenn ich ihn heiratete, würde ich eine Stufe aufsteigen, wusste, dass ich nie wieder arm sein würde. Oh, ich habe mich selbst betrogen. Ist das nicht seltsam?«

»Ja«, sagte ich und fragte mich nur noch.

»Ich wollte mal die Welt verändern. Ich hätte es geschafft, oder, Teddy? Und stattdessen blieb ich in Sicherheit. Hab dumme Geschichten geschrieben über dumme Leute, erfundene Leute.«

»Aber Sie haben es so gut gemacht«, erwiderte ich nun, da ich ihr etwas über sich erzählen konnte. »Die ganzen Auszeichnungen … Ihre Filme, so viele Menschen lieben Ihre Arbeit. Das zählt doch, oder nicht?«

Sie verdrehte wie ein Kind die Augen. »Nein, das bedeutet nichts, gar nichts.« Ihre Hände fielen herab. »Keine Al mehr, keine Graylings … nichts mehr. Der Grayling-Schmetterling breitet nie mehr seine Flügel aus, wenn er sich niedergelassen hat. Das hast du mir doch mal erzählt, erinnerst du dich? Ich habe das immer so passend gefunden. Wie traurig.« Sie war jetzt ruhiger. »Möchtest du ein Pfefferminz?«

Ich schüttelte den Kopf. »Nein, danke.«

»Ich habe immer Sahnebonbons gemocht und du Pfefferminz, Teddy. Ich habe jahrelang Pfefferminze aufgehoben für den Fall, dass du zurückkommst. Ich habe mit Männern geschlafen. Das ist in Ordnung, oder? Die ganze Zeit, als mir klarwurde, dass Mark mich auch nicht liebte. Aber ich habe sie nie gemocht.« Sie hob wieder den Rock an und wischte sich die Nase und die letzten Tränen ab. »Erinnerst du dich an Jacky, den Clown, der die Zeitungen klaute?«

Ich nickte hilflos.

»Ich auch. Manchmal erinnere ich mich an alles. Ich erinnere mich an alles und denke daran, und ich denke an dich.« Sie blinzelte langsam. »Ich habe den Blitz heute gesehen. Ich betrachtete ihn von meinem Wohnzimmer aus. Ich wusste, er hat etwas bedeutet. Ein so schlimmer Sturm – wir hatten andauernd solche. In letzter Zeit ist das Wetter gut. Erinnerst du dich, was ich zu dir sagte, als du gegangen bist? Das Wetter ist gut. Als ich zurückkam, warst du fort. Ich erinnere mich daran.« Sie hielt meine beiden Hände fest und lächelte. »Das Wetter ist gut, Teddy.«

»Da sind Sie ja, Miss Travers«, sagte ein älterer Herr in roten Hosen, der auf uns zukam. »Abby sucht Sie überall!« Er blickte herab und lächelte, während ich sie anstarrte. »Lassen Sie uns zurück in Ihre Wohnung gehen, ja? Sie sagt, es ist Zeit für Ihre Ruhe.«

»Sind Sie mein Mann?«, fragte Lise Travers.

»Wenn ich doch so viel Glück hätte, Miss Travers! Ich bin Robin Parker«, antwortete der rot behoste Mann voll lärmender Jovialität. »Ich bin Ihr Nachbar.«

»Ich habe Sie noch nie in meinem Leben gesehen«, meinte Lise nicht unhöflich.

»Ha! Nun, mir gehört der Weinladen.«

»Wie interessant«, bemerkte sie.

Robin Parker sagte: »Sie haben den ganzen Wein für Ihren achtzigsten gekauft, erinnern Sie sich? Sie hatten eine Party in Ihrer Wohnung, und die Polizei wurde gerufen.«

»Wirklich?«, fragte Lise, und ich sah einen winzigen Anflug von Humor in ihren Augen.

»Oh, es war eine ganz schöne Fete! Sie haben die meisten Gläser zerbrochen. Sie spielten dieses Spiel, das auf einer griechischen Hochzeit basiert. Ich musste auch eins zerbrechen.« Er sah sie genau an. Seine laute Stimme dröhnte wie eine Hupe. Sie betrachtete ihn und sagte nichts. »Kommen Sie schon, lassen Sie uns zurückgehen.«

»Möchten Sie ein Pfefferminz?«, fragte sie, nahm einen Bonbon aus ihrer Tasche und gab es ihm, und er nahm sie bei der Hand und führte sie sanft weg.

Ich sah ihnen nach, und dann drehte sie sich um und rief mir etwas zu, und ich lief zu ihnen.

»Aha«, sagte Robin Parker nicht ohne Erleichterung, »da ist Abby! Ich sehe sie jetzt.«

Lise Travers zischte mir ins Ohr: »Als ich genug Geld verdient hatte, kaufte ich eine neue Brosche wie die, die du verkauft hast, nur in Schwarz – rabenschwarz, weil du mir das Herz gebrochen hast. Du bist zurückgegangen und hast geheiratet und bekamst einen Sohn. Ich sah ihn einmal, wie er in Oxford eine Vorlesung hielt, und ich wusste, er war dein Sohn. Und bis du dieses Buch schicktest, waren wir nicht mehr in Kontakt, Teddy.« Ihre Augen füllten sich wieder mit Tränen. »Warum hast du nicht einmal geschrieben oder angerufen?«

Robin Parker wirkte ziemlich verblüfft. Abby kam näher, war aber immer noch eine kleine Gestalt in der Ferne.

Warum? Warum?

»Ich weiß nicht, warum«, sagte ich. »Ich weiß es nicht. Es tut mir leid.« Ich schloss die Augen. Geh drauf zu. Hab keine Angst. »Aber ich habe dich geliebt, immer. Das weißt du auch.«

»Ja …«, sagte sie langsam und hatte den Blick wieder auf mich gerichtet. »Ja … ja, das hast du, oder?«

Wir starrten uns an, und ich hielt den Atem an.

»Lise?« Abby war noch näher gekommen und blieb stehen, um mit Robin zu reden. »Lise – Miss Travers.« Sie sah herüber. »Nina?«, rief sie. »Sind Sie das? Nina?«

Ich blickte hinab auf Lise Travers und sah etwas wie treibende Wolken. Sie sah mich an, beugte sich zu mir, und wir waren nur Zentimeter voneinander entfernt. Ich beugte mich ebenfalls vor, und sie sah mir in die Augen.

»Oh«, sagte sie plötzlich. »Du bist Nina, nicht wahr?«

Ich nickte. »Ja.«

»Ich weiß, wer du bist. Ja, ja. Ich habe dir dieses Foto gegeben, oder?«

»Ja, Miss Travers, und ...«

Sie schüttelte den Kopf, schluckte und umklammerte meine Hand. »Hör mir zu. Hast du das Buch? Hast du das Buch deiner Großmutter? Antworte mir jetzt. Schnell, bevor es weg ist.«

»Das über die Schmetterlinge? *Nina und die Schmetterlinge?*«

Sie zuckte ungeduldig mit den Schultern. »Sie hat über mich geschrieben. Sie hat es mir vor ihrem Tod geschickt. Unser Schmetterlingssommer. Das Erinnerungsbuch ... eins für deinen Vater und eins für mich. Sie wollte nicht, dass du etwas davon weißt, aber sie irrt sich ... Ich habe gelesen, was sie geschrieben hat, ich kenne sie, und sie irrt sich.« Meine Hand schmerzte vom Druck ihres Griffs. Sie zischte: »Hast du es? Ich kann es nicht mehr finden. Ich glaube, sie hat meins verbrannt. Ich weiß nicht, warum. Ich vergesse einiges.«

Das Buch? Ich nickte verwirrt. »Ich glaube ... Ja, ich habe es immer gehabt. Es ist zu Hause.«

»Wirklich? Aber du klingst nicht so sicher.« Sie starrte mich enttäuscht an. »Du weißt also alles?«

»Ein Kinderbuch über Schmetterlinge?«, fragte ich, und sie lachte.

»Nein, nein, nicht das, Nina. Du hast es nicht gefunden, oder? Du musst es finden. Geh nach Keepsake. Oder finde deinen Vater. Er hatte das andere Exemplar. Nur zwei Exemplare.«

»Aber ich weiß nicht, wo Keepsake liegt.«

»Jemand muss es tun, jemand, der deinen Vater kannte. Ich bin nie dort gewesen. Wer kannte deinen Vater?«

»Keiner. Meine Mutter ...«, setzte ich an und verstummte dann.

»Also ist die Antwort zu Hause.« Sie nickte, hob die Hand und gab Abby ein Zeichen, die ein wenig weiter entfernt wartete. »Ich komme, ich komme.« Dann blinzelte sie schnell und wühlte in ihrer Tasche. »Möchtest du ein Pfefferminz?«

»Ja, bitte, Lise ... Alice«, sagte ich. Ich blickte nach oben, der Himmel war blau und weiß, der Regen nur noch schwach. *Das Wetter ist gut*, hatte sie gesagt. »Und ... danke.«

»Al. Du hast mich immer Al genannt.« Sie nahm etwas, drückte es mir in die Hand und ging zögernd weiter. Ich sah hinab und machte die Finger auf. Und da lag in meiner Handfläche ein Pfefferminz – schneeweiß und so hart wie ein frisch gelegtes Ei.

21

Leise schloss ich die Haustür und lehnte mich einen Augenblick dagegen. Es war später Nachmittag. Mir war schwindlig; ich hatte seit gestern Mittag nichts mehr gegessen.

Langsam zog ich die Sandalen aus, um etwas zu essen zu holen. Auf Zehenspitzen lief ich leise auf die Treppe zu, als eine

Stimme hinter mir sagte: »Nina? Gott sei Dank!« Ich schrak heftig zusammen und sah auf. Dort auf der dritten oder vierten Stufe saß Mum so still, dass ich sie zwischen den Mänteln und Stapeln mit Büchern und Zeitschriften nicht bemerkt hatte.

»Mein Gott«, ich hielt mir die Hand vor die Brust, »du hast mich vielleicht erschreckt.« Ich räusperte mich. »Du bist also aufgestanden?«

»Wenn meine Tochter vierundzwanzig Stunden nicht nach Hause kommt, stehe ich auf, ja«, erwiderte Mum ruhig. »Ich dachte, dir sei etwas passiert.«

Ich lachte. »Mach dich nicht lächerlich, Mum.«

»Du hättest anrufen können.«

Ich war zu müde, um höflich zu sein und alles glattzubügeln. »Warum um alles in der Welt hätte ich dich anrufen sollen? Du hast kein Handy, und das Festnetztelefon ist in der Küche, also wusste ich, dass es keinen Sinn hatte.« Ich wollte nach unten gehen.

»Ich war heute Morgen bei den Anwälten«, rief sie durch die Geländerstäbe.

»Es ist Sonntag«, gab ich ungeduldig zurück und verschwand in der Küche.

»Ich habe die Papiere deines Vaters unterzeichnet und sie beim Wachdienst abgegeben. Bist du glücklich?«

»Das ist toll, Mum«, schrie ich hoch, »wirklich toll.«

Mum erschien oben auf der Küchentreppe. »Also willst du mir sagen, wann du ihn siehst? Wann ... wann du nach Keepsake fährst?«

Kurz angebunden antwortete ich: »Ich fahre nicht.«

»Was?«

»Er ist abgehauen. Wieder mal.«

Sie kam die Stufen herunter, so dass wir zusammen am Fuße der Treppe im hellen Licht standen. Ihr Haar war fettig und klebte an ihrem Kopf, ihre Haut wächsern und blass, da sie eine Woche lang kein Sonnenlicht gesehen hatte, und unter ihren Augen lagen große Schatten. Neugierig sah sie mich in meinem steifgetrockneten alten Kleid und mit meinem Rattenschwanz von Haaren an.

»Oh«, meinte sie. »Okay.«

Ich wandte mich ab und setzte den Kessel auf. »Ich bin trotzdem morgen weg«, sagte ich. »Ich nehme eine Tasche in die Arbeit mit und ziehe dann für ein paar Wochen zu Elizabeth, während ich mir etwas anderes suche.«

»Aber du musst nicht gehen.«

»Was, weil ich am Ende deinen Befehlen nicht gehorcht habe? Gut.« Ich kaute etwas Brot.

»Nein, weil ich nicht will, dass du gehst. Ich meine es so. Bitte bleib, Liebes.«

»Ich muss, Mum. Das ... das funktioniert nicht. Es ist am besten, wenn ich gehe. Ich will mich gut mit dir verstehen, und im Moment glaube ich, dass wir, wenn ich weiter hier wohne, am Ende keine gute Beziehung mehr haben könnten.«

Mir entging nicht, wie überrascht sie aussah, doch ich war müde, verschwitzt, klebrig, und ich war überrascht, dass ich nicht einfach weiterspielen konnte. Mir war es egal.

»Nina, ich weiß, du hältst mich für eine schlechte Mutter ...«, begann sie.

Ich schüttelte müde den Kopf. »Das tue ich nicht, Mum. Hör zu, können wir es einfach dabei belassen? Ist es nicht am besten, wenn wir uns für eine Zeitlang trennen?«

»Oh, tut mir leid«, sagte sie, und ihr Mund bebte. Während ich sie betrachtete, spürte ich, wie etwas in mir aufstieg, eine Wut, von der ich nicht gewusst hatte, dass sie so nahe an der Oberfläche war.

»Aber das tut es nicht, Mum«, entgegnete ich. »Es tut dir nicht leid. Und ich habe keine Lust mehr, mich immer um dich herumzudrücken – ich und Malc –, bis du dich entschließt, dass es dir bessergeht. Ich weiß, du hattest eine schwere Zeit. Aber ich lass dich die ganze Zeit vom Haken, weil man dir immer sagen muss, dass du keine schlechte Mutter bist. Du bist keine schlechte Mutter. Das ist kaum jemand. Ich kann es dir nicht andauernd sagen.« Ich aß noch etwas Brot und versuchte, so zu tun, als ob ich alles unter Kontrolle hätte. Ich hob die Arme. »Aber, ja, es stimmt, oft warst du nicht so toll. Willst du das hören? Ich liebe dich, aber es stimmt.« Meine Arme fielen herab. »Lass es uns einfach vergessen. Ich gehe jetzt und packe meine Sachen.«

Sie holte tief Luft. »Nun, wenn du das so empfindest, natürlich ... Aber, Nina, ich glaube, manche Erinnerungen verzerren sich im Lauf der Zeit.«

»Weihnachtstag 1999!«, rief ich plötzlich. »Du hast den ganzen Tag im Bett verbracht, weil dir nicht danach war, nach unten zu kommen. Ernsthaft, willst du versuchen, so zu tun, als ob es nicht passiert wäre? Du hast es mein ganzes Leben lang gemacht.«

»Was?«

»Mich im Stich gelassen, wenn ich dich am meisten gebraucht habe.«

Wir starrten uns an, und ich glaube, wir waren beide verblüfft, dass ich diese Dinge sagte, doch nun war ich wie ein Kind, das mit dem Stock in ein Wespennest gestochen hat und nicht mehr aufhören kann. Ich legte die Handfläche an die Stirn. »Mein Theaterstück in der Schule, als ich die Helena spielte und eine ganze Rede für mich hatte, und du bist nicht gekommen, weil du eine Lesung in Bristol hattest. Erinnerst du dich? Und, Mum, es wäre wirklich egal gewesen, ich wusste, du musstest arbeiten, aber dann hast du geweint und so ein großes Drama daraus gemacht, dass ich mich dafür entschuldigt habe, dass ich die Premiere meines Stücks am selben Tag hatte wie deine Lesung. Es geht immer nur um dich!« Ich schrie jetzt. »Verdammt immer nur! Mein Dad kommt nach fünfundzwanzig Jahren zurück, und du hast mich die ganze Zeit angelogen, und du schaffst es, dass *ich* mich schuldig fühle, dass *ich* von Malc ausgescholten werde, während du in dein Zimmer gehst und tagelang schmollst. Und versuch nicht zu behaupten, es sei mehr als Schmollen gewesen. Ich habe dich gebraucht.« Ich fühlte mich betrunken, high, Adrenalin pumpte durch meine Adern. »Ich weiß, alles war unerträglich schwer, es tut mir leid, dass du die Überdosis genommen hast. Es tut mir leid, dass ich ein schreckliches Baby war, das die ganze Zeit schrie, und es tut mir leid, dass Dad weg ist und überhaupt Scheiße war, alles tut mir leid, aber … Mum, nichts davon ist meine Schuld!«, brüllte ich. »Nichts! Deshalb …« Ich musste Luft holen. »Hör auf, alles an mir auszulassen. Ich mache das nicht mehr mit. Ich bin fertig. Okay?«

Mum hatte den Kopf in den Händen vergraben.

»Setz dich auf«, sagte ich. »Schau mich an.«

»Rede nicht so mit mir«, sagte sie. »Sei nicht so grob. Ich muss dich nicht anschauen, nicht, wenn du …«

»Du kapierst es einfach nicht!« Ich stampfte tatsächlich mit dem Fuß auf. »Du hörst mir nicht zu, Mum! Es geht nicht um dich! Nur dieses eine Mal nicht!«

Sie sah auf und lachte leise.

»Warum lachst du?«

»Es kommt mir nur so lustig vor, das ist alles. Liebes, du sagst mir, ich soll nicht sagen, ich sei eine schlechte Mutter, dann listest du mir auf, wie oft ich dich tatsächlich im Stich gelassen habe, dass niemand da war, der sich um dich gekümmert hat. Es ist ein Wunder, dass du die geworden bist, die du bist.«

»Ich hatte Mrs. Poll«, entgegnete ich, und die Stille, die folgte, war spannungsgeladen.

Sie nickte. »Natürlich.«

»Es ist kein Wunder, es ist wegen ihr«, sagte ich ausdruckslos. »Wir wissen beide, dass sie es war, die dich und mich gerettet hat. Bis Malc kam. Sie sind es, nicht du.«

Ich sah, wie Mums Gesicht zerfiel, und da wusste ich, dass ich zu weit gegangen war.

»Ich weiß«, sagte sie. Sie wischte sich mit den Knöcheln über Augen und Mund. »Diese Frau – Gott, ich liebte sie, aber manchmal glaube ich, sie wurde mir geschickt, um mich als den Scharlatan zu entlarven, der ich war.« Sie schüttelte sich. »Vergiss es. Du hast recht. Du hast vollkommen recht.«

»Mum, es tut mir leid. Ich bin zu weit gegangen … Ich … ich weiß, dass Mrs. Poll alles Gute abbekam.«

»Oh, nicht unbedingt. Sie hat auch die schwierigen Sachen gemacht. Sie war es, die mir sagte, wenn du Läuse hattest oder wieder Alpträume gehabt hattest.« Sie zuckte mit den Schultern. »Ich wünschte, ich wäre besser mit dem allen gewesen. Aber ich glaubte allmählich, dass ich alles schon so vermasselt hatte, dass es verdammt gut war, dass sie da war, um einen besseren Job zu machen. Um dich zu retten, dich zu lieben.«

»Das ist verrückt.« Meine Augen brannten. »Komm schon, Mum, sie war nicht du, sie war nie du.«

»Ha.« Mum hob die Augenbrauen. »Weißt du, wenn ich versuchte dir vorzulesen, hast du dich von meinem Schoß gewunden und gerufen: ›Mummy Poll! Ich will Mummy Poll!‹«

»Das ist schrecklich.« Meine Wangen wurden rot. Ich wurde mir bewusst, wie ich da in meinem ruinierten Kleid stand, das

Haar immer noch feucht am Rücken. »Mum, es ist nur, weil …«

»Sie war viel besser darin. Sie war in allem besser.« Mum zog eine Grimasse. »Gott segne sie, aber sie hat mir wirklich manchmal das Gefühl gegeben, beschissen zu sein. Und dann, als sie uns die Wohnung und das ganze Geld hinterlassen hat, machte das aus ihr eine Heilige. Als ob ich nie in der Lage wäre, es ihr zurückzuzahlen. Ich weiß, so hat sie es nicht gemeint. Ich bin ihr so dankbar …« Ihre Stimme verebbte. »Vergiss es.«

Es war die erste Kritik, die wir in diesem Haus jemals an Mrs. Poll geäußert hatten. »Sie wollte nur helfen«, sagte ich und fühlte mich unbehaglich.

»Ich weiß.« Mum umarmte mich noch einmal und klopfte mir beruhigend auf den Rücken. »Ich weiß, Liebes. Doch das Problem mit ihr war …« Sie brach ab. »Weißt du was? Das liegt nun alles in der Vergangenheit. Ich kann es nicht ändern.« Sie schob den ganzen Kram von der Küchentheke und streckte die Hand aus. »Ich war also nicht die Mum, die Kuchen buk und die die Haare flocht. Kann ich die Mum sein, die in anderen Sachen toll ist?«

Ich nahm ihre Hand. »Das warst du sowieso, Mum, sei nicht dumm. Du hast Amy fast das Ohr abgerissen, als sie mich schikaniert hat. Du hast mich *Buffy* mit dir angucken lassen, als ich viel zu jung war, weil du wusstest, ich würde es lieben, und du hattest recht. Und du hast mich betrunken gemacht, bevor ich auf die UCL ging, damit ich wusste, wie schrecklich es ist, und es nie wieder machen wollte. Und als ich Sebastian verließ und herkam, da … hast du nie gesagt: Ich habe es dir doch gesagt. Bist nie über ihn hergezogen.« Mir standen Tränen in den Augen, und ich schluckte und griff nach der Küchenrolle. »Du hast mir nur gesagt, wie nett er sei und wie blöd, dass es nicht funktioniert habe. Du hast mir das Gefühl gegeben, normal zu sein, zum ersten Mal in meinem Leben.«

Sie starrte mich an. »Aber du bist doch normal, Süße.«

Ich lachte. »Aber ich fühle mich nicht so.«

Unsere Hände hielten sich immer noch umklammert. Ich lehnte mich über die Theke und küsste sie auf die Wange, und sie schob mir eine Strähne aus dem Gesicht.

»Du bist immer noch mein kleines Mädchen«, flüsterte sie, und ich konnte spüren, wie die aufgestaute und schmerzliche Spannung entwich, als sie das sagte, so wie man atmete, wenn man zu lange unter Wasser geblieben war. Ich schluckte wieder und schluchzte leise auf, und sie lächelte. »Weine nicht, Liebes. Weine nicht wegen mir. Es ist gut jetzt, okay?«

Vielleicht verbringen wir unser ganzes Leben damit, herauszufinden, dass unsere Eltern nicht perfekt sind. Ich liebte Mum in diesem Moment sehr, weil ich wusste, dass sie es versuchte. Und ich sah, dass sie mich wahrscheinlich wieder im Stich lassen würde, und ich konnte entweder zulassen, dass es an mir nagte, oder weitergehen und dankbar sein, dass sie da war, dass sie sich entschieden hatte zu bleiben. Ich schob mich weg von ihr, so sanft ich konnte.

»Lass uns Tee trinken«, schlug sie vor.

»Können wir auch einen Drink nehmen?«

»Gute Idee.« Sie holte eine Flasche Wein aus dem Kühlschrank und öffnete sie. Der erste Schluck war köstlich, mineralisch und kühl, und er stieg mir zu Kopf. Wir stießen an, nicht ganz sicher, worauf wir tranken, und lächelten uns schüchtern zu.

»Dieses Haus«, sagte ich schließlich, »diese ganze Sache mit meinem Dad. Ich weiß nicht, was ich tun soll. Ich habe heute jemanden getroffen, der sagte, ich solle dich fragen. Dass du es wissen würdest.«

»Wer war das?«

»Das ist eine lange Geschichte. Ich habe ihr gesagt, dass du nichts über ihn oder das Haus wüsstest. Keine von uns. Und das tun wir doch nicht, oder?«

Mum holte wieder tief Luft. »Es ist komisch, ich habe mich an was erinnert«, sagte sie und zog einen der Stühle heran. »Bei unserer ersten Verabredung ist dein Vater nicht aufgetaucht. Das hätte mir eine Warnung sein sollen, nicht wahr? Wir sollten uns einen Kahn mieten und ein Picknick oben am Cherwell machen, und er hat Angst wegen der ganzen Sache bekommen. Dachte, ich würde ihn zu sehr anbaggern, also fuhr er übers Wochenende zu einem Freund. Ich wartete dort stundenlang an der Brücke mit meinen blöden Sandwiches.« Sie schüttelte den Kopf. »Ich habe immer geglaubt, ich wüsste etwas Wichtiges über ihn nicht. Ich glaube, das tun wir immer noch nicht.«

»Zum Beispiel, dass es eine ganze andere Geschichte gibt, die wir nicht verstehen?«, wollte ich wissen und fragte mich wieder nach Lise und Teddys Buch und nach allem, was wir einfach nicht wussten.

»Es sind Rahmen innerhalb von Rahmen, oder? Wir leben in einem Rahmen, und es gibt noch andere Welten in anderen Rahmen. Aber du musst versuchen, ihn zu finden. Und das Haus.«

»Meinst du wirklich?« Sie nickte. »Ich auch. Aber ich habe bei den Anwälten angerufen und ihnen Mails geschickt. Es hat eine Ewigkeit gedauert, bis sie geantwortet haben.«

Mum erwiderte: »Was seltsam ist, weil sie sich wegen der Scheidungspapiere gar nicht schnell genug bei mir melden konnten.«

»Sie haben endlich abgehoben. Sie haben einen Termin für mich mit einem ihrer Juniorpartner in vierzehn Tagen gemacht«, berichtete ich. »Aber sogar das war, wie wenn man Blut aus einem Stein presst.«

»Wollten sie dir sagen, wo das Haus ist?«

»Nein! Sie antworten auf keine meiner Fragen. Es ist so seltsam. Als ob sie nicht wollen, dass ich dorthin gehe. Oder als ob das Ganze eine Erfindung wäre.«

»Hm.« Mum lächelte grimmig. »Hast du es gegoogelt? Wie heißt es noch mal?«

»Keepsake. Vielleicht ist es auf irgendeiner Generalstabskarte eingezeichnet, aber ich weiß nicht, wo es liegt. Und wenn du *Nina und die Schmetterlinge* gelesen hast, dann liegt Keepsake irgendwo versteckt an einem breiten Fluss.«

»Dieses komische Buch, das du und Mrs. Poll immer gelesen habt?«

»Es war Dads Buch, er hat es dagelassen, als er ging.« Sie zuckte mit den Schultern. »Mum, erinnerst du dich an irgendetwas über ihn, seine Familie, irgendeine Kleinigkeit?«

»Er hat immer gesagt, die Situation mit seiner Familie sei sehr seltsam, aber er hat eigentlich nie darüber geredet. Er mochte seinen Vater ganz gern, glaube ich, aber der war damals schon eine Weile tot. Er sagte, er stand seiner Mum nicht nahe, und er fuhr nicht sooft nach Hause. Das war in den Siebzigern. Die Leute machten ihr eigenes Ding. Da gab es jedoch diese eine Geschichte über seine Mum, an die ich mich erinnere.« Sie blinzelte. »Ich versuche mich zu erinnern. Mein Hirn ist faul wegen mangelnder Aktivität. Verzeih mir.«

»Ist schon gut, wir können das später machen …«

»Nein, jetzt. Da ist etwas.« Sie kniff die Augen zu Schlitzen zusammen und starrte auf Wirbel im Tisch. Schließlich fragte sie: »Was hat er gesagt, als du ihn getroffen hast? Hat er dir Einzelheiten erzählt?«

»Eigentlich nicht. Er sagte nur, es sei schön und abgeschieden. Aber es gibt ein Foto von meiner Großmutter, eines von denen, die mir Lise Travers gab. Sie ist auf einem Boot auf, na ja, es könnte ein Bach sein, ein Fluss ...«

Mums Augen waren geschlossen, doch sie öffnete sie und sah mich an. »Ein Bach, ja, natürlich. Mein Gott!«

»Mum?«

»Es ist in Cornwall«, sagte sie langsam. »Ich bin dort gewesen. Er ist mit mir hingefahren.«

»Mum, meinst du das ernst?«

Sie zog an ihrem Haar, die Augen weit aufgerissen. »Wie habe ich mich nur nicht daran erinnern können? O mein Gott, war es das?« Sie flüsterte vor sich hin. »Hat er das gemeint?«

Ich packte sie am Arm. »Wann? Wann warst du da?«

»Es war am Ende unseres ersten gemeinsamen Jahres, im Sommer neunundsiebzig.« Sie zuckte ein wenig. »Himmel, o du meine Güte.«

»Du musst nicht ...«, setzte ich an, aber sie schüttelte den Kopf.

»Wir fuhren von Oxford hin. Dauerte Stunden. Wir wohnten in diesem kleinen Dorf. Helston, Heldone ... Helford. Schöner Ort. Und eines Tages fuhren wir ...« Ihre Hand schloss sich um mein Handgelenk. »O du meine Güte, Nins. Wir fuhren zu diesem Haus. Er sagte, es seien alte Freunde seiner Familie. Dass er über das Haus gelesen und es nie besucht habe. Was für ein Blödsinn!« Sie sah mich an. »Tut mir leid, Süße, aber offensichtlich konnten wir nicht rein. Man kommt von der Straße her nicht dran, außer man geht viele Meilen. Er sagte, es gebe keine Auffahrt mehr, sie hätten sie zugemauert, und so müsse man ...«

»... mit dem Boot den Bach hinunterfahren«, vollendete ich ihren Satz, und wir starrten uns erneut an. »Mum«, sagte ich ganz vorsichtig, »seid ihr zum Haus gegangen?«

Langsam antwortete sie: »Ja. Wir mieteten ein Boot, und George ruderte uns dorthin, und ich erinnere mich, dass ich so beeindruckt war, ein bisschen überrascht, verstehst du? Weil er irgendwie so wie ein Insider wirkte. Ich hatte keine Ahnung, dass er tatsächlich so was wie rudern konnte. Ich neckte ihn deswegen. Er war ziemlich sauer.

Aber da war er – steuerte dieses kleine Boot diesen Fluss hinunter, an diesem Ableger, diesem Bach entlang. Und es war wirklich abgelegen, mit breiten Schneisen aus Bäumen auf beiden Seiten am Ufer. Und dann kamen wir endlich etwas weiter den Bach hinunter, und er band das Boot an und sagte: ›Wir können einfach hochgehen. Die Leute, die dort wohnen, sind wie Familie für mich.‹ Ich dachte, dass er ein bisschen angab, aber so war er, George, er kam angeberisch rüber, und manchmal, oh …« Die zwei Furchen zwischen ihren Brauen wurden zu tiefen Falten. »Ach, weißt du, es war einfach Verlegenheit, Schüchternheit. Er war so ein komplizierter Junge. Er sah so gut aus, dein Daddy, aber dabei war er so unsicher …« Sie hielt kurz inne. »Egal. Wir kletterten also diese Stufen hinauf, die in den Fels gehauen waren, und kamen oben an, und da war ein von Efeu überwucherter Pfad, und es war echt dunkel, und da sagte er: ›Vorsichtig, rutsch nicht aus‹ und ›Im Winter wird es wirklich schlimm hier‹, all so was, und es war wirklich steil …« Erneut hielt sie inne. »Er war schon dort gewesen. Er kannte es. Verstehst du? Aber damals sah ich es nicht. Wir kletterten eine Ewigkeit den Pfad hinauf, wanden uns durch Bäume und über Zäune und so, und da war es – dieses Haus.« Sie schluckte. »Oh, es war seltsam, hindurchzuspähen und es so zu sehen.«

»Warum? Was war seltsam?«

Sie zuckte mit den Schultern. »Ich weiß nicht. Er wollte nicht weitergehen. Plötzlich drehte er um. Sagte, jemand sei dort, und wir würden Hausfriedensbruch begehen.« Mums Augen blitzten, ihre Wangen waren hochrot. »Wir drehten um, gingen wieder hinunter, stiegen ins Boot und ruderten zurück. Wir haben es nie wieder erwähnt. Irgendwie wusste ich, ich sollte es nicht.«

In meinem Kopf drehte sich alles. »Hast du das Haus gesehen?«, fragte ich. »Hast du jemanden dort gesehen? Wie war es?«

»Da war ein Tor, ein großes Steintor mit einem ... War es ein Löwe? Ein Löwe und ein Fuchs, die sich mit den Köpfen anstießen.« Mum sprach langsam. »Ich erinnere mich daran. Da war ein Haus durch das Tor zu sehen, aber ich konnte eigentlich nicht viel erkennen. Es war so überwuchert. Doch es kam Rauch aus einem der Schornsteine.«

»Jemand wohnte also damals dort.«

»Hm. Oh, und da liefen diese Zinnen oben herum, und es war niedrig und lang. Wirklich alt. Und da gab es noch dieses Erkerfenster an der Seite. Das ist ...«

»Das ist mein Haus«, stellte ich fest. Wir blinzelten einander an, lächelten leise, konnten die Aufregung nicht aus unseren Stimmen halten.

»Ich frage mich, warum er wollte, dass ich es sehe.«

»Weil er in dich verliebt war. Er wollte es dir zeigen«, vermutete ich.

»Aber dann abspringen, gehen ...«

»Mum, glaubst du, du kannst dich daran erinnern, wie man hinkommt?«

»Hinkommt? Liebes, du meinst wir beide allein?« Mum trank einen großen Schluck Wein.

»Ich fahre allein, wenn du das Gefühl hast, du kannst nicht mit. Aber es wäre einfach viel besser, wenn du dabei wärst.«

Ich zupfte an der Haut um meine Nägel, wagte nicht, sie anzusehen. Ich wollte, dass sie mitkam, doch gleichzeitig hatte ich immer noch ein bisschen Angst, dass sie etwas im Schilde führte, das Ganze kaputt machen könnte.

»Natürlich, natürlich komme ich mit«, sagte sie.

»Bist du sicher? Cornwall ist weit weg.«

Mum hielt meine Hände. »Absolut. Auf die eine oder andere Weise werden wir dieses Haus finden.« Sie stockte. »Wenn es das ist. Wenn es dieses Haus ist. Irgendwie glaube ich es nicht. Ich kapiere nicht, warum keiner dir die Wahrheit darüber sagt. Es kommt mir einfach irgendwie komisch vor.«

»Mir auch. Ich bin nicht sicher, was wir machen sollen, wenn wir dort sind«, gestand ich, ernüchtert bei dem Gedanken. »Oder was wir finden werden.«

»Egal, wir werden aktiv! Wir fahren morgen!«, entschied Mum und schlug dramatisch auf den Küchentisch. »Ich mache was zu essen! Ich bringe die Pastrami- und Essiggurkensandwiches aus meiner Heimat mit!«

»Okay.« Ich wusste, dass sie es vergessen und ich sie am Morgen machen würde. Aber das war okay. Alles war okay.

22

Wir starteten vor dem Frühstück in Mums geliebtem, aber ramponiertem Golf, nachdem ich den üblichen Müll ausgeräumt hatte – Einwickelpapier für Essen, Taschentücher, Kontaktlinsenbehälter und Zeitungsartikel, die sie interessierten und die sie – wahrscheinlich beim Fahren – herausgerissen hatte.

Malc stand in der Tür und winkte uns zum Abschied. Ich hatte das Gefühl, dass er das ganze Unternehmen für verrückt hielt, es aber nicht sagen wollte, und ich konnte ihn nicht fragen, denn ich hatte Angst, dass es so war. Er ging in das Café um die Ecke und kaufte uns frische Croissants und Kaffee in Pappbechern. Und obwohl mein Herz weh tat beim Anblick seiner stämmigen einsamen Gestalt, eingerahmt von der Tür wie ein kleiner Junge, der versucht, erwachsen zu sein, mussten wir zum Abschied winken, und endlich waren wir auf der verlassenen Straße.

Ich hatte Bryan Robson am Vorabend eine Mail geschickt und erklärt, dass mich dringende Familienangelegenheiten aus London wegriefen und dass ich zwei Tage lang fort sei. Und ich hatte in einem Anfall von Leichtsinn hinzugefügt:

> Es tut mir sehr leid, dass ich das erst so spät ankündige und dass ich mich in den letzten Monaten so wenig um den Job gekümmert habe. Ich würde es verstehen, wenn Sie meine Stelle beenden würden.

Es war noch nicht halb acht, als wir durch Bloomsbury fuhren. Die Straßen waren leer, füllten sich aber allmählich, als wir uns nach Westen wendeten, durch Piccadilly und Green Park kutschierten und den schwarzen Range-Rovers auswichen, die sogar um diese Tageszeit Knightsbridge verstopften. Wir passierten Harrods, das einst wegen der Fossilien mein Lieblingsgeschäft gewesen war und in das ich nun seit Jahren keinen Fuß mehr gesetzt hatte. Es war noch geschlossen. Ein junger, playboyhafter Typ saß vor den geschmückten Fenstern in einem hellgelben Maserati, nahm seine Umgebung offenbar gar nicht wahr und versperrte den größten Teil der Straße.

Wir hupten ihn an, damit er Platz machte, und ohne auch nur hinzuschauen hob er einen Finger und spielte weiter mit seinem Handy.

»Hey, Sie!«, rief meine Mutter. »Sie!«

Er drehte sich um.

»Das hier ist eine Stadt, wir leben alle hier. Etwas Respekt!«

»Fick dich!«, schrie er und sah uns dabei immer noch nicht an. »Du verdammte Fotze!«

»Und du bist ein verdammter Arsch!«, brüllte Mum aus dem Fenster. »Mit einem wirklich, wirklich kleinen Penis!«

»Ich glaube nicht, dass die Fossilien diese Art von Ausdrücken erkennen würden«, sagte ich, während wir in Richtung Victoria and Albert Museum weiterfuhren.

»Die Leute sagen immer: ›Ist es nicht eine Schande, wie sich die Städte verändern?‹ Und damit meinen sie Unrat und Hochhäuser, und ich glaube, das ist Quatsch. Das hier regiert unsere Stadt.« Mum machte eine Kopfbewegung nach hinten. »Diese Leute. Dieses Geld. Ich sage dir, das ist nicht London, ds ist eine Erste-Klasse-Lounge von Emiraten.«

»Aber mit den Olympischen Spielen nächstes Jahr ...«

»Man sagt, die Olympischen Spiele werden alles verändern. Auch das ist Quatsch. Du wirst sehen, in drei Jahren wird London zerfallen, und wir werden noch für alles bezahlen.«

Ich liebte Mum so furchtlos, beherrscht. »Du bist doch nicht nervös, oder?«, fragte ich sie, als wir nach Richmond kamen und London zurückblieb, ersetzt durch grüne Vorstädte, Blicke auf die Themse, Andeutungen von Landschaft.

»Nervös? Ich habe richtige Angst«, antwortete sie und hob die Hand, um einem Autofahrer zu danken, der sie auf die Überholspur ließ. »Ich habe keine Ahnung, worauf wir uns da einlassen. Ich weiß nicht mal, wohin wir fahren.«

»Wir kriegen es raus, wenn wir näher dran sind«, versicherte ich ihr. Ich sank ein wenig in den Sitz und blickte auf die Straße vor uns. »Wir werden hinkommen.«

Mein Handy gab seinen Geist irgendwo auf der anderen Seite der Tamar Bridge auf, und als wir hinter Truro waren, verließ ich mich auf unseren alten Straßenatlas, der – wie meine handyfeindlichen Eltern und ihre ebenso handyfeindliche Tochter sich so gerne gegenseitig versicherten – tatsächlich viel nützlicher war, als sich von einem Telefon leiten zu lassen. Es lag etwas Heiteres darin, zu sehen, wie sich unser Weg vor uns ausbreitete, wie sich die Grafschaften vor uns öffneten. Ich verließ London nie, und hier waren wir nun, reisten nach Westen, meistens mit der Sonne im Rücken.

Wir hielten einmal bei einer Tankstelle in Hampshire an, und als wir dort unter der fluoreszierenden Beleuchtung saßen und verstohlen meine Sandwiches aßen und metallisch schmeckenden Kaffee tranken, umgeben von entweder Rentnerehepaaren, die schweigend an ihrem Tee nippten, oder verzweifelten Familien, die mit schreienden Kleinkindern kämpften, kam mir das ganze Unternehmen plötzlich äußerst närrisch vor. Selbst wenn wir das Haus fanden, konnten wir einfach reingehen? Lebte dort jetzt jemand anderer, ein alternder Bediensteter – der Stoff, aus dem Geschichten sind – oder ein entfernter Verwandter, jemand anderer, mit dem wir rechnen mussten?

War mein Vater dort?

Aber wieder einmal überraschte mich Mum, nicht nur mit der Ausdauer auf der langen Fahrt, sondern auch mit ihrer fröhlichen Haltung, ihrer Erregung. Ich war müde und gereizt und hatte jenen dumpfen Schmerz hinter der Stirn, der von zu viel Zeit im Auto kommt, als wir an Falmouth vorbeifuhren.

Wir durchqueren ein weiteres Dorf Richtung Fluss – ich konnte ihn und das Meer dahinter in der Ferne glitzern sehen –, und dann kamen wir zu einem Schild, das uns kategorisch davor warnte, zwischen Mai und Oktober weiterzufahren.

»Was sollen wir tun?«, fragte ich und blickte nach vorne auf den steilen Weg, an dem ich ein paar Dächer erkennen und das Rauschen des Windes in den Bäumen hören konnte. Es war ruhig, kein anderer Verkehr war auf der breiten, leeren Straße. Die Schulferien waren noch ein paar Wochen entfernt. Mum lenkte das Auto an die Seite, schaltete den Motor aus und stieg aus. Ich folgte ihr, schüttelte meine verkrampften Glieder aus und sah mich um, während sie eine Notiz kritzelte und unter die Windschutzscheibe steckte.

»Da«, sagte sie und verschränkte ihren Arm mit meinem. Sie lächelte mich an, und da spürte ich, dass es okay war, wenn sie nur bei mir war. »Lass uns gehen.«

Erst als wir ein paar Schritte die Straße entlanggegangen waren, löste ich mich von ihr, lief zurück und sah mir die Notiz an. Sie hatte geschrieben:

Suchen nach Elternhaus eines Einzelkindes. Das klingt unglaublich, aber es ist wahr. Hoffentlich haben sie Parkplätze. Fahren das Auto weg, wenn wir fertig sind oder es gefunden haben. Entschuldigung/ Danke.

Wir gingen weiter die Straße entlang, die sich zu einer kurvigen Gasse verschmälerte. Ab und zu blitzte der breite Fluss blaugrün und bestanden mit großen Bäumen auf und verschwand wieder, während wir uns den Weg hinunterbahnten, umgeben von Hecken mit süßen, duftenden Holunderblüten. Am Ende der Gasse konnten wir die weite Ausdehnung des

Helford River erkennen. Er war ruhig, ab und zu blitzte die Sonne wie Talmiglanz auf dem sanft wirbelnden Wasser auf, und vor uns lag ein winziger Strand aus Kies und Sand. Es gab einige weiße Häuschen, einen Pub mit Tischen davor, einen Kiosk, an dem Eis verkauft wurde, einen Bootssteg und am Strand selbst zwei kleine rothaarige Mädchen, die mit stoischer Entschlossenheit Steine ins Wasser warfen.

»Lass uns im Pub fragen«, schlug Mum vor und ging die Stufen hoch. »Sie können ...«

Ich packte sie am Arm. »Oh, warte mal, Mum.«

Sie wandte sich zu mir um. »Warum?«

»Was ... Sie werden es nicht wissen. Ich meine, es ist ein bisschen seltsam, wenn jemand einfach so auftaucht und merkwürdige Fragen über ein Haus stellt, oder? Lass uns ein bisschen warten.«

Mum umklammerte meine Hand und lächelte mich an. »Liebes, wir haben fünfundzwanzig Jahre gewartet. Lass uns nicht länger warten.« Und sie drehte sich um und ging die Stufen hoch.

Doch im Pub hatten sie nichts von einem Haus namens Keepsake gehört oder von einer Familie namens Parr, weder der Wirt noch einer der Stammgäste an der Bar, ein rotwangiger Mann in ausgewaschenen blauen Hosen, der sein Ale trank. Sie riefen den netten Barkeeper mit den Dreadlocks zu sich und fragten ihn, doch er schüttelte nur bedauernd den Kopf.

»Ich wünschte, ich könnte mich an den Namen des Bachs erinnern«, sagte Mum, während ich zurückblieb. »Gibt es überhaupt einen Bach hier?«

»Ungefähr dreißig«, antwortete der Barkeeper trocken.

»Oh.« Sie war unerschrocken. »Jordan Creek? Canaan Creek?«

Doch sie schüttelten alle die Köpfe, und der Stammgast an der Bar sah ausdruckslos drein. So viele Ferienhäuser hier, die meisten Leute kannten das Land nicht so gut wie früher. Er war nur ein paar Wochen im Jahr hier, und dann, um zu segeln, nicht um Häuser anzuschauen.

»Es ist eindeutig in der Nähe von Helford«, beharrte Mum, woraufhin sie der nette Barkeeper fragte, ob wir wüssten, dass wir in Helford Passage seien und nicht im Hauptdorf Helford?

»Wo liegt Helford?«, fragte ich, und mir sank das Herz.

Er zeigte über den Fluss zu einigen Häusern und Booten, die sich dramatisch an die andere Seite des Flusses klammerten. »Das ist Helford.«

»Wie lange dauert es dorthin?«

Er schüttelte den Kopf. »Hat keinen Sinn zu fahren. Es dauert mindestens vierzig Minuten, um auf die andere Seite zu kommen. Es gibt eine Fußgängerfähre. Mein Bruder betreibt sie. Er kennt jeden Bach und Zufluss an diesem Fluss. Wenn Sie sich hier erkundigen wollen, bringt er Sie, wo immer Sie hinmüssen.«

Es war inzwischen Spätnachmittag, und das Boot wartete am Steg. Der Bootsführer lächelte, als wir ihm unsere Mission erklärten. »Ich kann Sie nach Helford bringen«, sagte er, »und zurück, wenn Sie fertig sind.«

Die Sonne war warm, aber dunstig und warf einen goldenen Schatten auf das klare blaue Wasser. Es war so ruhig hier draußen auf dem Fluss. Außer dem Motor waren nur das Klirren von Bootsmasten im Wind und das Rauschen der Bäume zu hören.

Als wir in die Mitte des Flusses kamen, konnten wir seine Ausmaße vor uns sehen – die bewaldeten Zuflüsse, die Bäche und Buchten flussaufwärts und flussabwärts, den offenen Horizont, der den Blick aufs Meer freigab. Ich hatte so etwas noch nie gesehen. Das Wasser hätte man eher in der Karibik erwartet und nicht in England; das wunderbare Gefühl von Weite und Ruhe, das einem trotzdem das Gefühl von Land, von in Geschichte eingebettet vermittelte. Ich war verzaubert wie ein Kind.

»Erkennst du irgendwas?«, fragte ich Mum.

Sie murmelte etwas vor sich hin und biss sich wieder auf die Lippe. »Irgendwie. Und doch – es ist so schwer. Macao? Manna? Ach, Mist. Hey«, sagte sie zu dem Bootsführer, »kennen Sie Manna, Manna irgendetwas, ein Bach, der Manna irgendwas heißt?«

»Aber klar.« Er lächelte. »Das heißt, wenn Sie den Manaccan-Bach meinen?«

Mum klatschte in die Hände. »Ja! Das ist es! Können Sie uns dort hinbringen?«

»Mum, er bringt uns nur auf die andere Seite. Er ist doch nicht unser persönliches Taxi.«

»Oh, das bin ich, wenn Sie mich mieten und wenn keiner zurückwill.« Er zeigte auf die andere Flussseite. »Und wenn die Gezeiten uns gewogen sind, was der Fall ist. Ich bringe Sie zum Manaccan.«

»Wie heißen Sie?«, fragte Mum ihn und legte ihre Hand in seine.

»Joshua«, antwortete er etwas schüchtern und kniff die Augen zusammen, als er sie anlächelte. »Und Sie?«

»Ich heiße Dill, und das ist Nina, meine Tochter, und Sie tun uns einen Riesengefallen. Danke.«

Joshua sprach in sein Walkie-Talkie, damit das andere Boot wusste, wo er war, und änderte dann den Kurs stromaufwärts. »Dauert ungefähr fünf Minuten. Entspannen Sie sich und genießen Sie die Fahrt«, empfahl er.

Er zeigte während der Fahrt auf die Häuser – der berühmte Wissenschaftler, der sich in das Haus auf dem Hügel zurückgezogen hatte; der Lehrer, der jeden Tag auf dem Fluss zur Schule segelte. Er zeigte uns die Austernbänke unter uns, die im Jahr Millionen von Austern hervorbrachten, die Bussarde über uns, die von jungen Krähen angegriffen wurden, und die silbrige Flechte, die sich wie gelbgraue Haare an die Bäume klammerte, die über den Fluss hingen. Die Ufer an beiden Seiten waren dicht bewaldet, ab und zu durchbrochen von einem Haus oder einer Anlegestelle. Sonst gab es nur das frische Grün der frühen Sommerbäume, das tief türkisblaue Wasser, das helle, pudrige Blau des Nachmittagshimmels und uns.

Bald gab es keine Häuser mehr, nur uns und die Vögel, die uns voraus zum Manaccan flogen, der breit wie ein Fluss und bestanden von Bäumen war.

»Wie weit hinauf wollen Sie den Bach fahren?«, fragte Joshua.

Mum und ich sahen uns an. Und lachten.

»Haben Sie ein Paddel?«, fragte Mum. »Wir wissen es nicht genau. Gibt es eine Stelle, wo wir anhalten können?«

Er schüttelte den Kopf. »Es gibt nicht viele Stellen, an denen ich Sie absetzen kann, nicht bei Flut. Wenn wir hoch zur Spitze des Bachs fahren, verläuft er sich gewissermaßen, wird nur ein Dickicht aus Bäumen und Efeu und so. Sie schreien, wenn Sie eine Stelle sehen, wo sie anhalten wollen, und ich werde sehen, was ich tun kann.« Und dann fuhr er fort. »Hier gibt es eigentlich nichts außer Bäumen und Wasser.«

Ich zog die Nase kraus, versuchte, nicht so verwirrt zu klingen, wie ich mich fühlte. »Kein ... kein Eingang zu einem Haus oder so?«

»Ein Haus?« Joshua lächelte. »Ich denke, nicht.«

»Ich glaube, da war mal ein Haus«, beharrte ich.

Joshua zuckte mit den Schultern. Er war ein ganz ruhiger Mann. »Ich bin mein ganzes Leben auf dem Fluss gefahren und habe hier noch nie ein Haus gesehen.«

Und da schrie Mum plötzlich auf. »Da! Da ist es!« Sie beugte sich über das Boot.

Joshua packte sie an der Schulter. »Bleiben Sie bitte zurück.« Es lag nun auch Ärger in seiner Stimme – diese blöden Londoner, die in meinem Boot herumschreien.

Doch sie bewegte sich nicht. »Nina, schau! Ich kann es sehen. Oh, ich kann etwas sehen! Du nicht?« Sie drehte sich zu mir um und deutete mit der Hand. Ihr Haar fiel ihr wirr übers Gesicht. »Schau doch! Schau nur!«

Durch das Dickicht unter einer Weide, die sich im Lauf der Jahre geneigt und verdreht hatte, so dass sie fast ins Wasser hing, schaute etwas hervor. Eine kleine Plattform aus Stein, drei Stufen, Wasser leckte an dem dunklen Schiefer. Und wenn man zurück auf das Ganze blickte und versuchte, durch die Bäume zu spähen, konnte man noch etwas erkennen. Ein Bogen, der sich übers Ufer erstreckte, breit genug, so dass ein Mensch hindurchgehen konnte, nicht mehr, aber so überwachsen, dass es kaum sichtbar war.

Wir wandten uns wieder an Joshua. »Nun«, sagte er und kratzte sich am Kopf, »das habe ich noch nie vorher bemerkt. Ich denke, das würde man auch nicht. Hören Sie, die Flut zieht sich zurück. Wir können nicht zu lang bleiben, sonst kommen wir hier nicht wieder raus.«

»Nur noch ein bisschen«, bat Mum und schenkte ihm ihr schönstes Lächeln. »Wir würden Sie nicht bitten, wenn es nicht wichtig wäre.«

»Wonach genau suchen Sie denn?«, fragte er höflich, und ich sank innerlich in mich zusammen vor Angst, als Hochstaplerin entlarvt zu werden.

»Es ist nichts …«, setzte ich an, doch ich spürte eine kühle Hand auf meinem Arm, als meine Mutter mich unterbrach.

»Josh, die Familie des Vaters meiner Tochter hatte hier ein Haus. Wir möchten es finden. Wahrscheinlich ist es nichts, aber wir haben fünfundzwanzig Jahre lang gewartet. Mir ist klar, dass Sie keinen Grund haben, uns zu helfen …«

»Wie war noch der Name?«

Etwas fing sich in meiner Kehle. »Parr. Ich heiße Nina Parr.«

Er erwiderte unser Lächeln, und ich wusste, er war auf unserer Seite. Dann nickte er ruhig. »Ich habe gehört, dass es da drüben ein großes Haus gab, dass dort seit Jahrhunderten eine Familie lebte. Ich hatte keine Ahnung, dass man so dorthingelangt.«

»Wirklich?«, fragte Mum rasch. »Aber Sie haben davon gehört?«

»Nur Gerüchte, Geschichten.« Er bewegte die Pinne leicht nach rechts. »Sie sind also eine Parr?«

Ich zuckte mit den Schultern und nickte, während er das Boot wendete und in Richtung des kleinen Anlegestegs fuhr, und versuchte, nicht zu zeigen, wie sehr es mich berührte, dass er meinen Namen erkannt hatte.

»Wie kommt es, dass Sie von dem Haus gehört haben und Ihr Bruder nicht?«

»Er kommt nur zum Arbeiten nach Helford. Ich bin die meiste Zeit des Jahres den ganzen Tag auf dem Fluss. Es gibt nicht viele Menschen, die hier seit Generationen leben. Sie sind alle fort. Jetzt kommen die meisten nur im Urlaub her.« Er lächelte. »Aber es gibt ein paar, die mir was erzählt haben. Alte Leute, die meisten sind inzwischen tot. Manche erinnern sich an die Parrs. Aber ich habe immer gehört, dass sie nicht mehr hier sind, dass sie eines Tages verschwanden und …« Sein Gesicht verschloss sich. »Wer weiß? Ich kann es nicht sagen.«

»Was ist denn los?«, fragte meine Mum und drückte meine Schulter.

Josh lächelte. »Noch mal, ich kann es einfach nicht sagen. Lassen Sie uns sehen, wie nahe wir rankommen, ja?«

Mein Herz klopfte heftig in der Brust, in der Kehle, das Blut dröhnte mir in den Ohren. Wir legten an.

»Da sind Haken, sehen Sie«, sagte Joshua, und seine Stimme veränderte sich. »Jemand hat diese Stelle benutzt. Platz für ein großes Boot, wenn es nicht so überwuchert wäre, würde ich sagen. Gut, ich warte hier, wenn das okay ist.«

Ich nickte. »Wie lange haben wir?« Ich kletterte auf den kurzen Steg, hielt mich am Weidenast fest und reichte meiner Mum die Hand, um ihr an Land zu helfen.

»Dreißig, vierzig Minuten. Reicht das?«

Es musste reichen. Erst mal. Was konnten wir auch sonst tun? Wir wussten nicht, wo wir waren, und das Auto parkte auf der anderen Flussseite, ein Leben weit entfernt. »Natürlich«, sagte ich und wandte mich wieder zum Ufer.

Das Wasser leckte an unseren Füßen, als wir die Steinstufen hinaufstiegen und dann durch den Bogen schritten, der so von Efeu bewachsen war, dass wir uns kaum durchquetschen konnten. Vögel sangen hoch in den Bäumen. Eine ganz leichte Brise fächelte das Wasser hinter uns, und ich versuchte mir nicht vorzustellen, dass wir eine andere Welt betraten.

»Bist du bereit?«, fragte Mum.

»Bin nicht sicher.« Ich lächelte nervös. Aber ich war bereit.

Wir kletterten die sich windenden, in den Stein gehauenen Stufen empor, die von einer Decke aus Weiden und Efeu beschützt wurden, so dass wir im Dunkeln gingen und uns den Weg nach oben frei machen mussten. Es gab ein Geländer aus Metall. Irgendjemand hatte sich irgendwann mal darum gekümmert. Als wir keuchend hinaustraten, befanden wir uns auf einem kleinen Pfad, der am Rand des Waldes entlangführte und auf den Fluss unten schaute. Wir konnten Joshua mehrere Meter unter uns auf dem Wasser sehen.

»Das ist es«, flüsterte Mum.

Ich zitterte, und wir gingen weiter. Hier und da gab es Spuren von Menschen – ein Holzpfahl mit einem Eichelzeichen, das den Weg anzeigte, ein gefallener Stamm, in den jemand eine kleine Bank für den müden Wanderer geschnitzt hatte. Doch abgesehen davon gab es nur die Bäume, die sich vor uns erhoben.

»Und wohin als Nächstes?« Mum sah sich um. »O Himmel, Nins, ich kann mich wirklich nicht erinnern, was wir gemacht haben, als wir hier waren. Es war nicht so. Es war nicht so … dicht. Vielleicht habe ich mich geirrt.«

»Es muss hier sein, Mum. Es muss.« Ich ließ meine Stimme locker klingen, während wir durch das dichte Waldland blickten, auf der Suche nach einem Schild, einem Weg, irgendwas, doch da war nichts. Ich versuchte meine Enttäuschung zu verbergen, und erst als meine Augen sich nicht mehr konzentrierten, entdeckte ich wie durch einen Nebel etwas. Keinen Pfad, nichts, was so offensichtlich wäre, aber etwas, das da einmal gewesen war – eine Spur, eine kleine Lücke in der Vegetation. Ich deutete hin. »Schau nur.«

Mum sagte: »Jemand ist vor kurzem diese Spur entlanggegangen. Der Pfad ist an manchen Stellen weniger dicht.«

»Bist du sicher?«

»Ja. Schau dir das Gras an und wie das Moos zertrampelt wurde.« Ich hatte sie immer für ein Stadtmädchen gehalten wie mich, aber hier war sie in ihrem Element, die Delilah Griffiths, die den Sommer im Staat New York verbracht hatte und die eine Zecke erkennen und einen Waschbär erschießen konnte.

Die Spur wand sich höher und höher im steigenden Land. Die Luft war erfüllt von Bärlauch, der überall im düsteren Wald blühte. Er ergoss sich über gerade verblühte Glockenblumen, Brennnesseln und Farn.

»Wie um alles in der Welt sind sie mit diesem Pfad zurechtgekommen?«, fragte Mum. »Wie haben sie Nahrung raufgeschleppt und alles andere?«

»Ich glaube nicht, dass es immer so war«, antwortete ich, aber dann griff sie nach meinem Arm, und ich blieb stehen.

Hinter einem Dickicht aus Gestrüpp waren eine Mauer und ein Tor, das vor vielen Jahren mal grün gestrichen gewesen war. Ich drehte mich um. Der Bach lag nun verborgen, nur ab und zu blitzte es blaugrün zwischen den Bäumen auf. Ich legte die Hand auf die alte verrostete Klinke. Die Angeln waren orange vom Rost und fielen fast herunter. Ich erwartete nicht, dass die Tür sich öffnete, und doch tat sie das ganz leicht.

»Das war die Tür, ich bin mir sicher«, sagte Mum. »Das ist die Grenze des Anwesens, Nins, es muss ... Oh!«

Auf der anderen Seite der Tür war die Luft tropisch und feuchter. Eine Palme, Geißblatt, noch mehr Bärlauch und der Geruch von etwas, was ich nicht erraten konnte. Etwas flog an uns vorbei, und ich schrie auf.

»Das ist nur ein Schmetterling«, sagte Mum lächelnd. »Liebling, erinnerst du dich nicht?«

»Mir gefällt es hier nicht«, stellte ich fest und bereute meine Worte, kaum dass ich sie ausgesprochen hatte.

Auf dem Boden lag eine Steinsäule, und dann sah ich vor uns eine Lichtung, etwas Helles – es musste der Gipfel des Hügels sein –, und ich schob mich an Mum vorbei, weil ich mir nicht sicher war, was dort war, ich sie jedoch davor schützen wollte, wenn ich musste.

Und da – da war es.

Noch eine Mauer mit bröckelnden goldenen Ziegeln und ein Torbogen. Efeu, kriechende Ranken schossen hoch wie Finger. Etwas wie ein Tier aus Stein lag auf der Seite unter dem Bogen und versperrte uns den Weg. Wir traten darüber weg, und erst da blickte ich auf und sah Keepsake zum ersten Mal.

»O nein«, flüsterte Mum hinter mir. Sie umklammerte meine Schulter. »Oh, Nina, es tut mir so leid.«

23

Da stand ein Haus, so viel konnte man sagen. Es hatte Mauern, Fenster, Türen. Aber als ich über den fleckigen Kieshof blickte, wo Löwenzahn und Nessel wie eine dunstige niedrige Mauer aus Unkraut in die Höhe schossen, wurde mir kalt. Vor uns standen hinter einer kreisförmigen Auffahrt die Umrisse von etwas Großartigem: eine Fassade aus goldfarbenem Stein, besetzt mit Fenstern, einem zinnenartigen Dach, das über die Spitze verlief, und das, was einmal ein Säulenvorbau darunter gewesen war, hinter dem eine große Tür in einen Hof führte.

Doch die meisten Fenster hatten kein Glas, und von dem Gang existierten nur noch zwei von sechs Säulen. Ein Vogelnest schaute aus der Ecke eines Fensterbretts, und eine Hausseite links neigte sich, wie man sogar mit bloßem Auge erkennen konnte. Ich trat vor. Meine Füße knirschten auf dem Kies. Ich ging die bröckelnden Stufen hinauf unter den Vorbau bis zu der großen Eichentür, die vom Alter grauweiß gebleicht war.

»Vorsicht«, warnte Mum, als ich die Tür leicht berührte.

Sie ging auf, und wir spähten in den leeren Hof. Die Natur hatte den Kampf auch innerhalb der Mauern gewonnen – Efeu herrschte hier. Er schien die Ziegel und Steine zurück in die Erde zu zerren, Ranken streckten sich nach oben, um sich dann wieder zum Boden zu senken. Während wir in der Mitte des Hofs standen und uns umschauten, war es, als ob wir die einzigen lebenden Menschen auf der Welt wären, dass alles fort war. Ein Gefühl der Trostlosigkeit lag in der Luft.

»Mum, bleib eine Minute hier«, sagte ich und wandte mich um. »Ich schaue hinein. Ich glaube nicht, dass es sicher ist.« Sicher wovor? Herabstürzendes Mauerwerk – oder böse Geister?

Doch vor allem war mir so, als ob sie mich beobachten würden, als ob jemand auf mich warten, darauf brennen würde, mir etwas zu erzählen.

»Sei nicht dumm, ich komme mit dir.« Mum nahm meine Hand, und zusammen überquerten wir den Hof.

Eine Maus, aufgestört durch unser Eintreten, huschte die Wand entlang und verschwand drinnen. Am Ende des Hofs war eine Tür, alt und brüchig, aber immer noch da. Vielleicht leben sie nicht vorne, sagte ich mir. Vielleicht ist alles hinten.

Kurz nachdem ich diese Tür geöffnet hatte, sah es so aus, als ob ich recht hätte. Da standen ein Garderobenständer neben dem Treppenaufgang sowie ein Gummistiefel, der nun als eine Art Nest diente. Daunenjacken und Regenmäntel hingen dort. Ich berührte einen – er war rissig und steif von Schimmel. Eine Teetasse stand auf einem Seitentisch. Hinter dem Flur lag ein langer Raum, der sich über die Länge der Westseite des Hauses erstreckte.

»Was für ein Raum«, staunte Mum.

Ich sah mich um. Das musste eine Art großer Saal gewesen sein, ein riesiger Raum ohne oberes Stockwerk außer einer

Galerie, die sich über die Rückseite zog und über die man von einer Seite des ersten Stocks zur anderen gelangen konnte. Doch das Holz war faulig, und die große Eichentreppe, geschnitzt mit Laub, Helmen und Schilden, verrottet, Stufen fehlten, auf einer Seite gab es Löcher, und sie neigte sich leicht von der Wand weg. Efeu und Winde zogen jede Stufe weg von ihrem Nachbarn. Ich stellte den Fuß auf die erste Stufe – sie wölbte sich erschreckend.

»Aber ...« Ich rieb mir die Augen. »O Mum, was bedeutet das alles?«

Denn während wir uns umschauten, wurde offensichtlich, dass dies einmal jemandem gehört hatte. Und je mehr man schaute, desto mehr sah es aus, als ob dieser Jemand eines Tages aufgestanden und gegangen und niemals zurückgekommen wäre. Als sich meine Augen an das Ausmaß und die Zufälligkeit des Ganzen gewöhnten, begann ich Dinge zu bemerken – ein Krimi auf einem kleinen Tisch; verschimmelte Zeitschriften, die nun fast zu Mulch geworden waren; eine Brille voller Staub, die auf einer Sofalehne lag. Auf dem breiten Kamin, auf den es durchgeregnet hatte, standen Fotorahmen, zerbrochen und verfault vom Wasser. Sessel, die mit prunkvollem Damast bedeckt waren, waren von Mäusen angefressen und von Vögeln angepickt worden – für Nester. Es gab ein paar alte kaputte Gemälde, die schief an den Wänden hingen. Lang vergessene Gesichter spähten durch den Schatten, den sie erlitten hatten. Und die Stille im Haus war ohrenbetäubend.

»Das ergibt keinen Sinn«, meinte Mum, während sie fast völlig verrostete Kerzenhalter aufhob. »Wie konnte man es ... Wie ist das passiert?«

»Hier ist wirklich niemand, oder?«, fragte ich nach einer Weile. »Sie ist tot, oder?«

»Ich glaube schon.« Sie verschränkte einen Arm mit meinem. »Hier ist seit Jahren keiner mehr gewesen. Seit Jahrzehnten, Nina.«

»Ich begreife immer noch nicht, wie sie es so weit kommen lassen konnten.« Ich versuchte meine Stimme nicht brechen zu lassen, nicht zu zeigen, wie dumm ich mir vorkam. Mein geheimer Traum war, dass wir die Auffahrt heraufschlendern würden und eine nette alte Frau uns dort empfangen würde. Die Großmutter, die ich mir stets gewünscht hatte, voll von faszinierenden Geschichten und der Wahrheit darüber, woher ich kam. Ich hatte meine ganze Kindheit damit verbracht, Spiele mit Mrs. Poll zu spielen, in denen mein Vater von den Toten zurückkehrte – und dann hatte er es getan. Ich glaube, ein kleiner Teil von mir hatte sich gesagt, dass, da er zurückgekommen war, auch dies hier vielleicht wahr sein möge.

»Dieses Land ist voll von zusammenfallenden Häusern, Liebes«, sagte meine Mutter. »Wir befinden uns außerdem in einem der unzugänglichsten Teile Englands.«

»Aber das ist Cornwall!« Meine Stimme hob sich. »Komm schon, das ist ein Touristenzentrum.«

Sie zuckte mit den Schultern. »Man sieht das Haus von der Straße aus nicht. Es gibt keine Tore. Dies ist ein armes Land trotz all der reichen Ferienhausbesitzer. Viele Leute sind nicht das ganze Jahr hier, haben die Typen doch gesagt.«

»Aber ich glaube immer noch nicht, dass so ein Ort einfach in sich zusammengefallen sein soll. Hat sich denn niemand gekümmert?«

»Es gibt kaum mehr jemanden, der das Land so bearbeitet wie früher. Und diejenigen, die es tun … Nun, die Zeit vergeht, und die Leute wissen vielleicht, dass da etwas ist, können aber nichts daran ändern. Ich bin sicher, es gibt Ortsansässige, die wussten, dass es da ist, und sich nichts dabei gedacht haben. Das Haus eines Engländers ist sein Schloss, nehme ich an«, sagte Mum mit einem Hauch von Bitterkeit in der Stimme.

»Aber es ist *mein* Haus«, entgegnete ich. Ich sah hoch und fragte mich, ob ich es auf die Treppe wagen sollte, wollte halb hinaufgehen und hatte andererseits Angst vor dem, was ich dort finden mochte. Ich konnte erkennen, dass in einem Zimmer, deren Tür an einer Angel hing und sich neigte, eine große Truhe stand und ein Wandteppich hing. Mein Blick wanderte an der Galerie über uns entlang … und da sah ich ein Gesicht und schrie auf.

Heute weiß ich natürlich, was es war – und man konnte es damals auch leicht erklären –, aber ich weiß, sie beobachtete mich. Ich weiß es.

»Was?«, fragte Mum. »Was hast du gesehen?«

Ich zeigte nach oben. Es war ein Porträt, das war jetzt offensichtlich. Es war sehr alt – eine Frau in rosenfarbener Seide mit einem Eichenblatt, ihre dunklen Augen schwarze Teiche selbst an diesem düsteren Ort.

»Wer das wohl ist, frage ich mich«, sagte Mum.

Ich wusste es. Ich konnte meinen Vater das erste Mal seit seinem Verschwinden hören. *Nina Parr. Sie hängt oben im Saal. Sieht genau wie du aus.* Aber etwas ließ mich schweigen, Geheimnisse bewahren.

»Man könnte den Fluss von den oberen Räumen aus sehen«, sagte ich stattdessen. »Wenn doch nur …« Ich sah zur Treppe. »Meinst du, wir sollten die Treppe versuchen?«

»Das würde ich nicht tun.« Mum schüttelte den Kopf. »Himmel, was ist das?« Sie zeigte auf die geschwärzte, bröckelnde Tür aus Holz und Eisen, die unter der Treppe fast unsichtbar war. Allgegenwärtiger Efeu zerrte daran, Feuchtigkeit ging von ihr aus. Dahinter hörte man jetzt in der Stille Wasser tropfen. »Wir sehen hier das Hauptproblem«, sagte sie. »Schau dir das an.« Ein großer Riss zog sich im Zickzack von der Tür über die Treppe hinauf an dem großen Fenster vorbei.

»Ich frage mich, was hinter der Tür ist.«

»Ich vermute, sie ist seit Jahrzehnten zu. Wasser ist irgendwie reingekommen.« Mum ging zurück in den Saal und streckte den Kopf aus einem der leeren Fensterrahmen. »An der Rückseite des Hauses ist eine Art von Ausbeulung. Schau, Fenster, spitze Fenster. Es ist wahrscheinlich eine kleine Kapelle. Wasser und Efeu. Dort hat der Schimmel eingesetzt.«

Ich starrte sie verblüfft an. »Seit wann bist du Expertin für Hausbau?«

Mit grimmiger Befriedigung antwortete Mum: »Seit wir in die Wohnung eingezogen sind. Ich bin Expertin für Hausschwamm und Feuchtigkeit, das kann ich dir sagen. Auch für Efeu. Er kriecht in die Risse und Löcher. Er will alles ersticken, woran er sich festsetzt. Ich hatte eine Tante in Rhinebeck, die den Efeu überall wuchern ließ, ohne ihn zurückzuschneiden. Hat das ganze Haus innerhalb von ein paar Jahren runtergezogen. Er hat wohl ein paar Jahrhunderte an diesem Ort arbeiten müssen, Liebes. Und ganz eindeutig hat keiner seit Jahrzehnten was wegen der Feuchtigkeit getan.« Sie lachte leise. »Es ist irgendwie lustig. Wenn er hier aufgewachsen ist, erklärt das, warum dein Vater absolut keine Ahnung hatte, wie man mit Feuchtigkeit umgeht.«

Ja, mein Dad war hier aufgewachsen. Ich blickte mich wieder um. Waren dies seine Enzyklopädien, verblasst und angefressen, dort auf dem großen Fensterbrett? War er hier jemals glücklich gewesen, hatte er jemals Tage erlebt, an denen es sich wie zu Hause angefühlt hatte? So fühlte es sich jetzt nicht an. Ich konnte nicht die Phantasie aufbringen, zu sehen, wie jemand sich hier wohl und zufrieden gefühlt haben könnte.

»Lass uns raufgehen«, sagte ich und sah wieder auf das Bild von Nina Parr.

Doch Mum drückte meine Schulter. »Liebes, Joshua wartet auf uns. Wir haben eine halbe Stunde gesagt, erinnerst du dich?«

»Lass ihn fahren.« Ich blickte mich wieder um, die Magie des Ortes hielt mich gefangen. »Ich muss noch etwas bleiben, sehen, ob ich herausfinden kann, was passiert ist ...«

Mum stellte sich vor mich. »Nina, wir müssen gehen. Die Flut wird nicht länger mit uns sein, hat er gesagt. Wir haben keine Ahnung, wie wir zurück auf die andere Flussseite kommen sollen. Wir haben keine Karte und nicht die leiseste Ahnung, wo wir hinmüssen. Was passiert, wenn wir versuchen, zu Fuß zu gehen? Wie kommen wir auf die Hauptstraße?«

»Ich werde es finden«, erklärte ich und verschränkte die Arme. »Mum, geh du. Es ist in Ordnung.« Sie sah mich an, und ich sagte leise: »Ich meine es ernst.«

»Du kannst nicht alleine hierbleiben.«

Ich nickte. »Aber ich kann noch nicht weg. Nicht jetzt, wo wir hier sind.«

»Wir können morgen wiederkommen.«

»Ich weiß.« Ich wollte nicht sagen, dass ich nicht glaubte, dass wir es morgen wiederfinden würden, dass es sich schon wie ein magischer Ort anfühlte, den wir kein zweites Mal heraufbeschwören könnten. »Geh und such Josh. Ich treffe dich später.«

»Liebes ...«

»Mum.« Ich ergriff ihre Hände. »Es ist okay für mich zu bleiben, das weiß ich.«

»Wie kannst du das sagen? Dieser Ort ist mir nicht geheuer.«

»Gib mir zwanzig Minuten oder so. Bitte.«

»Ich sag dir was. Ich habe mir Joshuas Karte angeschaut. Man kann auf dem Küstenpfad nach Helford wandern. Der, den wir gekreuzt haben, um zum Haus zu kommen, die Eichelzeichen. Der Pfad schlängelt sich am Fluss entlang. Ich habe es vom Boot aus gesehen. Wollen wir dich nicht in Helford abholen? Ich kann Joshua dazu bringen, mich dorthin zu rudern, das ist seine übliche Route, und dann kann er dich aufnehmen und uns zurückbringen. Da ist dieser Pub, wo die Fähre anlegt. Das Shipwright Arms heißt es, glaube ich.«

»Oh, das ist eine tolle Idee.«

»In ungefähr einer Stunde? Wenn nicht, holen wir dich, so oder so.« Sie umarmte mich und sah mir ins Gesicht. »Ich will dich nicht alleinlassen, Liebes. Soll ich nicht einfach zurücklaufen und Joshua sagen, er soll ohne uns fahren?«

»Ich muss hier eine Weile allein sein.« Ich wusste nicht, warum ich das gesagt hatte.

Sie nickte. »Klar. Nur – pass auf, Liebes. Bitte. Hier ist etwas seltsam.«

Ich wusste genau, was sie meinte. Doch jetzt mochte ich auf einmal dieses seltsame, wilde Gefühl, dass uns jemand beobachtete, dass die alten Steine mehr wussten als wir. Ich mochte es, wie ruhig ich mich fühlte, Meilen entfernt von Straßenschluchten und Männern in gelben Sportwagen, Lise' Augen, Sebastians Gesicht ... Hier fühlte ich mich okay.

Nachdem sie fort war, ging ich wieder in den zentralen Saal des Hauses. »Tschüs, Mum!«, rief ich. Es kam keine Antwort, nur das schwere Echo meiner Stimme.

Ich war allein hier.

»Du gehörst mir.« Ich sagte es zuerst leise, dann mit normaler Stimme. »Mir.«

Im Hof, im Zentrum des Hauses, blickte ich mich um und schloss dann die Augen. In der Stille schien sich ein Spalt in die Vergangenheit zu öffnen, und einen winzigen Moment lang war es, als ob der Ort zum Leben erwachen würde. Ich konnte die Rufe der Diener hören, klirrende Fässer, Geräusche aus der Küche, Frauen, die Wäsche in dem ummauerten Garten hinter mir falteten. Dann das Prasseln von Fleisch am Spieß über dem Feuer, das Wiehern von Pferden, die am Boden scharrten, das Geschrei von spielenden Kindern, während ich zurück in den Hof ging und zur großen Vordertür hinausblickte. Gerüche nach Fleisch und Dung, frischer Wäsche, Brot und süßem Ale. Rauch stieg aus hohen Schornsteinen; ein Hund lief an mir vorbei. Der alte faulende Walnussbaum im Hof war nun voll mit grünen faserigen Nüssen, die Treppe blank geputzt und warm leuchtend im Spätnachmittagslicht. Der Fuchs und das Einhorn auf dem Eingangsbogen rauften stolz miteinander.

Und ich stand in der Tür, die Hände ausgestreckt, glättete meine Röcke, machte mich bereit, um willkommen zu heißen, wer immer sich näherte, genauso wie Nina Parr über dreihundertfünfzig Jahre zuvor hier gestanden und auf die Männer gewartet hatte, die müde und schmutzig vom Fluss kamen und Schutz in dem abgeschiedensten Haus im Königreich suchten.

Ich rief: »Ich bin hier!« Doch nichts regte sich und erwachte aus seinem erzwungenen Schlummer, wie ich es vielleicht gehofft hatte. Als ich seitlich am Haus zu dem Garten ging, den ich durch das Fenster gesehen hatte, blickte ich auf und schrak zusammen. In einer Einbuchtung über dem ersten Stock stand die kopflose Statue eines Mannes in Wams und Strümpfen, eine Hand in die Hüfte gestützt. Wer? Der Erbauer? Der König? War er mein Verwandter? Es gab keine Inschrift, doch er war bedeckt von Flechten wie so vieles im Haus. Müßig probierte ich die Tür der Kapelle an der Rückseite, doch sie gab nicht nach. Ich ging zurück zum Rand der Mauer, wo es ein niedriges Tor gab. Ich konnte einen Weg erkennen, der einen Hügel hinunterführte. Ich schob das Tor auf die Seite. Es fiel krachend zu Boden, und ich betrat den Garten.

Ich wusste sofort, dass dies kein überwuchertes Waldgelände war. Das war ein Paradies oder war es zumindest einst gewesen. Die hohen, abgeschiedenen Mauern umschlangen es, Bäume ragten in der Ferne auf, und es war hier mehrere Grad wärmer als in Helford Passage oder auf dem Boot. Die Spätnachmittagssonne brannte auf dieses Sonnenplätzchen herab. Intensiver Duft hing in der Luft, ein Mittsommerparfüm aus Rosen und Geißblatt, das sich an der Gartenmauer entlangzog.

Damals kannte ich kaum die Namen, heute schon. Palmen, Feigenbäume, Bougainvilleen, alles gab es hier. Gelber, weißer und rosa Jasmin in Hülle und Fülle; sein süßlich fauliger Duft erfüllte die Luft. Chrysanthemen, nicht die kitschig blauen und himbeerroten aus Rentnerbungalows, sondern Spritzer aus heller Cremefarbe und ganz zartem Pink, zusammen mit lilafarbenem und rotem Eisenkraut und grau-violettem Lavendel aller Art. Und in der Mitte des Gartens – ein Gewirr aus Grün, Sandfarben und Grau mit Farbtupfern – lila, blaue und rosa Akeleien und Wildblumen, Mohn, Gänseblümchen, zarte Wicken, marineblauer und weißer Ehrenpreis, violette Feuernelken, nadelstichartige Farbspritzer in den tanzenden, schwankenden Grasbüscheln, hier waren alle Farben des Regenbogens vertreten. Jetzt war es einfach Wildnis, und in dieser Wildnis geschah ein Wunder, denn dort gab es Schmetterlinge.

Wolken aus Schmetterlingen. Sie tanzten, flatterten umher, ihre Muster waren individuell und unregelmäßig. Ein Blitz aus Hellgrün, noch ein tiefviolettes Aufblitzen, manche schwebten, andere flogen im Zickzack, manche drehten sich hoch in den wolkenlosen Himmel. Weiße und dottergelbe Zitronenfalter, tiefblaue Schmetterlinge. Rote Admirale und helläugige Pfauenaugen, gelb-schwarze Laubfalter schossen wie Feen dahin. Sie setzten sich auf den Blüten ab, glitten durch die süße Abendluft, Hunderte, wahrscheinlich Tausende. Lautlos erfüllten sie den geschützten, behüteten Garten mit einer Schönheit, die so unerwartet war, dass mir die Tränen kamen. Ich ging in den Garten zu ihnen. Ich erinnerte mich an das zweite Foto, das Lise mir geschickt hatte, an die förmliche Teestunde, das kleine Mädchen, die meine Großmutter war, an ihr kratzig aussehendes Kleid. Sie hatte hier mit ihrer eigenen Großmutter gesessen, und nun war ich hier.

Ich habe die Tagebücher meiner Ururgroßmutter Alexandra Parr gelesen. Ich habe die Schmetterlinge studiert. Ich musste es, um meinen Job gut zu machen. Ich kenne sie jetzt, aber nichts, nichts wird sich jemals mit dem ersten Anblick des Rätsels von Keepsake vergleichen lassen, das sich vor meinen Augen ausbreitete – der sich senkende große Garten, der meine Vorfahren im Lauf der Jahre verzaubert hatte, bis er für sie schließlich zur Besessenheit wurde. Ich weiß von Nina, der Malerin und ihren fruchtlosen Versuchen, sie zu zeichnen, ihre Schönheit auf Papier zu bannen, von Rupert dem Vandalen, der einen Flügel des Hauses niederriss, um den Schmetterlingen mehr Freiheit und Platz zu schenken, und der indirekt das Haus so sehr aus dem Gleichgewicht brachte, dass er seinen langsamen Niedergang einläutete. Und ich weiß von Alexandra und ihrer endlosen Jagd und ihrem Katalogisieren, ihren mit toten Schmetterlingen gefüllten Schubladen, ihrer glänzenden Farbe, die für immer bewahrt wurde. Seit Neuestem weiß ich von der Verrückten Nina, Alexandras Urgroßmutter. Ich weiß, was sie zum Haus zurückbrachte.

Damals wusste ich nichts davon. Ich wusste nichts von den Ananasgruben gleich hinter den Wiesen, die Frederick Parr eingerichtet hatte, die ersten im Land. Oder den viktorianischen Treibhäusern, mit eingeschlagenen Fensterscheiben und dem verfaulenden Holz, übervoll mit Geranien und Kamelien für das Haus. Oder dem Gemüsegarten hinter uns, der lange schon von den Schmetterlingen in Besitz genommen worden war und der einmal Nahrung für einen dreißigköpfigen Haushalt geliefert hatte.

Ich stand einfach da in diesem Regenbogenparadies und beobachtete die Schmetterlinge, die um mich herumflogen. Und in diesem Moment war nichts – das Buch, Lise' Fotos, das Wiederauftauchen meines Vaters, die Geheimnisse meiner Mutter, der Vorabend mit Sebastian, sogar das Gewitter – ein Zufall. Es war Bestimmung, dass ich herkommen sollte, und ich gehörte hierher, das wusste ich nun.

An der Seite des ummauerten Gartens stand ein altes Nebengebäude, rund wie eine alte Hütte, mit einer dicken, lackierten Tür – ein altes Eishaus. Ich spähte durch das kleine Fenster hinein, doch es war bedeckt mit jahrhundertealtem Dreck, und ich konnte innen nichts erkennen. Ich probierte die Klinke. Meine Hand brannte von dem unerwartet kalten Metall. Vorsichtig öffnete ich die Tür.

Es war leer. Ich trat ein und sorgte dafür, dass die Tür mit einem Stein, der dafür dalag, offen gehalten wurde. Drinnen war es warm und trocken, überflutet von dunkelbernsteinfarbenem Licht von dem schmutzigen Fenster. Und es war blitzsauber. Ein Steinregal zog sich um die Mitte des runden Gebäudes. Sonst gab es nichts. Dann sah ich die Kiste am Rand.

Eine schöne Holzkiste. Später sollte ich entdecken, dass sie aus Lorbeerholz war, poliert und glatt. Kein Staub – an diesem Ort gab es nichts, was Staub verursachen könnte. Es war eine Tötungskiste, und der Duft von Lorbeer – stark und bitter wie Mandeln, Rauch und Erde – stieg auf, als ich den Deckel hob.

Darinnen befanden sich:

Ein Schmetterling in einem Behälter, blau wie der hellste Sommerhimmel. Er war nur knapp drei Zentimeter breit, doch die Schuppen auf seinen Flügeln schimmerten in der Düsternis.

Ein Bündel alter Papiere, kalt in meiner warmen Hand, und eine dünne Broschüre: *Englische Schmetterlinge, Führer einer Landfrau* von Alexandra Parr.

Ein Tagebuch in Leder eingebunden mit einem goldenen Schmetterlingsstempel.

Und schließlich ein großer Umschlag, in dem sich ein Manuskript befand, das mit einem Band zusammengebunden war. Oben die Vorderseite – dickes, mit einem Wasserzeichen versehenes Papier, das sich feucht anfühlte.

Der Schmetterlingssommer stand darauf und darunter: Theodora Parr.

Der letzte Gegenstand in der Kiste war ein kleiner Metallbehälter, und als ich ihn öffnete, sah ich darin einen feinen, körnigen Puder. Ich trat einen Schritt zurück, denn ich hatte närrischerweise Angst.

Es war eine Urne, und der Puder war Asche. Mit einem dünnen Gummiband war eine gekritzelte Nachricht in winziger, sprunghafter Handschrift darumgewickelt, die auf Papier stand, das als Kopf die Namen Murbles und Routledge trug. Ich hatte es völlig vergessen. Ich denke, ich hatte gar nicht in Betracht gezogen, dass er tatsächlich allein hergekommen sein könnte.

Mutter,
ich kritzle dies im kalten & feuchten Schmetterlingshaus, ich habe nur dieses Papier, und ich kann nichts wirklich erkennen.
Bis ich herkam, hatte ich keine Ahnung, dass ich auch etwas hinterlassen wollte. Und nun dies hier.
Ich habe endlich getan, was Du gefordert hast. Habe Deine Asche hierher zurückgebracht. Fünfzehn Jahre, nachdem Du die Bitte geäußert hast, aber Du täuschst Dich noch mehr, als ich es erinnere, wenn Du glaubst, dass ich alles habe fallenlassen, um Deinen Letzten Willen zu erfüllen, sobald Du tot warst. Du hättest jeden bitten können, um sie herzubringen – warum ich? Ein letzter Scherz, nehme ich an.
Ich verlasse hier auch den Schmetterlingssommer. Warum Du glaubst, dass ich diese Geschichte darüber lesen wollte, was Du mit einem Wildfang von einem Jungen im Krieg anstellen wolltest, entzieht sich meiner Vorstellungskraft; aber Deine Mutterinstinkte nerven sogar von jenseits des Grabes, wie die Amerikaner sagen. Nein. <u>Nein. Nein.</u>
Ich wollte nicht, dass diese Zeilen so würden. Ich bin nicht sicher, was ich sagen will. Dies ist das einzige Blatt Papier, das ich bei mir habe. Lass mich noch mal anfangen.
Eigentlich wollte ich sagen, dass ich zurückgekommen bin, um die Asche hierzulassen, wie es Dein Wunsch

war. Ich habe den ›Schmetterlingssommer‹ gelesen & werde ihn auch hier zurücklassen, er gehört hierher. Ich verstehe Dich jetzt besser. Aber ich verstehe Dich eigentlich immer noch gar nicht. Dies ist mein letzter Besuch in England, denke ich. Ich wusste, dass ich zurückkommen musste, nur einmal, nur um zu sehen, nur um alles zur Ruhe zu bringen – ich weiß nicht, ob es ein Fehler war oder nicht.

Du hast mich so lange in meinem Leben unglücklich gemacht. Meine früheste Erinnerung ist, wie ich auf dieser verdammten Terrasse draußen auf Dich zulaufe und wie Du mit einem angstvollen Blick zurückgewichen bist. Ich war ungefähr drei oder vier. Ich wollte Dir den Schmetterling zeigen, den ich gefangen hatte.

Du hast mir immer das Gefühl gegeben, dass ich nicht da sein sollte. Der Gedanke, dass Du ohne mich glücklich gewesen wärst. Ich konnte es nicht erwarten, von Dir wegzukommen, zur Schule zu gehen, nach Oxford zu kommen. Ich kann Dir nicht verzeihen. Du warst mir keine Mutter. Es ist schrecklich, das zu schreiben.

Der Schaden, den Du angerichtet hast, hat uns alle beeinflusst, Mutter. Du hast mehr Leben zerstört als meines. Ich habe Deine Geschichte gelesen. Du hast die Ashkenazys getötet, das ist so sicher, als ob Du Blausäure in ihren Porridge getan hättest. Du hast Leben zerstört.

Ich liebte Ninas Mutter mehr, als ich sagen kann. Sie war die Sonne & alles, alles, was Du mit Al in jenem Sommer hattest, hatte ich mit Delilah. Mein schönes, gelocktes goldenes Mädchen. Aber Du hattest mich so schlimm verbogen, dass ich es nicht konnte. Ich versuchte so zu tun als ob: nannte das Kind Nina, tat immer so, als ob es mir gutginge. Ich konnte es nicht tun. Ich hasse & verachte mich nun, wieder dank Dir. Ich musste sie dazu bringen, mich zu hassen & das tun sie. Das hast Du mir angetan.

Ich bin zurückgekommen, um Delilah alles zu erklären & die Scheidung zu beantragen, den ganzen Papierkram fertig zu machen.

Tatsächlich lüge ich: Ich kam zurück, weil ich sie & meine Tochter noch einmal sehen wollte, nicht sicher, ob das ein Fehler war & noch etwas, was ich vermasselt habe.

Du würdest Dich freuen, wenn Du Nina kennen würdest. Sie ist genau wie Du. Ich habe vor allem übel genommen, was Du darüber geschrieben hast, wie Du Keepsake allmählich hast herunterkommen lassen, ohne dass sie es wusste. Nun, ich habe es Nina erzählt. Ich finde, sie sollte es wissen. Du sollst nicht Gott spielen & all Deine Geheimnisse für Dich behalten.

Ich gebe zu, dass ich nicht den Mut gefunden habe, sie hierherzubringen. Brachte es irgendwie nicht über mich, derjenige zu sein, der sie diesem unseligen Chaos aussetzt. Was ihre Mutter angeht, so ist es dasselbe wie immer. Ich werde nie der Mann sein, der mit ihr leben kann. Aber ich weiß auch, dass ich nie aufhören werde, sie zu lieben. Ihr Haar ist kurz & sie ist älter geworden, aber sie ist schöner denn je; das Leben/der Schmerz haben sich in ihr Gesicht eingegraben, das ist meine Schuld. Ich nehme an, dass ich sie oder meine Tochter nicht verdiene. Sie sind viel besser dran ohne mich auf der anderen Seite der Welt.

Auf Wiedersehen, Mutter. Ich hoffe, das bringt Dir Frieden. Ich heirate nächsten Monat. Sie ist jung, sie ist

reich, und sie will keine Kinder. Ich werde nie wieder herkommen. Vielleicht bin ich mir am Ende mit Dir einig: Möge dieses verfluchte Haus im Nichts versinken. Am Ende ist es das, was ich für Nina tun kann, so weit weg wie möglich zu gehen. Was geliebt wird, ist verloren, es kann verschwinden, man verliert es für immer. Ich habe einiges verloren, was ich geliebt habe & es ist meine eigene Schuld. Darin irrst Du dich auch. Es macht mir aber seltsamerweise keine Freude.
Ich schließe die Tür hinter dem Schmetterlingssommer und steige ins Auto & ich hoffe, dass ich der letzte Mensch sein werde, der hier war. Du & die Geister können es haben.
Dein Sohn
George

Eine Weile stand ich reglos da, nachdem ich die verkrampfte Schrift entziffert hatte. Dann griff ich nach dem Manuskript. Und obwohl ich endlich da war, hatte ich nun schreckliche Angst vor dem, was ich entdecken würde, was darin wäre.

Ich las die erste Seite.

In der Galerie in Keepsake, die hinaus aufs Meer schaut, hängt ein Porträt meiner Ahnin Nina Parr.

Nach einer Weile merkte ich, dass mir Tränen die Wangen hinunterliefen. Es ist schwer zu erklären, aber so lange in meinem Leben hatte ich das Gefühl gehabt, als ob ich in einem winzigen Raum leben würde und dass nur ein oder zwei Türen jemals gleichzeitig offen wären. Es gab so viel, was ich nie verstanden hatte, was meinen Vater und meine Mutter anging. Liebe und Wahrheit und Ehe, was es hieß, Teil einer Familie zu sein. Ich erkannte jetzt, dass ich immer gewusst hatte, dass etwas fehlte. Hier war es. Diese Geschichte in meinen Händen. Ich kam mir hier nicht wie eine Fremde vor an diesem seltsamen, stillen, ruhigen Ort, wie jemand, der nicht hergehörte. Ich fühlte mich zu Hause. Ich war keine Außenseiterin mehr – dies war ein Ort für Außenseiter.

Irgendwo in der Ferne begannen die Krähen ihr Abendlied, und das brachte mich schließlich zur Vernunft. Ich starrte hinunter auf die Holzkiste, das Manuskript, den Brief.

»Es tut mir leid, ich muss sie mitnehmen«, sagte ich laut. »Ich kann sie nicht nicht mitnehmen.«

Es war spät. Ich legte die Asche und den Schmetterling in dem Behälter auf den Fenstersims und schloss leise die Tür zum Eishaus. Dann ging ich mit der Kiste im Arm durch den Garten zurück ins Haus, bahnte mir den Weg über die Ziegel, die vom Dach gefallen waren. Ich blickte zu Nina und ihren Verwandten in der Galerie auf, die Gesichter zerrissen, manche Porträts einfach nicht mehr da. Sie sah wieder ausdruckslos auf mich herab.

Ich schaute hinüber zum Eingang und fragte mich, wie ich es verlassen sollte; der zersplitterte, gesprungene Holzrumpf klammerte sich immer noch an die Tür. Sollte ich die Tür zuziehen? Gab es einen Schlüssel? Es war absurd, nach einem Schlüsselloch zu suchen, und doch wollte ich abschließen, die Tür zusperren, das Haus schützen.

Mit der Holzkiste im Arm wandte ich mich wieder Richtung Tor. Ich warf einen Blick zurück auf Keepsake, das in der späten Sonne leuchtete. Dann entfernte ich mich vom Haus und wanderte zur Ostseite, kletterte höher und höher, bis ich neben einer großen, offenen Wiese ging, auf der noch mehr Schmetterlinge tanzten, zusammen mit Bienen und frühen

Motten, wo Gras und Blumen im Überfluss wuchsen. Ich ging weiter und genoss das Ziehen der Muskeln in meinen Beinen und den trockenen Matsch, der über meine Turnschuhe spritzte.

Am Ende des Pfades, aber noch innerhalb der Mauer, war ein winziges altes Haus, und ich vermutete, dass es einmal eine Art Torhaus gewesen war. Verlassen war es nun, und gelbe Rosen ergossen sich hemmungslos über seine Vorderseite. Daneben befand sich ein Torbogen, eine breite Tür, die in dunkelgrüner, abblätternder Farbe gestrichen war und die sich nach kurzem Kampf öffnete. Ich tauchte in eine ruhige Gasse ein und schloss die Tür hinter mir. Vor mir stand ein braunes Schild, das zum Fußweg wies und anzeigte, dass Helford eine Dreiviertelmeile entfernt war.

Ich drehte mich um, um die Tür anzuschauen, die von Efeu bedeckt und von der Straße aus fast nicht zu sehen war. Man würde daran vorbeigehen, wie es so viele im Lauf der Jahrhunderte getan hatten. Ich war der letzte Mensch, der hier verweilte. Das letzte Mädchen.

Drei Jahre waren nun vergangen, und bis jetzt bin ich immer noch der letzte Mensch, der den Fuß nach Keepsake gesetzt hat. Ich sollte sagen, der letzte lebende. Das Haus stirbt weiter leise vor sich hin, auch wenn es in anderer Hinsicht Leben erzeugt. So viel hat sich in diesen Jahren verändert, und ich habe mich auch verändert. Ich verstehe nun genau, was ein Leben in Keepsake einen hätte kosten können.

DER SCHMETTERLINGSSOMMER
(Fortsetzung)

Ein regnerischer Tag, eine warme Buchhandlung, eine Geschichte, die vor vielen Jahren spielt.

Jahrelang wusste ich nicht, was mit dir oder Michael und Misha passiert war, und während ich tiefer in das Haus vordrang, gelang es mir, sie und dich aus meinen Gedanken zu verdrängen. Doch zu Anfang, in jenen Jahren nach dem Krieg, habe ich nach dir gesucht – wirklich, Al –, und ich habe auch nach ihnen gesucht. Viele Jahre kehrte ich nicht nach London zurück. Ich schrieb ans Rote Kreuz, an die russische und österreichische Botschaft – was nach dem Krieg noch von Österreich übrig war. Ich schrieb einen Brief nach dem anderen an die Carlyle Mansions, an dich, an sie, doch ich erhielt keine Antwort. Ich schrieb sogar an deine Mutter am Arnold Circus, hörte jedoch nichts. Und dann kehrte ich zurück.

An einem trüben Novembertag im Jahr 1961, einundzwanzig Jahre später, starrte ich auf den neuen Betonhäuserblock, den man über dem schwarzen Loch dessen erbaut hatte, was einmal die Carlyle Mansions gewesen waren, und erkannte, wie sinnlos meine Briefe und Karten gewesen waren. Dass du und die Ashkenazys schon lange fort wart – ob lebendig oder im Blitzkrieg getötet, wusste ich nicht.

Vielleicht hätte ich in dem Moment gehen, hätte den Zug zurück nach Cornwall nehmen sollen. Doch mein Arzt hatte mir empfohlen, einige Zeit weg von meinem Kind zu verbringen, hatte gesagt, dass dies mir bei der Nervosität helfen würde, die mich so sehr verändert hatte. Seit ich dich verlassen hatte, Al, ist es, als ob mir eine Hautschicht fehlen würde, eine, die mich davor bewahrte, mich zu verletzen. So viele Jahre tat alles weh, jede Erinnerung, jeder Fehler, jeder neugierige Blick. Ich war nach London gekommen, um einen Tapetenwechsel zu vollziehen. Ich nehme an, ich genoss es, wie ich damals alles genoss. Was heißen soll: sehr wenig. Ich schien die Fähigkeit dazu verloren zu haben.

Mein letzter Morgen war einer jener verregneten Londoner Tage, an denen die Straßen voller Wasser stehen, sich der Schirm umgedreht hat und ein freundlich erleuchteter Laden einen anlockt. So viel von London hatte sich verändert, dass ich den Laden erst erkannte, nachdem ich hineingestürzt war. Es war eine der Buchhandlungen in der Charing Cross Road, die Misha besuchte. Sie war immer dorthin gegangen, um Gedichte zu kaufen, und diskutierte stets ausführlich die Verdienste und Nachteile von allem, was man ihr anbot. Daran dachte ich gerade traurig, als ich eine Gestalt sah, die mich besorgt anblickte, und ich musste mir das Hirn zermartern, bevor mir klarwurde, dass es Ginny war, Boris' Ex-Frau; sie war sich eindeutig unsicher, ob sie mich ansprechen sollte.

Ich begrüßte sie voller Freude, froh, nach den einsamen Tagen ein freundliches Gesicht zu sehen. Wir begannen ein etwas verlegenes Gespräch, und während ich mich freute zu erfahren, dass Boris das Land während des Krieges verlassen und sie nie mehr von ihm gehört hatte, verursachte es mir doch Unbehagen. Das ist immer noch so. Ich würde so einen Mann lieber unter der Erde wissen.

»Sie haben illegal gearbeitet«, sagte sie ein wenig steif, als ich fragte, warum das Geschäft der Ashkenazys aufgelöst worden war und warum ich keine Spur von ihnen finden konnte.

»Sie waren erst zwei Jahre lang als Ausländer registriert. Ihre Aufenthaltserlaubnis war lange abgelaufen.«

»Doch sie sind geblieben.«

»Sie konnten nicht zurück nach Österreich. Sie mussten mehr Geld verdienen und warteten ab. Warteten darauf, zu hören, was sie als Nächstes tun sollten, natürlich ...« Sie verstummte.

»Von wem erwarteten sie zu hören?«, fragte ich neugierig.

Ginny schüttelte den Kopf. »Du hast es nie gewusst, oder?«

»Was gewusst, Ginny? Was ist mit ihnen passiert? Was ist mit Al passiert?«

Sie drückte meine Hände, und ihr schmales Gesicht erglühte schmerzlich. »Ich dachte es mir schon, natürlich. Ach, ich hoffte, du hättest es nie erfahren. Ich wusste, du konntest nicht so egoistisch sein.«

Ein regnerischer Tag, eine warme Buchhandlung, eine Geschichte, die vor vielen Jahren spielt. Und sie begann zu reden.

Als ich alles gehört hatte, ging ich im Regen durch London zurück in mein Hotel und sank auf das durchhängende Bett, doch ich konnte nicht weinen. Danach fuhr ich wieder nach Keepsake, und die schwarze Depression, die mich zwei Jahrzehnte gefangen hielt, setzte ein. Und ich beendete meine Versuche, dich zu finden, Al. Ich beendete alle Versuche.

Ich habe gelogen, als ich diese Geschichte schrieb. Für wen schreibe ich sie? Für dich, Al, und für dich, George, auch. Aber ... für jemand anderen, ein Publikum? Und deshalb lüge ich darüber auch. Ich habe die ganze Zeit gelogen, und ich glaube, Sie haben es inzwischen enträtselt. Ich merke, dass ich so nicht mehr schreiben kann, und während wir in den dritten Teil meiner Geschichte eintreten, kann ich unmöglich mehr lügen.

Sie war Alice Grayling.

Sie war Alice Grayling, doch ich nannte sie Al, weil es das leichtermachte, leichter, einen Männernamen im Munde zu führen, wenn ich sie liebte. Sie war daran gewöhnt, wie sie war, ich aber nicht. Ich fand es – oh, die vergeudeten Momente –, ich fand es verstörend. Ich konnte mich nicht damit versöhnen, eine Frau zu sein, die eine andere Frau liebt, auch wenn ich es mehr als alles andere wollte. Ich wollte sie.

Sie hatte die Pfeifkonzerte ausgehalten, die Männer, die über ihr kurzes, zurückgekämmtes Haar und ihre jungenhafte Kleidung spotteten. Ihr war es egal; sie war dazu erzogen worden, zäh zu sein. Sie hatte Freundinnen gehabt, Mädchen, die sich in der Londoner Lebensweise auskannten und die Geliebte gewesen waren, Mädchen, die Clubs kannten, in die man ging, Orte, an denen man sich treffen konnte, die wussten, wie man sich ausdrückte, wie man ein anderes Mädchen wissen ließ, dass man zur Verfügung stand. Sie hatte mich einmal an genau so einen Ort mitgenommen, eine Bar nahe der Heddon Street, aber ich hatte gehen müssen: Ich war tatsächlich weggelaufen.

»Wie kannst du an so einen Ort gehen?«, hatte ich geschrien, als sie mir nach draußen folgte. »Diese ganzen Mädchen zusammen – diese Frau, die an dem Mädchen unter ihr herumfummelte, vor aller Augen! Die Drinks mit diesen Namen, Al! Was, wenn man uns erwischt hätte, wenn jemand reingekommen wäre?«

»Aber wir wurden nicht erwischt«, erwiderte Al und drückte ihre Zigarette aus. Sie hielt meinen Kopf in den Händen und versuchte mich dazu zu bringen, es zu akzeptieren. »Liebling,

Teddy, wir machen nichts Falsches. Ich liebe dich. Es ist so einfach.«

»Es ist illegal«, zischte ich und sah mich in der engen Gasse um. »Es ist … Wir kommen ins Gefängnis. Man wird uns für verrückt erklären.«

»Das ist nur bei Männern so«, gab Al zurück, »nicht bei Frauen. Sie haben versucht, es vor zehn Jahren oder so für illegal zu erklären.« Nun ergriff sie meine Hände. »Das Oberhaus wollte das Gesetz nicht verabschieden, verstehst du? Die alten Kerle wollten nicht glauben, dass Frauen sich dem wirklich verschreiben.« Sie lachte kurz und hart auf. »Glaub mir, Liebes, sie verstehen es nicht. Keiner von ihnen. Ich könnte dich jetzt einfach so küssen.« Sie legte ihre Nase an meine und lächelte mir in das errötete Gesicht. »Da.« Sie küsste mich leidenschaftlich, Hüften an Hüften, feste Körper aneinandergepresst, und dann hielt sie meinen Hintern und drückte ihn, und sie fuhr mir mit der Zunge über den Mund und lächelte mich an, und ich ließ sie gewähren, hilflos, und konnte vor Begehren nach ihr fast nicht atmen.

Ein Mann mit Zylinder und Abendcape eilte vorbei und sah uns nicht mal an. Ich beobachtete ihn, doch plötzlich war es mir egal. Diese Wirkung hatte sie stets auf mich.

Als er fort war, flüsterte sie bitter: »Sie glauben einfach, es geht um Mädchen und ihre Späße. Männer scheinen nicht zu begreifen, dass wir einander wollen und nicht sie, die Narren.«

Ich wich zurück und versuchte verlorenen Boden wiederzugewinnen, wünschte, sie hätte nicht diese Macht über mich. »Es ist gut in der Wohnung, nicht hier, Liebes.« Ich drückte ihre Hand. »Mach es nicht wieder. Du spielst mit dem Feuer.«

Sie meinte nur: »Das tun wir alle, Liebling. Bald ist nichts davon mehr wichtig.«

An jenem letzten Morgen, als die Anzeige erschien, wusste ich es da? Streckte ich mich und lächelte, und drehtest du dich im Bett zu mir und zogst mich an dich? Liebten wir uns noch einmal, warm und schmerzhaft schwer vom Schlaf, deine weichen weißen Glieder um meine geschlungen, während wir uns beide köstlich aneinanderschmiegten? Stützte ich mich ein letztes Mal auf meine Ellbogen, strich dir das Haar aus dem lächelnden Gesicht? Lag ich oben, als wir uns liebten, weil wir es beide so mochten, wenn ich bestimmte und glaubte, dass ich es könnte? War es eines dieser süßen Male, oder übernahmst du die Führung, flüstertest mir ins Ohr und rissest mich in wilder Hemmungslosigkeit mit?

Die Decke – blaugrüner Ehrenpreis – zerrissen in den Ecken, die Wattierung vom Alter hart geworden.

Die glasierte grün-schwarze Vase auf dem Fensterbrett, ein hässliches Ding, das Geschenk einer Ex-Freundin, die dir das Herz gebrochen hatte.

Der runde Spiegel mit dem Elfenbeinrahmen, das Geschenk von deinem Wohltäter, lieferte einen vollkommenen Blick aus deinem Zimmer hinaus, durch den Flur und vom Balkon, zu den Bäumen im Süden, dem Grün von Coram Fields.

Jetzt bin ich alt und sitze hier und schreibe dies, warte darauf, dass sie zu mir kommt, damit ich nicht mehr an dich denken muss. Denn es verstört mich immer noch, und es ist das eine, was ich nicht mehr gutmachen kann. Ich erinnere mich an alles, von den blass korallenroten Schuhen, die du an Feiertagen trugst, bis zu deiner mit Perlen bestickten Abendtasche mit der rostigen Schnalle. An deine schönen Hüte, den mit der Feder, an die blaugrüne Baskenmütze, unter der deine Augen blitzten, an dein Haar, wie dick und dunkel es war und wie es auf eine bestimmte Art fiel, ganz egal, wie du es auch kämmtest, an deinen abgestoßenen Zahn. Ich erinnere mich an diese Einzelheiten, aber ich kann mich nicht daran erinnern, was wir sagten, was wir an dem Morgen taten, bevor die Nachricht kam, bevor sich alles veränderte. Kannst du es?

Es war Ende August. Ich weiß, dass wir zwei Autoren erwarteten, ein Terminkonflikt, für den ich verantwortlich war und für den ich mit grausamen Bemerkungen (Misha) und gereiztem Murmeln (Michael) teuer bezahlte. Ich war verliebt, und ich machte Fehler, sagte ich mir. Ich missachtete die warnenden Stimmen in meinem Kopf, die kreischten, dass ich lange genug gespielt hätte, dass ich niemals bleiben könnte. Und in letzter Zeit fürchtete ich die Ashkenazys und ihre nervösen Seitenblicke ein wenig, dass ihre Gesichter ständig am Fenster hingen, ihre Augen bei jedem plötzlichen Geräusch herumschossen. Doch mit jedem Tag gewöhnte ich mich mehr daran, wer ich war, gewöhnte ich mich an den Gedanken, dass ich akzeptieren musste, diese Frau zu lieben, dass ich bei ihr sein wollte, mir kein anderes Leben als mit ihr vorstellen konnte. An diesem Morgen also legte ich die Privatanzeigen auf den Schreibtisch der Ashkenazys und schaute dann noch mal drauf – ich glaube, ich hatte sie wie im Nebel ausgeschnitten –, und dann schrie ich auf. Denn da in der Mitte, zwischen Fragen nach Aufnahmemöglichkeiten und Suchen nach möblierten Wohnungen in Mayfair stand dieses, und die Worte sprangen mich an:

THEODORA. DEINE GANZEN SCHMETTERLINGE SIND TOT. FLEHE DICH AN, SCHREIBE DRINGEND DEINE ADRESSE. Postlagernd 435, Matty.

Ich sah auf und blickte mich um, als ob jemand mich beobachten könnte. Stille dröhnte in meinen Ohren. Ich nahm das Stück Papier wieder in die Hand, starrte es an und versuchte Bedeutung aus der schwarzen Tinte zu saugen.

Tatsächlich hatte ich in letzter Zeit dauernd an Matty gedacht. Den ganzen Sommer über hatte ich mir Fragen nach ihr gestellt, selbst wenn ich nackt bei Al lag. Mit schrecklicher Gewissheit war mir klargeworden, was ich in jener Nacht gewesen war, als Matty und ich uns geküsst hatten. Sie stellte das Leben zu Hause dar, das ich liebte, die Wildheit meines Lebens dort, den elementaren Teil von mir, der sich danach sehnte, draußen zu sein und niemals gefangen zu werden. Ich wollte sie so viel fragen. Hatte Turl in jenem Jahr die Red Admiral frisch gestrichen? War sie schon mit rausgefahren, hinauf aufs Meer, frei und trunken vor Glück, während der Wind ihr Haar peitschte? Dieses Haar – war ihr honigfarbenes Haar immer noch lang und wellig, hatte sie es zum Bob geschnitten, wie sie es geschworen hatte? Hatte sie zugestimmt, David Challis zu heiraten? Die Schmetterlinge ... Was meinte sie damit?

Meine Finger beschmutzten die Zeitung, als ich die Seite umklammerte und immer wieder die kurze Nachricht las.

FLEHE DICH AN, SCHREIBE DRINGEND DEINE ADRESSE.

Die Felder wären schwer von goldenem Korn, die Vogelscheuchen in Betrieb, die Bauern bereiteten sich auf die Ernte vor. Ich war eine Weile ganz still. Ich sah die Schmetterlinge, sah Geißblatt sich über die alten Mauern ausbreiten, sah den ganzen Ort lebendig, reich, erfüllt von schweren Düften. Und ich konnte es nicht ertragen, dass ich nicht dort war, dass etwas vielleicht ... dass sie irgendwie ...

Was war passiert? Ich starrte ins Leere und kaute an meinem kleinen Finger. Dann stand ich auf, kritzelte eine Nachricht, nahm meine Jacke und lief zur Tür.

Misha war im Flur mit ihrem Schoßhund Hermia und blickte auf die schwarz-weißen Fliesen.

»Oh, wohin willst du denn so eilig?«, fragte sie, blinzelte und sah sich um, als ob sie nicht genau wüsste, wo sie war.

»Ich muss schnell zum Büro der *Times*«, antwortete ich. »Wäre es in Ordnung, wenn ich losrenne? Ich bin zum Mittagessen zurück.«

»*The Times* ...« Mishas Augen wurden groß. »Darf ich fragen ...? Nein. Ich hoffe, dass alles gut ist bei dir.« Sie schluckte, und ich erkannte, wie Furcht ihr Gesicht überzog.

Ich drückte mir die Mütze auf den Kopf. »Nein, es ist eine Familienangelegenheit.« Nun, da ich beschlossen hatte zu antworten, wollte ich nicht zu lange darüber nachdenken, doch als ich wieder in ihr Gesicht blickte, sah ich, dass sie zitterte. »Tut mir leid. Ich ... ich weiß, die *Times* betrifft dich. Ich ... Es geht mich nichts an, aber ich weiß, dass du dort nach etwas suchst.«

Wie ein Licht, das ausging, schloss Misha die Augen. Sie zog die Hundeleine fester um ihr schlankes Handgelenk, und ihr Mund sah entschlossen aus. Ich glaubte, sie würde nicht antworten.

Doch als meine Hand schon auf der Klinke lag, zischte sie plötzlich: »Kümmere dich nicht um *uns*. Denk nicht an *uns*. Wir brauchen es nicht, dass du deine perfekte kleine englische Nase in unser Leben steckst.«

Ich schluckte. »Ich ... Das tue ich nicht. Nur wenn ... du ... Es ist mein Job.«

»Doch.« Misha kam näher und zog Hermia mit, so dass sie zu ihren Füßen jaulte. »Du schlängelst dich rum, schleichst dich in Michaels Zuneigung. Er glaubt, weil du diese Geschichten über dein Haus und dein Leben erzählst, bist du jemand Wichtiger. Dass du uns helfen kannst, dass du auf unserer Seite sein wirst, und ich weiß, das stimmt nicht.« Sie lachte auf. »Du spielst richtiges Leben, du spielst mit uns, du spielst Liebe mit Al, du tust so als ob mit dem armen Mädchen, das in dich verliebt ist. Aber du meinst es nicht so.«

»Ich ... ich meine es so. Misha, bitte nein.«

Misha zeigte plötzlich hasserfüllt auf die Anzeigenseite, die ich immer noch mit den Fingern umklammert hielt. Sie grinste mich tückisch an, und ich nahm den sauren Hauch von Zigaretten und Kaffee in ihrem Atem wahr. »Ich wünschte, du wüsstest, wie es ist, wie wir zu sein. Sich die ganze Zeit umsehen zu müssen. Freunde zu erwerben, Wurzeln zu fassen und doch zu wissen, dass jeden Moment jemand das alles auslöschen kann. Du hast dein Heim, kleine Theodora.« Sie war bleich vor Wut, ihr dünner Körper bebte wie ein Metronom. »Wir sind Juden. Wir können nirgendwohin. Sie bringen uns bereits weg. Sie zerren uns nachts aus unseren Häusern, sie trennen die Mütter von ihren Kindern, sie töten die Männer, sie töten uns alle. Sie wollen uns auslöschen, weißt du das? Und wir wissen sogar ... Nein ...« Sie schlug sich die Hand vor den Mund. »Nein!«

Sie schob sich an mir vorbei und riss die Tür auf. Ich streckte den Arm aus, um sie aufzuhalten.

»Misha«, rief ich und packte ihren Arm, entsetzt darüber, wie sehr ich sie offenbar erregt hatte. »Bitte, es tut mir so leid, wenn ich etwas Falsches gesagt habe. Misha ...«

»Nein!« Sie war schon halb die Treppe hinunter.

»Sind es deine Kinder?«, fragte ich leise.

»Wir haben keine Kinder«, erwiderte sie verständnislos.

Meine Stimme bebte. »Ich habe gehört, ihr habt welche.«

»Wer hat dir das erzählt? Das sind Lügner.«

»Boris hat Al gesagt, dass ihr zwei ...«

»Boris?« Sie war nun am Fuße der Treppe. »Wir müssen alle auf Boris hören, oder? Wir müssen alle auf ihn warten und auf ihn hören ...« Und dann schien sie sich zu sammeln. »Ich habe zu viel geredet, Teddy. Ich entschuldige mich.«

»Bitte, wenn ich etwas getan habe ...«

»Ich glaube, du wolltest vielleicht hier weg, meine Liebe.« Sie sah mit einem gequälten, geisterhaften Lächeln zu mir auf. Sie war in letzter Zeit so dünn geworden, wie mir erst jetzt auffiel. »Geh dorthin zurück, wo du hingehörst, denn hier ist das nicht.« Sie riss die Tür auf und lief die Vordertreppe hinunter Richtung Friedhof.

Ich nahm den Bus zur Regent Street und knetete die Hände in meinem Schoß, während verschiedene Szenarien durch meinen Kopf rasten. Im Büro der Kleinanzeigen der *Times* setzte ich eine Anzeige mit folgendem Text auf:

MATILDA: VERZWEIFELT UND TRAURIG WEGEN DER SCHMETTERLINGE. ALLES GUT BEI MIR. SCHREIB AN POSTLAGERND 312, UM DICH DER IDENTITÄT ZU VERSICHERN. THEODORA

Der Angestellte hinter der abgenutzten Mahagonitheke bei der *Times* sah mich an, als ich ihm das Formular reichte. Meine Hände zitterten. Die Anziehungskraft von Keepsake war stärker denn je, auch wenn ich versuchte, sie nicht zu beachten. Er las mir noch mal alles mit monotoner Stimme vor, und ich fragte mich, was er davon hielt. Das hier war harmlos, verglichen mit einigen ihrer Anzeigen. Diejenige, die mir in der Zeitung am meisten im Gedächtnis haftengeblieben war, lautete: »*Mutter hat ihr kleines Mädchen verloren. Kann bitte der Clown, den sie auf dem Jahrmarkt getroffen hat, es ihr sicher wieder zurückgeben?*« Bolschewistische Spione oder eine Familientragödie?

Ich kehrte nach Hause zurück und fragte mich, wie ich es mit Misha wiedergutmachen konnte. Die Straßen lagen ruhig in der drückenden Hitze, die trockenen Blätter reglos. Es wehte kein Lüftchen.

Es war, als ob die Ashkenazys sich in diesen Hundstagen im August weiter denn je von uns entfernten. Einmal begleiteten Al und ich sie zu den Proms – Rachmaninows *Rhapsodie über ein Thema von Paganini*, Michaels Lieblingsstück. Al und ich hielten während des ganzen Konzerts heimlich Händchen – ich kam mir sehr wagemutig vor und fand ausnahmsweise Vergnügen an der Heimlichkeit, an der Liebe und dem Stolz in Als Augen, als unsere warmen Hände zusammengepresst zwischen unseren Beinen lagen –, und ich sah den Blick, den Michael uns zuwarf, fast väterlich und voller Sorge. Ich wusste, dass der Abend ihnen keine Freude bereitete. Die Atmosphäre hatte sich verändert. Sie waren inzwischen irgendwo anders.

Ständig sprach man vom Krieg, flüsternd und mit Seitenblicken. Es wurde normal, die außergewöhnlichen Dinge, die man jeden Tag sah. Die Gräben in den Parks waren nun fast fertig, Sandsäcke stapelten sich vor Läden und Institutionen, vor dem Café Royal, den Herrenclubs in St. James. Fabriken suchten in Anzeigen nach weiteren Arbeitern, um genug Gasmasken für jede Frau, jeden Mann und jedes Kind herzustellen. Die Menschen hörten auf, Witze über das alte Ekel und seinen dummen Bart zu machen.

Und so warteten die Ashkenazys und ich zusammen mit Hunderten, vielleicht Tausenden von Menschen im ganzen Land jeden Tag auf die Kleinanzeigen und eine dort für uns verborgene Botschaft. Eines Morgens erwachten Al und ich spät und verpassten fast die erste Ausgabe – und es musste die erste Ausgabe sein, da die Ashkenazys mich ständig daran erinnerten –, weshalb ich zum Zeitungshändler lief und ihn anbetteln musste, das letzte Exemplar nicht an das Hotel um die Ecke zu geben. Ich bekam die Zeitung erst, nachdem ich ihn auf die Wange küsste, was in meinen Augen etwas total Ekelhaftes war. Doch ich tat es trotzdem. Und ich hatte recht damit. Natürlich beinhalteten die Kleinanzeigen an diesem Tag folgende Annonce:

MI & MI: DIE PAPIERE SIND FAST FERTIG. EUER PAKET WIRD NACH PARIS GELIEFERT. WARTET AUF EINE NACHRICHT VON DRUBEZKOI.

Ich schnitt die Anzeige aus und legte sie wie immer auf den Schreibtisch. Ich sagte nichts – was gab es auch zu sagen? Und ich sah zu, wie Michael sie las, wie sich eine Hand langsam zu einer festen weißen Faust schloss. Als er Misha herbeirief, machte ich mich an einer Kiste mit neu angelieferten Büchern zu schaffen, knallte sie auf meinen Schreibtisch, stapelte sie laut hoch auf und schnitt braunes Papier und Band zurecht, um Pakete zu schnüren. Ich nahm die Halbmondform von Mishas Wange und Profil wahr, ihre großen dunklen Augen, die plötzlich vor Schreck hohl wirkten.

»Die Gremalts werden uns nicht fallenlassen«, hörte ich Misha murmeln, obwohl ich versuchte, nicht zu lauschen. Josef Gremalt hatte ein paar von Boris' Arbeiten verkauft. Ich hatte ein Foto vom Pariser Atelier der Gremalts in der *Picture Post* gesehen, in dem sensationelle Gemälde hingen.

»Sie sind unsere Freunde, Mishki. Drubezkoi wird es uns wissen lassen«, sagte er leise zu ihr. »Fast fertig, sagt Josef. Wir werden warten, bis wir von Drubezkoi hören.«

Und dann ertönte Mishas Stimme weich und traurig auf Russisch, und ich verstand sie nicht mehr.

Als ich Al an dem Abend bei einer Tasse Kakao vor dem Zubettgehen davon erzählte, versuchte ich es amüsant klingen zu lassen, weil ich Angst davor hatte, was es wirklich bedeutete, und ich nicht begriff.

»Es ist wie ein Spionageroman.«

»Das ist so mit den Ashkenazys«, sagte Al, »obwohl man nicht weiß, ob sie in einem Film sind oder nicht. Manchmal glaube ich, ein Regisseur wird auftauchen und ihnen sagen, was sie als Nächstes tun sollen.«

Wir hatten ungefähr eine Woche lang versucht, uns eine Zeitung liefern zu lassen, mussten aber damit aufhören: Wenn ich die Zeitung nicht innerhalb von ein paar Minuten nach Lieferung auf unserer Türschwelle holte, hatte Jacky, der Clown sie geklaut. Er war ein älterer und harmloser, aber trotzdem ziemlich erschreckender Vagabund, der sich mit der Schnelligkeit eines Affen, der eine Nuss erspäht hat, auf alles stürzte, das man draußen gelassen hatte.

»Es ist nur so«, fuhr ich fort, »je nervöser ich in ihrer Gegenwart bin, desto mehr vergesse ich es. Diese winzige Aufgabe jeden Morgen, und ich vergesse sie fast ständig.«

»Das ist eine mentale Blockade«, gab Al zurück. »Ich musste heute einen Artikel darüber schreiben.«

»Wie beeindruckend. Was ist mit dem Landtagebuch, machst du das nicht freitags?«

»Habe ich dir das nicht erzählt?«, fragte sie beiläufig. »Es ist mir gelungen, zu den Nachrichten befördert zu werden. Sie wollen eine mutige Reporterin draußen im Einsatz, und Daphne hat letzte Woche geheiratet, und da haben sie sie rausgeschmissen. Aber ich bin sicher, es wird sich darauf beschränken, über Feste und Besuche von Queen Mary in Schulen zu berichten, aber …«

Ich legte die Arme um ihre Schultern und bedeckte ihren Kopf mit Küssen, bis sie um Gnade bettelte. »Du wunderbares

Mädchen! Warum hast du nichts gesagt? Du bist nun bei den Nachrichten? Al, Liebling, das ist ja wundervoll!« Ich blickte sie an, wieder einmal voller Respekt vor ihr, weil sie alles so einfach aussehen ließ und dabei doch, wie ich wusste, sehr hart arbeitete. Ihr rasiermesserscharfer Verstand konnte alles von Filmen über Bücher bis zu Nachrichten analysieren, und ich wurde nie müde, sie nach ihrer Meinung zu fragen.

Tatsächlich lege ich bis zum heutigen Tag viel Wert darauf, was sie sagte, auch wenn es in dieser Welt keinen Nutzen mehr für mich hat. Sie hat ein Feuer angezündet, bevor die Uhr zurückgestellt oder nachdem sie vorgestellt wurde, auch wenn ich sie anflehte. Sie trank Schnaps und niemals Wein, weil sie meinte, davon bekomme man keinen Kater. Sie war eine ausgezeichnete und sparsame Hausfrau, kannte die billigsten Fleischscheiben und die beste Art, Nahrung haltbar zu machen. Sie wusste, der beste Kohlenhändler war nicht der Mann in der Judd Street, zu dem die Ashkenazys und die Damen in der Wohnung unter uns gingen, sondern der ein wenig weiter weg, hinter dem Lincoln's Inn. Ich glaubte schließlich, dass sie alles wusste, dass sie immer alles richten konnte.

»Oh, das ist es nicht wert, großes Aufheben drum zu machen«, sagte sie. »Ich bin sicher, sobald es brenzlig wird, werde ich wieder von den großen Jungs ersetzt werden.«

»Wenn es brenzlig wird, werden die großen Jungs weg sein und kämpfen, und die Frauen werden übrig bleiben, Al«, gab ich zurück, und wir sahen uns überrascht an, da wir nie zuvor die Möglichkeit eines Krieges, so sehr er auch vermieden werden musste, als etwas in Erwägung gezogen hatten, das uns helfen könnte. »Lass mich dir noch einen Kakao zum Feiern kochen.« Ich stand vom Bett auf. »Du wunderbares Mädchen.«

»Sag nicht immer wunderbar.« Al mochte Komplimente ebenso wenig wie billige Schuhe (Geldverschwendung) und

Straßenbahnen (Todesfallen – besser, einen Bus zu nehmen). Sie folgte mir in die kleine Küche und wechselte das Thema. »Wegen der Ashkenazys, Teddy. Du musst dich einfach immer daran erinnern, jeden Tag die Anzeigen zu lesen. Das Ärgerliche ist, dass dein Kopf es ausschließt, weil er wütend auf sie ist, weil sie so lässig damit umgegangen sind, dass Boris sich auf dich gestürzt hat, und in letzter Zeit, weil sie plötzlich so kühl zu dir sind. Und zu mir.«

»Aber ehrlich, Al, ich bin ... Manchmal habe ich jetzt Angst vor Misha. Sie hat sich verändert. Und Michael auch, aber bei ihr geht es tiefer. Sie ist schrecklich gereizt. Wenn ich es wieder vergesse ...« Meine Stimme verebbte, während ich den Kakao in den Topf schüttete. »Ich kann diesen Job nicht verlieren ...«

»Du kannst. Jetzt, da ich diese neue Stellung habe, haben wir ...«

Ich legte sanft die Hand auf ihren Arm. »Al, ich kann nicht von dir leben.«

»So habe ich das nicht gemeint«, erwiderte sie steif. »Es ist nur Geld. Du findest einen anderen Job.«

»Ich bin hergekommen, um unabhängig zu sein. Es zeugt nicht von viel, wenn ...« Ich setzte den Topf ab.

»Du würdest dich schämen, wenn jemand, den du kennst, erfahren würde, dass du die Geliebte einer East-End-Lesbe bist. Das meinst du, oder?«

»Nein, nein, nein.« Ich schüttelte heftig den Kopf. Die Wände der Küche schienen näher denn je zu kommen, und ich wich vor ihr zurück. »Hör auf damit. Für mich ist es schwer, das zu akzeptieren – das hier, dass ich dich liebe.« Ich war wütend darüber, wie trostlos egoistisch ich war, darüber, dass ich so ein Mensch war. »Du weißt, dass ich das tue. Ich gewöhne mich daran, ehrlich. Das heißt nicht, dass ich dich nicht liebe, dass ich nicht bei dir sein will, dass ich nicht alles für dich aufgeben würde ...«

»Alles?« Als Augen leuchteten, ihr Gesicht war rot vor Erregung.

»Natürlich! Alles. Du weißt, dass ich nicht gehen will.« Ich lehnte mich schwer an den Herd, stieß an den Topfgriff und verschüttete die Milch. »Das will ich nicht. Dieses verdammte ... Au!« Ich geriet mit dem Finger in die Gasflamme und zuckte zusammen. »Au!«

»Bringt nichts, zu weinen, es ist nur Milch«, sagte Al, und wir hörten auf und lachten. »Es tut mir leid, Liebling. Es tut mir wirklich leid.«

»Nein, das muss es nicht.« Ich nahm ihre Hand und griff nach dem Handtuch. »Ich will nicht weg, Al. Das ist alles.« Und ich küsste sie zärtlich auf die schmale Schulter.

Zusammen wischten wir die Milch auf und kochten den Kakao, uns schüchtern anlächelnd, weil es war, als ob sich etwas verändert hätte, und da wussten wir, dass wir aneinander gebunden waren, eine Feuerprobe auf dem Gasherd.

Während wir an unseren Bechern nippten, sagte Al: »He, ich habe eine Idee. Die Sache mit den Anzeigen – wenn du es wieder vergisst, warum ersetzt du sie dann nicht einfach durch die aus der *Times*, die du vom April hast, die, die du aufbewahrt hast?«

Sie hatte recht, ich hatte immer noch das Exemplar der *Times* von meiner Zugfahrt nach London in meinem Koffer. Es war mir auf einem Silbertablett zusammen mit dem Frühstück gebracht worden, und ich hatte es behalten. Es symbolisierte irgendwie meinen Bruch mit zu Hause – endlich mein eigenes Exemplar, nicht das meines Vaters.

»Du meinst, ich soll sie ausschneiden und ihnen nicht sagen, dass es der falsche Tag ist?«

»Ja.«

»Aber dann muss ich sie anlügen.« Insgeheim dachte ich auch: Was, wenn Matty mir wieder geschrieben hat?

»Du kannst dann am Nachmittag immer noch rausgehen und das Exemplar in der Bibliothek durchlesen, um sicherzugehen, dass keine Nachricht für sie da ist. Ich weiß, sie bestehen auf der ersten Ausgabe, aber das ist Humbug.«

»Ja«, erwiderte ich nun glücklicher. »O danke, du bist so schlau.«

Al sah mich an. »Sie mögen dich sehr.«

»Da bin ich mir nicht so sicher. Ich habe das Gefühl, ich kenne sie nicht mehr, Al.«

»Ich muss zugeben, sie wirken ziemlich unwirklich.«

Ich zog meine zu enge Strickjacke fester um meine Brüste. »Für mich sind sie vollkommen real.«

»Aber du kennst sonst niemanden in London«, betonte Al.

»Marie von Heal's, obwohl ich keine Ahnung habe, was mit ihr passiert ist, die Ashkenazys, Tante Gwen und dich.«

»Du und ich«, sagte Al, »nur du und ich. Wir brauchen sonst keinen.« Sie legte die Hände um meine Taille. »Oder?«

Ich packte sie bei den Schultern, und wir blickten uns an. »Nein, nein.«

Am nächsten Tag – ich weiß immer noch nicht genau, warum, – schrieb ich an Matty. Ich habe den Brief noch. Er wurde an mich zurückgeschickt, als alles vorbei war.

Liebe Matty,
mir geht es sehr gut hier in London. Ich arbeite für einen komischen alten Verlag, der von zwei Russen geleitet wird. Ich bin ziemlich kultiviert, ganz das Londoner Mädchen, wie Du siehst!

*Ich vermisse Dich. Kommst Du nach London, mich zu besuchen und meine Freundin Al kennenzulernen? Ich glaube, Ihr zwei würdet Euch gut verstehen. London ist wundervoll, Matty. Ich bin sicher, Du könntest hier Arbeit finden. Der Krieg wird noch eine Weile auf sich warten lassen, da sind wir sicher.
Alles Liebe,
Teddy
5 Carlyle Mansions
Handel Street WC1
Telefon LAN 526*

Das brachte den Stein ins Rollen.

An einem herrlichen blauen Tag im September, als Chamberlain zum ersten Mal nach München flog, gehörte Al zu den Tausenden, die sich in die Downing Street begaben, um ihn zu verabschieden. In den Tagen zuvor sprachen wir kaum von etwas anderem, keiner tat das. Der Reichsparteitag, ob Hitler in die Tschechoslowakei einmarschieren würde, wie bereit wir wären. Und hatte Duff Cooper recht, der gegen Chamberlains Beschwichtigungspolitik protestierte? Wir könnten uns innerhalb einer Woche im Krieg befinden.

Ich würde sagen, dass es ein normaler Morgen war, aber das war es nicht, nichts fühlte sich in diesen letzten Tagen normal an.

»Hilfe, ich bin schrecklich spät dran«, sagte Al, drückte sich die Baskenmütze auf den Kopf und stürzte sich auf die Garderobe, während sie ein paar Münzen aus einer Tasche zog. »Ich sehe dich später, ja?«

»Ja. Viel Glück, Liebling. Juble ihm für mich zu.«
»Mach ich. Glaubst du, ich brauche einen Mantel?«
»Nein, zurzeit ist das Wetter gut.«
»Du Landmädchen. Das Wetter ist gut. Ich liebe dich, Teddy.«
»Ich liebe dich.«
Und fort war sie.

Ich aß noch eine Scheibe Toast mit Marmelade und dachte über uns nach. Über das, was wir als Nächstes tun könnten, ob wir London verlassen sollten, zusammenleben als Junggesellinnen wie die langweilige Dora Meluish und ihre Freundin Ivy zwei Stockwerke unter uns, die sich sehr bemühten, allen zu versichern, dass sie Freundinnen seien. War es das, was das Leben für uns bereithielt, Blendwerk, immer über die Schulter schauen zu müssen, voller Angst, dass man uns verdächtigte? Ich dachte an meine geliebte Al. Glaubte sie, was ich ihr an dem Abend der verschütteten Milch erzählt hatte, dass ich für sie alles aufgeben würde, dass ich wusste, unsere Leben gehörten zusammen? Mein Blick fiel auf die Kommode und den weichen roten Beutel, in dem meine Schmetterlingsbrosche aus Diamanten war. Ich beachtete sie zurzeit so gut wie gar nicht, und als ich sie nun wieder genau anschaute und die seltsame Stille draußen hörte, verschob sich etwas in mir. Wir brauchten Geld. Als Stipendium lief bald aus, und wer wusste, ob wir in London bleiben konnten, nachdem die Bombardierungen angefangen hätten? Wenn ich am Abend Al eine Summe Geld geben könnte, würde das zeigen, dass ich es ernst meinte, dass ich Keepsake und die Vergangenheit, die meine Familie versklavte, wirklich abgestreift hatte. Wir hatten keine Gainsboroughs oder Fabergé-Eier oder Grinling-Gibbons-Treppenhäuser oder andere Schätze in Keepsake.

Aber wir hatten das hier: die Brosche des Königs. Sein Symbol der Liebe.

Ich hielt das winzige Ding in meiner Hand, und die Flügel aus Diamanten und Saphir glitzerten, der rotgoldene Brustkorb leuchtete, fast als ob der Schmetterling wirklich leben würde und jetzt davonfliegen könnte. Er war eigentlich winzig, aber jedes Mal, wenn ich ihn ansah, überraschte mich seine Erlesenheit. *Was geliebt wird, ist niemals verloren.* Ich wischte mir die Hände ab, zog meine Jacke an und bückte mich, um meine Handtasche aus dem Chaos aus Kleidern auf dem Boden zu wühlen. Ich muss leider sagen, dass wir schlampige junge Welpen waren. Dabei fiel mein Blick auf Michael, der draußen auf dem Bürgersteig auf und ab ging, eine Zigarette in der Hand, und ich erstarrte.

Ich hatte wieder vergessen, die Zeitung zu holen.

Bei seinem Anblick summte erneut dieser kleine ungeduldige Ton, der in den letzten Wochen wegen der Ashkenazys erklungen war, in meinem Kopf. Diese Rituale, das Warten auf die Zeitung, das Ausschneien, diese ganze seltsame Zeremonie. Warum konnten sie nicht einfach gehen und sich ihre verdammte Zeitung selbst kaufen, warum konnten sie nicht selbst in der Zeitung suchen und dabei noch etwas frische Luft schnappen?

An diesem Morgen, an dem ich sowieso schon ziemlich nervös war, fühlte sich mein Inneres also wie flüssig an, während ich an meinen neuesten Fehler dachte. Ich sagte mir, dass es vollkommen entschuldbar sei, dass es mir ausgerechnet heute entgangen war. Zeitungsausschnitte auf einem Schreibtisch schienen unbedeutend zu sein verglichen mit der halben Million, die sich zu Hitlers letztem Reichsparteitag begeben hatte. Am Gasmaskensonntag, dem vorigen Tag, hatten wir alle – Mädchen der Gesellschaft und königliche Matronen, alte Männer, die schon früher gekämpft hatten, und junge Männer, die auf den Kampf aus waren – stundenlang vor der Finsbury Town Hall Schlange gestanden, um unsere Gasmasken zu holen.

Ich rieb mir übers Gesicht und fragte mich, was sie sagen würden, und dann zog ich mit bebenden Fingern die viktorianische Tasche unter dem Bett heraus. Sie war staubig, es war nun fünf Monate her. Ich öffnete sie und nahm die *Times* heraus. Vorsichtig schnitt ich die Anzeigen aus der Aprilausgabe heraus und untersuchte, ob auch nichts das Datum verriet – aber nein. Es war das Übliche – Briefmarken gesucht, die jährliche Versammlung der britischen Seglergesellschaft. Und immer mehr Nachrichten von Menschen, die wegliefen: »Hiermit wird bekannt gegeben, dass Oskar Bukowitz aus NW London sich um die Einbürgerung bewirbt.«

Ich umklammerte die sorgfältig ausgeschnittenen Teile, lief nach unten und riss die Tür zu den Ashkenazys auf. »Die Zeitung ist da!«, rief ich Michael mit ungerührter Stimme zu. Ich legte die Kleinanzeigen auf den Schreibtisch und betete darum, dass er nicht den Rest sehen wollte, doch das kam nie vor. »Tut mir leid, dass ich ein bisschen spät dran bin. Ich habe die Zeitung mit nach oben genommen. Al ist zur Downing Street gefahren, Chamberlain fährt doch heute, und sie wollte sich nach der Route erkundigen …«

Eine Lüge. Sie beginnt langsam, nimmt dann Fahrt und Gewicht auf, und schließlich rast sie so schnell, dass es zu spät ist, sie zu stoppen. Und warum erzählte ich die Lüge? Was wäre passiert, wenn ich die Wahrheit gesagt hätte? Wäre es immer noch zu spät gewesen?

Michael erschien in der Tür.

»Ich gehe kurz raus, es dauert nicht lang«, sagte ich. »Ich hoffe, das ist in Ordnung.«

Michael schob sich wortlos an mir vorbei und murmelte etwas auf Russisch Misha im Schlafzimmer zu. Ich ging hinaus. Als ich von der Straße aus in die Wohnung blickte, empfand ich einen Stich. Da waren sie, eingerahmt vom Fenster, beide in Schwarz, ihre Silhouetten über den Schreibtisch gebeugt. Dann rieb Michael Misha über den Rücken, und ich sah, wie sie zu ihm aufschaute und ihm ein niederschmetterndes Lächeln schenkte – Schrecken, Schönheit, Liebe lagen darin. Ich werde niemals vergessen, wie sie ihn ansah, als sie beide glaubten, dass kein anderer Zeuge war.

Ich ging zum Juwelier am Tavistock Place, stieß die Tür auf, die Glocke klingelte laut, und ich ging selbstbewusst zum Ladentisch, ganz anders als das letzte Mal, als ich hier gewesen war. Heute trug ich ein neues marineblaues und cremefarbenes Crêpe-de-Chine-Kleid mit süßen vergissmeinnichtblauen Schuhen. Damals war ich nervös, ausgehungert, dreckig und völlig unsicher gewesen, was meinen Platz in dieser Stadt anging, ganz zu schweigen von der Frau, die ich sein sollte, geliebt von einer anderen Frau und sie widerliebend.

»Guten Morgen.« Ich lächelte die Dame höflich an, die Zahlen in ihr Buch eintrug, und holte die Brosche aus ihrem weichen Säckchen. »Könnten Sie wohl so nett sein, mir einen Preis hierfür zu sagen?« Und damit legte ich Nina Parrs Diamantbrosche, das Geschenk eines Königs, auf die glänzende Mahagonitheke und sah stolz und besorgt zu, wie ihre Augen größer wurden beim Anblick des zarten, glitzernden Schmuckstücks vor ihr.

»Oh«, sagte sie, »das ist aber ein schönes Stück.« Dann sah sie mich nervös an, weil sie sich verraten hatte.

Ich konnte die Brosche nicht direkt anschauen. Ich wollte meine Meinung nicht ändern. Ich bin sicher, dass ich einen zu niedrigen Preis dafür akzeptierte, dachte aber damals nicht darüber nach. Wie bitter ich es später bereuen sollte, ist eine andere Sache – dass ich länger hätte überleben können, wie nützlich sie als Mittel der Flucht für mich hätte sein können –, doch es war zu spät. Ich nahm das sanfte Leuchten des rosagoldenen Brustkorbs wahr, die glitzernden Flügel, und als die Frau sie vorsichtig wieder in das Säckchen steckte, verschwand sie für immer aus meinen Augen.

In den Jahren seither habe ich mich oft gefragt, wem die Brosche nun gehört, wer weiß, dass Nina Parr, die Geliebte des Königs und Herrin eines eigenen Schlosses, sie trug, als sie vor dreihundertfünfzig Jahren verhungerte. Liebt jemand sie? Besteht sie noch aus einem Stück, oder wurde sie in drei oder vier Diamanten-Saphir-Ringe zerbrochen? Oder, wie ich vermute, ist sie irgendwo im Untergrund, verloren in den Ruinen des Ladens, der während des Blitzkriegs zerbombt wurde?

Ich werde niemals die ganze Wahrheit dieser Geschichte kennen. Der Krieg zerstört Leben, er wirft alles in die Luft und begräbt es wieder an einem anderen Ort. Aber wenn Sie eines Tages ein Mädchen in einem Park oder eine Mutter, die ein Kind wiegt, oder eine junge Frau, die aus einem Restaurant kommt, sehen und an ihrer Brust oder am Mantel eine Schmetterlingsbrosche steckt, die so zart gearbeitet ist, dass sie sich zu bewegen scheint, und wenn Sie sie fragen und sie Ihnen erzählt, dass auf der Rückseite eine winzige Inschrift in kaum lesbaren Buchstaben steht – *Was geliebt wird, ist niemals verloren* –, dann werden Sie die Geschichte besser kennen als sie. Vielleicht sollten Sie sie ihr nicht erzählen. Vielleicht sollte sie weiter in Unwissenheit leben.

Ich wanderte eine Zeitlang in der Sonne in Bloomsbury umher und schob meine Rückkehr bis zu dem Moment auf, von dem ich wusste, dass Michael und Misha weg sein würden. Sie trafen sich an jenem Morgen mit einem zukünftigen Autor im Russell Hotel. Dann ging ich die Judd Street zurück, lächelte den Metzgerjungen an, der mich frech angrinste, betrat den Lebensmittelladen und kaufte ein Büschel Wasserkresse, die mich an zu Hause erinnerte, wo Wasserkresse um diese Jahreszeit überall wuchs. Ich kam mir vor wie eine Braut, als ich mit meinem grünen Strauß Richtung Handel Street ging, und lächelte bei dem Gedanken, wie sehr sich Al freuen würde, wie befriedigend es wäre, das Geld auf den Tisch zu legen – fünfhundert Pfund, eine große Summe –, um zu beweisen, dass wir das zusammen machen würden.

Als ich wieder bei den Carlyle Mansions ankam, war alles still. Ich wollte nach oben laufen und die Kresse ins Wasser stellen, doch als ich mich umdrehte, erkannte ich, dass die Tür der Ashkenazys offen stand. Ich hatte sie eingeklinkt – sie vergaßen ständig ihre Schlüssel, und Michael hatte sich einmal ganz schlimm die Leiste gezerrt, als er versuchte über das Geländer zu klettern und durch das Vorderfenster in seine eigene Wohnung einzubrechen.

Ich sah hinein und erblickte einen Schatten, der auf den Teppichboden fiel. Ich beeilte mich, nach oben zu gehen und so zu tun, als ob ich ihn nicht gesehen hätte, doch er trat hinaus auf den Flur. Es war Boris.

»Was machst du hier?«, fragte ich wütend.

»Wo sind sie?«, wollte Boris wissen. Er führte mich am Arm zurück in ihre Wohnung und schloss die Tür. »Du bist ganz allein?« Er musterte mich von oben bis unten.

»Sie sind in ihrem Schlafzimmer«, log ich wieder. Wie ich schon sagte, das Lügen löst einem die Zunge; nach einer Lüge merkt man, dass man einfach alles erfinden kann. Und also tat ich es.

»Sag ihnen, ich will sie sehen.« Boris packte meine Hand.

Ich entwand mich ihm, doch sein Griff war – wie damals – brennend fest. Ich sah ihn an. Er ist betrunken, dachte ich, oder vom Wahnsinn besessen. Er hatte sich seit Tagen nicht rasiert, und dichte braune Haare sprossen an den unmöglichsten Stellen – auf seinen Wangenknochen, an seinem Schlüsselbein. Seine schon gelben Augen waren blutunterlaufen, und er wirkte schäbig, seine Kleider abgetragen und teilweise zerrissen, als ob er im Freien geschlafen hätte.

»Sie wollen dich nicht sehen«, sagte ich. Ich hatte Angst, doch ich wusste, dass ich es nicht zeigen durfte, wie beim letzten Mal, und irgendwie konnte ich, mehr noch als beim letzten Mal, nicht zulassen, dass er mich vergewaltigte. Ich würde es nicht zulassen.

Er griff nach meinem Hals und zog mich an sich. Seine großen rosafarbenen Hände pressten meine Knochen zusammen, nahmen mir den Atem. Ich hing vor ihm und wedelte mit den Armen. Eine Kristallvase, die auf dem vollen Kaminsims stand, zerbrach. Sie war von Mishas Cousine, wie sie erzählt hatte. Sie achtete sehr darauf, denn sie war sehr wertvoll, Tausende Pfund wert.

»Ich muss sie sehen«, zischte Boris mir ins Gesicht. »Sag mir, wo sie sind.« Ich wich vor seinem heißen Atem zurück. »Ginny hat gesagt, sie würde helfen. Sie ist weg und …«

Ein Strom russischer Wörter brach aus ihm heraus, während die Welt vor meinen Augen verschwamm. Ich dachte, ich würde in Ohnmacht fallen, und war das wohl auch für einen kurzen Moment. Als ich meine Hände wieder frei hatte, griff ich nach vorne und boxte ihm in die Lenden, stieß mich nach hinten ab, so dass ich zu Boden fiel und er gegen den seitlichen Tisch und auf den Boden stürzte. Ich spürte etwas Scharfkantiges, als ich landete, und zuckte zusammen, stand jedoch auf und stellte mich vor ihn, während Boris hochkrabbelte. Da wurde mir klar, dass ich meinen Schritt falsch eingeschätzt hatte. Sein Gesicht war erstarrt und hatte einen glasigen Ausdruck, und er fummelte an seinem Gürtel herum und kam auf mich zu, während ich zurück zum Sofa wich.

Ich trat erneut nach ihm, während der Schmerz in meinem Fuß stärker wurde, und stieß aus: »Okay, ich sage es dir. Sie sind weg. Sie sind heute Morgen weg.«

Er hielt inne. »Sie haben die Zeitung heute Morgen gesehen? Die Nachricht von Drubezkoi?«

Wenn ich ihn nur gefragt hätte, hätte es sie gerettet?

Aber: »Ja«, antwortete ich. Noch eine Lüge. Er würde gehen. Noch eine Lüge. »Ja, es war in Ordnung. Sie sind sofort losgegangen.«

»Wirklich?«, grunzte Boris. »Gut.« Er kniff mich unters Kinn, und mir wurde wieder schwindlig. »Bist du sicher? Sie sind nach Paris? Ich habe extra Geld. Sie brauchen das Geld nicht?«

Ich blinzelte und bemühte mich, bei Bewusstsein zu bleiben, und da wusste ich, dass ich das, was ich gesagt hatte, nicht mehr zurücknehmen konnte. Er würde mich umbringen. »Ich weiß es nicht, aber sie sind weg.«

»Das ist gut.«

Ich rieb mir das Gesicht, während er sich zur Tür wandte und mir über die Schulter zurief: »Ich komme bald zurück zu dir, Kleine. Ich werde dir eine Lektion erteilen.« Er lächelte zur Tür. »Keine Klagen beim nächsten Mal, ja?«

Ich sagte nichts, und er trat über das zerbrochene Glas am Boden und knallte die Tür hinter sich zu. Meine Hände bebten, mein Hals war rauh. Erst jetzt bemerkte ich, dass mein Fuß blutete, und als ich den Schuh auszog, sah ich, dass sich eine Glasscherbe von der kaputten Vase in meinen rechten

Schuh geschoben und in die Wölbung gebohrt hatte. Er stach heraus, blutig und leicht glitzernd.

Ich wünschte mir, Al wäre da. Nicht um das Glas aus meinem Fuß zu entfernen wie in irgendeinem Märchen, nein, sondern weil ich wusste, dass ich schon einen Fehler gemacht, eine Lüge zu viel erzählt hatte – und diese ähnelte nicht den Lügen, die ich mir selber erzählte oder die ich vor Al geheim hielt. Sie würde wissen, was zu tun war, das wusste sie immer, und sie würde ruhig handeln, alles wiedergutmachen. Wenn ich nicht in die Bibliothek gehen oder irgendwie ein Exemplar der Zeitung finden konnte, Al könnte es. Ich musste es jetzt tun. Ich musste sehen, welche Nachricht in der Zeitung von heute für sie stand.

Ich blieb so ruhig wie möglich und streifte meinen Schuh ab. Dann legte ich beide Daumen auf die glatte Wölbung meines Fußes auf beiden Seiten des Lochs und versuchte den streichholzkopfgroßen Teil der Scherbe herauszuziehen.

Es war schwer, weil ich dauernd glaubte, in Ohnmacht zu fallen. Ich konnte den Eintrittspunkt genau sehen. Es liegt etwas Unwirkliches darin, wenn ein fremdes Objekt aus der eigenen Haut ragt. Doch in meinem Kopf drehte sich alles, brach zusammen, beladen mit Fragen, und meine Hände waren rutschig vom Schweiß, als ich versuchte, das Glas zu bewegen. Ich spürte, wie es sich noch tiefer in das dünne Fleisch meines Fußes grub und sich unter der Haut bewegte.

Galle stieg mir die Kehle hoch, meine Hand glitt ab, und in dem Moment klopfte es an der Tür. Es war laut, fast wütend. Ich versuchte aufzustehen und erkannte, dass ich es nicht ganz schaffte.

»Al? Bist du das?«

Das Hämmern an der Tür wurde lauter. Ich dachte: Es kann nicht er sein, nicht wieder. Dann wurde mir klar, dass es natürlich Misha oder Michael sein musste, die keinen Schlüssel hatten.

»Stoß sie auf!«, rief ich. »Es ist nur eingeklinkt.«

Ich war froh. Ich würde es ihnen sagen. Ich würde alles erklären. Sie würden losziehen und die Anzeige finden, und ich würde Ärger bekommen, möglicherweise großen Ärger, aber alles könnte wieder ins Lot gebracht werden. Mit einem leisen Klicken wurde die Tür aufgeschoben, und ich sah auf zu der Gestalt in der Tür mit dem Hut in der Hand, hinter der das Mittagslicht hereinströmte.

»Hier bist du also«, sagte er. »Steh auf, wenn ich mit dir rede.«

Es war mein Vater.

So ist es passiert.

Die Ashkenazys hatten zwei Kinder, Valentina und Tomas. Sie waren zwölf und fünfzehn Jahre alt und waren vor vier Jahren bei Mishas Schwester Anna in Wien gelassen worden, als ihre Eltern nach England geflohen waren, um ein besseres Leben für sie alle zu finden.

Zunächst war Wien, die kosmopolitische, liberale Stadt, ein sicherer Ort, an dem man Kinder zurücklassen konnte. Im letzten Jahr, nach dem Anschluss und der sich verschlimmernden Lage, war sie alles andere als das geworden. Zehntausende von Juden flohen in jenem Herbst aus dem Land. Die Kristallnacht, die schreckliche Nacht, in der Hunderte von jüdischen Geschäften zerstört und Tausende brutal aus ihren Häusern nach Dachau und in andere Lager gebracht wurden, kam erst zwei Monate später, doch bereits jetzt war die Lage düster. September 1938 war die letzte Chance für jeden Juden, der aus Wien fliehen wollte.

Wenn Michael und Misha die Anzeige gesehen oder wenn sie mit Boris gesprochen hätten, hätten sie gewusst, dass ihre Visa bereit zur Abholung lagen und dass nur noch etwas Bestechung nötig wäre, um sie zu befreien – drei Visa, die die zwei Kinder und ihre Tante nach Paris bringen würden. Doch sie hätten auch erfahren, dass die Situation jetzt schlimm war – dass Annas Wohnung durchwühlt, ihrer aller Besitz gestohlen und Annas Mann wie Tausende andere in ein Todeslager gebracht worden war. Anna und die Kinder versteckten sich nun im Keller des Hauses eines alten Freundes; sechzehn Menschen in einem dunklen Keller unter der Erde ohne Licht. Wenn die Ashkenazys sofort gehandelt hätten, hätten sie an diesem Tag nach Paris aufbrechen können.

Doch sie wussten es nicht, und deshalb gab es eine Verspätung von vier Tagen.

Die Gremalts waren es, die alles organisiert hatten. Als bekannte Kunsthändler in Wien profitierten sie von guten Beziehungen zu Nazioffizieren, die sie mit unrechtmäßig angeeigneten Gemälden belieferten, während sie gleichzeitig insgeheim zahllosen Juden die Flucht aus Deutschland, Österreich, Polen und der Tschechoslowakei ermöglichten und dafür ihren Einfluss und ihren guten Stand nutzten, bis der gute Wille erschöpft war oder sie auch verhaftet wurden, was auch immer zuerst kam. Die Gremalts waren alte Freunde der Ashkenazys aus der Heimat und Mitflüchtlinge in Wien. Michael hatte Josef Gremalt wieder in den Zug aus Sankt Petersburg gezogen, als er hinunterfiel, und die Gremalts hatten ihnen seitdem immer gesagt, dass sie ihnen einen großen Gefallen schuldig seien, eine Schuld, die zurückgezahlt werden müsse.

Sie hatten also die Visa beschafft. Der Nazioffizier, dem sie im Austausch ein Gemälde versprochen hatten, wollte auch Geld, und das würden die Ashkenazys liefern. Josef und Yvette

Gremalt hatten kein Bargeld, sie hatten Bilder. Deshalb sollten Michael und Misha sofort nach Paris kommen, sobald sie die letzte Anzeige zu Gesicht bekämen. Sie würden das Geld dem Vermittler dort übergeben, der es an den Offizier in Wien kabeln würde. Er würde die Visa freigeben, und dann müssten Michael und Misha nur noch darauf warten, dass ihre Kinder und Anna nach Paris kämen, und sie dann mit nach London nehmen. Wie mit allen verzweifelten Plänen war es eigentlich ganz einfach.

Ohne dass die Nazis davon wussten, planten auch die Gremalts, nach Amerika zu gehen. Sie hatten zu viele Menschen hintergangen; die Deutschen wurden argwöhnisch. Die Gremalts konnten nicht so lange warten, bis ihre Freunde ankamen. Deshalb hatte in der Anzeige in der *Times* von heute Morgen gestanden:

»Jetzt. Geht zu Drubezkoi. Fahrt nach Paris. Kein Aufschub.«

Die Glieder in der Kette mussten funktionieren, mussten halten. Anna, Valentina und Tomas konnten nicht mehr lange in ihrem Versteck bleiben; die Nazis konnten sie jeden Moment fassen.

Doch Michael und Misha bekamen die Nachricht nie, die das erste Glied in der Kette war – wegen mir. Und als Boris, der seine Rolle erfüllte, zu mir kam, schickte ich ihn fort – das zweite Glied in der Kette, das sie alle in Sicherheit hätte bringen können.

Ich sah sie niemals wieder. Und von ihrem Verbleib erfuhr ich jahrelang nichts – bis zu jenem Tag in dem Buchladen auf der Charing Cross Road.

Ein regnerischer Tag, eine warme Buchhandlung, eine Geschichte, die sich vor vielen Jahren abspielte.

Zuerst sprachen wir ein wenig von ihnen. »Sie haben gewartet, den ganzen Sommer warteten sie auf die Nachricht. Den Code. Ich wusste etwas darüber, bevor ... bevor ich Boris verließ.«

Ich erinnerte mich an Al und mich, an unsere Scherze darüber, dass sie die schlimmste Art einem Varieté entsprungener bolschewistischer Agenten seien, so offensichtlich für alle außer sie selbst. Ich sagte so ungefähr, dass sie immer so geheimnisvoll getan hätten, dass wir uns fragten, ob sie Spione oder Kriminelle waren. Es entstand ein Schweigen, und Ginny runzelte die Stirn, doch dann hellte sich ihr Gesicht auf.

»Ihr habt es also nie gewusst. Natürlich, ihr hattet keine Schuld, aber ich fragte mich, ob du es warst, die etwas gesagt hatte. Sie waren sehr sauer auf dich. Sie dachten, du hättest sie verraten.«

»Nein! Nie! Mein Vater ... Ich musste mit ihm zurückgehen. Bitte, Ginny, sag es mir. Was ist mit ihnen geschehen?«

»Es tut mir leid, dir das erzählen zu müssen.« In meinem Kopf begann es zu hämmern. »Sie hatten einen Sohn und eine Tochter, wusstest du das?«

Ich schüttelte den Kopf. »Ich ... ich war mir nie ganz sicher.«

Sie räusperte sich, bevor sie fortfuhr. Ich erinnere mich an Ginnys Hände, sie waren zart und ineinander verschlungen. Ich ließ sie die Geschichte noch mal wiederholen, als sie damit fertig war. Ich wollte sie auswendig lernen, wollte mir einprägen, was passiert war, was ich getan hatte.

Nachdem sie fertig war, schwiegen wir beide. Ich spürte, wie sich Schwärze um meine Schultern legte. Da waren nur wir zwei im gelben Licht des überfüllten Ladens.

»Aus irgendeinem Grund hattest du ihnen an dem Morgen eine alte Zeitung gegeben.« Sie lächelte entschuldigend, während ich spürte, wie meine Beine, Arme, mein Magen zu Wasser wurden, Schwere mich überfiel. »Also gingen sie aus und waren nicht da, als Boris kam, um sich noch mal zu vergewissern. Schließlich ging ich ein paar Tage später bei ihnen vorbei, als Boris zu uns nach Hause gekommen war, um ein paar seiner Werke abzuholen. Er erwähnte es mir gegenüber, sagte, seine Schuld gegenüber den Gremalts sei abbezahlt, und er hasse es, der Bote zu sein, und dass er nichts mehr für sie tue. Er sagte, sie seien fort, nach Paris gefahren, dass du es ihm erzählt hättest.« Sie berührte ihre Wange. »Aber ich wusste, dass das nicht stimmte. Ich hatte Misha erst am Vortag gesehen. Da war mir klar, dass etwas schiefgegangen war. Ich lief fast den ganzen Weg von Chelsea zu ihrer Wohnung. Ich berichtete ihnen, dass Boris versucht hatte, sie zu sehen, und dass du ihn fortgeschickt hast. Wir liefen zur British Library und schauten in die Zeitung – von vor drei, vier Tagen. Wir sahen die Nachricht, die die Gremalts reingesetzt hatten.« Sie wandte sich von mir ab und sah auf die Regale. »Es war zu spät. Der Nazioffizier war des Wartens auf sein Geld müde geworden und auf die Gremalts losgegangen. Sie waren über Nacht ausgezogen, erst in die Schweiz und dann nach Amerika geflohen. Die Visa wurden natürlich nicht freigegeben, weil der Offizier sein Geld nicht bekommen hatte und niemand in Paris ihnen helfen konnte, mit ihm in Kontakt zu treten. Er leugnete, jemals mit ihnen zu tun gehabt zu haben. Natürlich. Also versuchten Michael und Misha, nach Österreich zu kommen, bettelten darum, dorthin reisen zu dürfen, wo doch Tausende jeden Tag von dort flohen. Sie reisten weiter nach Holland, waren jedoch gezwungen, umzukehren; ich glaube, inzwischen wussten sie, dass es zu spät war, doch sie mussten es trotzdem versuchen. Es gab Schmuggler, die Menschen über die Grenze aus Deutschland und Österreich halfen. Sie versuchten die andere Richtung – nach Deutschland, in den sicheren Tod –, um ihre Kinder zu finden. Die Schmuggler lachten. Ich erinnere mich, wie Michael es mir erzählte. ›Ihr seid Narren‹, sagte einer zu ihm. ›Ihr seid frei. Sobald ihr diese Grenze überschreitet, wird man euch in ein Lager stecken.‹

An dem Tag, nachdem Anna und die Kinder Wien hätten verlassen sollen, wurde in dem Haus eine Razzia durchgeführt. Anna war zum Bahnhof gegangen, um nach den Visa zu fragen. Sie war auf der verzweifelten Suche nach Neuigkeiten, und sie folgten ihr zurück nach Hause. Wenn sie schon weg gewesen wäre …« Ginny starrte auf ihre Füße. »Sechzehn Menschen waren dort – die Kinder – ein Baby. Sie nahmen alle Männer mit, auch Tomas. Sie wurden nach Mauthausen gebracht. Dorthin brachten sie die meisten Intellektuellen. Anna und Valentina sowie die anderen Frauen trieben sie zusammen und auch die Kinder, die zu klein waren, um ins Lager zu kommen, und brachten sie auf eine Insel mitten in der Donau weiter stromaufwärts. Und noch ungefähr hundert weitere, alles Juden. Sie ließen sie verhungern.«

Ich werde immer die gnadenlose Monotonie dieser leisen Worte wie ein Summen hören, wie sie in die gemütliche Wärme der Buchhandlung fielen, zusammen mit dem Knarzen der Bodenbretter, den entfernten Stimmen auf der Straße und dem einschläfernden Regen draußen.

»Ich hatte in glücklicheren Zeiten in Wien bei Anna gewohnt und Valentina kennengelernt. Tomas war auf einer Klettertour mit ein paar anderen Jungen. Valentina war ungefähr zehn, ein süßes Mädchen, sehr fleißig, sehr schüchtern. Schrieb gerne in ihr Tagebuch. Sie zeigte mir ein paar ihrer Zeichnungen. Sie hatte ihre Eltern aus dem Gedächtnis gezeichnet – sie hatte sie inzwischen zwei Jahre nicht mehr gesehen, aber ja, es war ihr Bild. Eine ungewöhnliche Ähnlichkeit. Ich … ich versuche mich an sie zu erinnern, mich an sie alle zu erinnern.« Sie senkte den Kopf.

»Erzähl es mir, Ginny, bitte, erzähl weiter.«

»Berthe, die Besitzerin des Hauses, wurde nicht mitgenommen. Sie war blond, arisch, keine Jüdin. Sie konnte Michael und Misha schreiben, was passiert war. Ich frage mich manchmal, ob sie es ihnen lieber nicht hätte sagen sollen.

Die Nazioffiziere fuhren mit ihren Familien an das Ufer des Flusses und zeigten ihnen diese Menschen zur Unterhaltung, so dass sie sie schreien, nach Nahrung rufen hören und sehen konnten, wie sie einfach am Rand der Insel standen und ins Nichts starrten. Ein paar versuchten sich zu ertränken, banden Steine an das, was ihnen von ihren Kleidern geblieben war, und sprangen in den Fluss. Es war inzwischen Winter. Dieser Winter war so kalt. Berthe sah Anna nicht, ist sich aber ziemlich sicher, dass sie Valentina sah. Sie war …« Ginny blickte mich an. »Sie lag auf dem Boden. Ich hoffe, es ist bald darauf geschehen. Sie war zwölf, Teddy. Lieber Gott.«

Wir schwiegen beide. Ich legte die Hand auf ein Regal, um mich abzustützen. Ich hatte kein Recht, ohnmächtig zu werden, meine Augen schließen zu wollen, zusammenzubrechen, während sie die Geschichte erzählte. Ich biss die Zähne zusammen. »Was … was ist mit Misha und Michael passiert?«

Ganz leise antwortete sie: »Al hat sie gefunden.«

»Was meinst du damit?«

»Sechs Monate danach.« Ginny legte ihre Hand auf meine. »Oh, liebe Teddy.« Ihre Wangen waren tränennass. »Nachdem sie die Briefe über die Insel bekamen, nachdem sie wussten, dass nichts mehr übrig war. Ja, die arme Alice hat sie gefunden. Sie hatten sich aufgehängt. Sie hörte sie, als sie von der Arbeit zurückkam. Sie weinten – Michael lauter als sonst. Doch das war inzwischen üblich, und sie wollten sie nicht zu sich lassen, wegen ihrer Verbindung mit ...« Ginny zögerte.

»Mit mir.«

Sie antwortete nicht. »Sie waren wütend auf Alice und hatten sich von ihr abgewandt. Sie wünschte, sie wäre hineingegangen, doch sie tat es nicht. Und dann hatte sie so ein Gefühl, ich erinnere mich, wie sie das sagte. Ein schreckliches Gefühl. Also rannte sie nach unten – sie haben nämlich immer die Tür nur eingeklinkt gelassen ...«

»Ich weiß.« Ich unterdrückte ein Schluchzen. »Ich weiß.«

»Sie hingen beide von den deckenhohen Bücherregalen. Sie hatten Löcher ins Holz gebohrt. Sie mussten es so schrecklich gewollt haben. Ich denke oft daran. Ich weiß nicht ... ich weiß nicht, ob es gut ist, dass sie tot sind. Manchmal kann ich verstehen, warum sie es gewollt haben.«

Ginny nahm erneut meine Hand, aber ich zuckte zurück, als ob ich unrein, beschmutzt wäre, und sie ließ ihre fallen. Sie war der letzte Mensch, der mich für viele Jahre mit Zuneigung berühren sollte.

»Ich ... ich wusste es nicht«, sagte ich.

»Wie hättest du es auch wissen sollen, Teddy?«

»Ich hätte es sollen. Und Al – Al hat sie gefunden. Das wusste ich nicht.«

Ich starrte auf einen Roman, auf dem der Schatten eines Mannes mit Schlapphut um eine Mauer schlich. *Sechzehn Menschen ... Kinder, Erwachsene, ein Baby. Und auch Michael und Misha.* Ungefähr zehn Menschen, die in diesen sorgfältig ausgearbeiteten Plan einbezogen waren, die ihn trotz Angst und Schrecken durchzogen, um zwei Kinder und ihre Tante zu befreien, und ich hatte alles zunichtegemacht.

»Ich habe sie getötet«, stellte ich fest.

»Nein.« Ginny schüttelte den Kopf, so dass ihre Haare flogen wie eine helle Flamme. »So darfst du das nicht sehen, Teddy.« Sie lächelte. »Ich kann sie mir nicht tot vorstellen, du auch nicht? Es sieht ihnen so gar nicht ähnlich.«

Ich nickte, doch ich wusste nicht, was ich sagen sollte. Ich hatte nicht nur den Tod einer Familie, die ich kannte, auf meinem Gewissen, sondern das Leben von ungefähr zwölf weiteren Menschen, Menschen, die ich niemals kennengelernt hatte.

»Was ist mit Al passiert?«, fragte ich. »Ist sie ... Weißt du ...?«

Ginny umschlang sich mit den Armen. »Ich bin mir nicht sicher. Du weißt, dass die Carlyle Mansions ausgebombt wurden? Keine Überlebenden.« Und als ich sie anstarrte, fuhr sie fort: »Ich weiß nicht, ob sie noch da war. Ich meine, ich weiß es nicht, meine liebe Teddy. Ich habe den Kontakt mit ihr verloren. Der Krieg ...« Sie fuhr sich mit der Hand übers Gesicht. »Armes Mädchen. Sie hat so viel durchgemacht. Hat ihren Bruder verloren, ihren Vater, dich, hat Michael und Misha so aufgefunden. Das hat sie nicht verdient. Sie hat es nicht verdient, in dieser Wohnung zu sterben. Das hat sie wirklich nicht verdient.«

Als sie fertig war, bat ich sie, es mir noch mal zu erzählen, damit ich mich erinnerte, wusste, was ich getan hatte. Doch was danach war, daran entsinne ich mich nur sehr wenig. Ich weiß nicht, ob ich mich von Ginny verabschiedete. Tatsächlich erinnere ich mich von dieser Begegnung nur an die Geschichte selbst, an den fedrigen Regen draußen, die gemütliche Wärme drinnen, während ihre süße, zögernde Stimme mir diese schrecklichen, unmenschlichen Informationen gab, die wie Glasscherben in mir steckten, die ich nicht entfernen konnte.

Ich ging von dort nach Carlyle Mansions, zog auf dem Weg meinen Mantel aus, nahm meinen Hut ab und ließ sie zu Boden fallen. Ich dachte, ich würde verbrennen. Erst später erkannte ich, dass ich durchtränkt war, nass bis auf die Haut. Ich erinnere mich nicht an die Rückfahrt nach Cornwall und auch nicht an die Zeit der Genesung. Tatsächlich bekam ich eine Lungenentzündung, die mich für Wochen ins Bett zwang, und als es mir besserging, wurde ich erneut krank, bekam die Krankheit, die Macht über meinen Geist ergriff und mich jahrzehntelang in meiner Qual gefangen hielt. Es ist eine Strafe, die ich, wie mir mein Gefühl sagte, auch verdient habe.

Doch ich habe wieder gelogen. Und ich erinnere mich noch an eines an diesem Tag. Als ich die Hand zum Abschied hob und mich von dem Laden entfernte, wusste ich, dass ich niemals eine Möglichkeit finden würde, um das zu sühnen, was ich getan hatte. Und von dem Tag an fand ich keinen Frieden mehr, dreißig Jahre lang.

Ein paar Tage, nachdem ich London verlassen hatte, am 30. September 1938, hörte ich in Keepsake im Radio Neville Chamberlain seine Rede an die Nation halten, nachdem ihm die Menge auf den Straßen vom Heston Aerodrome nach London zugejubelt und für den Frieden gedankt hatten. Die Worte, die uns am meisten trösteten, waren: »Ich glaube, es ist der Friede für unsere Zeit. […] Nun gehen Sie nach Hause und schlafen Sie ruhig und gut.«

Alle glaubten ihm eine Weile. Keepsake hatte sich in den fünf Monaten, die ich weg gewesen war, nicht verändert. Ein paar Schmetterlinge waren noch da. Ein paar süße kleine Feuerfalter, Große Kohlweißlinge, die üblichen hartgesottenen C-Falter und Pfauenaugen, aber sonst kaum etwas. Eines Morgens sah ich einen majestätischen Kaisermantel, der aussah wie ein dunkler Tiger, braunrot und schwarz. Er flog direkt auf mich zu, verfolgt von einem helleren Männchen, das das Weibchen umkreiste und es zu begatten versuchte. Ich wandte mich ab von diesem seltenen, ungewöhnlichen Anblick und ging wieder hinein.

Der Garten, der von verblassenden Farben überquoll, den fast verwelkten Blumenblüten, war so warm wie immer, und ich verbrachte viele Stunden in einem Liegestuhl, suchte nicht nach Schmetterlingen, starrte nur vor mich hin und dachte nach. Ich war müde und konnte nur noch schlafen.

Natürlich war es nicht Matty, die diese Nachrichten in die *Times* gesetzt hatte. Es war mein Vater. Ich sah Matty niemals wieder. Sie und ihre Mutter waren schon aus dem Torhaus vertrieben, als ich in Ungnade zurück nach Hause gebracht wurde. Ich habe niemals herausgefunden, was mit ihr passiert war. Ihre Mutter besaß sehr wenig, und sie hatten von der Wohltätigkeit des Keepsake-Anwesens gelebt; sie hatte Näharbeiten angenommen. David Challis, der Sohn des Pfarrers, freite inzwischen eine ehrbare Lehrerstochter in Mawnan Smith und behauptete, nichts von ihr zu wissen, dieser erbärmliche Feigling. Wenn ich den Fluss hinauf nach Helford oder sogar nach Falmouth segelte, fragte ich ihn jedes Mal. Ich fand sie und ihre Mutter niemals wieder, zwei arme Frauen, zu Beginn des Krieges aus ihrem Heim vertrieben. Ihr Bruder war vor einigen Jahren nach Amerika gegangen. Ich stelle mir gerne vor, dass Matty und ihre Mutter zu ihm gefahren sind. Ich stelle mir gerne vor, wie Matty, eine große Dame in Manhattan, in hochhackigen Stiefeln die Fifth Avenue entlangschlendert und lächelnd ihr Spiegelbild in den Schaufenstern betrachtet.

Jessie, der ich mich immer anvertraute, hatte nun zu große Angst, um mit mir zu reden, da sie in meiner Abwesenheit sehr unter meinem Vater gelitten hatte. Turl ging ein Jahr später bei Kriegsausbruch zur Marine und wurde in der Schlacht um Kreta getötet. Abgesehen von Wasser, Wind und Haus war ich allein mit meinem Vater, einem Mann, dem ich nur als Beschafferin seiner jährlichen Rente etwas bedeutete. Ich zweifle nicht daran: Wenn es für ihn leichter gewesen wäre, mich umzubringen, wäre ich innerhalb eines Monats tot gewesen. Aber ich musste natürlich bis zu meinem sechsundzwanzigsten Lebensjahr leben. »... *dass Keepsake der alleinige Besitz von Lady Nina Parr wird, der an ihre weiblichen Erben übergehen wird, wenn sie ebenfalls ihren sechsundzwanzigsten Geburtstag erreicht haben, solange sie einmal oder mehrmals vor diesem Tag innerhalb der Grenzen von Keepsake weilte.*«

Während Keepsake in den Winterschlaf sank und ich mich erneut in seinen Rhythmus einfand, hörte ich auf zu kämpfen oder zu viel nachzudenken. Wenn man ungeliebt ist und nicht gesehen wird, ist das leicht. Ich heiratete nach Kriegsende William Klausner, den Flechtenliebhaber. Er hatte im Krieg gedient und war am D-Day am Utah Beach. Er verlor ein Bein und hatte den Rest seines Lebens heftige Kopfschmerzen, die ihn oft ans Bett fesselten. Er war geistig und körperlich ein schwacher Mann, und ich liebte ihn nie, doch ich mochte ihn. Er brauchte mich. Wir brauchten einander beide.

Wie meine Mutter litt ich sehr darunter, Keepsake einen Erben, ein Mädchen schenken zu müssen. Ich hatte viele Fehlgeburten – vier oder fünf –, und ich fand es jedes Mal erschütternd, das Blut, der Schmerz, die Geheimnistuerei, die Schande. Ich merkte, dass William es in gewisser Weise verstand. Auch er hatte gelitten.

Mein Vater starb 1947 nach langer Krankheit, doch da war der Schaden schon angerichtet. Ich war lange genug dort gewesen, um jeglichen Kampfeseifer zu verlieren. Ich habe das bei eingeschüchterten Hunden gesehen, die jahrelang von ihren Herrchen geschlagen wurden. Mein Vater ohrfeigte mich, wenn ich mich widersetzte, und das ging so weiter, als ich zurückkehrte, nun bei der leisesten Provokation. Immer dasselbe – ein Schlag mit der großen, offenen Hand, seine große Hand auf der Seite meines Kopfes, so dass meine Knochen knirschten, mein Nacken zur Seite flog, meine Augen sich im Kopf nach hinten verdrehten. Ich wich zurück, doch in den Fluren hallte es, und er fand mich immer. Es war leichter, die Gewalt zu ertragen, als zu rennen. Ich hasste den Klang meines Weinens. Ich wurde es satt. Er brach meinen Geist, wie er es vor Jahren bei meiner Mutter getan hatte.

Ich wusste bis nach seinem Tod nichts von seinem vorigen Leben. Er war in der nordwestlichen Grenzregion aufgewachsen, das, was heute das gesetzlose Stammesgebiet Pakistans ist. Er hatte gesehen, wie sein Vater von Paschtunen ermordet und seine Mutter entführt und getötet wurde. Als er dreizehn war, hatte er drei Männer erschossen und wurde zu Verwandten nach Yorkshire geschickt. Ich fand die Korrespondenz über die Vorbereitungen für eine Heimreise nach England zwischen der freundlichen Dame in Simla, die ihn aufnahm, und dem Cousin seines Vaters, als ich seine Papiere durchging. Er hatte alles all die Jahre hindurch aufgehoben und mir niemals ein Wort darüber gesagt. Es ist eine der vielen Geschichten, die wir niemals wirklich kannten, die Geschichte der frühen Jahre meines Vaters, die ihn zu dem machten, der er war.

Wir begruben ihn in der privaten Kapelle in der Kirche von Manaccan – »George Farrars, 1880–1947« stand auf dem Grabstein. Wir begruben ihn nicht neben meiner Mutter; ich glaube, das hätte sie nicht gewollt. William, Jessie und ich waren als Einzige anwesend. Der Krieg hatte die Leute umhergetrieben. Die Parrs wurden als lokale seltsame Vögel angesehen – meinen Vater mochte keiner, und inzwischen waren viele Familien weggezogen. Die neuen Ansässigen waren oft Maler, Bildhauer, Wanderer, Urlauber. William und ich blieben uns selbst überlassen und lebten in relativem Frieden.

Wir bekamen 1959 unseren Sohn, George. Ein paar Jahre später kam ich nach London und traf Ginny und fand die Wahrheit über die Ashkenazys heraus. Danach kam ich eigentlich nicht mehr nach London zurück, war aber auch nicht gut darin, zu Hause zu bleiben. Meine Nachkommen würdest du nicht als meine erkennen, Al – er, der das hier liest, und du auch.

Ich habe alles missachtet, was ich von dir gelernt habe. Ich war wütend und boshaft zu meinem kleinen Sohn. Er weiß das. Ich hatte keine Geduld mit ihm. Ich hatte Angst vor ihm, vor dem, was er brauchte, davor, dass er mir als Mutter geschenkt worden war. Er entsetzte mich, seine kleinen, sich windenden Händchen, die sich aus der alten geschnitzten Wiege nach mir streckten. Die stämmigen Beinchen, die auf mich zuwackelten, sein ängstliches Lächeln. Seine Fragen, als er sprechen konnte. Warum ist das unser Haus? Warum gibt es so viele Schmetterlinge im Garten? Wer ist die Statue ohne Kopf? Warum leben wir hier? Das Treffen mit Ginny an jenem Tag bestätigte nur, was ich schon wusste: Ich war schlecht. Ich konnte niemals ein guter Mensch sein, ganz zu schweigen, dafür geeignet, ein Kind großzuziehen. Dieses Haus war bis auf den Kern verrottet. Also versuchte ich meinen Sohn dazu zu bringen, mich zu hassen. Ich machte ihn so. Ich verzerrte seinen kleinen Geist mit Kälte und Kritik. Ich schickte ihn auf die Schule, so schnell ich konnte. Er war ein lebendiger Vorwurf für mich, weil ich ihn gemacht habe, und ich hatte das Gefühl, dass ich ihn niemals hätte bekommen sollen. Ich hätte die Linie niemals fortsetzen sollen.

Alle paar Wochen umrundete ich das Haus, nahm die Risse, den Efeu, die Feuchtigkeit wahr. Ich sagte nichts, aber es kam langsam der Tag, da ich allmählich zu glauben anfing, dass ich dieses Haus töten, den Zyklus durchbrechen und es wieder ins Nichts zurücksinken lassen musste; doch dadurch war es mein Sohn, der litt, und das tut mir leid.

O George, es tut mir so leid. Ich habe einen guten Job an dir verrichtet. Ich habe mir Zeit gelassen. Ich sorgte sorgfältig dafür, dass du mich hasst und das Haus, in dem du aufgewachsen bist, und das Leben, das du hattest. Du hattest schreckliche Alpträume, du warst einsam und unsicher. Wegen mir, dem Menschen, der sich um dich hätte kümmern sollen, warst du verwirrt und traurig und hast in deiner Kindheit so sehr gelitten – bis ich dich auf die Schule schickte. Ich glaube, ich war froh, dich gehen zu sehen, weil ich wusste, dass ich dich loslassen musste. Dich dazu bringen musste zu gehen, wegzulaufen und weiterzulaufen. Ich habe dich sehr gut ausgebildet, oder?

Oh, mein Lieber, ich wünsche dir Glück.

Ich sah dein Gesicht, als ich in das wartende Taxi gezogen wurde. Der Griff meines Vaters schraubte sich um meinen Arm und schleifte mich, wie ein kleines Mädchen eine Puppe über den Bürgersteig schleift. Ich sah dich, Al. Du kamst auf mich zu, die Hände in den Taschen, während deine schlanken Beine die fünf Stufen zu den Carlyle Mansions hochsprangen. Fünf Stufen, die zweite abgestoßen, und du nahmst sie mit einem Satz, entweder zweimal zwei und eine einzeln oder eine, zwei, zwei. Wir machten das immer abwechselnd. Ich konnte das vertraute leise, süße Pfeifen hören, als du die Tür schlossest, während ich im Taxi zurückgehalten wurde und die Hand meines Vaters über meinem Mund lag.

Der Fahrer, der für alles blind war, sagte ausdruckslos als Mitglied in der weltweiten Verschwörung der Männer, uns niederzuhalten: »Zum Bahnhof Paddington wollen Sie, Sir?«

Du würdest nun auf die offene Tür der Ashkenazy-Wohnung starren und auf das Chaos darin blicken. Würdest dich am Kopf kratzen, während deine intelligenten Augen umherspähten, und über die Glasscherben treten (du würdest nicht darauftreten, du sahst alles). Während das Auto vom Randstein wegfuhr, löste mein Vater den Griff um meinen Arm. Wir saßen schweigend da, als wir gen Süden fuhren, Richtung Stadtzentrum, weg von den unheimlich stillen Straßen Bloomsburys.

Schließlich sagte er: »Ich habe dir zwei Dinge zu sagen, und dann werden wir nie mehr darüber sprechen. Erstens wirst du dieser Person wieder schreiben – diesmal nicht nur eine Nachricht –, mit der du auf diese ekelhafte, unnatürliche Weise zusammengelebt hast, und du wirst bestätigen, dass jeglicher Kontakt zwischen euch beiden vorbei sein muss.«

»Nein«, antwortete ich und versuchte am Türgriff zu rütteln, und das Taxi hüpfte erschreckend auf meiner Seite. »Nein, das werde ich nicht. Lass mich raus. Das kannst du nicht machen. Du hast kein Recht dazu. Vater …« Ich stieß wie wild gegen die Tür. »Lass mich raus!«

Da lachte er, und an dieses Lachen werde ich mich immer erinnern. Es war echt amüsiert, fast fröhlich. Ich hatte ihn noch nie zuvor so glücklich erlebt. Als ob er endlich einen Gegner hätte, der willens war, es mit ihm aufzunehmen.

»Ja, du bist eine Frau«, sagte er. »Und du bist meine Tochter, und ich habe das Recht, dir zu erklären, dass du, wenn du nicht tust, was ich will, leiden wirst. Ich habe den Treuhändern geschrieben, die diese Wohnung managen. Ich habe sie von dem rücksichtslosen Verhalten informiert, das dich in diese illegale Beziehung gelockt hat. Sie haben zugestimmt, dass der Fonds, der für Alice Grayling von Thomas Fisher eingerichtet wurde, und die Pacht für die Carlyle Mansions im Lichte dieses Verhaltens sofort enden werden.«

Ich presste die Hände zusammen, so dass die Knochen knirschten. »Das darfst du nicht.«

»Ich darf und ich habe, aber bitte lass mich ausreden, außer du stimmst sofort zu, jeden Versuch, euch wiederzusehen, zu unterlassen.« In einem etwas anderen Ton fuhr er fort: »Du hättest immer zurück nach Keepsake gehen müssen, Theodora. Wenn du sechsundzwanzig bist, gehört das Anwesen dir, und wenn du nicht in Cornwall bist, verlieren wir alles.«

»Warum ... warum kümmert es dich?«, fragte ich mit zusammengebissenen Zähnen. »Du hast Mutters Familie gehasst. Du hasst alles, wofür wir stehen. Warum um alles in der Welt kümmert es dich, ob ich da bin oder nicht?«

Er schlug mich auf die übliche Art, fest und direkt ins Gesicht, so dass mein Nacken von der Kraft des Schlages knackte und ich kurz Sterne am schwarzen Himmel aufblitzen sah.

»Rede nicht wie eine Verkäuferin. Mich kümmert es, wie du es ausdrückst, weil ich fünfundzwanzig Jahre lang das Anwesen geleitet und eigene Zeit und Geld dareingesteckt habe. Wenn du alles verlierst, habe ich nichts.« Er lachte. »Du dumme Ziege. Mir sind die Parrs und ihre Geschichte völlig egal. Mich kümmert es, dass ich ein Dach über dem Kopf habe, unter dem ich sterben kann. Deine närrische Mutter hat in ihrem Testament nicht für mich vorgesorgt ...« Seine Stimme verebbte, und er schüttelte den Kopf. »Wir sprechen nicht mehr darüber. Du hättest immer nach Keepsake zurückkehren müssen. Es ist unrealistisch, etwas anderes anzunehmen. Und die Art, wie du weggegangen bist, hat uns große Sorgen gemacht. Du musst lernen, verantwortungsbewusst zu sein.«

Ich sagte nichts, sondern blickte auf die breiten, ruhigen Straßen von Marylebone und Regent's Park. Ein Hausmädchen stand an einem Tor und flirtete mit einem Telegrammboten. Ich konnte ihr hohes Lachen zu mir herüberwehen hören.

Al wäre nun in der Wohnung, würde den blutigen Schuh, den Korb und die Wasserkresse im Becken gesehen haben, die Wasserkresse, die ich zum Abendessen gekauft hatte. Vielleicht würde sie inzwischen die Nachricht gelesen haben, die ich ihr hinterlassen hatte.

»Was nicht heißen soll, dass du vielleicht in ein paar Jahren, wenn du verheiratet bist, nicht wieder nach London kommen, bei Tante Gwen wohnen und Einkäufe machen darfst, wie es deine Mutter gemacht hat. Aber bis du sechsundzwanzig und die wahre Herrin von Keepsake bist, bist du meine Tochter und meinem Haushalt unterworfen.«

Al legte stets vor allem anderen ihren Hut auf die Hutablage, ganz weicher marineblauer Filz, gesäumt mit einem grob gerippten Band und besetzt mit einer hübschen kleinen Feder, rot-grün-orange-türkis-cremefarben war diese, ganz hell wie ein Schmetterling, der auf dem Kopf eines Menschen saß. Ich kann ihn nicht gut beschreiben, doch mit ihren glänzenden Augen und ihrem leuchtenden schwarzen Haar war es hinreißend. Sie war schön und hasste es, wenn man ihr das sagte, doch sie war es.

Ich konnte mir Al jetzt vorstellen, und ich wusste, es passierte in genau diesem Moment – dass sie den Hut abnahm und meine Nachricht sah.

»Man kann sagen«, fuhr mein Vater fort, während wir das letzte Stück des Weges dahinknatterten, der uns nach Paddington brachte, »dass ein Sommer in London dir vielleicht gutgetan hat. Tante Gwen sagte, dass du in einem Konzert gewesen bist, als sie dich zuerst sah. Doch in Zukunft wirst du begreifen, warum ich so streng sein muss.«

Als wir zu der breiten Seitentür des Bahnhofs kamen und ich hinausgeführt wurde, hätte ich immer noch losrennen können. Mir wurde vom Fahrer aus dem Taxi geholfen, der meinen Blick mied, und ich hätte ihn innerhalb einer Sekunde gegen meinen Vater werfen und Richtung Hyde Park rennen können.

Ich habe keine lange Nachricht hinterlassen, nur eine Zeile. Ich wollte, dass Al mich hasste, dass sie dachte, ich wäre abgehauen. Ich werde Ihnen nicht sagen, was darin stand, weil ich Ihr Urteil fürchte, und schon während ich die Geschichte erzähle, wird mir klar, wie schwach es war zu gehen. Ich hätte kämpfen, ihm die Augen auskratzen sollen. Egal war mein blutender Fuß! Ich hätte zurück zu dir, zu den Carlyle Mansions rennen sollen, beide Füße wund und blutig, anstatt mich zu Jahren des Elends zu verdammen, der schwarzen Depression, des Verlustes meiner selbst. Es war wieder wie lebendig begraben zu sein, nur dass diesmal ich hinging. Ich hätte es stärker versuchen sollen, ich hätte für dich kämpfen sollen, meine geliebte Al. Ich war schwach.

Aber was hätte ich tun sollen? Al hätte die Wohnung verloren, den Job, den sie sich so schwer erkämpft hatte, die Chance, diejenige in ihrer Familie zu sein, die aus der niederdrückenden Armut ausbrach, welche den alten Alan Grayling und seinen Vater und seinen Vater vor ihm umgebracht hatte. Wir hätten vielleicht einen Ort zum Leben gefunden, oder vielleicht wären wir zu Als Mutter gezogen. Aber hätte sie auch mich aufgenommen – Als Freundin? Ich glaube nicht, dass sie es getan hätte. Und was hätte ich tun können? Wie hätte ich bei Al bleiben können, wo ich doch glaubte, dass das, was wir taten, indem wir uns liebten, so falsch war?

Als wir auf den Bahnhof zugingen und mein Vater mir unwirsch den braunen Koffer abnahm, wusste ich mit furchtbarer Gewissheit, dass ich zurückmusste. Wie Nina würde ich mich einmauern und versuchen zu vergessen, wie es in diesem Sommer gewesen war – frei zu sein und zu lieben –, und ich sagte mir, dass es das Beste wäre, zu vergessen.

Man brachte uns zu unserem Waggon, und der Gepäckträger nahm unsere Taschen entgegen. Mein Vater zog die Jalousien des Abteils herunter. Wir waren allein, und ich sank in den gepolsterten Sitz. Er schlug mich erneut, ein dröhnender Schlag, der kein Geräusch verursachte.

»Das soll dich daran erinnern, was du für einen Ärger gemacht hast, verstehst du?«

Doch diesmal empfand ich nichts. Nicht nach außen. In mir war der Schmerz unglaublich schwarz. Und da verstand ich es. Nur wahre Liebe konnte so weh tun.

Als ich anfing zu schreiben, wollte ich nur erklären, doch das Schreiben war schwerer, als ich gedacht hatte, und die Geheimnisse, die ich hoffte zu bewahren, alle, sind herausgekommen. Ich liege im Sterben. Ich habe nicht mehr viel Zeit. Ich bin fast am Ende meiner Geschichte angelangt, das Ende, für das ich mich auf jeden Fall entscheide.

Ich kehrte im September 1938 nach Keepsake zurück, und fast dreißig Jahre lang war ich kaum am Leben. Ich habe so vieles verdrängt. Ich erinnere mich nicht daran, als mein Sohn auf die Schule ging oder wie ich ihn für die Ferien abholte; an einen Wintertag erinnere ich mich, als wir zusammen Krebse fischen gingen und ein Feuer am Strand machten, aber nun bin ich mir nicht mehr sicher, ich weiß nicht, ob ich es erfunden habe, eine angenehme Erinnerung, eine Lüge, damit ich mich besser fühle. Ich erinnere mich an keinen der Pfarrer in der Kirche, obwohl ich einen, der früh in Pension gegangen und, dachte ich, aus meinem Leben verschwunden war, neulich die Straße entlanggehen sah, und er rief meinen Namen. »*Theodora! Mrs. Parr! Ich bin Adam Drysdale, Pfarrer der Kirche von Manaccan.*« Und ich musste mich verstecken, bis er fort war. Ich gehe nicht mehr in die Gegend. Ich kann es nicht riskieren, dass er mich entdeckt.

Fast fünfzig Jahre lang führte ich das Haus, ich empfing meine bescheidene Pension von einem lange verstorbenen König, ich pflegte den Garten. Jessie starb, und mein Vater und mein Mann starben. Mein Sohn ging auf die Universität und kam nie wieder, und Helfer verschiedener Art kamen und gingen – Kaminkehrer, Putzleute, Gärtner, Baumeister –, alle auf der Wanderschaft, keiner war mir nahe. Nachdem George auf die Schule ging, hatte ich Hunde, im Ganzen drei: Charlotte, Rupert und Tugie. Ich ging mit ihnen Gassi unten am Bach, oben auf der Wiese, draußen auf den Gassen. Man muss das Haus verlassen, wenn man einen Hund hat.

Allmählich, ganz allmählich merkte ich, dass die Schwärze ihren Griff lockerte, nur ein bisschen, so dass ich einen Ausflug weiter als nach Falmouth oder Truro in Betracht ziehen konnte. Ich fuhr mit dem Zug nach Exeter.

Ich ging ins Kino und sah den *Paten*. Ich kaufte mir einen Fernseher. Ich ging 1979 sogar zur Wahl. Ich ließ die Red Admiral II in Gweek reparieren und fing wieder an zu segeln, weiter, als ich es jahrelang getan hatte. Ich war kein schüchternes, mutterloses Mädchen mehr, sondern eine furchtlose, stämmig gebaute Witwe. Ich fand mich ziemlich lächerlich, aber mir gefiel es. Eines Tages, als mich der Regen in Helford erwischte und Charlotte jämmerlich neben mir zitterte, warf ich den Anker und ging in den Pub, das Shipwright Arms. Ich bestellte etwas zu trinken – einen Portwein – und setzte mich ans Feuer. Charlotte trocknete zu meinen Füßen. Keiner sah mich an, ich war nur eine wettergegerbte Dame vom Land mittleren Alters, wie es sie in dieser Grafschaft viele gab. Ich segelte unter einer blassen Sonne heim, und als ich hinten ums Haus ging, bemerkte ich den Schmetterlingsstrauch, der in den Rissen blühte. Ich glaube, an dem Tag war ich glücklich.

Jede Woche ging es mir ein bisschen besser, ich wurde kräftiger, während das Haus um mich herum in sich zusammenzusinken begann. Ich schöpfte meine Kraft aus seinem Niedergang. Ich wurde stark genug, um zu wissen, dass ich weggehen konnte. Vielleicht musste es so sein.

Und mit den Jahren, die zu Jahrzehnten wurden, und den Zeiten und Jahreszeiten empfand ich keinen Ekel mehr, weil ich dich geliebt habe. Ich hätte beim Erzählen unserer Geschichte ehrlich sein sollen, doch allein dadurch, dass ich sie erzählte, wurde ich wieder an das Mädchen erinnert, das ich einmal war. Das Mädchen, das sich für böse hielt und für unnatürlich, weil es Frauen liebte. Das Mädchen, das dich liebte.

Ich war mir nie sicher, ob du tot bist oder nicht. Und dann, 1972 – war es damals? –, blätterte ich die *Radio Times* durch und sah ein Interview mit dir. Lise Travers hießest du. Ich wusste jedoch, dass du es warst. Eine Schriftstellerin, Drehbuchautorin, die erste Frau, die für den BAFTA für ein Fernsehdrehbuch nominiert war. Nur ein Foto und ein Absatz, doch du warst es. Dein Lächeln war dasselbe, deine Ohrmuschel, der Ausdruck in deinen Augen. Du hattest ein weißes

Hemd an und winzige Ohrringe. Du warst so elegant und jungenhaft wie immer. Ich schnitt das Foto aus, und jeden Abend blickte ich es an, bis es jede Bedeutung verlor. Ich kannte dich nicht mehr.

Es machte nichts aus. Ich konnte dich nicht kontaktieren. Du hattest einen Mann geheiratet, du hattest dich verändert, du, von der ich glaubte, sie würde niemals heiraten. Doch ich wusste, dass du lebtest. Vielleicht ist es diese Tatsache – die jahrelang so unsicher war –, die mir immer noch etwas gab, eine Art Hoffnung, obwohl ich begriff, dass du mir den Rücken zugekehrt hattest.

Viele Jahre später sah ich dich auf der Straße. Ich war mit jemandem zusammen und konnte mich euch beiden nicht erklären. Ich kann es auch hier nicht erklären; dies ist mein letztes Geheimnis. Du hast mich nicht gesehen. Du warst dieselbe – helläugig, dein schwarzes Haar ein silbriger Bob, schrittest du zielstrebig dahin. Wisse, dass meine Liebe zu dir niemals endete, dass ich hoffe, dass etwas davon dich warm hielt, wenn dir kalt war oder du traurig warst oder wenn du Angst hattest. Wisse dies jetzt. Danke, Liebes. Ich hab wegen dir mein Leben glücklich beendet.

Sonst lass es mich noch mal sagen. Ich liebe dich. Ich werde dich immer lieben, mein schönes Mädchen. Die Vergangenheit ist nur die Vergangenheit der Lebenden. Wenn wir tot sind, wird es wieder unsere eigene. Ich werde eines Tages wieder bei dir sein, dessen bin ich mir sicher. Was geliebt wird, ist niemals verloren.

Theodora Parr
1996

TEIL VIER

24

Juli 2011

Aber ich will dort nicht leben«, sagte ich. »Und es wieder herrichten …« Ich ließ die Hände mit einem hohlen Lachen in meinen Schoß sinken, und der junge Mann mir gegenüber betrachtete mich ungeduldig. »Es herzurichten würde Millionen Pfund kosten. Ich habe nicht mal ein Pfund.«

»Trotzdem sind Sie die rechtmäßige Erbin«, erwiderte Charles Lambert. Er trommelte mit dem Stift auf seinem Schreibtisch und blickte durch die Glasfenster, die sich vom Boden bis zur Decke erstreckten, über die Stadt. »Es ist ein interessantes rechtliches Rätsel. Das Ziel Ihrer Großmutter war es, dass Sie bis zu Ihrem sechsundzwanzigsten Geburtstag nichts über Keepsake wissen, an dem wir Ihnen die Pension zur Verfügung stellen, Sie jedoch von der Verpflichtung befreien könnten. Ihr Vater irrte sich sehr, als er Ihnen die Idee, nach Keepsake zu fahren, in den Kopf setzte. Wir haben ihm explizit von den Anweisungen Ihrer Großmutter berichtet, das Haus so zu belassen, wie es ist. Aber Sie waren dort, und indem Sie sich zur einzigen Erbin von Theodora Parr erklären, sind Sie nun automatisch in seinem Besitz und haben dem Anwesen gegenüber eine Verpflichtung. Was wir festlegen müssen, wenn wir gemäß den Wünschen Ihrer Großmutter handeln wollen, ist, wie diese Verpflichtung aussieht.«

»Nun, ich bin glücklich, die Erbin zu sein«, sagte ich und klang entschlossener, als ich mich fühlte.

Er nickte. »Natürlich.«

Ich kniff die Augen zusammen. »Aber, Mr. Lambert …«

»Charles, bitte«, unterbrach er mich glatt.

»Charles. Schauen Sie, die Sache ist die, ich will nicht mehr dorthin zurück. Klingt das verrückt?«

»Es ist nicht an mir, das zu kommentieren. Aber natürlich werden wir gemäß Ihren Wünschen handeln, Miss Parr.«

Ich starrte ihn an, sein dünnes blondes Haar, seine korrekte Haltung, seine höfliche Professionalität. Sah er nicht, dass ich jemanden brauchte, der mir genau sagte, was ich tun sollte? Dies war mein zweiter Termin hier. In den fünfzehn Jahren seit dem Tod meiner Großmutter war das, was einmal eine diskrete Familienkanzlei mit Büros in Mayfair gewesen war, ein internationales Konglomerat mit Büros in Shanghai und São Paulo und natürlich dem Steuerparadies Barbados geworden. Charles Lambert hatte mir in einem seltenen Anfall von persönlicher Mitteilung erzählt, dass er und seine Frau vor kurzem nach zwei Jahren Arbeit auf Barbados von dort zurückgekehrt seien. »Da wir unsere Kinder natürlich in England haben wollten.«

Natürlich. Das Notizbuch, in das ich in der London Library zu schreiben pflegte und das ich mit Ideen und Halbsätzen über alles Mögliche füllte, war nun mein Keepsake-Notizbuch, gefüllt mit wild Hingekritzeltem. Ich sah wieder auf das, was ich geschrieben hatte. Ich kannte nun die Fortsetzung:

1. Das Erbe
Wegen eines Anfalls von Sesshaftigkeit war die Pension meines Vaters recht ansehnlich (20 000 Pfund pro Jahr), während ich Einkommen nur aus dem Haus und

dem Land bezog. Früher einmal hätte dieses mir einen großen Ertrag gebracht, aber jetzt nicht mehr. Die Parr-tinen, aus denen ein großer Teil des Familienreichtums stammte, waren seit fast hundert Jahren nicht mehr in Betrieb. Auch das bebaubare und anderes umfangreiche Land um uns herum war Stück für Stück von George Farrars, Teddys Vater, verkauft worden, um seine Spielsucht zu befriedigen. Beide Tatsachen bedeuteten, dass ich ein Anwesen besaß, das im Grunde wertlos war. Das Land war viel wert, doch man würde niemals die Genehmigung bekommen, Häuser darauf zu bauen, noch weniger Keepsake abzureißen, und ich wollte das auch nicht. Das Haus konnte nicht restauriert werden, doch selbst wenn, war ich mir nicht sicher, dass ich das wollte.

2. Das Haus
Sollten wertvolle Gegenstände in Keepsake gefunden werden, könnten wir, hatte Charles Lambert gesagt, sie versteigern. Aber irgendwie sträubte ich mich dagegen, das Haus auf Gegenstände durchzugehen, die ich nie gekannt hatte, nur um Geld zu machen. Und wie meine Großmutter selbst gesagt hatte, gab es nicht viel von Wert darin, keine Chippendales oder Tiaras. Ich versuchte mich daran zu gewöhnen, diese Person zu sein, ein Mädchen, das sich mit Anwälten traf, das einen fertigen Familienmythos sein Eigen nannte, in den es sich einfügte, das aus einer Linie von Frauen stammte, die die Geschichte auf unterschiedliche Weise beeinflusst hatten. Ich konnte nicht in einem Auktionssaal sitzen und zusehen, wie ein Fremder sich unter den Nagel riss, was davon übrig geblieben war. Weil Keepsake nie vom English Heritage gelistet oder geprüft worden war, hatten wir keinerlei Verpflichtung, es

zu restaurieren oder zu erhalten. Tatsache ist jedoch, dass es, hätte man es entdeckt, so gewesen wäre. Doch Charles Lambert hatte mir aufgeregt und mit gespitzten Lippen erzählt, dass es »im Moment« keinen rechtlichen Anspruch an uns gäbe.

3. Die Absichten meiner Großmutter
Das Wichtigste von allem: Ich hatte die Memoiren meiner Großmutter gelesen. Ich verstand, was Lise mir die ganze Zeit zu sagen versucht hatte, und doch hätte ich es nie lesen sollen. Teddy hatte nicht gewollt, dass ich es wusste oder zum Haus fuhr. Sie hatte gewollt, dass Keepsake im Nichts versank, dass es sich im Nebel der Zeit verlor. Doch sowohl mein Vater als auch Lise Travers, die beide auf ihre Art unzuverlässige Zeugen waren, hatten ihr nicht zugestimmt. Ich sah auf die verschmierte Handschrift, das Papier, das teilweise von meinem Kugelschreiber zerrissen war, die Worte, die geschrieben und immer wieder ausgestrichen worden waren. Ich wusste nicht, was ich über meine Großmutter schreiben sollte. Ich kannte sie, und doch kannte ich sie gar nicht. Sie hatte alle diese Pläne in Gang gesetzt, und hier war ich nun, brach herein, und all ihre Arbeit war zerstört, indem ich die Pläne auseinandernahm.

»Mein Rat an Sie ist also wie folgt«, sagte Charles Lambert und rief mich wieder in die Gegenwart zurück. Er legte die Finger zu einem Dach aneinander und sah nachdenklich drein. »Ich würde das Haus so lassen, wie es ist. Wir werden mit Ihrem Vater über die Ohio State University Kontakt aufnehmen und ihm erklären, dass Sie seine Pension abschaffen. Sie haben an Ihrem sechsundzwanzigsten Geburtstag ein Recht auf dieses

Einkommen. Die Pension ist nur ein Geschenk Ihrerseits, und es ist anzuzweifeln, ob er sie all die Jahre für sich hat beanspruchen dürfen. Vielleicht eine Nachlässigkeit unsererseits. Und wir werden jemanden zum Haus schicken, um eine Liste der Werte des Landes und des Hauses zu bekommen. Wir haben bereits eine aus der Zeit Ihrer Großmutter – sie war bei allem höchst sorgfältig –, aber es wäre vernünftig, sie zu aktualisieren. Gibt es irgendetwas Besonderes, von dem Sie glauben, dass es wertvoll wäre?«

Ich schüttelte den Kopf und dachte an die Diamantbrosche. »Ich weiß es einfach nicht. Und viel Glück, wen immer Sie dorthin schicken. Ich werde Ihnen genau beschreiben, wie er hinkommt. Es ist unmöglich zu finden.«

»Wir finden es, keine Sorge, Miss Parr«, entgegnete Charles Lambert leicht herablassend, wie ich fand. »Ganz kurz noch ein Punkt. Wir werden uns um die Versicherung kümmern und sicherstellen, dass Sie nicht wieder hinmüssen, bis Sie entscheiden, was Sie mit dem Ganzen anfangen, außer es ist von unmittelbarer Bedeutung.«

»Gut«, sagte ich.

Schweigend kritzelte er eine Weile. Ich sah aus dem Fenster auf die Hitze, die über der Stadt schimmerte. Plötzlich sagte er recht neugierig: »Es sieht ziemlich verblüffend aus.«

Ich nickte. Ich merkte, wie ich mich, obwohl ich mich davon fernhalten wollte, danach sehnte, mit jemandem zu sprechen, der es verstehen würde. »Das muss es auch gewesen sein. Man fühlt sich wie in einer anderen Welt. Da sind all die … kleinen Details.«

Er legte den Stift hin. »Zum Beispiel?«

»Es ist lebendig. Wasserspeier über den Türen starren einen an, und Porträts folgen einem durch den Raum. Und Pflanzen schießen aus Rissen hervor.«

»Wie aufregend und außergewöhnlich.« Er sah aus wie ein kleiner Junge. »Aber hatten Sie keine Angst? Es klingt wie ein ziemlich unheimlicher Ort.«

»Es hätte beängstigend sein können, aber das war es nicht ...« Ich versuchte es zu erklären. »Ich kann es nicht beschreiben. Ich fühlte, dass es gut war, dort zu sein. Dass ich dorthingehörte. Das habe ich so empfunden.« Ich zitterte, mir war kalt in dem klimatisierten Büro.

»Darf ich fragen: Sie glauben also wirklich nicht, dass Sie dort leben könnten?« Charles Lambert nahm wieder seinen Stift zur Hand und richtete seine Brille.

Ich zögerte. »Ich glaube nicht, nein, ich kann ... ich kann es mir nicht vorstellen.« Ich biss mir in die Fingerspitze, versuchte meine Schwäche zu bekämpfen. Seit ich aus Keepsake zurück war, hatte ich kaum geschlafen. Ich war so entschlossen, diese Sache zu kontrollieren, mich nicht davor zu verstecken, dass ich mit all diesen Notizen angefangen hatte und bis spät in die Nacht las, um in meinem Kopf alles zu klären. Ich fühlte mich ständig benebelt, als ob ich jederzeit umfallen könnte. Mum sagte, der Grund sei, dass ich nicht richtig atmen würde, mich hineinsteigere, aber ich wusste, was es war: An dem Tag, jenem Tag, als ich dort gestanden und gedacht hatte, dass ich das Haus hörte, als es wieder zum Leben erwachte, als ich einen Riss in der Zeit gesehen hatte, war ein Teil von Keepsake in mich übergegangen. Ich kann es nicht erklären, ohne dass es verrückt klingt. Jemand war in mich hineingeflogen – eine jener Frauen oder eine Raupe, die Schmetterlinge ausbrütete, und das erzeugte in mir dieses flatternde, stechende Gefühl der Möglichkeiten, der Angst, der Aufregung und Unentschlossenheit, das den ganzen Tag in mir herumzufliegen schien.

Klingt ein bisschen verrückt, ich weiß.

Doch etwas an dem Haus und die Last der ganzen Geschichte machten sie alle ein wenig verrückt. Ich hatte Teddys Erinnerungen mehrmals gelesen, so dass sie alle Bedeutung verloren hatten, und daneben gab es Tagebücher und einen Haufen Briefe in der Kiste. Ich hatte von Teddys kluger, schöner Großmutter Alexandra gelesen, der wahren Schmetterlingssammlerin, über Rupert den Vandalen, der halb Keepsake niedergerissen und so seinen langen Niedergang eingeläutet hatte, über die Einsame Anne, Alexandras Mutter, die das Haus nicht verlassen wollte und sich weigerte, Besucher zu empfangen, nachdem sie in der Kapelle gewesen war und die Knochen ihrer Vorfahrinnen dort gesehen hatte, über die Verrückte Nina, die im Schmetterlingshaus lebte und nur mit den Schmetterlingen sprach, die von ihrer Zeit in der Türkei wussten, den Jahren als Sklavin im Harem. Ich kannte sie alle, ich kannte den Reim, den Lise an jenem Tag in der Bibliothek sang, auch ihn hatte ich inzwischen gelernt.

Aber ich konnte Charles Lambert nichts von alldem erzählen. Ich konnte nicht sagen: Die meisten haben sich in der Kapelle eingeschlossen und zu Tode gehungert. Es gibt Räume, die seit zwei Jahrhunderten nicht mehr angerührt wurden. Man könnte das Gebäude für Besucher öffnen, so dass es die größte Attraktion im Westen von London Dungeons wäre! Ja!

Ein Flugzeug flog draußen vorbei, glitzerte in der Sonne, blitzte in meinen Augen auf, und Charles stand auf und gab mir die Hand.

»Wir benachrichtigen Sie, wenn die Pension auf Ihren Namen übertragen wurde und wenn wir unseren Gutachter ins Haus geschickt haben, um sicherzugehen, dass es keine Gegenstände von Interesse gibt, die versichert oder entfernt werden müssen. Und wir werden Kontakt zu Ihrem Vater aufnehmen.«

»Die Hälfte der Pension«, sagte ich plötzlich. »Die Hälfte. Ich will ihm nicht alles nehmen.«

»Sind Sie sicher?«

»Absolut.« Ich nickte. »Nicht jetzt.«

Er trat zurück und notierte sich kommentarlos etwas. »Entschuldigen Sie, noch etwas. Leider erinnere ich mich nicht an Ihren Beruf. Für die Papiere.«

»Ich war Assistentin in einer Anwaltskanzlei«, antwortete ich.

Er lächelte dünn. »Dann ist das also heute ein Arbeitsurlaub für Sie.«

»In gewisser Weise. Tatsächlich ...« Ich schluckte. Irgendwann musste ich jemandem erzählen, was ich gestern getan hatte. »Ich habe gekündigt. Ich ... Nun ja ...« Ich merkte, wie ich rot wurde. »Ich bin auf der Pädagogischen Hochschule angenommen worden. Im September. Ich habe mich fürs nächste Jahr beworben, aber sie hatten zwei Ausfälle, und deshalb sind Plätze frei, und ... Ich hatte gestern ein Bewerbungsgespräch, und obwohl ich mich nicht groß vorbereitet hatte ... Ich meine, ich habe das Material gelesen und den nationalen Lehrplan und natürlich die Texte überflogen, weil ich ...« Ihm ist es egal, Nina, hör auf. Ich lächelte nervös. »Ich werde Englischlehrerin!«

Er lächelte lau. »Lehrerin. Sie sind mutig!«

»Oh, das habe ich schon immer gewollt«, gab ich zurück.

»Mann. Ich muss sagen, das würde ich nicht für allen Tee in China machen wollen. Gut für Sie!«

»Danke.« Ich war mir nicht sicher, ob er mir ein Kompliment machte oder mir sagte, ich sei eine Idiotin, die stattdessen Vermögensverwalterin hätte werden sollen. Ich stand auf, bevor wir uns noch mehr missverstanden, und drückte die Keepsake-Papiere, die ich mitgebracht hatte, an mich. »Ich freue mich, von Ihnen zu hören.«

Als ich durch die City ging, vorbei an schicken Bars, Schreibwarengeschäften, Ausstattern, Weinhändlern, in meinen schwarzen Biker-Stiefeln und meinem schwarz-grau geblümten Kleid, mein langes Haar von der Brise zerzaust, sah ich mich in einem Spiegel und musste fast lachen, weil ich mich am Morgen wirklich bemüht hatte, elegant und geschäftsmäßig auszusehen, und doch wirkte ich hier, in der City, eher wie eine gefährliche Revolutionärin oder eine Pennerin. Alle um mich herum waren in Grau oder Schwarz gekleidet – aber adrett, kein Haar tanzte aus der Reihe, makellos. Jeder Bürgersteig fleckenlos, die Glasscheiben glänzten, keine Blumenkästen oder Tafeln mit lustigen Zeichen, keine Bärte, keine Vögel. Die Leute gingen schnell und mit gesenkten Köpfen.

Alles weniger als eine Meile von zu Hause oder vielmehr von Mum entfernt. Ich ging langsam zurück und blieb bei William Blakes Grabstein stehen. Anschließend kaufte ich mir einen Kaffee und ein Brötchen in der Whitecross Street, wanderte dann an der St. Luke's Kirche und den neuen Anwesen mit den jahrhundertealten Namen vorbei, die man nach dem Krieg eilig erbaut hatte und die heute ungeliebt waren. Und plötzlich hörte ich etwas.

»Hilfe! Helft mir!«

Eine Stimme über mir. Ich reckte den Hals nach oben in Richtung eines der höchsten Hochhäuser. Es war eine Frauenstimme.

»Helft mir raus!«

Ich ging zum Fuß des Gebäudes. Davor stand eine sehr jung wirkende Mutter, die einen Kinderwagen um ein ausgetrocknetes Rasenviereck schob.

»Da oben ruft eine Frau um Hilfe …« Ich kam mir plötzlich etwas blöd vor. »Soll ich raufgehen und mal schauen?«

»Machen Sie sich deswegen keine Sorgen«, sagte sie. »Sie ist schon seit zwei Tagen da oben.«

»Was?«

»Die Aufzüge sind kaputt. Sie kann nicht runter. Sie kann ihre Beine nicht benutzen, also kann sie nicht gehen. Sie ist im achtzehnten Stock. Sie sagen dauernd, sie sind auf dem Weg, ihn zu reparieren, und dann kommen sie verdammt noch mal nicht.«

»Das ist ja schrecklich.«

»Ihr geht es gut. Ihre Tochter bringt ihr Sachen.« Die junge Frau zuckte mit den Schultern und drehte sich eine Locke um den Finger.

»Ist noch jemand …«

Sie schnitt mir das Wort ab. »Sie lebt seit Jahren hier, seit sie ein Mädchen war, alle kennen sie, sie hat Freunde.«

»Aber trotzdem, sie … Soll jemand raufgehen und schauen, ob sie in Ordnung ist?«

Die junge Frau sah mich an, dann stieß ihr Baby einen Protestschrei aus. »Ich glaube, es geht ihr gut, danke«, sagte sie höflich.

Zwei Jungen standen ziellos am Tor, als ich hinaus und wieder auf die Hall Street ging. »Tschüs«, sagte einer tonlos.

»Tschüs«, erwiderte ich und sah noch mal zu der alten Frau hoch, die achtzehn Stockwerke weit oben wie Rapunzel gefangen war. Ich konnte sie in einer lavendelfarbenen Jacke winken sehen. »Hilfe! Helft mir!«

Auf meinem Heimweg rief ich trotzdem bei der Kommune an. Die Frau am Telefon war höflich, aber fest. »Es sind private Unternehmer. Wir haben ihnen dreimal gesagt, da hinzufahren, doch sie tauchen einfach nicht auf.«

»Aber das ist doch furchtbar«, meinte ich. Der Gedanke, dass sie dort oben war und nicht runterkonnte, ließ mich in Panik geraten. »Kann jemand sie nicht runtertragen? Können Sie nicht etwas tun?«

»Es ist gemeldet, und es hat Priorität, Miss Parr«, sagte die Frau am Telefon. »Wirklich. Vielen Dank, dass Sie uns angerufen haben.«

Irgendwie war alles falsch, und die Hitze des Tages, die Geschmeidigkeit der Aufzüge bei Murbles and Routledge, die heisere, bellende Stimme der alten Frau in der Stille des Grundstücks – all das machte mich wütend. Mehr und mehr wurde mir klar, dass mir nicht gefiel, wozu London wurde. Die Dinge, die heutzutage in der City wichtig zu sein schienen – Geld, noch mehr Geld zu verdienen, Milliardäre zu schützen, die noch mehr Geld hier machen wollten –, waren im wahren Leben nicht wichtig, halfen Menschen im wahren Leben nicht. »Ich …«, setzte ich an und erkannte, dass mir noch schwindliger war als sonst.

»Kann ich Ihnen heute sonst noch helfen?«, fragte die Frau am anderen Ende. »Hallo? Ist noch etwas, Miss?«

Ich konnte noch ihre Stimme hören, blechern und schwach, während das Telefon aus meiner Hand fiel und dieses rauschende, schwebende Gefühl von Benommenheit mich wieder übermannte. Ich blieb blinzelnd stehen und sank zu Boden.

25

Die Krawalle in jenem Sommer – die Unruhen von 2011, die in der folgenden Woche begannen – schienen völlig aus heiterem Himmel zu kommen. Keiner hatte damit gerechnet, und als es so weit war, wusste sie sich auch lange danach keiner zu erklären. Für mich waren sie keine große Überraschung. Ich habe mein ganzes Leben im Stadtzentrum gelebt und bin an seine Geschichte und Schönheit gewöhnt, die neben beiläufiger Grausamkeit und unerwarteten und erschreckenden Ausbrüchen plötzlicher Gewalt existiert. Ich hatte in den letzten Wochen gespürt, dass etwas anders war, dass Unruhe in der Luft lag. Doch überall im Land waren die Menschen schockiert. Sie mussten über etwas schockiert sein, also waren sie abwechselnd schockiert über den Tod von Mark Duggan, den Kontrollverlust, die mutwillige Zerstörung, die sinnlose Gewalt, die Jugendlichen, die mutwillige Zerstörung betrieben, die Polizei, die sie nicht verstand, die Politiker, die mit keinem mehr Kontakt hatten, den Rassismus, der dem System innewohnte, den Mangel an Struktur in der Gesellschaft, der hierzu geführt hatte.

Manche derjenigen, die den Schaden verursachten, waren wütend, manche mussten einfach schreien, Lärm machen, manche waren dabei wegen der eingeschlagenen Schaufensterscheiben und dem Chaos, das mit jeder Unruhe einhergeht, und manche waren einfach schlechte Menschen. Doch nur einige.

Ich traf Sebastian am Mittwoch, dem dritten Tag nach dem Beginn der Aufstände, inmitten dieser seltsamen Lage, in der man sich fragte, wie gefährlich es wohl in dieser Nacht werden würde. Alle wollten nur darüber reden, die Nachrichten waren voll von Läden und Häusern, die in ganz London niedergebrannt wurden, von Toten in Ealing, in Croydon, Birmingham und Liverpool. Dreihundert Menschen hatten am Vorabend in Hackney ein Chaos angerichtet, und alle fragten sich, ob es bis Islington kommen würde, wo es schon ein paar Unruhen gegeben hatte. In ganz London wurden Läden früh mit Brettern vernagelt.

Der August ist ein seltsamer Monat. Die Nächte beginnen früher, und abends ist es frisch, doch tagsüber fühlt es sich immer noch wie Sommer an. An diesem Tag war es heiß, zu heiß. Etwas Seltsames lag in der Luft, man konnte es fast schmecken. Sommerwahnsinn. Am Vortag war ich zu Gorings gegangen, um meine letzten Sachen abzuholen. Bryan Robson war wunderbar gewesen. Er hatte mir ein ganzes Monatsgehalt ausbezahlt und gesagt, ich könne eine Woche später gehen. Und er hatte eine Aushilfe eingestellt. Sie hieß Cherry, war aus Hanwell, hatte zwei Kinder, und als es Mittag wurde, hatte sie den Schrank mit dem Bürobedarf aufgeräumt. Sie und Sue hatten herausgefunden, dass ihre Kinder auf dieselbe Schule gegangen waren.

Becky ging in der folgenden Woche in den Mutterschaftsurlaub, so dass wir zusammen eine etwas verlegene Abschiedsparty mit Tee feierten, sie und ich und Sue, Cherry und die Partner – Kuchen und Tassen mit Tee am Empfang. Sie schenkten Becky ein Babyphon, das mit einem großen Zellophanband umwickelt war, und Badeöl; ich bekam eine sehr schöne Ledermappe für meine Sachen. Ich war echt gerührt.

Bryan sprach über Becky, wie sehr sie ihr Lächeln und ihre gute Laune vermissen würden und dass sie schnell zurückkommen müsse, denn wer würde sonst Grand-National- und Eurovision-Wetten organisieren?

»Und schließlich möchte ich mich von Nina verabschieden und ihr viel Glück wünschen«, sagte Bryan und hob seine Tasse. »Nina verlässt uns nach zwei glücklichen Jahren, um Lehrerin zu werden. Ist das nicht wundervoll?« Er sah rundum in die kleine, unbeeindruckte Gruppe. »Wir haben immer gesagt, dass sie für Großes bestimmt ist, oder? Nun, jetzt seht ihr es. Viel Glück, Nina, und bleiben Sie in Kontakt mit uns.«

Ich sah auf, nickte und versuchte, nicht rot zu werden, beschämt von der Aufmerksamkeit. Ich fragte mich, was sie alle von mir hielten, diese Männer und Frauen, die zu ihren

Schreibtischen zurückschlurften. Becky empfing Küsse und Komplimente über ihren Bauch wie ein Profi. Doch Becky hatte ein Hochzeitsfoto auf ihrem Schreibtisch stehen. Und als wir uns für unsere neuen Sicherheitspässe hatten fotografieren lassen, hatte sie es geliebt, hatte gelächelt und sich in Pose geworfen, während Sue die Kamera schwenkte; sie verstand, dass man in bestimmten Phasen des Lebens im Mittelpunkt der Aufmerksamkeit stehen muss. Nicht lange und hoffentlich aus gutem Grund, aber es ist eine Tatsache: Wir können das Rampenlicht nicht immer meiden. Vielleicht muss man manchmal einfach dastehen und lächeln und es überstehen. Also grinste ich befangen und bedankte mich und schlang dann etwas Kuchen hinunter, auch wenn ich zu nervös war, um viel zu essen. Später ging ich zu Bryan und küsste ihn auf die Wange.

»Vielen Dank für alles«, sagte ich. »Sie waren echt nett zu mir. Ich habe es nicht verdient.«

Seine Augen funkelten. »Manchmal nicht, nein, aber ich habe immer geglaubt, dass Sie es wert sind. Ich sagte mir am Tag, als ich Sie eingestellt habe: ›Bryan, dies mag ein schrecklicher Fehler sein, aber du wirst etwas von ihr lernen.‹«

»Und was haben Sie gelernt?«, fragte ich belustigt, während hinter uns Sue, die den Kopierer reparierte, lachte.

»Aufrecht zu stehen«, erwiderte er. »Sie krümmen die Schultern. Sie runzeln die Stirn. Sie merken nicht mal, dass Sie es tun. Da, genau!« Ich lachte, und er klopfte mir auf den Rücken. »Sie werden eine wunderbare Lehrerin sein. Ich glaube, Sie werden es lieben. Ich sehe Sie schon jetzt außerhalb der Stadt in einem hübschen Dorf auf Ihrem Fahrrad, wie Sie zur Schule fahren. O ja.« Er schloss die Augen und summte leise. »O ja, Nina. Sie werden einen Hund haben. Ich sehe es.«

Ich schnaubte. »Ich? Ich hasse das Land.«

»Wer mag London denn noch?«, wollte Bryan wütend wissen, und Sue nickte mit weit aufgerissenen Augen. »Diese Woche, was da draußen passiert, die Menschen, die verrückt werden, jede Nacht. Sie sind besser dran, wenn Sie nicht in London bleiben. Sie sind kein Kind mehr. Sie werden erwachsen. Die Dinge ändern sich. Man glaubt, man liebt die Stadt, und dann eines Tages – peng!« Er schlug die Fäuste zusammen und riss sie in einer explosiven Geste wieder auseinander. »Man wacht auf und erkennt, dass man nicht gesehen hat, was vor seiner Nase ist.«

»Ich werde wohl eher die Flügel ausbreiten und fliegen«, gab ich zurück, doch es klang defensiv. Und kurz darauf, als ich das Büro zum letzten Mal verließ und die Regen Street mitten im Sommertouristenstrom mit meiner neuen Ledermappe entlangging, blieb ich stehen, blinzelte schnell und fragte mich, ob ich wie letzte Woche wieder in Ohnmacht fallen würde, ob ich mich immer so fühlen würde, ob wirklich etwas mit mir nicht stimmte. Ich fragte mich, was in dieser Nacht passieren würde, wie nahe die Stadt am Zerreißen war.

Und dann kam der Gedanke, die Erkenntnis, die mein Leben für immer verändern würde, ein kleiner roter Ballon, der in mein Sichtfeld flog. Ich stand still vor dem Apple Store, sah auf die riesigen Fotos von Familien am Strand und verschiedene Apps in Primärfarben, die das Leben verschönern sollten. Kalender. Kontakte. Fotos. Kalender. Fotos. Kalender.

Wie hatte ich es nicht früher erkennen können?

Mit leicht schweißnassen Händen und zitternd überquerte ich die Straße und war mir plötzlich sicher, wohin ich als Nächstes gehen, was ich tun musste, bevor ich ihn sah. Ich kam am Kiosk am Oxford Circus vorbei: »Londons zweite Krawallnacht?« Ich nahm es kaum wahr, obwohl: O Gott, was, wenn ich recht habe?

So betrat ich am nächsten Abend die Küche, um mir einen Apfel zu holen – ich hatte erkannt, dass mir ein Apfel half, um mich weniger schwindlig zu fühlen –, bevor ich mich auf den Weg zu Sebastian machte, und sah zu meiner Überraschung Mum auf einem Küchenhocker sitzen und einen Tee trinken. Sie war die letzten zwei Tage in Oxford gewesen und hatte eine Schule und ein paar Buchhandlungen besucht.

»Hallo!«, grüßte sie erfreut. »Es tut mir leid, ich habe dich nicht kommen hören.«

»Ich wusste nicht, dass du wieder da bist. Wie war es in Oxford?«, fragte ich, küsste sie und warf noch einen Apfel aus der Obstschale in meine Tasche.

»Es war wundervoll. Ich habe eine andere Nina kennengelernt.«

»Wirklich?«

»Ja, sie war fünf und hatte einen Bruder namens Alfie. Sie war hinreißend. Es hat ihr sehr gefallen, dass ich eine Tochter namens Nina habe.«

»Das ist toll.« Ich biss in den Apfel.

»Geht es dir gut?«

»Nur müde. War es schön, wieder dort zu sein?«

»O ja.« Sie drückte die Hände auf die Küchentheke. »Es war wundervoll. Ich war beim Oriel College und in der Bodleian. Ich war sogar wieder am Brasenose. Ich habe dem Portier gesagt, es sei das College meines Mannes, und er ließ mich einen Blick in den Hof werfen.« Sie hielt inne und lächelte. »Ich hatte vergessen, dass man von dort die Bodleian sehen kann. Und der Himmel – sein Zimmer war ganz oben, und wir schauten immer zu den Sternen.« Sie spielte mit ihrer Kette. »Ich habe mich an etwas erinnert, als ich dort war, etwas, was er mir erzählt hat.«

»Was denn?«

»Er hat gesagt, dass er zu Hause immer gefroren hat und dass ihm in Oxford warm war. Er konnte nicht mal die Sonne sehen, wo er aufwuchs, weil sein Zimmer zu den Bäumen ging und das Haus immer feucht war.« Ihr traten Tränen in die Augen. »Und deshalb war er so gerne in diesem Zimmer. Himmel. Und seit wir in Keepsake waren – oh, es ist jetzt fast zwei Monate her –, denke ich dauernd daran. Und die Erinnerungen deiner Großmutter zu lesen, ›sein sorgenvolles Lächeln‹, das hat sie über ihren eigenen Sohn gesagt, Nina, sein sorgenvolles Lächeln, und ich hör dauernd nur diesen Satz, wie traurig er ist, wie sie ihn so gründlich vermurkst hat, dass er eigentlich keine Chance hatte. Erinnerst du dich daran?«

»Ja.« Ich hatte den *Schmetterlingssommer* jetzt so oft gelesen, dass ich mich an alles erinnern konnte. »Aber ich weiß nicht. Die arme Teddy, ich glaube, sie hat es gut gemeint.«

»Nein, hat sie nicht!«, sagte Mum. »Ich glaube, sie war ein wirklich schlechter Mensch, Nina. Tut mir leid. Ihm das angetan zu haben – und ich muss dauernd daran denken, wie vage er irgendwie war, als wir uns kennenlernten, wie freundlich. Er hatte diesen Privatschulcharme an sich, aber es war, als ob er ihn gelernt hätte, wie ein Imitator eine Stimme lernt oder ein Kind ein anderes Kind in der Schule nachmacht.«

Ich zuckte mit den Schultern. »Ich glaube, er hätte sich immer so entwickelt.«

»Wie was?«

»Na ja, ein bisschen schwach. Ein Lügner. Ein bisschen zu sehr daran gewöhnt, sich auf seinen Charme und seinen vornehmen Akzent zu verlassen.«

Sie schüttelte den Kopf. »Ich glaube nicht, dass er immer so war.« Sie lächelte, und ich nahm dieses Etwas in ihren Augen wahr, den Blick, den sie hatte, wenn sie an ihn dachte – den Blick, den er auch hatte.

Ich hatte ihr nie von seinem Brief erzählt, dass er geschrieben hatte, dass er immer in sie verliebt sein würde. Ich weiß, es war die richtige Entscheidung. Die Scheidung ging durch, und ich nehme an, sie werden sich nie wieder begegnen, doch so unwahrscheinlich es klingt, ich glaube, sie lieben sich immer noch, selbst nach allem, was passiert ist. Ich glaube nicht, dass ich sie beide jemals verstehen werde – man versteht andere Beziehungen nicht, oder? Und noch weniger die der eigenen Eltern. Wer kann schon meine Beziehung mit Sebastian begreifen außer uns beiden?

»Ich bin nachsichtig mit deinem Dad«, sagte Mum gerade. »Er hat die Asche und die Erinnerungen zurück nach Keepsake gebracht. Er folgte dem Letzten Willen deiner Großmutter. Am Ende versuchte er das Richtige zu tun.«

Doch ich erwiderte nichts. Wir hatten immer noch nichts von ihm gehört, außer über die Anwälte, was die Scheidung anging. Ich akzeptiere dies an meinem Vater, dem unsichtbaren George Parr. Ich werde ihn aller Wahrscheinlichkeit nach nicht mehr wiedersehen. Und das ist zumindest eine seltsame Umkehrung. Der Vater, der tot war, aber in meiner Phantasie lebte, ist nun am Leben und wohlauf, jedoch tot für mich, zumindest in meinem Geist. Ich weiß nicht, wie ich mich deshalb fühle. Vielleicht kann ich eines Tages, in ein paar Jahren, einfach ins Flugzeug steigen und nach Ohio fliegen, versuchen ihn kennenzulernen, Merilyn, die Millionärstochter, treffen. Vielleicht ist das alles auch eine Lüge. Vielleicht ist er jemand ganz anderer. Es ist nicht ordentlich, aber das sind Familien nie. Ich wollte mein ganzes Leben lang eine größere Familie, und nun, da ich eine habe, wird mir klar, dass das einen nicht normal macht. Weit gefehlt.

»Ich bin froh, dass du wieder in Oxford warst«, sagte ich.

»Ich auch.« Mum stand auf, küsste mich, und ihre Finger wischten ihren Lipgloss von meiner Wange. »Ich bin froh, dass ich mich an das über ihn, deinen Vater, erinnert habe. Ich will, dass du dich auch daran erinnerst, Nina. Was immer danach kam, in jenem Sommer liebte er mich, und ich liebte ihn. An unserem Hochzeitstag waren wir so glücklich. Ich will, dass du verstehst, Nina, dass du von daher kommst.«

»Mum ...«, setzte ich an und verstummte dann.

»Ja?«

»Nichts.« Ich sah auf die Uhr. »Ich muss los, ich komme sonst zu spät.«

»Sei vorsichtig da draußen«, mahnte sie, als ich die Treppe hochging.

Ich lachte. »Komm schon, Mum, ich bin ein großes Mädchen.«

»Ich meinte Sebastian«, rief sie. »Sei nachsichtig mit ihm.«

Als ich an diesem Abend den Kanal entlang zu Sebastian ging, kamen mir zwei Jungen auf Fahrrädern entgegen und brüllten ausgelassen. Einer war der Junge mit der Hasenscharte, den ich schon gesehen hatte.

»Aus dem Weg, Schlampe!«, kreischte er, und seine Stimme überschlug sich fast vor Hysterie.

Ich presste mich an die Wand, über die Maßen erschrocken, und dann waren sie fort, und die diesige Heiterkeit des Kanals war wieder da, einsame Moorhühner gackerten inmitten der Plastiktüten und hüpfenden Bierflaschen, und der feuchtheiße Geruch von Kohlenrauch lag in der schwülen Luft.

Wie würde ich es ihm erklären? Wie konnte ich es ihm begreiflich machen? Ich beschleunigte meinen Schritt.

26

Obwohl ich früh in dem netten, abgelegenen Pub in der Camden Passage ankam, war Sebastian schon da. Er kam immer zu früh, aber es machte ihm auch nichts aus, wenn ich mich verspätete. Ich nahm seine Hände, blickte ihn an und fragte mich, wie wir die nächste Stunde durchstehen sollten.

»Geht es dir gut?«, wollte er wissen, als ich ihn auf die Wange küsste. »Du wirkst ein bisschen …«

»Was?«

»Durcheinander, finde ich.«

»Ich habe mich in letzter Zeit ziemlich verrückt gefühlt«, gab ich zu. »Jetzt ist es besser. Hab ein paar Dinge geklärt.« Plötzlich konnte ich es fast nicht ertragen, ihn anzusehen.

»Komm, setz dich«, sagte er und sah mich weiter neugierig an. »Ich habe uns einen Tisch ergattert. Willst du was trinken?«

»Ich möchte etwas essen. Ich sterbe vor Hunger. Hör zu …«

Jemand rannte laut schreiend am Fenster vorbei, und alle im Pub fuhren hoch. Doch es war nur ein lachendes Mädchen mit einer Leinentasche, das auf dem Weg zu etwas war – einem Bus, einem Date, einem Film.

»Bisschen angespannt heute Abend«, bemerkte Sebastian. »Ist es nicht verrückt?« Das sagten alle immer wieder: Ist es nicht verrückt? Ist es nicht seltsam, wie wir jeden auf der Straße anschauten, misstrauisch, verwirrt bei dem Gedanken, dass diese jüngste Gewalt bei so vielen von uns vorhanden war.

»Hat sich lange angekündigt, denke ich. Hör zu, Sebastian …«

»Lass mich erst was zu trinken bestellen. Lass uns auf dich und deine aufregenden Neuigkeiten feiern. Willst du ein Glas Champagner?«

Ich musste ja sagen. »Natürlich.« Ich nahm seine Hand. Als die Gläser kamen, trank ich einen winzigen Schluck und stieß mit meinem Glas an seines an. »Auf dich. Auf …« Ich stellte das Glas ab. »Tut mir leid, ich weiß nicht, worauf wir anstoßen.«

»Ach, du. Auf den Lehrerlehrgang.« Er sah überrascht aus. »Und dass du Keepsake gefunden hast. Und dass es ein schöner Abend ist. Warum sollten wir keinen Champagner trinken?«

»Klar. Ich glaube aber, bei dem Haus gibt es nicht viel zu feiern.«

»Du siehst auch immer nur die negative Seite.«

»Du warst nicht dort. Du wirst schon sehen.«

»Ich warte auf meine Einladung«, gab er zurück. »Denk dran, ich werde mit dir dort hinziehen und dein Gutsherr sein, dir zu Diensten und deinen …« Er verstummte und sah mich an. »Es war nur ein Scherz.«

Ich wünschte, ich könnte ihm einfach sagen, was ich wollte. »Hör zu, Sebastian …«

»Ich habe nachgedacht«, unterbrach er mich, »und zwar diesmal ernst.«

Die Kellnerin erschien mit unseren Speisekarten, und wir zuckten beide gleichzeitig zurück, um sie entgegenzunehmen, und lächelten uns an, als sie mit einem neugierigen Blick wieder ging.

»Sie glaubt, dass wir Roboter in einer Pantomime spielen«, sagte ich.

»In Pantomimen gibt es keine Roboter.«

Ich lachte auf und lächelte ihn hilflos an.

Und dann sagte er eilig: »Du hattest recht, Nina.«

»Womit?«

»Dass wir wieder zusammenkommen.«

»Inwiefern hatte ich recht?«

»Nun, dass wir es nicht tun sollten, dass es ein Fehler wäre. Ist es nicht das, was du meinst? Ich habe die ganze Zeit, seit wir miteinander geschlafen haben, auf eine Antwort gewartet, und du hattest von Anfang an recht wegen uns, dass wir Zeit brauchen. Ich habe es nicht klar gesehen. Ich habe an uns von früher gedacht, aber wir haben uns verändert. Wir sind nicht mehr diese Menschen.«

»Nein, das sind wir nicht«, sagte ich und trank dann einen Schluck.

»Ich bin froh, dass wir ... dass wir diese gemeinsame Nacht hatten. Es war unglaublich.« Er griff nach meiner Hand, und ich merkte, wie mein Gesicht brannte. »Für dich nicht?«

Ich nickte. »Doch, für mich auch.«

»Gut, denn es war irgendwie ein Abschied, oder? Du mit der Lehrtätigkeit und ich ein paar Monate in Amerika. Habe ich das erwähnt?« Ich nickte. »Es wäre so oder so ein Fehler gewesen – nicht nur aus diesen Gründen, sondern weil wir unser Leben weiterleben.«

Ich schob den Champagner beiseite. »Sebastian ...«

»Nein, lass mich ausreden, bitte.« Er biss sich auf die Lippe. »Ich muss das sagen. Ich ... ich werde dich in gewisser Weise immer lieben. Nins, klingt das komisch?«

Ich schüttelte benommen den Kopf. Er kam mir plötzlich wie ein ganz anderer Mensch vor, weit weg von mir, von unserem alten Leben. Ich sah in mein Glas und fragte mich, ob ich es ihm erzählen konnte oder nicht. »Nein. Nein, es klingt nicht komisch.«

»Ich freue mich so.« Und er küsste meine Hand.

»Ich mich auch.« Und das tat ich wirklich. Ich liebte ihn

und wollte, dass er glücklich wäre, und ich sah es ein – wir konnten trotz allem nicht zusammen sein.

Er lehnte sich auf seinem Stuhl zurück. »Ich habe wirklich Hunger. Sollen wir bestellen? Wir werden nicht von einer wütenden Menge angegriffen werden, oder?«

»Kaum.« Ich fragte mich, ob ich damit umgehen konnte.

»Hast du von dem Restaurant in Notting Hill gehört? Sie sind einfach reingelaufen und haben die Leute beim Essen ausgeraubt. Gestern.«

»Ach, das waren alles Millionäre«, meinte ich. »Sie können es sich leisten, einen oder zwei Zehner zu verlieren.«

»Du olle Kommunistin. Du wärst in früheren Zeiten ein toller Wegelagerer gewesen, hättest Charles' II. Geliebte beklaut und ihren Schmuck eingesteckt. Ups. Ich sollte nicht schlecht von der Familie reden, oder? Also, Lady Nina, das Haus. Sag mir, was damit passiert.«

Ich legte die Serviette hin, das Adrenalin machte mich benommen. »Das Haus …«

Er runzelte die Stirn. »Hey, geht es dir wirklich gut? Du bist schrecklich blass, Nins.«

Ich nickte. »Ja. Was für ein Haus?«

»Keepsake. Was passiert mit …«

Aber ich hielt es nicht länger aus. Ich hatte gedacht, ich würde es ihm etwas später erzählen, wenn wir entspannter wären, wenn er sich besser mit dem Gedanken anfreunden mochte. Ich starrte ihn mit geöffneten Lippen an, und meine Kehle war trocken. »Sebastian, ich muss dir was sagen.«

»Was?« Er beugte sich zu mir. »Ich bringe dir ein Glas Wasser. Du bist kreidebleich …«

Ich legte meine Hand auf seine und blickte ihm in die tiefen, freundlichen Augen. »Nein. Das ist es nicht. Ich bin schwanger.«

Seine Finger verkrampften sich. »Was?«

»Ich bin schwanger.« Ich schloss die Augen. »Ich ... Es ist offenbar deins.«

»Offenbar?«

Mein Herz trommelte wie wild, und ich sagte scharf: »Ja, offenbar. Es gab nämlich keinen anderen. Es war vor über zwei Monaten. Es war an jenem Nachmittag.«

»Aber wir haben ein Kondom benutzt.«

»Einmal. Das Mal danach ist es abgegangen, erinnerst du dich nicht?« Ich errötete. Jemand am Nebentisch sah sich beim Wort Kondom um.

»Ich ... Wir waren ...« Er schluckte. »Okay. Wie lange weißt du es schon?«

»Ich habe es gestern rausgefunden. Das ist für mich auch alles irgendwie verrückt.« Ich lächelte ihn an; ich klang wie eine Idiotin. »Ich habe nicht viel gegessen, und ich fühlte mich dauernd komisch, und ich bin vor ein paar Wochen in Ohnmacht gefallen. Ich dachte, es wäre nur der Stress, die ganze Sache mit dem Haus. Egal, es hat wahrscheinlich drei Köpfe und wird als Haarklumpen rauskommen.«

»Du willst es also behalten?«

Wir sahen uns an.

»Sebastian, ich bitte dich nicht, dich mit zu kümmern, aber ich glaube, ich will es. Es macht irgendwie Sinn.« Ich rieb mir die Augen. »Nein, es macht keinen Sinn, weil mein Lehrgang nächsten Monat beginnt und ich wahrscheinlich den größten Teil des Sommersemesters fehlen werde, aber sie sagen, man kann nach April die Scheine nachholen – wenn alles okay geht, wenn ich das Baby bekomme. Ich bin erst in der neunten Woche ...«

»Natürlich.«

»Weißt du, es gefällt mir irgendwie, dass Mum und ich dieses Baby haben. Mum ist richtig aufgeregt. Sie wird die neue Mrs.

Poll werden, sagt sie.« Ich redete zu schnell, in der Hoffnung, er würde sich nicht erinnern, wie schlecht ich log. Er sollte glauben, es sei okay, dass er sich nicht verpflichtet fühlen musste, dass er sich nicht an mich gebunden fühlen musste oder ich mich an ihn. Er musste frei sein, wenn er wollte. Ich dachte an Mum und Dad, daran, dass es mit ihnen nicht geklappt hatte und dass sie sich doch noch liebten. Hinter mir bekam jemand einen Lammburger mit Pommes und begann ihn lautstark zu essen. Eilig fuhr ich fort: »Malc schwebt in den Wolken. Er sagt, er wird mit mir zum Geburtsvorbereitungskurs kommen, aber dazu habe ich nein gesagt. Wie seltsam wäre das denn? Ich werde wohl eine Weile bei ihnen wohnen, und vielleicht, wenn wir jemals nach Keepsake ziehen, was wir wahrscheinlich nicht tun werden, kann ich es – das Baby – mitnehmen oder dort einen Job suchen oder so. Ich bin nicht sicher.«

»Nach Keepsake ziehen?«

»Das ist eine andere Geschichte«, sagte ich. »Es ist viel passiert. Lass uns ...« Ich sah zum Fenster hinaus und versuchte, nicht auf den Burger zu achten. Ich war erstaunt über die Reaktion meines Körpers. »Können wir hier raus? Ich brauche frische Luft.«

Sebastian nickte. »Klar. Bist du in Ordnung?«

»Neben all dem Essen zu sitzen, da wird mir ein bisschen schlecht. Tut mir leid.« Ich sah, wie er, als ich aufstand, auf meinen Bauch blickte. »Noch nichts zu sehen«, meinte ich und lächelte ihn schüchtern an.

»Du bekommst – Jesus, du bekommst unser Baby.« Er sprach ganz langsam. »Wow, Nina.«

Wir legten Geld auf den Tisch und gingen. Es war ein feuchter, bewölkter Abend und sehr ruhig in der Passage. Wir liefen die Essex Road entlang, und ich erzählte ihm von Keepsake und von allem, was dort passiert war. Von dem Brief, den ich von Charles Lambert an dem Tag erhalten hatte – etwas über eine Wohltätigkeitsorganisation namens Butterfly Conservation, die ein paar Schmetterlinge identifizieren solle und über irgendwas ganz aufgeregt sei. Über das Land, das geschützt sei.

»Ich habe ihn angerufen, doch er war nicht da. Aber es war halb neun abends. Ich bin froh, dass Charles Lambert nicht so lange arbeitet.«

»Wer?«

Ich schüttelte den Kopf. »Mein Anwalt. Und es ist egal.«

»Hast du Schmetterlinge gesehen, als du da warst? Sehen einige besonders toll aus?«

»Da waren Hunderte, wahrscheinlich Tausende, aber ich kann sie schwer unterscheiden. Ich habe mal viel über sie gewusst, doch das ist Jahre her. Es war unglaublich. Es ist so wild und überwuchert und warm und üppig dort, es ist fast ein Mini-Regenwald, und die Flora und Fauna …« Ich hielt inne und lachte. »Nun, es ist eine lange Geschichte.«

Sebastian nickte höflich, doch er hörte nicht richtig zu. Er hatte den Kopf gesenkt, aber beim Geräusch von etwas wie Feuerwerkskörpern in der Ferne blieben wir beide stehen, und unsere Köpfe schossen hoch, denn hier in der Gegend stellte sich das Geräusch von Feuerwerkskörpern selten als tatsächlich solche heraus.

»Es ist vielleicht nicht so gut, draußen zu sein«, sagte ich und dachte an die hysterischen SMS und E-Mails, die wir von Nachbarn bekommen hatten. Sie hatten gewarnt, an diesem Abend nicht vor die Tür zu gehen, und ich fragte mich, ob sie recht hatten. »Hör mal, ich gehe sowieso zurück. Ich bin in den letzten Tagen echt müde gewesen. Nach halb neun kann ich kaum noch die Augen offen halten. Und ich glaube, du brauchst auch Zeit, um über alles nachzudenken.

Wann du es deiner Familie erzählst, wenn überhaupt, und so.«

»Natürlich sage ich es ihnen.« Sebastians Gesicht wirkte entschlossen. »Lass uns nicht jetzt daran denken. Ich bringe dich erst mal nach Hause.«

Ich griff nach seiner Hand. »Nein, wirklich nicht. Ich gehe die St. Peter's Street runter, das geht in Ordnung. Das ist doch alles übertrieben, es wird heute Nacht vorbei sein. Sollen wir uns morgen oder Freitag treffen? Am Nachmittag?«

Langsam schüttelte er den Kopf. »Nein.«

»Nein?«

»Was, wenn ich sagen würde, ich will mit dir zusammen sein, noch mal neu anfangen, Nins? Was würdest du sagen? Hat es einen Sinn …« Er verstummte. »Sag es mir nur.«

»Ich weiß es nicht.« Wir standen dort auf der Straße, unsere Handrücken berührten sich, und meine ganze vorige Entschlossenheit war verflogen. Plötzlich wollte ich, dass er bei mir blieb, immer da wäre. »Ich weiß nicht«, wiederholte ich mit gebrochener, leiser Stimme.

Er schob mir eine Strähne nach hinten. »Ich … ich … kenne dich, Nins, das tue ich, obwohl wir so verschieden sind. Wenn wir ein Baby bekommen – ein Baby –«, flüsterte er, und ein Lächeln stahl sich auf sein Gesicht, »sollten wir es dann nicht versuchen?«

Sein Kind, mein Kind, unser Kind, und wir waren verheiratet gewesen und füreinander immer noch die Einzigen. Tränen tropften aus meinen Augen auf den Boden.

Er wirkte entsetzt. »Oh! O Nina, Liebling, weine nicht. Es tut mir leid …«

»Ich weine die ganze Zeit«, sagte ich. »Es ist wie mit der Benommenheit und der Übelkeit. Ich dachte, irgendetwas stimmt nicht mit mir, bis ich herausfand, was es ist. Ich habe heute Morgen viermal bei den Nachrichten geheult.«

»Schau«, sagte er, »warum schlafen wir nicht eine Nacht darüber? Ich besuche dich morgen. Vielleicht sollten wir es nicht versuchen, aber vielleicht sollten wir es doch.«

Er küsste mich auf die Lippen. Ich spüre es noch, während ich das hier schreibe, drei Jahre später. Ich weiß, was Teddy meinte, als sie schrieb, dass sie sich an alles vollkommen erinnert. Ich erinnere mich an diesen Augenblick in allen klaren, kristallklaren Einzelheiten. Dann ging er fort und drehte sich noch mal um und lächelte mich glücklich an, wie er es an jenem allerersten Tag getan hatte, als ich ihn sah, am Schwarzen Brett der Uni, und dann war er verschwunden.

Das Leben hängt von Winzigkeiten ab, die unsere Entscheidungen formen – der Reißverschluss an einem Stiefel, ein Gewitter auf der Heath und die Richtung, die wir an einer Wegkreuzung einschlagen. Wenn er die andere Richtung, die Upper Street, genommen hätte, wäre es dann passiert?

Eine Laune, ein Unfall – wie Zufälle, aber es gibt keine wirklichen Zufälle, oder? Ich war immer dazu bestimmt, Lise an jenem Tag in der Bibliothek zu treffen. Sie war dazu bestimmt, mich zu finden. Und warum war Sebastian auch an dem Tag da, als alles begann, als wir uns das erste Mal nach Monaten wiedersahen? Ich weiß, der Grund ist, dass er dort nach mir gesucht hat. Es war kein Zufall. Deshalb glaube ich, wir sollten dieses Kind haben, und ... und vielleicht musste Sebastian so gehen, obwohl ich *das* niemals glauben werde.

Dort, wo das Geräusch von Feuerwerkskörpern hergekommen war, hatten ein paar Jungen, kühn geworden durch die Krawalle und das Chaos, ein paar Scheiben eingeworfen und eine Schachtel mit Feuerwerkskörpern aus einem Supermarkt geholt. Sie zündeten sie auf dem einsamen letzten Teil der

Canonbury Road. Einer traf einen Bus, ein anderer einen Jogger. Sebastian lief auf sie zu, sagte ihnen, sie sollten aufhören. Die Polizei meinte, er rannte fast so schnell, wie sie in ihrem Auto fuhren – Sebastian, der wusste, wann er es lassen und wann er vortreten musste.

Noch ein Feuerwerkskörper, und die Jungs verzogen sich erschrocken. Und als Sebastian sie erreichte, schossen noch zwei Feuerwerkskörper hoch, beide zusammen, und trafen die Baustelle hinter der Union Chapel. Das Schild mit dem Namen des Architekten löste sich, und hoch über ihm brachen ein Ziegelstein und die Metallbeschilderung aus der Wand und flogen herab, trafen ihn am Hinterkopf und ließen ihn zu Boden stürzen, wo er noch einmal hart auf dem Hinterkopf landete. Sein Schädel war an mehreren Stellen gebrochen. Er erlitt innere Blutungen und dann eine Gehirnblutung.

Nach einer Woche bat Zinnia – wunderbar in einer Krise, ruhig, unerträglich besonnen und freundlich –, die lebenserhaltenden Apparate abzuschalten. Er starb ein paar Tage später in der Uniklinik, wo unsere Tochter sieben Monate darauf geboren wurde, genau gegenüber der Stelle, wo sich ihre Eltern kennengelernt hatten. Sie heißt Alice Fairley Parr und wird immer wissen, wer ihr Vater war. Ich rede jeden Tag mit ihr über ihn. Sie hat ein Foto von ihm und mir in ihrem Zimmer.

Im Leben konnten wir keinen Weg finden, zusammen zu sein. Doch dann starb er und hinterließ mir seine Tochter. So ist er immer bei mir in meinem Herzen, jeden Tag. Ist das nicht seltsam?

27

August 2014

Der Sommer kommt früh nach Cornwall. Die Schwalben fliegen von April an, und im Mai sind die Bäume belaubt, und natürlich sind Schmetterlinge in der schweren, süßen Luft und warten darauf, dass der Rest des Landes – und das Licht, denn es ist oft noch dunkel am Morgen – aufholt.

Ich habe in den letzten Jahren einige Zeit dort verbracht, seit Alice auf der Welt ist. Nicht im Haus, das wäre unmöglich. Es gibt ein Torhaus am Waldrand an der Einfahrt zu der Straße, die nach Manaccan führt, wo die echte Matty lebte, bevor sie und ihre Mutter von meinem Urgroßvater vertrieben wurden. Es war in einem baufälligen Zustand und ist im Winter immer noch ziemlich unbewohnbar, wenn der Pfad, der zur Haustür führt, unpassierbar wird, weil Schlamm, Eis und Blätter ihn blockieren. Im Sommer ist es immer noch dunkel, ohne Radioempfang, beschattet von Bäumen, und das einzige Geräusch kommt von Ziegenmelkern und Eulen. Doch nun ist es warm und freundlich. Es hat zwei gemütliche Zimmer, und ich habe den Kamin kehren lassen, so dass wir ein Feuer anzünden können. In der Küche gibt es fließendes Wasser, und ich erhitze das Wasser für das Bad auf dem Feuer. Auch das gehört mir, ist Teil meines Landes, die Mitgift, die mir von den Frauen hinterlassen wurde, die vorher waren. Ich bin glücklich, es so zu haben. Man möchte nicht länger als ein, zwei Wochen dort wohnen, doch wenn es warm, gemütlich und sauber ist, ist es magisch. Alice liebt es.

Hier wollten meine Mutter und Malc ihre Flitterwochen verbringen, und das bedeutet mir sehr viel. Im August ist Cornwall seit Monaten warm, und sogar im Schatten der Bäume ist es im Cottage heiß. Wir sind früh losgefahren, um heute bei ihnen zu sein. Malc grillte Sardinen und Kräuterwürstchen aus der Gegend, und wir aßen wie die Könige. Ally aß mehr als alle anderen. Sie hat einen Riesenappetit. Sie kann zwei große Schüsseln Pasta innerhalb von Minuten verputzen. Sie ähnelt ihrem Vater sehr.

Nach dem Mittagessen schob Malc seinen Sonnenhut ein bisschen weiter über den Kopf und verschränkte die Arme. »Ich bin hier fertig«, sagte er. »Jetzt kann ich mich ausruhen, bevor wir gehen. Lauft ihr Mädels schon los?«

Mum sah zu mir.

»Ich gehe vielleicht allein«, sagte ich. »Wenn das okay ist, Mum.«

Sie nickte. »Klar!« Ihre Stimme war ein wenig angespannt, ein wenig besorgt, denn sie allein wusste, warum ich dorthin wollte. »Ich meine, ich würde mit dir gehen, wenn du willst, aber nur, wenn du es willst, Liebes.«

Ich zögerte. Ich hatte nur mit Alice wieder dorthin gehen wollen, um mich mit meiner Tochter als Gesellschaft davon zu verabschieden. Ich hatte gedacht, es wäre ein symbolischer Moment, die beiden letzten Parr-Frauen, doch dann wurde mir klar, dass ich ohne Mum nicht gehen konnte.

Gene, Familien, Herkunft sind komische Dinge, was? Ich war überzeugt, dass ich *The Birds are Mooing* nicht mochte, als ich jünger war. Dann, als Alice geboren wurde, erkannte ich, was für ein wundervolles Buch es ist. Ich konnte es vorher nur nicht erkennen, es war zu nahe an unserem exzentrischen kleinen gemeinsamen Leben dran. Ich lese es jetzt meiner Tochter vor, es ist ihr absolutes Lieblingsbuch, genauso wie

Nina und die Schmetterlinge meins war, und ich glaube, sie versteht schon, dass ihre Großmutter es schrieb, und das liebe ich, ich liebe es so sehr. Meine wundervolle Mum.

Bis zu meinem fünfundzwanzigsten Lebensjahr wünschte ich mir, ich wüsste mehr über einen Mann, von dem ich glaubte, er sei kurz nach meiner Geburt gestorben. Jetzt weiß ich, wenn überhaupt, zu viel über ihn und seine Familie. Die Seite meiner Mutter tut mir nun leid – jene unterschätzten Amerikaner von der Ostküste, akademisch, trocken, mit sandfarbenem Haar. Mums Vater starb letztes Jahr, und sie flog zur Beerdigung hin, doch ich schaffte es nicht, weshalb sie und ich planen, irgendwann im nächsten Jahr zusammen wieder hinzufliegen, wenn meine Ferien es zulassen. Ich werde Ally bei Zinnia lassen, ihrer anderen Oma (es hat auf Erden nie eine liebevollere Großmutter gegeben als Zinnia, keine, die überzeugter von der Vollkommenheit ihres Enkelkinds wäre – aber das darf sie auch denken, glaube ich). Wir werden nach Manhattan fahren und Mums früherem Leben Ehre erweisen, dann nach Kalifornien reisen, um ihre Tante und ihre Cousinen zu besuchen, die ich nie kennengelernt habe und die sie seit Jahrzehnten nicht gesehen hat. Vielleicht wird das das einzige Mal sein, dass wir uns treffen, vielleicht nicht. Ich erkenne jetzt, dass man sich völlig verwirren kann, wenn man versucht, dass Familien funktionieren. Manchmal kann man sie auch einfach in Ruhe lassen.

Das werde ich heute tun. Ich werde jemanden in Ruhe lassen.

Alles, das damit begann, dass Lise an jenem Tag in der Bibliothek auf mich zukam, alles, das sich danach aufdröselte, entsprang einer seltsamen Vorstellung von Familie. Ich bin nervös, weil ich Mum nicht genau gesagt habe, was ich tun werde, und ich bin auch nicht hundertprozentig sicher, dass ich recht habe, aber ich kann es nicht nicht tun. Ich muss Keepsake versiegeln und es hinter mir lassen, es den Schmetterlingen und der Natur überlassen, damit diese ihre Arbeit beenden und es wieder der Erde zurückgeben.

Alice' kurze, stämmige Beine wanken, als wir einen ausgetretenen Weg von der Hütte über die Wiese nehmen, aber sie beschwert sich nicht. Sie besteht darauf, überall zu laufen, obwohl ich eine Rückenschlinge habe. Sie lacht und zeigt auf Bienen, die über ihr summen, auf das hellgelbe Jakobsgreiskraut, das aussieht wie kleine Sonnenblumen, und sie weint, wenn sie sich ihre glatten rosafarbenen Fingerchen an einer Distel sticht. Sie hat noch nie vorher eine gesehen und versteht es nicht. Doch sie hat keine Angst. Sie ist ganz anders als ich, sie kennt keine Furcht. Sie sieht aus wie ihr Daddy. Sie hat seine goldenen Locken und seine großen Augen, und manchmal bricht es mir das Herz, sie anzusehen.

Der Nachmittag ist still, und ein dunstiger goldener Glanz hat sich auf die Felder gelegt. In der Ferne – so weit weg, dass es fast außer Hörweite ist – kann ich jemanden unten am Fluss hören. Ich frage mich, ob die, die vorbeifahren, jemals hoch zu den Bäumen blicken und überlegen, was wohl jenseits liegt. Würden sie jemals erraten, dass die Ruinen eines Hauses hier sind, dass es einst eines der größten Häuser des Landes war?

Mum hält Allys Hände und hievt sie über eine Schlammpfütze. Es hat hier vor kurzem geregnet, so dass das Land sich fetter, saftiger anfühlt als vorher. Wir sind auf dem Pfad aus Kreide und Kies, der sich hinunter nach Keepsake windet, zu den Wiesen, wo mein Vater Schmetterlinge jagte und meine Ururgroßmutter Alexandra Teddy alles lehrte, was sie wusste.

Alice sagt: »Brauch Wasser.«

Wir beide, Mum und ich, suchen sofort, um ihr als Erste ihre eigene Wasserflasche zu reichen, und während Mum Alice hilft, aus ihrer zu trinken, denke ich, wie viel Glück mein flachsblondes, entschlossenes Kind ist. Ich denke an meinen Vater, wie er hier alleine spielte, missachtet von seiner Mutter und seinem Vater, auf der Suche nach Schmetterlingen, voller Angst vor der Nacht, davor, allein zu sein. An Teddy, die mitten in der Nacht mit Matty zum Bahnhof von Truro fortlief und den Zug bestieg, der sie nach London, weg vom Sog des Hauses brachte. Ich denke an die Verrückte Nina, die im Mondschein zu Pferd floh, nach Persien flüchtete, nur um als gebrochene Frau zurückzukehren. An die Schmetterlinge, die sie als Larven in Kisten zurück nach Hause schmuggelte, damit ihre Kinder sie weiterzüchteten, daran, wie meine Großmutter und ihre Mutter und deren Mutter davor dasselbe taten und versuchten, ihre Liebe auf ähnliche Weise zu zeigen. Ich denke an meinen Vater und die Briefe, die ich ihm geschickt habe, die Fotos seiner Enkelin, die nicht anerkannt werden, daran, wie dumm es ist, dass es mich verletzt, und ich denke an Teddy. Ich frage mich, was sie von alldem halten würde, davon, wo sie hinging, wie sie ihr Leben beendete, ob sie glücklich war. Davon, ob Mum recht hat, ob es zu spät für sie war, glücklich zu sein, oder nicht.

Ich denke an all das, während wir durch den letzten herrlichen Sonnenschein gehen, unsere Schultern warm, die Hand meines kleinen Mädchens fest in meiner, während sie summt und plappert.

Mum sagt: »Du musst das nicht tun.«

»Ich will es«, antworte ich. »Es ist an mir, es zu tun.«

Es ist an mir, diese Familie zur Ruhe zu betten, damit wir mit unserem künftigen Leben weitermachen können. Ich will nicht, dass Alice fühlt, was ich gefühlt habe, dass eine Seite von ihr fehlt. Sie wird die Wahrheit über ihren Vater kennen. Sie hat natürlich auch ihre Tigergroßmutter. Zinnia kann mich jetzt nicht hassen, weil ich ihr die einzige Erinnerung an Sebastian schenkte, die ihr bei dem Schmerz, ihn zu verlieren, helfen könnte. Und ich kann Alice erzählen, wie sehr ich ihren Vater liebte. Es war die falsche Zeit für uns – alles war aus dem Lot geraten, bevor sie geboren wurde, und sie hat es gerichtet auf seltsame, kleine, oft herzzerreißende Art. Ich weiß, dass ich ihn geliebt habe, und werde nie die Lücke in meinem Herzen füllen können, wo meine Liebe zu ihm war. Ich hatte viel Zeit zum Nachdenken, als ich schwanger war.

Ich beendete meine Lehrerausbildung, nachdem Alice sechs Monate alt war; in London habe ich einen neuen Job in einer Grundschule in Hackney. Mein zweites Jahr beginnt im September. Letztes Jahr habe ich mich bei Book Trust engagiert, um sicherzustellen, dass jedes Kind in meinem Klassenzimmer jemanden hatte, der ihm abends vorlas. Ich gehe immer noch zu zwei Kindern nach Hause, um ihnen vor dem Zubettgehen vorzulesen, weil ihre Eltern kein Englisch lesen. Ich lebe bei Mum und Malc, aber im Moment ist es ein Segen, ein Haus mit ihnen zu teilen, dass Alice sie beide so gut kennt und ich ihre Hilfe habe. Sie und ich haben die beiden oberen Stockwerke. Mrs. Polls alte Wohnung ist wieder in Betrieb, und ihre alte Küche ist wieder unsere Küche, die ich mit meinem ererbten Geld umgebaut habe. Ich frage mich, was Mrs. Poll von alldem halten würde. Ich glaube, sie würde ihr ruhiges Lächeln aufsetzen und sagen: »Ist es nicht wundervoll für dich, Liebling?«

Wir gehen also heute wieder zum alten Haus, weil ich mit zwei Dingen noch nicht richtig fertig bin. Meine letzten Aufgaben, und dann kann ich das Gefühl haben, die Aufgabe erfüllt zu haben, die ich erfüllen sollte.

Drei Monate nach Sebastians Tod, als sich der Nebel noch nicht ganz gelichtet hatte, erhielt ich einen Anruf von Charles Lambert. Ich konnte mich kaum daran erinnern, wer er war. An manchen Tagen war es schwer, den Überblick zu behalten.

»Verzeihen Sie, Miss Parr, ich musste Sie anrufen«, sagte Charles, »aber Sie haben nicht auf die Nachricht oder die Mail geantwortet. Es geht um die Schmetterlinge im Haus. Sie erinnern sich, wir haben jemanden von Butterfly Conversation Cornwall bestellt, der sich dort umschauen sollte? Der Typ, den wir ursprünglich geschickt haben, um die Einschätzung vorzunehmen, war eher ein Amateurexperte. Er sah den Garten – gibt es dort eine Art Wildgarten?«

Ich erinnere mich genau daran, wo ich mich während dieses Gesprächs befand. Ich saß in der Küche, meine müden Füße auf einem Stuhl. »Das könnte man sagen, ja.«

»Interessant. Kennen Sie einen Grund, warum es dort eine Schmetterlingsart geben sollte, die in Großbritannien vorher nicht bekannt war?«

»Hm«, machte ich und blickte zu den alten Kerlen hinaus, die am Rand des Kanals angelten. »Nein, keine Ahnung. Tut mir leid.«

»Ich lese aus dem Bericht des Mannes: ›Weitere Sichtungen sind für eine endgültige Bestätigung nötig, dass dies die einzige Brutstätte des Erdbeerbaumfalters in Westeuropa ist und ein großer Schritt in der Entomologie und Klassifizierungslehre. Es deutet auf die außergewöhnlichen, man möchte sagen, völlig einzigartigen Bedingungen des Gartens in Keepsake hin. Jahre der Vernachlässigung, das abschüssige Tal, das die Sonne einfängt, der mineralreiche Boden und das üppige, feuchte Klima haben gemeinsam dazu beigetragen, eine fast tropische Umgebung zu schaffen, so dass der seltene Erdbeerbaumfalter, den man noch nie außerhalb des Mittelmeers und Afrikas gesehen hat, sich hier fortpflanzen konnte. Man weiß nicht, wie er hierherkam. Es ...‹ Entschuldigung, was wollten Sie sagen?«

»Ich weiß es«, sagte ich. Ich setzte mich auf. »Ich weiß, wie er dorthin kam.«

»Ah. Nun gut, es wird ein gründlicher Prozess werden, die Herkunft der Schmetterlinge zu ermitteln, und ich bin sicher ...«

»Nein.« Ich lachte. »Ich weiß wirklich, wie sie dorthin kamen. Meine Vorfahrin ...« Dann verebbte meine Stimme. »Tatsächlich ist das eine lange Geschichte. Fahren Sie fort.«

»Das sind gute Nachrichten, Miss Parr. Sie wollen eine spezielle Schutzanordnung beantragen, um der Öffentlichkeit den Zugang zu verbieten. Sie werden das Gelände sorgfältig schützen und die Schmetterlingspopulationen dort weiter überwachen müssen. Er sagt, es sind nicht nur die Schmetterlinge. Das Gelände ist voll von Königsfischern, Eulen, Ziegenmelkern, alles Mögliche. Es ist ganz außergewöhnlich.«

»Ja«, sagte ich.

»Nun, interessant wird es dadurch, was es für Sie bringt. Ich glaube – und ich stelle hier wilde Spekulationen an –, ich glaube, der National Trust wird Ihnen das Land vielleicht abkaufen wollen.«

»Ich werde es nicht verkaufen. Ich werde es ihnen verpachten, und sie können es verwalten. Ich will nicht, dass sie irgendwas in Keepsake aufräumen. Sie hat es aus einem bestimmten Grund so hinterlassen. Ich sehe noch nicht ganz, warum sie das getan hat, aber sie hat es getan.«

»Sie?«

»Meine Großmutter.«

»Ach so, natürlich.«

»Charles«, sagte ich, »wissen Sie etwas über sie? Wo sie am Ende war. Was mit ihr passiert ist.«

»Diese Information kann ich Ihnen nicht preisgeben. Ich wünschte, ich könnte es. Tut mir leid.« Ich erinnere mich, dass er nicht so klang, als ob es ihm besonders leidtäte. »Unsere erste Pflicht ist die gegenüber unserem Mandanten.«

»Ich bin Ihre Mandantin.«

»Ja, aber nicht in diesem Fall. Und ...« Er verstummte.

»Was?«

»Nun, ich weiß auch nicht. Ich meine, es wurde vor vielen Jahren abgewickelt. Dieses ganze Geschäft. Selbst wenn es mir also gestattet wäre, es Ihnen zu erzählen, müsste ich selbst auch erst nachschauen.«

Ich war völlig damit beschäftigt gewesen, abwechselnd schockiert über meine Schwangerschaft zu sein und um Sebastian zu trauern. Es hatte sich geändert, als ich meinen ersten Ultraschall hatte, das Kind gesehen hatte, das ich hoffentlich eines Tages zur Welt bringen würde. Ich wusste seit der Woche zuvor, dass ich ein Mädchen bekam. Ich war erwachsen, hatte eine Geschichte und ein Erbe, und ich würde Mutter werden. Ich konnte mit diesen Dingen umgehen. Ich konnte es schaffen.

»Ich verstehe. Hören Sie, apropos, ich werde wahrscheinlich ein Testament machen müssen. Hm ... es wird einiges Seltsame darin stehen. Ich meine, ich plane nicht zu sterben, aber alles, was mit dem Haus zu tun hat ...« Ich hielt inne. »Hatten Sie jemals so seltsame Fälle?«

»Miss Parr, manche Fälle, mit denen wir es zu tun haben, lassen Sie und die Geschichten Ihrer Großmutter ziemlich harmlos erscheinen. Ich kann ein Testament für Sie aufsetzen, das Sie sich anschauen können. Gut«, sagte er, und ich konnte das Klicken einer Tastatur hören, das Trommeln mit einem Stift, und ich konnte ihn mir in seinem grauen Büro vorstellen, die jungenhafte Erregung, die vielleicht wieder in seinem Gesicht aufleuchtete. »Darf ich anweisen, ein Team vom National Trust hinzuschicken, und dürfen sie Sie bei der nächsten Gelegenheit kontaktieren? Wie Sie sich vorstellen können, reißen sich alle darum. Es hat einen Haufen Aufregung verursacht ...«

Ich schnitt ihm das Wort ab, eine Welle der Übelkeit überschwemmte mich. »Schicken Sie sie hin, natürlich. Sagen Sie mir, was sie brauchen.« Ich sank wieder auf meinen Stuhl. In Wahrheit kam mir an jenem Tag alles so dumm vor, flatternde Insekten und erwachsene Männer, die über Steine kletterten, wo doch Sebastian gerade unter der Erde war und sein Kind keinen Vater haben würde. Damals sah ich es nicht.

Und da war Lise. Als Alice sechs Monate alt war und ich angefangen hatte, mich von ihr zu trennen – ich war zweimal alleine losgezogen, um Milch zu kaufen, und hatte Kaffee mit Elizabeth getrunken –, erhielt ich eine seltsame Anfrage. Mum hatte eines Abends angeboten, Alice zu baden, und als ich nach einem seltenen Spaziergang in die Noel Road zurückkehrte, fand ich Malc ziemlich verblüfft in der Küche vor.

»Was ist los?«, fragte ich und versuchte den Schrecken zu verschleiern, den man empfindet, wenn man sein Baby allein gelassen hat und bei der Rückkehr so einen Gesichtsausdruck bei jemandem vorfindet. »Alles in Ordnung, Malc?«

»Ja. Hör mal, Nins, jemand namens Abby hat auf deinem Handy angerufen«, sagte er und kratzte sich am Kopf. »Ich bin rangegangen. Sie ... sie hat gesagt, du sollst hinkommen. Gleich jetzt. Ich sagte ... ich sagte, du könntest nicht einfach alles stehen und liegen lassen. Aber sie sagte, du würdest es verstehen. Ich solle dir sagen, dass sie dich sehen müsse.«

Er reichte mir mein Handy. Abby hatte mir eine SMS geschickt:

Hallo, Nina. Tut mir leid, Sie zu stören. Lise ist am Ende. Sie hat nicht mehr lange. Wenn Sie das hier lesen, können Sie heute Abend kommen? Thx. A.

Ich war schon halb die Treppe hoch und rannte ins Bad, wo Mum munter mit Alice gurrte, die im flachen Badewasser lag und wie wild mit ihren Beinen in der Luft strampelte und vor Entzücken schrie.

»Schau dir nur diese Röllchen an«, sagte Mum gerade, fast trunken vor Freude. »Schau dir nur das Gesichtchen an, zum Knutschen! Schau nur dich an!«

»Mum«, sagte ich, »ich muss weg. Es geht um Lise. Alice Grayling. Sie liegt im Sterben. Abby will, dass ich zu ihr gehe. Kannst du Ally ins Bett bringen?«

»Oh!« Mum stand auf. »Oh, natürlich ...«

»Gib ihr eine Flasche. Es ist eine im Kühlschrank. Und denk dran, dass die Temperatur okay ist. Gestern Abend war sie zu heiß. Und Mum, der Reißverschluss an ihrem Schlafsack ist sehr ...«

»Himmel, ich komm schon klar.« Mum verdrehte die Augen. »Ich hatte auch mal ein Baby, weißt du. Du hast es überlebt, oder?«

»Nun ja ...«, setzte ich an.

»Sei nicht gemein. Und wenn du Mrs. Poll ins Spiel bringen willst, sage ich nein.«

Ich küsste sie und rannte wieder nach unten, ließ Alice selbstvergessen zurück, die Seifenblasen blies und überrascht auf ihre Hand blickte.

28

In Lise' Schlafzimmer waren die Vorhänge eine Stunde später noch offen. Spätsommerabendlicht strömte zum Fenster herein. Die Bäume schwankten draußen im Abendwind. Es war ruhig, heiter, sicher, anders als alle Totenbettszenen, die ich in meiner Phantasie vor mir gesehen hatte. Das Zimmer war schön, mit Bücherregalen vom Boden bis zur Decke, Gemälden, Auszeichnungen, Fotos an jeder freien Wand und auf jedem Regalbrett.

Ihr Bett lag gegenüber Heath. *The Shrimp Girl* hing über dem Kaminsims. Es war verblasst, lächelte aber immer noch. Auf dem Kaminsims selbst stand ein Bild von Al und Teddy mit verschränkten Armen. Ich hatte sie noch nie zusammen gesehen und starrte es an. Äußerlich ähnlich – kurzes schwarzes Haar, schlank, jung – und doch ganz anders von den Augen bis zum Gesichtsausdruck. Teddys war schüchtern und bewundernd, Als frech und provozierend. Und die Kleider – Al elegant und modisch, jungenhaft in Hosen, Teddy sittsam und etwas biederer in einem schwarz-weiß gemusterten Hemdkleid. Sie strahlten in die Kamera, aber man wusste, dass sie sich gegenseitig anlächelten. Sie waren so schöne Mädchen.

»Warum ist sie nicht … Sollte sie nicht im Krankenhaus sein?«, flüsterte ich bei Lise' Anblick. Sie atmete laut, wirkte winzig in ihrem zu großen Baumwollnachthemd und nahm uns beide kaum wahr, die wir uns hinten in dem großen, hellen Schlafzimmer drängten.

»Ich bin Krankenschwester«, sagte Abby geschäftig. »Wir haben zwei weitere Schwestern, die sich abwechseln. Sie hat alles sehr sorgfältig geplant. Sie ist sehr organisiert.«

»Ja, das war sie. Ist«, verbesserte ich mich.

»Sie reagiert seit den letzten Stunden nicht mehr. Aber sie hat oft über Sie gesprochen, als sie noch klar war. Ich war mir nie ganz sicher, ob sie verstand, dass sie Sie getroffen hat, und dann wieder war sie so froh darüber, dass sie Ihnen das mit ihr und Ihrer Großmutter erklären konnte. Sehen Sie, Sie waren ihr Bindeglied zu Teddy, aber sie konnte es nicht ganz begreifen. Sogar beim ersten Mal, als sie Ihnen begegnet ist, freute sie sich so, aber sie konnte sich unmittelbar danach nicht mehr erinnern, warum. Wenn Sie sich nur ein Jahr früher begegnet wären. Egal.« Und sie ging zu ihr, zog zärtlich die Decke über ihren Schützling und strich ihr das Haar aus der Stirn.

Der Himmel war aprikosen- und rosafarben gesprenkelt, und ich wurde mir der Zeit bewusst und dass ich nicht zu lange bleiben oder im Weg stehen konnte oder sollte.

»Warum haben Sie mich jetzt hergebeten?«, fragte ich.

»Nun ...« Abby biss sich auf die Lippe. »Ich musste heute in ihre Handtasche schauen. Ich habe sie so lange nicht durchgesehen. Sie hat seit Jahren ihre Scheck- und Kreditkarten nicht mehr benutzt. Doch es fehlte eine Kreditkarte, die ich versucht hatte abzubestellen, bevor sie ... Vorher. Also habe ich wieder in ihrer Handtasche nachgesehen und fand das hier.« Sie griff in die Tasche, holte ein dünnes cremefarbenes Rechteck aus Papier hervor, eine Nachricht, mehrmals gefaltet, und drückte sie mir in die Hand. »Sie hat den Rest verbrannt. Das hat sie mir erzählt.«

»Was verbrannt?«

»Das Buch, das Buch Ihrer Großmutter – es war doch Ihre Großmutter, oder?«

Ich nickte.

»Sie hat es jahrelang aufbewahrt, und als Demenz diagnostiziert wurde, hat sie das ganze Manuskript ins Feuer geworfen. Tatsächlich haben wir es gemeinsam gemacht. Im Kamin im Wohnzimmer. Sie sagte, sie wollte nie wieder damit konfrontiert werden, wenn es ihr schlechter ginge und sie nicht wisse, was es war. Wollte nicht, dass andere Leute es aus reiner Neugier läsen. Es sollte besser in ihrem Gedächtnis weggesperrt bleiben, um langsam vergessen zu werden. Doch das hier muss sie aufbewahrt haben.«

Ich entfaltete den Brief und hielt dann inne. »Darf ich lesen?«

»Lesen Sie es, wenn Sie zu Hause sind. Nicht hier …« Sie verstummte. »Ich glaube, Sie zu sehen hat alles noch schlimmer gemacht. Es hat den Verfall beschleunigt.«

Ich presste die Finger an meine Lippen. »Oh!«

»Nein, es ist gut so.« Abby wischte sich mit der Hand über die Stirn. »Sie wollte gehen. Sie wollte, dass es schnell geht, so schnell wie möglich, und es hat so lange gedauert.« Tränen traten in ihre Augen – die kühle, praktisch veranlagte Abby. »Es ist eine so grausame Krankheit, Nina. Ich glaube, dass sie Sie gesehen hat, hat ihren Geist gebrochen, das letzte Stadium. Sie hat ja so viel durchgemacht. Damals lesbisch gewesen zu sein und zu versuchen, es zu verbergen, wo sie doch nie die Art Mensch war, der etwas verbarg. Teddy zu verlieren, ihren Bruder, ihren Vater zu verlieren, diese Leute zu finden, die sich in der Wohnung erhängt haben. Ich meine, das war nicht schön, oder?«

Ich schüttelte den Kopf und schwankte zwischen Lachen und Weinen. »Nichts davon war schön.«

»Aber ich glaube, es war alles da, und Sie haben es für ein paar Wochen wieder zurückgeholt. Sie sahen Teddy so ähnlich, als sie jung war, und als sie alles begreifen konnte, war es wundervoll. Aber ich glaube, ihr Geist war inzwischen schon zu weit weg.« Abby schniefte. »Egal … ich … ich fühlte mich schuldig. Ich dachte, es schade ihr.«

»Sie haben es sicher aus den richtigen Gründen getan«, sagte ich.

»Ja, aber ich darf nicht Gott spielen. Gott ist grausam.«

»›Gott ist grausam. Er hat uns im Entstehen mit Fehlern behaftet‹«, flüsterte ich.

»Was ist das?«

»*Quell der Einsamkeit*«, antwortete ich. »Wir haben es an der Universität gelesen. Ich erinnere mich immer noch an diesen Satz.« Doch Abby sah verständnislos drein, und so fuhr ich schnell fort: »Meine Großmutter glaubte, dass sie mit Mängeln behaftet sei. Sie wagte nicht mal von einer Welt zu träumen, in der man jemals denjenigen lieben konnte, den man wollte, in der man leben durfte, mit wem man wollte. Doch Al wusste, dass es richtig war, Teddy zu lieben. Sie verstand, dass wir dafür hier sind.«

»Wir sind doch sowieso alle mit Makeln behaftet, oder? Ich glaube nicht, dass das Zitat stimmt«, gab Abby zurück.

»Genau.« Wir schwiegen beide.

»Ich glaube nicht, dass sie wissen wird, dass Sie hier sind, aber vielleicht möchten Sie sich von ihr verabschieden. Nur für den Fall.«

Langsam ging ich zum Bett hinüber. Eine Daunendecke lag über der Bettdecke, taubenblaue Seide, alt und ziemlich dünn. Ich strich darüber und sah auf sie hinab. Ihre Augen standen offen, winzige Hände umklammerten die Seide, die Finger öffneten und schlossen sich immer wieder mechanisch. Ich dachte an meine eigene Alice, die in ihrem Bad planschte, ihre Finger anblinzelte, verwirrt, aber entschlossen. Ein letztes Mal blickte ich in diese schwarzen, schönen Augen.

»Ich verstehe jetzt«, sagte ich zu ihr. »Alles. Es tut mir leid, dass ich es nicht früher verstanden habe. Ich werde dafür sorgen, dass du bei ihr bist. Dass ihr zusammen seid.«

Sanft beugte ich mich hinab und küsste ihre weiche Stirn, und ich streichelte ihr auch über das Haar. Die Schmetterlingsbrosche lag neben dem Bett, trüb im Licht des Abends. Eine Sekunde lang dachte ich, sie reagierte oder lächelte mich an, eine ganz winzige Bewegung des Mundes, doch eigentlich glaube ich es nicht. Im wahren Leben passiert so etwas nicht, es läuft nicht so glatt.

Als ich ging, wanderte ich ein letztes Mal über die Heide. Ich erlaubte mir daran zu denken, wie wir Sebastians Asche am Parliament Hill verstreuten und Charlotte dabei Luftschlangen in den Regenbogenfarben in den Wind warf. Judy nickte mit verschränkten Armen, Zinnia war so steif wie ein Schürhaken. Ich dachte an ihn und mich, wie wir im Gras gelegen und uns dumme Sachen zugeflüstert hatten. Und an sie, ich dachte an Lise, an all die Jahre, die sie allein in diesem hellen, mit Büchern gefüllten Raum über der Heide mit nur ihren Erinnerungen gelebt hatte. Und dann nicht mal mehr die.

Ich setzte mich, um den Brief zu lesen. Zuerst verstand ich es nicht, und dann wurde mir klar, dass es eine Nachricht war, die meine Großmutter geschrieben hatte, als sie Lise den *Schmetterlingssommer* geschickt hatte. Sie hatte sie nah bei sich getragen, immer wieder gelesen und so oft wieder zusammengefaltet, dass sie stellenweise auseinanderfiel. Sie lag zart wie ein Netz zwischen meinen Fingern.

Al,
ich stelle mir vor, wie Du dieses Päckchen mit einiger Beklommenheit öffnest. Wer hat mir dieses schlecht getippte Manuskript geschickt, und was will sie von mir?
Es folgt ein Bericht meines Lebens. Ich habe ihn für Dich geschrieben, mein Liebling, und für meinen Sohn George. Er

soll erklären (oder versuchen zu erklären). Ich lege ein Foto meines Sohnes bei. Er sieht aus wie ich, oder? Ich wollte, dass Du ihn siehst. Ich wollte, dass er von Dir gesehen wird. Lies dies hier und denke an ihn, und bitte, wenn Du mich hasst, versuche es nicht zu tun. Siehst Du …

Ich liege im Sterben und werde Dich nicht wiedersehen. Ich habe Dich die ganze Zeit vermisst. Ich lache, wenn Leute sagen: »Ich habe jeden Tag an dich gedacht.« Einmal am Tag! Jeder Tag ohne Dich hat sich für mich wie eine Ewigkeit angefühlt. Ich habe jede Stunde an Dich gedacht und in den meisten Minuten dieser Stunde. Die Last, ohne Dich zu sein, ist etwas Körperliches. Ein Netz, gefüllt mit Steinen, das ich überall hinter mir herziehe. Ohne Dich zu sein ist eine langsame und stetige Qual. Und doch bin ich nicht traurig. Wenn der Tod kommt, werde ich mich an das Gute erinnern, das Du getan hast, und an das Gute, das ich Deinetwegen getan habe.

Liebling, Al. Was geliebt wird, ist niemals verloren. Ich glaube, wir werden uns jetzt nicht mehr wiedersehen, aber ich werde Dich immer lieben. Ich werde Dir stets dankbar sein. Du hast mich in jenem Sommer angesteckt. Du hast einen Samen bei mir gesät. Ich brauchte ein ganzes Leben, aber ich sterbe in dem Wissen, dass ich es am Ende richtig gemacht, dass ich etwas Gutes getan habe.

Ich habe Dich geliebt, ich liebe Dich immer noch, und wenn ich fort bin, werde ich Dich lieben.

Für immer die Deine

Teddy

29

Während wir auf dieser letzten Reise nach Keepsake hinabsteigen, schlägt mein Herz schnell. Ich bin seitdem viele Male über die Wiese und in den Garten gegangen, aber keiner schlendert jenseits der Mauern ins Haus. Es scheint keiner zu wollen.

Ich schreibe die Geschichte unserer Familie, und das hier ist sie. Eines Tages werde ich sie vielleicht veröffentlichen. Aber wahrscheinlich werde ich sie in den Resten des Schmetterlingshauses lassen, damit sie vermodert. Wenn Alice groß ist, werde ich ihr erzählen, dass sie von einem König abstammt, dass, wenn wir in einer anderen Welt leben würden, sie und ich Königinnen dieses Landes wären. Ich kann ihr so viel erzählen, wenn sie älter ist. Sie wird erfahren, woher sie kommt.

Mum und Alice bleiben draußen auf der Wiese, während ich das Tor aufschließe und das Gelände betrete. Die Freiwilligen sind heute nicht da, sie kommen einmal in der Woche. Die Schmetterlinge sind überall, genau wie die Blumen – lila Schmetterlingssträucher, süße rosarote Rosen und wucherndes Geißblatt. Ich weiß inzwischen genug, um den hellblauen Silberbläuling vom Gemeinen Bläuling zu unterscheiden, und ich sehe Kohlweißlinge und den Großen Fuchs und den Zitronenfalter – weiße, orange-schwarz-lilafarbene und zitronengelbe –, als ich an dem mit Flechten bewachsenen Schmetterlingshaus vorbeigehe. Die Schatten werden ein wenig länger. Manche Schmetterlinge mögen den frühen Morgen, manche blühen am Abend auf. Allmählich lerne ich wieder, welche. Ich will es wissen – sie haben sich den Weg in mein Herz erschlichen. Auch das ist mein Erbe.

Etwas raschelt, als ich die Seitentür aufstoße. Eine Maus oder ein Fuchs oder ein Tagwesen, das ich aufgestört habe – oder vielleicht jemand aus einer anderen Zeit, der hier lebt. Aber ich spüre, wie mich jemand beobachtet, und dieses alte Gefühl kommt wieder, die Sicherheit, dass dieses Haus in anderen Welten lebt, die außer Reichweite sind, dass ich, wenn ich im richtigen Moment käme und durch die richtige Tür träte, in der Zeit zurückreisen und dort sein könnte, das Klirren des Bootes hören könnte, das Waren und Besucher bringt, das Gurren der Tauben im Taubenschlag, das Rascheln der Röcke der Damen, die hier entlanggehen. Ich weiß, ich weiß es jetzt, dass sie alle irgendwo in ihrer eigenen Zeit leben. Und vielleicht sind sie alle verrückt, und vielleicht steckt mich das an, aber in diesem Moment verstehe ich, warum sie so bereitwillig in jene Kammer gingen und starben.

Meine Hand zittert, als ich den Schlüssel zu dem rostigen Schloss der Kammer unter der Treppe hebe. Aber sie will sich nicht öffnen, obwohl ich zerre und ziehe. Vielleicht hat der Regen es anschwellen lassen, so dass es für immer verschlossen bleibt; auf jeden Fall wird mir klar, dass ich sie nicht hierlassen kann. Mein Traum, Teddy und Alice in dieser Kammer zu ihren Vorfahren zur Ruhe zu betten, soll nicht sein.

Dann sehe ich, dass es sowieso nicht richtig wäre. Sie und Lise sollten draußen sein, nicht hier, nicht an diesem Ort des Todes. Sie sollten frei sein.

Ich gehe hinaus in den Schmetterlingsgarten, wo die hohen Mauern mich umgeben, und ich fühle mich sicher, abgeschlossen. Aus meiner Tasche hole ich Teddys und Lise' Asche.

Ich gehe im Garten herum und verstreue sie auf den Blumen und scheuche dabei Schmetterlinge auf. Pollen und

Asche und helle flatternde Wesen steigen in der bernsteinfarbenen Luft auf, während Theodora Parr und Alice Grayling im Schmetterlingsgarten beerdigt werden, beide endlich vereint. Dann verlasse ich den Garten. Ich schließe die Außentür ab und gehe über den Seiteneingang erneut ins Haus. Wieder das Rascheln, das Gefühl, beobachtet zu werden. Ich berühre das alte Holz der Treppe, sehe mich um und nach oben durch das eingedrückte Dach in den Himmel.

»Ihr könnt herauskommen«, rufe ich laut. »Ihr alle. Ich gehe nun und werde euch nicht mehr stören. Ihr könnt wieder hier leben.«

Ich gehe durch die vordere Eingangshalle hinaus, über den grasbewachsenen Hof, unter dem bröckelnden Torbogen hindurch, und während meine Schuhe auf den Steinen knirschen, bin ich mir sicher, dass ich sie alle höre – sie rennen, fliegen zurück ins Haus. Hinauf, hinauf, zurück in die offene frische Luft, wo Mum und Alice auf mich warten. Wir werden hinüber zum Strand fahren und ein Eis kaufen und Kieselsteine in den Fluss werfen, und dann werden wir in das kleine Haus zurückgehen, damit Alice ihren Tee bekommt.

Wir werden das Haus nicht wieder betreten. Wir werden sie hier alleine lassen.

Wir gehen zusammen der Sonne entgegen.

EPILOG

123 Noel Road (oberstes Stockwerk)
London
April 1996

Lieber Mr. Routledge,

ich muss das hier aufschreiben, ich muss es jemandem schreiben, und Sie sind der einzige Mensch, der die ganze Wahrheit kennt.

Ich habe mir immer gesagt, dass ich wissen müsse, wenn es Zeit wäre, zu gehen. Sie ist jetzt zehn. Zehn Jahre alt und eine kleine dunkelhaarige Bohnenstange. Sie liebt ihre Geschichten, die ich ihr vorlese, die, die ich erfinde. Oh, sie ist mein wunderbares Mädchen.

Gestern habe ich ihr eine besondere Teestunde zubereitet, mit ihren Lieblingsspeisen – Limonade, Würstchen, Kartoffelwaffeln, Spiegelei. Sie hat immer Hunger. Sie ist in zehn Monaten um fünf Zentimeter gewachsen, die Striche an den Wänden beweisen es uns.

Wir haben gefeiert, weil sie bei einer Erdkundeprobe die Höchstnote bekommen hat, ein Fach, von dem ich weiß, dass sie es hasst. Aber sie bemüht sich sehr, ist das nicht wunderbar? In der Hinsicht ist sie wie ihre Mutter. Von meiner Seite der Familie hat sie es nicht.

Ich habe mir immer gesagt, dass ich wissen müsse, wann es Zeit wäre, zu gehen.

Und das war gestern, ein kleiner Augenblick, aber ich begriff es gleich. Meine späte Karriere als Mary Poppins nähert sich also ihrem Ende. Bald muss ich fortfliegen. Zum Fenster hinaus, hinauf in den hellen blauen Himmel. Dann – wohin?

Es sind die kleinen Dinge, die mein Herz in den letzten zehn Jahren mit Freude erfüllt haben. Einfach am Tisch zu sitzen, Tag für Tag, als ihre Beine noch zu kurz waren, um den Boden zu berühren, bis heute, bis zu diesem Punkt, da ich einen Blick auf die Frau erhasche, die sie einmal sein wird. Diese Nachmittage, ihr schneller Schritt auf der Treppe, während mein Herz schneller schlägt beim Gedanken an ihr Kommen und Glück die Wohnung erfüllt. Das Glück ist jetzt ständig da. Ich wache morgens auf und lächle. Seit dem Schmetterlingssommer habe ich das nicht mehr getan.

»Malc hat ein paar Sachen gebracht«, sagte sie, und als ich mich umdrehte, um sie anzusehen, aß sie den Doughnut, den ich bei Raab gekauft hatte und den sie geschafft hat aus der Papiertüte zu grapschen, ohne dass ich es bemerkt habe.

»O Nina, wie aufregend.«

»Er hat viele coole Bücher und ein paar Klamotten und einen Haufen Tapes mitgebracht. Mrs. Poll, er hat einen CD-Player. Das ist toll. Und er hat eine Kaffeemaschine. Sie macht schaumige Milch. Und die pfeift. Er hat mich gestern ihm helfen lassen – dadurch kommt Dampf in die Milch. Es ist irre. Ist das nicht irre, Mrs. Poll?«

Sie widmete sich erneut dem Doughnut, als ob das genug an Information wäre. Aber ich sah den schüchternen, scheuen Blick, den sie mir zuwarf, wie sie es immer tat, wenn sie sich meiner Reaktion nicht sicher war.

Wieder reagierte ich nicht sofort. Ich genoss die letzten Momente Normalität. Ich bewegte mich in meiner kleinen braunorangefarbenen Küche, stellte meine Teetasse in die Schüssel Wasser im Becken und drückte Spülmittel hinein. Ist Schaum nicht etwas Befriedigendes? So etwas hatten wir in Keepsake jahrelang nicht. Ich schaute rasch zum Fenster hinaus. Der rote Kahn, der Richtung Tunnel tuckerte. Brunels Tunnel ist etwas Schönes. Großmutter Alexandra ist ihm einmal bei einem Abendessen bei Lord Curzon begegnet. Wer weiß heute noch, wer Brunel ist, oder schert sich um den armen alten Curzon? Oder um Alexandra Parr, diese außergewöhnliche Frau – wer außer mir weiß von ihr, ihren Büchern, ihren Noten? In fünfzig Jahren wird sie vergessen sein, von der Geschichte hinter sich gelassen werden.

Ich bin betroffen von dem Gedanken, dass es, wenn ich gehe, keine Aufzeichnungen geben wird. Keine von Al und mir und dem, was wir hatten – wie sehr ich sie liebte, wie lieb sie zu mir war. Sie hat keine Ahnung, was sie getan hat. Dass sie mich gerettet hat. Sie hat keine Ahnung, ob ich überlebt habe oder gestorben bin. Ich frage mich, wo sie jetzt ist. Ich habe sie einmal vor zwei Jahren gesehen. Sie sah genauso aus, obwohl sie ungefähr ein Jahr älter ist als ich. Dasselbe Haar – auch wenn es zu einem Bob geschnitten und nicht kurz geschoren war –, dieselben umherhuschenden Augen, die ruhelosen Bewegungen, dasselbe schöne Lächeln. Sie kam auf uns zu, und ich dachte, dass sie mich anstarrte.

Doch ich hatte Nina dabei, ich konnte nicht hingehen, ohne alles zu riskieren. Ich konnte es nicht.

Also beobachtete ich sie ein paar Sekunden lang und dachte wieder daran, wie die Liebe ausstrahlt, wie sie alles verändern kann. Dass es genug war, sie da zu sehen, immer noch so hübsch, so glücklich, so ganz sie selbst.

Plötzlich empfinde ich Panik, als ich Nina betrachte, die fröhlich vor sich hin kaut.

Habe ich richtig gehandelt, dass ich es so gemacht habe?

War es richtig von mir, Nina des Hauses, ihrer Geschichte beraubt zu haben? Ihr nichts anderes als *Nina und die Schmetterlinge* gelassen zu haben, das ich selbst hergebracht habe, wobei ich so tat, als ob es ihrem Vater gehört haben musste, von ihm auf einem Regal vergessen? Meine einzige Täuschung. Nein, das stimmt nicht. Ich habe sie andauernd angelogen – meine Geschichten über meinen russischen Ehemann (Mishas Mädchenname), meine Kindheit im East End (Als Kindheit), meine Ausbildung als Krankenschwester (spontan erfunden). Ich weiß, Dill fragt sich, woher das Buch kam. Ich weiß, sie erinnert sich nicht, es vor meiner Ankunft je gesehen zu haben. Das ist das einzige große Risiko, das ich einging. Ich wollte, dass Nina die Geschichte kennt, obwohl ich nicht will, dass sie mein Leben führen muss. Oh, habe ich das Richtige getan?

Das andere Risiko ist die Mitgliedschaft in der Londoner Bibliothek, die ich ihr gekauft habe und die sie haben wird, wenn sie sechzehn wird. Es wird aussehen wie ein Geschenk ihres Vaters, und so wird sie die Erinnerung an ihn noch mehr lieben als die, die ihre Mutter ihr sorgsam eingeimpft hat, obwohl ihre Mutter (und ich, ohne dass beide es wissen) weiß, dass sie falsch ist.

Es ist alles falsch.

Nun beginne ich selbst zu zweifeln; meine Gedanken beginnen zu rasen. Ich muss alles aufschreiben. Ich muss noch ein letztes Mal nach Hause, muss die Zyanidstäbchen holen, damit ich sterben kann, wann und wo ich will. Dann werde ich an die Küste fahren, nach Lyme. Ich wollte immer nach Lyme.

Und meine kleine Nina plappert immer noch von Malc, während diese Gedanken wie dünne Wolken über den sonnigen blauen Himmel huschen, den sie mir geschenkt hat. »Mrs. Poll, wir, Mum und ich, haben ein Gespräch deswegen gehabt. Darüber, dass er einzieht. Wir haben abgestimmt. Ich meine, vielleicht hätten Sie auch abstimmen sollen, aber ...«

Ich lachte. »Püppchen, das geht mich doch nichts an. Aber wie schön, Liebling.«

Ihr Gesicht leuchtete auf. »Oh, finden Sie? Ich habe mir Sorgen gemacht, Sie ...« Sie verstummte. »Egal.«

»Natürlich finde ich das!« Und ich beugte mich vor, umarmte ihren dünnen kleinen Körper, spürte ihre Schulter an meiner Brust und roch den süßen Mandelgeruch ihres Kopfes, ihrer Haare.

Mein liebes Mädchen, meine Enkelin, meine Nina.

Sie war sieben Monate alt, als ich herkam. Haben Sie in letzter Zeit ein sieben Monate altes Baby gesehen, wissen Sie, wie unwiderstehlich sie sind? Wie knuffig, wie sie lächeln? Sie können schon aufrecht sitzen, auch wenn sie ständig wieder umfallen. Sie lieben ihre Zehen, ihre Wangen sind ganz rot, wenn sie geschlafen haben, sie haben kleine weiche Locken unten am Kopf, sie sehen einen an und lachen ohne Grund. Zumindest tat Nina es. Sie war ein vollkommenes Baby, ein schönes, perfektes Mädchen. Ich, die jahrzehntelang geglaubt habe, dass mein Leben nur schwarz sei, kann es nun in dem Wissen beenden, dass ich mehr Glück gehabt habe, als ich jemals verdiente. Also darf ich nie daran zweifeln, was ich getan habe. Ich muss auf meinem Kurs bleiben.

Als ich das erste Mal an Dills Tür klopfte und sie öffnete und Tränen ihr müdes graues Gesicht zeichneten, sagte ich: »Hallo. Ich bin nur gekommen, um zu sehen, ob dieser Brief für Sie ist.«

Sie hielt ihr blauäugiges, dunkelhaariges Baby, das mit Karottenmus bedeckt war und dessen feste Fingerchen einen Löffel umklammert hielten, die Zunge entschlossen ausgestreckt und vor Freude gurgelnd, und ich wusste, dass ich recht gehabt hatte. Dass meine dritte und letzte Tat es wert wäre. Dass ich eine Weile hier leben und helfen könnte, bis ich nicht mehr gebraucht würde, und dann fortfliegen könnte. Ich wusste, ich würde irgendwann gehen müssen. Ich wusste, es würde schmerzlich werden, sie zu verlassen, doch das war der Handel, den ich mit mir selber abschloss.

Ich bin krank. Ein seltsamer Geschmack im Mund, Krämpfe und Rückenschmerzen die ganze Zeit, Gewichtsverlust, und ich bin ziemlich gelb. Vor zwei Wochen hat man es mir gesagt. Ich habe noch sieben Monate, im besten Fall acht. »Vielleicht werden Sie Weihnachten noch erleben, aber ich lasse nicht gerne auf Daten hoffen. Lassen Sie uns einfach sehen.«

Sie ist nett, eine muntere Frau, die Ärztin, ganz mein Typ. Vernünftiges Haar, Tweedrock, macht einfach weiter. Sie hat es gut gemacht. Es ist schwer, jemandem sagen zu müssen, dass er Bauchspeicheldrüsenkrebs hat. Ich weiß, was das heißt.

Jetzt ist deshalb der richtige Moment für mich, zu gehen. Wie ich schon erwähnte, ich habe mir immer gesagt, ich würde es wissen.

Nun wischte ich mir die Hände an einem Geschirrtuch ab, stand auf und drehte mich um, drückte ihre Schultern noch einmal und küsste sie kurz auf den Kopf.

Sie sah zu mir auf und lächelte. Dann streckte sie ein Bein aus und sagte: »Malc macht Mum so glücklich. Sie singt jetzt immer im Haus. Sie singt diese schrecklichen Lieder.«

»Bob Dylan, ich weiß.«

»Mrs. Poll? Kann ich trotzdem noch raufkommen? Sie besuchen? Und … Matty?«

»Natürlich. Matty ist immer hier, wenn du sie brauchst.«

»Sie werden es Mum nicht sagen … oder Malc … Sie werden ihnen nichts von Matty sagen? Oder dass wir das Buch lesen und das alles?«

»Natürlich nicht. Das ist unser Geheimnis, Süße.«

»Ich brauche sie eigentlich nicht mehr«, sagte sie, und ihr Gesicht hellte sich auf.

»Das weiß ich doch. Aber wenn doch, ist sie hier.«

»Nichts wird sich verändern«, meinte Nina, die die Stirn in Runzeln gelegt hatte. »Versprechen Sie das.«

»Es wird sich verändern«, gab ich zurück. »Die Dinge müssen sich ändern, meine Liebe. Jetzt kannst du deinen Teller ins Waschbecken stellen.«

Sie stand auf, kam zu mir und schlang die Arme fest um mich und sagte etwas, das ich nicht verstand, da es ganz erstickt klang. Und während ich ihr honigweiches schwarzes Haar streichelte, musste ich mir auf die Lippe beißen, um nicht loszuschluchzen. Ja, zum ersten Mal in vielen Jahren verrutschte meine Fassade ein wenig. Mir fiel nichts ein, was Mrs. Poll in diesem Moment sagen würde. Es war in diesen kostbaren letzten Jahren schön gewesen, sie zu sein. Ich hatte mir Tatsachen aus Als und Mishas Leben ausgeliehen, um sie zu sein, und dadurch fühlte ich mich ihnen näher. Mishas

Mädchennamen zu führen, über Als Familie zu reden, ihre Geschichten zu erweitern. Ich mochte Mrs. Poll. Doch in diesen letzten Augenblicken kämpfte ich mit der Rolle, auch wenn ich wusste, sie war vorbei.

Nein, ich hatte Wiedergutmachung begangen. Ich hatte unsere Familiengeschichte verändert. Ich bin alt, und ich sterbe, und es ist Zeit für mich, zu gehen. Nun mögen Sie fragen, wie ich überhaupt hierherkam.

So geschah es:

Der Brief von meinem Sohn kam aus heiterem Himmel. Er sagte mir, dass ich eine Enkelin habe – Nina –, dass er sie und ihre Mutter verlassen habe, dass er in die USA ziehe, um eine Stellung irgendwo in der Mitte des Landes anzunehmen. Ich habe vergessen, wo. Es ist ein großes Land.

Ich wusste, dass George verheiratet war. Er hatte es mir geschrieben. Darüber hinaus hatten wir keinen Kontakt. Er wollte nicht nach Keepsake kommen. Er ertrug es dort nicht – abgesehen von den Schmetterlingen. Ihm gelang es nie, den wahren Schatz draußen im Garten zu entdecken, die beiden Erdbeerbaumfalter der Verrückten Nina, die sich nun seit fast zweihundert Jahren dort und nirgendwo sonst in England fortpflanzten. Unser Geheimnis. Er wollte immer Geld. Wollte immer ein leichteres Leben als das, das er hatte. Mein Sohn ist faul. Ich kann ihm für vieles keinen Vorwurf machen, aber dafür schon. Er ist faul.

Sein Brief kam zu einer Zeit, da ich, nachdem ich mich eine Zeitlang allmählich besser gefühlt hatte, in etwas steckte, was man wohl »zurück vorwärts« nennen könnte – langsamer Fortschritt und dann mein Geist, der wieder abschaltete, nichts mehr wusste.

Ich hatte meine Routine. Radio, Tee, um den Tag zu beginnen, morgens mit dem Hund gehen, ein leichtes Mittagessen – Sandwich oder so –, Tee, etwas Gartenarbeit, ein einsames Abendessen, Licht aus um neun. Tugie war zwei Jahre zuvor gestorben, und ich will nicht behaupten, dass ich ihn nicht vermisste. Es hilft, einen Hund zu haben, der einem Gesellschaft leistet. Holt einen aus dem Haus raus. Ich wurde ängstlich, schloss mich mehr ein. Erinnerungen an Michael und Misha quälten mich. Ich sah ständig ihre Silhouetten über den Schreibtisch gebeugt auf die Kleinanzeigen schauen. Ich fragte mich, wie sie ausgesehen hatten, als Al sie fand, wie sie sich erhängt hatten, wer wem geholfen hatte, wie es für sie war. Manchmal konnte ich nur noch daran denken. Ich konnte es nicht verdrängen. Ich sah Ginny, ihr erdbeerfarbenes Haar im sanften Licht des Buchladens, wie sich die Folgen meines Handelns in meine Ohren ergossen.

Ich sah den Efeu die Wände hochkriechen, die Leichen meiner Vorfahrinnen unter dem Haus, und ich fragte mich, ob ich eines Tages vielleicht den Efeu zurückschneiden, mich einschließen, das Zyanidstäbchen aufbrechen und es schlucken würde. Ein qualvoller Tod, aber kürzer als Verhungern. An manchen Tagen schien dies der einzig vernünftige Kurs zu sein.

Aber wie Sie wissen, verließ er sie. Er verließ diese arme Frau und ihr Kind. Er lief davon, kam nicht zurecht. Ich wusste, warum. Ich wusste es, weil ich wusste, was es mir gebracht hatte, Nina für ihn großgezogen zu haben – eine Rolle im Leben zu haben, eine Beziehung zu den Eltern. Ich hatte ihn verletzt, ihn mit einem kaputten Spielzeug in die Welt hinausgeschickt, und nun machte er wegen mir dasselbe, würde es seinem Kind und der Mutter antun. Während ich diesen Brief las, voller Selbstrechtfertigungen, voller Stolz auf seine Leistungen und mit einer Bitte um Geld ganz kurz am Ende, wusste ich, dass ich schuld war.

An dem Tag, als der Brief kam, warf ich ihn weg. Ich ging hinunter zum Bach, zerknüllte das Papier und schleuderte es ins Wasser. Doch es blieb an einem der nackten, sich windenden Bäume hängen, und da blieb es wie ein weißer Ball an einem Ast, und dort konnte ich es nicht lassen, so dass es jemand finden mochte:

> ... Ich glaube, sie ist übrigens ganz verrückt. Die obere Wohnung steht leer, und sie schwört, die Mieter sind nicht wirklich weg, dass alles ein Trick ist. Sie hat Nachrichten unter der Tür durchgeschoben. Sie hat den Verstand verloren, seit Nina da ist. Ja, wir haben sie Nina genannt. Gott weiß, warum. Wohl ein Überbleibsel aus einem früheren Leben. Ich bereue es jetzt, doch ich kann ihr nicht erklären, warum.

Ich kletterte das Ufer hinab in den grünen, moosigen, schleimigen Schlamm. Damals war ich nicht krank wie jetzt, und ich hatte meinen Stock, den ich in Falmouth gekauft hatte, und der hatte einen verdammt guten Halt.

Die obere Wohnung steht leer. Ich stocherte an dem Ast herum, und der Brief fiel herab auf meinen Kopf, und wie ein Apfel, als ob ich Newton wäre, sah ich alles ganz klar.

Wir können sühnen, wenn wir es wirklich wollen. Wir können Dinge verändern. Aber wir müssen anderen wirklich helfen wollen. Wir tun es die ganze Zeit, hier auf dem Land, oder? Die Stunden, in denen ich den Schmetterlingen geholfen, den Efeu beschnitten, das Geißblatt gejätet, die Wicken und die Buddleja gepflanzt habe. Wie oft ich ein Starennest aus der Reichweite einer Katze in eine höhere Hecke gebracht habe, eine müde Hummel aus dem Weg gehoben und ihr Zuckerwasser gegeben habe, die Stunden, die ich mit Tugie verbrachte, als er alt und inkontinent und schwach war – ich habe es ohne Belohnung von ihrer Seite getan.

Es ist leicht, Tieren zu helfen, und schwerer, Menschen zu helfen. Menschen sind chaotisch und kompliziert, und sie danken es einem nicht. Aber da erkannte ich, dass ich helfen konnte, dass ich die Mutter sein konnte, die ich hätte sein sollen, dass ich dieses Vogelnest aufheben und es aus der Gefahrenzone bringen konnte, doch ich wusste, ich konnte es nur, wenn sie es nicht wussten.

Das andere, was mir unten am Fluss klarwurde, war: Ich konnte Keepsake verlassen. Ich konnte es verlassen, so dass es zusammenfiel und dem Land zurückgegeben wurde. Ich kannte die Bedingungen der Vereinbarungen. Ich wusste, wenn sie nicht vor ihrem sechsundzwanzigsten Geburtstag hinfuhr, hätte Nina keine Verpflichtung gegenüber dem Haus. Das Haus war verrottet, dass wusste ich. Ich hatte ihm mein Leben geschenkt, hatte Al daran verloren, ich hatte meine Fähigkeit, zu lieben, zu sorgen, die Dinge so zu sehen, wie sie gesehen werden sollten, verloren. Ich wollte nicht, dass meine Enkelin so aufwuchs. Ich wollte, dass sie nur wusste, dass sie geliebt wurde.

Und schließlich war ich hier die meisten meiner siebenundsiebzig Jahre verschimmelt. Ich wollte zurück nach London. Ich wollte ein Abenteuer.

Lieber Mr. Routledge, danke, dass Sie so weit gelesen haben. Noch mal danke für alles. Ich bin sicher, Sie müssen geglaubt haben, dass ich völlig den Verstand verloren habe, als ich Sie dazu verleitet habe, mir zu helfen, die obere Wohnung zu erwerben, aber Sie haben mich nie in Frage gestellt oder gesagt, es sei unpraktisch.

Ich zog im Mai ein, und am Ende dieses ersten magischen Sommers hat Mrs. Poll mehrmals Delilah gerettet. Nicht wegen irgendwelcher besonderen Gaben, die ich gehabt hätte, sondern weil ich weiß, dass, als ich selber ein Kind hatte, diese Schwärze lange brauchte, bis sie sich wieder hob, und dabei hatte ich ein Kindermädchen und Geld, und trotzdem war es scheußlich. Ich fand sie, als sie die zweite Überdosis genommen hatte. Ich blieb im Krankenhaus bei ihr, hielt Delilahs dünne, knochige Hand, sah zu, wie sie zu lächeln versuchte, während ich ihre Tochter für sie hüpfen ließ. Ich kochte ihr Suppe, ich brachte sie dazu, das Haus zu verlassen, steckte ihr ab und zu eine Münze in die Geldbörse, wenn sie nicht hinsah – nur ab und zu. Ich drängte sie, zu schreiben, ich zwang ihre Eltern mit Briefen und Anrufen dazu, sich für sie zu interessieren. Ich kümmerte mich um Nina, stellte sicher, dass sie genug zu essen hatte. Ich ging mit ihr tagsüber spazieren, breitete die mottenzerfressene Decke, die ich aus Keepsake mitgebracht hatte, auf dem Rasen des kleinen Parks hinter der St.-Mary-Kirche aus, sah ihr Entzücken darüber, sich draufsetzen zu können, während sich die dunklen Locken um ihren Kopf kräuselten. Sie nur zu beobachten, ihr strahlendes zahnloses Lächeln zu erwidern machte mich glücklicher, als ich es meiner Erinnerung nach seit dem Krieg gewesen war.

Das Schwierigste war es, Delilah nicht wissen zu lassen, wie viel ich tat. Ich glaube, das bekam ich richtig hin. Nur einmal sagte sie, als ich ihr eine Tüte Kleider im Wohltätigkeitsladen kaufte: »Das ist zu viel. Ich glaube, Nina und ich brauchen Zeit alleine.«

Oh, ich zog mich zurück, ich trippelte davon. Vierzehn Tage lang störte ich sie nicht mehr. Ich sah meine netten Freunde im Pfarrsaal (ich erzählte ihnen, ich sei nicht praktizierende Jüdin) und traf meine neue Freundin Rose unten in der Straße, mit der ich ab und zu Tee trank, und ich beschäftigte mich, wanderte in der Stadt umher, besuchte die alten Plätze, an denen ich mit Al gewesen war, und sah mir einen Film oder eine Ausstellung an. Und eine Woche später, als ich gerade las und mich fragte, was ich als Nächstes tun sollte, hörte ich ihren Schritt auf der Treppe und ein vorsichtiges Klopfen. Und als ich die Tür öffnete, schrie Nina vor Freude, als sie mich erblickte, und warf sich aus den Armen ihrer Mutter in meine und schmiegte ihren festen kleinen Körper an meinen.

Das war der glücklichste Augenblick meines Lebens.

Delilah sagte, sie sei gekommen, um sich zu entschuldigen, doch ich wollte nichts davon hören.

»Ach, ich sollte mich nicht so um alles sorgen«, sagte sie, lachte hilflos und schob sich ihr ungebändigtes Haar aus dem Gesicht. »Es ist nur so, dass Sie so viel für uns tun, und da fühl ich mich manchmal so richtig beschissen, Mrs. Poll.«

Also sagte ich ihr die Wahrheit. Ich sagte: »Ich war sehr einsam.« Ich hielt ihrem Blick stand. *Ich verstehe*, das wollte ich ihr vermitteln. »Ich war manchmal sehr traurig. Ich habe nur Sie beide. Sie tun mir einen Gefallen, verstehen Sie? Es hilft mir genauso viel, wie es Ihnen hilft.«

Von dem Moment an war alles in Ordnung mit uns. Wir sind alle von Zeit zu Zeit mal schwach.

Lächerlich, an diesem Punkt im Spiel zu weinen. Kopf hoch, Thea! Sie brauchen mich nicht mehr. Sie haben den netten Mr. Malcolm, und er wird sich um sie kümmern, doch noch wichtiger ist, dass sie sich um sich selbst kümmern können. Beide.

Und sie wird jetzt älter. Sie ist fast elf, meine dunkeläugige Enkelin. Sie braucht mich nicht, um ihr das Haar zurückzustreichen, wenn ich ihr *Nina und die Schmetterlinge* vorlese oder *Der geheime Garten*. Wenn ich nur noch einen Abend mit ihr hätte, um Scrabble zu spielen und Käsetoast zu machen …

Nein.

Sie will bei ihrer Mutter und ihren Freunden sein, nicht bei der alten Dame von oben. Sie braucht mich nicht, damit ich an ihrem Bett sitze und zusehe, wie sie einschläft, während ihre Mutter arbeitet, oder ich ihr Hühnersuppe koche, wenn sie nach der Schule traurig ist, oder sie mit zum Kanal nehme, um den Booten, den Enten, den Blumen und dem Wasser zuzusehen. Sie braucht mich immer weniger, und eines Tages wird sie mich gar nicht mehr brauchen.

Also kann ich gehen. Ich habe meistens Schmerzen. Es tut weh, als ob sich eine kaputte Schraube in mir drehen, sich jeden Tag tiefer in mich bohren würde. Ich werde nach Keepsake gehen, noch einmal den alten Platz sehen und die Zyanidstäbchen mitnehmen. Dann werde ich nach Lyme fahren und schreiben. Ich werde meine Geschichte für Al, für George, für mich aufschreiben.

Lieber Mr. Routledge, bewahren Sie dieses Dokument getrennt auf. Verbrennen Sie es, wenn Sie müssen. Bitte denken Sie immer an meine Anweisungen. Dass die Beerdigung nicht öffentlich sein soll. Dass die Bedingungen des Testaments, nach denen der Besitz und fünfzigtausend Pfund an Delilah Parr und Nina Parr vermacht werden, befolgt werden; sie werden keine Geldsorgen mehr haben. Dass meine Enkelin niemals erfahren darf, woher sie kommt.

Vielleicht sollte ich es ihr erzählen. Vielleicht sollte sie wissen, dass ich ihre Großmutter bin, dass ich sie all die Jahre geliebt habe. Doch ich sehe nun, dass es alles zerstören würde, wenn ich es offenbaren würde. Ich bin zu weit gegangen und habe meine Chance verpasst. Was würde es bringen, es ihr zu sagen, wenn sie älter ist? Irgendwann müssen wir unsere Kindheit hinter uns lassen. Wir müssen optimistisch vorwärtsgehen. War es richtig? Ich glaube, ja.

T. P.

Auf Wiedersehen, süße Nina. Vielleicht wünsche ich mir, dass du eines Tages dorthin gehst. Eine Urlauberin, die den schattigen Weg entlanggeht. Du wirst nicht wissen, dass es dir hätte gehören können. Wenn du jemals hinkommst, mein liebes Mädchen, wirst du mich im Wind hören. Du wirst dich vielleicht umschauen und nichts sehen und dich fragen, warum du jemanden in der Nähe spürst. Blick in den Fluss, hinaus zum Meer, und vielleicht siehst du mich. Nicht wie ich jetzt bin, alt und vom Leben zerfressen, sondern Teddy Parr, das kleine Mädchen, das ich war, bevor sich alles änderte. Halt Ausschau nach mir, nach einem dunklen Pony und glücklichen Augen, wie ich im Boot kauere und nach meiner Mutter und Großmutter suche. Ich werde immer da sein. Werde an einem goldenen Sommermorgen zum Meer hinaussegeln, den Wind in meinen Haaren, die Hand, die all die Jahre über dein Haar strich, am Ruder, endlich frei.

DANKE AN

Jo Roberts-Miller, wie es Tradition ist und weil du Verhaftung riskiert hast und mit mir durchs Unterholz gekrochen bist, um Keepsake zu finden. Katie Cousins und Leila D'Souza, weil ihr wunderbare Museumsbegleiterinnen wart. An meine Mum, weil sie eine frühere Fassung gelesen und mich nicht enterbt hat. An Nick Canty von der UCL dafür, dass er mich herumgeführt hat.

An alle bei Curtis Brown, vor allem an Jonathan Lloyd, Lucia Rae und Melissa Pimentel. An Kim Witherspoon und David Forrer bei Inkwell und an Karen Kosztolnyik, Becky Prager, Louise Burke, Jen Bergstrom und Jean Anne Rose bei Gallery.

Während der Recherchezeit für dieses Buch wurde ich besessen von Schmetterlingen, und das war wundervoll. Also danke an Chris und Cora, weil ihr mich ertragt, wenn ich unerwartet eine Landstraße entlanghüpfe, weil ich einen Laubfalter entdeckt habe, oder Nesseln durchkämme auf der Suche nach Pfauenaugeeiern.

Schließlich an alle bei Headline Books für das, was so glückliche zwei Jahre waren. Frankie Edwards für einfach alles, Elizabeth Masters, Viviane Basset und Barbara Ronan, Yeti Lambregts, Frances Doyle, Jane und George und alle anderen. Mein größter Dank schließlich geht an die tolle, prägnante, freundliche und brillante Mari, und das einzige Mal in meinem Leben merke ich, dass ich nicht beschreiben kann, wie viel ich ihr schulde, weil ich es nicht in Worte fassen kann. Alles Liebe und ewigen Dank, Namensschwester.